Utta Danella · Der dunkle Strom

Utta Danella

Der dunkle Strom

NAUMANN & GÖBEL

Utta Danella: Der dunkle Strom
Lizenzausgabe für die Naumann & Göbel Verlagsgesellschaft mbH
in der VEMAG Verlags- und Medien Aktiengesellschaft, Köln

Schutzumschlag: KGB – Kölner Grafik Büro
Gesamtherstellung: Naumann & Göbel Verlagsgesellschaft mbH
Printed in Germany

ISBN 3-625-20392-8

Es ist ein Augenblick, und alles wird verwehn.
Eduard Mörike

Inhalt

Erzählt werden soll hier die Geschichte einer Frau, und zwar die ganze Geschichte, die Geschichte des Kindes, des jungen Mädchens, der erwachsenen, der reifen Frau. Sie wird Zeit brauchen, diese Geschichte, sie läßt sich nicht im Handumdrehen erzählen, wenn man sie verständlich erzählen will. Denn zu dieser Person gehört auch Umwelt, Raum und Zeit, andere Personen, die zu ihr in Beziehung stehen, in wichtiger oder weniger wichtiger. Aber es ist unmöglich, am Anfang zu entscheiden, was oder wer wichtig ist für ein Leben. Eine flüchtige Begegnung kann sich plötzlich oder auch an einem späteren Tag als sehr folgenreich und bedeutungsvoll erweisen, weswegen auch die flüchtigen Begegnungen ein Anrecht darauf haben, verzeichnet zu werden.

Das Allerwichtigste aber ist die Zeit. Die Zeit, in die ein Mensch hineingeboren wird, in der er lebt und die er sich nicht aussuchen kann. Ebensowenig kann er sich seine Eltern, seine Geschwister, seine Familie aussuchen. In dieser Beziehung ist eine schicksalhafte Vorbestimmung gegeben. Im weiteren Verlauf des Lebens ist vieles in des Menschen Hand gegeben; er kann einen Ort verlassen, der ihm nicht zusagt, und er kann sich von Menschen abwenden, sogar von sehr nahen Menschen, wenn er sie nicht um sich haben will. Keiner aber kann, und dies ein Leben lang, seiner Zeit entfliehen. Sie ist ein absoluter und tyrannischer Gefährte für den Lebensweg eines Menschen – ich meine in diesem Fall die Zeit begriffen als geschichtliche, als historische Tatsache –, ein Gefährte, sagte ich, dem keiner sich entziehen kann, auch wenn er ihm noch so unsympathisch und schwer erträglich erscheint, auch wenn er viel lieber eine andere Zeit um sich und mit sich hätte, eine fröhliche beispielsweise, eine unbeschwerte, vielleicht lieber eine langweilige oder auch eine prächtige. Mag sein, der eine oder andere wünscht sich eine heroische Zeit als seinen Begleiter, weil er das Gefühl hat, er sei im Grunde zum Helden geboren und nur eine friedlichruhige Zeit verhindere seine rechte Entfaltung.

Wie dem auch sei, sie ist da, die Zeit, in der man lebt, in der man leben muß, man kann sie nicht wählen.

Im Fall unserer Geschichte ist es die Zeit unseres Jahrhunderts, keine friedliche, keine fröhliche, keine prächtige, auch keine heroische Zeit, ganz im Gegenteil, eine böse, eine feindselige Zeit, die mehr nahm als sie gab, eine verdammte Zeit in diesem verdammten Jahrhundert des Unfriedens, der Kriege, der Unsicherheit, eine Zeit der großen Veränderungen. Sie brachte das Ende einer Epoche, und die Frage, ob eigentlich eine neue begonnen hat, kann ich nicht beantworten.

Ich möchte eher sagen, nein. Denn von Unsicherheit sind wir noch immer umgeben, die Wurzeln hängen in der Luft, die Heimatlosigkeit, die Orientierungslosigkeit der Menschheit besteht fort und verstärkt sich mehr und mehr, und daran haben auch die verschiedenen Heilslehren politischer Art nicht das geringste geändert, denn wer weiß eigentlich, wie er es haben will?
Fragt sich, ob das jemals anders war auf dieser Erde, ob der Mensch nicht, mit einem Fluch ins Leben geschickt, verflucht war, ist und bleiben wird, heimatlos, wurzellos, geplagt und gedemütigt zu sein, und sein Los ist es, die Jahre seines Lebens auf irgendeine halbwegs erträgliche Weise hinter sich zu bringen.
Die Frau, von der hier erzählt werden soll, sie heißt Nina Jonkalla, ist geboren im letzten Jahrzehnt des vorigen Jahrhunderts, und das war, gemessen an dem, was danach kam, eine relativ gute, friedliche und freundliche Zeit, eine Zeit der Ordnung und Sicherheit. Also das, was Menschen im Grunde sehr gern haben, auch wenn sie geneigt sind, sich gelegentlich darüber lustig zu machen oder gegen allzu viel Ruhe ein wenig zu rebellieren. Das sei jedem unbenommen; aber vor die Wahl gestellt, in welcher Zeit einer leben möchte, wird fast jeder, wenn er ehrlich ist, eine ruhige, friedliche und freundliche Zeit als Lebensbegleiter vorziehen, ausgenommen die paar echten und vielen falschen Helden, die es gern heroisch hätten.
Aber nur Ninas Kindheit und Jugend fielen in diese Zeit, dann war es schon da, das verdammte Jahrhundert, und brachte mit sich die großen Veränderungen. Mit dem Ersten Weltkrieg ging eine Epoche zu Ende, unwiederbringlich, und, ich bleibe dabei, eine neue hat noch nicht begonnen. Die Zäsur des ersten Großen Kriegs war so tiefgehend, der zweite Krieg gehört im Grunde noch dazu, als seine Fortsetzung, und was das Jahrhundert bringen wird, bis es zu Ende gegangen ist, daran wagt man meist kaum zu denken.
Es wird heute so viel geredet von der Bewältigung der Vergangenheit, und gemeint ist damit eine ganz bestimmte, kurze Zeitspanne, die Zeit des Dritten Reichs, aber sie genügt nicht, man muß weiter zurückgehen, man kann diesen Ausschnitt, diese wenigen Jahre unseres Jahrhunderts nicht für sich allein sehen und bewältigen, man muß die Epoche bewältigen; wie ich fürchte, eine Aufgabe, die über eines Menschen Kraft geht.
Das Erdbeben, das im Sommer 1914 ausbrach, ist bis heute nicht zur Ruhe gekommen, es brodelt weiter unter unseren Füßen, millimeterdünn ist die Haut, auf der wir leben, und keiner weiß, ob und wann sie wieder auseinanderreißt. Nur ein so erstaunliches Wesen wie der Mensch, der es fertigbringt, sich mit allen Bedingungen zu arrangieren, kann auf dieser Erde leben und überleben.
Für eines Menschen Leben sind zehn Jahre, sind zwanzig Jahre viel Zeit, aber es ist zu wenig, um einen Überblick über eine Epoche zu gewinnen. Noch leben zahlreiche Menschen unter uns, die das ganze Jahrhundert erlebt und erlitten haben, vielleicht verstehen sie ein wenig mehr von ihrer Zeit, vielleicht aber macht das große Geschenk der Götter an den Menschen, das Geschenk des Vergessenkönnens, auch sie nicht zu brauchbaren Zeugen.
Fragt man sie nach der vergangenen Zeit, lautet ihre Antwort fast immer: damals war es anders.

Manche sagen auch: es war besser.
Besser oder schlechter, anders war es wohl in jedem Fall. Die Sicherheit der Familie war gegeben, der ruhende Pol einer Heimat, die Geborgenheit in einem Glauben, die Zeit, um Zeit zu haben.
Begleiten wir Nina auf ihrem Lebensweg durch diese ihre Zeit, durch dieses Jahrhundert. Um es vorweg zu sagen: sie ist keineswegs eine ungewöhnliche Frau, weder besonders schön, noch besonders klug, weder mit besonderen Talenten ausgestattet noch in irgendeiner Weise erfolgreich. Ein Durchschnittsmensch mit einem Durchschnittsleben. Möglicherweise hatte sie Gaben und Talente, die sie nur nicht zu nutzen verstand, ein Schicksal, das sie mit vielen Menschen teilt, denn fast jeder nimmt sich mehr vor, als er wirklich vermag. Und nicht selten ist die Zeit, seine Zeit, daran schuld, daß er nicht das Beste aus sich und seinem Leben machen kann. Oft ist es das Zweit- und Drittbeste, wenn nicht noch weniger.
Und wozu dann all die Qual? Wozu die Tage und Nächte, die erbarmungslos kommen und gehen und Stück für Stück unser Leben mit sich nehmen, fortgeschwemmt im dunklen Strom der Zeit, unwiederbringlich, unwiederholbar, verloren auf ewig. Nicht eine Stunde, nicht eine Minute vermag der Mensch festzuhalten, von allem Anbeginn war es so und wird so bleiben bis in alle Ewigkeit. Verspielt, vertan und dann vorbei. Keiner wird je verstehen, was mit ihm geschieht. Und keiner weiß warum, doch er liebt das Leben, trotz allem was geschieht.

Tage und Nächte

1925

Ein Tag wie dieser war nicht wert, daß man ihn gelebt hatte. Es war ein ganz gewöhnlicher Tag gewesen, irgendeiner zwischen gestern und morgen. Von früh an bis in die Nachtstunden hinein hatte er auf ihr gelastet wie ein Stein, den sie gern von sich geworfen hätte, aber wann hätte man jemals einen Tag wegwerfen, nur einen auslassen können. Ihr Körper wehrte sich mit stechenden Kopfschmerzen, ihre Seele verfiel in tiefe Depression, ein Zustand, der gar nicht zu ihr paßte. Ihr kam es vor, als habe ihr ganzes bisheriges Leben nur aus Enttäuschungen, aus betrogenen Hoffnungen und unerfüllten Wünschen bestanden. Darüber geriet sie in wilde Wut: sie war wütend auf sich selbst, auf die anderen, auf das Leben.

Mit Vehemenz warf sie das Glas an die Wand, es zerklirrte, und der Cognac floß über den hellen Sessel, tropfte auf den Teppich.

Eine Weile starrte sie Sessel und Teppich an, noch ganz verkrampft von ihrem Wutanfall, dann sank die Wut in ihr zusammen wie ein Luftballon, den man angestochen hatte.

»Das hast du davon, du Gans«, sagte sie laut, »jetzt kannst du sehen, wie du die Flecken herausbringst.« Aber sie rührte sich nicht, dachte keineswegs daran, einen Lappen zu holen, sah statt dessen zu, wie die Flüssigkeit versickerte.

Man würde es kaum sehen. Außerdem war Personal im Haus, und Marleen war reich genug, sich einen neuen Sessel und einen neuen Teppich zu kaufen. Zehn von jedem, wenn sie wollte. Ehrlich sich selbst gegenüber, wie Nina immer war, gestand sie sich ein, daß es nicht zuletzt der Neid auf Marleen war, der sie in diese düstere Stimmung versetzt hatte.

Marleen, oberflächlich und verlogen, und dabei doch immer vom Glück begünstigt, geliebt, verwöhnt, von den Menschen und vom Schicksal.

So war das Leben. Es war kindisch, sich darüber zu empören, sich zu ärgern, sich zu grämen. Es war nur die Ungerechtigkeit, die sie so schwer ertrug. Die sie als Kind schon nicht ertragen hatte. Ungerecht war es vom Schicksal, daß sie alles verlor, was sie liebte. Sie würde nie darüber hinwegkommen, daß es Erni nicht mehr gab. Es schmerzte wie eine Wunde, die niemals heilen konnte, und wenn sie versuchte, nicht daran zu denken, gelang es nur für kurze Zeit, dann kehrten ihre Gedanken zu ihm zurück, und der Schmerz war wieder da, heftiger als zuvor.

Auch der Mann, von dem sie geglaubt hatte, er liebe sie, war gegangen. Von heute auf morgen war es aus gewesen. Nicht von heute auf morgen, sie hatte längst gewußt, daß er gehen würde. Alles war verloren. War weg, verschwunden, tot.

Sie hob die Hände, drehte die Handflächen nach außen – leer. So würde es bleiben, für immer.
Nein. Erschrocken ließ sie die Hände sinken. Sie versündigte sich. Da waren die Kinder. Sie hatte zwei gesunde, hübsche und kluge Kinder. Sie liebte diese Kinder. War das nicht genug für das Leben einer Frau?
Es war viel, aber es war nicht genug. Nicht genug, um glücklich zu sein. Lächerlich! Wer war schon glücklich, und was ist das schon – Glück? Eine Fiktion, eine Illusion, eine Wunschvorstellung. Im Grunde war alles ganz unwichtig. Man sollte sich und sein Leben nicht so ernst nehmen.
Nina stand regungslos mitten im Zimmer, sah zu, wie sich der Cognac auf Sessel und Teppich verflüchtigte und sprach vor sich hin: »Es ist ein Augenblick, und alles wird verwehn!« Dann lachte sie, verließ das Zimmer und ging, um sich ein Glas zu holen.
Im Haus war es still, nur der Hund, der in der Diele lag, stand auf, kam zu ihr, schob seinen Kopf in ihre Hand und begleitete sie in die Küche. Die riesige Küche war aufgeräumt und strahlte vor Sauberkeit. Totenstille auch hier, die Köchin und das Mädchen waren in ihren Zimmern und schliefen sicher schon längst.
Sie nahm sich ein Glas aus dem Küchenschrank, kein Schnapsglas, ein Wasserglas, und kehrte in ihr Zimmer zurück. Es war das Gastzimmer im Haus ihrer Schwester, das sie zur Zeit bewohnte. Marleen hatte sie eingeladen.
»Damit du auf andere Gedanken kommst«, hatte sie gesagt.
»Du nimmst das noch immer viel zu schwer. So eine Affäre kann nicht ewig dauern. Nimm dir einen anderen. Es gibt doch noch Männer genug.«
Für Marleen auf jeden Fall. Und sie machte auch Gebrauch davon. Das war nicht Ninas Art. Sie suchte Liebe. Marleen war anders. Die nahm sich, was ihr gefiel. Und jemanden zu lieben außer sich selbst, dazu war sie unfähig, davon war Nina überzeugt.
Heute war sie mit ihrem Liebhaber ausgegangen, in diesen geheimnisvollen Club, den sie so wichtig nahm. Übermorgen würde sie, das hatte sie ihrer Schwester am Nachmittag ganz nebenbei mitgeteilt, für eine Woche verreisen. Zweifellos war der neue Mann der Grund. Sie fuhr einfach weg, nachdem Nina gerade drei Tage da war, und sie überließ es ihr, sich des betrogenen Ehemanns anzunehmen. O nein, das kommt nicht in Frage, dachte Nina wütend, nicht noch einmal. Wie komme ich dazu, mit anzusehen, wie er leidet. Es ist peinlich für mich und peinlich für ihn. Er weiß nicht, was er zu mir sagen soll, und ich weiß nicht, was ich zu ihm sagen soll. Die Köchin kocht drei Gänge, das Mädchen serviert sie, wir essen ohne Appetit und machen mühsam ein wenig Konversation, dann verschwindet jeder erleichtert in sein Zimmer. Er kann es bestimmt leichter ertragen, ein betrogener Mann zu sein, wenn keine Zeugen vorhanden sind. Und was soll ich hier? Ich kenne keinen Menschen in Berlin. Es ist weder Trost noch Ablenkung für mich, in diesem Gastzimmer zu sitzen und mich zu betrinken.
Ob er schlief? Es war so unnatürlich still in diesem Haus. Keiner wußte, was er fühlte oder dachte. Er war tüchtig in seinem Beruf, verdiente viel Geld, und in

seinem Haus war er so ein armer Hund. Wenn Marleen heimkam, um zwei, um drei, in den frühen Morgenstunden oder auch gar nicht, würde sie ihren Mann nicht sehen oder sprechen, jeder bewohnte ein eigenes Zimmer, seines war bescheiden eingerichtet, ihres war groß und prächtig, und am späten Vormittag, wenn sie aufstand, war er längst fortgegangen. Sie sahen sich beim Mittagessen. Marleen würde lächelnd, überlegen und, wie immer eine Augenweide, am Tisch sitzen und mit lässigem Geplauder Mann, Schwester und eventuelle Gäste unterhalten.
»Miststück!« sagte Nina, wieder in ihrem Zimmer und goß sich Cognac in das Wasserglas.
Der Hund war ihr gefolgt. »Paß auf! Hier liegen Scherben.«
Dem Hund zuliebe kniete sie nieder und begann, die Scherben aufzulesen, und natürlich schnitt sie sich dabei in den Finger. »Siehst du, das kommt davon, wenn man so unbeherrscht ist. Jetzt fließt sogar mein kostbares Blut, und das geschieht mir recht.« Befriedigt betrachtete sie die Blutstropfen, die über ihre Hand liefen. Rotes, schweres Blut, sie hatte offenbar viel davon.
Das war natürlich auch eine Möglichkeit: sich die Pulsadern aufschneiden und langsam verbluten. Das würde Marleen lästig sein.
Und er? Am Ende fühlte er sich geschmeichelt und bildete sich ein, sie hätte es seinetwegen getan.
»Bildet sich ein, ich hätte ihn geliebt«, erklärte sie dem Hund. »Ich habe ihn nicht geliebt. Nie. Ich habe nur einen geliebt, und das ist lange her. Manchmal glaube ich, es ist nur ein Traum gewesen. Ein langer verzauberter Traum. Ich lebte in einer verzauberten Welt, weißt du. So etwas gibt es. Und es war nicht nur, weil ich so jung war. Ich glaube, man kann immer so empfinden, wenn man wirklich liebt.« Eine Weile mußte sie darüber nachdenken. Wäre es möglich, noch einmal so zu lieben? Nein, und vielleicht hing es doch mit dem Jungsein zusammen.
Den hier habe ich nicht geliebt. Ich wußte längst, daß er mich betrügt. Ich wußte es und wollte es nicht wissen. Und bin so blöd und warte, bis er geht und mich stehenläßt. Das ist es, was mich so ärgert. Ärgert, verstehst du. Du mußt nicht denken, daß ich leide seinetwegen.
Gekränkte Eitelkeit also. Marleen hatte das auch gesagt. Und hinzugefügt: Kann mir nicht passieren. Ich lasse es nie so weit kommen. Wenn einer Schluß macht, bin ich es.
Nina sog das Blut aus ihrem Finger, trank von dem Cognac, der zusammen mit dem Blut einen komischen Geschmack in ihrem Mund hinterließ, zündete sich eine Zigarette an und füllte das Glas noch einmal bis zur Hälfte.
Glas und Zigarette in den Händen trat sie vor den großen Spiegel und betrachtete sich eine Weile neugierig. Zweifellos – Marleen war hübscher. Auf den ersten Blick gesehen. Aber sie gefiel sich selbst besser. Sie sah sich noch immer mit seinen Augen. Was er damals über ihr Gesicht gesagt hatte, als sie achtzehn war, hatte sie nie vergessen. So sah sie sich. Und so war sie auch.
Sie trug eins von Marleens prächtigen Hausgewändern, es war lang und aus blauem Samt, und war so elegant wie Marleens gesamte Garderobe. Drei Kleider hatte Marleen ihr heute geschenkt, kaum getragen. Sie nahm sie nur mit

innerem Widerstreben, aber sie nahm sie. Man konnte diesen Tag betrachten, wie man wollte: sie konnte sich selbst nicht leiden, nicht einmal der Cognac half.

Auf dem herausgeklappten Deckel des Sekretärs – ein echtes Biedermeier-Stück, Marleen hatte es erst kürzlich in das Gastzimmer verbannt, weil sie ihr Zimmer von den Deutschen Werkstätten neu hatte einrichten lassen – lag ein Briefblock. Nina setzte sich und schrieb.

›Früher hatte ich einmal ein Tagebuch. Manchmal schreibe ich jetzt auf Zettel. Ich sollte mir wieder ein Tagebuch zulegen. Leontine meinte, es sei gut, seine Gedanken und Gefühle niederzuschreiben. Es kläre den Kopf und rücke die Dinge zurecht. Und es sei auch sehr lehrreich, später zu lesen, was man früher gedacht und gefühlt habe. Aber ich schreibe ja sowieso bloß, wenn ich Kummer habe. Wenn ich glücklich bin, schreibe ich nie.‹

Wieder dieses alberne Wort.

Glücklich. Sie strich es aus und schrieb darüber, ›wenn es mir gut geht‹.

War es ihr gut gegangen in den letzten zwei Jahren mit diesem Mann, den sie jetzt haßte?

›NEIN!‹ schrieb sie mit großen Buchstaben. ›Ich wußte immer, daß er nicht viel taugt. Ich wußte es, und ich wollte es nicht wissen. Es geschieht mir recht. Recht. Recht. Verprügeln müßte man mich für meine Dummheit. Dafür, daß ich mich selbst belogen habe.‹

Die Wut kam wieder. Wie eine Flamme schlug sie empor, verdunkelte ihren Blick. Sie konnte als Kind schon so zornig werden, unbeherrscht und maßlos wütend. Sie hatte Schläge deswegen bekommen, es hatte nichts genützt.

Eine Weile starrte sie blicklos auf den Hund, der lag, ohne sich zu rühren, den Kopf auf den Pfoten. Er schlief nicht, er sah sie an.

Du hast es gut, du bist ein Hund. Ein Hund bei reichen Leuten. Das ist die beste Art von Leben, die ich mir vorstellen kann. Du bekommst jeden Tag Kalbfleischsuppe mit einem Knochen und mit viel Fleisch drin. Kalbfleisch, wohlgemerkt. Und abends bekommst du ein Kotelett oder Wiener Würstchen. Du fährst nur im Auto und siehst alle Leute auf der Straße hochmütig an. Den meisten Menschen heutzutage geht es viel schlechter als dir. Sie haben höchstens Kartoffelsuppe, und von Kotelett und Wiener Würstchen können sie nur träumen. Ich frage mich, ob du weißt, wie glücklich du bist. Ich bin betrunken, das merkst du ja. Und ich merke, daß du mich voll Verachtung ansiehst. Aber du bist ein Hund und verstehst das nicht. Du weißt nicht, wie schwer es ist, eine Frau zu sein.

Der Hund hätte wenigstens kommen und ihr den Kopf tröstend in den Schoß legen können, das tat er manchmal, er hatte sie gern. Heute tat er es nicht.

Dann läßt du es eben bleiben. Ich werde dich nicht darum bitten.

Sie blickte auf das Blatt Papier vor sich und schrieb den Satz hin, den sie zuvor ausgesprochen hatte. ›Es ist ein Augenblick, und alles wird verwehn. Das ist von Mörike, und Wallenstein schrieb es mir in mein Poesiealbum. Es nahm sich merkwürdig aus zwischen all den blumenreichen Sprüchen, die darin standen. Es gefiel mir. Ich war sechzehn und machte eine elegische Zeit durch, alles erschien mir nichtig, alle Menschen verachtete ich, sogar meine arme Mutter, die-

ses geplagte Tier. Meinen Vater konnte ich sowieso nicht ausstehen. Und meine Geschwister mochte ich auch nicht besonders. Bis auf Erni natürlich. Er tat mir so leid, weil keiner ihn verstand. Seine kleine Künstlerseele in dem schwachen Körper. Einen gab es, den ich liebte. Mit all der glühenden Phantasie meiner sechzehn Jahre liebte ich ihn. Ich malte mir aus, daß alle anderen weg wären, einfach nicht mehr da, und er und ich allein auf der Welt. Und die Pferde natürlich und die Hunde. Vielleicht kann man nur in seinen Träumen glücklich sein. Sie sind nicht das wirkliche Leben, und darum sind sie unser glückliches Leben. Das wirkliche Leben besteht nur aus Tagen. Tage und Nächte. Noch ein Tag und noch ein Tag, man kann sie nicht anhalten. Sie kommen und gehen.
An manchen Tagen geschieht etwas, an anderen Tagen geschieht nichts. Irgendetwas geschieht immer, Gutes oder Schlechtes, Wichtiges oder Unwichtiges. Die Sonne scheint oder es regnet, das ist schon Programm genug für einen Tag. Es gibt Menschen, die fangen mit ihren Tagen etwas Sinnvolles an. Diese Menschen beneide ich. Für sie muß das Leben anders sein. Möglicherweise glücklich. Vielleicht eben nur – gelebt. Ja, sie leben ihr Leben. Es läuft nicht bloß so vorbei, geht so vorüber, Tag für Tag. Wenn man bedenkt, wie lange Menschen auf dieser Erde leben, und es sind immer nur Tage gewesen. Ein Tag nach dem anderen. An einem werden sie geboren, an einem anderen sterben sie. Und dazwischen sind nichts als Tage. Und Nächte. Man muß sich wundern, daß die Menschen es noch nicht aufgegeben haben, zu leben. Daß sie es nicht satt bekommen haben, all diese Tage durchzustehen, und vor sich den Tag, an dem sie sterben werden. Wozu eigentlich? Aufstehen, Tag vorübergehen lassen, schlafen. Aufstehen, Tag, schlafen. Das ist doch zu dumm. Nächte sind besser, da kann man schlafen. Wenn man schlafen kann. Es wird hell und dunkel und wieder hell und wieder dunkel. Morgen ist heute gestern und ist vorbei. Es ist sinnlos. SINNLOS! Eines Tages ist man tot, und es ist genauso, als wenn man nicht gelebt hätte. So viele Männer sind jung im Krieg gefallen, es wäre besser gewesen, sie wären gar nicht geboren worden. Die paar Tage, die sie gelebt haben, sind kaum der Rede wert. Kindertage, Jugendtage. Es ist so mühsam, jung zu sein. So schwierig. Ich bin meiner Mutter nicht dankbar, daß sie mich geboren hat. Sie hätte es nicht tun sollen. Sicher denken meine Kinder eines Tages genauso. Zweimal habe ich abgetrieben. Zwei nicht geborene Kinder. Sie sind es, die mir dankbar sein müssen. Ich habe ihnen diese Tage und Tage und Nächte und Nächte erspart. Ich habe ihnen den Tod erspart. Ich habe ihnen das Geschenk gemacht, daß sie nicht sterben müssen. Ich finde, das ist das größte Geschenk, das man einem Menschen machen kann. Jeder hat Angst vor dem Tod. Darum klammert sich jeder an das bißchen Leben, an diese Tage und Tage. Darum werden sie nie . . .‹
Der Hund sprang auf, spitzte die Ohren, schaute erst zum Fenster und drängte dann zur Tür. Leises Motorengeräusch war zu hören. Also kam Marleen schon nach Hause.
Halb zwei. Nina stand rasch auf, knipste das Licht aus und ließ den Hund hinaus in die Diele. Marleen sollte nicht sehen, daß sie noch wach war.

Im dunklen Zimmer stand sie hinter der Gardine und sah, wie das Auto lautlos vor das Gartentor glitt und hielt. Eine ganze Weile rührte sich nichts. Dann stieg zuerst er aus, ging um den Wagen herum, öffnete auf ihrer Seite den Schlag und streckte seine Hand in das Dunkel des Wagens. Marleens Hand im langen schwarzen Handschuh, Marleens Fuß im Silberschuh, dann Marleen selbst. Sie war wie immer sehr chic gewesen an diesem Abend, ein schwarzes Kleid mit silbernen Streifen durchwirkt, kniekurz, die schlanken Beine in silberhellen Seidenstrümpfen, das Haar ganz kurz geschnitten, eng an den Kopf frisiert, schwarzglänzend wie Lack.
»Willst du nicht doch mitkommen?« hatte sie gefragt.
»Nein.«
»Wird sicher ganz nett. Wir spielen ein bißchen, tanzen ein bißchen. Baron Ortenau hat sich neulich ausführlich nach dir erkundigt. Wann denn meine charmante Schwester wieder einmal käme.«
»Dieser Miesling!«
»Mon dieu, Nina! Bißchen degeneriert, aber immerhin gute alte Familie. Geld hat er zwar nicht, lebt nur auf Pump. Aber als kleiner Trost doch nicht unbrauchbar.«
»Ich brauche keinen Trost.«
»Nicht? Umso besser.«
Da unten am Tor ein ganz korrekter Abschied. Handkuß für die Dame, höfliches Warten vor dem dunklen Wagen, bis sie das Haus betreten hatte. Dann stieg er ein, wendete den Horch geschickt zwischen den Alleebäumen der Villenstraße, verschwand in der Nacht.
Nina hatte ihn noch nicht zu sehen bekommen, den Neuen, aber sie konnte gewiß sein, daß er nicht degeneriert war, sondern groß und breitschultrig und möglichst blond. Das war der Typ, den Marleen bevorzugte.
Draußen begrüßte der Boxer die Herrin, lautes erregtes Atmen, kleine Freudenlaute. Nina sah ihn vor sich, wie er Marleen umtanzte, an ihr hochsprang. Er durfte tun, was er wollte, und wenn er das teure Kleid zerriß, machte es auch nichts. Marleen zog sowieso kein Kleid mehr als zwei- oder dreimal an.
Marleen Bernauer, schön, elegant, ein Luxusgeschöpf.
Der kleine Jude, mit dem sie verheiratet war, und der ihr dieses Prachtleben zu Füßen legte, schlief allein in seinem Zimmer. Oder schlief auch nicht, sondern lauschte auf ihre Heimkehr. Er liebte sie oder er liebte sie nicht. Er litt oder er litt nicht. Das wußte keiner. Er war bescheiden, einfach, fleißig und arbeitete. Die Tage und Tage seines Lebens waren für die Arbeit da. Nachts schlief er allein. Marleen war nie allein. Und sie war nicht bescheiden. Sie war unter einem Glücksstern geboren. Achtzehnhunderteinundneunzig in einer niederschlesischen Provinzstadt in sehr einfachen Verhältnissen. Ihrer Mutter kostete sie beinahe das Leben, und wenn sie gestorben wäre, hätte sie zwei Jahre später nicht Nina zur Welt bringen können. Von solchen Zufällen hing alles ab.
Nina neidete ihrer Schwester das prachtvolle Leben, manchmal empfand sie Verachtung, manchmal Mitleid. Marleen hatte teure Preise bezahlt für ihr Glück. Nina lachte, allein im dunklen Zimmer.

Marleen Bernauer – Magdalene Nossek. Wenn ihr Vater das noch erlebt hätte! Die Juden mochte er nicht, und der Lebenswandel seiner Tochter Lene war ihm schon damals ein Ärgernis gewesen.
Aber auch das Leben dieser Nossek-Tochter bestand schließlich aus nichts anderem als aus Tagen und Nächten.
Das konnte man sich natürlich nicht vorstellen, damals, zu Hause, wo alles so streng geordnet und festgefügt erschien. Der Strom hatte sie mitgenommen, der dunkle unberechenbare Strom des Lebens, er spülte sie fort, ertränkte sie fast im Sog, trug sie hoch in einem hellen Strudel, so wie er Lene Nossek hochgetragen hatte und sie eines Tages wieder hinunterziehen würde, dahin, wo Nina Nossek wütend gegen den Schlamm kämpfte, der sie zu ersticken drohte.
Tage und Tage, Nächte und Nächte, das war schon alles. Das war das Leben. Ein Augenblick, der verweht.
Ehe sie schlafen ging, zerriß Nina, was sie zuvor geschrieben hatte.

Die Familie

An einem Tag im März zog ein eisiger Wind die Oder herauf. Tief und grau hingen die Wolken über dem grauen Strom, an den Brückenpfeilern brach sich sprühend das Wasser.
Charlotte schauderte vor Kälte, als sie über die Brücke gingen. Sie legte den Arm um die schmächtigen Schultern des Kindes, dessen Mantel viel zu dünn und zu kurz war.
»Ist dir nicht kalt, Trudel? Halt dir den Mantel am Halse zu, du wirst dich erkälten. Gib mir den Korb!«
Aber sie hatte keine Hand frei, mußte nach dem Hut greifen, der beinahe davongeflogen wäre.
»Ich kann ihn selber tragen. Und mir ist nicht kalt«, sagte das Kind und lächelte mit blassen Lippen zu ihr auf, seine blonden Zöpfe tanzten im Wind.
Als sie die Brücke hinter sich gelassen hatten und zwischen die Häuser gelangten, spürte man den Wind nicht mehr so sehr.
»Lauf schnell nach Hause, Trudel. Grüß alle schön. Und sag der Mutter . . .« Charlotte schwieg. Es gab nichts mehr zu sagen, sie hatte ja erst am Vormittag mit ihrer Tochter gesprochen. »Sag, ich komm' übermorgen wieder vorbei. Und trink gleich was Warmes, ja?«
Trudel machte einen Knicks, ihr kleines eckiges Gesicht hob sich vertrauensvoll Charlotte entgegen. »Und ich danke auch schön, Großmama. Es hat so gut geschmeckt.«
»Du kommst bald wieder einmal zum Essen. Und nun lauf schnell. Ist dir der Korb auch wirklich nicht zu schwer?«
»Nein, gar nicht.«
Charlotte blickte dem Kind nach, es drehte sich noch einmal um, winkte, dann verschwand es unter den Lauben am Rathaus.
Charlotte seufzte, dann ging sie eilig weiter. Der Gedanke an Agnes bedrückte sie. Am Vormittag war sie, wie so oft, rasch einmal bei ihrer Tochter gewesen. Sie fand Agnes mit der Dienstmagd im Waschhaus, das von undurchdringlichem weißem Dampf erfüllt war.
Die Magd stand am Waschbrett und rubbelte mit nackten roten Armen, Agnes fischte mit der Holzkelle die schweren heißen Wäschestücke aus dem brodelnden Kessel.
Charlotte hatte ihre Hilfe angeboten, aber Agnes hatte abgelehnt, statt dessen waren sie hinauf in die Wohnung gegangen, weil Agnes sowieso nach den Kin-

dern sehen wollte, wie sie sagte. Währenddessen hatte Charlotte die Vorräte in der Speisekammer überprüft und festgestellt, daß das Eingemachte bis auf ein Glas aufgebraucht war.
»Ich habe noch ein paar Gläser mit Erdbeermarmelade«, sagte sie. »Und Pflaumenmus muß auch noch da sein. Und Birnenkompott. Du weißt schon, von den schönen gelben Birnen aus Kätes Garten. Die bringe ich dir heute Nachmittag.«
»Ich kann sie mir ja holen, Mama.«
»Du hast doch keine Zeit, wenn du Wäsche hast. Ich komme sowieso heute noch einmal in die Stadt, ich gehe am Nachmittag zu Leontine.«
»Dann schicke ich dir Trudel, sie kann dir helfen, die Gläser zu tragen.«
Doch Charlotte hatte eine bessere Idee.
»Ich werde Trudel von der Schule abholen. Ich hab' noch Klößel von Sonntag und Schweinebraten, das wollte ich sowieso heute wärmen. Es reicht für zwei, sie kann gleich mit mir essen.«
»Ach, das wäre wunderbar, Mama«, sagte Agnes dankbar.
»Dann mache ich für die Kinder einen Brei, und für Berta und mich habe ich noch Erbsensuppe.«
Die große Wäsche fand immer an einem Tag statt, an dem ihr Mann nicht zum Essen nach Hause kam. Heute war er mit dem Baron in den Landkreis gefahren, erzählte Agnes, und würde vor Abend nicht zurückkehren.
Agnes strich sich das verwirrte braune Haar aus der Stirn, es war naß vom Dampf, ihre Hände waren rot und gedunsen.
»Ich muß dir noch etwas sagen, Mama.«
Daran dachte Charlotte jetzt, als sie leicht vorgebeugt gegen den Wind anging, mit der einen Hand hielt sie den Hut fest, in der anderen trug sie die Tasche und den Regenschirm. Immer mußte man sich Sorgen machen wegen der Kinder, das war ein Leben lang so gewesen, es würde sich wohl nie ändern. Grau wie dieser Tag, so grau war das ganze Leben.
Eine Viertelstunde später sah das Leben freundlicher aus, sie saß auf Leontines rotem Plüschsofa, ganz nah am Kachelofen, der eine wohlige Wärme ausstrahlte, und die alte Lina, die schon seit dreißig Jahren Leontines Haushalt versorgte, stellte die Kaffeekanne und einen großen puderzuckerbestreuten Napfkuchen auf den runden Tisch.
»Ach, das tut gut, hier zu sitzen«, sagte Charlotte mit einem tiefen Seufzer. »Ein schreckliches Wetter ist das heute.«
»Es wird Frühling«, sagte Leontine heiter.
»Davon habe ich nichts bemerkt.«
»Der Wind vertreibt den Winter. Sie werden sehen, wenn er ausgeblasen hat, kommt die Sonne.«
Der Kaffee duftete, der Kuchen schmeckte vorzüglich, Charlotte seufzte zufrieden, legte ihr Strickzeug bereit, legte sich die Worte zurecht, um Leontine ihr Herz auszuschütten. Aber zunächst kam sie nicht dazu. Leontine war randvoll von diesem albernen Brief erfüllt. Erst erzählte sie davon, dann holte sie ihn, zitierte einige Stellen daraus, schließlich, auf Charlottes mißbilligendes Kopfschütteln hin, las sie ihn vor, von Anfang bis Ende.

»Nun? Was sagen Sie dazu?«
Charlotte schüttelte abermals den Kopf, seufzte, warf einen scheelen Blick auf den Brief und sagte ablehnend: »Ich halte es für Unsinn. Ich kann das nicht glauben.«
»Da! Lesen Sie selbst, wenn Sie mir nicht glauben.«
Der Brief landete mitten auf dem Tisch, zwischen den Kaffeetassen. Leontine klopfte noch dreimal mit dem Finger auf die engbeschriebenen Blätter, schob die Brille auf die Stirn, ihre dunklen Augen blitzten vor Begeisterung.
»Aber ich glaube Ihnen ja, daß alles so dasteht, wie Sie es mir vorgelesen haben«, sagte Charlotte uninteressiert, ohne den Brief eines Blickes zu würdigen. »Ich glaube nur nicht, daß etwas daraus wird. Das ist doch eine Verrücktheit, weiter nichts. So etwas gibt es gar nicht.«
»Und ob es das gibt! Das wird es jetzt öfter geben. Das ist nur der Anfang.« Leontine nahm den Brief wieder in die Hand und schwenkte ihn wie eine Fahne. »Daß ich das noch erleben darf! Eins von meinen Mädchen.«
»Sie kennen sie doch kaum.«
»Ich erinnere mich ganz genau an sie. Sie war nicht lange bei mir, ein knappes Jahr etwa. Dann zog die Familie nach Leipzig. Ich sehe sie noch vor mir, ein kleines energisches Ding mit dicken schwarzen Locken. Ein nettes Kind. Und sehr intelligent.«
»Ihr Vater hatte das kleine Pelz- und Modegeschäft in der Langen Gasse, das weiß ich auch noch. So ein rundlicher kleiner Jude. Er hatte immer hübsche Sachen. Und war nicht teuer.«
»So ist es, so ist es. Und der Großvater war ein Fellhändler aus Kiew. Das müssen Sie sich einmal vorstellen. Evchen ist schon hier geboren. Aber ihr Vater ist noch in Rußland geboren. Und der Alte, der Großvater, war ein ganz frommer Jude. Er kam immer hier vorbei, wenn er in die Synagoge ging. Er trug ein kleines schwarzes Käppchen und hatte einen langen weißen Bart. Und jetzt macht seine Enkeltochter das Abitur und wird studieren.«
Charlotte lächelte säuerlich.
»Abwarten!«
»Vielleicht werde ich es noch erleben, daß eins von meinen Mädchen eine richtige Ärztin wird. Evchen würde ich es zutrauen, sie wird das schaffen. Ich sage Ihnen ja, sie war als Kind schon sehr entschieden in allem, was sie tat. Und sie hat mich nicht vergessen, ab und zu hat sie mir geschrieben. Agnes müßte sie eigentlich noch kennen.«
»Ihr Vater hat es also demnach in Leipzig weit gebracht.«
»Es scheint ihnen gut zu gehen. Es war ein Glück für sie, daß sie gerade nach Leipzig gingen.«
»Wegen des Pelzhandels dort, meinen Sie?«
»Das meine ich nicht allein. Wegen dieser Käthe Windscheid. Das muß eine erstaunliche Frau sein. Sie wird in Leipzig Abiturkurse für Mädchen abhalten, und wenn ein Mädchen Abitur hat, kann es auch studieren.«
»Ja, ja«, sagte Charlotte ungeduldig, »das haben Sie mir ja vorgelesen. Ich halte es trotzdem für Unsinn. Wozu braucht ein Mädchen Abitur? Und warum soll es studieren? Dazu sind die Männer da.«

»Sie leben an Ihrer Zeit vorbei, Charlotte! Wie die meisten Frauen. Fast alle. Wenn alle so dächten wie Sie, dann würde sich nie etwas ändern.«
»Aber warum soll sich denn etwas ändern?«
»Warum? Warum? Weil wir auch nicht dümmer sind als Männer. Darum. Weil wir dasselbe können, was Männer können. Weil wir nie frei sein werden, wenn wir nicht arbeiten dürfen.»
»Aber alle Frauen arbeiten. Für ihre Familie, für die Kinder. Ist das nicht Arbeit genug?«
Sie sah ihre Tochter vor sich, über die dampfende Wäsche gebeugt. War das nicht gerade Arbeit genug? Warum denn noch studieren?
»Das ist nicht die Arbeit, die ich meine.«
»Ich stelle es mir nicht sehr angenehm für ein Mädchen vor, auf die Universität zu gehen. Da sind lauter junge Männer. Es ist einfach zu gefährlich. Stellen Sie sich vor, welchen Versuchungen junge Mädchen ausgesetzt wären. Und am Ende würden die Studenten die Mädchen doch nur verspotten und . . . und . . .« Nein, was die Studenten noch mit den Mädchen anstellen könnten, das mochte Charlotte nicht aussprechen.
»Das kann sein«, gab Leontine zu. »Am Anfang wird es sehr schwierig sein. Es gehört viel Mut dazu für ein Mädchen. Und viel Ausdauer.«
Leontine schob die Brille wieder auf die Nase und vertiefte sich erneut in ihren geliebten Brief.
»In Zürich will sie studieren, schreibt sie. Dort sind sie am fortschrittlichsten. Die Universität in Zürich hat als erste das Frauenstudium zugelassen. Und die ersten Frauen, die dort studiert haben, waren Russinnen, stellen Sie sich so etwas vor. Wir sollten uns vor ihnen schämen.«
»Mein Gott, wie Sie wieder übertreiben, Leontine; so ein paar verrückte russische Mannweiber, zu häßlich wahrscheinlich, um einen Mann zu bekommen. Glauben Sie mir, es werden immer nur Ausnahmen sein, die so etwas unternehmen.«
»Nun, immerhin wird es jetzt schon ein Mädchen aus unserer verschlafenen kleinen Stadt sein, das studieren wird. Warten Sie nur ab, in den nächsten Jahren werden es immer mehr werden. Endlich werden die Frauen begreifen, was für Möglichkeiten sie haben. Auch Sie, meine Liebe, werden es eines Tages anders sehen.«
»Ich?« Charlotte lächelte mitleidig. »Ich bestimmt nicht. Ich lehne das ab. Es passieren genügend schreckliche Dinge heutzutage. Auch noch studierende Frauen, das wäre unvorstellbar. Was soll aus der Familie werden? Die Frauen sind heutzutage sowieso so nachlässig und so ... so ... hemmungslos. Es ist schlimm genug, wie es zugeht in der Welt. Die Zeiten haben sich geändert, das ist wahr. Aber nicht zum Guten. Ich begreife die Welt nicht mehr. All dieses moderne Zeug, das man den Leuten einredet, für meinen Kopf ist das nicht faßbar.«
Fünf Maschen noch, dann war die Nadel zu Ende. Charlotte ließ die Strickerei in den Schoß sinken, seufzte wieder einmal – sie besaß eine beachtenswerte Fertigkeit, variationsreich zu seufzen –, griff nach der Kaffeetasse, leerte sie

und richtete anschließend den Blick auf ihr Gegenüber, in Erwartung der Belehrung, die unweigerlich folgen würde.
Leontine von Laronge trommelte mit den Fingern auf den Tisch, eine Handarbeit hinderte sie nicht daran, sie verabscheute Handarbeiten, dann legte sie los: »Erstens, meine Liebe, können sich Zeiten gar nicht ändern, denn es gibt sie nicht. Es gibt nur die Zeit. Sie ist so bedeutungsvoll, daß man sie nicht in den Plural versetzen kann. Alle bedeutenden Dinge sind nur im Singular vorhanden. Der Verstand. Die Vernunft. Die Liebe, der Haß. Der Hunger, der Durst, die Jugend, das Glück, das Leben, der Tod. Und eben auch die Zeit. Diese Worte in den Plural zu versetzen, ist Unsinn. Sie verstehen, was ich meine?«
Ein strenger Blick über den Tisch hinweg, Charlotte nickte ergeben. Zurechtweisungen dieser Art war sie von ihrer Freundin gewohnt.
»Man kann bestenfalls sagen«, fuhr Leontine fort, »die Sitten hätten sich geändert, die Anschauungen, die Mode. Und daran ist nichts Ungewöhnliches, das war schon immer so, seit Menschen auf dieser Erde leben. Zweitens kann wohl keiner von sich behaupten, er habe die Welt begriffen. Und was drittens Ihren Kopf betrifft, liebe Charlotte . . .« Das Fräulein von Laronge lächelte, ein wenig spöttisch, ein wenig mitleidig, war aber so höflich, den begonnenen Satz nicht zu beenden.
Charlotte warf einen kurzen Blick in das kluge kleine Gesicht, dann strickte sie in erhöhtem Tempo weiter und sagte ein wenig spitz: »Ja, ja, ich weiß, was Sie sagen wollen. Ich bin zu dumm, um diese moderne Welt zu begreifen.«
»Das habe ich nicht gesagt. Außerdem ist es weder allein eine Frage der Dummheit noch eine Frage der Klugheit, wenn man den Wandel aller Dinge auf Erden nicht anerkennt oder nicht anerkennen will. Es ist eine Frage der Bereitschaft. Und zuvor eine Frage der Einsicht. Alles wandelt sich, alles verändert sich, seit eh und je. Wenn dem nicht so wäre, lebten wir noch in der Steinzeit.«
»Aber eines werden Sie mir doch zugeben: daß sich durchaus nicht immer alles zum Besseren verändert.«
Das war ein gutes Stichwort. Fräulein von Laronge legte die Fingerspitzen zusammen, wie sie es gern tat, wenn sie ins Dozieren kam, überdies wußte sie, daß sie noch immer bemerkenswert schöne Hände besaß. Dann begann sie eine längere Rede.
»Was ist gut, was ist schlecht, meine Liebe? Was besser, was schlechter? Für wen ist dieses besser und jenes schlechter? Wer will das beurteilen, geschweige denn entscheiden. Wir, die wir mitten drinstehen? Jene, die vor uns waren? Jene, die nach uns kommen? Sehen Sie, zunächst muß man sich diese Fragen vorlegen. Fragen, die sich nicht ohne weiteres beantworten lassen. Eins jedoch kann man wohl mit Bestimmtheit sagen: wir leben in einem Zeitalter des großartigsten Fortschritts. Was alles geschehen ist in unserem Jahrhundert – es ist enorm. Als ich geboren wurde, reiste man noch, wenn überhaupt, mit der Postkutsche. Denken Sie nur an die Mühen, denen sich unser Goethe mit seinen Reisen unterzog. Diese Unbequemlichkeiten, diese Strapazen! Heute durchqueren Eisenbahnzüge in rasendem Tempo unseren Kontinent. Und nicht nur den unseren, das weite Rußland, die unendliche Ausdehnung Amerikas werden dem Men-

schen mühelos erschlossen durch dieses technische Wunderwerk auf Schienen. Wann je hätte die Menschheit sich derartiges erträumt? Wäre ich je nach Paris gekommen, ohne die fabelhafte Erfindung der Eisenbahn?«
Die Reise nach Paris, vor elf Jahren unternommen, in Jahren zusammengespart, war das größte Ereignis im Leben Leontines gewesen, und es gab eigentlich kaum ein Gespräch, in dem sie nicht auftauchte, manchmal kurz erwähnt, meist jedoch ausführlich erzählt, durchaus plastisch und interessant dargestellt.
Heute machte sie es kurz.
»Wie töricht haben die Leute zum größten Teil reagiert, als die ersten Eisenbahnen durch das Land rollten«, fuhr sie fort.
»Ich erinnere mich noch gut daran, wie mein Vater auf dieses Ungeheuer schimpfte, so nannte er die Eisenbahn nämlich. Sie sei ein Werk des Teufels, sagte er, sie verpeste die Luft, sodaß man kaum mehr atmen könne, und für den Unglücklichen, der in ihr reise, bedeute sie Krankheit, wenn nicht gar den Tod, weil die anormale Geschwindigkeit der Fortbewegung sein Hirn schädigen müsse. Nun, meinem Gehirn hat die Reise nach Paris nicht das geringste angetan. Ich habe diese Reise in jeder Minute genossen. Ich habe die Heimat meiner Vorfahren kennengelernt« – Leontine stammte aus einer Hugenottenfamilie – »und ich habe die befriedigende Erfahrung gemacht, daß meine Schülerinnen bei mir die Sprache Voltaires korrekt genug lernen, um jederzeit in der Lage zu sein, sich in Frankreich zu verständigen, falls ihr Weg sie je dorthin führen würde.«
Sie blickte voll berechtigtem Stolz auf ihr Visavis, doch Charlotte hob nicht die Augen von der Strickerei. Das kannte sie alles schon. Vor- und rückwärts kannte sie es.
»Mein Vater war ein kluger Mann«, fuhr Leontine fort, »der Meinung war ich als Kind, der Meinung bin ich noch heute. Aber auch kluge Menschen können sich irren. Sie können falsch urteilen, wenn sie nicht aufgeschlossen sind für das Neue, für den Wandel, für die Veränderungen, die täglich um uns herum geschehen, im großen wie im kleinen, an Menschen und Dingen, in jedes Menschen Dasein, in dem sich ja täglich auch alles ändert und wandelt.«
So ging es noch eine Weile weiter, Leontine hörte sich gern reden, war verliebt in umständliche Formulierungen, außerdem war sie daran gewöhnt, daß man ihr zuhörte und nicht widersprach. Denn wenn sie etwas besaß und bewahrt hatte, unverändert und unwandelbar, so war es Autorität.
Charlotte Hoffmann strickte unterdessen emsig weiter, hörte nur mit einem Ohr zu, wohl wissend, daß die Predigt noch eine Weile dauern und unweigerlich bei der Jugend enden würde.
Widersprochen hätte Charlotte eigentlich ganz gern. Sie hätte gern gefragt, worin eigentlich Wandel und Veränderung in ihrem eigenen Leben bestanden. Mochte ja sein, daß die Welt rundherum sich unablässig änderte und die Menschen dazu. Aber in ihrem Leben, in Charlotte Hoffmanns kleinem bescheidenen Leben, änderte sich überhaupt nichts. Es blieb sich immer und ewig gleich, war sich gleich geblieben in den grauen und eintönigen Jahren, die hinter ihr lagen. Aber noch während sie das dachte, entdeckte sie, daß das nicht stimmte. Wieviel hatte sich nicht verändert! Allein durch die Kinder, durch ihr Aufwach-

sen, ihre Ehen, waren nicht neue, unerwartete Horizonte hinzugekommen? Eins allerdings war sich gleich geblieben: die Angst, die Sorge um die Kinder. Auch jetzt die neue Sorge um Agnes.
»Zugegeben, es wurde mir leicht gemacht, aufgeschlossen zu sein, bereit für alles Neue, für jeden Fortschritt«, so weit war Leontine nun gekommen, »das bewirkte mein Umgang mit der Jugend. Man kann selbst nicht stehenbleiben, wenn man mit offenen Augen die Entwicklung junger Menschen beobachtet. Noch dazu, wenn man das Glück hat, in einer Zeit zu leben, die das große Werk eines Humboldt, eines Pestalozzi zum Erbe erhielt. Und was ist die Entwicklung eines jungen Menschen letzten Endes anderes als die Entwicklung der Menschheit? Mitzuerleben, wie ein junger Mensch heranwächst, wie er sich selbst begreifen lernt, seinen Weg findet, reifer wird, endlich erwachsen wird, ein selbständiges Individuum . . .« Hier stockte ihr Redefluß.
Gewohnt, sich nicht nur präzise auszudrücken, sondern auch stets ehrlich zu sein, gefiel ihr nicht so recht, was sie gesagt hatte. Trocken fügte sie hinzu: »Bestenfalls ist es so. Leider lernt durchaus nicht jeder, sich selbst zu begreifen, nicht jeder findet seinen Weg. Es ist immer noch viel Dunkelheit um die Menschen. Es bleibt die Unvollkommenheit, die Ungerechtigkeit, mit der wir leben müssen.«
»Und das wandelt sich offenbar nie«, sagte Charlotte triumphierend. »Das bleibt sich immer gleich. Ist es nicht so?«
Leontine gab sich ungern geschlagen. Außerdem war sie gewohnt, das letzte Wort zu behalten.
»Bis jetzt, meine Liebe, ist es so. Man darf die Hoffnung nicht aufgeben. Mag sich auch derzeit der Fortschritt hauptsächlich in technischen Dingen vollziehen, der Mensch wird sich nicht ausschließen können. Ist er nicht schon viel klüger geworden, viel wissender? Freier in seinem Denken, in seinem Reden? Auch und gerade wir Frauen. Wenn man bedenkt . . .«
Doch ehe sie in die Steinzeit zurückkehren konnte, unterbrach Charlotte sie, um endlich loszuwerden, was sie viel mehr beschäftigte als der Fortschritt der Menschheit.
»Agnes ist wieder schwanger.«
Mit hartem Aufprall landete Leontine in der Gegenwart.
»O nein!« rief sie. »Nein! Das arme Kind!«
Charlotte preßte die Lippen zusammen und strickte schneller.
»Aber das ist ja entsetzlich«, sagte Leontine voll Unmut. »Ich dachte, das würde nicht mehr passieren. Beim letztenmal ist sie beinahe gestorben. Und hat sich so schwer erholt. Umpusten könnte man sie. So ein zartes kleines Ding wie unsere Agnes. Also, ich muß sagen . . . ich muß schon sagen . . . ich finde das degoutante.«
Sie legte die Hand an die Kaffeekanne, der Kaffee war kalt geworden.
»Soll ich uns noch eine Tasse Kaffee aufbrühen lassen?« murmelte sie abwesend. »Oder einen kleinen Likör, Charlotte? Ich glaube, ich könnte jetzt einen vertragen.«
Charlotte nickte nur, sie dachte an Agnes, wie sie ihr heute vormittag in der Küche gegenübersaß, die Hände rot von der Arbeit in der Waschküche, das Haar verwirrt, die Augen groß und voll Angst in dem schmalen Gesicht.

»Ich fürchte mich diesmal so, Mama. Ich glaube, ich werde sterben.«
Das war die Folge der letzten schweren Geburt. Aber dann hatte sie gleich gelächelt, vertrauensvoll, lieb, wie nur Agnes lächeln konnte und hatte hinzugefügt: »Das war dumm, Mama. Vergiß bitte, was ich eben gesagt habe. Ich werde sehr vorsichtig sein. Ich wünschte nur, es wäre endlich ein Junge.«
»Wirklich«, sagte Leontine, nachdem sie die Gläschen mit Kräuterlikör gefüllt hatte. »Ich finde es rücksichtslos.«
»Rücksichtslos?« wiederholte Charlotte erstaunt. »Wie meinen Sie das?«
»Wie soll ich das meinen? Ich denke, es ist deutlich genug, was ich ausdrücken will. Es ist rücksichtslos von ihm.«
»Aber, liebe Leontine!«
»So ein langweiliger Kerl wie der! Man kann es kaum verstehen.«
»Sprechen Sie von meinem Schwiegersohn?« fragte Charlotte pikiert.
»Von wem sonst? Er ist ja wohl verantwortlich dafür.«
»Aber, Leontine, ich bitte Sie! So kann man doch die Angelegenheit nicht sehen.«
»Wie denn sonst? Ich sehe sie so.«
Charlotte lächelte, in ihrer Stimme klang Überheblichkeit, als sie sagte: »Mein Gott, Leontine, das können Sie wohl nicht beurteilen. In einer Ehe . . . nun ja, es gehört dazu. Es ist das Los der Frauen.«
Schließlich war sie, Charlotte, eine verheiratete Frau gewesen und hatte selbst zwei Kinder zur Welt gebracht. Sie wußte Bescheid. Das Fräulein von Laronge, bei all ihrer Gelehrsamkeit, war nichts anderes als eine alte Jungfer. Was wußte sie von der Ehe? Wußte sie überhaupt, wie Kinder entstanden?
»Es wird eine Zeit kommen«, sagte Leontine mit Pathos, »in der eine Frau selbst darüber bestimmen kann, ob sie ein Kind haben will oder nicht.«
»Oh!« rief Charlotte voll Entsetzen und ließ das Strickzeug sinken. »Was für Ideen! Das sind diese sozialistischen Hirngespinste! Aber daß auch Sie dafür anfällig sind, das hätte ich nicht erwartet.«
»Nachdem ich Ihnen soeben einen Vortrag über den Fortschritt gehalten habe? Haben Sie denn nichts von dem begriffen, was ich gesagt habe?«
»Aber Sie können doch nicht diese Leute damit gemeint haben. Sie können doch nicht diese Volksverderber gutheißen!«
»Volksverderber! Reden Sie nicht so einen Unsinn, Charlotte. Ich habe Ihnen doch gerade zu erklären versucht, daß alles auf dieser Erde sich ständig wandelt. Und was die Sozialdemokraten betrifft – gewiß, sie schießen manchmal über das Ziel hinaus, stellen Ansprüche, die utopisch sind. Aber man kann durchaus nicht alles verwerfen, was sie anstreben.Und sie haben in vielen Dingen recht. Dieser Bebel ist ein kluger Mann, das hat selbst der Reichskanzler zugegeben. Auch er hat schließlich gegen das Elend, gegen die Armut gekämpft.«
»Es wird immer arme Leute geben«, sagte Charlotte abwehrend. »Und Sie haben selbst vor wenigen Minuten gesagt, daß die Ungerechtigkeit zum menschlichen Leben gehört. Haben Sie das gesagt oder nicht?«
»Das habe ich gesagt. Das heißt aber nicht, daß man sich damit zufrieden geben soll. Ich glaube, das habe ich auch deutlich genug gesagt. Man muß versuchen,

es besser zu machen. Die Unbildung in weiten Kreisen des Volkes, das Elend der Kinder, die Belastung der Mütter, die Armut unter den Arbeitern, man muß es nicht hinnehmen.«

»Ach? Und wie wollen Sie es fertigbringen, daß alle Leute reich sind, alle Leute gebildet? Das ist doch lächerlich. Die Menschen sind nun einmal verschieden, das war immer so.«

»Sie sollen nicht alle gleich sein, das verlangt kein Mensch, aber die Gegensätze sollten nicht so kraß sein. Wenn man nicht versucht, es zu ändern, woher soll es denn dann kommen? Hat es der Kanzler nicht auch erkannt? Sind die Sozialgesetze nicht sein Werk? Sehen Sie, das ist es, was ich unter Fortschritt verstehe. Um diese Gesetze kann uns die ganze Welt beneiden. Und es war nur ein Anfang. Wenn wir ihn behalten hätten, dann wäre er auf diesem Wege weitergeschritten, zusammen mit den Sozialdemokraten. Denn sehen Sie, liebe Charlotte, der Kanzler ist ein moderner, fortschrittlicher Mensch.«

Sie sprach immer noch von Bismarck als ›der Kanzler‹. Caprivi, seinen Nachfolger, nahm sie nicht zur Kenntnis. Und für den jungen Kaiser hatte sie schon gar nichts übrig. Darüber ließ sie niemanden im Zweifel, was nicht sehr klug von ihr war und was dazu geführt hatte, daß die Anzahl ihrer Schülerinnen stark abgenommen hatte.

Natürlich lag es auch mit daran, daß die besseren Kreise in steigendem Maße ihre Töchter ins Lyzeum schickten, eine öffentliche Schule für Höhere Töchter galt durchaus nicht mehr als unpassend. So etwas wie das »Private Institut für Höhere Töchter« paßte nicht mehr so recht in die moderne Zeit. Alles wandelt und verändert sich, Leontine vertrat mit Überzeugung diese Ansicht, sie konnte es überdies am eigenen Leib verspüren. Zweiundzwanzig Schülerinnen besuchten zur Zeit ihr Institut. Vor fünf Jahren noch waren es an die siebzig gewesen. Für das kommende Jahr lagen bis jetzt sechs Anmeldungen vor.

Charlottes Töchter hatten beide das »Private Institut für Höhere Töchter« besucht, und sie hatten dort alles gelernt, was Höhere Töchter für das Leben brauchen: anständig französisch sprechen, Klavier spielen, feine Handarbeiten, gute Manieren, Konversation machen, tanzen, kochen, nähen, und – in diesem Fall der Persönlichkeit der Institutsleiterin zu verdanken – sie hatten beachtliche Kenntnisse in Geschichte, Geographie und dem Wandel der Menschheitsgeschichte erworben. Sogar die »Vossische Zeitung« las Leontine mit ihren Schülerinnen, weil sie der Meinung war, auch eine Frau müsse darüber Bescheid wissen, was in ihrem Vaterland geschah, und Politik sei keineswegs allein Sache der Männer.

So gesehen war es wirklich eine moderne Schule, die Leontine leitete. Trotzdem blieben die Schülerinnen weg.

Charlotte hatte nicht das volle Schulgeld zahlen müssen, das geschah aus alter Freundschaft, die wiederum aus einer entfernten verwandschaftlichen Bindung entstanden war; Charlottes Mann war der Sohn einer Cousine des Fräulein von Laronge gewesen. Außerdem wußte Leontine gut genug, wie knapp, um nicht zu sagen, wie ärmlich die Verhältnisse der Hoffmanns waren, nachdem Fritz Hoffmann 1870 in Frankreich gefallen war. Er war aktiver Offizier gewesen,

ein hübscher, ein wenig scheuer junger Mann; als er sterben mußte für Preußen und das neue Deutsche Reich, war er gerade sechsunddreißig, seine beiden Töchter fünf und sieben. Agnes Hoffmann, die jüngere, war Leontines Liebling gewesen, ein zartes, schüchternes Kind, nicht sonderlich hübsch, solange man nicht ihr Lächeln sah, die Wärme in ihren braunen Augen. Sie war immer artig, sehr verträglich, gutwillig und geduldig, dankbar für jedes freundliche Wort. Alice war ganz anders. Sie war viel hübscher als ihre Schwester, aber sie war ziemlich hochmütig, berechnend, log auch hin und wieder und konnte gegen andere Kinder gehässig sein. Und sie war launisch; sie konnte reizend sein, wenn sie etwas erreichen wollte, doch von einem Moment zum anderen voll Ablehnung, auch gegen ihr nahestehende Menschen. Wenn Leontine ihr Vorhaltungen machte, was leider öfter vorkam, legte sie den Kopf ein wenig schief und fixierte ihre Lehrerin mit einem kühlen distanzierten Blick. Eine Entschuldigung, ein Einlenken waren von ihr kaum je zu erhalten.
Leontine hatte sich mit beiden Mädchen große Mühe gegeben, denn es war wenig wahrscheinlich, daß man sie, da sie ohne jede Mitgift waren, verheiraten konnte. Dazu kam, daß Charlotte, uninteressante Person, die sie nun einmal war, kaum gesellschaftlichen Umgang hatte, der ihrem Rang als Offizierswitwe entsprochen hätte.
Die Witwe Hoffmann war für die Oberschicht dieser Provinzstadt so gut wie nicht vorhanden, sie wurde nie eingeladen, man kannte sie kaum. Was verständlich war, denn sie stammte nicht aus der Stadt, auch ihr Mann nicht, er war erst kurz vor dem Krieg in diese Garnison versetzt worden; so gab es nicht einmal Schulfreundinnen oder Verwandte, die eine Hilfe gewesen wären.
Jahrelang sprach Charlotte immer wieder einmal davon, daß sie in ihre Heimat zurückkehren würde, nach Magdeburg, aber sie führte diesen Entschluß nie aus. Sie konnte sich selten zu einer Tat aufraffen, sie war eine zaghafte, unentschlossene Person und fürchtete sich vor jeder Veränderung. So blieb sie in der Stadt, in die der Zufall sie gebracht hatte, so vergingen die Jahre, die Kinder wurden groß, Charlotte lebte nur für sie, ohne ihnen viel mehr bieten zu können als eine bescheidene Wohnung, ein bescheidenes kärgliches Essen und viele unnütze Belehrungen, die die Entwicklung der Kinder eher hemmten als förderte.
Leontine hatte das immer klar erkannt. Sie tat ihr Bestes, um für einen Ausgleich zu sorgen. Und für eine möglichst sorgsame Ausbildung. Denn wenn die Mädchen nicht heiraten würden, mußten sie sich selbst ihr Brot verdienen, und dann blieb für eine Offizierstochter kaum etwas anderes übrig, als Gouvernante zu werden.
Dann geschah das Wunder: sie fanden beide einen Mann. Agnes, die jüngere, heiratete sogar zuerst. Diesen langweiligen Kerl, wie Leontine ihn genannt hatte. Immerhin – er war Beamter, eine mittlere Charge zwar nur, da er nicht studiert hatte. Als Kreissekretär im Landratsamt bekleidete er eine ziemlich wichtige Position, der zweite Mann nach dem Landrat selbst. Es hieß, der Landrat verlasse sich in jeder Hinsicht auf ihn und schätze seine Fähigkeiten hoch.
Leontine mochte ihn dennoch nicht. Sie hatte Agnes immer bedauert. Sicher, sie sah es ein: Hauptsache, Agnes hatte einen Mann. Aber mußte es dieser trok-

kene strenge Mensch sein, mit dem kümmerlichen blonden Schnurrbart über den schmalen Lippen, mit den farblosen Augen hinter dem Kneifer, mit den nervösen dünnen Fingern – Leontine gefiel er einfach nicht. Konnte er überhaupt lächeln? Hatte ihn schon einmal einer lachen gehört?
Aufrührerisch wie Leontine nun einmal veranlagt war, insgeheim fasziniert von der Emanzipation der Frau, von der letzthin soviel die Rede war, dachte sie oft: ist es denn wirklich so unumgänglich notwendig für eine Frau, einen Mann zu haben? Einen Mann um jeden Preis, ganz egal, ob sie ihn mag oder nicht, von Liebe ganz zu schweigen? Daß Agnes ihren Mann nicht liebte, nicht lieben konnte, daran bestand für Leontine kein Zweifel. Obwohl man darüber natürlich nicht sprach.
Dennoch bekam Agnes jedes Jahr ein Kind. Mochte das verstehen, wer wollte.
»Ach!« seufzte Charlotte wieder einmal, diesmal tief und inbrünstig. »Ich bete zu Gott, daß es endlich ein Junge wird. Emil war schon das letztemal so verärgert, daß es wieder nur ein Mädchen war.«
Typisch, dachte Leontine erbost. Einen Sohn will er auch noch, dieser widerwärtige Mensch. Bildet sich ein, ein Mädchen sei nicht gut genug für ihn.
Drei Mädchen hatte Agnes bisher zur Welt gebracht. Eins davon war im Säuglingsalter gestorben. Eine vierte Schwangerschaft war vorzeitig durch eine Fehlgeburt beendet worden. Und nun war sie also wieder soweit. Armes Kind, arme Kleine, dachte Leontine, diesmal wird sie es kaum überleben.
Alice hatte erst mit 25 geheiratet, eigentlich war sie bereits auf dem Wege, eine alte Jungfer zu werden. Zweimal hatte sie eine Stellung als Gouvernante angetreten, war jedoch immer wieder rasch nach Hause zurückgekehrt, da es ihr jedesmal in Windeseile gelungen war, sich unbeliebt zu machen. Außerdem konnte sie Kinder nicht ausstehen.
Da sie ein schönes Mädchen war, hatte sie zwar immer Verehrer gehabt, aber keiner war kleben geblieben, nicht zuletzt deswegen, weil sie jeden Mann merken ließ, daß er ihr nicht gut genug war. Sie war ziemlich eingebildet, konnte sehr hochmütig auftreten und stellte hohe Ansprüche. Lieber wollte sie gar nicht heiraten, als sich mit einem Kompromiß abfinden, der unter ihrem Niveau lag. Und diese Ansprüche bezogen sich nicht auf die Qualität eines Mannes oder gar auf das, was man gemeinhin Liebe nannte, diese Ansprüche bezogen sich einzig und allein auf die gesellschaftliche Stellung, die ein Mann ihr bieten konnte. Sie hatte ihrer Mutter damit allerhand Kummer bereitet. Leontine dagegen hatte sie imponiert. Leontine imponierte es immer, wenn ein Mensch, wenn vor allem eine Frau wußte, was sie wollte und was sie nicht wollte.
Doch dann hatte Alice überraschend eine recht glänzende Partie gemacht. Sie war die Herrin eines Gutes, das eine knappe Stunde Kutschfahrt von der Stadt entfernt lag. Und sie hatte sich einen prachtvollen Mann eingefangen. Kinder hatte sie bis jetzt keine. Agnes Nossek aber brachte Anfang Oktober ihre vierte Tochter zur Welt.

An einem Tag des Jahres 1844 – das Jahr, in dem der Aufstand der Weber in Schlesien stattfand, jener verzweifelte Versuch halbverhungerter Menschen, auf ihr elendes Schicksal aufmerksam zu machen, ein Aufschrei, den Gott und die christlichen Mitmenschen hören sollten; es war übrigens auch das Jahr, in dem Marx und Engels einander in Paris kennenlernten – an einem hellen Frühlingstag des Jahres 1844 kam Franz Nossek in diese Stadt.
Hergewandert aus seiner oberschlesischen Heimat, wo es ihm zwar nicht so schlecht wie den Webern, aber auch nicht besonders gut gegangen war; ein uneheliches Kind, im Waisenhaus aufgewachsen, bei viel Prügel und wenig Brot, mit vielen Gebeten und so gut wie gar keiner Schulbildung. Seit seinem zehnten Lebensjahr hatte er bei einem Bauern für seinen Unterhalt arbeiten müssen, nur für das Essen und ein Strohlager, Geld hatte er noch nie in der Hand gehabt. Mit zwölf Jahren kam er in eine Mühle, wo er schwere Säcke schleppen mußte, was seine Muskeln stärkte und seinen Rücken hart machte.
Trotz der schweren Arbeit wurde er ein großer kräftiger Bursche, der ein besonderes Talent hatte, mit Pferden umzugehen. Er durfte bald die schweren Gespanne lenken, und das machte ihn glücklich. Die Pferde waren sein ein und alles, und wenn er sie nach der Arbeit in die Schwemme reiten durfte, ihre festen glatten Muskeln an seinen nackten Beinen spürte, die Hände in ihre dicken Mähnen steckte, erschien ihm sein Dasein vollkommen.
Mit den Pferden kam er öfter in die Schmiede, sah dem Schmied bei der Arbeit zu, hielt die Pferde, wenn sie beschlagen wurden, klopfte sie beruhigend und sprach mit ihnen, wenn sie sich ängstigten. Und die Pferde wurden ruhig, wenn er bei ihnen war, auch das wildeste hielt still.
Der oberschlesische Schmied entdeckte dieses Talent in dem Jungen und meinte, er wäre der geborene Schmied und solle zu ihm in die Lehre kommen.
So kam Franz zu einem Beruf. Zu einem alten und ehrwürdigen, geradezu klassischen Beruf, und von dieser Stunde an war er ein und für allemal ein glücklicher Mensch. Er konnte hart arbeiten, ermüdete nie, war immer freundlich, war fleißig und ehrlich, im Dorf mochten sie ihn, er betrank sich selten, war auch in betrunkenem Zustand nicht übel; wurde er wirklich einmal mit seinen großen starken Händen in eine Schlägerei verwickelt, so ging es meist um ein Mädchen. Für Mädchen interessierte er sich bald, es gab immer eine, die ihm besonders gut gefiel.
Er wurde Geselle und blieb zwölf Jahre bei seinem Meister. Als dieser starb, ging die Schmiede in andere Hände über, und da der neue Schmied zwei Söhne

besaß, die das Handwerk gelernt hatten, brauchte man Franz in der Schmiede nicht mehr. Er begab sich auf Wanderschaft. Schweren Herzens einerseits, denn er hatte sein Dorf noch nie verlassen, andrerseits aber ging er auch ganz gern fort, denn ein Mädchen, das er lieb hatte, war gerade kurz zuvor einem anderen anverlobt worden.

Einige Jahre lang war er unterwegs, arbeitete eine Zeitlang in Breslau, doch die Stadt war ihm zu groß und zu laut, er kam sich verloren darin vor, also zog er weiter oderabwärts und landete schließlich in dieser kleinen niederschlesischen Stadt, dem Schauplatz unserer Geschichte. Sie hatte dazumal immerhin schon an die 15000 Einwohner und lag geruhsam in der weiten Oderebene. Der beherrschende Bau war die Festung, die in der Geschichte des Landes, zuletzt im Krieg gegen Napoleon, eine Rolle gespielt hatte. Außerdem gab es ein Schloß jüngeren Datums, ein harmonischer Barockbau, umgeben von einem gepflegten Park. Mittelpunkt der Stadt war der Ring, wie man in Schlesien den Marktplatz nennt, in dessen Mitte das Rathaus, ein gotischer Bau mit einem Turm, stand. Zu beiden Seiten des Rings standen schöne alte Bürgerhäuser mit Arkaden, die man hier Lauben nannte. Wenn man von der Ostseite des Rings um eine Ecke bog, kam man zum Stadttheater, und in der Straße dahinter lagen das Amtsgericht und das Gymnasium, schräg gegenüber das Landratsamt. Früher war die Stadt Mittelpunkt eines Fürstentums, später eines Herzogtums gewesen, nun besaß sie schon lange keinen eigenen Herrscher mehr, sondern gehörte vor den Schlesischen Kriegen zum Habsburger Reich, nach den Schlesischen Kriegen zu Preußen. Unter den industriellen Anlagen war die wichtigste die Zuckerfabrik, die außer Zucker Stärke und Sirup produzierte. Eine kleine Eisengießerwerkstatt entwickelte sich später zu einer angesehenen Maschinenfabrik, und aus verschiedenen Spinnereien wurden im Laufe des Jahrhunderts textilverarbeitende Betriebe, noch später eine große Textilfabrik.

Franz Nossek gefiel die Stadt auf den ersten Blick, auf den zweiten noch mehr, denn er fand sofort Arbeit in einer großen Schmiede bei einem gutmütigen Meister, er bekam sogar eine kleine Kammer im Haus und schlief zum erstenmal in seinem Leben in einem richtigen Bett. Auf den dritten Blick wurde überhaupt alles ganz großartig, denn in der übernächsten Straße, im Haushalt eines Viehhändlers, arbeitete ein blondes Mädchen, das Lene hieß und ihm so begehrenswert erschien wie keine je zuvor. Sie machte auch weiter keine Fisematenten, geradeso, als habe sie nur auf ihn gewartet.

Franz heiratete, kaum daß er ein halbes Jahr in der Stadt war, und sein Meister hatte nichts dagegen, daß Lene mit in die kleine Kammer zog. Als das erste Kind geboren wurde, streckte ihm der Meister das Geld vor, mit dem sich Franz eine kleine Kate am Stadtrand kaufen konnte, zwei Kammern, eine Küche, und nach sechs Jahren lebten sie zu fünft in dem winzigen Häuschen, das für Franz so prächtig war wie ein Schloß.

Später, als der alte Schmied sich zur Ruhe setzte, übernahm Franz die Schmiede, die Familie zog in das große Schmiedehaus. Alles in allem war es ein erfolgreiches Leben.

Er hatte zwei kräftige Söhne, eine niedliche Tochter, und dann wurde ihm sogar noch ein viertes Kind geboren, das war, als sie schon in der Schmiede wohnten, noch ein Knabe. Der war in mancher Beziehung anders als die anderen Kinder, etwas klein und schwächlich geraten, ziemlich naseweis und rechthaberisch. Er bezog deshalb manchmal Prügel von seinem Vater, was diesem fast das Herz brach, denn der große starke Schmied hatte ein Gemüt wie eine Miezekatze. Das sagte jedenfalls Lene immer.
Dieser jüngste Sohn, obwohl nicht gerade der schönste von allen, war offenbar der klügste. Als der Pfarrer meinte, man solle den kleinen Emil auf die höhere Schule schicken, fiel dem Schmied vor Erstaunen der Hammer aus der Hand. Er selbst konnte mit knapper Mühe seinen Namen kritzeln, ein Buch hatte er in seinem Leben noch nicht in der Hand gehabt.
Mit dem Jüngsten kamen die Bücher ins Haus. Riesenmengen von Büchern, die ein Heidengeld kosteten. Dem Schmied tat es leid um das Geld, er konnte beim besten Willen nicht einsehen, wozu das gut sein sollte, aber Lene widersprach energisch. So sei es nun einmal heutzutage, kluge Menschen brauche man überall, und er solle Gott danken, daß sein Sohn so einen gescheiten Kopf habe, zum Schmied tauge er sowieso nicht, dazu seien ja auch die anderen da, und vielleicht könne aus dem Emil einmal etwas Besseres werden.
Emil Nossek besuchte die Schule bis zum Abitur. Dem Schmied blieb das Unternehmen die ganze Zeit über verdächtig, aber für Lene war es das Erfolgserlebnis ihres Daseins. Und was bedeutete es für Emil Nossek selbst? Es brachte den Bruch in sein Leben, die tiefe Unzufriedenheit. Denn was er weiter wollte, bekam er dann doch nicht. Er wollte studieren. Jurist wollte er werden. Er wurde es nicht. Ein Studium stand zu jener Zeit in seinen Sternen nicht geschrieben, dafür war weder Geld noch Verständnis da, nicht einmal bei Lene. Ihr imponierte ihr gelehrter Sohn und was aus ihm geworden war. Nachdem er als Einjährig-Freiwilliger seinen Militärdienst in Beuthen abgeleistet hatte, mehr schlecht als recht, wurde er wahr und wahrhaftig Beamter des preußischen Staates. Nachdem er in der Hierarchie ein bißchen geklettert war, kam er ins Landratsamt, wurde Kreissekretär und der wichtigste Mitarbeiter des Landrats, der ohne Emil Nossek nie und nimmer hätte den Landkreis regieren können. Das glaubte Lene, und sie hatte nicht einmal so ganz unrecht damit.
Dieses prachtvolle Leben ihres jüngsten Sohnes tröstete sie über manchen Kummer hinweg, denn ihr zweiter Sohn starb am Hufschlag eines Pferdes, der ihn an der Schläfe traf, und die Tochter heiratete einen Säufer und brachte ein totes Kind nach dem anderen zur Welt.
Emil Nossek trauerte Zeit seines Lebens darum, daß er nicht hatte studieren können, denn nur dadurch wäre ihm der Aufstieg in eine bessere Klasse, in eine bessere Gesellschaft, gelungen. Nichts wünschte er sich mehr, als zu den ›Oberen‹ zu gehören, aber als kleinem Beamten ohne akademischen Grad blieb ihm die Aufnahme in die gute Gesellschaft versagt. Das gab es nicht. Oben saß der Adel, so einer wie der Baron von Klingenberg, der Landrat, die adligen Gutsbesitzer im Umkreis, der niedrige Adel der Stadt, die Offiziere der Garnison.

Dann kamen die Akademiker, die Anwälte, Notare und Ärzte, die hohen Beamten, ein paar angesehene reichgewordene Bürger, dann kam lange nichts, dann kamen die Pfarrer, die Lehrer, die Geschäftsleute, und dann kam noch viel länger nichts, doch schließlich kamen er und seinesgleichen.
Darunter kamen dann die anderen Stände: die kleinen Ladeninhaber, die Handwerker, die Arbeiter in den Fabriken, die Landarbeiter, die Tagelöhner.
Immerhin verlangte seine Stellung von ihm eine ordentliche, nicht zu kleine Wohnung, eine Dienstmagd, saubere und nicht zu armselige Kleidung für Frau und Kinder.
Ein schwieriges Rechenexempel. Das Gehalt eines preußischen Beamten war bescheiden. Sein Bruder, der Schmied, im Rang weit unter ihm stehend, kam leichter durchs Leben.
Aber, so war es nun einmal: jeder Stand hatte seine ehernen Gesetze, die sich nie und nimmer ändern würden. Weder die französische Revolution, noch die Revolutionen in diesem Jahrhundert und schon gar nicht die vaterlandslosen Gesellen, die Sozialdemokraten, die sich im Reichstag immer breiter machten, hatten daran etwas geändert oder würden je etwas daran ändern können.
Das war für Emil Nossek durchaus in Ordnung. Er war keiner, der etwas verändern wollte. Er akzeptierte Gesetz und Ordnung dieser Gesellschaft, in der er lebte.
Aber er hatte einen Traum.
Der Sohn. Der all das schaffen würde, was er nicht geschafft hatte: das Studium, den Aufstieg, die Karriere. Den Wechsel in eine andere Welt. Der Sohn, der ein Akademiker sein würde, der Sohn, der mit am Stammtisch der Honoratioren sitzen würde. Gleichberechtigt. Angesehen. Der Sohn, der zwar nicht Landrat werden konnte, da er nicht von Adel war, aber der es zum Advokaten bringen konnte, zum Arzt, Regierungsrat, Oberregierungsrat. Warum nicht sogar zum Bürgermeister oder Professor. All das konnte der Sohn werden. Und wenn sie alle nur von trockenem Brot leben würden, der Sohn würde das Geld von ihm bekommen, um das zu werden, was er nicht geworden war.
Nur daß er den Sohn nicht bekam.
Er heiratete, als das Deutsche Kaiserreich fast zehn Jahre alt war, die Tochter eines Volksschullehrers; sie war gesund und ansehnlich, mit üppigen Formen, von fröhlichem Wesen, eine gute Hausfrau, eine ausgezeichnete Köchin, gewohnt, sparsam zu wirtschaften, denn im Lehrerhaus hatte es viele Kinder gegeben. Überdies besaß sie ein ausgeglichenes Temperament, man konnte sie schwer aus der Ruhe bringen. Sie hatte ein unerschöpfliches Repertoire an Volksliedern, die sie sang, wo sie ging und stand, sie kannte unzählige Märchen und Geschichten und außerdem konnte sie auch noch die Orgel spielen. Das hatte ihr Vater ihr beigebracht, weil er manchmal am Sonntagmorgen seinen Rausch noch nicht ausgeschlafen hatte und jemanden brauchte, der einspringen konnte.
Eine gute Wahl, die Emil Nossek getroffen hatte. Dieses brave gesunde Mädchen würde brave gesunde Kinder zur Welt bringen, sie war nicht dumm, halbwegs gebildet, er war es sowieso – sie würden einen prachtvollen Sohn bekommen. Zehn Monate nach der Hochzeit kam planmäßig das erste Kind.

Es war ein Mädchen.
Emil war ein wenig enttäuscht, aber nicht allzusehr, es mußte ja nicht gleich beim erstenmal klappen, sie hatten Zeit genug. Er tippte dem Säugling mit dem Finger auf das winzige Bäckchen, streichelte seiner Frau übers Haar, sagte: »Schön, schön!« und hoffte auf weitere Erfolge.
Die blieben zunächst aus. Zwei Jahre lang passierte nichts. Emil, der keineswegs übermäßige fleischliche Gelüste hatte, hatte jedesmal, wenn er mit seiner Frau zusammen war, nur einen Gedanken: der Sohn. Endlich war seine Frau wieder schwanger. Voll Spannung wartete er auf das Ergebnis.
Drei Tage lang lag die Frau in den Wehen, das Blut floß in Strömen aus ihrem Körper, ihr Schreien und Stöhnen wurde matter, dann endlich kam das Kind. Es war ein Knabe. Und er kam tot zur Welt. Wenige Minuten danach starb die Frau.
Emil erholte sich lange nicht von diesem Unglück. Er hatte seine Frau sehr gern gehabt. Und vor allem hatte er den Sohn gewollt. Aber so war sein Leben nun einmal. Unvollkommen. Das war die Zeit, in der sein Gesicht starr wurde, sein Mund schmal und hart, sein Wesen störrisch.
Pflichteifrig und ordentlich, wie gewohnt, tat er seine Arbeit. Sonst kümmerte er sich um keinen Menschen, kaum um seine Familie. Auch nicht um seine kleine Tochter, die von wechselnden Dienstmädchen versorgt wurde, denn keine hielt es lange bei dem mürrischen Mann aus.
»Sie sollten wieder heiraten, Nossek«, sagte der Landrat. »Ihre Kleine braucht eine Mutter.«
»Finden Herr Baron, daß das Kind verwahrlost ist?« fragte Emil beleidigt.
»Um Gottes willen, nein, das wollte ich nicht sagen. Aber die Kleine scheint ein wenig trübsinnig zu sein. Meine Frau hat sie neulich mal getroffen. Auf dem Markt. Diese Person, die Sie da jetzt haben – also, es geht mich ja nichts an, aber meine Frau meint, sie wäre recht grob mit dem Kind umgegangen.«
»Ich wollte den Trampel sowieso hinauswerfen«, sagte Emil.
Die Baronin von Klingenberg war eine resolute und ganz vorurteilsfrei denkende Dame. Es machte ihr nichts aus, den Wochenmarkt in der Stadt gelegentlich selbst zu besuchen. Einen breiten Hut auf dem Kopf, die weiten Röcke gerafft, die Dienstmagd mit dem Einkaufskorb hinter sich, wandelte sie über den Markt, prüfte die Qualität der Ware und vor allem die Preise. Sie war auf einem Gut aufgewachsen, sie wußte genau, wie ein anständiger Blumenkohl auszusehen hatte, und was ein respektabler Salat kosten durfte. Schien ihr etwas nicht in Ordnung zu sein, zögerte sie nicht, dies sofort laut und energisch kundzutun.
Die Marktfrauen fürchteten sie. Und bewunderten sie. Weil sie etwas von den Dingen verstand.
»Deine Eier, Minka?« sagte die Baronin und wies mit einem spitzen Finger, der in hellgrauem Leder steckte, auf den Eierkorb. »Wie sehen die bloß aus? Kriegen deine Hühner nichts zu picken? Die sind kaum größer als ein Taubenei.«
Die Marktfrau schoß einen wütenden Blick auf die Landrätin, bekam einen roten Kopf, die Hausfrauen rundherum nickten zustimmend und gingen weiter. Diese Eier waren nicht mehr zu verkaufen.

Die Landrätin kaufte an einem anderen Stand demonstrativ zwei Dutzend Eier und kehrte befriedigt zu ihrer Equipage zurück. Der Kutscher half ihr in den Wagen, der Korb wurde auf dem Boden verstaut, die Magd kletterte auf den Bock, die Braunen zogen an. Die Landrätin verließ höchst befriedigt nach ihrem wirkungsvollen Auftritt den Marktplatz.
Alle Frauen, Käuferinnen und Verkäuferinnen, sahen dem Wagen nach.
»Eene gutte Frau, die Frau Landrat«, sagten die Frauen. »Die versteht was, jo, jo, die versteht sich uff alles. Alles sieht se.«
Sie sah auch das nicht verwahrloste, aber vernachlässigte Kind, das die Tochter Emil Nosseks war.
Von ihr, via Landrat, bekam Emil die Anordnung, wieder zu heiraten. Nicht, daß er nicht schon selbst daran gedacht hätte. Nachdem sein Kummer sich etwas gelegt hatte, stand ihm wieder der Sohn vor Augen, im Vordergrund aller seiner Wünsche.
So wurde Agnes Hoffmann das zweifelhafte Vergnügen zuteil, die zweite Frau Nossek zu werden.
Am 2. September, bei der Parade zum Sedanstag, lernte sie ihn kennen. Ein pensionierter Oberst, in dessen Regiment ihr Vater Fritz Hoffmann Dienst getan hatte und der beim Heldentod des Leutnants Hoffmann zugegen gewesen war, hatte sich in all den Jahren immer ein wenig um Charlotte und ihre beiden Töchter gekümmert. Die Mädchen bekamen ein kleines Weihnachtsgeschenk, zum Geburtstag einen Taler, und Charlotte wurde manchmal von der Frau Oberst zum Kaffee eingeladen. Und immer, das war Tradition, zum Sedanstag, nahm der Oberst die beiden kleinen Mädchen zur Parade mit. Alice hatte sich schon bald dieser Einladung entzogen, aber Agnes sah treu und brav in jedem Jahr mit dem Oberst und seiner Frau dem Vorbeimarsch der städtischen Garnisonen zu. Bei dieser Gelegenheit also wurde ihr Emil Nossek vorgestellt. Kurz darauf wurde Agnes bei der Frau Oberst eingeladen, zu einem kleinen Familienfest, wie es hieß, und sie sah Emil Nossek wieder. Zweifellos hatte die Frau Oberst die Hand im Spiel, daß sich noch zwei oder drei Gelegenheiten zu einem Zusammentreffen ergaben. Und nicht sehr viel später machte Emil einen Besuch bei Agnes' Mutter. Ehe es sich Agnes versah, war sie verlobt.
Natürlich mußte sie sich glücklich preisen, daß er sie erwählte, daß überhaupt einer sie heiraten wollte. Sie war einundzwanzig, sehr lieb, sehr brav, sehr scheu. Sie hatte tausend romantische Träume von der großen Liebe geträumt, so wie es in den Romanen stand, die sie mit Leidenschaft las. Sie hatte auch schon einen geliebt, den Nachbarssohn, den Sohn von Doktor Menz, dem Hausarzt der Familie. Als Kinder hatten sie zusammen gespielt, irgendwann begann die unvermeidliche Jugendliebe, von ihrer Seite aus sehr intensiv empfunden. Ein paar Küsse, ganz hinten im Garten des Doktorhauses, ein paar zärtliche Worte, dann ging er nach Breslau, um zu studieren. Und damit war es zu Ende.
Sie wußte, daß es zu Ende war, daß es keine Fortsetzung geben würde. Also heiratete sie Emil Nossek. Er war nicht das, wovon ein junges Mädchen träumte. Aber Träume waren Träume, die Wirklichkeit sah anders aus. Das erkannte sie ziemlich früh.

Und die Liebe war in Wirklichkeit auch anders als das, was in den Romanen stand. Mit Widerwillen und geschlossenen Augen erduldete Agnes die Umarmungen ihres Mannes; so war es in der ersten Nacht gewesen, so blieb es. Agnes war eigentlich immer ganz froh, wenn sie schwanger war, dann ließ ihr Mann sie sofort in Ruhe.

Das erste Kind – ein Mädchen, Hedwig.

Das zweite Kind – ein Mädchen, Charlotte. Tot nach vier Wochen.

Dann eine Fehlgeburt.

Das dritte Kind – ein Mädchen, Magdalene.

Dies war die schwerste Geburt, fast sah es aus, als solle sie das Schicksal von Emils erster Frau erleiden.

Noch Wochen nach der Entbindung war sie so elend, daß sie kaum eine Weile im Sessel sitzen konnte. Und sie brauchte lange Zeit, sich zu erholen.

Dr. Menz sagte zu Emil: »Sie sollten … eh, Ihre Frau eine Zeitlang schonen, lieber Herr Nossek. Sie ist sehr blutarm und macht mir große Sorgen. Sie könnte in nächster Zeit kein gesundes Kind austragen.«

Das war eine schöne Zeit. Emil rührte sie fast ein Jahr lang nicht an. Sonst konnte von Schonung nicht viel die Rede sein, der Haushalt mit den drei Kindern, zur Hilfe nur ein junges Dienstmädchen, fast selbst noch ein Kind, machte Arbeit genug. Charlotte war jeden Tag da und half, so gut sie konnte.

Eine große Hilfe war auch Gertrud, Nosseks Tochter aus erster Ehe. So jung sie noch war, man konnte ihr schon die jüngeren Geschwister anvertrauen, sie hütete sie sorgfältig und mit großer Umsicht. Agnes war von Anfang an gut mit ihr ausgekommen, Stiefmutterprobleme hatte es nie gegeben. Im Gegenteil, das Kind, das Liebe immer vermißt hatte, war vom ersten Tag an bereit gewesen, die neue Mutter liebzuhaben. Und Agnes, warmherzig und verständnisvoll, erwiderte diese Zuneigung, für sie war Gertrud wie ein eigenes Kind.

Nun also gebar Agnes ihr viertes Kind.

Ein Mädchen.

Emil sah es gar nicht an. Er kümmerte sich einfach nicht darum.

Das Baby lag in seinem Körbchen, es sah gesund und rosig aus, hatte kurze blonde Härchen und blickte mit großen Augen in die Welt.

Zwei Tage nach der Entbindung kam Alice zu einem Besuch am Wochenbett. Sie trug einen zyklamenfarbigen breiten Hut mit Schleier, ein perlgraues Kleid, ganz eng in der Taille, sie war so hübsch wie immer, noch hübscher geworden in der kleidsamen Eleganz der gehobenen Schicht, der sie jetzt angehörte. Mit mäßigem Interesse betrachtete sie die neue kleine Nichte. »Ein nettes Kind«, sagte sie gnädig. »Sieht gar nicht so kümmerlich aus wie sonst die kleinen Kinder. Es ist also wirklich wieder ein Mädchen?«

Agnes, im Bett liegend, blickte an ihrer Schwester vorbei. Sie wußte, daß Alice ein wenig Schadenfreude empfand.

»Ja, stell dir bloß vor«, sagte Charlotte.

»Es muß wohl in der Familie liegen. Wir waren ja auch zwei Mädchen.«

»Aber Emil hat schließlich zwei Brüder.«

Alice lachte spöttisch. »Das ärgert ihn, was? Ob er wohl jetzt genug hat? Vier Töchter. Wie will er die bloß verheiraten?«
Agnes wandte den Blick vom Fenster, von dem Stück blauen Himmel, das sie von ihrem Bett aus sehen konnte. Sie sah ihre Schwester an und lachte auf einmal auch, es klang trotzig.
»Darüber brauchen wir uns heute noch nicht den Kopf zu zerbrechen. Ist sie nicht ein süßes Kind! Und sie hat es mir so leicht gemacht.«
Das stimmte, diesmal war es eine erstaunlich leichte Geburt gewesen, nach knapp vier Stunden war das Kind da. »Ein niedliches Dingelchen«, hatte Dr. Menz gesagt. »Gratuliere, Agnes. Und laß dir bloß nicht von deinem Mann das Leben schwermachen. Wer weiß, wie die Welt aussieht, wenn deine Tochter erwachsen ist. Wir leben in einer großartigen Zeit, der Fortschritt marschiert. Du weißt ja, daß es heutzutage schon Frauen gibt, die studieren. In meinen Augen ist eine Frau genau so viel wert wie ein Mann. Ich finde sogar, sie ist noch mehr wert. Sie ist aus besserem Material. Körperlich und seelisch bestimmt, möglicherweise auch geistig, das wird sich herausstellen, wenn man ihr die Möglichkeit gibt, es zu beweisen.«
»Es ist mir ganz egal, was Emil denkt«, sagte Agnes mit ungewohnter Härte und sah ihre Schwester an. »Ein Mädchen ist genau so viel wert wie ein Junge. Vielleicht sogar mehr. Bis sie groß ist, können Frauen ohne weiteres studieren, oder überhaupt einen Beruf haben. Das weiß schließlich jeder. Dafür haben wir den Fortschritt.«
Alice tippte sich an die Stirn und blickte kopfschüttelnd ihre Mutter an.
»Hat es ihr diesmal hier geschadet?«
»Das hat sie von Leontine. Die redet immer so ein Zeug.«
»Dr. Menz sagt das auch. Und jeder moderne Mensch«, trumpfte Agnes auf.
»Du und ein moderner Mensch!« Alice lachte spöttisch. »Du bist so ein richtiges Hausmütterchen. Ein Kind nach dem anderen. Mach doch was dagegen, wenn du so modern bist.«
»Aber, Kind!« rief Charlotte entsetzt. »Wenn dich einer hören würde!«
»Ach, tu doch nicht so, Mama, als ob du eben vom Himmel gefallen wärst. Es gibt genügend Frauen, die sich zu helfen wissen. Eine kleine Reise nach Berlin, und schon ist man los, was man nicht haben will.«
Charlotte errötete. Sie wußte wirklich so gut wie nichts über diese dunklen Seiten im Leben einer Frau. Sie wollte es auch nicht wissen. Und vollends widerwärtig war ihr die Vorstellung, daß ihre Tochter Alice sich solcher Praktiken bedienen könnte.
Hatte sie darum kein Kind? Sie war immerhin drei Jahre verheiratet.
Das Baby rührte sich in seinem Körbchen, dehnte sich mit einem kleinen Maunzen, drehte das Köpfchen zum Fenster und gähnte herzzerreißend.
Die drei Frauen lachten unwillkürlich.
»Gib sie mir«, sagte Agnes zu ihrer Mutter, »sie wird Hunger haben.«
Als Charlotte ihr das Baby in den Arm legte, hob sie es zärtlich an ihre Wange, dann entblößte sie die Brust und ließ das Kind trinken. Das letztemal hatte sie kaum Milch gehabt, aber diesmal sei mehr als genug da, hatte Dr. Menz gesagt. Darüber war sie sehr froh. Das kleine Mädchen sollte nicht hungern.

Sie liebte alle ihre Kinder von Herzen. Aber jetzt schien ihr dieses neue kleine Wesen das allerliebste zu sein. Sollte Alice doch reden, was sie wollte, es kümmerte sie nicht. Alice hatte nie ein Kind bekommen.
»Na, dann will ich mal nach Hause fahren«, sagte Alice und rückte ihren Hut zurecht. »Da kann Nicolas wieder nicht in Aktion treten. Diesmal hatte er fest damit gerechnet.« Nicolas von Wardenburg, Alices Mann, hatte nämlich seiner Schwägerin versprochen, er würde Pate sein, wenn ein Knabe zur Welt käme. Das hatte Nicolas so hingeredet. Im Grunde interessierte es ihn nicht im geringsten, ob und wieviel Kinder die Nosseks bekamen und welchen Geschlechts sie waren. Viel lieber hätte er ein eigenes Kind gehabt.
Mit Emil Nossek konnte er sowieso nichts anfangen. Es gab kaum größere Gegensätze als die beiden Männer, der große schlanke Wardenburg mit seiner lässigen Eleganz und daneben der kümmerliche Spießer Nossek mit seinem engen Horizont und seinem unbefriedigten Dasein.
Nossek mußte dem Wardenburger alles neiden, was der darstellte und besaß, es konnte gar nicht anders sein. Nicolas hingegen kannte so ein Gefühl wie Neid gar nicht. Er sei ein oberflächlicher Mensch, leichtsinnig und arrogant, sagten manche von ihm. Das entsprach nicht der Wahrheit. Er schien so zu sein, er gab sich so, es war die Pose der Gesellschaft, in der er aufgewachsen war und die er als selbstverständlich übernommen hatte. Er war lebensfroh, ein wenig leichtsinnig auch, aber er besaß Herz und Verstand, und wenn er eines Tages zu der Erkenntnis gekommen wäre, daß Arbeit im Leben eines Mannes von gewissem charakterbildendem Nutzen sein konnte, hätte es sich sehr vorteilhaft für ihn auswirken können. Leider hatte es ihm nie einer gesagt, und von selbst kam er nicht darauf.
Agnes mochte ihren Schwager gern, auch wenn sie in seiner Gegenwart, angesichts seiner attraktiven Männlichkeit, immer leicht befangen war. In ihren Augen war er der schönste Mann, den sie je gesehen hatte, schöner als Medow, der jugendliche Liebhaber des Stadttheaters, für den sie seit Jahren schwärmte, und der mittlerweile so jugendlich auch nicht mehr war. Und sie sagte von Nicolas: »Er ist ein guter Mensch.«
Darauf beharrte sie, auch ihrem Mann gegenüber, der meist in abfälligem Ton über den Gutsherrn von Wardenburg sprach. Für ihn, den preußischen Beamten, war der Schwager eine Drohne. Er ließ das Gut verkommen, kümmerte sich nicht um die Wirtschaft, ritt und jagte und machte lange Reisen. Eines Tages würde das Gut so tief verschuldet sein, daß man es ihm unter dem Feudalhintern wegversteigern würde. Das hatte Emil Nossek einmal gesagt und er hatte damit Agnes in banges Erstaunen versetzt, es klang so gar nicht nach Emil. Übrigens wußte Emil, wovon er sprach. Auch der Landrat, so gern er den Wardenburg hatte, war ähnlicher Meinung.
Charlotte bewunderte ihren zweiten Schwiegersohn rückhaltlos, aber mehr noch bewunderte sie ihre Tochter Alice, der es gelungen war, dieses Prachtstück von Mann zu ergattern.
Auch heute blickte sie Alice voll mütterlichem Stolz nach, als diese nach flüchtigem Kuß und flüchtigem Lächeln das Zimmer der Wöchnerin verließ.

»Hast du ihren Hut gesehen? Den hat sie doch nicht hier gekauft.«
»Die Jeschke macht sehr hübsche Hüte«, erwiderte Agnes gleichgültig. »Sie läßt sich immer Pariser Modehefte kommen.« Sie neidete ihrer Schwester weder Hut noch Gut noch Mann. Sie hatte ein Kind, ein süßes kleines Kind, auch wenn es wieder nur ein Mädchen war.

An diesem Tag in der ersten Oktoberwoche des Jahres 1893, zwei Tage nach der Geburt der jüngsten Nossek-Tochter, schien die Sonne von einem wolkenlos blauen Himmel, und es war so warm, daß man hätte meinen können, man befinde sich noch mitten im Sommer. Der wärmende Umhang, den Alice mit auf die Fahrt genommen hatte, war ganz überflüssig; bereits auf der Hinfahrt hatte sie ohne ihn in ihrem schönen Kleid mit dem zyklamenfarbigen Kragen und den zyklamenfarbigen Manschetten im Wagen gesessen, sehr befriedigt, daß jeder sehen konnte, wie elegant und vor allem wie modisch sie wieder gekleidet war. Den Hut hatte die Jeschke genau passend zu dem Kleid, das von Gerson aus Berlin stammte, angefertigt.

Der Wagen hatte unten vor dem Haus, in dem sich im zweiten Stock die Wohnung der Nosseks befand, gewartet; Paule sprang vom Bock, als Frau von Wardenburg aus der Tür trat, grinste sie erfreut an und riß den Wagenschlag auf. Alice raffte ihren Rock, stieg ein und schenkte Paule dabei ein kleines Lächeln, das Lächeln, das sie für jedes männliche Wesen bereithielt, wenn es ihr Bewunderung entgegenbrachte.

»Nun fahr mal flott zu. Meinst du, wir schaffen es in drei Viertelstunden?«

»Mit den Pferden schon«, rief Paule, schwang sich auf den Bock, nahm die Zügel und schnalzte mit der Zunge. Er betete die schöne Herrin an, seit er sie zum erstenmal gesehen hatte. Das war, als sie von der Hochzeitsreise kommend, in Wardenburg eingetroffen war. Paule war damals 15, und er meinte, nie etwas Schöneres gesehen zu haben: diese großen blauen Augen, das volle blonde Haar, die schlanke Taille, und wie sie ging, so weich, so schwebend.

Er machte es später in der Küche dem Kutscher und der Köchin vor.

»Wie so'n Schmetterling kommt se mir vor«, erklärte er begeistert.

»Du hast Schmetterlinge im Koppe, das haste, Schmetterlinge im Koppe, Dämlack«, sagte der Kutscher.

Paule war der uneheliche Sohn der Mamsell, er war auf Wardenburg aufgewachsen und gehörte zum Hausstand, war von seiner Mutter streng gehalten, gut gefüttert und von allen ein bißchen erzogen worden. Er war ein fröhlicher, gesprächiger Junge, besaß so etwas wie Phantasie und dachte sich oft Geschichten aus, ganz verrückte Geschichten; damit unterhielt er schon als kleiner Knirps an langen Winterabenden das Gesinde.

Er also liebte Alice vom ersten Tag an. Die anderen weniger. Beim Gutspersonal war Alice nicht sonderlich beliebt und wurde auch nicht voll anerkannt. Wer

war sie denn schon groß? Ein armes Mädchen aus der Stadt. Und von der Wirtschaft verstand sie gar nichts.
»Reene gar nischt«, wie die Mamsell sagte.
Auch Nicolas wurde mit viel Reserve, wenn nicht gar Mißtrauen von den Gutsleuten angesehen. Er war ein Fremder für sie, er blieb es. Ein Fremder, der unerwartet hereingeschneit war und mit dessen Erscheinen sich das Leben auf Wardenburg grundlegend verändert hatte.
Verändert? Es hatte sich nicht verändert, es war alles geblieben, wie es war. Und war doch anders geworden. Nur deswegen, weil der junge Herr ganz anders war, als der alte Herr gewesen war.
»So is das man nu, im Leben is das so, mißt er wissen«, philosophierte Miksch, der alte Gärtner, wenn sie in der Küche zusammensaßen, am Abend oder am Sonntagnachmittag, wenn die Arbeit getan war. »Die Menschen sin nu mal verschieden, nich? Jeder is anders. Manche sin mehr anders als andere. Viele sin sich ähnlich, nich? Manche sin nur'n bißchen anders. Und der junge Herr, was der junge Herr is, der is nu eben ganz anders. Da muß ma sich erst dran gewöhnen, muß ma sich.«
»Is ja ooch'n halber Russe«, sagte der Kutscher. »Da muß er woll anders sein.«
»Mag schon was ausmachen. Sicher tut es das. Aber das isses nich alleene, es kommt eben druff an, ich meene, een Mensch is eben, wie er is. Ich, was ich bin, ich hab' ja seinen Vater gut gekannt, ich hab'n ja sehn uffwachsen. Der war ooch wieder anders. Ganz anders. 'n schmucker Mann war das. Un sehr vornehm. Nich so ... so lustig, wie der junge Herr is. Mehr ernst war der. Eben richtig vornehm. Manchmal kunnt ma denken, daß er traurig war. Wenn er eenen so ankuckte mit die dunklen Oogen, so ganz ernst, denn wurde einem richtig traurig ums Jemüte, richtig traurig wurde eenem da. Das Fräulein Clara, was sein Kindermädchen war, das Fräulein sagte immer, unser Carl Heinrich hat wieder seinen schwermütigen Tag. Ja, so hat se gesagt.« Miksch pusselte eine Weile gedankenverloren an seiner Pfeife herum, die anderen schwiegen respektvoll und warteten auf die Fortsetzung.
Das Leben des Carl Heinrich von Wardenburg, der als der direkte Erbe des alten Wardenburg eigentlich der rechtmäßige Besitzer des Guts sein müßte, dieses Leben des verschollenen oder verstoßenen Sohnes interessierte sie immer sehr. Irgendwie war es geheimnisvoll, von Düsternis umwittert, von Trauer umwoben, es rührte ihre Herzen an, es beflügelte ihre Phantasie. Gerade weil sie so wenig über dieses Leben wußten.
Carl Heinrich war das letztemal als Dreiundzwanzigjähriger in Wardenburg gewesen, damals, als er seinen Abschied nahm, und keiner hatte verstanden, wieso und warum. Jahrelang hatten sie ihn nur in Uniform gesehen, wenn er auf Urlaub kam, jetzt kam er in Zivil, still, ernst, verschlossen wie eh und je, dann reiste er ab und ward nicht mehr gesehn. Und sein Vater sprach nicht mehr von ihm, nie wieder.
»Das Fräulein Clara war ja nich direkt 'n Kindermädchen«, spann Miksch seinen Faden weiter, »mehr so 'ne Kuvernante, oder wie man das nennt. Sie lernte ihm ja ooch als 'n kleenen Jungen alles, was 'n kleener Junge eben wissen muß.

Denn ging er ja ins Kadettenkorps, un da ging er ja woll nich gerne hin, das kunnt' ma ihm ansehen, kunnt' ma das. War woll nicht geeignet als Offzier so richtig, der Carl Heinrich. War zu weech, nich? War ja ooch 'n Unglück, daß er die Mutter so früh verloren hat. Die hätt'n vielleicht besser verstanden, hätt' se. War 'ne feine, liebe Dame, die gnädige Frau.«
Miksch paffte eine Weile große Rauchwolken, und die Mamsell sagte: »'ne Mutter is wichtig für 'n Kind. Sag ich ooch immer. Viel wichtiger als 'n Vater.«
»So kann ma's ooch nicht sehen«, widersprach Miksch. »Een Vater is sehr wichtig, gerade für eenen Jungen.« Dabei traf die vorwitzige Mamsell ein strafender Blick. »Ohne Vater wer'n die Kinder meist zu vorlaut, wer'n se. Kenn mer ja alle.«
Die Köchin rührte mit pikierter Miene in ihrem Kaffee herum. Paule, auf den sich die Anspielung bezog, war nicht zugegen. »Was unser alter Herr war«, fuhr Miksch fort, »der war schon richtig. So geradezu war er. Bei dem wußt' ma immer, wie ma dran war. Bißchen rauh war er, meecht ma sprechen. Aber 'n guttes Herz hat er gehabt. Een guttes Herz.«
Dazu nickten alle. Seit der alte Herr tot war, trauerten sie ehrlich um ihn, auch wenn er wirklich ziemlich rauh gewesen war, grob manchmal, er konnte sie ganz schön aufjagen, wenn etwas nicht so klappte, wie er es haben wollte.
»Brüllen kunnte der, brüllen wie'n Ochse,« sagte der Kutscher, und es klang voll Respekt und Hochachtung.
»Und meestens hatte er recht.«
Sie nickten. Grob konnte er sein und brüllen konnte er, aber ungerecht war er niemals gewesen, der alte Herr.
Der neue Herr auf Wardenburg brüllte nicht. Er sprach nicht einmal einen Tadel aus. Freundlich und gelassen ging er durch das Haus, den Hof und die Wirtschaftsräume, und wenn etwas nicht ganz in Ordnung war, übersah er es großzügig. Am liebsten ging er mit seinem Pferd ins Gelände oder kutschierte zweispännig, dann sogar vierspännig durch die Gegend. Mit Pferden konnte er umgehen, das merkten sie alle gleich, und darum imponierte er auch dem Kutscher und den Stallburschen am meisten.
Den Mädchen und Frauen imponierte er auch, allein schon durch sein gutes Aussehen, sein sicheres Auftreten, seinen lächelnden Charme.
Weniger imponieren konnte er dem Gutsverwalter, denn für die Wirtschaft interessierte sich der junge Herr nicht im geringsten.
»Sie machen das schon richtig, lieber Lemke. Ich mische mich da zunächst nicht ein. Zuerst muß ich mich hier einleben. Was soll ich Ihnen hineinreden, solange ich die Lage nicht überblicke.«
Dagegen hatte Lemke nichts einzuwenden. Anfangs. Aber nun lebte der junge Herr schon seit drei Jahren auf dem Gut, jetzt sollte er die Lage wenigstens soweit überblicken können, um zu erkennen, wieviele Schulden auf Wardenburg lasteten, wie sparsam und umsichtig man wirtschaften mußte, um einigermaßen durchzukommen.
Aber schon mit den Pferden war es losgegangen. Reitpferd, gut, hatte der alte Herr auch gehabt, früher, ehe die Gicht ihn plagte. Gefahren war er meist ein-

spännig, das genügte ihm. Wenn es wirklich einmal nötig war, die große Kutsche zu nehmen, wurde eben eins von den Arbeitspferden mit eingespannt.
So etwas kam für den jungen Herrn überhaupt nicht in Frage. Zwei Orlowtraber wurden angeschafft, und später noch zwei dazu. Vierspännig, nur so zum Spaß. Weil sie das so gemacht hatten, dort, woher er kam. Hier war das nicht üblich auf sparsamem, preußischem Boden. Reitpferde hatte er inzwischen drei. Die gnädige Frau hatte nach der Hochzeit auch reiten gelernt. Na schön, warum nicht. Zumal sie nicht unbegabt war und an dem gnädigen Herrn einen guten Reitlehrer hatte. Aber dann fuhren sie nach Berlin, oder er nach Petersburg und sie zur Kur nach Karlsbad oder gleich ins österreichische, und er verschwand in eine Gegend, die sich Riviera nannte.
»Der Deuwel weeß, wo das sein mag«, sagte der Kutscher.
Dann standen die Pferde herum und mußten bewegt werden, sonst wurden sie die reinen Teufel. Alles hoch im Blut stehende Pferde, die brauchten jeden Tag ihre Arbeit, die konnte man nicht einfach auf der Koppel herumlaufen lassen, dann konnte keiner sie mehr bändigen. Für den Kutscher bedeutete das viel Arbeit. Und so kam es, daß Paule, der vorher auf dem Gut hier und da, wo es gerade nottat, mitgearbeitet hatte – Paule, geh mal, Paule, mach mal, Paule, hol mal –, daß Paule zum Kutscherassistenten avancierte, wenn man es so nennen wollte. Zum Bereiter obendrein.
Kein Wunder, daß er glücklich war mit der neuen Herrschaft auf Wardenburg. Er durfte die herrlichen Pferde reiten, er durfte die gnädige Frau begleiten, wenn sie allein spazierenritt, er durfte die schwarzen Traber fahren. Vierspännig noch nicht, das konnte kaum der Kutscher, das tat der junge Herr nur selbst.
Nun also ging es trab, trab durch die Stadt. Die Rappen zogen mächtig an, kamen gleich richtig in Schwung, das Stehen war ihnen sowieso zu langweilig gewesen.
Wie immer genoß es Alice unbeschreiblich, so durch die Stadt zu rollen.
Sie war es, die hier fuhr. Alice Hoffmann. Arm, von keinem beachtet, immer so bescheiden angezogen. Wie sie diese baumwollenen Kleider gehaßt hatte, diese schwarzen Schürzen, diese häßlichen Hüte. In Leontines Institut waren alle Mädchen besser als sie gekleidet gewesen. Die arme Agnes war dabei noch übler dran, sie hatte die abgelegten Kleider der älteren Schwester auftragen müssen.
Aber nun! Seht her!
Seht ihr mich? Dieser Hut mit der hochgeschwungenen Krempe, zyklamenfarbig, die neueste Mode aus Paris. Mein Kleid ist aus Seide. Meine Schuhe seht ihr leider nicht, sie sind aus Berlin, maßgefertigt vom teuersten Schuhmacher in der Friedrichstraße.
Seht ihr mich? Ich, Alice Freifrau von Wardenburg, fahre durch eure Stadt, in meiner eigenen Equipage, trab, trab, trab klappern die Hufe der Rappen. Schöne Pferde, edle Pferde, keine müden Kutschgäule.
Paule hatte die Peitsche hochgestellt, er hielt die Zügel mit festen Händen, denn die Pferde waren voll Temperament, und eine Stunde lang stehen, das mochten sie gar nicht gern. Wie sie die Beine schmeißen!

Paule auf seinem Bock strahlte. Er war mindestens so stolz wie die schöne Herrin hinten im Wagen. Was für Pferde! Die schönsten Pferde weit und breit, das war gewiß. Graf Drewitz, der hatte auch schöne Pferde. Aber nicht so schön wie die beiden Schwarzen da vorn, nee, das denn doch nicht. Himmel, wie sie die Hälse wölben! Das konnte natürlich nur einer beurteilen, der es verstand. Und der verstand dann auch, daß solche Pferde gefahren sein wollten, so wie er, der Paule, sie fuhr.

Trab, trab, trab – er ließ ihnen noch ein bißchen Luft, sie machten scharfe Fahrt, die Leute blieben stehen und sahen dem Wagen nach.

Alice hatte sich zurückgelehnt, den Schleier fest unterm Kinn gebunden, die Füße leicht gekreuzt. Was für ein herrlicher Tag! Wie warm die Sonne noch schien!

Als sie aus der Stadt kamen, konnte sie weit über die Ebene blicken, die Felder waren zum größten Teil schon gepflügt, nur die Rübenernte war noch in vollem Gang. In vierzehn Tagen, drei Wochen, hatte Nicolas gesagt, würden sie nach Berlin fahren, wieder einmal unter den Linden in die Oper gehen, bei Lutter und Wegener, bei Kempinski speisen, ein wenig einkaufen.

»Wohnen wir wieder im Bristol?« hatte sie gefragt.

»Natürlich. Wo sonst?«

Kinder? Nein, sie wollte keine Kinder. Schlank und schön wollte sie sein, dieses herrliche Leben genießen, das ein gütiger Gott ihr beschert hatte. Jeden Tag, jede Stunde wollte sie genießen, alles, was diese Ehe ihr bot – Reichtum, Ansehen, Freiheit.

Die arme Agnes. Erst der dicke Bauch, dann die Schmerzen, und dann Arbeit, nichts als Arbeit. Gefangen war sie, angebunden, und jedes neue Kind konnte sie das Leben kosten. Nicht ich, dachte Alice leidenschaftlich, nicht ich. Ich will leben, die paar Jahre, die mir noch bleiben, ich bin bald dreißig, aber, so wie ich aussehe, und überhaupt, wenn ich keine Kinder bekomme, werden es ein paar mehr Jahre sein, als sie anderen Frauen gegönnt sind.

Nicolas hätte gern Kinder gehabt, das wußte sie. Am Anfang ihrer Ehe hatte er manchmal davon gesprochen. Er war ein Einzelkind gewesen, genau wie sein Vater, aber er war in einer großen Familie aufgewachsen, und seine Cousins und Cousinen waren ihm wie Brüder und Schwestern. Es sei schön, wenn man Geschwister hätte, sagte er damals, drei Kinder, nicht wahr, Alice, das wäre doch gerade richtig, vielleicht auch vier.

Sie hatte dazu gelächelt, sie konnte ihm ja nicht ins Gesicht sagen: Ich will nicht, ich will nicht, ich habe Angst.

Bis jetzt hatte sie kein Kind bekommen, und sie war froh darüber. Er sprach nicht mehr davon, aus Taktgefühl, aus Gleichgültigkeit, sie wußte es nicht. Sie sprachen eigentlich nie davon. Wardenburg war kein Grund für ihn, sich Kinder zu wünschen, das Gut war ihm in den Schoß gefallen, viel verband ihn nicht damit. Wenn er Wardenburg nicht länger halten konnte, würde er zurückkehren auf die Güter seiner Familie im Baltikum. Die war unvorstellbar reich. So etwas wie Wardenburg wäre für sie eine Kate, 10000 Hektar umfaßte allein der Besitz von Schloß Kerst.

Es war die Familie seiner Mutter, sein Erbteil war ihm ausgezahlt worden, als er mündig wurde, zuvor war seine Ausbildung davon bezahlt worden, während seiner Offiziersjahre hatte er das meiste davon verbraucht, er hatte bei der Garde in Berlin gedient, das war ein teures Pflaster. Aber die Balten würden ihm das nicht vorrechnen, er gehörte zu ihnen, sie waren so reich, so gastfreundlich, besaßen soviel Familiensinn; dies alles hatte Alice tief beeindruckt, als sie das erstemal dort gewesen war. Was für Verhältnisse! Die lebten wie die Fürsten. Und dachten in ganz anderen Dimensionen, in russischen eben, nicht in preußischen. Und wie nett sie gewesen waren, Alice hier und Alice da, man hatte ihr den Hof gemacht, ihr alle Wünsche erfüllt, sie merken lassen, daß sie schön war und begehrt wurde. Einladungen, Feste, Jagden, Ritte durch endlose Wälder. Und da sollte sie die Zeit mit Kinderkriegen verplempern?
Auch aus der Liebe machte sie sich nicht viel; sie war eine kühle Natur. Natürlich war sie sehr froh, daß Nicolas sie geheiratet hatte, daß sie dadurch nun zu den privilegierten Kreisen des Adels gehörte. Die Anbetung anderer Männer ließ sie sich zwar gern gefallen, aber sie würde ihn nie betrügen. Ihr genügte die Bewunderung der Männer, ihr Begehren, ihre Wünsche – das war viel reizvoller, viel genußvoller als das, was in den Betten geschah.
Nicolas hatte das bald bemerkt und sich nicht viel Mühe gegeben, es zu ändern. Er verstand viel von Frauen, und er wußte, daß man aus einer kalten Frau nicht eine leidenschaftliche Geliebte machen konnte. Alice ihrerseits wußte, daß er immer noch diese Frau in St. Petersburg liebte. Mindestens einmal in jedem Jahr fuhr er nach St. Petersburg, allein. Oder er traf sie im Frühling in Nizza. Oder im Herbst in Paris. Natalia Fedorowna, eine russische Fürstin. Es störte Alice nicht.
Diese Frau war mindestens fünfzehn Jahre älter als Nicolas. Warum sollte sie nicht noch ein bißchen Spaß mit ihm haben, wenn ihr das nun einmal unverständlicherweise Spaß bereitete, dieses . . . dieses ekelhafte Zeug, das Männer mit Frauen trieben. Sollte sie doch. Sie wußte allerdings nicht, daß Nicolas inzwischen in Berlin eine kleine Freundin hatte, eine junge Schauspielerin vom Hoftheater. Aber selbst, wenn Alice es gewußt hätte, sehr irritiert hätte es sie nicht.
Ich bin Frau von Wardenburg. Ich sitze in diesem Wagen und fahre durch die Stadt, die meine armselige Jugend gesehen hat. Fahre über eigenen Grund und Boden. Auf mein Gut. In meinen Salon.
Das war auch etwas, was dem Verwalter Lemke Sorgen bereitet hatte. Nicht nur die Pferde waren gekauft worden, die junge Frau hatte das ganze Haus neu einrichten lassen. Seidene Gardinen, samtbezogene Sofas, echte Teppiche, und ihr Schlafzimmer erst, mit dem riesenbreiten Bett, auch dort alles voller Seide und Schnickschnack. Ein Heidengeld hatte das gekostet, zwei Ernten waren dafür draufgegangen.
Wann hatte es je so etwas auf Wardenburg gegeben? Solide und ordentlich war alles gewesen, feste Möbel, derbe Stühle, es roch kühl, sauber und frisch. Gemütlich war es gewesen. Aber jetzt! Der Gartensaal war der reinste Albtraum geworden, alberne Möbel mit Kringeln und Verzierungen daran. Samtportieren

und so komische Bilder, auf denen man gar nicht erkennen konnte, was sie eigentlich darstellen sollten. Das schlimmste war dieses grünliche Bild an der linken kurzen Seite des Gartensaals, kein Mensch konnte begreifen, was es bedeuten sollte, lange schmale Glieder, verrutschte Köpfe, wie kranke Schlangen sah es aus.

»Das hat mein Vater gemalt«, hatte Nicolas von Wardenburg einmal gesagt. Lemke enthielt sich jeden Kommentars, aber sein Gesichtsausdruck war so sprechend, daß Nicolas laut gelacht hatte. Lemke dachte bei sich: irgendetwas hat ja wohl mit dem Vater von dem jungen Herrn nicht gestimmt. Er selbst hatte ihn nicht gekannt, aber hier und da redeten die Leute. Der alte Miksch zum Beispiel . . . natürlich konnte er sich nicht hinstellen und mit den Leuten über die Herrschaft reden, aber seine Frau schnappte manchmal etwas auf, die erzählte es ihm dann.

»Er wollte nicht mehr Offizier sein, sagen die Leute. Er wollte es nie. Er wollte malen. Weil er ein Künstler war. Und der alte Herr warf ihn hinaus. Dann ging er nach Italien. Und da hat er die Gräfin kennengelernt, die russische.«

»Sie war keine Russin, sie war Baltin.«

»Das ist doch dasselbe.«

»Nein, das ist nicht dasselbe.«

»Aber sie sind doch Russen dort.«

»Ja, jetzt sind sie Russen.«

»Na, siehst du.«

Es war nicht die Aufgabe des Verwalters, sich den Kopf über die baltische Mutter des Herrn von Wardenburg zu zerbrechen. Seine Aufgabe war es, Gut Wardenburg zu bewirtschaften, und das wurde mit jedem Jahr schwieriger. Seit dem Tod des alten Herrn wuchsen die Schulden ins Unermeßliche.

Der alte Herr hatte gespart an allen Ecken und Kanten, da war man gerade so hingekommen. Aber nun? Lange konnte das nicht mehr gutgehen.

Als sie in den Seitenweg einbogen, der zum Gut führte, minderte Paule das Tempo. Eine Staubwolke verwehte hinter ihnen, es hatte lange nicht geregnet.

Weit hinten am Waldrand sah Alice ein goldenes Blitzen in der Sonne.

»Los, Paule«, rief sie, »fahr zu. Dort kommt der Herr. Wir wollen vor ihm da sein.«

Paule lachte, knallte mit der Peitsche. Die Rappen zogen wieder an, das taten sie gern, so nah am Stall.

Sie kamen zusammen auf dem Hof an. Der Goldfuchs hielt neben dem Wagen, Nicolas hob grüßend die Gerte an die Schläfe, sein braunes Haar, viel zu lang für einen preußischen Gutsbesitzer, hing ihm verwirrt in die Stirn, er ritt immer ohne Hut oder Kappe.

»Schon zurück? Wie geht es Agnes?«

»Stell dir vor, es ist wieder ein Mädchen«, Alice lachte voll Schadenfreude.

»Ach nein? Ach, Gottchen!« Nicolas lachte auch, doch dann schüttelte er bedauernd den Kopf. »Die arme Agnes! Sie tut mir leid, nicht er. Sie wird es ausbaden müssen.«

»Sie wird eben noch mehr Kinder kriegen müssen. Er wird sie nicht in Ruhe lassen.«

Der Stallbursche kam angelaufen, Nicolas sprang aus dem Sattel und klopfte dem Fuchs den Hals. »Brav, Toro, brav.«
Er reichte seiner Frau die Hand, sie raffte anmutig den Rock, stieg aus dem Wagen und lächelte ihn an.
»Danke, mein Lieber.«
Sie gingen immer sehr höflich miteinander um, es war so ihre Art.
Sie waren beide gefallsüchtige Menschen, auf Äußerlichkeiten bedacht, die nicht nur dem anderen, die auch sich selbst etwas vorspielen mußten. Wenn es Verstimmungen zwischen ihnen gab, was gelegentlich vorkam, handelte es sich meist um Lappalien, nie um wichtige Dinge, weil jeder die wichtigen Dinge für sich allein lebte. Wenn sie stritten, war sie kalt und verletzend, er zunächst temperamentvoll, doch dann sehr rasch umschlagend in eine geradezu beleidigende Attitüde von Hochmut. Was Alice maßlos verärgerte. Es degradierte sie dahin zurück, woher sie gekommen war.
Jedoch, es kam nicht oft vor.
Alice blickte zu Paule auf, der auf dem Bock saß wie aus Erz. Und wie aus Erz standen die Rappen.
»Du bist gut gefahren, Paule. Sehr flott.«
Paule grinste. Was war er glücklich! Der alte Herr hatte ihn einen Nichtsnutz genannt, mit nichts als Flausen im Kopf. Der sollte ihn jetzt mal sehen, mit diesen beiden Rappen sollte er ihn sehen.
Er wartete, bis die gnädige Frau und der gnädige Herr die Stufen zum Portal des Gutshauses hinaufgestiegen waren und hinter der schweren Eichentüre verschwanden, dann fuhr er in raschem Trab über den Hof hinweg, hinüber zu den Ställen.
»Verdammter Lümmel!« schimpfte der Kutscher, der vor dem Pferdestall stand. »Mußte denn immer wie'n Wilder hier ankommen? Kannste die Pferde nich wenigstens das letzte Stück Schritt gehen lassen?«
Der Kutscher strich einem der Rappen über den Hals. So gut wie trocken, der Atem der Tiere ging ruhig. Pferde wie die, dachte Paule.
»Was denen das ausmacht, mal 'ne halbe Stunde scharfen Trab zu gehen. Gar nischt is das für die. Gar nischt.«
»Halt die Schnauze«, knurrte der Kutscher. »Immer mußte Widerpart geben. Deine Mutter hat dich zu wenig verprügelt.«
Paule lachte frech. »Hat eben der Vater gefehlt.«
Er wußte nicht, wer sein Vater war, seine Mutter verschwieg es hartnäckig. Früher hatte er sich nicht getraut, danach zu fragen, aber jetzt fragte er sie manchmal.
»Geht dich nischt an«, bekam er zur Antwort.
Insgeheim musterte er alle Männer auf dem Gut und in der Umgebung, die dem Alter nach in Frage kamen. Seine Mutter war heute noch eine stattliche Frau, und bestimmt war sie ein hübsches Mädchen gewesen.
Manchmal träumte er davon, der alte Herr von Wardenburg wäre sein Vater. Ein tollkühner Traum, der ihm Schauer über den Rücken jagte. So wie er den alten Herrn gekannt hatte, war das reichlich unwahrscheinlich, aber konnte man wis-

sen? Die Vorstellung war höchst ergötzlich – er, der Paule, ein Herr von Wardenburg.
Alice und Nicolas gingen durch das Vestibül des Gutshauses, eine geräumige Halle war es fast, von der in der Mitte eine breite Glastür in den Gartensaal führte, rechts und links zwei Türen in die anderen Räume, links hinten eine in die Wirtschaftsräume, daneben die Treppe, die nach oben führte. Sie betraten den Raum rechts vorn, den Alice ihren Salon nannte. Sie hatte ihn englisch eingerichtet, Chippendale-Möbel, eine goldrosa Streifentapete an den Wänden, gestreifte Bezüge für Sessel und Sofa und immer frische Blumen aus dem Garten. Ein schöner Raum, Geschmack besaß sie.
Grischa, der Diener, hatte sie an der Tür erwartet und öffnete ihnen die Tür zum Salon. Grischa, groß und schwarzhaarig, verbeugte sich, als er die Reitgerte von Nicolas entgegennahm, dann die Sporen, nachdem Nicolas sie abgeschnallt hatte.
»Champagner, Grischa«, befahl Nicolas. »Wir müssen die Geburt meiner kleinen Nichte feiern.«
Grischa erlaubte sich ein kleines Grinsen. Also wieder ein Mädchen! Hier im Haus wußte jeder, wie dringend die Verwandten in der Stadt auf einen Sohn gehofft hatten. Immerhin, dachte Grischa, sie kriegen wenigstens Kinder. Wird auch einmal ein Söhnchen dabei sein. Wir haben keine Kinder hier, gar keine. Das ist viel schlimmer. Besser vier kleine Töchterchen als gar kein Kind im Haus.
»Sehr wohl, Väterchen«, er verneigte sich. »Und wann soll serviert werden?«
»In einer halben Stunde«, sagte Alice. Und höflich zu Nicolas: »Es ist dir doch recht so?«
»Ja, natürlich.«
Das war auch so eine Neuerung im Haus, an die sich das Gesinde nicht gewöhnen konnte. Früher, beim alten Herrn, mußte das Essen Schlag zwölf auf dem Tisch stehen. Da wußte jeder, wie er dran war. Heute wurde einmal um ein Uhr, dann um halb zwei, oder gar um zwei gegessen. Es war nie vorauszusehen, wann die Herrschaften sich zu Tisch setzen würden. Das erschwerte der Köchin und den Mädchen die Arbeit, aber das bedachte keiner.
Grischa verschwand, um den Champagner zu holen.
»Dein Hut ist bezaubernd«, sagte Nicolas und steckte sich eine von seinen dünnen russischen Zigaretten an.
»O ja, findest du? Gibst du mir auch eine?«
Sie nahm eine Zigarette aus der goldenen Dose, die er ihr anbot, und steckte sie zwischen die Lippen.
»Laß das nur nicht deine Mama sehen.«
»Sie hat es schon gesehen. Als sie das letztemal hier war.«
»Und was sagte sie?«
»Sie sagte . . . oh, nicht viel, sie war nur schockiert.«
In Wahrheit hatte Charlotte gesagt: »Da brauche ich mich nicht zu wundern, daß du keine Kinder bekommst.«
Und Alice darauf: »Wenn ich es dadurch verhindern kann, daß ich rauche, schmeckt mir die Zigarette noch einmal so gut.«

Grischa kam mit dem Champagner, öffnete geschickt die Flasche, füllte die Gläser und reichte sie auf silbernem Tablett seiner Herrschaft.
Er tat es formvollendet, denn er hatte eine erstklassige Ausbildung genossen. Aber er ließ es sich dennoch nicht nehmen, dazu zu sagen: »Wohl bekomm's, Mütterchen. Wohl bekomm's, Väterchen.« Und als sie die Gläser an die Lippen setzten: »Glück und Gesundheit dem Kindchen.«
Nicolas nickte ihm zu. »Danke, Grischa.«
Grischa war seit zwei Jahren im Haus. Er war ein Geschenk der Fürstin. Nach wie vor fühlte er sich als Leibeigener der Fürstin Natalia Fedorowna, was ihn nicht im mindesten störte, für sie hätte er sich in Stücke reißen lassen. Aufgewachsen auf einem ihrer Güter, geschult zu einem perfekten Diener von Alexis, der das Petersburger Palais der Fürstin führte. Dort hatte er auch zuerst seinen jetzigen Herrn kennengelernt, auch der war in gewisser Weise ein Leibeigener der Fürstin, denn er liebte sie. Siebzehn war Nicolas, als er die Fürstin Natalia Fedorowna kennenlernte. Seine Mutter war seit einem Jahr tot, und weil er trauerte und trauerte, schickte ihn die Familie nach St. Petersburg, damit er dort die Schule beende und auf andere Gedanken käme. Verwandte lebten genug in der Stadt, einige als Offiziere des Zaren, ein Onkel von Nicolas war in diplomatischen Diensten am Hof. Nicolas sollte Zerstreuung und Ablenkung in St. Petersburg haben und nicht mehr so schwermütig am Kamin sitzen und ins Feuer starren, das tat nicht gut für einen jungen Menschen.
Sein Vater war sofort nach dem Tod seiner Frau von Schloß Kerst verschwunden. Sie hörten wenig von ihm. Man konnte ihm nicht helfen, sie wußten alle, wie sehr er Anna Nicolina geliebt hatte und wie er litt unter ihrem Tod.
Ihr langsames Sterben hatte alle auf Schloß Kerst schwermütig gemacht. Sie litt an einer Blutzersetzung, die Ärzte nannten es Leukämie.
Ihr Vater, ihre Brüder, die ganze große Familie waren Anna Nicolinas Tod mitgestorben. Jeder hatte sie geliebt, schön und gütig und sanft, wie sie war. Aber nun war sie tot. Das Leben mußte weitergehen, der Junge mußte abgelenkt werden.
Die Fürstin Natalia Fedorowna war Anfang dreißig, wunderschön und unermeßlich reich. Der Fürst war doppelt so alt wie seine Frau, machte sich nichts aus dem Hofleben und kam nur zu besonderen Anlässen nach Petersburg, er lebte auf einem der riesigen Güter, züchtete Pferde und Windhunde.
Natalia Fedorowna sah den Jungen aus dem Baltikum zum erstenmal in der Oper, es war ein Ballettabend, er saß verborgen im Hintergrund der Loge seines Onkels, und nur ein so scharfes Auge wie das der Fürstin, dem kein neues Gesicht entging, konnte ihn dort entdecken.
In der Pause stand er trübsinnig in einer Ecke, man konnte ihm ansehen, wie verloren er sich vorkam in dieser fremden glänzenden Welt. Ein Lächeln und eine leichte Kopfbewegung der Fürstin befahlen Onkel und Tante zur Reverenz. Sie fragte, wer der junge Herr in ihrer Begleitung sei, erfuhr seine Geschichte, und einige Tage darauf erhielt Nicolas eine Einladung zum Tee.
Es war eine große Ehre, und die Familie war stolz. Ihn verwirrte es.

»Ihr nicht? Ich soll allein hingehen?«
»Geh nur, Söhnchen, geh nur. Sie ist eine sehr bedeutende Frau, und sie kann dir sehr nützlich sein. Sie hat eine wichtige Stellung am Hof, der Zar schätzt sie sehr. Man sagt . . .«
Es war unnötig, dem jungen Mann zu erklären, was der Klatsch über sie und den Zaren behauptete. Tatsache war jedenfalls, daß Zar Alexander ihre Gesellschaft der der meisten anderen Damen bei Hofe vorzog.
Zu jener Zeit war es noch Alexander II., jener fortschrittliche Herrscher, der weitgehende Reformen in der überalterten Hierarchie des riesigen Rußland einführte, die Leibeigenschaft abschaffte, und zum Dank dafür bei einem Attentat im Jahre 1881 ermordet wurde.
Die Fürstin war dem jungen Nicolas wirklich außerordentlich nützlich.
Bei seinem ersten Besuch plauderte sie unverbindlich, erzählte von ihren Pferden, von der Windhundzucht ihres Mannes, die in ganz Rußland berühmt war, erzählte von der Jagd in den unendlichen Wäldern ihrer Güter, alles Themen, bei denen der Junge mitreden konnte.
Bei seinem zweiten Besuch ließ sie ihn reden, ließ sich von seiner Mutter erzählen, denn sie war der Meinung, er müsse einmal ausführlich darüber reden, nicht alles stumm und gepeinigt in sich verschließen. Am Ende weinte er.
Und als er sich schämte, weil er geweint hatte, strich sie ihm übers Haar und sagte: »Du müßtest dich schämen, wenn du nicht um deine Mutter weinen würdest. Komm übermorgen wieder.«
Bei diesem dritten Teebesuch fand sie die richtige Methode, ihn zu trösten. Sie nahm ihn mit in ihr Bett. Es war nicht nur eine Laune, nicht nur ein kleines Vergnügen, das sie sich gönnte, den Jungen zu verführen und einigemale mit ihm zu schlafen. Sie nahm ihn ernst, hatte ihn gern, behielt ihn viele Jahre lang und vollendete die Erziehung, die seine Mutter begonnen hatte, die Erziehung zu einem Gentleman.
»Ich möchte, daß du ein Gentleman wirst«, hatte seine Mutter gesagt, als er noch ganz klein war. »Das bedeutet auch, daß du immer verantwortlich bist für das, was du tust. Nie soll dir einer etwas befehlen müssen. Du wirst von selbst das Richtige tun. Auch ich werde dir nie etwas befehlen. Ich werde dir vorschlagen, was du tun könntest, und du wirst dann selbst entscheiden.«
Die Fürstin erzog ihn überdies zu einem exzellenten Liebhaber, zu einem Mann, der genau wußte, wie man mit Frauen umging. Nun hatte er eine Ehefrau, die von dem Gentleman profitierte, für den Liebhaber jedoch wenig Verwendung hatte. Da Nicolas ein glückliches Naturell besaß, war er geneigt, dies als günstige Fügung des Schicksals anzusehen: es gewährte ihm viel Freiheit. Vielleicht, so dachte er, nachdem er entdeckt hatte, daß das reizvolle Mädchen Alice nicht die geeignete Geliebte für ihn war, ist es ganz gut so; sie wird dann nicht allzu eifersüchtig sein.
Er wußte, daß dies nicht unbedingt zutreffen mußte; auch kalte Frauen konnten sorgsam bewachen, was ihnen gehörte. Aber mit Alice hatte er darin Glück, sie fragte nie, was er auf seinen Reisen erlebte. Und hier auf dem Gut benahm er

sich vorbildlich, blamiert hätte er sie nie, dazu war er zu gut erzogen. Ein echter Gentleman eben.

Von Natalia Fedorowna hatte er Alice erzählt. Keine Einzelheiten natürlich, nur was sie ihm war, was sie für sein Leben bedeutete.

»Oh, ich sehe, un grand amour«, hatte Alice lächelnd gesagt. »Et pas encore fini?«

»Jamais.«

Niemals. Das hatte er klar und bestimmt gesagt. Niemals würde er aufhören, Natalia Fedorowna zu lieben, für immer würde er ihr Freund sein.

Als er sein Abitur gemacht hatte, ein nicht sehr glanzvolles Abitur – er lernte nicht gern und hatte nicht viel gearbeitet –, kam sein Vater, den er seit dem Tod Anna Nicolinas nicht gesehen hatte; nur in vierteljährlichen Briefen hatte er das Notwendigste über sein Leben und seine Fortschritte in der Schule an ihn berichtet, knapp und ohne das zu erwähnen, was in seinem Leben wichtig war.

Carl Heinrich von Wardenburg, oder Henry von Wardenburg, wie er sich jetzt nannte, hatte in den vergangenen Jahren zunächst in Rom, dann in Florenz gelebt, er hatte wieder angefangen zu malen, doch da er ständig selbst an seiner Begabung zweifelte, ihm als einem reinen Autodidakten auch die Grundlage einer soliden Ausbildung fehlte, war nicht viel daraus geworden. Dazu kam, daß der Tod seiner Frau ihn zum zweitenmal heimatlos gemacht hatte. Ein zutiefst unglücklicher Mensch war er, manchmal von schweren Depressionen so heimgesucht, daß er tagelang sein Hotelzimmer nicht verließ und auch schon einigemale an Selbstmord gedacht hatte. Nun plötzlich jedoch besann er sich auf seinen Sohn, und was er von seinem Sohn verlangte, war so befremdlich, daß dieser Tage brauchte, um sich von der Überraschung zu erholen, die das väterliche Ansinnen ausgelöst hatte.

Henry von Wardenburg verlangte nicht mehr und nicht weniger, als daß Nicolas sofort St. Petersburg verlassen, sich nach Berlin begeben und in preußische Dienste treten sollte.

Bisher hatte sich Nicolas nicht allzuviel Gedanken um seine Zukunft gemacht, die Schule hatte ihn ausreichend beschäftigt, und das erste Ziel, die Schule abzuschließen, mußte zunächst einmal erreicht werden. Sein übriges Leben war abwechslungsreich genug; da war die zahlreiche Familie, da waren all die Feste und Einladungen, die damit verbunden waren, und da war schließlich als beherrschender Mittelpunkt seines Daseins Natalia Fedorowna.

Seinen Großvater, den Herrn von Schloß Kerst, sah er selten, eigentlich nur in den Ferien; der Senior kam nicht gern nach Petersburg, er liebte die großen Städte nicht, schon der jährliche Aufenthalt in Reval, jedes Jahr im Herbst und im Winter, war ihm lästig. So kam es, daß für Nicolas sein Onkel Konstantin, in dessen Haus in Petersburg er lebte, zu einem Vaterersatz geworden war. Graf Konstantin war ein weitgereister Mann, sprach französisch und englisch so gut wie deutsch und russisch, hatte lange als Diplomat im Ausland gelebt, nun tat er Dienst am Hof und gehörte zu jenem Teil der Balten, der loyal Rußland und dem Zaren diente. Ohne zu leugnen, daß er Balte war und von deutschen Ordensrittern abstammte. Damit befand er sich im Gegensatz zu vielen anderen Herren aus Kurland,

Livland und Estland, die sich gegen zu weitgehenden russischen Einfluß wehrten und auf deutschsprachigen Unterricht und Studium für ihre Söhne bestanden.
Graf Konstantin sagte: »Ich hoffe, der Nationalismus wird im nächsten Jahrhundert keine Chance mehr haben.
Es gibt viel Wichtigeres zu tun: die wachsende Industrialisierung bringt wachsenden Wohlstand, die größeren Aufgaben, die Technik und Wissenschaft uns stellen, verlangen klügere Köpfe. Es bleibt keine Zeit mehr, sich die Köpfe einzuschlagen, wir brauchen sie, damit sie Verstand und Wissen aufnehmen. Ich hoffe, den Tag noch zu erleben, an dem sich die Völker über alle Grenzen hinweg verständigen, mehr noch, ich wünsche mir den Tag, an dem es keine Grenzen mehr gibt.« Er sagte aber auch: » Ich fürchte, ich denke meiner Zeit zu weit voraus. Ich bin schneller als die Entwicklung der Menschheit, und vielleicht wird noch viel Blut fließen müssen, bis jeder so denkt wie ich.«
Graf Konstantin hatte großen Einfluß auf Nicolas, er tat viel für die Bildung und Sicherheit des jungen Mannes – seine eigenen Söhne waren bereits nicht mehr im Haus, einer diente als Oberst in der Armee des Zaren, der andere war Diplomat wie der Vater und zu jener Zeit, als Nicolas im Hause des Onkels lebte, als Attaché in Brüssel. Nicolas durfte an allen Festen und Bällen teilnehmen, er lernte es, wie man es im Hause des Onkels gewohnt war, sich in mehreren Sprachen zu verständigen, sich tadellos zu kleiden und sich mit Sicherheit in jeder Gesellschaft zu bewegen.
Über die Zukunft, über seine Zukunft, war bisher wenig gesprochen worden. Die Söhne der baltischen Familien studierten zumeist an der deutschsprachigen Universität in Dorpat einige Semester; beabsichtigten sie ernsthaft einen Abschluß, setzten sie das Studium meist in Deutschland fort. Ihren Militärdienst jedoch mußten sie als Untertanen des Zaren im russischen Heer leisten.
»Ich halte es für Unsinn, daß du nach Dorpat gehst«, hatte Graf Konstantin einmal gesagt, »du bist ein Petersburger geworden, es wird dir in der Provinz nicht mehr gefallen. Ein Gelehrter wird sowieso nicht aus dir, aber ein paar Semester Studium haben noch keinem Menschen geschadet, und die würde ich dir raten, hier zu absolvieren. Am besten nach deiner Dienstzeit. Vielleicht entscheidest du dich auch, aktiv zu werden und Offizier zu bleiben, nach einer gewissen Zeit könnte ich dafür sorgen, daß du zum Hofdienst abkommandiert wirst. Das wird sich finden, man wird sehen, mach erst dein Abitur.«
Nach dem Abitur, so war geplant, sollte Nicolas sich ein paar Wochen auf Kerst erholen und dann eine Reise nach Paris machen, um etwas von der Welt zu sehen. Und nun also kam sein Vater, nicht mit dem Wunsch, sondern dem Befehl, daß Nicolas Petersburg sofort verlassen solle, um, wie alle Wardenburgs vor ihm, preußischer Offizier zu werden.
»Du bist Deutscher, genau wie ich. Auch deine Mutter war Deutsche. Es ändert nichts daran, daß die Balten heute russische Untertanen sind. Ich möchte nicht, daß du in Rußland dienst. Wenn es zum Krieg kommt, müßtest du auf russischer Seite gegen Deutschland kämpfen.«
Ein Krieg sei ganz und gar undenkbar, meinte Nicolas, schließlich lebe man in einer modernen Zeit. Auch seien Deutschland und Rußland in einem Bündnis

vereint. Und das Deutsche Reich sei so stark, daß gewiß keiner seiner Neider einen Krieg wagen würde.
Henry betrachtete die weltpolitische Lage skeptischer. Das Deutsche Reich sei nicht sehr beliebt, Frankreich würde sich eines Tages Revanche holen, dessen sei er sicher. Abgesehen davon aber, wehe ja nun in Rußland ein anderer Wind, die Russifizierung der Deutschen werde jetzt mit anderen Mitteln vorangetrieben.
So war es. Alexander III., der kurz zuvor den Thron bestiegen hatte, war kein reformfreudiger und aufgeschlossener Herrscher wie sein Vorgänger. Nach der Ermordung seines Vaters und angesichts der revolutionären Strömungen im Russischen Reich war das Klima hart und böse geworden. Im tiefsten Inneren aber ging es Henry von Wardenburg darum, daß sein Sohn gutmachen sollte, was er schlecht gemacht hatte: er hatte keinen ehrenvollen Abschied genommen; ein Wardenburg sollte preußischer Offizier werden, seine Verfehlungen vergessen machen.
Nicolas war verwirrt. Er verließ Petersburg, das ihm bisher ein abwechslungsreiches und amüsantes Leben geboten hatte, widerstrebend, aber in gewisser Weise fand er es auch verlockend, in die Hauptstadt des Deutschen Reiches zu gehen.
Die Fürstin, von ihm befragt, stimmte erstaunlicherweise seinem Vater zu.
»Man muß wissen, wohin man gehört. Du bist wirklich kein Russe, mon cher. Ihr Balten werdet nie echte Russen werden. Außerdem tut es immer gut, seinen Horizont zu erweitern und auch einmal in einem anderen Land zu leben. Enfin, ich werde dich oft in Berlin besuchen.«
Das tat sie. Sie kam sehr oft nach Berlin, zwei- oder dreimal im Jahr, sie reiste mit einem ganzen Troß Dienerschaft an, bezog eine ganze Etage im Bristol, mietete auch einmal ein Haus am Tiergarten, es gefiel ihr in Berlin, und sie blieb jedesmal einige Wochen.
»Was wird man in Petersburg sagen, Natalia Fedorowna, wenn Sie so oft nach Berlin reisen?«
»Je m'en fiche«, erwiderte sie hochmütig.
Es blieb nicht aus, daß der Zar eine erstaunte Bemerkung gegenüber ihrem Mann, dem Fürsten, fallen ließ, als die Fürstin einmal bei einem großen Empfang bei Hofe nicht zugegen war. Zur gleichen Zeit entdeckte sie, daß Nicolas sie betrog, daß er eine junge Geliebte hatte. Ihr Verhältnis kühlte sich ab; sie kam nicht mehr nach Berlin, reiste wieder wie früher nach Paris, an die Riviera, und es gab neue, andere Männer in ihrem Leben.
Nach einer längeren Zeit der Trennung trafen sie sich wieder in St. Petersburg. Nicolas war zu der Hochzeit einer seiner unzähligen jungen Cousinen gekommen.
Bei diesem Wiedersehen fühlte er sich ein wenig befangen, die Fürstin jedoch, sicher ihrer selbst wie eh und je, war voller Verständnis. Es war so einfach, mit ihr zu sprechen, sich ihr anzuvertrauen, war immer so gewesen. Aus ihrer Liebe war Freundschaft geworden; echte tiefe Freundschaft, wie nur Russen sie aufbringen können, brachte sie ihm entgegen, und dies erwies sich als eine bleibendere Form der Liebe.

Niemals, konnte Nicolas darum heute sagen, niemals würde er aufhören, Natalia Fedorowna zu lieben und zu verehren, sie war auf immer verbunden mit seiner Jugend und seiner Heimat, denn das war nicht nur Schloß Kerst, das war auch Petersburg für ihn.
Die niederschlesische Provinz, Gut Wardenburg, als dessen Erbe sein Großvater ihn eingesetzt hatte, ganz überraschend für ihn – er war nie dort gewesen und kannte seinen preußischen Großvater nicht –, Wardenburg war für ihn, bis jetzt jedenfalls, nicht zur Heimat geworden.
Für gewöhnlich dachte er darüber nicht nach, er war keiner von denen, die das Leben unnötig komplizierten. Aber jetzt, in dieser Mittagsstunde, als sie auf das Wohl seiner neuen kleinen Nichte tranken, geriet er auf einmal in nachdenkliche Stimmung. Er neigte zur Sentimentalität, der Gedanke an das neugeborene Kind, dieses kleine Mädchen, das so offensichtlich unwillkommen war im Hause seines Schwagers, rührte ihn. Er dachte: wenn wir Kinder hätten, würde ich mich vielleicht besser hier einleben können, würde mich nicht nur als Gast in diesem Haus empfinden.
»Du machst so ein ernstes Gesicht, woran denkst du?« fragte Alice.
Nicolas leerte sein Glas und reichte es Grischa, der ihm nachschenkte.
»Nichts Bestimmtes«, sagte er leichthin. »An früher.«
»An deine Familie in Kerst? Oder an sie?«
Damit meinte sie die Fürstin, wie Nicolas wußte.
»Ja, auch.«
»Du denkst oft an sie, nicht wahr? Richtig wirst du hier nie heimisch werden.«
Nicolas zögerte mit der Antwort. Sollte er ihr sagen, was er soeben gedacht hatte? Es war nicht ihre Schuld, wenn sie keine Kinder bekam, seine genauso. Sie waren erst drei Jahre verheiratet, aber er hatte selten den Wunsch, sie zu umarmen.
»Ich glaube, du hast recht«, wich er aus. »Wenn ich eine Heimat habe, dann ist es Kerst.«
»Ich kann es verstehen. Es ist so schön dort. So weit und so groß. Und das Schloß ist so prächtig. Es muß dir hier eng vorkommen.«
Es klopfte. Eines der Mädchen meldete, in zehn Minuten werde serviert.
»Ich will mir nur schnell die Hände waschen«, sagte Nicolas.
»Und ich werde meinen hübschen Hut absetzen.«
Grischa hielt ihnen die Tür auf, verbeugte sich tief und sah ihnen nach, als sie die Treppe hinaufstiegen.
Dann kehrte er zurück und trank mit bekümmerter Miene den Champagner aus. Er liebte Nicolas sehr, Alice weniger.
Auf der Treppe fragte Alice: »Meinst du nicht, daß Grischa noch viel mehr Heimweh haben muß als du?«
»Ich habe kein Heimweh, wie kommst du darauf? Ich kann nach Kerst fahren, wann immer ich will. Wir könnten dort im Mai wieder einmal einen Besuch machen, was hältst du davon? Wenn alles blüht und wenn die hellen Nächte kommen.«
»Oh, gern!« rief Alice. »Ich liebe euer Land. Ich liebe deine Familie. Sie sind alle so reizend zu mir.«

»Wir werden Grischa mitnehmen. Kerst ist nicht Rußland, aber ein wenig für ihn vielleicht doch.«
»Und wenn er dann nicht mit uns zurückkommen will? Ich könnte mir ein Leben ohne Grischa nicht mehr vorstellen.«
»Er kommt mit, keine Bange. Wo Natalia Fedorowna ihn hinbeordert hat, dort wird er bleiben bis zum letzten Atemzug.«
»Abends, wenn er singt – Betty sagt, sie muß immer weinen, wenn er singt. Auch wenn sie die Worte nicht versteht. Es klingt so traurig, sagt sie.«
»Es klingt immer traurig, wenn Russen singen.«
Früher hatte es auf Wardenburg keinen Diener gegeben, aber die junge gnädige Frau hatte partout einen Diener haben wollen. Erst war ein Bursche aus der Stadt gekommen, der log und stahl. Dann kam einer, der sich täglich betrank.
Als Nicolas der Fürstin gelegentlich eines Zusammentreffens von ihrem Diener-Fiasko erzählte, schickte sie ihnen Grischa, gewissermaßen als Geschenk. Grischa war perfekt. Auch wenn er komisch redete, wie die Wardenburger Leute fanden. Zwar hatte er im Petersburger Palais schon deutsch gelernt – bei Alexis mußte jeder Diener eine Fremdsprache beherrschen –, aber er sprach es natürlich mit eigenartigem Akzent. Mittlerweile hatte er sehr gut deutsch gelernt, er war nun bereits zwei Jahre im Haus. Sein Tonfall und seine Aussprache trugen ihm immer noch gelegentlich Spott ein, aber es war inzwischen ein gutmütiger Spott geworden. Sie hatten sich an Grischa gewöhnt, und die Streiche, die sie ihm anfangs gespielt hatten, ertrug er mit Ruhe und Geduld, beschwerte sich nie bei den Herrschaften; das hatten sie ihm hoch angerechnet.
»Weißt du was«, sagte Nicolas, bevor er in sein Zimmer ging.
»Junge oder nicht Junge, das wird ja doch nichts. Ich werde diesmal den Paten machen bei dem neuen Kindchen von Agnes.«
»Wirklich? Aber es ist doch ein Mädchen.«
»Das macht doch nichts. Ich habe vier Paten, zwei Tanten und zwei Onkel.«
»Da wird sich Agnes sehr freuen. Sie ist ja ganz verliebt in dich, das weißt du doch.«
»Ich habe sie auch sehr gern. Wie soll das Kind denn heißen?«
»Das könntest in diesem Falle du bestimmen. Ich glaube, sie haben an Charlotte gedacht, nach Mama.«
»Nein, nein, das dürfen sie nicht tun. Eine kleine Charlotte ist ihnen doch schon einmal gestorben. So etwas darf man nicht tun.«
Alice lachte. »Du bist sehr abergläubisch, ich weiß.«
»Sie soll ein schönes, anmutiges Mädchen werden. Ich möchte sie auf ihren ersten Ball ausführen und mit ihr tanzen.«
»Gut, daß Emil dich nicht hört. Also? Wie soll sie heißen?«
Nicolas legte den Kopf in den Nacken und überlegte.
»Warte, warte . . . Voilà, ich habe einen Namen für sie.«
»Laß hören!«
»Nicolina Natalia.«
Alice lächelte und hob vorsichtig den zyklamenfarbigen Hut aus ihrem Haar.
»Das klingt hübsch«, sagte sie liebenswürdig.

Nicolina Natalia hatte den Bann gebrochen; anderthalb Jahre später brachte Agnes einen Knaben zur Welt, den man Wilhelm taufte. Dann trat eine längere Pause ein, jedermann, auch Agnes glaubte, sie würde keine Kinder mehr bekommen, doch auf einmal, vier Jahre nach der Geburt Wilhelms, wurde sie wieder schwanger und gebar nochmals einen Sohn.
Diese letzte und sehr schwere Geburt brachte sie dem Tod nahe, es dauerte lange, bis sie sich davon einigermaßen erholte. Dr. Menz verbot ihr jede Arbeit, verordnete leichte nahrhafte Kost, viel frische Milch, viel frische Luft, einen Liegestuhl in den Garten, ein Buch zum Lesen, viel Schlaf.
»Falls ich ins Haus komme und ich finde dich in der Küche, Agnes, oder bei sonst irgendeiner Arbeit, dann hast du mich das letztemal gesehen. Hast du mich verstanden? Gertrud besorgt das alles großartig, sie ist ein überaus tüchtiges Mädchen, und eure Rosel ist endlich mal eine brauchbare Kraft, die sich selbst zu helfen weiß. Also!«
»Aber der Kleine?«
»Was ist mit dem Kleinen? Du stellst seinen Korb neben deinen Liegestuhl, da ist er auch an der frischen Luft, du gibst acht, daß ihn keine Wespe sticht, und schaust ihm zu, wie er schläft; stillen kannst du ihn sowieso nicht, also gibst du ihm sein Fläschchen. Viel mehr braucht er vorerst nicht zum Leben. Viel ist ja auch nicht an ihm dran, das siehst du selbst. Versuchen wir also das Beste, um ihn aufzupäppeln. Zunächst aber mußt du wieder zu Kräften kommen. Von einer kranken Mutter hat das Kind gar nichts.«
Auch Emil Nossek wurde wieder einmal ermahnt, seine Frau zu schonen, was er gern zusagte und einhielt, und zwar von jetzt an für immer. Er war nahe fünfzig, hatte ziemlich viel Ärger im Amt und so gut wie gar keine erotischen Wünsche mehr. Den Sohn hatte er bekommen, Gott sei gelobt, sogar noch einen zweiten, mit dem allerdings nicht viel Staat zu machen war, wie Emil sich ausdrückte.
Aber Wilhelm! Den mußte man gesehen haben. Der schönste Knabe, den die Welt je gesehen hatte.
Als ihm der erste Sohn geboren wurde, geriet Emil Nossek total aus dem Häuschen. Es war der glücklichste, stolzeste Tag seines Lebens. Es war auch der Tag, an dem er sich zum ersten und einzigen Male betrank.
Was allerdings darauf folgte, war für seine ganze Familie ein Albtraum: Tag und Nacht, vom Morgen bis zum Abend, vom Abend bis zum Morgen bangte

Emil um das Leben dieses einzigen Sohnes. Immer mußte jemand bei dem Kind sein, nicht eine Minute lang durfte es unbeaufsichtigt bleiben.
Die Wiege stand im Schlafzimmer der Eltern, und mitten in der Nacht stand Nossek auf, um zu lauschen, ob das Kind noch atme. Wenn der Kleine einmal weinte, wenn sich der geringste Anschein einer Unpäßlichkeit zeigte, eine Verdauungsstörung, eine Erkältung oder gar eine Kinderkrankheit, geriet Nossek sogleich in Panik, beschimpfte und bedrohte die ganze Familie, schrie Agnes an, ohrfeigte das Dienstmädchen und seine Töchter, weil sie das Kind nicht ordentlich behüteten, rannte selbst zum Arzt. Erst als Dr. Menz dem übergeschnappten Vater einmal ordentlich die Meinung sagte, nachdem ihn Nossek nachts um drei wegen einer Lappalie – der Kleine hatte ein wenig Durchfall – aus dem Bett geholt hatte, versuchte Nossek sich zu beherrschen.
Es fiel ihm schwer. Die Todesangst um seinen kostbaren Sohn, die ihn täglich verfolgenden Gespenster aller möglichen Gefahren, die dem Kind drohten, blieben seine ständigen Begleiter. Er entwickelte eine nie vermutete Phantasie, wenn er sich ausmalte, was einem Lebewesen auf dieser Erde alles zustoßen konnte.
Dabei war Wilhelm rundherum gesund, ein kräftiges, wohlgestaltetes Kind und schon bald ein ziemlich wilder und oft ungezogener Junge, was natürlich die Folge von Nosseks Affenliebe war, er wurde verwöhnt und verzogen, bekam die besten Bissen, durfte machen, was er wollte, sofern es keine Gefahren für ihn barg. Dementsprechend entwickelte und benahm sich der Junge, tyrannisierte seine Mutter, seine Schwestern, das Dienstmädchen, und wenn ihm einer entgegentrat, rannte er zu seinem Vater und beschwerte sich. Die Sonderstellung, die er einnahm, hatte er sehr bald heraus und nutzte sie schamlos aus. Auch vor einer Lüge schreckte er nicht zurück, und hatte er eine seiner Schwestern bei seinem Vater angeschwärzt, weil sie ihm angeblich etwas angetan hatte, freute er sich diebisch, wenn das Mädchen von Nossek mit der Reitgerte verhauen wurde. Die Reitgerte hatte einer im Landratsamt vergessen und nicht wieder abgeholt; seitdem diente sie im Hause Nossek als Zuchtrute.
Verständlich, daß Wilhelm, oder Willy, wie er zu Hause genannt wurde, sich bei seinen Schwestern nicht gerade großer Beliebtheit erfreute. Am besten kam er mit Magdalene aus, die ihm in mancher Beziehung ähnlich war, sie log auch, sie naschte, sie war hinterhältig und verstand es, anderen etwas vorzumachen. Sie war immer, wo sie ging und stand, auf ihren Vorteil bedacht, berechnend mit jedem Wort und jeder Geste, dabei ein bildhübsches Kind, dunkelhaarig, mit dunklen, fast schwarzen Augen, sehr grazil, sehr eitel, selbstbewußt. Mit Nina, die nur einundeinhalb Jahre älter war als er, verstand sich Willy gar nicht. Die beiden schlugen, bissen und kratzten sich manchmal, daß man glauben könnte, sie brächten einander um.
Die sanfte Agnes stand immer fassungslos vor diesen Szenen.
»Aber Nina!« sagte sie. »So benimmt sich doch ein kleines Mädchen nicht. Schämst du dich denn nicht?«
»Nein!« schrie Nina wild. »Er hat gelogen. Es ist nicht wahr, was er sagt. Es war ganz anders. Er lügt. Er lügt.«

Sie ballte die Fäuste und machte Anstalten, wieder auf den kleinen Bruder einzuschlagen. Agnes trennte die Kinder, schimpfte auf Nina, versuchte dem Sohn recht zu geben; natürlich war sie von Emil beeinflußt und lebte vor allem in Angst vor ihm, und wenn Emil einen dieser Auftritte miterlebte, bekam Nina Schläge, nicht Willy, auch wenn er wirklich gelogen hatte oder wessen immer ihn Nina beschuldigte.

Lügen waren es vor allem anderen, die Nina in Rage brachten. Sie hatte einen geradezu fanatischen Gerechtigkeitssinn. Sie hatte immer das Bestreben, Ordnung in ihrer Umwelt zu schaffen, jedem zu seinem Recht zu verhelfen, und das, was sie für wahr und richtig hielt, nicht nur zu sagen, sondern auch in die Tat umzusetzen.

Sie war ein kleiner Don Quichotte und kämpfte gegen Ungerechtigkeit, gegen Unwahrheit und Lüge wie jener gegen Windmühlenflügel. Mit letzter Hingabe half sie allen und allem, was klein, schwach und krank und gefährdet war, allem, dem Unrecht geschah von Gott oder den Menschen.

Da waren vor allem Tiere, die sie rettete und pflegte und betreute, wenn sie eines in Gefahr und Not fand, und da war, von frühester Jugend an, ihr jüngster Bruder Erni, der immer kränklich und schwach war und ihr so hilfsbedürftig vorkam, den sie schützte und behütete, wo er ging und stand. Und den sie zudem noch zärtlich liebte.

Bei dem unerwarteten zusätzlichen Sohn benahm sich Nossek wieder ganz normal. Er hatte für den kleinen Ernst nicht allzuviel übrig, eben gerade weil der Junge so zart und schwächlich war. Eigentlich hätte er, im Gedenken an seine eigene Kindheit, er war schließlich auch der kleinste und schwächste neben seinen kräftigen Brüdern gewesen, gerade Verständnis und Zuneigung für dieses Kind haben müssen, aber wie oft sind menschliche Reaktionen unverständlich. Emil liebte seinen robusten, derben Willy, der mit beiden Beinen fest auf der Erde stand und sich sein Recht zu verschaffen wußte, abgöttisch.

An dieser Liebe änderte sich lange nichts, auch wenn Willy ihn schon bald enttäuschte, bereits in der Schule begann es, in der sich Willy zu Nosseks stillem Kummer als Niete erwies. So mußte Nossek ziemlich früh den Traum begraben, in seinem Sohn einen künftigen Akademiker zu sehen.

Das schwerste Los von allen hatte Gertrud, Nosseks Tochter aus erster Ehe. Sie war die Älteste, und das bedeutete für viele Jahre, eigentlich für ihre ganze Jugend, Arbeit, Pflichten und Verantwortung. Sie war immer dazu verdammt, ihre jüngeren Geschwister zu behüten und zu umsorgen, zu füttern, trockenzulegen, mitzuerziehen, zu tun, was für jedes der Kinder jeweils getan werden mußte. Für Agnes war sie die größte Hilfe, und das Gute daran war, daß beide, Agnes und Gertrud, sich vom ersten Tag an gut verstanden hatten. Daran änderte sich nie etwas, und Gertrud sah die Arbeit, die ihr zugefallen war, als selbstverständlich an, und sie tat sie gern. Sie liebte Agnes und ihre Geschwister, machte sich zwar nicht viel aus ihrem Vater, bezeigte ihm aber allen gebotenen Respekt, war immer gehorsam und fügsam, ein ernsthaftes artiges Kind, später ein stilles, fleißiges junges Mädchen, das eigentlich nie ein eigenes Leben führte.

»Sie ist das Aschenputtel für euch alle!« sagte Leontine, die bekanntlich für das Recht der Frau auf Selbstverwirklichung, auf eigenes Leben und Entwicklung ihrer Fähigkeiten eintrat, einmal erbost zu Agnes.
Leontine bestand auch darauf, daß Gertrud, die mit vierzehn die Volksschule verließ, in ihr Institut kam, um noch einiges hinzuzulernen, was, wie Leontine sagte, für ihr späteres Leben und für sie selbst von großem Nutzen sein würde. Eigentlich war das ganz überflüssig, Gertrud wußte genug vom Leben und von Menschen, sie konnte kochen, nähen, flicken, waschen, Kinder aufziehen. Französisch dagegen lernte sie nie. Das einzige Vergnügen, das ihr die wenigen freien Stunden verschönte, war lesen. Am liebsten Romane, die sie leidenschaftlich und mit glühenden Wangen verschlang.
Unter Emanzipation der Frau konnte sie sich ihr ganzes Leben lang nichts vorstellen. Sie brauchte das auch nicht, ihr war das Leben gerade recht, das sie führte. Nie kam sie auf die Idee, sie müßte einen Beruf haben oder ihr eigenes Leben leben.
Als Willy geboren wurde, war sie dreizehn, als Ernst auf die Welt kam, war sie ein junges Mädchen von annähernd achtzehn.
Ernst war für sie wie ein eigenes Kind. Mittlerweile wußte sie über die Pflege kleiner Kinder so viel, daß man ihr das Baby beruhigt überlassen konnte, und da Agnes ja lange Zeit leidend war, blieb alle Arbeit Gertrud überlassen. Wenn Agnes dann manchmal sagte: »Ich wüßte nicht, was ich ohne dich täte, Trudel«, so war ihr das Belohnung genug.
Ein Glück, daß seit einigen Jahren Rosel zum Haushalt gehörte. Bald, nachdem Nosseks das Haus bezogen hatten, war sie zu ihnen gekommen, sie war älter als die früheren Dienstmädchen, ziemlich häßlich, klein und vierschrötig, mit der Andeutung eines Buckels. Agnes hatte sie eigentlich nur mit einer gewissen Überwindung eingestellt, aber Rosel erwies sich als großer Glücksfall: fleißig, treu, umsichtig, auch zu eigenen Gedanken und Schlußfolgerungen fähig, sehr geduldig, allerdings auch mit einer eigenen Meinung ausgestattet, die sie ohne Scheu kundtat, wenn es ihr notwendig erschien. Eine Eigenschaft, die sie im Laufe der Jahre erfolgreich weiterentwickelte.
Über Haus und Garten verfügte Familie Nossek seit dem Jahr 1895. Sie bezogen das Haus am Stadtrand, ein Jahr, nachdem Willy seinen langersehnten ersten Schrei getan hatte.

Das Haus am Stadtrand

An jenem Tag, an dem sie das Haus bezogen, veränderte sich ihr Leben. Es war ein Schritt nach oben, so sah es jedenfalls Nossek. Auch Agnes und die größeren Kinder empfanden es so.

Mehr Raum zur Verfügung zu haben, hebt das Lebensgefühl, die Enge in der kleinen Wohnung hatte auch ihr Leben eng und klein gemacht. Jetzt hatten sie Platz, viel Platz, und es kam ihnen so vor, als gehörten sie mit einemmal einer anderen Gesellschaftsschicht an. Ein großes Haus, geradezu eine Villa, ein Garten, ein Tor, das in diesen Garten führte, das Stück Weg durch den Vorgarten zum Haus hin, die drei Stufen zur Haustür hinauf – Nossek ging diesen Weg jeden Tag beim Kommen und beim Gehen mit Stolz.

Wieder einmal war die Landrätin für diese Veränderung in Nosseks Leben verantwortlich. Sie befand eines Tages, die bisherige Wohnung sei zu klein für die größer gewordene Familie, sie brauchten nun ein Haus und vor allem einen Garten, in dem die Kinder spielen konnten.

Die Wohnung hatte sich mitten in der Stadt, etwas östlich vom Stadtzentrum befunden, das Haus stand jenseits der Oder, also im Westen des Stromes, in einer Gegend, die vor zwanzig Jahren noch ganz ländlich und unbebaut gewesen war. Bauernland, Wiesen und Felder waren es gewesen, und das Haus, ihr Haus, war das erste gewesen, das dort draußen gebaut worden war. Einige Jahre lang stand es ganz allein in der grünen Ebene, ein schmaler Feldweg führte zu ihm hin, und etwa zehn Minuten entfernt befand sich ein lichtes Buchenwäldchen, das sich über einen kleinen Hügel hinzog, die einzige Erhebung in dieser Niederung der Oderlandschaft weit und breit. Von diesem Buchenhügel aus hatte man einen herrlichen Blick ins Land, man sah über den Strom hin, der breit und geruhsam dahinfloß, silbern im Frühling, wenn das helle Grün der Weiden an seinem Ufer sich über ihn neigte, grau an Regentagen, und im Winter nicht selten von Eis bedeckt; dann lag auch das ganze Land ringsum in weißer Schweigsamkeit, eine eintönige weiße Fläche, schwarzästige Bäume, ein paar hingeduckte Büsche. Wald gab es in dieser Gegend gar nicht, das nächste größere Waldgebiet befand sich erst einige Kilometer nordöstlich. Idyllisch aber war das Flußgebiet selbst, denn durch das flache Ufer konnte der Fluß nach den Seiten ausweichen, er bildete kleine Nebenarme, Teiche, Weiher, von Schilf umwachsen, ein Paradies für Wasservögel, für die Kinder beliebte Bade- oder Eislaufplätze. Allerdings war die Oder nicht immer der träge dahinfließende Strom, dem man sich getrost anvertrauen konnte. Fast in jedem Jahr einmal, wenn nicht öfter, führte sie Hochwasser, meist m Frühjahr nach der Schneeschmelze, gelegentlich auch im Sommer, wenn es uviel Regen gegeben hatte. Dann verwandelte sich der Fluß in ein rasendes Uneheuer, das sich weithin über die Ebene ausbreitete, die Wiesen unter Wasser etzte, nahegelegene Bauernhöfe gefährdete, und das geschah manchmal über lacht; so plötzlich kam das Wasser, daß immer wieder Menschenleben Opfer des lusses wurden. Die Gefahr hatte sich verringert, seit die Regulierung verbessert nd nach neuen Erkenntnissen ausgebaut worden war, aber nach wie vor fürchteen die Bewohner der Ebene das Hochwasser des Stromes.

)as Haus, das neue Haus der Nosseks, war nicht gefährdet, es befand sich weit enug vom Fluß entfernt; um an die Oder zu gelangen, ging man reichlich eine albe Stunde.

Jberhaupt, seit in den vergangenen Jahren das Gebiet bebaut worden war, eineteilt in Straßen, unterteilt von Gärten, konnte sich kaum noch einer vorstelen, wie das gewesen sein mußte, als das Haus einsam und stolz mitten in der andschaft stand. Da sich die Stadt jedoch in den letzten Jahren rasch vergröert hatte, nicht zuletzt durch die sich vehement entwickelnde Industrie, hatte ie sich auch in dieser Richtung ausgedehnt – so war ein zusammenhängendes tadtviertel entstanden. Zu Nosseks Befriedigung waren es ansehnliche Villen nd Häuser, bewohnt von wohlhabenden und angesehenen Bürgern.

ır Haus nun war das älteste, es besaß eine verwegene Architektur, Fenster in en verschiedensten Größen und Formen, diverse Erker und Türmchen, und über er Eingangstür lächelte eine vollbusige Fortuna, das Füllhorn im runden Arm, eundlich auf die Eintretenden herab.

ies war ein gut gemeintes, aber leider mißlungenes Symbol, denn Fortuna hatte diesem Hause bisher keine Heimstatt gefunden; die dicken grauen Mauern atten düstere Ereignisse und viel Unglück gesehen.

n den Erbauer des Hauses erinnerte sich kaum noch jemand, er hatte nur weige Jahre darin gewohnt, ein Fremder, der von Norden gekommen war, den in er Stadt keiner kannte und der sich auch in der Stadt selten sehen ließ. Wie die ama wissen wollte, sei es ein pensionierter Offizier gewesen, von Adel sogar, er angeblich im amerikanischen Bürgerkrieg gekämpft haben sollte, bloß wuß niemand, auf welcher Seite, aber das interessierte auch keinen, denn der amekanische Sezessionskrieg war kein Thema in dieser Ecke der Welt. Die wenigen wußten, daß er überhaupt stattgefunden hatte.

ieser Mann, graues Haar und grauer Bart, lebte mit Frau und einer ältlichen ochter einige Jahre in diesem Haus, und seine Haupttätigkeit bestand darin, uf die Jagd zu gehen, hauptsächlich auf Enten. Bei einem Jagdunfall beförder er sich selbst ins Jenseits, worauf Frau und Tochter sofort das Haus verkaufn und die Stadt verließen. Die Einsamkeit hätten sie nun satt, sie wollten nun ndlich in der Großstadt leben, ließen sie noch verlauten, und eine Zeitlang unkelte man in der Umgebung, die beiden Frauen hätten den Alten wohl umebracht, um ihn endlich los zu sein.

ber da das Haus so einsam lag und die Leute in der Stadt sowieso keine Notiz avon genommen hatten, wer darin wohnte, gerieten die ersten Bewohner rasch Vergessenheit.

Gekauft hatte dann das Haus ein Bankdirektor, der Leiter der hiesigen Filial
einer Breslauer Bank, eine stadtbekannte Persönlichkeit. Er konnte daher de
Anteilnahme der Stadt sicher sein, als das Unglück über ihn hereinbrach.

Zunächst war er selbst daran schuld; er hatte ungeschickt spekuliert, wobei e
nicht nur sein eigenes Geld verlor, sondern auch Gelder der Bank veruntreute
und nur weil die Bank einen Skandal vermeiden wollte, kam es nicht zum Pro
zeß. Aber der Mann war von Stund an ein Geächteter, ein Ausgestoßener in de
ehrbaren Gesellschaft dieser Stadt.

Auch privat hatte die Familie Unglück gehabt; der älteste Sohn fiel im Siebzi
ger Krieg, die Tochter starb im Kindbett, der jüngste Sohn verschwand eine
Tages, nachdem er seinen Eltern das letzte verbliebene Geld gestohlen hatte. E
war immer ein Tunichtgut gewesen, arbeitete nicht, trank und spielte und trie
noch Schlimmeres, worüber anständige Bürger nur hinter der vorgehaltene
Hand flüstern konnten. Was kein Wunder sei, wie die Leute sagten, das schlech
te Beispiel des Vaters hatte seine Wirkung getan, der Junge war sechzehn gewe
sen, als die Affäre in der Bank passierte.

Die beiden, die in dem Haus zurückblieben, lebten ganz zurückgezogen, ma
sah sie niemals in der Stadt, ein altes Dienstmädchen besorgte die Einkäufe, di
sich immer in sehr bescheidenem Rahmen hielten. Dann starb die Frau. Ode
besser gesagt, sie war eines Tages tot. Die Kellertreppe hinuntergefallen. Nu
bemächtigte sich vollends die Fama des Unglückshauses; die einen behaupte
ten, er habe sie hinabgestoßen, die anderen, sie habe sich hinabgestürzt – wa
wirklich geschehen war, wußte keiner.

Der Mann lebte noch fünf Jahre, allein mit der Dienerin, und wie er gelebt ha
ben mochte, das hätte einem Menschen mit Phantasie viel Stoff zum Nachden
ken gegeben. Dann starb auch er, und da auch sein Tod von einem Tag auf de
anderen erfolgte, hieß es, er habe sich umgebracht.

Das alte Dienstmädchen verschwand, keiner wußte wohin. Das Haus stand lee
Lange stand es leer, keiner wollte es kaufen, keiner wollte hineinziehen, keine
dort wohnen.

Eigentlich gehörte es auch keinem, es gab keinen Erben, kein Testament. E
gab möglicherweise irgendwo auf der Welt den verschwundenen Sohn, von der
niemand wußte, was aus ihm geworden war und ob er überhaupt noch lebte
Vielleicht war er in Amerika – immer noch das gegebene Ziel für einen mißra
tenen Sprößling –, vielleicht auch nur in Berlin oder in Breslau, jedenfalls lie
er nie etwas von sich hören.

Ungewöhnlich wie zuvor blieb die Situation des Hauses; ein verlassenes düste
res Gebäude, von einem großen Garten umgeben, der inzwischen völlig verwi
dert war.

Da das Haus sich nicht auf Stadtgebiet befand, gehörte es in den Zuständig
keitsbereich des Landratsamts, und darum kannte es Nossek schon seit langem
Von Zeit zu Zeit war er hergekommen, um zu sehen, ob etwas baufällig wa
oder ob einer etwas gestohlen hatte, aber es blieb immer alles unverändert. Di
starken Mauern würden noch Jahrhunderte halten, und nicht einmal Diebe wol
ten das Unglückshaus betreten. Innen war es dunkel und roch muffig, die Möbe

waren von einer dicken Staubschicht bedeckt, Spinnen und Mäuse führten ein ungestörtes Dasein.

Ab und zu hatte der Baron versucht, einen Mieter für das Haus zu finden, auch der Garnison hatte man es angeboten; es wäre eine repräsentative Offizierswohnung gewesen, doch keiner wollte es haben.

Die Landrätin sagte: »Warum zieht denn der Nossek nicht hinein? Der kann doch mit all den Kindern nicht in der kleinen Wohnung bleiben.«

Der Landrat schüttelte den Kopf und fand, das sei eine unmögliche Idee.

Es war eine gute Idee. Die Landrätin hatte meist gute Ideen.

Das Landratsamt behielt die Verwaltung des Besitzes ohne Besitzer, Emil zahlte eine sehr geringe Miete, mußte jedoch die Renovierung aus eigener Tasche bezahlen, und sich verpflichten, das Haus sorglich zu behüten, falls der verschwundene Sohn eines Tages, möglicherweise geläutert, doch auftauchen würde.

Agnes wollte das Haus nicht. Sie fürchtete sich vor ihm. Es sei ein Unglückshaus, sagte auch sie.

»Papperlapapp!« sagte die Landrätin energisch, »seien Sie nicht albern, Frau Nossek. Wo kriegen Sie denn sonst so ein solide gebautes Haus für so wenig Geld? Und dieser herrliche Garten! Ein Paradies für die Kinder.«

Also zog man in das Haus. Viel Geld für Renovierungen konnte Emil nicht ausgeben, man würde, so meinte er, nach und nach weitere Verbesserungen vornehmen. Die Fenster und Wände wurden gestrichen, einige Fensterscheiben mußten neu eingesetzt werden, und, was sonst zu tun war, besorgten die Frauen, Agnes, Gertrud, das Dienstmädchen und eine Frau, die man zur Hilfe nahm; sie putzten und schrubbten wochenlang in dem Haus herum, und schließlich war es bewohnbar.

Auf einmal hatten sie viel Platz: eine Riesenküche, Vorratsräume, Dienstbotenzimmer, sogar ein Badezimmer war vorhanden. Es gab einen großen Wohnraum, ein riesiges Speisezimmer und für den Hausherrn, und das war Emils größter Stolz, eine richtige Bibliothek, in der viele, viele Bücher standen.

Allein sie auszuklopfen und abzustauben, war ein Pensum von Tagen für die geplagten Frauen. Ordnen, hatte Emil verkündet, werde er die Bibliothek allein, so mit der Zeit.

Im ersten Stock lagen die Schlafzimmer. Die Mädchen, die bisher alle in einem Zimmer geschlafen hatten, schliefen nun zu zweit, Gertrud und Hedwig, Magdalene mit Nina, und der schönste und größte Raum wurde für den Kronprinzen reserviert, für Willy, wenn er erst groß genug sein würde, ein eigenes Zimmer zu bewohnen. Vorerst stand sein Bettchen im Schlafzimmer der Eltern.

Agnes hatte Emil gefragt, ob es nicht möglich sei, daß ihre Mutter zu ihnen zöge, Platz hätten sie ja nun genug, und Emil hatte großmütig seine Erlaubnis gegeben.

Aber Charlotte wollte nicht.

Nachdem beide Töchter verheiratet waren, hatte sie ihre frühere Wohnung aufgegeben und lebte nun in zwei winzigen Mansardenzimmern im Haus eines pensionierten Wasserbauinspektors; sie hatte eine eigene kleine Küche, ihre Zim-

mer waren gemütlich eingerichtet, und wenn sie sich ihren Kaffee gemacht hatte und sich mit einem Buch oder ihrem Strickzeug in den großen Ohrensessel setzte, war sie dankbar für die Ruhe, die sie umgab. Mit dem Hausherrn und seiner Frau verstand sie sich gut, die Frau war etwas kränklich, und Charlotte erledigte manchen Gang und manchen Handgriff für sie und konnte sich dafür an der reichlichen Obsternte des Gartens beteiligen. Mit ihrer Pension kam sie ganz gut zurecht, jetzt, nachdem sie allein war, bescheiden und einfach hatte sie immer gelebt, und so fiel es ihr nicht schwer, sich einzuschränken. Auf keinen Fall hatte sie Lust, ihre Selbständigkeit aufzugeben.
»Bravo, bravo!« rief Leontine aus, als sie von Charlottes Entschluß erfuhr. »Sehen Sie, liebe Charlotte, Sie emanzipieren sich auch schön langsam. Mit den Kindern hätten Sie keine ruhige Minute. Und es gäbe allerhand Arbeit für Sie.«
»Das sollte gerade ein Grund für mich sein, doch zu ihnen zu ziehen. Ich könnte Agnes helfen.«
»Agnes und Gertrud schaffen es schon. Sie sind schließlich auch nicht mehr die Jüngste, meine Liebe, und müssen sich etwas schonen. Es genügt, daß Sie hingehen, falls man Sie braucht.«
Charlotte fand das auch. Sie kam ja doch mehrmals in der Woche zu Besuch, sie half beim Einkochen, beim Nähen, beim Bügeln, bei der Pflege der Kinder, falls eines krank war, sie half viel und gern. Sie fühlte sich durchaus noch nicht alt, als die Nosseks das Haus bezogen, gesund und bei besten Kräften, aber sie hatte sich an das Alleinsein gewöhnt, sie liebte ihre stillen einsamen Stunden, besonders am Abend.
Auch ging sie gern in die Stadt, die Leute besehen, ein wenig hören, was vor sich ging, und da das Haus ziemlich weit draußen lag, wäre es für sie ein weiter Weg gewesen. Sie wohnte zwar auch jenseits der Oder, aber nahe der Brücke. In zehn Minuten war sie im Stadtzentrum.
Die Nosseks gewöhnten sich schnell an das Haus, und Agnes hatte so viel zu tun, daß sie gar nicht dazu kam, viel über die unglückselige Vergangenheit des Hauses nachzudenken. Für die jüngeren Kinder war es ohnedies das Haus ihrer Jugend: Magdalene war fünf, Nina drei, Willy fast ein Jahr, als sie einzogen. Erni wurde als einziger im Haus geboren. Vielleicht war darum sein Leben so unglücklich.
Der größte Nachteil des Hauses bestand darin, daß es schwer zu heizen war. Die Öfen taugten nicht mehr viel, zogen schlecht, die Winter waren lang und kalt. So nach und nach, hatte Nossek versprochen, würde man die Öfen ausbessern oder erneuern lassen. Sie gewöhnten sich daran, im Winter dicke, warme Kleider auch im Haus zu tragen, warme Jacken, warme Strümpfe, die Charlotte strickte, mollige Hausschuhe, und Emil, der empfindliche Gelenke besaß, zog sich Pulswärmer über, auch von Charlotte hergestellt, wenn er abends in seiner Bibliothek saß und las. Natürlich bekam jeder seine Wärmflasche ins Bett.
Hart war am Morgen das Aufstehen, dann flüchtete alles in die Küche, die immer warm geheizt war, ein neuer Küchenherd war gesetzt worden, darauf hatte Agnes bestanden.

ie gewöhnten sich daran, in der Küche zu frühstücken, obwohl Emil es anngs verbot. Es schicke sich nicht, hatte er gesagt, nur das niedere Volk nehme eine Mahlzeiten in der Küche ein. Er selbst ließ sich seinen Kaffee, zwei Butrbrötchen und das weiche Ei ins Speisezimmer bringen und frühstückte zäheklappernd und hastig, aber standesgemäß.
ber der Winter ging vorbei, der Frühling kam rasch, und wenn er da war, blieb auch und wechselte zum erwarteten Termin in einen langen, warmen, oft heien Sommer über. Auf die Jahreszeiten war Verlaß in dieser Gegend, es war ein ines Binnenklima, dominierend die weite offene Ebene gen Osten hin; von olen her, von Rußland gar, bekamen sie ihr Wetter, die stehende Hitze der Somer, Schnee und Eiswind des Winters.

An einem trüben grauen Wintertag – sie wohnten etwa ein halbes Jahr in de Haus – wurden sie daran erinnert, daß der Fluch des Hauses seine Wirksamk noch nicht verloren hatte. Sein Opfer war Hedwig, Agnes' älteste Tochter.

Hedwig war ein stilles, oft störrisches Kind, dunkelhaarig und mager, nic hübsch, nicht zugänglich, sie entzog sich jeder Annäherung, kümmerte sich n um die jüngeren Geschwister, nur wenn sie direkt dazu angehalten wurde, u dann widerwillig. Einzig zu Gertrud hatte sie ein etwas besseres Verhältnis, i vertraute sie gelegentlich eine der Geschichten an, die sie sich ausdachte.

Sie hatte viel Phantasie, die sich aber immer in düsteren Bahnen bewegte. S fürchtete sich vor Gespenstern, aber auch vor Tieren und sogar vor Mensche Erstaunlicherweise aber war sie eine gute Schülerin und brachte zu allen Zeit von allen Kindern die besten Zeugnisse nach Hause.

Seit sie lesen konnte, sah man sie meist mit einem Buch vor der Nase, und Er erwischte sie einigemale dabei, wie sie in seiner geheiligten Bibliothek in d Büchern herumsuchte und sich vor allem für Philosophie interessierte, was i rem Alter keineswegs angemessen war.

Es war kurz vor Weihnachten, und Agnes war in die Stadt gegangen, um si dort mit Charlotte zu treffen und einige Einkäufe zu erledigen.

Gertrud hatte wieder einmal gewaschen, kleine Wäsche, hauptsächlich Sach der Kinder, und stieg zum Dachboden hinauf, um die Stücke aufzuhängen. D alte Haus hatte einen riesengroßen Dachboden, von dicken Balken gestützt, ve winkelt und dunkel, hier standen alte Möbel der Vorbesitzer, die man nicht b nutzen konnte oder wollte, und hier war im Winter die Wäscheleine gespann

Hedwig war ihrer Stiefschwester auf den Boden gefolgt, sie war längst fert mit den Schularbeiten, die sie im Handumdrehen immer erledigte. Sie reich Gertrud die nassen Wäschestücke zu, sagte: »Hu, wie kalt!«, nachdem sie ei Weile oben waren, und Gertrud meinte: »Ja, trocken wird das hier doch nic ganz. Wir werden es morgen über Nacht in der Küche fertig trocknen müsser

Plötzlich flüsterte Hedwig: »Da! Guck mal!«

»Was denn?« fragte Gertrud, nahm eine Wäscheklammer aus der umgehängt Schürze und klammerte Klein-Willys Höschen fest.

»Da ist was!« flüsterte das Kind. Sie wies in eine der dunklen Ecken des B dens.

»Was soll denn da sein?«

»Bestimmt, Trudel. Da hat sich was bewegt.«

»Unsinn. Hier bewegt sich nichts. Nur wir beide.«

Als sie das schreckensblasse Gesicht des Kindes sah, ging sie furchtlos auf die gefährliche Ecke zu, steckte den Kopf unter den Balken, fuhr mit dem Arm in den Winkel hinein.

»Nichts ist da. Nur ein großes Spinnennetz.«

»Eine Spinne!« rief Hedwig entsetzt.

»Na ja, irgendwo müssen die Spinnen ja auch bleiben.«

Gertrud fegte mit der Hand das Spinnennetz zur Seite, und Hedwig, die ihr vorsichtig gefolgt war, sah voll Schrecken auf die dicke Spinne, die über den Boden auf sie zukroch.

»Mach sie tot!« rief Hedwig. »Mach sie tot!«

»Ja, ich mach ja schon«, sagte Gertrud und trat kräftig mit dem Fuß auf die Spinne.

»Nein!« schrie Hedwig hysterisch, denn auch der jähe Tod der Spinne entsetzte sie. Sie wich zurück, stieß mit dem Kopf an einen der dicken Balken, taumelte seitwärts unter die Dachschräge, es gab ein Krachen und Knirschen, der Boden unter ihr gab nach, und sie brach durch.

Gertrud stand einen Augenblick wie erstarrt, dann schrie sie auf.

»Hedel!«

Hedwig hing halb verdreht in einem Loch, ihr Körper war darin verschwunden, nur der Kopf sah heraus und ihre weit aufgerissenen Augen blickten fassungslos vor Schreck zu Gertrud auf.

Die begriff sofort, was geschehen war. Hier war eine morsche Stelle im Gebälk, so morsch, daß sie selbst unter dem leichten Gewicht des Kindes nachgegeben hatte, und Hedwig war in irgendeinen unvermuteten Hohlraum dieses gräßlichen Hauses gestürzt.

Gertrud trat zurück und überlegte rasch. Wenn sie zu nahe herantrat, brach das Holz vielleicht noch weiter ein, und sie stürzten beide in dieses unklare Loch, von dem sie nicht wußte, wie groß es war, wie weit es hinunterreichte.

Sie legte sich flach auf den Boden, schob sich vorsichtig zu Hedwigs Kopf heran, so wie man sich auf geborstener Eisdecke an einen Eingebrochenen heranschiebt.

»Sei ganz ruhig, Hedel, rühr dich nicht. Hörst du? Du mußt ganz stillhalten. Ich muß erst die Bretter untersuchen. Hast du Boden unter den Füßen?«

»Nein«, keuchte das Kind.

»Ganz ruhig. Hab keine Angst. Gleich hab' ich dich draußen.«

Davon konnte keine Rede sein. Sie konnte nur den Kopf des Kindes fassen, und daran konnte sie es nicht herausziehen, schon gar nicht in ihrer liegenden Stellung. Das Holz knackte schon wieder so schrecklich. Was mochte bloß da unten sein?

Gertrud geriet in Panik, sie begriff in Sekundenschnelle, daß hier eine tödliche Gefahr drohte. Sie mußte Hilfe holen. Aber wen? Außer den Kindern war niemand im Haus, sie waren zur Zeit ohne Dienstmädchen; das letzte war vor drei Tagen heulend weggelaufen, nachdem es von Emil eine Ohrfeige erhalten hatte.

»Halt dich ganz ruhig, Hedel«, sagte Gertrud und stand vorsichtig auf. »Ich hole jemand, der uns hilft. Aber du darfst dich nicht rühren, hörst du!«

»Laß mich nicht allein. Laß mich nicht allein«, ächzte das Kind und verdrehte die Augen.

Es sah schrecklich aus, und Gertrud, auch erst fünfzehn Jahre alt, war nahe daran, in Tränen auszubrechen.

»Ich bin gleich wieder da. Es geht ganz schnell. Und rühr dich nicht.«

Wie gehetzt lief sie die Treppe hinunter, aus dem Haus. Sie mußte in der Nachbarschaft Hilfe holen, hoffentlich war irgendwo ein besonnener und kräftiger Mann zu Hause, der die Situation meistern würde.

Sie fand ihn erst im dritten Haus, immerhin fünf Minuten von ihnen entfernt, dort wohnte ein Rittmeister der im Ort stationierten Kavalleriebrigade, dessen Bursche glücklicherweise anwesend war, damit beschäftigt, die Stiefel des Rittmeisters zu putzen.

Die Frau Rittmeister kam mit, das Dienstmädchen von Rittmeisters und einige Frauen aus den anderen Häusern. So gelangten sie alle auf den Dachboden, allerdings trauten sich nur der Bursche und Gertrud auf das gefährliche Terrain, die Frauen blieben mit vorgereckten Köpfen an der Tür zurück.

Hedwig war inzwischen ohnmächtig, sie war zwischen den Bohlen bis zum Kopf eingeklemmt und Gertrud flüsterte zitternd: »Mein Gott, sie wird erstikken.«

»Man ruhig, Kleene«, sagte der Bursche und begann die Bohlen rund um die Absturzstelle abzuklopfen und dann zunächst mit der Hand und schließlich mit dem Fuß auszuprobieren. Es schien alles fest zu sein, und nur rechts neben Hedwigs Kopf gaben die Bretter knirschend nach.

»Hier müssen wir den Boden rausbrechen oder raussägen«, sagte der Bursche entschlossen. »Und du gehst auf die andere Seite, und du mußt deine Schwester gleich feste anfassen, für den Fall, daß das Loch größer wird, daß sie nicht runterplumpst. Weeß ma denn, was da drunter ist?«

Man wußte es nicht, und Gertrud machte eine bange Viertelstunde durch, bis das Rettungswerk so weit fortgeschritten war, daß man das bewußtlose Kind hochziehen konnte.

Gerade da kam Agnes nach Hause, wunderte sich, daß nur die beiden Kleinen unten waren, auch Magdalene war inzwischen auf dem Boden gelandet, sie hörte die Stimmen von oben, laute, aufgeregte Stimmen, lief hinauf und kam gerade zurecht, wie man Hedwig, die wie tot aussah, auf festen Boden legte.

Hedwig war nicht tot, aber sie war lange Zeit krank, sie hatte Prellungen und Quetschungen, eine dicke Beule am Kopf, eine leichte Gehirnerschütterung, ihr Hals sah aus, als hätte einer sie gewürgt, und ihr linkes Bein war kompliziert gebrochen. Sie lag lange in der Städtischen Krankenanstalt, erholte sich schwer, da sie auch einen Schock davongetragen hatte. Es wurde Frühling, es wurde Mai, bis sie wieder herumhumpeln konnte.

Humpeln! Der Bruch war schlecht verheilt, war schief zusammengewachsen, sie würde für immer ein verkürztes Bein behalten.

»Das verfluchte Haus!« sagte Agnes. »Ich habe es ja gleich gesagt.«

Der Dachboden war Zentimeter für Zentimeter untersucht worden, das Holz war überall fest und gesund, nur gerade an dieser einzigen Stelle war der Boden morsch gewesen. Darunter befand sich, wie man inzwischen auch festgestellt hatte, weiter nichts als ein kleiner Hohlraum, nicht sehr tief, und wenn der Boden weiter gebrochen und das Kind ganz hinuntergefallen wäre, hätte sie wahrscheinlich weniger Verletzungen davongetragen. Möglicherweise hätte sie sich aber auch an dem Querbalken, der den Hohlraum durchzog, zu Tode geschlagen.

»Ich habe mir immer schon gedacht, daß der Baumeister ein seltener Trottel gewesen sein muß, der dieses Haus gebaut hat«, sagte der Landrat, als er die ganze Geschichte erfuhr. Die Landrätin besuchte Hedwig im Krankenhaus, brachte ihr einen Kuchen und Schokolade, kümmerte sich auch um die unglückliche Agnes und sagte später zu ihrem Mann: »Vielleicht hast du recht gehabt, und es war doch kein guter Einfall von mir, das mit dem Haus.«

»Unsinn! Fang du nicht auch noch mit so abergläubischen Geschichten an. Ein Unfall kann überall passieren. Schau dir diese Buden an, die sie heute bauen, die brechen in zehn Jahren schon zusammen.«

Hedwig nahm ihr Unglück recht gelassen hin. Daß sie nun ihr Leben lang hinken würde, erschütterte sie nicht sonderlich. Die Bücher waren ihr geblieben, ihre Gedanken auch, das war das Wichtigste. Im Hause behelligte sie keiner mehr mit irgendwelchen Arbeiten oder Pflichten, sie brauchte weder Kinder zu hüten noch in der Küche oder im Garten zu helfen, und das war ihr gerade recht. Auch Emil war außerordentlich milde zu ihr, schlug sie nicht mehr und duldete sie sogar in seiner Bibliothek und suchte ihr selbst die Bücher heraus, von denen er meinte, daß sie für sie geeignet seien. Sie war vorher ein frühreifes Kind gewesen, sie wurde es jetzt noch mehr. Mit zwölf Jahren hatte sie sämtliche Dramen von Schiller und Goethe gelesen und wagte sich bereits an Kant. Nachteilig war nur, daß sie so lange in der Schule gefehlt hatte, sie mußte eine Klasse wiederholen.

Blieb das Problem, wie sie in die Schule gelangen sollte, denn die Kinder hatten von hier draußen einen ziemlich weiten Schulweg. Jedoch, es ergab sich, daß in dem Haus, das dem ihren am nächsten lag, ein gleichaltriges Mädchen wohnte, das jeden Morgen von seinem Vater mit dem Einspänner in die Schule gefahren wurde.

Es waren wohlhabende Leute; dem Mann gehörte eine Zuckerraffinerie – Zuckerrüben wurden in der Gegend reichlich angebaut –, die jenseits der Oder, am anderen Ende der Stadt, lag.

Um zu seiner Fabrik zu gelangen, brauchte der Mann Wagen und Pferd, auch ein Kutscher war da, und die Tochter des Hauses, Karoline, war von eh und je in die Schule gefahren und mittags abgeholt worden.

Bisher hatte es keinerlei Verbindung zwischen den beiden Häusern gegeben. Gadinskis waren wohlhabende Leute und wurden im Laufe der nächsten Jahre reiche Leute.

Emil Nossek hatte bis dato für sie nicht existiert. Aber der schreckliche Unfall Hedwigs, der die Nachbarschaft sehr bewegt hatte, schuf diese Verbindung. Erst bei dieser Gelegenheit überhaupt erfuhr Agnes, daß Hedwig und Karoline Gadinski in die gleiche Schule gingen. Hedwig hatte keine Freundinnen gehabt, sie brauchte keine.

Während Hedwigs Aufenthalt im Krankenhaus erkundigte sich Karoline öfter bei Agnes nach Hedwigs Zustand, und sie, auch andere Mädchen aus der Schule, besuchten Hedwig im Krankenhaus. Als Hedwig wieder zur Schule gehen konnte, wurde die Mitfahrt im Wagen freundlich angeboten.
Emil sagte zwar: »Wir brauchen keine Almosen«, doch Agnes ließ sich auf keine Debatte ein. Das Kind war wichtiger als Emils lächerlicher Stolz.
Mit der Zeit lief Hedwig wieder ganz gut. Sie hinkte ein wenig, aber sie gewöhnte sich daran, und lief fast so schnell und gewandt wie ein gesunder Mensch mit zwei gesunden Beinen.
Und noch ein Gutes hatte der Unfall für Hedwig. Normalerweise hätte sie genau wie Gertrud mit vierzehn Jahren die Schule verlassen müssen. Aber Karoline Gadinski, obwohl keine gute Schülerin, wechselte im nächsten Jahr ins Lyzeum über, und nach langem Palaver durfte Hedwig ebenfalls ins Lyzeum gehen.
»Möchte wissen, wozu?« knurrte Emil. »Kostet einen Haufen Schulgeld. Das ist an ein Mädchen nur verschwendet.«
Zu jener Zeit sparte er noch jeden Groschen für das Studium seines Sohnes Willy. Hier sah er sich erstmals einer eisernen Phalanx des Widerspruchs gegenüber. Alle, aber auch alle, Agnes, Charlotte, natürlich Leontine, aber sogar Nicolas und Alice bearbeiteten ihn, daß Hedwig die Höhere Schule besuchen durfte, da sie ja offensichtlich sehr begabt sei und vielleicht später wirklich einen Beruf haben mußte, behindert wie sie ja nun sei. Dr. Menz schaltete sich ein, Hedwigs bisheriger Lehrer kreuzte auf und pries ihren Fleiß und ihre Intelligenz. Emils Widerstand besiegte schließlich wieder einmal der Landrat via Landrätin.
»Hören Sie, Nossek«, sagte der Baron, »ich habe Sie immer für einen vernünftigen Mann gehalten. Lassen Sie das Mädel doch in die Höhere Schule gehen, wenn sie den Kopf dazu hat.«
»Für ein Mädchen ist das rausgeworfenes Geld«, beharrte Emil.
»Na, selbst Sie, Nossek, werden ja schon gemerkt haben, daß sich die Zeiten ändern«, sagte der Landrat ungeduldig. »Man hört hier und da von Fällen, wo Frauen studieren. Gut, das mag närrisch sein, zugegeben. Aber eine anständige Schulbildung hat noch keinem Menschen geschadet. Und in unserer Stadt sind es immerhin schon eine ganze Menge Mädchen, die die Höhere Schule besuchen. Ganz zu schweigen von den Großstädten. Ganz so hinter dem Mond sind wir hier bei uns auch nicht mehr. Vielleicht könnte Ihre Tochter später mal in einem Büro arbeiten. Das machen immer mehr Frauen, in der Fabrik draußen der Krause, hat lauter Frauen im Büro. Er sagt, sie seien sehr tüchtig. Na ja, is eben heute so. Vielleicht könnte Ihre Tochter auch später mal . . .«
Auch des Landrats Phantasie reichte nicht aus, sich auszumalen, was die lahme unscheinbare Hedwig für eine Karriere machen könnte, aber »'n bißchen was lernen, kann dem Mädel nichts schaden. Vielleicht, wenn sie sehr fleißig ist, kriegen Sie eine Ermäßigung für das Schulgeld. Ich werde mich da mal drum kümmern.«
Sie war fleißig und gescheit, und sie bekam Schulgeldermäßigung. Hedwig absolvierte sämtliche Klassen des Lyzeums als Beste, sie war überhaupt das klügste aller Nossek-Kinder.

Nina
1928

In der vergangenen Nacht habe ich von unserem Haus geträumt. Wieder einmal. Mindestens die Hälfte meiner Träume spielen in meiner Kindheit, ich weiß nicht, warum. Und in fast all diesen Träumen steht das Haus im Mittelpunkt. Es läßt mich nicht los, es hält mich fest wie mit eisernen Fingern. Es ist wohl doch ein Gespensterhaus. Ein Haus voll ruheloser Geister.

Mutter nannte es ein Unglückshaus. Sie meinte vor allem das Unglück mit Hedwig, das passierte, als wir erst wenige Monate darin wohnten. Aber schon ehe wir dort wohnten, sollen in dem Haus schreckliche Dinge geschehen sein. Offenbar hat es in diesem Haus niemals glückliche Menschen gegeben. So gesehen, sollte ich froh sein, daß keiner von uns dort mehr wohnt. Trotzdem kann ich mich von dem Haus nicht lösen. Wenn ich nicht am Tage daran denke, kommt das Haus in der Nacht, es ist wie ein Film, den man sich immer wieder ansehen muß.

Ich denke überhaupt viel an meine Kindheit. Ob das alle Menschen tun? Und meine Kindheit hat nun mal in diesem Haus stattgefunden.

Ich muß Marleen fragen, ob sie auch von dem Haus träumt. Dabei war es wirklich ein Monstrum, dieses Haus. Ich habe seither nie wieder ein so häßliches Haus gesehen.

Ein Klotz. Düster und verwinkelt. Aber es hatte Persönlichkeit. Es war nicht irgendein Haus, es war unser Haus, obwohl es uns ja in Wirklichkeit nie gehört hat. Schön war nur der Garten. Der Garten war meine Welt. Ganz hinten am Zaun, wo die beiden Tannen mich gegen die ganze Welt abschirmten, hatte ich meine Ecke. Sobald es warm wurde, zog ich mich dorthin zurück, dort spielte ich, dort machte ich meine Schularbeiten, dort konnte ich in Ruhe lesen. Dort hatte ich auch meine Tiere, die ich nicht ins Haus bringen durfte. Nur die Katze gehörte ins Haus, wegen der Mäuse. Dort in meiner Ecke brachte ich auch den kleinen Hund unter, den ich am Straßenrand gefunden hatte, jämmerlich weinend, mit einer blutigen zerquetschten Pfote. Ein Heuwagen war ihm darübergefahren. Ich nahm ihn mit und verband die Pfote, machte ihm ein weiches Lager und baute ihm eine kleine Hütte. Jeden Morgen war mein erster Gang zu ihm. Er liebte mich genauso, wie ich ihn liebte. Er saß auf meinem Schoß, ganz fest an mich gekuschelt und leckte meine Hände.

Willy erschlug ihn mit einem Stein. »Was willste denn mit dem Krepierling mit seinen drei Beinen«, sagte er.

Damals hätte ich ihn töten können, Willy, meinen Bruder. Man mußte mich mit Gewalt von ihm fortreißen, sonst hätte ich ihn umgebracht. Von jenem Tag an haßte ich meinen Bruder, haßte ihn so leidenschaftlich und inbrünstig, daß ich ihm alles Böse der Welt wünschte.
Vater hatte von dem Hund nichts gewußt und hörte erst von ihm, als die Schlacht zwischen Willy und mir tobte.
Er stellte mich zur Rede, denn Willys Gesicht war total zerkratzt von meinen Nägeln. »Ich hasse ihn und wünsche ihm, daß ihn auch einer erschlägt«, schrie ich, und mein Vater schlug mir dafür ins Gesicht.
Aber ich war nicht still, ich schrie dieselben Worte wieder und immer wieder, bis man mich in den Keller sperrte.
Von diesem Tag an war das Verhältnis zwischen mir und meinem Vater sehr gespannt, er strafte mich mit Verachtung, was mir nicht viel ausmachte.
Ich hatte mich vorher schon oft mit Willy geprügelt, aber dies war die letzte Schlacht, ich habe ihn nie wieder angerührt und ging ihm aus dem Weg, so gut es möglich war. Ich war dreizehn.
Heute weiß ich, daß es bei Willy so etwas wie Eifersucht war. Er war eifersüchtig auf den Hund, auf alles, was ich liebte. Natürlich war ich nicht schuldlos daran. Er wollte immer mit mir spielen, wollte mit mir Zusammensein, zum Beispiel in der Ecke hinten im Garten, aber ich vertrieb ihn von dort, ich wollte ihn nicht um mich haben. Das war schon so, als er noch klein war, und als es naheliegend gewesen wäre, daß wir zusammen spielten, ich war ja nur anderthalb Jahre älter als er, stand ihm altersmäßig von allen Geschwistern am nächsten. Aber ich spielte lieber mit Kurtel oder mit Robert, obwohl sie ja viel älter waren als ich, oder mit Erni, der viel jünger war.
Erni liebte ich von der ganzen Familie am meisten.
Vermutlich hätte Willy auch ihn am liebsten erschlagen, wie Kain den Abel erschlug, weil er eifersüchtig war auf die Liebe, die Erni von allen erfuhr. Willy bekam keine Liebe, nur von Vater. Von Mutter natürlich auch, aber sie liebte Erni bestimmt mehr. Und alle anderen mochten Willy nicht besonders. Daran war natürlich Vater schuld, der aus Willy das gemacht hatte, was er geworden war, einen unausstehlichen, verzogenen Balg, der seine Umgebung tyrannisierte, der naschte und log und die anderen verpetzte.
Es ist fürchterlich, was man mit einem Kind alles falsch machen kann. Was man an ihm verderben kann, auch aus Liebe, aus falsch verstandener Liebe.
Ich denke immer bei meinen Kindern daran und versuche, alles richtig zu machen. Aber es gibt eigentlich gar keinen Vergleich zwischen meiner Kindheit und dem Leben meiner Kinder. Sie sind so frei! Auch wenn es uns nicht besonders gut geht, es ist uns nie gut gegangen, wir hatten immer wenig Geld, und wenn ich an die furchtbaren Jahre der Inflation denke, dann wundere ich mich heute noch, wie ich sie eigentlich ernährt habe. Wir haben auch jetzt wenig Geld, unser Leben ist unsicher, aber meine Kinder sind frei und fröhlich und sehr selbständig. Victoria ist jetzt vierzehn, sie geht durch das Leben wie eine Göttin, die Welt gehört ihr. Und dabei ist sie ohne Hochmut, ohne Einbildung, sie lügt niemals, sie strahlt so viel Kraft und Sicher-

heit aus, daß man immer meint, man könne sich von ihr etwas davon ausborgen. Sie liebt wie ich die Tiere, aber sie liebt auch die Menschen, mich, ihren Bruder, die Familie, soweit verfügbar, sie liebt sogar ihre Lehrer mit wenigen Ausnahmen, sie hat unzählige Freundinnen und Freunde, manchmal bin ich direkt neidisch auf sie. Sogar Marleen ist von ihr bezaubert und lädt sie ein, ins Theater, zu Ausflügen, im letzten Jahr zu einer Reise an die See. Dann bin ich eifersüchtig; Marleen kann ihr so viel bieten, was ich ihr nicht bieten kann. Aber natürlich ist es dumm, eifersüchtig zu sein, das weiß ich ganz genau, Victoria ist unbestechlich, und sie hat unendlich viel Liebe zu verschenken, und am meisten an mich.

Manchmal habe ich Angst um sie. Denn irgendwann wird das Leben ihr Lachen zerstören, wird sie zu Boden werfen, wie es alle niederwirft und schlägt, die seine Beute sind. Das Leben ist wie ein gefräßiges Raubtier, es frißt Jugend und Schönheit und Glück und Liebe. Ich habe immer Angst vor dem, was morgen geschehen wird.

Manchmal, wenn wir abends aus dem Theater kommen und wir sind vergnügt und gehen in unsere Kneipe in der Uhlandstraße, und da sitzen wir dann und trinken und essen und sind eigentlich ganz froh zu leben, da wird mir plötzlich ganz kalt vor Entsetzen, und ich bilde mir ein, ich hätte in der dunklen Ecke hinter der Theke, gleich neben Ossis dickem Bauch, eine verzerrte Fratze gesehen, die mich anstarrt.

Gestern abend war es auch wieder so.

»Was hast du?« fragte Felix und legte seine Hand auf meine.

»Ach, nichts.«

Ossi brachte eine neue Lage, ich trank schnell und lehnte meine Schulter leicht an Felix, ich konnte ihm doch nicht sagen, daß ich in der Ecke hinter der Theke die bösartige Fratze des Lebens gesehen habe, meines Lebens, das nur darauf wartet, wann es mich wieder schlagen kann, wann es mir wieder etwas wegnehmen kann. Es gibt immer noch viel, was es mir wegnehmen kann – meine Kinder, Trudel und jetzt Felix, der mir mein Herz wieder ein wenig erwärmt hat. Ich bin so froh, wenn er bei mir ist. Aber ich weiß jetzt schon, daß es nicht lange dauern wird. Ich darf nie behalten, was ich liebe.

Das war so mit dem kleinen Hund, das war Nicolas, das war Mutter, das war Erni – alle haben sie mich verlassen. Alle hat das Leben mir weggenommen.

Und dann träumte ich obendrein noch von dem Haus heute nacht. Ich war ganz allein darin. Und es war so groß, riesengroß. Und ganz leer. Ich ging durch alle Räume, die Treppe hinauf bis auf den Boden, und dann hinunter in den Keller, meine Schritte hallten, nirgends war ein Mensch.

Kein Mensch und kein Tier, und ich dachte, es muß jemand da sein, und begann zu suchen, ich sah hinter Schränke und in jeden Winkel, aber ich fand niemanden. Ich bekam Angst und suchte immer weiter und lief immer schneller durch alle Räume und über alle Treppen, immer wieder dieselben Wege, und schließlich weinte ich, weil ich wußte, daß ich ganz allein war und allein bleiben mußte, ewig in diesem leeren Haus, daß ich nie wieder aus diesem Haus herausfinden würde.

Weinend wachte ich auf. Mein Gesicht war naß von Tränen, und mein Her klopfte.

Leise stand ich auf und ging ins Wohnzimmer, es war mitten in der Nacht, alle ganz still, und dann ging plötzlich die Tür auf und da stand Trudel in ihrer langen altmodischen Nachthemd und mit ihrem langen Zopf, sie kann sich j einfach nicht dazu entschließen, sich die Haare abschneiden zu lassen.

»Was machst du denn?« fragte sie.

»Tut mir leid, daß ich dich gestört habe. Aber ich habe so dumm geträumt.«

Wir tranken ein Glas Bier zur Beruhigung, das schlägt sie immer vor, sie finde Bier beruhigend, und ich erzählte ihr meinen Traum, und sie sagte, daß sie auc oft von dem Haus träumt.

Komisch, so ein Haus; ein Gespensterhaus.

Sie erzählte mir dann zum tausendstenmal die Geschichte von Hedes Unfal Ich war ja noch zu klein, als es passierte, um eine wirkliche Erinnerung dara zu haben, aber ich habe es so oft gehört, daß es so ist, als hätte ich es miterleb Ich kenne Hede nur hinkend, für mich war das ganz normal, und da sie nie etwa davon hermachte, war es auch normal. Aber natürlich tut sie mir leid. Obwohl gera de sie ein Mensch ist, bei dem man Mitleid nicht anbringen kann, sie braucht ke nes.

Victoria, die ja immer sehr praktisch denkt – sie kennt die Geschichte von He des Unfall natürlich auch genau, hat sie oft genug gehört –, sagte neulich: »Fü sie war es doch ein Glück, daß das passierte. Sie hätte nie in die Schule gehe dürfen, wenn sie nicht das kaputte Bein gehabt hätte. Das sagt ihr doch imme Sie hat genau das Leben gekriegt, das sie haben wollte, nur weil sie da durchge kracht ist. Das war richtig Schicksal, versteht ihr das denn nicht?«

Manchmal tut es mir leid, daß die Kinder das Haus nicht mehr haben. Victori sagt, sie könne sich noch gut daran erinnern. Sie war sechs, als Vater starb und sieben, als Mutter auszog. Sie hat auch gute Erinnerungen an Vater. Si nannte ihn Großpapa und setzte sich ungeniert auf seinen Schoß. Etwas, wa wir nie getan haben. Großpapa ist lieb, plapperte sie, schon, als sie noch gan klein war. Und er war auch lieb, zu ihr. Er freute sich, als ich ein Kind bekan und er hatte das Kind gern, es machte ihm nichts aus, daß es ein Mädche war. Später bekam ich ja dann einen Sohn, und das befriedigte ihn sehr. Wirk lich, er war sehr nett zu den Kindern. Er war damals schon sehr krank, schma und blaß saß er in seinem Sessel, meist eine Decke über den Knien, weil e immer fror, und ich sehe noch Vicky vor mir, wie sie ihm fürsorglich die Dek ke rundherum feststeckte mit ihren kleinen Händen. »Is schön warm so, ja? fragte sie eifrig. Und er strich ihr über das Köpfchen und lächelte sie gan lieb an. Mir kommen fast die Tränen, wenn ich daran denke. Kaum zu gla ben, es war wirklich mein Vater. »Du hast hübsche Kinder, Nina«, sagte e einmal zu mir. Es störte ihn auch nicht, daß sie redeten, was sie wollten, da sie lärmten, daß sie ganz anders waren, als wir als Kinder gewesen ware immer still, immer ängstlich, immer auf der Hut, um ja nichts falsch zu ma chen, ihn nicht zu reizen, Mutter keinen Kummer zu machen. Fast könnte ma sagen, das Alter hatte ihn gütig gemacht.

Ich konnte trotzdem nicht weinen, als er starb. Er war mein Vater, aber geliebt habe ich ihn nie.

Wenn ich bloß an die Sache mit dem Tagebuch denke.

Leontine schenkte es mir zu meinem vierzehnten Geburtstag. Sie sagte: »Ich habe immer Tagebuch geführt. Weißt du, es ist ganz interessant, wenn man später liest, was man geschrieben hat, was man gedacht und gefühlt hat in gewissen Stunden des Lebens. Oder was für Menschen man kannte und was man mit ihnen erlebt hat. Und was überhaupt geschehen ist. Du mußt ganz einfach hinschreiben, was dir durch den Kopf geht.«

Mir leuchtete das ein, und ich kam mir wichtig vor mit dem Tagebuch. Einige Wochen lang trug ich sorgfältig meinen Tageslauf ein und eben auch das, was ich mir so bei allem dachte. Und vor allem, was ich fühlte. Ich fühlte eine Menge damals.

Natürlich sollte keiner lesen, was ich schrieb. Das war schwierig. Vor allem Marleen, die bei mir im Zimmer schlief, spionierte mir nach. Ich konnte immer nur schreiben, wenn sie nicht da war. Meist verzog ich mich in den Garten, aber dann wurde es Winter. Ich steckte das Tagebuch unter mein Kopfkissen, wenn ich schlief. Und am Tage versteckte ich es an den unmöglichsten Orten und nahm es mit in die Schule. Ich hatte ja nichts, um etwas wegzuschließen.

Eines Tages erwischte Marleen das Tagebuch, sie hatte lange darauf gelauert. Sie las es, empörte sich und brachte es Vater. Sie kamen alle darin vor, und sie kamen nicht gut dabei weg, ausgenommen Erni. Und Alice und Nicolas natürlich, die waren sowieso die strahlenden Helden meiner Welt.

Aber sonst stand in dem Tagebuch, daß ich Willy haßte und Marleen nicht leiden konnte und diesen und jenen auch nicht, und über Vater hatte ich geschrieben: alle haben Angst vor ihm, und keiner hat ihn lieb. Ich auch nicht. Er hat kein Herz.

Das alles las er, dann ließ er mich rufen, das besorgte Marleen, hämisch grinsend, er gab mir das Tagebuch wieder und sagte kalt: »Das paßt zu dir.« Sonst nichts, das war ja schon nach der Sache mit dem Hund, und unser Verhältnis war sowieso eisig.

Das Tagebuch unterm Arm ging ich in die Küche, es war Sonnabend, Trudel machte einen Kuchen, Mutter pusselte mit irgendwas herum, auch Rosel war dabei, und erstaunlicherweise war Marleen auch da. Sie saß auf dem breiten Fensterbrett und blickte mir spöttisch entgegen. Sie war fast siebzehn, eine junge Dame, sie trug lange Röcke und die Haare hochgesteckt und war sehr, sehr hübsch.

Vermutlich war sie auf einen Ausbruch von mir gefaßt, wir stritten uns oft, und darum war sie in die Küche geflüchtet, weil sie dort Schutz und Hilfe erwarten konnte.

»Nun?« fragte sie. »Wie sind die Bekenntnisse einer schönen Seele aufgenommen worden?«

Ich gab ihr weder Wort noch Blick, ging zum Küchenherd, machte die Ofentür auf und schmiß das Tagebuch hinein. Dann drehte ich mich ebenso wortlos wieder um und verließ die Küche. Die anderen, die natürlich nicht wußten, worum es sich handelte, sahen mir erstaunt nach, Mutter sagte etwas, aber ich gab kei-

ne Antwort und verschwand. Ich konnte sie alle nicht leiden, alle nicht. Und von mir aus konnten sie das ruhig merken.
Ich stand zu jener Zeit meiner Familie sehr kritisch gegenüber, um nicht zu sagen, feindselig. Natürlich Erni immer ausgenommen. Auch an Mutter hatte ich viel auszusetzen. Sie war mir zu bescheiden, zu demütig, sie ließ sich viel zuviel gefallen, warum denn eigentlich? Ich begriff es nicht, und ich verachtete sie im stillen. Ich kam ja durch Schulfreundinnen gelegentlich in andere Familien und konnte erleben, daß Frauen und Mütter durchaus in der Lage waren, sich durchzusetzen, daß in manchen Häusern alles nach ihrer Pfeife tanzte, auch die Ehemänner und Väter. Ich kannte schließlich Leontines flammende Reden für die Gleichberechtigung der Frau, es war die Zeit der Suffragetten in England, und Leontine las alles, was darüber in der Zeitung stand und begeisterte sich dafür. Ich glaube, sie war der einzige Mensch in unserer Stadt, der sich dafür begeisterte, es kostete sie ihre letzten Schülerinnen. Und schließlich kannte ich Alice, Mutters schöne Schwester, und wußte, wie das Leben einer Frau aussehen konnte, wie ein Mann sich benahm: höflich, zuvorkommend, mit einem Lächeln und einem Kompliment, wenn er mit ihr zusammentraf. Aber Nicolas war sowieso für mich das Höchste, was auf Erden lebte, und was er sonst tat, davon wußte ich ja nichts. Aber ich glaube heute noch nicht, daß Alice unglücklich war in ihrer Ehe, sie führte ein Leben, wie es ihr entsprach. Selbst wenn man heute mit ihr spricht, sagt sie nie ein unfreundliches Wort gegen Nicolas, und wenn sie auf Wardenburg zu sprechen kommt, leuchten ihre Augen. Sie hat immer noch wunderschöne blaue Augen. Und da auch ich von nichts lieber spreche als von Wardenburg, leuchten meine Augen vermutlich auch, und wir können uns stundenlang damit unterhalten, Erinnerungen auszutauschen.
Heute tut es mir leid, daß ich von Vater geschrieben habe: er hat kein Herz. Das stimmt nicht. Ich habe niemals vergessen, wie er damals weinte, als seine Mutter gestorben war. Das hat mir tiefen Eindruck gemacht, so klein ich war. Und später war er nett zu meinen Kindern.
Aber mit vierzehn ist man wohl doch sehr erbarmungslos, ganz einfach, weil man noch nichts versteht. Nichts vom Leben, nichts von den Menschen. Man urteilt sehr rasch und radikal. Und man ist so überheblich. Gott, war ich überheblich mit vierzehn, und noch einige Jahre länger.
Marleen war ich dann im nächsten Jahr los, darüber war ich sehr froh, ich bewohnte das Zimmer allein, das genoß ich sehr.
Jahrelang habe ich kein Tagebuch besessen. Erst gegen Ende des Krieges, als ich so unglücklich war, habe ich wieder angefangen zu schreiben. Aber es ist verschwunden; was ich da geschrieben habe, ich finde es nicht mehr.
Das Verhältnis zu meinem Vater wurde eigentlich erst ganz am Ende seines Lebens besser, eben durch die Kinder. Aber geweint habe ich trotzdem nicht bei seinem Tod, dafür war es zu spät.

Nina
1928

Gestern habe ich Felix von meinem Traum erzählt. Der erste Akt lief, wir hatten kurz in der Kulisse gestanden, nachdem er angefangen hatte, alles ging glatt, zu glatt, sie spielen das Stück jetzt über drei Monate und spielen es im Schlaf. Außerdem hat es mir noch nie besonders gefallen, in meinen Augen ist es kein gutes Stück.
Wir gingen in sein Büro, wir wollten einen wichtigen Brief schreiben, aber er saß vor seinem Schreibtisch, war irgendwie zerstreut. Dann fing er wieder an, von der ›Dreigroschenoper‹ zu sprechen. Das ist ein neues Stück von Bertolt Brecht, das Ende August im Theater am Schiffbauerdamm uraufgeführt wurde, wir waren drin, und wir waren ganz erschlagen davon.
Es ist ganz anders wie sonst Theaterstücke, aber es ist großartig. Mir hat vor allem die Musik gefallen, die Songs, nach denen bin ich ganz verrückt. Und Felix hatte gesagt: So etwas müßte man einmal machen können. So ein Stück möchte ich machen. Aber in meinem Bumstheater hier, du lieber Himmel, da ist ja gar nicht dran zu denken.
Ich wußte, daß er jetzt wieder so etwas dachte. Ich setzte mich auf die Lehne des altersschwachen grünen Sessels und zündete mir eine Zigarette an.
Da stand er plötzlich auf, kam zu mir, nahm mir die Zigarette weg, legte sie in den Aschenbecher, dann legte er den Arm um mich und drückte mich an sich, ganz fest, mein Kopf lag an seinem Tweedjackett, ich hörte sein Herz klopfen, und er sagte in mein Haar hinein: »Mein Glück! Weißt du, daß du mein Glück bist?«
»Ich möchte es gern sein.«
»Du bist es. Ich wußte gar nicht mehr, was das ist – Glück. Ich bin seit . . . ach, das läßt sich gar nicht mehr ausrechnen, da muß ich bis vor den Krieg zurückgehen, als ich mein erstes Engagement hatte. In Görlitz. Da war ich jung und verliebt und spielte schöne Rollen. Vermutlich war es schrecklich, was ich machte, aber ich fand mich selber großartig, und dem Publikum gefiel es auch, sie waren sehr nett zu mir, die Görlitzer. Ich war bestimmt ein miserabler Schauspieler, aber ich war ein gutaussehender Bursche. Damals. Kannst du dir das vorstellen?«
Er lockerte seinen Arm und sah mich an.
»Ist nicht mehr vorstellbar, wie?«
Ich blickte in sein zerfurchtes Gesicht mit der zerstörten Wange, legte einen Finger an die Narbe und sagte: »Doch. Für mich schon. Ich kann mir sehr gut

vorstellen, wie du damals ausgesehen hast. Außerdem finde ich, du siehst auch heute noch gut aus.«
Er lachte, trat zurück, steckte mir die Zigarette wieder zwischen die Lippen und zündete sich dann selbst eine an.
»Du bist ein gutes Mädchen. Einem Krüppel wie mir so etwas zu sagen.«
»Sag mal, spielen wir hier Minna von Barnhelm?« fragte ich. »Hegst du Tellheims Gefühle im edlen Busen? Übernimm dich nicht, ich hab' keinen reichen Onkel. Und mir gefällst du, sonst wäre ich nicht bei dir. Lädiert hat der Krieg euch doch fast alle, körperlich oder seelisch. Irgendwie hat jeder Mann einen Knacks. Und wir Frauen müssen mit euch leben, so wie ihr jetzt seid. Und wir lieben euch, so wie ihr jetzt seid. Weil wir um jeden froh sind, der noch da ist.«
»Liebst du mich denn, Nina?«
Das hatte er mich noch nie gefragt, unsere Gespräche waren niemals sentimental, und von unseren Gefühlen war sowieso nie die Rede, das paßte nicht in unsere kaltschnäuzige Zeit. Ich zögerte darum auch mit der Antwort. Es war mir peinlich, gefragt zu werden, und peinlich, zu antworten.
Doch dann sagte ich: »Ich spreche nicht gern davon, weißt du. Aber ich glaube, daß ich dich liebhabe. Du hast mir wieder Freude am Leben gegeben. Du hast es fertiggebracht, daß ich mich nicht mehr so verlassen fühle. Und . . .«
»Und?« fragte er, als ich nicht weitersprach.
Ich hatte sagen wollen: durch dich habe ich endlich Arbeit bekommen, und noch dazu eine, die mir Spaß macht.
Aber das kam mir in diesem Augenblick zu nüchtern vor, also vollendete ich den Satz mit den Worten: »Ich freue mich über jede Stunde, die ich bei dir sein kann.«
Er beugte sich über mich und küßte mich.
»Das hast du hübsch gesagt. Es ist wie ein Wunder, daß es so etwas noch gibt auf dieser schrecklichen Erde.«
»Hast du auch manchmal Angst vor dem Leben?«
»Natürlich. Nur ein total Stumpfsinniger kann ohne Angst leben.«
Dann erzählte ich ihm meinen Traum. Und von dem Haus. Er goß uns zwei Cognacs ein und hörte interessiert zu. Er weiß ja wenig von meinem Leben, und über meine Kindheit spreche ich sowieso nie. Mit Fremden. Mit Trudel ist das etwas anderes, sogar mit Marleen kann ich davon sprechen. Aber Felix ist ja kein Fremder mehr. Ich erzählte also von dem Traum, vom Haus, von dem Hund, auch von dem Tagebuch.
Das mit dem Tagebuch interessierte ihn sehr.
»Du hast ein Tagebuch gehabt? Kann ich mir gar nicht vorstellen.«
»Warum? Was findest du daran so komisch?«
»Du bist so gar kein reflektiver Typ. Du bist eine praktische Natur, ein aktiver Mensch, ein Tagesmensch, kein Nachtspintisierer. Kein Mensch, der leiden kann. Das sind die Tagebuchschreiber.«
»Also erstens habe ich gerade genug durchgemacht«, sagte ich beleidigt. »Und aktiv! Da muß ich lachen. Ausgerechnet ich. Von selbst bin ich zu gar nichts fähig, mir muß immer erst einer sagen, was ich tun soll.«

»Das bildest du dir ein. Dir braucht niemand etwas zu sagen. Du wirst bloß lernen müssen, dir selbst zu trauen. Das ist es, was dir fehlt.«

Dieser Satz machte mich für eine Weile stumm. Und nachdenklich.

Dann sagte ich: »Ich bin zu alt, um noch etwas zu lernen.«

»Lernen muß man sein ganzes Leben lang. Bis zur letzten Stunde lernt man oder man lebt nicht. Das merke dir, meine geliebte Nina. Und was dich persönlich betrifft, so hast du mir ja gerade erzählt, wie gering die Entfaltungsmöglichkeiten in deinem Elternhaus waren. Dann hast du geheiratet, dann kam der Krieg, deine Kinder, dann die miesen Jahre, was solltest du denn da nach eigenem Geschmack anpacken können? Aber nun!«

»Ja? Was ist nun?« Mir stand der Mund offen vor Staunen über die Wendung, die das Gespräch genommen hatte.

»Nun ist der Krieg, Gott sei Dank, lange her, die Inflation haben wir auch hinter uns, es geht uns nicht besonders gut in diesem Land, aber immerhin, Reichsmark ist Reichsmark, wir leben, und zwar in Freiheit und mit vielen Möglichkeiten. Deine Kinder sind nicht mehr so klein, daß sie dich von früh bis spät anbinden, außerdem hast du ja deine fabelhafte Trudel. Nun fange an.«

»Womit?«

»Zu leben und zu lernen. Etwas aus dir zu machen.«

Ich wollte sagen: es ist zu spät. Ich wollte sagen: ich bin fünfunddreißig, da kann man nicht mehr anfangen. Aber gleichzeitig fühlte ich, daß es Unsinn ist, so etwas zu sagen. Ich fühle mich nicht alt, ich fühle mich enorm jung. Und ich bin begierig, zu leben und zu lernen.

»Ich lerne ja täglich, hier bei dir. Das erstemal habe ich eine richtige Arbeit, die mir noch dazu Freude macht. Es ist schon fast ein Beruf, nicht?«

Er legte wieder seinen Arm um mich, und wir küßten uns lange. Ich legte einen Arm um seinen Hals und meine andere Hand auf seinen leeren Rockärmel. Er drückte mich immer ein wenig zu fest an sich, das kommt daher, weil er nur noch einen Arm hat.

Dann ließ er mich los und machte die Tür auf. Wir hörten den Applaus aus dem Zuschauerraum, der erste Akt war zu Ende. Er hat das im Gefühl, er braucht nicht auf die Uhr zu sehen, er weiß immer, wann der Vorhang aufgeht oder runtergeht.

Wir gingen nach vorn und kamen gerade zurecht, um zu verhindern, daß Sonja ihrem Partner die Augen auskratzte. Sie schäumte vor Wut.

»So ein lausiges Schmierentheater hier abzuziehen, du verdammter Bastard. Warum gehst du nicht nach Kyritz an der Knatter, wo du herkommst und hingehörst? Auf einer Berliner Bühne hat so ein Schmierenkomödiant wie du nichts zu suchen.«

Thiede lachte nur und verschwand in der Garderobe, um sich umzuziehen.

Während Felix die wütende Sonja beruhigte und in die Damengarderobe begleitete, erzählte mir Marga, die mit ihnen auf der Bühne gewesen war, was sich abgespielt hatte. Thiede, der ein sehr begabter und intelligenter Schauspieler ist, hat wieder drauflos improvisiert, er hat manchmal tolle Einfälle, ich habe mich schon halb totgelacht über ihn, und das Publikum, so erzählte Marga, hät-

te sich an diesem Abend königlich amüsiert über seine Pointen. Sonja aber, der die gewohnten Stichworte fehlten, war ins Schwimmen gekommen, und um passende Antworten zu finden, dazu ist sie nicht geistesgegenwärtig genug.
Natürlich hat sie recht, wenn sie wütend ist. Felix wird ihr jedenfalls recht geben und Thiede verwarnen. Aber er wird nicht verhindern können, daß das immer wieder vorkommt. Jeden Abend, seit genau achtundneunzig Tagen, spielen sie nun dasselbe Stück, sie fangen an zu schlampen und sie fangen an zu blödeln, und so ein begabter Junge wie Thiede springt eben dann manchmal aus dem Text raus. Marga stört das gar nicht, sie findet sich immer zurecht, aber sie ist ein alter Hase, und sie ist so dankbar, daß sie bei uns spielen kann, sie war jahrelang ohne Engagement, und es muß ihr sehr dreckig gegangen sein. Sie ist ganz allein, der Mann ist gefallen, und ihr Sohn auch, und jetzt ist das Ensemble ihre Familie, und wenn sie kein Engagement hat, ist sie verloren.
Sie macht alles, bessert die Kostüme aus, hilft beim Umbau und spielt jede Rolle, von der Herzogin bis zum Dienstmädchen. Nur die Liebhaberin kann sie nicht spielen mit ihren fünfundsechzig oder so.
Apropos achtundneunzig – da ist dann ja übermorgen die hundertste Vorstellung, das muß in die Zeitung, und für Blumen muß ich auch sorgen. Vielleicht läuft das blöde Stück noch einen Monat oder sogar zwei. Das Theater ist zwar nie ausverkauft, aber immerhin ganz gut besucht, besser als beim vorigen Stück.
Das war zwar viel besser, aber zu ernst. Die Leute wollen lachen. Hier reden sie immer noch davon, was das für ein Erfolg war vor drei Jahren, ein Stück von einem Mann, der Zuckmayer heißt, und es hieß »Der fröhliche Weinberg«, also das muß eine Sensation gewesen sein. Ich hab's leider nicht gesehen, ich war noch nicht in Berlin.
Andrerseits – die Leute weinen auch gern. Wenn es so richtig schön traurig ist, das genießen sie. Auch ich war in Tränen aufgelöst, als ich voriges Jahr den Sonny-Boy-Film mit Al Jolson gesehen habe. Vor einiger Zeit hat Felix mir die Platte geschenkt, mit dem traurigen Lied, und ich hab' sie mindestens schon hundertmal gespielt. Victoria lacht mich aus, ihr ist sowas zu sentimental. Und eben auch keine richtige Kunst. Sie schwärmt nur für die Oper.
Übrigens gingen wir gestern nach der Vorstellung nicht zu Ossi, Felix mußte nach Hause, seine Frau ist plötzlich gekommen, sie hat während des zweiten Akts angerufen.
Schadet ja auch nichts, wenn ich mal zeitig ins Bett gehe, Trudel schimpft sowieso, weil ich immer so spät in der Nacht nach Hause komme. Sie liegt jeden Abend spätestens um zehn im Bett. Allerdings liest sie mindestens noch zwei Stunden.
Gestern, als ich heimkam, es war halb zwölf, war sie noch wach, und ich saß noch eine Stunde bei ihr am Bettrand und erzählte, kreuz und quer, was mir gerade durch den Kopf schoß.
Auch von Felix, sie kann ihn gut leiden. Sie gönnt es mir, daß ich mit ihm glücklich bin. Aber sie befürchtet neue Komplikationen für mein verqueres Leben.
»Kennst du denn seine Frau?« fragte sie heute nacht.

»Nö. Brauch' ich auch nicht zu kennen.«
»Will er sich denn scheiden lassen?«
»Kann er nicht. Wovon soll er denn das Theater finanzieren? Sie hat doch nun mal die Pinke. So ein kleines Privattheater, das kann sich nicht von selbst erhalten. Sie gibt ihm ja immer wieder was. Und solange er das Theater hat, ist er glücklich. Und ich hab' da eine Stellung und bin auch glücklich. Und miteinander sind wir außerdem auch noch glücklich. Was willst du denn eigentlich?«
Meine Schwester hat mich mit ihren ernsten grauen Augen angesehen.
»Bist du denn glücklich?«
»Aber ja. Soweit man heute glücklich sein kann. Und soweit *ich* es noch sein kann. Und was heißt überhaupt Glück? Kannst du mir sagen, was das ist? Ich weiß es nicht.«
Sie richtete sich im Bett auf, ihr Mund ist schmal geworden, das kenne ich schon, jetzt habe ich das Falsche gesagt.
»Du solltest es aber wissen. Vicky hat heute eine Eins in Englisch geschrieben. In Mathematik, sagt sie, ist sie zwar nicht besonders gut, aber sie wird bei einem Schulkonzert singen. Schubert, glaube ich. So ein begabtes Kind, und du sagst, du weißt nicht, was Glück ist.«
»Und mein Herr Sohn? Was hat der über die Schule verlautbart?«
»Nichts.«
»Aha. So hebt sich das ja wieder auf, nicht?«
Trudel ist sehr stolz auf meine Kinder. Sie hat nie Kinder gehabt, dabei wäre sie die geborene Mutter. Eine viel bessere als ich. Und seit sie bei uns lebt, habe ich viel Freiheit, da hat Felix schon recht. Mit dem Haushalt und mit den Kindern habe ich kaum mehr etwas zu tun, das macht sie alles und viel besser als ich. Und ich glaube, sie ist sehr froh, daß sie jetzt die Kinder um sich hat. Viele Jahre lang hatte sie nur mit alten und kranken Menschen zu tun. Sie hat Vater gepflegt bis zu seinem Tod, und sie hat Mutter gepflegt bis zu ihrem Tod. Beide waren sie krank, beide schwach und hilflos und ganz auf Trudel angewiesen. Und dann, ich bin schon aufgestanden von ihrem Bettrand und habe gute Nacht gesagt, fragt sie mich ganz sachlich: »Und was macht dein Felix, wenn ihm seine Frau kein Geld mehr gibt für sein Theater?«
»Dann machen wir pleite, und ich bin arbeitslos.«
Ich blicke auf das Buch, das auf ihrer Bettdecke liegt, auf dem Umschlag ein liebliches Mädchengesicht, und es heißt: Die Liebe überwindet alles. Ich tippe mit dem Finger auf das blonde Mädchen und sage: »Da nützt die ganze Liebe nichts. Erst kommt das Geld und dann die Liebe. Oder wie ein gewisser Herr Brecht das ausdrückt: erst kommt das Fressen, dann kommt die Moral.«
»Pfui«, entrüstet sich Trudel, »was ist denn das für ein Kerl, der sowas sagt? Du hast schon einen sehr merkwürdigen Umgang neuerdings.«
»Leider kenne ich ihn nicht persönlich. Es ist ein neuer Dichter, und Felix meint, der wird mal ganz groß.«
»Wenn er solche gräßlichen Sachen schreibt! Das glaubst du doch selber nicht. Früher hätte ein Dichter solche Sachen nicht geschrieben. Ach, es ist schon eine

widerliche Zeit. Mir tun immer die Kinder leid, die gar nichts Schönes mehr erleben.«

»Also weißt du, wenn ich das Leben meiner Kinder mit dem Leben vergleiche, das wir als Kinder hatten, dann weiß ich nicht, warum sie dir leidtun.«

Sie blickt mich maßlos erstaunt an.

»Aber bei uns war doch alles in Ordnung. Wir hatten doch eine ordentliche anständige Jugend, und solche scheußlichen Sachen hat keiner gesagt.«

Ich wundere mich nicht, denn ich kenne sie ja. Sie, dieses geschundene Arbeitstier, diese Sklavin, die nie ein eigenes Leben hatte, sie sagt: bei uns war alles in Ordnung. Und sie meint es auch so, das weiß ich. Sie hat an ihrem Leben nichts auszusetzen.

Ich beuge mich über sie und küsse sie auf die Wange.

»Schlaf gut«, sage ich liebevoll. »Wenn ich je an Engel glauben könnte, dann würde ich sagen, du hast einen ganz für dich allein. Oder vielleicht bist du selber einer, und wir fühlen uns alle von dir beschützt.«

Sie blickt mir stumm vor Staunen nach, als ich das Zimmer verlasse. Und eine Weile später, als ich im Bett liege, muß ich vor mich hinlachen. Das ist es, daß ich da noch nicht draufgekommen bin: wir haben einen eigenen Engel für uns, Vicky, Stephan und ich, uns kann gar nichts passieren.

Der Vater

An einem schönen hellen Frühlingstag des Jahres 1898, es war kurz nach Ostern, trat im Leben Emil Nosseks eine einschneidende Veränderung ein. Man konnte ohne Übertreibung sagen, es begann ein überaus unseliger Lebensabschnitt für ihn, und das hing mit dem seit langem drohenden Wechsel im Landratsamt zusammen.

Emil zu bestimmen, daß er Hedwig erlaubte, die Höhere Schule zu besuchen, war der letzte nützliche Eingriff des Landrats in das Leben der Nosseks gewesen. Er war fast siebzig, hatte sein Amt lange und zur vollsten Zufriedenheit aller ausgeübt, nun setzte er sich zur Ruhe; das bedeutete für den Landkreis, daß er einen umsichtigen und verständnisvollen Landrat verlor, für Emil, daß er einen guten Chef gegen einen schlechten eintauschen mußte.

Zum Fortschritt der modernen Zeit gehörte es auch, daß man die Landräte immer seltener aus den Kreisen des Adels der jeweiligen Gegend besetzte, also mit Menschen, die Land und Leute kannten und verstanden. Die neuen Landräte wurden in Berlin ernannt, waren Verwaltungsjuristen, meist Regierungsassessoren, und da ein Landratsamt ein außerordentlich begehrter Posten war, konnte der Staat mühelos unter den besten, das hieß in diesem Fall unter den ehrgeizigsten, tüchtigsten und mit erstklassigen Referenzen ausgestatteten Beamten wählen. Manche betrachteten das Amt als Sprungbrett für eine weiterführende Karriere im Staat, andere als eine angenehme Position, um gesichert und angesehen durch das fernere Leben zu kommen. Voraussetzung war auf jeden Fall, daß der Bewerber für solch ein Amt über eigene Mittel verfügte, denn der preußische Staat bezahlte seine Beamten spärlich, auch solche in führender Stellung, und da dieses Amt Repräsentationspflichten verlangte, mußte der Amtsinhaber über eine gut gefüllte Brieftasche verfügen. Dies schuf schon von vornherein eine gewisse Auslese, von der man aber nicht sagen konnte, daß sie immer den richtigen Mann auf den richtigen Stuhl brachte. Manche fanden sich geschickt in das Amt, andere hatten wenig Ahnung von der Struktur des Kreises, dem sie vorstehen sollten, und, was schlimmer war, sie fanden nie die richtige Einstellung zu den Bewohnern ihres Amtsbereichs und blieben daher weitgehend auf verantwortungsvolle und tüchtige Mitarbeiter angewiesen, auf einen wie Emil Nossek zum Beispiel.

Emil hatte Pech mit dem Nachfolger des Barons. Der war eine ungute Mischung aus mehreren Bestandteilen. Er stammte aus kleinbürgerlichen Verhältnissen, was er jedoch verschwieg, und um gar nicht erst diesen Verdacht aufkommen zu las-

sen, hatte er sich einen überheblichen Ton und feudale Allüren zugelegt. Er war zweifellos ein gebildeter Mann, hatte sein Studium in kürzester Frist und mit besten Noten absolviert und mit einer Promotion abgeschlossen. Natürlich war er auch Corpsstudent gewesen und hatte dann bewußt und berechnend in bessere Kreise eingeheiratet, was nicht nur gesellschaftlich, sondern auch finanziell zu verstehen war, und wofür er auch in Kauf nahm, daß seine Frau fünf Jahre älter und keineswegs mit Schönheit gesegnet war. Aber sie hatte eine ansehnliche Mitgift und einflußreiche Verwandtschaft mit in die Ehe gebracht, das war mehr wert. Dr. Hugo Koritschek war natürlich auch Reserveoffizier der Infanterie, und bei jeder nur irgend passenden Gelegenheit kreuzte er in Uniform auf, an jeder Reserveübung nahm er teil, und bereits drei Jahre nach seinem Einzug in das neue Amt konnte er die Schulterstücke eines Oberleutnants tragen. Er gab sich flott und forsch, war erfüllt von Ehrgeiz und Arroganz bis zum Hals, ein Streber übelster Sorte, was schon an seinem hochgezwirbelten Wilhelm-Zwo-Schnurrbart abzulesen war.
Auch wer Emil Nossek nicht besonders ins Herz geschlossen hatte, mußte ihn bedauern, als dieser Wechsel in seinem Leben stattfand. Der Baron hatte die Zuverlässigkeit und Umsicht seines Kreissekretärs anerkannt, schätzte ihn als integren und fleißigen Mann, und obwohl unter der Herrschaft des Barons alles auf das Gründlichste besorgt worden war – Wege- und Wasserangelegenheiten, Flurbereinigung, Überprüfung des Kreiskrankenhauses und was der Obliegenheiten mehr waren, die zu Emil Nosseks Pflichten gehörten –, immer waren die Arbeitsverhältnisse im Landratsamt vergleichsweise leger, der Umgangston vornehm und zurückhaltend gewesen. Nun wehte das, was man in Preußen einen frischen Wind nannte. Man kann auch an den neuen Besen denken, der besonders gut kehren soll.
Daß er dieser neue Besen war, machte Dr. Koritschek allen klar, die mit ihm im Landratsamt saßen oder mit diesem zu tun hatten. Was nichts daran änderte, daß er natürlich zunächst über Kreis und Leute, die er mit seiner neuen Amtsführung beglücken wollte, nichts wußte und daß er, um sich einzuarbeiten, auf seine Mitarbeiter und vor allem auf Emil angewiesen war. Klug genug war der neue Landrat, um das zu wissen und davon Gebrauch zu machen. Aber nicht klug genug, um die freundliche Atmosphäre, die bisher die Arbeit im Landratsamt angenehm gemacht hatte, zu erkennen und beizubehalten. In Windeseile hatte Herr Dr. Koritschek sich in Amt und Kreis unbeliebt gemacht, und wenn möglich, vermied man es, mit ihm zu tun zu haben, wodurch ihm logischerweise seine Arbeit nicht erleichtert wurde. Der neue Landrat bewegte sich für lange Zeit auf unsicherem Terrain, es fehlte an Information und Übersicht; das merkte er, das machte ihn ungerecht, schwierig und ungnädig.
Meist bekam Emil die Ungnade des neuen Herrn zu spüren, er mußte alles ausbaden, was daneben gegangen war, und steckte manchen ungerechten Anschnauzer ein. Zusätzlich hatte er mehr Arbeit denn je. Denn wer immer im Amt zu tun hatte, kam zu ihm. Nicht daß Emil so besonders beliebt gewesen wäre, aber er war korrekt, die Leute kannten ihn und wußten, daß er sie kannte und über alles so gut Bescheid wußte wie keiner sonst.

Zusätzlich war es für Emil eine ständige Demütigung, von dem Jüngeren, dem Akademiker, dem Herrn Doktor, Befehle und Anweisungen und schließlich auch Ermahnungen und Tadel entgegennehmen zu müssen, von denen die letztgenannten oft ungerechtfertigt waren.
War Emil schon zuvor alles andere als ein unbeschwerter oder gar fröhlicher Mensch gewesen, so wurde er jetzt vollends unzugänglich, geradezu verbiestert. Im Amt bemühte er sich um Gleichmut, aber seine Familie bekam es zu spüren. Irgendwo mußte er seinen Ärger, seine unterdrückte Wut, abreagieren. Die stille Agnes wurde noch stiller, das aufstrahlende Lächeln ihrer Jungmädchenzeit immer seltener, sie tat ihre Arbeit, sorgte wie zuvor aufs beste für ihn, lebte ansonsten für die Kinder. Die Kinder gingen dem Vater so weit wie möglich aus dem Weg, ausgenommen Willy, der erstens von alldem noch nichts mitbekam, weil er zu klein war, und zweitens ohnehin eine Sonderstellung in der Familie einnahm.
Zweifellos – man konnte die Ungerechtigkeit von Emils Schicksal beklagen. An Intelligenz und Fähigkeiten stand er dem neuen Herrn nicht nach, und wenn er die Möglichkeiten zu Studium und weiterer Entwicklung gehabt hätte, wäre sein Leben anders verlaufen. Ob er dann ein glücklicher Mensch geworden wäre – wer vermochte das zu sagen? An seinem Wesen, an seinem Charakter hätte es wohl im Grunde nichts geändert, nur eben daß Befriedigung und Erfolg im Beruf für eines Mannes Leben Selbstbestätigung und daraus folgend eben doch so etwas wie Glück bedeuten.
Zwei Todesfälle in diesem Jahr beeindruckten Emil tief, der eine eher offiziell, der andere ganz persönlich.
Am 30. Juli dieses Jahres 1898 starb Otto Fürst von Bismarck, der Gründer des Reiches, der eiserne Kanzler, wie ihn der Volksmund nannte, der Alte vom Sachsenwald, der sich grollend auf Schloß Friedrichsruh zurückgezogen hatte, wie die Gazetten schrieben, nachdem der junge Kaiser, undankbar und ahnungslos wie die Jugend nun einmal ist, ihn nach Hause geschickt hatte.
In der Vorstellungswelt des Volkes spielte er noch immer eine große Rolle, er war die Vaterfigur, die zwei Generationen geprägt hatte, zudem hatte er wirklich das Deutsche Reich geschaffen, er und kein anderer, und der junge Kaiser, der heute mit sieghaften Gesten, prachtvollen Reden und aufwendigen Reisen von diesem Thron aus regierte, hätte wahrscheinlich besser getan, den Rat des Alten noch einige Zeit in Anspruch zu nehmen.
Davon war Leontine überzeugt, genau wie viele andere Menschen in diesem Lande auch. »Friedrich der Große und Bismarck, das waren die einzigen großen Männer, die Preußen je hervorgebracht hat«, entschied sie unnachgiebig. »Alles, was dazwischen lag, taugte nicht viel. Der eine hat Preußen zu einem angesehenen Staat gemacht, der andere hat das Deutsche Reich geschaffen, und ob noch einmal einer nachkommt, der ähnliche Taten aufzuweisen hat, bezweifle ich entschieden, wenn ich mir die Menschheit von heute ansehe.«
Das waren für Leontine, die Fortschrittsgläubige, ungewohnt pessimistische Töne, aber gewohnt, scharf und genau zu blicken, konnte sie der äußere Glanz des Reiches unter dem jungen Kaiser nicht darüber hinwegtäuschen, daß das

Reich in eine Erstarrung geraten war, zudem, durch und durch zivilistisch gesinnt, verabscheute Leontine die Überbetonung des Militärischen. »Der Soldat«, das sagte sie ebenfalls, »auch der höchste Offizier, soll ein Diener des Staates sein und nicht ein Götzenbild, das man anbeten muß.«
Sie also gehörte zu den vielen, die ernsthaft um den Tod des Fürsten Bismarck trauerten. Auch Emil gehörte dazu. Zu seinem Leben gehörte Bismarck, er war immer da gewesen. Als Emil geboren wurde, war Bismarck Gesandter beim Deutschen Bundestag in Frankfurt und saß somit schon an den Hebeln deutscher Politik, die später zur Reichsgründung führen würde. Davon wußte natürlich der kleine Emil noch nichts, er sollte es jedoch später ausführlich in der Schule lernen. Während er in die Schule ging, fanden all die großen Ereignisse statt, die Bismarcks beherrschende Stellung festigten.
Seit dem Jahre 1862 war Bismarck preußischer Ministerpräsident, und das blieb er bis zu seiner Verabschiedung im Jahr 1890. 1864 der Krieg gegen Dänemark, noch an Österreichs Seite, um die Rückgewinnung Schleswig-Holsteins, der erste Krieg, den Bismarck gewann, 1866 dann der Krieg gegen Österreich, wobei die Frage der Vorherrschaft im deutschen Raum geklärt wurde, und schließlich der Deutsch-Französische Krieg, der »Siebziger Krieg«, der Emil beinahe auf dem Schlachtfeld gesehen hätte, er absolvierte zu jener Zeit gerade seinen einjährig-freiwilligen Dienst, aber über die Etappe kam er nicht hinaus, und so gewannen die Preußen und ihre Verbündeten ihren Krieg auch ohne ihn. Seit 1871 – fast dreißig Jahre also gab es das Deutsche Reich und einen Kaiser dieses Deutschen Reiches, der bis zu diesem Zeitpunkt König von Preußen gewesen war und den, das wußte alle Welt, Bismarck auf den Kaiserthron gesetzt hatte, gar nicht zur Freude des Herrschers, denn Wilhelm I. wäre viel lieber König von Preußen geblieben als Deutscher Kaiser geworden. Auch Emil war sich nie so ganz einig darüber, ob er nicht lieber in einem preußischen Königreich als in einem Deutschen Kaiserreich gelebt hätte. Aber er war im Grunde ein unpolitischer Mensch, es lag ihm nicht, sich die Möglichkeiten vorzustellen, die geringfügige Änderungen der Weltpolitik ergeben haben mochten. Der alte Kaiser war gewiß all der Liebe seiner Untertanen wert, auch Emil enthielt sie ihm nicht vor, doch Bismarck bewunderte, ehrte und achtete er als einen der größten Männer deutscher Geschichte.
Der junge Kaiser – nun, Emil war sein Beamter und diente ihm so loyal, wie es sich gehörte, aber vermutlich wäre er sich mit Leontine ganz und gar einig gewesen in der Beurteilung dieses Hohenzollern, wenn er sich jemals dazu herabgelassen hätte, mit Leontine Gespräche über solche Themen zu führen. Abgesehen davon, daß sie sehr selten zusammentrafen, wäre es Emil im Traum nicht eingefallen, mit einem weiblichen Wesen über Politik zu sprechen.
Nun also war Bismarck tot, und nicht nur Emil, wohl jeder »gute Deutsche«, einschließlich seiner Gegner im Zentrum und bei den Freisinnigen, aber auch politisch denkende Menschen jenseits der Reichsgrenzen, wußten, daß etwas zu Ende gegangen war, das man, wie immer man dazu stand, achten mußte. Und daß ungewiß war, was kommen würde.

Der Rückversicherungsvertrag mit Rußland, auf den Bismarck so großen Wert gelegt hatte, war schon im Jahr seiner Entlassung nicht mehr erneuert worden. Zwar unterhielten das Deutsche Reich und sein Kaiser offenbar die besten Beziehungen zu den Großmächten, aber die Geschichte hatte genug gelehrt, wie brüchig Bündnisse in weltpolitischen Beziehungen, auch wenn verwandtschaftliche Bande sie fester zu knüpfen schienen, von heute auf morgen werden konnten . . . Bismarck jedenfalls hatte es sehr genau gewußt. Würde auch der junge Kaiser, der mit achtundzwanzig Jahren auf den Thron gekommen war, immer daran denken?

Übrigens hatte dieses Jahr 1898 noch einige wichtige Ereignisse zu verzeichnen, so unter anderem dies, daß das Deutsche Reich sogar einen Stützpunkt in China erhielt, das Pachtgebiet Kiautschou, was aber viel wichtiger war: in Paris entdeckte Marie Curie das Radium. Damit wurde sie die große Bahnbrecherin für die wissenschaftliche Arbeit der Frauen, die es von dieser Zeit an etwas leichter hatten, auf die Universität zu gehen. Im gleichen Jahr promovierte in Halle schon die erste deutsche Studentin; sie hieß Hildegard Wegscheider. In Rußland wurde eine Sozialdemokratische Partei gegründet, doch davon nahm Emil keine Notiz. Sozialdemokraten gab es ja hierzulande schon längst, und von denen hielt er absolut nichts.

Im Spätherbst dieses Jahres starb Lene Nossek, Emils Mutter, im Alter von vierundsiebzig Jahren, sie war aufrecht und klarblickend bis zuletzt geblieben, aber auch müde geworden. Sie betätigte sich zwar immer noch im Haushalt ihres Sohnes Fritz, des derzeitigen Meisters im Schmiedehaus, wo fünf Kinder, drei Söhne und zwei Töchter heranwuchsen. Zwei weitere Kinder waren an der Bräune gestorben. Franz Nossek, Emils Vater, war schon vor drei Jahren auf den Friedhof gefahren worden, unter großer Anteilnahme seines Stadtteils und der umliegenden Gemeinden, denn er war ein geachteter und beliebter Mann gewesen.

Lene starb an Lungenentzündung. Dr. Menz, von Agnes eilends herbeigeholt, als es aber schon zu spät war, konnte ihr auch nicht mehr helfen. Im Schmiedehaus hatte zunächst keiner daran geglaubt, daß sie ernsthaft krank sein könnte; sie war nie krank gewesen.

Agnes betrachtete lange das immer noch schöne, ernste Gesicht ihrer toten Schwiegermutter, ihr wurde ganz feierlich dabei zumute, und sie dachte: sie ist gern gestorben. Das wiederholte sie Charlotte gegenüber, nach der Beerdigung, und fügte hinzu: »Ich finde, sie hat ein gutes Leben gehabt. Eine sehr glückliche Ehe. Ich habe selten zwei Menschen gesehen, die sich so gut verstanden haben wie Vater Franz und Mutter Lene.« So hatte Agnes die beiden immer genannt und sie war immer gern ins Schmiedehaus gegangen, sobald es einen Anlaß dazu gab und sie sich die Zeit nehmen konnte.

»Sie hat viel Kummer gehabt«, sagte Charlotte. »Denk an den Sohn, den das Pferd erschlagen hat. Und dann ihre Tochter! Was aus der wohl geworden sein mag?«

Das wußte keiner. Emils Schwester war eines Tages aus ihrer unglücklichen Ehe, von einem Mann, der sich täglich betrank, sie täglich schlug, fortgelaufen,

manche sagten mit einem anderen Mann, manche vermuteten, in den Fluß, wie auch immer, man hatte nie wieder von ihr gehört.
Natürlich war dies in Lenes Leben ein großes Leid gewesen, aber solange Franz lebte, hatten sie sich gegenseitig Kraft und Mut gegeben, und es hatte auch noch die drei Jahre nach seinem Tod gereicht, aber nun war sie, wie Agnes sagte, vielleicht wirklich gern gestorben.
Ihre beiden anderen Kinder, ihr ältester Sohn, Fritz, und Emil, ihr jüngster, waren ihr Stolz und ihre Freude gewesen. Beide tüchtig in ihrem Beruf, beide mit guten Frauen verheiratet, mit gesunden Kindern gesegnet. Fritz Nosseks ältester Sohn war bereits verheiratet und hatte Lene noch mit einem Urenkel erfreut.
Emil, so spröde, wie er sich gab, litt sehr unter dem Tod seiner Mutter. Eigentlich war sie der Mensch, außer Willy natürlich, den er in seinem Leben am meisten liebte. Sie hatte ihn immer großartig gefunden und alles bewundert, was er gesagt und getan hatte, aber das war es nicht allein, sie besaß soviel unverbildete Natürlichkeit, dazu echte Herzlichkeit; Gaben, die ihm völlig abgingen und die auch sonst keiner in seiner Umgebung aufzuweisen hatte. Bei ihr zu sitzen und mit ihr zu sprechen, das war wie ein warmes wohltuendes Bad gewesen, so hatte er es immer empfunden. Sie hatte alle seine Sorgen geteilt, den Kummer um den Tod seiner ersten Frau, die Besorgnis um Agnes' schwache Gesundheit, der so lange nicht geborene Sohn, und natürlich hatte sie auch seine Freude geteilt, als der Sohn endlich zu Welt kam.
Mit seinem Bruder verband Emil nicht viel, sie waren zu verschieden. Emil fühlte sich ihm geistig haushoch überlegen, was er natürlich auch war, und Fritz sah in Emil einen eingebildeten Kerl, der sich etwas Besseres dünkte.
Nach Lenes Tod kam Emil nur mehr sehr selten in sein Vaterhaus, gerade nur, wenn irgendein Familienfest gefeiert wurde, wie zur Konfirmation von Robert, Fritzens jüngstem Sohn, die im Jahr 1901 stattfand, oder im Jahr darauf zur Hochzeit der ältesten Tochter des Hauses. Aber da saß Emil schon wie ein Fremder inmitten seiner Familie. Seit Lene nicht mehr lebte, hatte er sich innerlich von ihr gelöst. Auch war er da schon ein kranker Mann.

An irgendeinem Tag seines Lebens widerfährt es einem Menschen, daß er aus dem Unbewußtsein der Kindheit auftaucht zur Bewußtheit, daß von all den unzähligen Sinneseindrücken, von denen er seit dem Augenblick seiner Geburt ununterbrochen bestürmt wurde, einer so nachhaltig, so stark ist, um sich festzusetzen, einfach deswegen, weil er einen so tiefen Eindruck hinterließ, daß er, festgebannt wie auf einem Bild, im Kopf dieses Menschen haftenbleibt. Von diesem Tag an hat er das, was man Erinnerung nennt.

Zunächst sind es einzelne Bilder, hervorgerufen durch bestimmte Geschehnisse oder Erlebnisse, meist verbunden mit einem großen Schreck, einem Schmerz, einer Angst oder auch einer Freude, die haften bleiben, die eine Zeitlang nachwirken und das bestimmte Gefühl, das mit ihnen verbunden war, für eine Weile bewahren oder wieder hervorrufen können. Im Laufe eines Lebens kann man feststellen, daß diese Erinnerungen nie verlorengehen, auch wenn viele andere Ereignisse, das tägliche Leben überhaupt, das in dieser Zeit stattfand, in tiefe Vergessenheit geraten sind, untergegangen und nicht mehr aufzufinden, doch dieses oder jenes ist geblieben, und man weiß genau, noch zehn, noch zwanzig, ja dreißig Jahre später: das war damals, zu jener Zeit, als dies und das geschah, und ich war so und so alt, und ich habe so und nicht anders empfunden.

Ein solches Erinnerungsbild blieb Nina, entstanden aus Schreck und dumpfem Angstgefühl, aus jenem Winter, als sie ihren Vater weinen sah. Es mußte, das konnte sie sich später leicht ausrechnen, kurz nach dem Tod seiner Mutter gewesen sein.

An diesem Tag war Schnee gefallen, schwerer, dicker Schnee, der Haus und Garten und den Rest der Welt weiß und stumm werden ließ. Spät war er gekommen in diesem Jahr, der Schnee, ein nasser, regenreicher Herbst war vorangegangen, er war es, der Lene die Lungenentzündung gebracht hatte, und als man sie in die Erde legte, war die Erde noch weich und bereit, nicht starr, nicht gefroren. Nun deckte der Schnee auch Lenes frisches Grab zu, ließ die letzten Blumen auf ihrem Grab erfrieren, machte die Endgültigkeit ihres Fortgegangenseins auf eine schweigende und beharrliche Weise sichtbar.

Es war ein Sonntag, und Emil war am Nachmittag auf den Friedhof gegangen, allein, hatte im Schneefall lange am Grab seiner Mutter gestanden, und das Gefühl der Verlassenheit, das ihr Tod ihm gebracht hatte, war so stark geworden, daß er sich schließlich abrupt abwandte und fortging, um nicht in Tränen auszubrechen. Auf dem Weg zum Ausgang kam er an dem Grab vorbei, in dem seine

erste Frau und sein erster Sohn lagen, aber hier verweilte er nur kurz und machte sich auf den Heimweg.
Es war ein weites Stück zu laufen, vom Friedhof bis zurück zum Haus, unablässig fiel der Schnee auf ihn, seine Füße waren eiskalt, und er dachte: vielleicht bekomme ich auch eine Lungenentzündung und kann sterben.
Kann sterben, dachte er, nicht muß sterben.
Er befand sich in einer Stimmung, daß ihm der Tod willkommen gewesen wäre, und das war, wie er sofort einsah, eine ebenso törichte wie unrechte Stimmung, die er sich selbst verbieten mußte, die auch seine Mutter, wenn sie davon etwas gewußt, gerügt hätte. Sie war immer lebensbejahend gewesen, und überdies hatte sie die Pflichterfüllung, die Erledigung der ihr auferlegten Pflichten, um es einmal weniger starr auszudrücken, als erste und wichtigste Aufgabe ihres Lebens angesehen. So hatte sie ihre Kinder erzogen und nicht zuletzt ihren klugen Sohn Emil. Und ob es Pflichten für ihn gab! Sein Amt, heute schwer zu bewältigen unter der neuen Leitung und darum seiner bedürftiger denn je, und außerdem seine Familie, die auf ihn angewiesen war.
Das alles wußte er, machte er sich klar auf dem langen Heimweg, aber das änderte nichts an der Resignation, die ihn befallen hatte; sein Amt war ihm zur Last geworden, die tägliche Arbeit zur Plage, und was war ihm seine Familie? Darüber hatte er noch nie nachgedacht. Sie war da, die Familie, und er ernährte sie, so hatte es seine Ordnung. Aber was war sie ihm sonst?
Er kam nicht so weit, zu denken: liebe ich sie oder lieben sie mich, denn die Beantwortung dieser Frage hätte ihn in noch schwärzere Verzweiflung stürzen müssen. Das Wort Liebe war so fremd in seinem Vokabular, war überhaupt eine Sache, der er mißtraute, ein Begriff, der in Romane und Operetten gehörte, nicht in das tägliche Dasein eines Mannes. Aber er dachte merkwürdigerweise an diesem Tag wieder einmal an seine erste Frau, die Lehrerstochter, die damals bei der Geburt ihres zweiten Kindes, das sein erster Sohn hätte werden sollen, gestorben war.
Er hatte diese erste Frau sehr gern gehabt, in gewisser Weise war sie seiner Mutter ähnlich gewesen, resolut, tapfer, lebensbejahend und fröhlich. Das war gut für ihn gewesen, das spürte er instinktiv. Agnes, in ihrer scheuen, ängstlichen Art, Agnes, die sich wegschieben und treten ließ, die ihn ansah mit todtraurigen Augen, wenn er unfreundlich zu ihr war, ohne ihm jemals entgegenzutreten, und sei es im Zorn, und die sich damit bei ihm weder Ansehen noch – nun ja, meinetwegen Liebe erworben hatte. Noch ihr Lachen war scheu und zurückhaltend, war es jedenfalls in seiner Gegenwart, war es mehr und mehr geworden im Lauf der Jahre, ihre strahlenden Augen waren erloschen, und wenn sie strahlten, taten sie es nur noch für die Kinder.
Dies alles dachte er natürlich nicht genau, nicht in Einzelheiten, nur vage, befangen im Schmerz um die Tote, wobei es ihn selbst überraschte, daß der Tod seiner Mutter ihm so nahe ging. Sie war alt gewesen, es war zu erwarten, daß sie sterben mußte, es war der natürliche Lauf der Dinge, und schließlich eine so große Rolle hatte sie in seinem Leben nicht gespielt, so oft war er gar nicht mit ihr zusammen gewesen, daß er sie nun so schmerzlich vermissen mußte. Es war

und blieb töricht, sich von ihrem Tod so überwältigen zu lassen. Das sagte er sich auf diesem Weg mehr als einmal, und er versuchte, an anderes zu denken. Und wieder dachte er an seine erste Frau, als könne nur bei ihr Trost und Ablenkung sein, und dann dachte er an diesen ersten Sohn, der mit ihr gestorben war. Fünfzehn Jahre wäre dieser Sohn heute, er könnte hier neben ihm gehen, groß und kräftig, das war sie selbst gewesen, vielleicht wäre dieser Sohn größer gewachsen als er, ein Junge, ein Jüngling schon, Obertertia, vielleicht gar schon Untersekunda, ein guter Schüler, der gern zu ihm in die Bibliothek kam und sich ein Buch aussuchte, sorglich beraten von seinem Vater.
Es würde lange dauern, bis Willy so weit sein würde. Er war jetzt drei Jahre, und Emil erschien es unerträglich lang, abzuwarten, bis das Kind zu einem Leser und Gesprächspartner herangewachsen war. (Daß Willy diese Rolle nie spielen würde, ahnte er glücklicherweise in dieser Stunde noch nicht.)
In solchen Gedanken, und von der Trauer um die Mutter innerlich ganz mürbe geworden, kam er zu Hause an. Es war bereits dunkel, das Ungeheuer von Haus sah, in Schnee gehüllt, geheimnisvoll, ja, sogar schön aus. Der Weg zwischen Gartentor und Haustür war sauber von Schnee geräumt, das hatte Gertrud besorgt, aber die Flocken fielen so dicht, daß von ihrer Arbeit schon in einer Stunde nichts mehr zu sehen sein würde.
Im Oberstock war ein Fenster erleuchtet, Hedwigs Zimmer, und unten brannte Licht hinter den drei Fenstern, die, eines seitwärts, zwei an der Rückseite des Hauses in den Garten blickend, zur Küche gehörten.
Saßen sie denn schon wieder alle in der Küche, dachte er mit flüchtigem Unmut, doch dann fiel ihm ein, daß Agnes angekündigt hatte, sie würden an diesem Nachmittag die ersten Weihnachtsplätzchen backen; das vereinigte natürlich alle Kinder in der Küche, ausgenommen Hedwig, die sich an solchen Unternehmungen nie beteiligte.
Hoffentlich, so dachte er, war seine Schwiegermutter nicht gekommen, bei diesem Schnee müßte er sie später nach Hause begleiten, und es gelüstete ihn nicht im geringsten danach, noch einmal in die Kälte hinauszugehen.
Über das bevorstehende Weihnachtsfest hatte er erst am Abend zuvor mit Agnes gesprochen, dahingehend, ob man wegen Lenes Tod die Festlichkeiten nicht auf ein Mindestmaß beschränken sollte.
Festlichkeiten, so hatte er sich ausgedrückt, und Agnes hatte gesagt: »Es ist das Heilige Christfest, und Mutter Lene wäre die letzte, die gewollt hätte, daß die Kinder ihretwegen darauf verzichten sollen.« Das klang noch fest, aber gleich zog sie sich wieder zurück, fügte unsicher hinzu: »Oder meinst du nicht auch, daß sie so gedacht hätte? Es ist ja nicht wegen dir oder wegen mir, es ist ja nur wegen der Kinder.«
Er hatte dann entschieden, Weihnachten zu feiern wie immer, vielleicht ein wenig stiller, und darum hatte also der Bäckerei dieses Tages kein ernstliches Hindernis entgegen gestanden. Bescheiden war ihr Weihnachtsfest immer gewesen, es war kein Geld da, große Geschenke zu machen. Die Kleinen bekamen ein Spielzeug, eine Puppe, ein Bilderbuch, die Größeren etwas »Praktisches«, was sie sowieso benötigten – Charlotte strickte für alle –, es gab Äpfel und Nüsse

und vielleicht für jeden noch einen Pfefferkuchen. Die Hauptsache waren immer die kulinarischen Genüsse, an den Weihnachtstagen wurde gut und reichlicher gegessen als im ganzen übrigen Jahr.
Am Heiligen Abend gab es Würste und Rauchfleisch in polnischer Soße, das hatte Lene immer gemacht, weil Franz Nossek es sich so gewünscht hatte, und Agnes hatte es von Lene gelernt; Charlotte pflegte, als sie Kinder waren, am Heiligen Abend nur einen Heringssalat zu machen, den sie mit Butterbrötchen servierte.
Also, bereits am Heiligen Abend wurde schwer und ausgiebig gegessen, braune und weiße Würste in der dicken würzigen Soße, das fette Rauchfleisch, Sauerkraut dazu und Kartoffeln. Am ersten Feiertag gab es die Gans. Die bekam Emil meist aus dem Landkreis mitgebracht, eine richtig schwere, große Gans; sie kostete ihn sehr wenig, allerdings bestand er stets darauf, etwas dafür zu bezahlen, keiner sollte ihm je nachsagen, er sei zu bestechen gewesen, und sei es mit einer Weihnachtsgans. Zur Gans gab es Kartoffelklöße und Rotkraut, und zu diesem Festessen kam selbstverständlich Charlotte, während Leontine von je alle Einladungen zur weihnachtlichen Tafel abgelehnt hatte.
Blieb von der Gans noch etwas übrig, wurde am zweiten Feiertag davon gegessen, war es zu knapp, bekam es nur der Hausherr, die anderen kriegten das Gänseklein – Hals, Flügel, Magen und Herz der Gans –, das durch eine gute fette Suppe mit selbstgemachten Nudeln zu einem schönen Gericht wurde.
So war das immer gewesen, und so würde es auch in diesem Jahr sein. Natürlich würde es auch einen Christbaum geben, Agnes las die Weihnachtsgeschichte, dann sangen sie alle zusammen mit unsicherer Stimme »Stille Nacht, Heilige Nacht«, bei welcher Gelegenheit Agnes dann sagte: »Es ist zu schade, daß wir kein Klavier haben.«
Vor dem Fest wurde gebacken, zuerst die Plätzchen, auf drei oder vier Arbeitsgänge verteilt, dann eine große Mohnbabe, ein Hefezopf und zuletzt ein großes Blech Streuselkuchen. Nichts also würde sich in diesem Jahr ändern, das war beschlossen, und wie Agnes ganz richtig gesagt hatte, wäre Lene die Letzte gewesen, die das mißbilligt hätte.
Früher, als die Familie noch kleiner war, hatten sie oft einen Feiertag, meist den zweiten, bei Lene und Franz verbracht, aber nachdem diese Familie sich ebenfalls so vergrößert hatte, lief es höchstens auf einen Kaffeebesuch hinaus.
Als Emil das Haus betreten hatte, stampfte er mehrmals kräftig mit den Füßen auf und klopfte den Schnee von seinen Armen, die Küchentür öffnete sich, ein Schwall von Wärme schlug ihm entgegen. Agnes, die Wangen rosig und fast so hübsch wie früher, steckte den Kopf heraus und fragte: »Du kommst ja so lange nicht. Bist du nicht halb erfroren? Das ist ein Schnee, was?«
Gertrud, die ihm sonst wohl aus dem Mantel geholfen hätte, konnte es nicht, ihre Hände waren voller Mehl, er mußte den Mantel selbst ablegen, schüttelte ihn aus und hängte ihn im Flur auf. In die Küche einzutreten, hatte er nicht vor, obwohl von dort die einladende Wärme kam. Er betrat die Küche so gut wie nie.
»In der Bibliothek habe ich eingeheizt«, rief Agnes ihm noch nach. »Ich bringe dir gleich einen heißen Tee.«

Dann saß er also allein in seiner Bibliothek, es war still und einsam, auch die Bücher waren in dieser Stunde keine Freunde, der Raum lag im Dunkel, er hatte nur die Petroleumlampe in der Ecke angezündet, und das Gefühl der Verlassenheit, kurz verdrängt durch den Eintritt in das Haus, kehrte zurück. Die waren da in der Küche mit ihren mehligen Händen und backten, und draußen fiel der Schnee auf das Grab seiner Mutter, der einzige Mensch, der ihn verstanden und geliebt hatte, denn jetzt dachte er auf einmal: geliebt. Keiner kümmerte sich um ihn, keiner hatte ihn gern, und morgen mußte er wieder diesen Schnösel aus Berlin ertragen, morgen und alle Tage, die vor ihm lagen.

Er saß in seinem Sessel, stützte den Kopf in die Hand und starrte schwermütig in die Dunkelheit des großen Raumes.

Nach einer Weile kam Gertrud mit dem Tee, stellte die Kanne und die Tasse vor ihn auf den kleinen Tisch, sie beeilte sich, sie hatte ja zu tun in der Küche, es drängte sie, dorthin zurückzukehren. Sie sprach kein Wort, Emil auch nicht, auf einem Teller lag ein Stück Hefekuchen, der am Vortag für den Sonntag gebakken wurde.

Den Kuchen rührte Emil nicht an, er hatte sowieso keinen Appetit, aber er bemerkte, daß sie in der Küche in der Eile den Zucker vergessen hatten. Das sah ihnen ähnlich, zwei Gedanken zur gleichen Zeit im Kopf haben, das war zuviel verlangt, das war so Frauenart.

Auf die Idee, hinauszugehen und den Zucker zu holen, kam er nicht, er würde den Tee bitter trinken, er fühlte sich ohnedies als ein vom Schicksal geschlagener Mann. Bitterer Tee paßte ausgezeichnet dazu.

Er schob die Lampe zur Seite, damit ihr Schein nicht sein Gesicht traf, er wollte jetzt nicht lesen, er sah immer noch die Gräber vor sich, das neue Grab und das alte Grab, und nun weinte er.

Den Kopf in die Hand gestützt, saß er da, zutiefst unglücklich, des Lebens überdrüssig.

In diesem Augenblick kam Nina ins Zimmer getrippelt. Sie hatten draußen gemerkt, daß der Zucker vergessen worden war, und hatten die Kleine mit der Zuckerdose losgeschickt. Sie kam sehr leise, denn die Kinder waren dazu erzogen, sich leise zu verhalten, wenn der Vater im Haus war. Mit der einen Hand hatte sie die Tür vorsichtig aufgeklinkt, die andere umklammerte die Zuckerdose, lautlos kam sie herein, ging durch das dunkle Zimmer bis zu der Ecke, wo der Vater saß, auf der Backe hatte sie einen Mehlfleck und im Mundwinkel einen Teigkrümel, denn sie hatte natürlich vom Teig genascht, und dann, als sie vor ihm stand, sah sie, daß er weinte.

Beinahe hätte sie vor Schreck die Zuckerdose fallen lassen. Sie war fünf Jahre alt, sie hatte noch nie einen Erwachsenen weinen sehen, zu der Beerdigung hatte man sie nicht mitgenommen, nur Hedwig und Gertrud waren als groß genug befunden worden, daran teilzunehmen. Und nun – der Vater!

Der Vater, der gleich nach dem lieben Gott kam, so mächtig und allgewaltig, so zu fürchten und zu achten war er, saß da, die Hand über die Augen gelegt, der Kneifer baumelte an der Schnur auf seiner Brust, und unter seiner Hand kamen Tränen hervor, die ihm über die Wangen liefen.

Nina stand wie erstarrt, wagte sich nicht zu rühren, wagte kaum zu atmen, und tiefes Entsetzen erfüllte ihre Kinderseele. Der Gegensatz war auch zu groß: das heitere Treiben in der Küche, Schwatzen, Lachen, die Spannung, beim Backen zuzusehen, die Neugier, auf das, was aus dem Ofen kam – und hier das große dunkle Zimmer, der schweigende Mann in der Ecke, der weinte.
Am liebsten hätte sie sich umgedreht und wäre weggelaufen, aber sie hatte schließlich eine Mission zu erfüllen, sie mußte den Zucker bringen, da war der Tee, schon in die Tasse gefüllt, und da hinein mußte der Zucker. Das Beste war, den Zucker leise hinzustellen und dann schnell wegzulaufen. Aber sie stand wie gebannt, und in ihrem kleinen Herzen, das noch so unbefangen reagierte, verwandelte sich der Schreck in tiefes Mitleid. Auch ihre Augen füllten sich mit Tränen, die Zuckerdose zitterte in ihrer Hand, ein Schluchzen entrang sich ihr, und Emil blickte auf.
Vor ihm stand seine jüngste Tochter, nicht ganz sauber im Gesicht, das eine Zöpfchen war aufgegangen, und über ihre Backen strömten aus weitgeöffneten Augen helle Tränen, aus Augen, die auf ihn gerichtet waren.
Er strich sich mit der Hand über Stirn und Wangen, setzte den Kneifer auf und fragte: »Warum weinst du denn?«
»Ich … ich weiß nicht«, schluchzte das Kind.
»Was hast du denn da?«
Sie streckte ihm mit beiden Händen die Dose entgegen.
»Den . . . den Zucker. Trudel hat gesagt . . .« Sie konnte nicht weitersprechen.
Er nahm ihr die Zuckerdose ab, plazierte sie neben Teekanne und Teetasse, streckte unwillkürlich die Hand nach dem Kind aus und zog es zu sich heran. Mit seinem Taschentuch wischte er ihr die Tränen von den Backen, gleichzeitig auch den Mehlfleck und den Teigkrümel, strich ihr flüchtig übers Haar, sagte merkwürdig weich: »Danke. Und nun lauf wieder in die Küche.«
Sie wandte sich und rannte wie gehetzt aus dem Zimmer. Als sie draußen war, putzte er sich die Nase, zuckerte seinen Tee und fühlte sich wohler.
Nina vergaß diese Szene nie. Und später konnte sie auch rekonstruieren, daß seine Tränen wohl mit dem Tod seiner Mutter zusammenhingen, ein ganz natürlicher und verständlicher Vorgang also.
Es war der einzige Augenblick ihrer Kindheit, in dem es zu einer gewissermaßen persönlichen Begegnung mit ihrem Vater kam. Es wäre seine Sache gewesen, nicht ihre, diese flüchtige Bindung, die da entstanden war, festzuhalten und zu vertiefen. Aber dazu war Emil, dieser Unglückswurm, nicht imstande. Ihm war es nicht gegeben, Liebe zu gewinnen, Zuneigung zu empfangen, diese Gabe hatte Gott ihm nicht verliehen, und so konnte er sie bei aller Intelligenz nicht entwickeln und blieb darum, bei allem, was sich gegen ihn sagen ließ, ein tief bedauernswerter Mensch.
In der folgenden Zeit wurde er dazu ein kranker Mann. Er war nie ein kräftiger, von Gesundheit strotzender Mensch gewesen, aber doch niemals ernsthaft krank, er war nur öfter erkältet und litt gelegentlich unter Verdauungsstörungen. Nun stellte sich ein Magenleiden ein, vermutlich ein Magengeschwür. Zweifellos war der Ärger, den er im Amt hatte, mit daran schuld. Früher hatte ihm das

Essen geschmeckt. Agnes kochte gut und mit Liebe, und selbstverständlich bekam er als Hausherr stets die besten Bissen vorgesetzt, Fleisch vor allem, gute Soßen, kräftige Suppen, darauf verstand sich Agnes meisterhaft. Die Kinder bekamen selten Fleisch, da Agnes nur über ein bescheidenes Haushaltsgeld verfügte, kochte sie für sich und die Kinder so sparsam wie möglich. Aber nun aß Emil sehr wenig, es schmeckte ihm nicht mehr, das Essen bekam ihm nicht, es wurde ihm leicht übel, und Agnes saß bekümmert vor dem übriggebliebenen Braten, den er unlustig, fast angeekelt zurückgeschoben hatte. Er hatte keinen Appetit mehr auf Fleisch, die Soße war ihm zu fett, die Klöße lagen ihm schwer im Magen. Agnes mußte ihm einen Brei machen. Haferflocken oder Mehlsuppe, höchstens ein leichtes Kalbfleischsüppchen, das gerade konnte er hinunterbringen, wie er sich ausdrückte.

Emil wurde von diesem Leben nicht ansehnlicher, eine stattliche Erscheinung war er nie gewesen, und jetzt wurde er vollends mickrig, schmal und blaß, nicht blaß, mehr gelblich im Gesicht. Dr. Menz verordnete Diät, aber was Emil zu sich nahm, war sowieso schon Diät, viel weniger konnte er nicht mehr essen; geraucht hatte er nie, getrunken auch nicht, es gab also nichts zu verbieten. Er wußte selbst gut genug, wo der Ursprung seines Leidens lag: es war der Ärger, der Verdruß, der ihn krank machte.

Als der jüngste Nossek-Sohn geboren wurde, Ernst, dachte Dr. Menz bei sich, es wäre besser gewesen, dieses Kind wäre nie gezeugt worden: die Mutter eine schwächliche, blutarme und früh verbrauchte Frau, der Vater ein kranker, verdrossener Mann. Dr. Menz, modernen Ideen zugeneigt, stellte wieder einmal Überlegungen an, wie man es anfangen sollte, daß eine gewisse Lenkung und Kontrolle bei der Zeugung der Kinder möglich sei.

»Natürlich bin ich nicht für Abtreibung, das kann ich als Arzt ja gar nicht sein«, sagte er zu seinem Sohn, der seit einiger Zeit in Breslau eine eigene Praxis besaß. Er hatte sich als Internist spezialisiert, bewunderte aber nach wie vor die umfassende Erfahrung seines Vaters, der nun seit annähernd vierzig Jahren praktizierte und für seine Patienten immer Zeit hatte.

»Aber ich meine«, fuhr Dr. Menz fort, »irgendwann muß es einmal dahin kommen, daß Menschen ihre Kinder bewußt und überlegt haben wollen und zur Welt bringen und nicht nur zwangsläufig wie die Tiere.«

»Mit Tieren kann man es nicht einmal vergleichen«, sagte Menz Junior, »bei denen wird sogar eine sehr sorgfältige Zuchtauswahl getroffen, viel sorgfältiger als beim Menschen. Bei den domestizierten Tieren jedenfalls, und als domestiziertes Wesen sollte man den Menschen schließlich auch ansprechen können. Aber kannst du dich überhaupt beklagen in deiner Kleinstadt! Schau dir die Großstadt an, schau dir Breslau an, das Elend unter den Arbeitern, die ihre Kinder meist im Suff zeugen, und dann kriegen diese kranken unterernährten Frauen jedes Jahr ein Kind, bis sie eines Tages sowieso daran zugrundegehen. Und die Kinder sind krank – sie sind rachitisch, haben eine vererbte Syphilis, und Tuberkulose ist schon fast das Normale. Nein, Vater, man muß da viel radikaler vorgehen. Ich bin für die Sterilisation kranker Frauen, und ich bin für Abtreibung, wenn sie denn schon unter solchen Umständen empfangen haben.«

»Machst du denn Abtreibungen?«
»Ich? Da sei Gott vor! Ich will ja nicht im Zuchthaus landen. Außerdem bin ich in meiner Praxis, Gott sei Dank, mit diesen Dingen nicht befaßt.«
»Dann kannst du leicht darüber reden. Kein Arzt will gern ins Gefängnis gehen.«
»Es gibt genügend, die abtreiben, da kannst du sicher sein.«
»Ja, dessen bin ich auch sicher. Ärzte machen es aber wohl nur, wenn sie sehr gut bezahlt werden. Und die Personen, die es sonst noch machen – Herrgott!«
Der Senior schlug mit der Faust auf den Tisch und seine Stirn färbte sich rot. »Die gehören weiß Gott ins Gefängnis und ins Zuchthaus, wenn es nach mir geht. Was die an den Frauen verbrechen, darüber könnte man Tag und Nacht weinen. Weinen, hörst du!«
»Du hast recht, Vater. Aber wie willst du das Dilemma lösen? Ärzte dürfen nicht abtreiben, und die, die es tun, sind die Ärzte reicher Frauen. Sonst sind es eben Kurpfuscher und die Ratten in den Hinterhäusern, die sich der geplagten Frauen annehmen, das wissen wir alle. Dann sterben die Frauen, verbluten und verrekken unter Qualen. Oder sind zumindest für ihr Leben lang krank. Wie soll sich das je ändern?«
»Es wird sich ändern. Darauf kannst du dich verlassen, daß eine Zeit kommen wird, in der sich das ändert. In der eine Frau nur ein Kind kriegen wird, wenn sie eines will und wenn sie gesund genug ist, ein gesundes Kind zu haben. Diese Zeit wird kommen, davon bin ich überzeugt.«
»Nie, Vater.«
»Doch.«
Es war ein altes Thema zwischen ihnen, der alte Doktor war voller Optimismus und Zuversicht, was die moderne Zeit betraf, der junge voller Skepsis und Pessimismus. Von dieser Auseinandersetzung abgesehen, verstanden sie sich ausgezeichnet.
An Agnes' Schicksal nahm der junge Menz immer noch regen Anteil, obwohl sie einander nie wieder begegnet waren. Sie war seine Jugendliebe gewesen. Eigentlich war das schon zuviel gesagt, er war ihre Jugendliebe gewesen, für ihn aber war es nicht mehr gewesen als ein kleiner Flirt, wie man so etwas heute in gehobenen Kreisen nannte. Er war mittlerweile verheiratet, hatte ein Kind bisher, und seine Frau hatte er sehr bewußt ausgewählt, eine gesunde und kraftvolle Frau sollte es sein, intelligent und vernünftig, die aus einer gesunden und vernünftigen Familie stammen mußte. So etwas hatte er gesucht, und hatte es auch gefunden. Mehr als zwei Kinder kämen nicht in Frage, das hatte er bereits verkündet, ehe er verheiratet war.
Mit tiefem Bedauern dachte er an Agnes. Was für ein sanftes, liebenswertes Mädchen war sie gewesen, mit den großen, schönen braunen Augen, dem aufstrahlenden Lächeln darin, wenn sie sich begegneten; er hatte das nicht vergessen.
Emil Nossek kannte er nicht, war auch nicht begierig, ihn kennenzulernen; was er von seinem Vater über diesen Mann hörte, den die arme Agnes geheiratet hatte, genügte ihm. Und er hatte auch nicht den Wunsch, Agnes wiederzusehen; besser war es, sie im Gedächtnis zu behalten, wie er sie gekannt hatte. Ein Lebenskünstler war er, der junge Dr. Menz.

»Na, jetzt hat er doch zwei Söhne, dieser Emil. Kann er sich damit nicht zufrieden geben?«
»Ich hoffe es«, meinte Menz Senior. »Ich habe es ihm jedenfalls nahegelegt. Gesund ist dieses Kind sowieso nicht, ein ganz schwächliches Kerlchen, hat Untergewicht, ist sehr schwer zu füttern. Sie kann das Kind nicht nähren. Dabei brauchte es nichts notwendiger als Muttermilch. In besseren Kreisen würde man eine Amme für das Kind besorgen, aber davon kann hier ja nicht die Rede sein. Nein, sie sollte gewiß kein Kind mehr bekommen, sie würde es kaum überleben.«
»Und der andere Junge?«
»Das ist ein kräftiger Bursche, geradezu robust, würde ich sagen. Er muß nach der Schmiedefamilie schlagen, die sind alle wohlgeraten und gesund.«
»Und die Töchter?«
»Verschieden, ganz verschieden. Keine gleicht der anderen, es ist sehr merkwürdig. Was mich betrifft, so habe ich meinen ganz besonderen Liebling unter den Mädels. Die Älteste hat ja den Unfall gehabt, diesen Sturz seinerzeit, ich habe dir davon erzählt. Seitdem hat sie ein verkürztes Bein. Das haben die Klugscheißer im Krankenhaus vermurkst, mir wäre das nicht passiert, das kann ich dir sagen. Aber ein gescheites Mädchen soll sie sein, in der Schule immer die Beste, sagt Agnes.«
»Und das ist dein Liebling?«
»Nein, nein, die nicht. Die ist schwer zugänglich, nein, ich meine Nina, die dritte Tochter von Agnes. Es war ihre leichteste Geburt, und es war von Anfang an ein hübsches Kind. Ein sehr aufgewecktes kleines Mädchen. Die kann dich anschauen, weißt du, so ganz direkt und genau, sie hat wunderhübsche Augen, ziemlich hell, grau, nein mehr grün, würde ich sagen.«
»Graugrün also«, konstatierte der Junior.
»Gut, graugrün. Ja, das trifft es wohl. Dazu hellbraunes Haar, ein bißchen rötlich fast, sie machen ihr immer zwei Zöpfchen, und die gehen ihr immer auf. Ich glaube, sie ist ein bißchen wild, meist treffe ich sie im Garten. Ich habe sie schon auf einem Baum sitzend angetroffen, hoch oben. Was machst du da oben? habe ich sie gefragt. Und sie antwortete ganz ernsthaft: ich will bei den Vögeln sein.«
Der Junior lachte amüsiert. »Du solltest sie darauf aufmerksam machen, daß sie nicht fliegen kann wie ein Vogel.«
»Genau so etwas ähnliches habe ich gesagt, und sie sagte: das ist schade, nicht? Mit Tieren ist sie überhaupt ganz verrückt. Neulich brachte sie mir eine kleine Katze in die Sprechstunde. Die Katze ist krank, sie ist vom Baum gefallen, und ich muß sie behandeln. Ich sagte, einer Katze macht es nichts, wenn sie vom Baum fällt. Es ist aber ein sehr hoher Baum gewesen, sagte sie. Wirklich lief der Katze ein Blutfaden aus dem Maul, vielleicht hatte sie sich innerlich verletzt. Du mußt zu einem Tierarzt gehen, sagte ich. Nein, zum Tierarzt wollte sie nicht, ich müsse die Katze behandeln. Na gut, was blieb mir anderes übrig, ich sah mir die Katze an, sie war ein bißchen matt, und es schien ihr nicht gut zu gehen. Am besten legst du sie in ein Körbchen, sagte

ich, und läßt sie in Ruhe, vielleicht gibst du ihr ein bißchen Milch, wenn sie das mag, und dann warten wir mal ab. Du wirst lachen, drei Tage später, als ich da draußen in ihrer Gegend zu tun hatte, bin ich doch wirklich hingegangen, um mich nach der Katze zu erkundigen. Wo ist die kranke Katze? fragte ich Agnes. Oh, der geht es schon wieder ganz gut, sagt Agnes, sie sind beide hinten im Garten, hinter den Tannen. Sie zeigte mir die Ecke im Garten, wo ich die beiden finde, und wie ich hinkomme, sitzt die Kleine im Gras, und die Katze liegt neben ihr und schnurrt, was das Zeug hält. Nina springt auf, wie ich komme, wirft beide Arme um meine Hüften und jubelt, ja, ich muß es so ausdrücken, sie jubelt geradezu: du hast sie gesund gemacht, Onkel Doktor, du hast sie gesund gemacht.«

Der Junior lachte gutmütig. »Gratuliere.«

»Du kannst mir glauben, ich habe mich direkt vor dem Kind geschämt. Ich hatte ja gar nichts getan für die Katze, nicht wahr? Sie ist von selbst gesund geworden, das ist bei Katzen meistens so. Aber Nina machte mich dafür verantwortlich.«

»Nina! Ein aparter Name. Wie sind sie denn darauf gekommen? Sicher eine Romanfigur. Agnes las ja immer mit Leidenschaft Romane.«

»Nee, da ist der Gutsherr von Wardenburg dran schuld, der Russe. Der ist ihr Pate. Natalia heißt sie eigentlich. Und noch was – warte mal –, ja richtig, Nicolina Natalia. Toller Name, was? Nur'n bißchen lang für den Hausgebrauch. Da hat er Nina draus gemacht, gute Idee, finde ich. Nina paßt gut zu ihr.«

»Wer ist er?«

»Was er?«

»Du sagst: da hat er Nina draus gemacht.«

»Ach so. Na, der Wardenburg. Dem das Gut da draußen gehört, bei Klein-Plettkow. An den alten Wardenburger müßtest du dich noch erinnern. War mein schwierigster Patient. Tat nie, was man ihm sagte.«

»Ach, der. Natürlich, an den erinnere ich mich gut. Ein Charakter. Und das ist also der Sohn.«

»Nein. Sein Enkel. Der Sohn ist auf und davon. Das ist der Sohn vom Sohn, Nicolas heißt er. Sehr netter Mann, bißchen leichtlebig vielleicht. Der ist mit der Schwester von Agnes verheiratet, mit dieser eingebildeten Alice. Kannst du dich an Alice nicht erinnern?«

»Natürlich kann ich mich an Alice erinnern. Hübsches Mädchen. So, die hat also einen Gutsherrn geheiratet. Da hat sie ja eine gute Partie gemacht.«

»Da ist sie auch stolz drauf. Kinder hat sie aber nicht. Sie will keine, wie sie mir in aller Deutlichkeit erklärt hat. Wie sie das macht, weiß ich nicht.«

»Sie hatte schon immer ihren Kopf für sich, daran erinnere ich mich auch«, sagte der junge Menz und lächelte. Er hatte wirklich einige Erinnerungen an Alice, sie hatte ihn ziemlich von oben herab behandelt, und bei einem Annäherungsversuch, den er gewagt hatte, als Primaner, hatte sie ihn abblitzen lassen. Agnes hatte ihre Schwester immer sehr bewundert, daran erinnerte er sich auch, und hatte es gar nicht begreifen können, daß er sich für sie, die kleine Agnes, und nicht für die schöne Alice interessierte.

Dieses Gespräch fand an einem Sonnabend nachmittag in der Kronprinzenstraße in Breslau statt, in der komfortabel eingerichteten Wohnung des Juniors. Dr. Menz fuhr ab und zu jetzt nach Breslau. Um ein wenig Großstadtluft zu schnuppern, wie er sagte, und um auch einmal in ein anständiges Theater zu gehen. Aber hauptsächlich wohl, um Sohn und Schwiegertochter und den kleinen Enkel zu sehen, der zwei Jahre alt war. Natürlich auch seiner Frau zuliebe, die dies alles auch tun wollte und überdies der Meinung war, er solle sich ein wenig mehr Ruhe gönnen, er sei nicht mehr der Jüngste, und es gebe nun einige junge Ärzte in ihrer Stadt, denen man ruhig ein paar Patienten überlassen könne.
Anfangs war Dr. Menz enttäuscht gewesen, daß sein Sohn nach Abschluß seiner Studien nicht zu ihm zurückgekehrt war, um die Praxis zu übernehmen. Inzwischen hatte er sich damit abgefunden und mußte zugeben, daß eine Facharztpraxis in der Großstadt nicht zu verachten war. Sie verschaffte mehr Ansehen und machte weniger Arbeit. Er zum Beispiel hatte selten in seinem Leben so friedlich an einem Sonnabendnachmittag bei Kaffee und Streuselkuchen sitzen können. Meist hatte es an der Tür geklingelt und einer hatte davor gestanden und hatte gerufen: »Herr Dukter, Herr Dukter, kumm Se nur schnell, kumm Se nur glei!«
Hier bei seinem Sohn störte keiner den Nachmittagsfrieden, nur sein kleiner Enkel, vom Mittagsschlaf erwacht, kam jetzt, begleitet von Mutter und Großmutter, ins Zimmer gewackelt, krähte vergnügt und grapschte zielbewußt nach dem Streuselkuchen, nachdem er auf Großvaters Schoß Platz genommen hatte. Dr. Menz war sehr zufrieden, sein Sohn hatte es richtig gemacht; er hatte immer gewußt, was er wollte. Von der Familie Nossek, von Agnes, Nina und deren kürzlich geborenem kleinen Bruder Ernst sprachen sie an diesem Nachmittag nicht mehr.

Nicolas

An einem anderen Tag, einem Sommertag, geschah ebenfalls so etwas Besonderes und Einzigartiges, das Nina nie vergessen würde. Onkel Nicolas hob sie zum erstenmal zu sich aufs Pferd und setzte sie vor sich in den Sattel.
Ein Glücksgefühl ohnegleichen erfüllte sie so stark, daß es kaum zu ertragen war; schon als Kind war sie außerordentlich gefühlsbetont und erlebte alles so intensiv, bis in die Tiefe ihres Gemüts, daß sie immer wieder von ihrem jeweiligen Gefühl völlig überwältigt wurde.
Diesmal also vom Gefühl der Freude, der Lust, auch des Stolzes. Da saß sie, hoch oben, vor sich den gewölbten Hals der Stute Ma Belle, die steilen Ohren, die dunkle Mähne über dem blaugrauen Fell. Und wie gut sie roch, nichts auf der Welt roch so gut wie ein Pferd, ausgenommen Onkel Nicolas selbst, der roch auch immer gut, nach Pferd und noch nach anderen wundervollen Dingen. Sein Arm lag um sie, am Rücken spürte sie seinen Körper, er lachte, küßte sie aufs Haar und rief: »Und nun traben wir ein paar Runden.«
Ma Belle trabte an, schneller und schneller, ihre Bewegungen waren weich und geschmeidig, so geschmeidig wie der Körper, an dem Nina lehnte.
»Hast du Angst?« fragte seine Stimme in ihr Ohr.
Sie schüttelte heftig den Kopf, sprechen konnte sie nicht, das Entzücken machte sie stumm. Weich federte das grüne Gras der Koppel, noch einmal im Kreis herum, noch einmal. Onkel Nicolas schnalzte leicht mit der Zunge, dann wurde die Bewegung der Stute noch schwingender und schwebender, sie galoppierte. Am Gatter stand Tante Alice, sie lächelte, als die drei schließlich vor ihr Halt machten.
»Na?« fragte Nicolas und drückte den Kinderkörper an sich. »Wie haben wir das gemacht?«
»Großartig. Schade, daß ich nicht so ein Ding habe, so einen Photographierapparat.«
»Wir werden einen kaufen, und dann wirst du Nina immer photographieren, wenn sie reitet.«
»Darf ich wieder reiten?« fragte Nina atemlos.
»Natürlich. Du wirst eine erstklassige Reiterin werden, das merke ich jetzt schon. Du hast keine Angst, du bist locker und leicht, und die Pferde hast du auch gern.«
Nina wandte sich im Sattel, bis sie in sein Gesicht sehen konnte, das sich ihr zuneigte.

»Ich hab' die Pferde so lieb«, sagte sie mit ganz tiefer, ganz feierlicher Stimme, »am liebsten von allem auf der Welt. Nur dich – dich hab' ich auch so lieb.«
»Ninotschka«, sagte er zärtlich und küßte sie auf die Wange. »Und wo bleibe ich?« fragte Alice.
»Dich hab' ich auch schrecklich lieb. Alles hier hab' ich lieb«. Nina breitete die Arme weit aus, als wollte sie alles umfangen, die Koppel, Land und Himmel, die Pferde und die Menschen.
Die Stute spielte mit den Ohren, lauschte auf die Menschenstimmen.
»Dann wird es das beste sein, du bleibst gleich hier«, sagte Nicolas. Er hob sie hoch und setzte sie auf die Erde.
»Und jetzt werde ich dir mal zeigen, was diese Schöne hier schon alles kann.« Er hatte die Stute selbst gezogen und war sehr stolz auf sie. Sie war von bester Abstammung und, obwohl noch jung, ein ruhiges und gehorsames Pferd. Rund herum um die Koppel führte er sie in sämtlichen Gangarten vor, immer wieder das Tempo wechselnd, dann parierte er sie durch, sie stand bewegungslos, senkte den kleinen Kopf und kaute auf dem Gebiß.
»Sie ist zauberhaft«, sagte Alice. »Und so brav. Man könnte meinen, du reitest sie schon jahrelang. Einmal möchte ich sie auch reiten.«
»Später, Alice. In einem Jahr oder so. Jetzt darf sie noch in keiner Weise irritiert werden.« Er schenkte Alice sein charmantes Lächeln, um die Absage zu versüßen. Aber er wußte, daß Alice eine etwas harte Hand hatte, es hätte die Stute wirklich irritiert, die bisher nur von ihm allein geritten worden war. Wenn er verreist war, ging sie auf die Koppel oder wurde höchstens longiert.
Nina hob die Hand und strich der Stute behutsam über den blaugrauen seidenglatten Hals.
»Und später wird sie dann ganz weiß? Wirklich?«
»Viel später. Wenn sie eine reife Dame ist. Je älter ein Schimmel, um so weißer, das mußt du dir merken.«
Dann lachte er und fügte hinzu: »Das ist bei Pferden sicher, bei Menschen nicht. Sonst könnte man sagen: je älter eine Dame, um so weiser. Doch das funktioniert meistens nicht.«
Damit konnte Nina nicht viel anfangen, doch Alice lachte bereitwillig. Sie hatte keinen Grund zu schmollen, weil er sie die Stute nicht reiten ließ. Erst im vergangenen Jahr hatte sie ein gutes Pferd bekommen, einen verläßlichen kastanienbraunen Wallach, den sie im Damensattel genauso gut wie im Herrensattel reiten konnte. Sie ritt lieber im Herrensitz, weil sie fand, so mache das Reiten mehr Spaß. Manche Damen auf den umliegenden Gütern rümpften die Nase, wenn sie die Herrin von Wardenburg in Hosen über ein Feld galoppieren sahen. Aber das störte Alice nicht. Wurden sie eingeladen zu einer Jagd oder zu einem Turnier, erschien sie jedoch stets korrekt im langen Reitrock und saß genauso sicher im Damensattel.
»Wann darf ich wieder reiten?« fragte Nina, ihr eifriges kleines Gesicht zu Nicolas emporgewandt.
»Morgen, Ninotschka. Jetzt bringen wir Ma Belle zu ihrem Freund Towarischtsch auf die Weide und schauen dann mal nach, ob es für uns schon Tee gibt. Und vielleicht ein Stück Kuchen dazu, was meinst du?«

»Himbeertorte«, sagte Nina, die aufs beste informiert war, und schob die Zungenspitze genüßlich zwischen die Lippen.
»Das trifft sich gut«, sagte Nicolas, »Himbeertorte für die himbeerroten Lippen meiner schönen Damen.«
Solche Sachen fielen ihm immer ein, und für Nina, die an verspieltes Geplauder nicht gewöhnt war, war es jedesmal ein Anlaß zum Lachen. Aber es war auch ein Anlaß, sich etwas dabei zu denken. Zum Beispiel, ob sie wirklich himbeerrote Lippen hatte. Das hörte sich hübsch an. Und war sie wirklich eine schöne Dame? Wenn er es sagte, dann war sie es auch. Denn alles, was er sagte, war wie Gottes Wort. Er war ihr Abgott, und das begann schon in diesen frühen Jahren, als sie fünf, sechs und sieben Jahre alt war, als sie aus dem Dämmer der Kindheit in die Bewußtheit glitt, und er war es, der ihr bewußt machte, daß sie ein Mädchen war und eine Frau sein würde.
Nie wieder würde es einen Mann geben, der so war wie dieser, und kein Mann, der ihr je begegnen würde, konnte ihn übertreffen.
Nicolas ritt langsam hinüber zur übernächsten Koppel, wo Towarischtsch schon eng am Zaun stand und seiner geliebten blaugrauen Schimmelstute entgegenwieherte.
Alice und Nina folgten auf dem schmalen, grasbewachsenen Weg, der zwischen den Koppelzäunen entlangführte. Nina, noch aufgeregt von dem Ritt, konnte nicht still gehen, sie hopste neben Alice her und plapperte unentwegt.
Alice ging mit leicht geneigtem Kopf, mit nachdenklicher Miene, den weißen Leinenrock leicht mit der Hand raffend. Der breite weiße Strohhut beschattete ihr Gesicht, damit ihr feiner Teint nicht unter der prallen Julisonne leiden mußte. Zwischen weißem Rock und weißem Hut leuchtete eine blaue Bluse aus leichtem schleierartigem Voile, durch die man ihre Schultern und Arme sehen konnte.
Wie immer, seit sie sich das leisten konnte, zog sie sich elegant und geschmackvoll an, und in letzter Zeit bevorzugte sie eine verführerische Note in ihrer Kleidung. Nicolas nahm auch durchaus Notiz von dem, was sie trug, machte ihr wie gewohnt ein Kompliment dazu, aber mehr war es nicht. Das Kind soeben hatte er zärtlich geküßt, aber Alice hatte von ihm seit langem nichts anderes als einen Handkuß empfangen.
Sie standen am Koppelzaun und sahen zu, wie Nicolas die Stute absattelte, ihr die Trense vom Kopf streifte und sie dann losließ.
Sie tänzelte kokett auf Towarischtsch zu, der begrüßend gluckerte, doch als er gerade seine Nüstern auf ihren Hals legen wollte, machte sie eine rasche Wendung und stob über die Koppel davon, den Kopf erhoben, den Schweif gereckt. In Nicolas' Gesicht stand das gleiche helle Entzücken wie in dem des Kindes. »Seht euch das an!« sagte er hingerissen.
Nach einem kleinen Überraschungsschnaufer fegte Towarischtsch der Stute nach, und eine Weile jagten sie sich übermütig über die weite Koppel, bis sie schließlich ganz fern, am anderen Ende, einträchtig nebeneinander zu grasen begannen.
»Ein Jammer!« sagte Nicolas.

»Was?«
»Daß er ein Wallach ist.«
Alice lachte, »ein Glück für ihn, würde ich sagen. Sonst könnte er nicht mit ihr hier herumspringen.«
»Auch wahr.«
Nina blickte verständnislos von einem zum anderen.
»Warum ist es ein Jammer?«
»Du hast doch gehört, was Tante Alice gesagt hat«, sagte Nicolas leichthin. »Es ist kein Jammer, es ist ein Glück für ihn. Man kann so ziemlich alles im Leben von zwei Seiten aus betrachten. Manchmal auch von drei oder vier. Und sich immer die richtige Betrachtungsweise auszusuchen, das ist das beste Rezept, um glücklich zu sein. Verstehst du?«
Nina verstand nicht, aber sie nickte. Wenn er es sagte, dann mußte es so sein und nicht anders.
»Und nach diesem Rezept lebt dein lieber Onkel Nicolas«, sagte Alice. »Es bekommt ihm blendend.«
»Nicht nur mir. Auch denen, die mit mir umgehen. Oder nicht, ma chère?«
»Parfaitement. Tu as raison.«
Manchmal sprachen sie so, und Nina gefiel auch das, und daß sie es nicht verstand, machte nichts, sie verstand vieles hier nicht, es war eine andere Welt, in ihr sprach man eine andere Sprache, das war in ihren Augen ganz selbstverständlich. Und gerade weil manches geheimnisvoll klang, war es so schön.
Es war das erstemal, daß sie zu einem längeren Aufenthalt nach Wardenburg durfte, früher war sie höchstens zu einem kurzen Besuch dagewesen, an einem Sonntag zum Essen oder am Nachmittag zum Tee – hier gab es immer Tee, auch für sie, nicht Milch wie zu Hause.
Sie war schon seit einer Woche da, und ein Tag war schöner als der andere. Zu Hause werde demnächst ein neues Brüderchen oder Schwesterchen eintreffen, hatte man ihr gesagt, und da sei sie nur im Weg, besser sie komme aufs Gut hinaus. Ihr war es nur recht. Auf ein neues Brüderchen oder Schwesterchen legte sie nicht den geringsten Wert, das hatte sie alles schon. Aber das, was es hier gab, auf dem Gut, das hatte sie nicht und das wollte sie gern haben.
Zum Beispiel ein wunderschönes großes Zimmer für sich ganz allein, und immer, wenn sie in dieses Zimmer kam, war es aufgeräumt, ganz egal, wie sie es verlassen hatte. Und dann war die Schneiderin dagewesen und hatte ihr zwei neue Kleidchen gemacht, eins hellblau mit einem weißen Kragen und das andere weiß mit roten Punkten, das hatte einen weiten Rock mit einem breiten Volant herum, und wenn sie sich drehte, flog der Rock um sie wie ein Kreisel. Sie drehte sich, bis sie schwindlig wurde, nur um den Rock tanzen zu sehen. Es war das schönste Kleid, das sie je gesehen hatte.
Das erste, was Onkel Nicolas getan hatte, nachdem sie eingetroffen war: er hatte ihre Zöpfchen aufgeflochten, sich die Bürste aus Alices Boudoir geholt und damit Ninas Haar gebürstet.

»Diese albernen Zöpfchen will ich hier nicht mehr sehen. Sieh mal, was du für schönes Haar hast. Wenn die Sonne darauf scheint, sprüht es Funken.« Er ließ ihr das Haar über Schultern und Rücken fallen, Tante Alice band es später mit einem Band zusammen, und Nina gewöhnte sich an, eine Strähne vorn über die Schulter zu ziehen und damit zu spielen.
»Du machst sie eitel«, sagte Alice.
»Und? Schadet das was? Eine Frau, die nicht eitel ist, wäre keine.«
»Aber sie ist keine Frau.«
»Sie wird eine. Sie kann es nicht früh genug wissen.«
Vor dem Haus stand Grischa und blickte ihnen entgegen.
»Grischa! Grischa!« schrie Nina und rannte los. »Ich bin geritten. Richtig geritten. Auf Ma Belle.«
Grischa breitete die Arme aus und fing sie auf, schwenkte sie im Kreis.
»Und bist du runtergefallen, Ninusja?«
»Nein, Onkel Nicolas hat mich ja festgehalten.«
»Dann wollen wir sehen, ob du auf Grischa auch reiten kannst und nicht runterfallen.«
Mit einem mächtigen Schwung setzte er sie auf seine breiten Schultern, Nina kreischte laut, dann trabte er los, sie griff in seine dicken schwarzen Haare und rief: »Hü! Hü!« und so trabten sie um das Haus herum bis zur Terrasse, wo der Teetisch gedeckt war.
Eigentlich war sie zu groß, um noch auf Grischa zu reiten, aber Grischa war so stark, für den war sie nur ein winziges Püppchen, das er an einem ausgestreckten Arm in die Luft halten konnte, lange, minutenlang, und sein Arm zitterte nicht einmal dabei.
Für Nina war es der herrlichste Sommer, den sie je erlebt hatte. Länger als vorgesehen, sieben Wochen durfte sie auf Wardenburg bleiben, und plötzlich kam es ihr vor, als hätte sie schon immer hier gelebt, und vor allem wünschte sie sich, nie wieder anderswo zu leben. Von diesem Sommer an blieb ihr Herz endgültig auf Wardenburg, oder genauer gesagt, bei ihrem Onkel Nicolas zurück. Und was keiner von ihr wußte, und was natürlich auch sie selbst von sich nicht wissen konnte: sie war sehr treu. Wem ihr Herz einmal gehörte, dem blieb es auch.
In den Tagen dieses Sommers befand sich auch Alice, die vom Schicksal so begünstigte Schwester der armen Agnes, in einer zwiespältigen, manchmal geradezu depressiven Gemütslage. Auf den ersten Blick bestand kein Grund dafür. Es war alles wie immer, im Gegenteil, sie lebten sorgenfreier als zuvor, nachdem Nicolas im vergangenen Jahr von einem seiner zahlreichen baltischen Onkel mit einer ansehnlichen Erbschaft überrascht worden war.
Genauer gesagt, war es ein Onkel von Anna Nicolina gewesen, ein Bruder ihrer Mutter, ein etwas rastloser Geist mit vielen künstlerischen Interessen, die sich nicht zuletzt auch darin äußerten, daß er zumeist mit attraktiven Damen von Bühne oder Ballett befreundet war. Geheiratet hatte er nie, weil er, wie er sagte, zur Ehe total ungeeignet sei, womit er sicher nicht unrecht gehabt hatte.

Er hatte ein Stadthaus in Reval, eine Wohnung in St. Petersburg und in einigen Metropolen bevorzugte Hotels, in denen er regelmäßig zu Gast war. War er an allen diesen Orten nicht zu finden, begegnete man ihm, zumeist im Sommer, auf einem der Güter der Familie, wo er ebenfalls ein gern gesehener Gast war, ein freundlicher, gelassener Herr mit exquisiten Manieren und von großzügiger Lebensart; er machte reizende Geschenke und gab enorme Trinkgelder, so daß er sicher sein konnte, nie so rasch vergessen zu werden.
Während jener Jahre, die Nicolas als Schüler in Petersburg verbrachte, war er gelegentlich von Onkel André eingeladen worden, in einem vornehmen Restaurant mit ihm zu speisen, meist im Astoria, wo der Onkel Stammgast war. Die Beachtung, die Nicolas von der Fürstin zuteil wurde, war von Onkel André wohlwollend betrachtet worden.
»Es berechtigt zu den schönsten Hoffnungen, Söhnchen«, hatte er gesagt, »wenn du schon als Anfänger mit so hohen Karten spielst.«
Ein leidenschaftlicher Spieler, dies nicht zu vergessen, war der Onkel auch gewesen. Es blieb ihm dennoch genug Geld, sein Leben nach seinem Geschmack zu Ende zu leben und denjenigen, die er leiden mochte, etwas zu vererben. Auch Nicolas gehörte dazu. Dieses unverhoffte Erbe hatte, um es ehrlich zuzugeben, Wardenburg für ihn gerettet, denn es war so weit gekommen, daß er sich mit Verkaufsabsichten trug. Lemke war gegangen, schon vor zwei Jahren, er hatte es satt zu arbeiten, ohne einen Erfolg zu sehen. Nach ihm kam ein noch junger unerfahrener Mann als Verwalter aufs Gut, der gar nichts zuwege brachte. Wardenburg schien verloren.
Alice hatte nichts davon gewußt, denn Nicolas sprach nie mit ihr über finanzielle Dinge. Als er das erstemal erwähnte, daß er Wardenburg wohl verkaufen müsse, erschrak sie zutiefst. Lemkes Kündigung, die kurz darauf erfolgte, zeigte ihr, wie ernst die Lage war. Nicolas, leichtlebig wie immer, sah es anders.
»Der Verkauf des Gutes wird immer noch genug bringen, daß wir in Berlin gut davon leben können.«
Aber Alice war hellhörig geworden.
»Wie lange?«
»Oh, eine ganze Weile würde ich denken.«
»Möchtest du wieder Dienst nehmen?«
»Ich? Gewiß nicht.«
Er machte zwar alle Reserveübungen mit, sogar mit sichtlichem Interesse und Vergnügen, er war ganz gern Offizier gewesen, und das Zusammensein mit Kameraden bei Übungen und Manövern bedeutete jetzt für ihn eine angenehme Unterbrechung seines nutzlosen Lebens. Inzwischen war er Rittmeister geworden, aber die Uniform wieder für ständig anzuziehen, dazu hatte er dennoch keine Lust.
Alice wollte Wardenburg nicht verlassen. Seit ihrer Heirat war sie stolz darauf, Herrin von Wardenburg zu sein, und sie wollte es bleiben. Hier gehörte sie zu einem Kreis Privilegierter, zur guten Gesellschaft in Stadt und Land, in Berlin würde sie eine Fremde sein, eine Dame in mittleren Jahren, die zunächst keiner Gesellschaft angehörte und auf die Dauer vermutlich mit beschränkten Mitteln

auskommen mußte. Es war etwas anderes, zwei oder drei Wochen in Berlin im Hotel zu wohnen, einzukaufen, auszugehen, die Theater zu besuchen, als dort ständig zu leben, ohne den Rückhalt einer Gesellschaftsschicht, der man angehörte.

Das sah sie ganz klar, auch daß sie in der Großstadt kaum damit rechnen konnte, durch ihre Erscheinung aus dem Rahmen zu fallen, dort gab es viele schöne Frauen, schöner, jünger und wohlhabender, als sie es sein würde. Und ebenso klar sah sie voraus, daß sie vermutlich die meiste Zeit in Berlin allein sein würde, Nicolas auf Reisen, in Paris oder in Wien, oder im Baltikum bei der Familie, und dabei wie selbstverständlich den Löwenanteil der zur Verfügung stehenden Mittel für sich verbrauchend. Und sie allein mit einem Dienstmädchen in einer Mietwohnung, statt auf eigenem Grund und Boden mit vielen Angestellten, die sie jetzt um sich hatte.

O nein, Alice wollte Wardenburg behalten. Wenn sie schon Nicolas mehr und mehr verlor, wobei sie wußte, daß sie ihn nie wirklich besessen hatte, dann wollte sie sich wenigstens dieses Leben, das sie jetzt führte, bewahren. Sie bedachte sogar die Gefahr einer Scheidung. Sie hatte keine Kinder, und daß Nicolas Beziehungen zu einer Frau hatte, daran zweifelte sie nicht. Vermutlich sogar in Berlin, denn er fuhr oft dorthin und stets allein. Seit zwei Jahren forderte er sie schon nicht mehr auf, ihn zu begleiten. Auch fuhr er allein ins Baltikum, auch dies schon seit Jahren. Ihre Ehe bestand nur noch aus einem höflichen und auch durchaus freundlichen Nebeneinander; sie ganz zu lösen, würde keinem eine schmerzhafte Wunde zufügen, nur für sie ein sehr verändertes und ziemlich trostloses Dasein bedeuten. Solange sie auf Wardenburg lebten, würde er sich nicht scheiden lassen, das glaubte sie zu wissen. Aber in Berlin? Dort waren die Sitten lockerer als auf dem Land, und er würde sich gewiß nicht mehr gebunden fühlen.

Erstmals begann Alice sich um das Gut, um die Wirtschaft zu kümmern. Sie war es, die einen neuen und sehr brauchbaren Verwalter einstellte. Nach dem kurzen Zwischenspiel mit Lemkes Nachfolger fragte sie ihren Schwager Emil, der sich im Kreis gut auskannte, ob er ihr nicht einen guten Mann empfehlen könne. Und Emil konnte.

So kam Karl Köhler als Verwalter aufs Gut, ein Mann in mittleren Jahren, ein hervorragender Landwirt und ein sparsamer, umsichtiger Rechner. Ein Glücksfall, wie sich bald herausstellte.

Übrigens stammte er keineswegs aus dem Kreis, seine Familie und er hatten allerdings in den letzten Jahren in der Stadt gelebt. Er kam aus der Mark, aus dem Oderbruch, konnte und wollte dort aber nicht bleiben, nachdem ihn vor einigen Jahren ein schweres Unglück betroffen hatte. Er war auch damals Verwalter auf einem Gut, und als während der Ernte ein Großbrand ausgebrochen war, in dem fast alle Stallungen und Wirtschaftsräume niederbrannten, hatte Köhler sich bei dem Versuch, wenigstens die Tiere zu retten, eine schwere Rauchvergiftung zugezogen. Von einem herabstürzenden Balken war er beinahe erschlagen worden, überlebte zwar, lag aber mit einer schweren Kopfverletzung monatelang im Krankenhaus in Küstrin.

Damals ging das Gerücht, polnische Erntearbeiter, die in jedem Sommer scharenweise ins Land kamen, hätten den Brand gelegt, nicht zuletzt aus Rache an Köhler, der sie sehr hart behandelt haben sollte.
Es dauerte Jahre, bis der Mann wieder einigermaßen arbeitsfähig war, und natürlich hätte ihn diese Zeit in tiefstes Elend gebracht, hätte er nicht eine überaus tüchtige und starkwillige Frau gehabt. Anna Köhler pflegte den kranken Mann, sorgte für ihre beiden Kinder und verdiente wenigstens so viel, wie sie zum Überleben brauchten; sie ging zum Waschen, zum Nähen, zur Krankenpflege, die sie inzwischen gelernt hatte. Sie wurde hart dabei, aber sie gab nicht nach. Als Köhler nach Wardenburg kam, stürzte er sich geradezu in die Arbeit, nicht zuletzt, um sich und allen anderen zu beweisen, daß er wieder gesund war, aber auch froh darüber, daß er wieder arbeiten konnte; die Jahre der Untätigkeit waren für ihn eine Strafe gewesen. Wer ihn sah, mußte zugeben, daß er ein fähiger Mann war und mehr als die meisten anderen von einem Gutsbetrieb verstand. Widerwillig mußten sie es zugeben, denn sehr gern hatten ihn die Wardenburger Leute nicht. Köhler war streng und ernst, verschlossen und wortkarg, und wenn er sie ansah mit harten schmalen Augen, zogen sie die Köpfe ein, die lebensfrohen Schlesier, und fürchteten sich vor ihm.
Natürlich ging es ihm auch gesundheitlich nicht so hervorragend, wie er glauben machen wollte; er litt unter schweren Kopfschmerzen, jeder Wetterumschlag quälte ihn, und das machte ihn ungeduldig und schwierig. Auch mit seiner Frau war nicht leicht umzugehen, selbst wenn man zugeben mußte, daß sie so tüchtig war wie ihr Mann. Lemkes Frau hatte sich um den Wirtschaftsbetrieb überhaupt nicht gekümmert. Anna Köhler sah, hörte und wußte nach kurzer Zeit alles, und wenn ihr etwas nicht paßte oder nicht richtig erschien, griff sie ein. Sie stellte fest, daß die Küche zuviel verbrauchte, ordnete an, daß die Mahlzeiten des Gesindes vereinfacht wurden, worauf die Köchin kündigte.
Miksch, der alte Gärtner, war gestorben, vor einigen Jahren schon. Der Garten, der zum Gut gehörte und den er zuletzt nur noch mit Blumen und Sträuchern bepflanzt hatte, wurde von Anna Köhler in einen reinen Wirtschaftsgarten umgewandelt, Gemüse und Salat wuchs jetzt darin, von allerbester Qualität, das mußte man zugeben. Nur davon gab es jetzt auf dem Mittagstisch, auch auf dem der Herrschaften. Sodann übernahm sie das Geflügel; Hühner, Enten und Gänse kamen unter ihr Kommando und gediehen prächtig. Sie war den ganzen Tag auf den Beinen, leistete Erstaunliches, erwartete aber von allen anderen, daß sie dasselbe oder wenigstens fast dasselbe leisteten. Alle mußten mehr arbeiten als zuvor, und wen sie für einen säumigen Arbeiter hielt, gleichviel, wie lange er dem Haus angehörte, wurde entlassen. Das besorgte ihr Mann, aber Anna Köhler bestimmte es.
Zu alledem betreute sie ihren Mann umsichtig und mit geradezu rührender Liebe und Hingabe. Ihre beiden Söhne, neun und elf Jahre alt, gehorchten wie die Soldaten und waren ebenfalls an Arbeit und Ordnung gewöhnt.
»Fürwahr, eine Musterfamilie«, sagte Nicolas und verzog das Gesicht.
Im übrigen hielt er sich heraus. Er sah ein, daß er froh sein mußte, einen so guten Mann zu haben und daß es am besten war, ihn machen zu lassen, ohne

ihm hineinzureden. Wenn einer Wardenburg noch eine Weile über Wasser halten konnte, dann Köhler. Im Jahr darauf kam dann die Erbschaft, und so wurde die Lage wieder hoffnungsvoller. Obwohl Nicolas, nachdem er geerbt hatte, kurz erwog, Wardenburg erst recht zu verkaufen, um mit dem Erlös und der Erbschaft ein unbelastetes und sorgenfreies Leben ganz neu zu beginnen.
Als er davon zu Alice sprach, stieß er auf leidenschaftliche Ablehnung. Jetzt verkaufen? Nie. Das war Alices Antwort, und Nicolas ließ es denn, wie es war, nahm sich von dem Geld, was er brauchte, und lebte, wie es ihm gefiel.
Erstaunlicherweise war es Alice, die ein gutes Verhältnis zu dem neuen Verwalter und auch zu seiner Frau fand. Die Möglichkeit, Wardenburg zu verlieren, hatte sie doch sehr erschreckt, darum überlegte sie jetzt ihre Ausgaben genau, erlegte sich selbst Einschränkungen auf und stimmte den Sparmaßnahmen der Köhlers in den meisten Fällen zu. Sie ging nun auch in die Wirtschaftsräume, ließ sich berichten, hatte mit einemmal Zahlen im Kopf und konnte sogar etwas damit anfangen. Nur im Fall der Mamsell vermittelte Alice und setzte durch, daß sie die Kündigung zurücknahm und Anna Köhler in den Küchenbetrieb nicht allzu energisch eingriff.
Pauline Koschka sollte ihre Heimat nicht verlieren, denn das war Wardenburg für sie, seit sie als junges Mädchen ihre erste Stellung als Küchenhilfe hier angetreten hatte. Zumal sie in der letzten Zeit mit ihrem Sohn genug Kummer gehabt hatte. Paule hatte sich mit Köhler nicht vertragen, war vor einigen Monaten vom Gut verschwunden und hatte auch nicht die Absicht, je wiederzukommen, wie er hochnäsig wissen ließ. Das hatte alle betrübt, auch Alice, aber damit hatte der Ärger nicht begonnen, den Paule seiner Mutter gemacht hatte. Angefangen hatte es mit dem Mädchen. Mit der Zigeunerin, wie sie im Dorf genannt wurde. Das war eine üble Geschichte. Es hatte viel Streit gegeben zwischen Paule und seiner Mutter, auch bittere Tränen schließlich bei ihr; es nützte nichts, Paule war nicht nur verliebt, Paule war diesem Mädchen verfallen mit Haut und Haar. Auch Alice hatte es verärgert, denn bisher war Paule ihr immer gehorsam gewesen, ein treuer Diener seiner Herrin, aber nun wurde er frech, wenn man ihm Vorhaltungen machte. Sollte er also gehen, das sagte Alice schließlich auch. »Er wird schon zu Verstand kommen«, meinte Nicolas. Und Alice darauf, erbost: »Hier soll er sich bloß nicht mehr blicken lassen.«
Die Leute, die man die Zigeuner nannte, gehörten nicht ins Dorf und nicht in die Gegend. Sie waren eines Tages zugewandert, besser gesagt, durchgewandert, der Mann war Scherenschleifer, also ein Ambulanter, doch er wurde krank, und so blieben die Leute hängen, der Mann, seine Frau mit drei Kindern, zwei Jungen und einem Mädchen. Sie hausten in einer halbverfallenen Kate, und sie blieben, als der Mann wieder gesund geworden war. Eine Weile noch spazierte er mit seinem Schleifstein durch die umliegenden Dörfer, meist landete er jedoch sehr schnell im Wirtshaus. Im Suff prügelte er sich, und einmal verletzte er einen Knecht im nächsten Dorf so schwer, daß der an den Folgen starb. Daraufhin kam der Mann ins Gefängnis und starb dort nach einem Jahr an Schwindsucht.

Die Frau war nicht viel besser, schlampig und streitsüchtig, dabei von einer wilden fremdländischen Schönheit, möglicherweise stammte sie wirklich von Zigeunern ab; sie kannte sich mit Kräutern und Tränken aus, konnte aus der Hand lesen, jedenfalls behauptete sie es; die Mädchen und Frauen aus dem Dorf gingen heimlich zu ihr, nahmen Liebestränke und Weissagungen mit nach Hause, auch schlimmere Dinge passierten, denn einige Mädchen wurden krank, eines starb, nachdem sie irgendein geheimnisvolles Mittel zu sich genommen hatte, das sie von einer Schwangerschaft befreien sollte. Worauf die Zigeunerin ebenfalls im Gefängnis verschwand. Zurück blieben die Kinder, aber sie waren zu alt, als daß ein Waisenhaus sie aufgenommen hätte. Das Mädchen etwa vierzehn, die Jungen fünfzehn und siebzehn, grob geschätzt, denn genau wußten sie alle es selber nicht.

Sie hausten zu dritt in der Kate und waren ein Ärgernis für die ganze Gegend. Genau und ohne Vorurteile gesehen, taten sie keinem etwas zuleide.

Die Jungen bemühten sich sogar um Arbeit, bekamen während der Ernte auch kurzfristig Arbeit, aber niemals eine feste Anstellung; keiner wollte sie auf dem Hof haben. Das Mädchen wurde zum Hüten ganz gern genommen, sie hatte ein großes Geschick mit Tieren, sie sei eben doch eine Hexe, wie die Leute murmelten. Dreihundert Jahre früher hätte man sie gewiß verbrannt, denn sie entwickelte sich zu einer ausgesprochenen Schönheit, schöner noch als die Mutter, mit ihrem schmalen, bräunlichen Gesicht und seinen riesigen schwarzen Augen, einen vollippigen, doch schön gezeichneten Mund und schwarzbraunem Haar, das ihr lang und lockig über die Schultern fiel.

Die Frauen haßten sie alle. Jeder Mann drehte sich nach ihr um. Wie die Mutter suchte sie Kräuter in den Wiesen und im Wald, sammelte Pilze und Beeren, fischte in der Oder, und fing vermutlich auch – was den Förster erboste, was er ihr aber nie nachweisen konnte, da er sie nie erwischte – Kleinwild in Schlingen und Fallen.

In Wirklichkeit tat sie es nie, ihre Brüder taten es. Sie liebte Tiere. Sie besaß einen Hund, der ihr irgendwann zugelaufen war, einen hellockigen Hirtenhund, der ihr nicht von der Seite wich, und jeden anknurrte, der sich ihr nähern wollte. Katzen hausten in der Kate, und dennoch flogen ihr die Vögel auf die Hand, die Tiere lebten bei ihr wie im Paradies, und sie unter ihnen, eine kleine Wilde, nicht schlecht, nicht böse, nur außerhalb jeder Ordnung stehend, der sich nun einmal jeder zu unterwerfen hatte. Eine Zigeunerin eben.

Mit der Zeit hatte man sich an sie gewöhnt, sie tat keinem etwas, wollte von keinem etwas, und manchmal, wenn ein Tier krank war, ein Pferd, ein Rind, ein Hund, holte man sie sogar heimlich am Abend; die Tiere wurden durch ihre Tränke und Sprüche meist gesund.

Nacheinander verschwanden die Brüder, der eine heuerte bei einem Oderschiffer an, der andere wanderte einfach los. Katharina, so hieß sie, blieb allein in der Kate zurück, bewacht von ihrem Hund.

Dieses Mädchen liebte Paule, liebte es bis zur Aufgabe seiner selbst. Er verließ alles, was bisher sein Leben ausgemacht hatte: seine Mutter, Wardenburg, die schöne Herrin, die heißgeliebten Pferde.

Lange Zeit war er nur am Abend verschwunden, war am Morgen zur Arbeit zurückgekehrt. Seine Mutter schimpfte, wütete, beschwor ihn, weinte – vergebens.
Als der neue Verwalter kam, war es ganz aus. Natürlich hatte der die Geschichte erfahren, doch die interessierte ihn nicht, er sah nur, daß Paule, ein kräftiger junger Mann, eben nicht viel leistete. Ein bißchen Pferde putzen, reiten und longieren, das war in Köhlers Augen keine Arbeit für einen ausgewachsenen Mann. Doch Paule widersetzte sich und wurde aufsässig, schüchtern war er nie gewesen und seinen eigenen Kopf hatte er immer gehabt. Dazu kam der ständige Streit mit seiner Mutter; so nahm er eines Tages seine paar Sachen, verließ das Gut und zog in die Kate zu der Zigeunerin.
Man mußte Mitleid mit der Mutter haben, und darum wollte Alice auch nicht zulassen, daß sie fortging. Auch sie sagte, was Nicolas gesagt hatte: »Er wird schon eines Tages zur Vernunft kommen.« Aber die Mamsell schüttelte den Kopf, Tränen in den Augen.
Sie war immer eine resolute und freundliche Frau gewesen, jetzt war sie müde und alt geworden und sagte nur: »Ich will ihn nie wieder sehen.« Und das sagte Alice schließlich auch.
Übrigens hatte Grischa einmal ein kurzfristiges Verhältnis mit der Zigeunerin gehabt. Das Mädchen war damals höchstens sechzehn, aber eine voll entwikkelte Frau, ausgestattet mit allen Reizen, die sich an einer Frau denken lassen. Auch Grischa war von ihrer Schönheit bezaubert worden, aber er hatte dabei den Verstand behalten.
Glücklicherweise war er mittlerweile gut versorgt. So nannte es jedenfalls Nicolas, nachdem Alice einmal ihr Mißfallen über Grischas Liebesleben geäußert hatte. »Was willst du«, hatte Nicolas gesagt, »das ist doch eine ideale Lösung. Willst du, daß er fortgeht? Oder sich herumtreibt? Schließlich braucht er eine Frau.« Und lachend, als er Alices verständnislose Miene sah: »Bei Gott, ma chère, du wirst es nie begreifen. Ein normaler Mann braucht eine Frau. Ist dir das immer noch nicht klar geworden?«
»Ich finde es degoutant«, sagte Alice kühl, im Tonfall ihrer Mutter.
»Gut, das bleibt dir unbenommen. Aber es ist nun einmal so. Und darum gönne Grischa seine Witwe. Sie ist ein properes Frauenzimmer, ich habe sie mir genau angesehen. Grischa ist dort in besten Händen.«
Grischas Witwe – das wurde ein feststehender Begriff. Sie lebte ehrbar und angesehen in Klein-Plettkow, nähte dem ganzen Dorf Kleider und Wäsche und kam auch regelmäßig nach Wardenburg, wo es immer etwas zu nähen gab. Sie war frisch und rund und rosig, mit sauber aufgesteckten blonden Flechten, hatte zwei Kinder; ihren Mann hatte sie verloren, als er bei einer Überschwemmung der Oder, wie sie fast jedes Frühjahr vorkam, ertrunken war.
Sie und Grischa waren ein Paar, und mit der Zeit fand sich jeder damit ab, zumal das Verhältnis niemanden verärgern konnte, nicht einmal der Pfarrer konnte sich sittlich entrüsten, man merkte fast nichts davon. Grischa blieb nie die ganze Nacht bei seiner Witwe, und wenn er an seinem freien Nachmittag dort anzutreffen war, so saß er sittsam auf dem Sofa, trank Tee oder spielte mit den

Kindern. Die Kinder liebten ihn heiß, und die Witwe wurde immer hübscher und rosiger und blonder.

»Vielleicht will er sie heiraten?« fragte Alice.

Nicolas grinste. »Du kannst ihn ja mal fragen.«

Alice hütete sich wohl. Grischa war wie ein starker Stamm, die stärkste Säule, auf der Wardenburg ruhte, und das letzte, was Alice sich vorstellen konnte, war ein Leben ohne Grischa. Es fiele ihr leichter, auf Nicolas zu verzichten als auf Grischa, dachte sie einmal, als Nicolas nach Berlin gefahren war; sie mußte über diesen Gedanken lachen, aber falsch war er eigentlich nicht.

Auf solche Weise war Alice nun sechsunddreißig geworden, war nicht unglücklich, aber auch nicht glücklich, manchmal aber hatte sie das Gefühl, auf unsicherem Boden zu stehen, und manchmal überfiel sie der Wunsch, geliebt zu werden. Alles schien in ihrem Leben unerwartet gut gelaufen zu sein, von außen gesehen jedenfalls, aber in Wahrheit fühlte sie sich einsam, unverstanden und wußte, daß irgendetwas Wichtiges in ihrem Leben fehlte.

In diesem Sommer war sie endlich wieder einmal, zusammen mit Nicolas, auf Schloß Kerst gewesen. In den vergangenen Jahren war er stets allein gefahren, aber diesmal, als er seine Reise ankündigte und dabei ihre leicht beleidigte Miene sah, fragte er sie ganz unvermittelt: »Hättest du nicht Lust mitzukommen?«

Alice war nahe daran, schroff Nein zu sagen, aber im Grunde wollte sie ja so gern mitfahren, also nahm sie seinen leichten Ton auf und erwiderte: »Warum nicht?«

Vier Wochen waren sie dort gewesen. Es war eine wundervolle Zeit, genau wie in früheren Jahren. Das Land duftete nach Blumen, Wald und Gras, es war grün und licht, in den Nächten dunkelte es kaum; wenn der Himmel im Westen noch rot war, kam schon die Morgenröte im Osten aus dem Meer gestiegen. Es war eine trunkene Zeit, wie sie nur in nördlichen Ländern so intensiv gelebt wird. Geschlafen hatten sie wenig, sie hatten getanzt und gelacht, getrunken und gefeiert, immer waren sie irgendwo eingeladen, und genau wie früher hatte Alice das Gefühl, schön und begehrt zu sein. Auch die vielen hübschen jungen Mädchen der Familie konnten ihr dieses Gefühl nicht nehmen, immer war da ein Mann, der ihr Komplimente machte, ihre Hand ein wenig länger küßte als erlaubt. Sie gefiel sich selbst. Wenn sie in den Spiegel sah, kam es ihr vor, als hätte sie sich gar nicht verändert. Sie prüfte sich genau, ihre Haut, ihre Augen, ihren Hals, ihr Haar, ein paar winzige Fältchen, kaum zu bemerken, das Haar leuchtend blond wie immer, kein graues Fädchen darin, ihre Figur schlank und straff, die Hüften schmal wie ein junges Mädchen.

Weil ich keine Kinder habe, dachte sie. Sie dachte es nicht mehr triumphierend wie früher, eher trotzig, denn sie spürte manchmal, daß die baltischen Verwandten sich darüber wunderten. Oder nicht mehr wunderten, sondern sie bedauerten, wie sie diesmal erfuhr. Keiner von ihnen hatte je auf ihre Kinderlosigkeit angespielt, dazu waren sie zu taktvoll. Aber da waren die Worte der Gräfin Aurelia, die erstmals aussprach, was sie wohl alle dachten.

Gräfin Aurelia, irgendeine von Nicolas' zahllosen Tanten, eine sehr alte, sehr vornehme Dame, unendlich reich, verwitwet seit langem, residierte in ihrem

Stadthaus in Reval. Ihre Söhne waren erwachsen, bewirtschafteten die verschiedenen Güter, auf denen die alte Dame, einmal hier, einmal da, einige Sommerwochen verbrachte, sonst lebte sie in der Stadt. Sie bewohnte eines der schönen alten Adelshäuser auf dem Domberg, verwöhnt und umsorgt von ihren estnischen Bediensteten; sie sprach estnisch so gut wie deutsch und russisch, aber das taten sie alle in diesem wundersamen Land, Alice hatte schon bei ihrem ersten Besuch darüber gestaunt.

»Das ist doch ganz verständlich«, hatte Nicolas ihr erklärt, »die Balten sind deutscher Herkunft, sie fühlten und fühlen sich von eh und je als Deutsche. Sie sind die Nachkommen der Ordensritter, die vor gut 600 Jahren hierher kamen und das Land besiedelten, christianisierten und kultivierten. Es ist ein Adel mit sehr alter, ungebrochener Tradition. Und auch was später zugewandert ist, zumeist aus deutschen Landen, war von gutem Stamm. Unsere Schlösser und Güter stehen auf altem historischem Boden, die Taten der Ordensritter sind hier noch sehr lebendig in der ›Ritterschaft‹, so nennt sich heute noch das, was in anderen Ländern Parlament genannt wird.«

»Und was mir gleich aufgefallen ist, diese enge verwandtschaftliche Bindung, die ihr hier untereinander habt. Ihr seid wie eine große Familie.«

»Das ist wahr. Eine Familie, in der es Auseinandersetzungen und Meinungsverschiedenheiten gibt, wie in jeder Familie, die aber im Grunde fest zusammenhält. Und das konnte hier gar nicht anders sein, denn es war doch immer ein gefährdetes Leben auf einer dünnen Eisschicht. Du mußt bedenken, die Baltendeutschen sind eine Oberschicht ohne Volkskörper eigenen Bluts. Eine Herrenschicht, die ein Land regiert, dessen einheimische Bevölkerung von anderer Nationalität ist. So etwas gibt es sonst eigentlich nur in Kolonien. Nur daß die Balten sich nie als Kolonialherren verstanden, sie betrachteten die Esten und Letten nie als Sklaven, sondern als ansässiges Volk, das hier Heimatrecht hat und für dessen Wohlergehen zu sorgen und es vor Feinden zu schützen, ihre Aufgabe und Pflicht war und ist. Das Verhältnis zwischen Herren und Volk war immer denkbar gut, es sind nur diese üblen Revolutionäre unserer Tage, die dieses gute Verhältnis stören wollen, um, wie sie sagen, das Alte zu stürzen, und ihre neue Welt zur Macht zu bringen.«

Die nationalistischen Parolen des neunzehnten Jahrhunderts waren nun auch in Rußland Mode geworden und machten sich in einer zunehmenden Russifizierung, die hauptsächlich gegen die Balten gerichtet war, bemerkbar.

»Außerdem entwickelte sich parallel zum Adel in diesen Ländern ein wohlhabendes und stolzes Bürgertum«, fuhr Nicolas fort. »Riga und Reval sind alte Hansestädte und haben immer eine große Rolle im Ost-West-Handel gespielt. Lübeck zum Beispiel ist Revals Mutterstadt, die Verbindung war von beiden Seiten aus sehr eng. Kommt dazu, daß Reval ein weitgehend eisfreier Hafen ist, was das für Rußland bedeutet, kannst du dir leicht ausmalen. Allerdings bedeutete dies auch eine große Gefahr. Iwan der Schreckliche belagerte Reval einmal fünf Monate lang, und ein paar Jahre später nochmals drei Monate. Allerdings vergeblich. Wir gehörten damals zu Schweden, genau wie Livland. Schweden war zu jener Zeit eine Großmacht, und wir hatten uns unterworfen,

um vor den Russen geschützt zu werden. Erst zur Zeit Peter des Großen wurde das Baltikum endgültig russisch. Die altgewohnten Privilegien wurden uns jedoch zugesichert, eine eigene Regierung, deutsche Sprache, deutsche Schulen, die deutsche Universität in Dorpat. Aber seitdem sind wir eben russische Untertanen.«
»Es ist schwer zu verstehen«, sagte Alice. »Ihr seid deutsche Russen oder russische Deutsche, und das Volk ist estnisch und spricht eine andere Sprache.«
»Ich habe früher nie darüber nachgedacht, ich bin damit aufgewachsen. Aber du hast recht, das gibt es wohl nirgends sonst in der Welt. Estnisch sprechen lernt man hier schon als Kind. Unsere Ammen, unsere Kinderfrauen, unser Dienstpersonal, ob auf den Gütern oder in der Stadt, sind Esten. Ich lernte deutsch und estnisch zu gleicher Zeit, aber das kam daher, weil meine Mutter mir viel Zeit widmete, ich war ja ihr einziges Kind, und sie war leidend. In den meisten Familien sprechen die Kinder eher und besser estnisch als deutsch, da nämlich, wo sie hauptsächlich ihren Kindermädchen überlassen sind. Russisch lernten wir dann ein wenig später, teils von unseren Hauslehrern, die manchmal Russen waren, doch meist hatte man beides, deutsche und russische Lehrer, bis die größeren Kinder, selbstverständlich nur die Knaben, in die Stadt ins Gymnasium kamen. Auch wenn man auf eine deutsche Schule ging, war es einfach notwendig, daß wir russisch so gut wie deutsch sprachen, denn wir würden später im russischen Heer dienen müssen.«
Jetzt sagte Alice, was sie die ganze Zeit dachte.
»Du sprichst immer per Wir. Du bist doch kein Balte, du bist Preuße.«
»Gewiß, das stimmt schon. Aber ich bin hier aufgewachsen, für mich ist dieses Land meine Heimat. Letzten Endes war dies der Grund, daß mein Vater bestimmte, ich sollte im preußischen Heer Dienst tun, um klare Verhältnisse zu schaffen und mir jeden Zwiespalt zu ersparen. Mir hätte es nichts ausgemacht, russischer Offizier zu werden, schon gar nicht unter Alexander II., der ein guter Herrscher war. Aber so wie die Dinge jetzt liegen, und ich preußischer Gutsbesitzer geworden bin, ist es vielleicht besser so. Ich kann meinem Vater nur dankbar sein. Wenn es einmal Krieg gibt, befände ich mich in einer vertrackten Situation.«
»Du sprichst von Krieg?« fragte Alice maßlos verwundert.
»Ich wünsche mir keinen, da sei Gott vor. Aber schließlich – wir leben nun mal auf dieser Erde, und auf ihr hat es immer Krieg gegeben.«
Für Alice war es eine fremde und schwer verständliche Welt, in die sie hineingeraten war. Sie stammte aus engen, übersichtlichen Verhältnissen, da mußten dieses großräumige Land, dazu diese seltsame Dreiheit von Volk, Herren und Oberherrschaft, von der jede Gruppe eine andere Sprache sprach, für sie verwirrend sein. Im Lauf der Jahre, nachdem sie häufiger im Baltikum gewesen war, war ihr die Situation vertrauter geworden, besser gesagt, sie kannte sie, nahm sie hin, wie sie war und dachte nicht mehr viel darüber nach.
Sie sprachen hier also mehrere Sprachen – deutsch, russisch, estnisch oder lettisch, je nachdem, wo ihre Güter lagen, und außerdem sprachen sie meist auch noch ausgezeichnet französisch. Sie waren wohlhabend bis reich, lebten in gro-

ßem Stil, der nie etwas Protziges hatte, sondern gediegen und eher zurückhaltend war; auf ihren Gütern hatten sie sich oft einen bäuerlichen Zuschnitt bewahrt, denn der Boden, ihr Boden, ihr Land, war die Grundlage ihres Herrentums, hier hatten sie ihre festen Wurzeln. Ihre Gutshäuser, Herrenhäuser und Schlösser bargen wertvolle Kunstschätze, genau wie die Stadthäuser in Reval oder Riga, ohne daß man viel Aufhebens davon gemacht hätte. Und sie waren gute Reiter, Pferde gehörten zu ihrem Leben.
Die Einstellung zu Rußland fand in den einzelnen Familien einen verschiedenartigen Ausdruck. Manche betonten ihr Deutschtum und fügten sich nur mit Widerstreben der russischen Herrschaft, manche schickten sogar ihre Söhne auf Schulen und auf Universitäten in Deutschland. Andere Familien jedoch fühlten sich durchaus dem Zaren und dem Hof verbunden und betrachteten St. Petersburg auch als ihre Hauptstadt und den Dienst für den Zaren und für Rußland als ganz selbstverständlich.
So hielt man es auch auf Kerst. Jedoch keineswegs überall in Nicolas' weiterer Familie.
Übrigens hatte Nicolas in all den Jahren nie den Vorschlag gemacht, Alice solle ihn einmal nach St. Petersburg begleiten. Sie nahm an, es geschah aus Taktgefühl, der Fürstin gegenüber, ihr gegenüber. Alice machte sich nicht viel daraus. Die wenigen Wochen, die sie in Kerst verbrachte, waren so reich an Erlebnissen und Vergnügungen, und sie fühlte sich so wohl dort, daß sie gar nicht den Wunsch verspürte, die schöne Zeit durch eine umständliche Reise in die russische Metropole zu verkürzen.
Die Bindung an die estnische Dienerschaft, besonders an frühere Kindermädchen und Hausangestellte, war erstaunlich stark. Noch jedesmal, wenn Alice und Nicolas nach Reval gekommen waren, führte einer seiner ersten Wege zu Jülle, die ihn vom Tag seiner Geburt an betreut hatte. Noch ehe er seine alten Freunde besuchte, wollte er Jülle sehen. Sie hatte das Haus verlassen, als er elf Jahre war, sie heiratete, und es hatte viel Tränen auf beiden Seiten gegeben. Die Verbindung war nie abgerissen, Jülle kannte sein Leben genau, und er das ihre, sie war gut verheiratet, hatte vier Kinder und lebte in Reval.
Einmal hatte er Alice zu einem Besuch bei Jülle mitgenommen, aber das Unternehmen war ein etwas mißglücktes, Jülle küßte Alice die Hand, was diese verlegen machte, sah sie mit bewundernden Augen an, aber sprechen konnten sie nicht miteinander, Jülle sprach nur estnisch.
»Sie sagt, du seist wunderschön«, übersetzte Nicolas.
»Und sie wünscht dir viele gesunde Kinder und ein glückliches Leben mit mir.«
Das war im Jahr nach ihrer Heirat gewesen, und seitdem war Alice nicht mehr mitgegangen, wenn er Jülle besuchte. Es gehörte nicht viel Phantasie dazu, zu erraten, wie Jülle mit ihren vier Kinder über die Kinderlosigkeit der Frau ihres geliebten Nicolas dachte.
Als Nicolas in diesem Jahr Jülle besuchte, saß Alice bei der Gräfin Aurelia, in ihrem Hause auf dem Domberg, von wo aus man die ganze Unterstadt überschaute und einen herrlichen Blick aufs Meer hatte.

Das Meer war glatt und blau an diesem Tag, es sah aus wie gespannte Seide, von oben betrachtet, und Alice, die das Meer früher überhaupt nicht gekannt hatte, war wie immer fasziniert von diesem Anblick.
»Warum geht ihr nicht ein paar Tage hinaus nach Strandhof?« fragte die alte Dame. »Das Haus steht leer. Ich glaube nicht, daß ich noch einmal hinausfahren werde, ich fühle mich hier am wohlsten.«
In Strandhof, direkt am Meer gelegen, hatte Tante Aurelia ein Sommerhaus. Alice war noch niemals draußen gewesen, weil während ihrer drei-, höchstens vierwöchigen Besuche nie Zeit dazu geblieben war.
»Ich würde gern ein paar Tage am Meer verbringen«, sagte Alice verträumt, immer noch hinaus in die Weite blickend, »aber Nicolas will schon in den nächsten Tagen zurückfahren. Er hat dringend in Berlin zu tun, sagt er. Und dort will er seine Geschäfte erledigt haben, bis bei uns die Ernte beginnt.«
Einige Minuten blieb es still im Zimmer, Gräfin Aurelia hob die Tasse und trank mit kleinen Schlucken von dem heißen starken Tee. Dann sagte sie, über die Teetasse blickend: »Mein armes Kind! Du bist so schön, es ist eine Freude, dich anzublicken. Was für schöne Kinder hättet ihr haben können!«
Alice wandte den Kopf vom Fenster ab, sie war erschrocken und verwirrt, eine helle Röte stieg in ihre Stirn. Natürlich konnte sie nicht sagen, was sie dachte, was sie immer gedacht hatte: daß sie keine Kinder wollte, daß sie sich niemals Kinder gewünscht hatte. Sie wäre bei der alten Dame auf Unverständnis gestoßen und hätte sich möglicherweise ihre Sympathie verscherzt. Aber zum erstenmal flog eine Ahnung sie an, daß vielleicht sie es war, die sich irrte.
Sie hob die Schultern und blickte verlegen zur Seite.
»Es tut mir leid für dich, mein Kind«, sagte Gräfin Aurelia. »Ich will dich gewiß nicht quälen, denn ich kann mir vorstellen, wie schwer es für dich zu tragen ist. Es ist gewiß auch hart für Nicolas, er ist so ein liebenswerter Junge. Ihr müßt es miteinander tragen, es ist Gottes Wille. Wir alle sind in seiner Hand.«
Dieses Gespräch, oder besser gesagt, die Worte der alten Dame, denn ein Gespräch war es nicht gewesen, hatten Alice sehr nachdenklich gemacht. So dachte man also in der Familie von Nicolas, so würden sie immer darüber sprechen, man würde sie bedauern, vor allem Nicolas würde man bedauern, der eine unfruchtbare Frau geheiratet hatte.
Mit einem gewissen Trotz blickte Alice seitdem in den Spiegel, prüfte ihr glattes Gesicht, ihre schlanke Taille und dachte: darum sehe ich so aus. Darum. Mich braucht keiner zu bedauern, ich wollte keine Kinder.
In Wahrheit hatte sie nie etwas dagegen getan, hatte es nicht tun müssen, weil sie ja offenbar wirklich unfruchtbar war. Oder war es denkbar, daß ihr Wille stark genug gewesen war? Wie dem auch immer, jetzt war das ohnehin kein Thema mehr.
Nicolas hatte seit zwei Jahren nicht mehr mit ihr geschlafen. Anfangs war es ihr gleichgültig gewesen, aber mit der Zeit irritierte es sie, denn sie zweifelte nicht einen Augenblick, daß es eine Frau in seinem Leben geben mußte. Sie wollte nicht darüber nachdenken. Ihr Zusammenleben war freundlich und ohne Kom-

plikationen, er sprach nie von den Kindern, die sie nicht hatten, also war es ihm wohl auch nicht sehr wichtig.
In seiner Familie sprach zu ihm auch keiner davon, jedoch die Fürstin, wie immer sans gêne, hatte das heikle Thema einmal angeschnitten.
»Warum habt ihr keine Kinder, Nicolas Genrichowitsch?« lautete die lapidare Frage.
Ebenso lapidar war seine Antwort. »Wir haben keine bekommen.«
Aber damit gab sich die Fürstin nicht zufrieden. »Liebst du deine Frau nicht? Liebt sie dich nicht?«
»Dies hat wohl nichts mit Liebe zu tun, Natalia Fedorowna. Es hat wohl immer Mann und Frau gegeben, die einander nicht liebten und dennoch Kinder bekamen.«
Die Fürstin nickte. Das war ihr bekannt, sie wollte dennoch eine Antwort auf ihre Frage, war aber nicht geneigt, sie zu wiederholen. Sie sah ihn bloß an.
Nicolas machte sich die Antwort nicht leicht. Er sagte: »Liebe kann aus vollen Händen geboten werden. Darin werden Sie mir gewiß zustimmen, Natalia Fedorowna. In diesen Händen kann sich Leidenschaft oder Zärtlichkeit befinden, Freundschaft, Treue, Güte, Anständigkeit, Achtung, Verantwortung.« Er überlegte.
»Auch körperliche Anziehung«, er blinzelte zu ihr hin, was sie wohl für ein Gesicht machte zu seiner vorsichtigen Formulierung. Denn abgesehen von dem, was sie tat, lehnte sie eine offenherzige Redeweise zu diesem Thema, es sei denn im Bett, strikt ab.
Da er nicht weitersprach, sagte sie: »Dies und noch viel mehr können die Hände der Liebe bieten, das ist wahr. Auch den Stolz auf Kinder, die Freude an ihnen. Ich würde sagen, je mehr diese Hände halten, um so besser für einen Mann und eine Frau.«
»Die Hände meiner Liebe sind leer. Anständigkeit, Achtung und – nun ja, Freundschaft vielleicht, das ist geblieben.«
»War es jemals mehr?«
»Ich fürchte, nein. Ich habe übereilt und töricht geheiratet, ich war zu jung. Ich sah nur eine reizvolle Erscheinung, ein hübsches Gesicht, eine anmutige Gestalt, ein paar Capricen, die mich lockten. Es kam nichts mehr hinzu.«
»Und sie? Sind ihre Hände auch leer?«
»Das, was in ihren Händen war und ist, hat, glaube ich, mit Liebe nicht viel zu tun. Sie ist ein sehr selbstbezogener Mensch und zur Liebe nicht geschaffen. Vielleicht ist es darum ganz gut, daß wir keine Kinder haben.«
»Verzeih, Nicolas Genrichowitsch, aber was du sagst, ist Unsinn. Es gibt keinen Menschen, und erst recht keine Frau, die zur Liebe nicht geschaffen ist. Liebe äußert sich auf verschiedene Weise, ein jeder Mensch zeigt sie nach seiner Art, oder zeigt sie vielleicht gar nicht. Doch sie ist vorhanden. Ich kann dich von Schuld nicht freisprechen. Wußtest du denn nicht genug über die Liebe, um sie in einer Frau erwecken zu können?«
»Ich war wohl auf einen solchen Fall nicht vorbereitet. Mir war die Liebe so überreich und aus so vollen Händen dargebracht worden, daß es mir nicht ge-

lang, sie in einem kleinen Finger zu entdecken.« Er nahm die Hand der Fürstin und küßte sie.
Sie lächelte. »Du bist der alte Charmeur geblieben. Das hast du hübsch gesagt.«
Sie fügte hinzu: »Hast du schon einmal daran gedacht, daß es an dir liegen könnte, wenn ihr keine Kinder bekommt?«
Sein erstauntes Gesicht war Antwort genug, daran hatte er noch nie gedacht.
»Hast du irgendwo ein Kind?« fragte sie ebenso sachlich.
»Nicht, daß ich wüßte.«
»Aber es gibt eine Frau mit vollen Händen für dich, nicht wahr, Nicolas?«
Er blickte sie lächelnd an. »Wie kommst du darauf, Natalia Fedorowna?«
»Weil du während unseres ganzen Gespräches soeben durchaus kein unglückliches Gesicht gemacht hast.«
Dieses Gespräch, und in diesem Fall war es ein Gespräch, hatte vor etwa zwei Jahren stattgefunden.
Inzwischen hatte er ein Kind, einen Sohn. Er hatte es der Fürstin mitgeteilt, und sie hatte sich sehr befriedigt darüber gezeigt.
Als er seinerzeit von seinem Großvater Wardenburg zum Erbe erhielt, bedeutete das eine große Überraschung. Er kannte weder den Großvater noch Wardenburg. Seine Welt war Schloß Kerst, waren das Baltenland, Reval, St. Petersburg, er kannte keine andere Welt, für die Familie seines Vaters hatte er sich nie interessiert, zumal dieser nie davon sprach. Nun war er gerade einige Jahre in Berlin gewesen, hatte sich wohlgefühlt bei seinem Regiment, war vom Fahnenjunker zum Leutnant avanciert, war beliebt bei seinen Kameraden und geschätzt von seinen Vorgesetzten, ein umgänglicher und unkomplizierter junger Mann, mit dem jeder gut auskam. Er tat seinen Dienst, gerade so viel, wie er mußte, denn ein passionierter Soldat war er keineswegs, aber irgend etwas mußte er schließlich tun, zu einem Studium, einem akademischen Beruf hatte er erst recht keine Lust, da fühlte er sich als Offizier schon besser am Platz.
Dann kam Wardenburg. Er war sechsundzwanzig, als Wardenburg an ihn fiel, und er fühlte sich ein wenig unbehaglich und war nicht gerade von Begeisterung erfüllt, als er das erstemal nach Schlesien fuhr. Aber dann gefiel ihm Wardenburg, das Gutshaus war ein schöner Bau, die Räume nicht zu klein und gut angeordnet, die zu einfache, ländliche Einrichtung ließ sich ändern.
Der Landbesitz betrug nur etwas über 200 Hektar, an Kerst durfte man da nicht denken, aber das Land war fruchtbar und gut bestellt, die Landschaft vielleicht etwas eintönig auf den ersten Blick, sah man sich jedoch näher um, so ließen sich ihr einige Reize abgewinnen.
Er hatte keineswegs die Absicht, sofort den Dienst zu quittieren; Wardenburg hatte einen tüchtigen Verwalter, der konnte gut noch einige Jahre ohne ihn auskommen. Doch langsam gewann die Vorstellung, Herr auf eigenem Grund und Boden und ein freier Mann zu sein, immer mehr Macht über ihn. Im ersten Jahr, als er noch in Berlin lebte und nur zu gelegentlichen Besuchen nach Wardenburg kam, lernte er Alice kennen.
Es war im Winter, Weihnachten stand vor der Tür, er hatte eine Woche Urlaub genommen und war nach Wardenburg gefahren, um als neuer Gutsherr den An-

gestellten und dem Gesinde einzubescheren. Er war es von Kerst her gewohnt, daß das Personal reichlich und vom Gutsherrn persönlich mit Geschenken und Händedruck bedacht wurde. Er mußte es einige Tage vor Weihnachten tun, denn er hatte sich bereit erklärt, über Weihnachten für einen verheirateten Kameraden den Dienst zu übernehmen.

Nicolas fühlte sich vereinsamt. Ein Liebesverhältnis, das ihn einige Zeit beschäftigt hatte, war erst vor kurzem beendet worden; das Mädchen hatte geheiratet. Er konnte nach Kerst fahren, dort war er immer willkommen, er konnte weiter bis nach St. Petersburg reisen, dort gab es ebenfalls Familie genug, die ihn mit offenen Armen aufnehmen würde, aber dann entschloß er sich, in Berlin zu bleiben.

Zuvor also eine Woche Wardenburg. Am letzten Tag seines Aufenthalts, das würde drei Tage vor Heiligabend sein, würde er den Leuten bescheren und dann nach Berlin zurückkehren, sein Christbaum würde in diesem Jahr in der Offiziersmesse stehen, an Essen und Trinken würde es nicht fehlen.

Er war den dritten Tag in Wardenburg und fuhr am Nachmittag in die Stadt hinein, um noch einige Besorgungen zu machen. Er hatte beobachtet, daß Lemke Pfeifenraucher war, und so sollte er ein Päckchen Tabak bekommen, und er hatte auch gesehen, daß die Mamsell einen Jungen hatte, an dem sie offenbar sehr hing, dem wollte er auch noch ein Extrageschenk besorgen, denn der Junge war nett und aufgeweckt, und seine Mutter verwöhnte den neuen Gutsherrn mit allen Leckerbissen, auf die sie sich verstand.

Das Land lag unter tiefem Schnee, die beiden dicken Braunen trabten gemächlich vor dem Schlitten her, ihr Atem dampfte in weißen Wolken in die Luft. Das hatte etwas Heimeliges, Vertrautes, auch in Estland lag das Land wohl jetzt im Schnee vergraben, war ganz und gar grauweiß, eintönig, kalt, es wurde früh dunkel, und gern kam man wieder nach Hause, zurück in die warmen gemütlichen Räume.

Die kleine Stadt war weihnachtlich belebt, die Schaufenster heller als sonst, die Auslagen bunter und verlockender, und wenn bei Mierecke die Tür aufging, duftete es auf die Straße hinaus nach Gebäck, Lebkuchen und Pfeffernüssen. Auf dem Marktplatz um das Rathaus herum waren Buden aufgeschlagen, hier gab es allerlei Tand zu kaufen, aber auch schöne gediegene Sachen wurden angeboten, so Holzschnitzereien aus dem Gebirge, handgefertigtes Spielzeug, Christbaumschmuck, silberne, goldene, rote und grüne Glaskugeln, die meistens aus Böhmen kamen.

An einer der Buden blieb er lange stehen. Hier war ein Künstler am Werk gewesen, die holzgeschnitzten bemalten Figuren waren von seltener Schönheit, zwar wirklichkeitsgetreu, doch mit einem leicht überhöhten Schwung, ein wenig erdentrückter Irrealität versehen, fast gotisch muteten sie an in ihrer schmalen hochstrebenden Form.

Besonders eine Madonna fesselte ihn, eine Jungfrau mit dem Kind, etwa dreißig Zentimeter hoch, aufs feinste ausgeführt, herzanrührend, je länger man sie ansah. Zweimal kehrte er um, um das Stück noch einmal zu betrachten. Er glaubte, in den Zügen dieser Mariengestalt das Gesicht seiner Mutter zu erken-

nen, und je öfter er hinsah, um so deutlicher wurde ihm, es war keine Einbildung, es waren wirklich ihre Züge.
Abergläubisch veranlagt wie Nicolas war, machte das tiefen Eindruck auf ihn. Er hatte sich in diesen vorweihnachtlichen Tagen auf seinem neuen Besitz in zwiespältiger Stimmung befunden, da er sich noch immer nicht im klaren war, ob das Gut ein Gewinn oder ein Ballast für ihn sein würde. Und da begegnete ihm das Gesicht seiner Mutter, ein Zeichen des Himmels, es konnte nicht anders sein.
Wo mochte die Schnitzerei herkommen? Sicher aus dem Gebirge, dort lebten Katholiken, die in diesem Handwerk zu Hause waren, hier in der Stadt war man vorwiegend evangelisch.
Er fragte nach dem Preis, der mit zwölf Mark ziemlich hoch war, und so zögerte er. Über viel Geld verfügte er nicht, und die Einkäufe für die Gutsleute hatten ein großes Loch in seine schmale Leutnantskasse gerissen.
Die Frau, die die Ware anbot, war sehr jung, eigentlich noch ein Mädchen, ein kindliches Gesicht, von einem bunten Kopftuch umrahmt, blickte ihn fragend an, als sie sein Zögern gewahrte, und nannte dann schüchtern eine geringere Summe. Nicolas nickte. Während sie die Schnitzerei sorgsam in weißes Seidenpapier einwickelte, betrachtete er ihr schmales blasses Gesicht, die Löcher in ihren Wangen, und schämte sich plötzlich, daß er den Preis heruntergehandelt hatte. Aber er hatte ja nicht gehandelt, es war ihr freiwilliges Gebot gewesen. Er zahlte, sie wünschte ihm ein gesegnetes Fest, und dann ging er, das Päckchen vorsichtig im Arm tragend, weiter durch die Straßen. Keiner kannte ihn hier, er kannte keinen, er kam sich plötzlich sehr verlassen vor. Jetzt bereute er seinen Verzicht auf Kerst, er hätte doch dorthin fahren sollen, wo sie so wundervolle Weihnachtsfeste feierten. Aber auch dort wäre er im Grunde allein gewesen, ohne Vater, ohne Mutter, ohne Geschwister. Ein jäher Zorn auf seinen Vater flog ihn an. Der saß seit Jahren in Florenz, ließ selten etwas hören. Konnte er nicht wenigstens Weihnachten einmal mit seinem Sohn verbringen? Das einzige, was er jetzt hatte, war eine Madonna, die das Gesicht seiner Mutter trug. Und das war alles, ein Geschenk des Zufalls, mehr hatte er nicht.
Mit einem Wort: er war etwas sentimental an diesem Nachmittag, der junge Herr von Wardenburg.
Es dämmerte, bald würde es dunkel sein. Es war Zeit umzukehren, der Kutscher wartete mit dem Wagen im Gasthof »Zum grünen Busch«, wo man die Pferde einstellen konnte. Hoffentlich hatte er sich in der Zwischenzeit nicht zuviel Schnaps genehmigt. Nun, schlimmstenfalls konnte Nicolas selbst nach Hause kutschieren, die Braunen würden den Weg bestimmt finden. Eine Weile dachte er über die Pferde nach, das lenkte ihn von seinen trübseligen Gedanken ab. Wenn er erst für ganz hier lebte, mußte er als erstes Pferde kaufen, die beiden Braunen waren heute recht müde dahingetrabt. Von zu Hause her kannte er herrlich jagende Schlittenfahrten, aber dazu mußte man erst einmal die richtigen Pferde haben.
In Gedanken war er weitergegangen, gelangte zu einer Anlage, nein, es war schon ein Park mit weiß verschneiten Bäumen und Büschen, es mußte der

Schloßpark sein, schon bei seinem letzten Besuch war er hier vorbeigekommen. Nicolas wollte umkehren, doch dann hörte er Lachen, Rufen und Musik.
Ein Stück weiter, hinter einer kleinen Anhöhe, lag ein Teich, zugefroren, Fakkeln flackerten rundherum, und auf der Eisfläche drehten Schlittschuhläufer ihre Kreise. Gegenüber seinem Standplatz stand eine Holzbude, dort spielten die Musikanten. Vor ihnen, am Rand der Eisfläche stand ein Blechteller, manchmal fuhr ein Läufer vorbei, rief einen Wunsch hinauf und eine Münze klapperte im Teller. Ein fröhliches und beschwingtes Bild: der verschneite Park, diese vagen Gestalten, die sich schwerelos über das Eis bewegten, teils von den flackernden Fackeln beleuchtet, teils im Schatten der Bäume verschwindend.
Schwerelos nicht jeder, gerade vor Nicolas gab es einen Plumps, ein junger Mann kam auf seiner Sitzfläche ein Stück herangerutscht, versuchte dann mühsam, sich aufzurappeln. In diesem Augenblick erblickte Nicolas Alice Hoffmann zum erstenmal. Leicht wie eine Feder kam sie herangeschwebt, ihr helles Lachen klang zu ihm herüber, sie rief dem Gestürzten zu: »Aber Herr Referendar, wenn Sie nicht schnell aufstehn, haben wir ein Loch im Eis.«
Nicolas behielt sie im Auge, eine schlanke Mädchengestalt in einem Kleid aus Samt, blau, wie es im Dämmerlicht schien, der Saum mit weißem Pelz besetzt, und wenn sie sich drehte, konnte man ihre Fesseln in den zierlichen Stiefelchen sehen. Sie drehte sich viel, sie war eine gewandte und sichere Läuferin, zog in Figuren und Schleifen über das Eis, graziös bis in die Fingerspitzen, Nicolas glaubte in diesem Augenblick, ein hübscheres Bild nie gesehen zu haben.
Auch kurz darauf, nachdem der Herr Referendar sich wieder zu ihr gesellt hatte und diese beiden nun mit verschlungenen Händen im Walzertakt dahin liefen, bot sie das Bild vollendeter Anmut, bog im Tanz kokett den Oberkörper und, als ihr der plumpe Partner zu langsam war, ließ sie ihn los, zog wieder allein ihre Kreise und Schleifen, der lange weite Rock schwang um sie. Ein anderer junger Mann, schlanker, und ein besserer Läufer, folgte ihr, es kam zu einer kleinen Verfolgungsjagd, aber sie ließ sich nur zu gern fangen, wie es Nicolas schien, sie bot ihre Hände dem neuen Tänzer, und diesmal war es ein ebenbürtiges Paar.
Immer den Läufern nachblickend, war Nicolas langsam am Rand der Eisfläche weitergegangen, bis zur Musikbude auf der gegenüberliegenden Seite. Gerade als die Musiker die »Dorfschwalben« beendet hatten, kam das Mädchen in einem Schwung zu den Holzbänken geglitten, die vor der Bude standen, hielt mitten im Lauf inne, drehte sich noch im gleichen Schwung und setzte sich auf eben die Bank, hinter der er stand.
Eine Verzauberung lag über ihrer ersten Begegnung, plötzlich war es ein anderer Tag geworden, und das Mädchen da vor ihm war zum Verlieben, so wie sie in der Dämmerung des Wintertages in sein Leben geglitten war.
Er war etwas zur Seite getreten, um ihr Profil sehen zu können; daran war nichts auszusetzen, eine gerade wohlgeformte Nase, die Stirn hoch, unter dem Pelzkäppchen quoll blondes Haar hervor, an den Schläfen leicht gelockt. Die beiden jungen Männer waren ihr gefolgt, sprachen auf sie ein, offenbar Rivalen um die Gunst

der hübschen Eisläuferin. Nicolas ließ sich darauf ein, das folgende Gespräch zu belauschen, schon entschlossen, die Bekanntschaft dieses Mädchens zu machen.
Der Gestürzte sagte: »Sie sind mir wieder einmal auf und davon gefahren, gnädiges Fräulein. Es ist hoffnungslos, mit Ihnen Schritt halten zu wollen.«
»Sie müssen mehr üben, Herr Referendar«, sagte sie und lächelte zu ihm auf, beugte sich dann zu ihrem Schlittschuh hinunter. »Oh! Ich glaube, mein linker Schlittschuh ist locker.«
Ehe der Herr Referendar die Situation erfaßte, kniete der andere junge Mann bereits vor ihr, langte ein Schlüsselchen aus der Jackentasche und zog ihren Schlittschuh nach, wobei er ihr lachend mitten ins Gesicht sah. Doch der Herr Referendar wollte auch etwas für sie tun.
»Darf ich Ihnen ein Glas Glühwein besorgen, gnädiges Fräulein?«
Ein Blick nach oben, das Näschen ein wenig schnuppernd; »Gern.«
Nicolas fühlte sich animiert.
Er trat näher an die Bank heran und sprach sie einfach an.
»Mein Kompliment! Sie sind ja eine großartige Läuferin.« Sie hob den Kopf, fixierte ihn kurz, gab keine Antwort. Der junge Mann zu ihren Füßen blickte erstaunt auf, der Herr Referendar runzelte unwillig die Stirn.
Nicolas fühlte sich durchaus nicht eingeschüchtert. Mit ein paar Provinzverehrern einer hübschen jungen Dame nahm er es leicht auf. »Wenn ich Ihnen zusehe, bekomme ich direkt Lust, auch wieder einmal Schlittschuhe anzuziehen.«
»Tun Sie es doch«, sagte sie schnippisch, ohne ihn anzublicken.
»Sind Sie jeden Tag hier anzutreffen?«
»Mein Herr!« rügte ihn der Referendar in scharfem Ton.
Das Mädchen lachte, stand auf und klopfte mit dem Fuß aufs Eis, wohl um zu sehen, ob der Schlittschuh wieder festsaß. Dann setzte sie sich wieder und streckte den anderen Fuß vor.
»Diesen auch, bitte«, sagte sie kokett lächelnd zu dem jungen Mann, der abermals niederkniete, sein Schlüsselchen wieder ansetzte, und dann aufblickend zu dem Herrn Referendar, der sichtlich angestrengt überlegte, wie er den frechen Eindringling nachhaltig zurechtweisen könnte: »Wo bleibt mein Glühwein?«
Der Herr Referendar entfernte sich also notgedrungen. Der zweite Schlittschuh saß nun auch fest, das Mädchen schob ein Löckchen unter die Pelzkappe, hob dabei den Kopf wie zufällig, so daß der Fremde ihr ins Gesicht sehen konnte. Es war der Mühe wert. Sie war bildhübsch, ihre Wangen rosig, die Augen leuchtend im Fackelschein.
Die trübselige Stimmung, die Nicolas an diesem Nachmittag begleitet hatte, war verflogen.
»Ich war einmal ein ganz guter Läufer«, sagte er. »Im Augenblick wundere ich mich selbst, warum ich diesen hübschen Sport vernachlässigt habe. Aber ich wette, wenn ich zwei- oder dreimal geübt habe, könnte ich einen Walzer mit Ihnen versuchen, gnädiges Fräulein.«
Der junge Mann mit dem Schlüsselchen stand verlegen und ratlos da, und wohl um sie von dem lästigen Verehrer wegzulocken, fragte er: »Wollen wir wieder laufen, Fräulein Alice?«

»Später«, erwiderte sie gleichmütig, »erst mein Glühwein.«
Den brachte der Referendar soeben, sie nahm das Glas in beide Hände, nippte und machte entzückt: »Mhmm! Süß und heiß!«
»Wie die Liebe«, kommentierte Nicolas.
Die jungen Männer blickten ihn tadelnd an, der Referendar räusperte sich, runzelte die Stirn und war dabei, einen schneidenden Verweis zu formulieren, doch Nicolas kam ihm zuvor, neigte leicht den Kopf und sagte unverfroren: »Würden Sie mich bitte der jungen Dame vorstellen? Ich bin Nicolas von Wardenburg.«
So hatte das angefangen. Ein kleiner Flirt am Rande der Eisfläche, nichts weiter als die Unverschämtheit eines Großstädters, der den beiden Provinzlern einmal zeigen wollte, wie man so etwas macht. Es war wohl wirklich so, wie er der Fürstin gesagt hatte: er war noch ein junger unreifer Mann gewesen, trotz einschlägiger Erfahrungen in puncto Frauen.
Im Januar nahm er einige Tage Urlaub, kehrte nach Wardenburg zurück, und nahm die Spur der Zufallsbekanntschaft auf. Diesmal benahm er sich als formvollendeter Gentleman, und da ihm Alice bei ihrem zweiten Zusammentreffen genauso gut gefiel wie beim erstenmal, begann er ihr ernstlich den Hof zu machen.
Alice begriff sofort, welch einmalige Chance sich ihr bot. Das war der Mann, auf den sie gewartet hatte! Dies sagte sie Charlotte, nicht ihm. Denn ihm machte sie die Werbung nicht allzu leicht, was ihn verständlicherweise reizte.
An Heirat dachte er ziemlich bald. Das kam nicht zuletzt daher, daß er sich immer mehr mit dem Gedanken befreundete, ein Gutsbesitzer zu sein, ein freier, unabhängiger Mann also, an keinen Dienst und keine Dienststunden mehr gebunden. Es entsprach auch seiner Herkunft. Er war in einem Feudalmilieu auf gewachsen, das Leben auf eigenem Grund und Boden war er von Kindheit an gewöhnt.
Die Überraschung, der Erbe eines Gutes zu sein, ging sehr schnell in die Freude und Befriedigung an dem Besitz über. Und ebenso schnell entschloß er sich, auf seinem Gut zu leben. Die Großstadt war immer erreichbar; wenn es ihm auf dem Lande zu langweilig wurde, ließ sich eine Reise jederzeit arrangieren. An finanzielle Schwierigkeiten dachte er zunächst nicht, davon war auf Kerst nie die Rede gewesen.
Ein wenig vereinsamt fühlte er sich auch; Kerst war nicht mehr so recht seine Heimat, er war dort ein Besuch geworden. Sein Großvater lebte nicht mehr, sein Onkel Georg, jetzt der Herr auf Kerst, war ihm herzlich zugetan und er ihm ebenso, dennoch gehörte er nicht mehr wie früher richtig zur Familie.
Sein Leben in Berlin war amüsant gewesen, es hatte einige Affären gegeben, keine von besonderer Wichtigkeit, seit der Fürstin hatte keine Frau eine wesentliche Rolle in seinem Leben gespielt.
Wollte er aber auf dem Gut leben, mußte er eine Frau haben. Er brauchte sie für sich, und das Gut brauchte eine Herrin, und schließlich mußten auf einem Gut Kinder aufwachsen.
Alice paßte gut in das Bild: ein schönes Mädchen, anmutig, gebildet, sicher im Auftreten, und nicht nur das, sondern dazu von erstaunlicher Selbstsicherheit.

Daß sie arm war, störte ihn nicht, er war nicht berechnend. Immerhin war sie die Tochter eines Offiziers, das galt in Preußen so gut wie ein Adelsbrief. Außerdem gefiel sie ihm, und er war in sie verliebt.
Alice war sich von vornherein klar darüber, daß sie diesen haben wollte und keinen anderen. Das verbarg sie lange genug, um es für ihn spannend zu machen. Doch sie war klug genug, den Bogen nicht zu überspannen; und da sie immer fürchtete, er würde so schnell verschwinden, wie er aufgetaucht war, sagte sie dann doch relativ schnell ja.
Darüber waren nun mehr als zehn Jahre vergangen, aus Verliebtheit war keine Liebe geworden, aber eine leidlich gute, erträgliche Ehe. Daß Kinder ihnen versagt blieben, bedauerte er oft. Im übrigen genoß er die Ungebundenheit, die zu seinem Lebensstil gehörte.
In diesem Jahr war er siebenunddreißig, ein blendend aussehender Mann in den allerbesten Jahren, der sich seinen Charme und seine Unbeschwertheit bewahrt hatte. Doch dies war eine Täuschung, in sein Leben war ein Konflikt gekommen, Sorgen, Unruhe, lästige Gedanken, die er jedoch immer zu verdrängen suchte.
Denn da war eine Frau, die ihm nahestand, und es gab vor allem das Kind, von dem niemand wußte, außer der Fürstin. Er war in das geraten, was die Fürstin ›eine Situation‹ nannte und dadurch in einen Zwiespalt, wie er ihn in seinem bisherigen Leben nicht gekannt hatte.
Mit Ungeduld erwartete er den Abschluß der Erntearbeiten, um nach Berlin zu fahren, wo Frau und Kind auf ihn warteten. Er hatte versprochen, beide noch für zwei oder drei Wochen an die Ostsee zu begleiten. Oder zumindest, sie hinzubringen und eine Weile bei ihnen zu bleiben.
Das hatte gewisse Schwierigkeiten, die Großstadt verbarg sein Geheimnis, eine Reise bot ungeahnte Gefahren. Selbstverständlich würde man ein kleines, von der guten Gesellschaft nicht frequentiertes Bad aufsuchen.
Wichtig war die Ernte. So viel hing ja von dem Ertrag ab, den das Gut erwirtschaftete. Und wenn er nun schon so einen tüchtigen Mann wie Köhler hatte, sollte der nicht den Eindruck gewinnen, der Gutsherr sei am Verlauf und Ergebnis der Ernte nicht interessiert.
Also zeigte sich Nicolas viel im Gelände, ließ sich berichten, beobachtete das Wetter, ritt hinaus auf die Felder, benahm sich alles in allem so, daß nicht nur Köhler, sondern auch sein seliger Großvater mit ihm zufrieden sein konnte.
An einem Vormittag im späten August war er wieder einmal unterwegs, ritt die junge Stute, hatte einige Ernteabschnitte besucht und traf an dem großen Weizenfeld Köhler, der dort die Leute zur Eile antrieb, denn, wie er sagte, ein Gewitter liege in der Luft.
Nicolas musterte gründlich den rundum blitzblauen Himmel und schüttelte den Kopf.
»Kann ich mir nicht denken. Sieht doch prächtig aus.« Köhler griff an seinen Kopf.
»Ich habe meine Wetterstation hier, Herr von Wardenburg; heute kommt noch was, darauf können Sie sich verlassen.«

Dagegen ließ sich nicht viel sagen. Meist stimmten Köhlers Wettervoraussagen, also machte auch Nicolas ein bedenkliches Gesicht und fragte: »Werden Sie es schaffen?«
Köhler sagte: »Ja.« Und wenn er ja sagte, dann würde es wohl auch so in Ordnung gehen. Er stand in hohen Stiefeln am Rande des Feldes, sein Pferd im Schatten angebunden, er hatte seine Augen überall, und die Leute arbeiteten schweißüberströmt und unermüdlich. Es war sehr heiß, Nicolas fragte: »Haben Sie dafür gesorgt, daß die Leute zu trinken bekommen?«
»Die brauchen jetzt nichts, da schwitzen sie nur noch mehr. Sie können trinken, wenn wir eingefahren haben.«
Nicolas schwieg. Er hatte schon die Erfahrung gemacht, daß es nicht guttat, Köhler in seine Arbeit und seine Anordnungen hineinzureden, der Mann konnte sehr humorlos darauf reagieren. Nicolas hob die Gerte an die Schläfe und ritt weiter. Köhler war zweifellos sehr tüchtig, aber ein angenehmer Zeitgenosse war er nicht.
Hinter dem Weizen kam ein kleines Waldstück, Nicolas ließ der Stute die Zügel lang und wischte sich die Stirn. Vielleicht hatte Köhler recht, es war wirklich unerträglich heiß und bis zum Abend mochte ein Gewitter heraufziehen. Gewitter in dieser Ebene waren meist sehr heftig und nicht ohne Gefahr. Und wie die Fliegen klebten! Er strich der Stute, die gereizt mit dem Kopf und dem Schweif schlug, die Fliegen vom Hals und von der Kruppe.
»Ja, ja, meine Kleine, das ist lästig, ich weiß. Nun, nun, sei brav.«
Er kraulte die dunkle Mähne, ließ sie Schritt gehen unter den Bäumen, trabte dann einen Feldweg entlang, zwischen Feldern, die schon abgeerntet waren, in der Ferne sah er Klein-Plettkow liegen. Gleich am nächsten Rain endete sein Gebiet, die anschließenden Felder gehörten Bauern aus dem Dorf. Auch dort waren sie fleißig bei der Arbeit. Er ritt weiter nach Osten, kam an einen zwischen niedrigen Büschen wasserarm und träge dahinfließenden Bach, bog um eine Erlengruppe, sah den Stein fliegen und hörte den Schrei. Er legte den Schenkel an, Ma Belle fiel in Galopp, er parierte sie durch, als sie bei der zusammengesunkenen Gestalt waren, und Nicolas sprang aus dem Sattel.
Das Mädchen fuhr auf, zur Abwehr bereit wie ein gehetztes Tier, von ihrer Wange sickerte Blut. Als sie ihn erkannte, sank sie erleichtert zusammen, kauerte sich nieder, wischte das Blut, das ihr über den Hals lief, hastig weg, blickte einmal scheu zu ihm auf und senkte dann den Blick.
»Wer war das?« fragte Nicolas.
Sie hob die Schultern.
»Du mußt doch gesehen haben, wer den Stein geworfen hat.«
Sie schüttelte den Kopf.
»Es kam dort aus dem Gebüsch. Aber ich habe nicht gesehen, wer ihn geworfen hat«, sagte er.
Er beugte sich über sie, hob ihr Gesicht hoch und besah die Wunde. Es war eine tiefe Schramme über die linke Wange, die Wunde blutete stark.
»Kommt so etwas öfter vor?«
Sie schüttelte wieder den Kopf.

»Mach den Mund auf«, herrschte er sie an. »Sprechen kannst du ja wohl.«
Katharina sah ihn an. Ihre Augen waren groß und dunkel und von sehr langen Wimpern umrahmt, sie standen voller Tränen, die nun über ihre schmalen Wangen rollten und sich mit dem Blut vermischten.
»Du mußt es mir sagen«, seine Stimme war nun freundlicher, »ich kann es nicht dulden, daß hier jemand in der Gegend herumläuft und Steine nach einem Mädchen wirft. Wenn du mir sagst, wer es ist, werde ich dafür sorgen, daß er bestraft wird.«
»Ich weiß nicht, wer es ist«, sagte das Mädchen fest. Seine Stimme war erstaunlich tief und wohlklingend. »Ich denke, es sind immer andere.«
»Also kommt es öfter vor.«
»Manchmal.«
»Kannst du gehen?«
Er ergriff sie am Arm und half ihr aufzustehen. Sie war ziemlich groß, sehr schlank, ihr grauer Rock war schmutzig und zerrissen, die Bluse von undefinierbarer Farbe, aber das ganze Mädchen wirkte dennoch jung und frisch, alles andere als verwahrlost. Dann sah er, daß sie einen schmutzigen Lappen um das Fußgelenk gewickelt hatte.
»Was hast du da?«
»Das war der Stein von gestern.«
»Verdammt noch mal!« rief Nicolas wütend aus. »Wo leben wir denn eigentlich? Im Mittelalter? Seit wann werden hier in unserer Gegend Mädchen gesteinigt?«
Er hatte sie nie gesehen, aber er wußte, wer sie war. Das Mädchen, das Paule an sich gelockt hatte. Und wo war Paule jetzt, während man sie fast erschlug?
»Wohnst du hier in der Nähe?«
Sie nickte und wies mit der Hand ein Stück bachaufwärts.
»Dort.«
»Ich bring dich hin.«
»O nein. Das ist nicht nötig.«
»Los, geh.«
Ma Belle am Zügel ging er neben ihr her, sie humpelte ein wenig, hielt den Kopf geneigt. Ihr war anzusehen, wie unangenehm ihr die Situation war. Es war nicht sein Land, auf dem sie lebte, es war Gemeindegebiet, aber er war trotzdem nicht geneigt, Tätlichkeiten zu dulden.
»Erzähl mir, was hier los ist«, sagte er.
Sie hob wieder die Schultern.
»Ich weiß nicht.«
Ihre Stimme klang hübsch, und sie sprach keinen Dialekt, das war merkwürdig.
»Komm, spiel nicht die Ahnungslose«, sagte er ungeduldig.
»Warum schmeißen sie Steine nach dir? Wer tut es?«
»Die Leute vom Dorf. Kinder sind es, meist Jungen. Sie hören von den Eltern, daß man mich fortjagen müßte, und dann tun sie es eben.«
»Soviel ich weiß, lebst du doch schon eine ganze Weile hier, und bis jetzt hat dich keiner fortgejagt. Warum jetzt auf einmal?«

»Sie wollten mich immer fortjagen«, sagte sie ruhig. »Früher, als meine Brüder noch da waren, haben sie sich nicht hergetraut. Meine Brüder sind sehr stark. Aber seit ich allein bin, kommen sie immer und schreien mich an.«
»Bist du denn allein?«
Sie ließ ihren Blick flink zu ihm hinübergleiten und schwieg.
»Komm, stell dich nicht so an. Ich denke, Paule ist bei dir.«
»Ja.« Sie nickte. »Er ist bei mir.«
»Und wo ist er jetzt?«
»Er sucht Arbeit.«
»So. Er sucht Arbeit, dieser Esel. Das hat er nötig. Und wo, bitte, sucht er Arbeit?«
»Er war in den anderen Dörfern. Hier gibt ihm keiner Arbeit.«
»Und in den anderen Dörfern?«
»Er hat bei der Ernte geholfen, drüben –« Sie machte eine ungenaue Bewegung gegen Osten zu. »Aber dann haben sie ihn wieder weggeschickt.«
»Und wo ist er heute?«
»Er sagt, er will weitergehen. In Dörfer, wo ihn keiner kennt.«
Das Buschwerk wurde dichter, das Mädchen blieb stehen.
»Was ist?« fragte er.
»Ich muß da durch.«
»Ist dort deine Hütte?«
»Ja.«
»Los, geh voran. Ich will sehen, wo du wohnst.«
Sie stand und starrte ihn an.
»Hörst du nicht? Los, geh schon!«
Sie duckte sich vor seinem barschen Ton, bog die Zweige auseinander, dahinter war ein kleiner Pfad, ordentlich ausgeschlagen, er bot auch für das Pferd Platz. Die Hütte war eine elende Bretterbude, sie lag ein Stück vom Bach entfernt, mit dem Rücken im Erlengebüsch. Davor im Freien standen eine Bank und ein klobiger Tisch aus Holz. Auf einer Wäscheleine hingen Hemden und Strümpfe, die einem Mann gehörten. Nicolas blieb stehen und nahm das Bild staunend in sich auf. »Ein echtes Idyll!« sagte er.
Sie stand neben ihm und rührte sich nicht, als ginge der Platz sie nichts an.
»Sag bloß, Mädchen, wie kann man so hausen. Wie lange bist du denn schon hier?«
Sie hob wieder die Schultern.
Er versuchte sich an alles zu erinnern, was er über diesen Fall gehört hatte. Der Vater im Gefängnis, dort gestorben, wenn er sich recht erinnerte, die Mutter im Gefängnis, die Brüder auf und davon. Und jetzt also der Paule mit seinem fröhlichen Lachen, gut gepflegt von seiner Mutter, immer sauber gewaschen und ordentlich gekämmt, der hauste nun hier. Nicolas sah sich das Mädchen genauer an. Sie war bildhübsch, trotz der blutverschmierten Backe. Eine kleine Wilde. Sowas gab es hier also, kaum zu glauben.
»Wie heißt du denn?« fragte er.
»Katharina.«

Er mußte unwillkürlich lächeln. In Rußland war Katharina ein stolzer Name, dort dachte man unwillkürlich an die große Zarin, wenn man diesen Namen hörte.
»Hast du irgendwo sauberes Wasser, Katharina? Ich möchte dir gern diese Wunde auswaschen. Du kannst die schönste Blutvergiftung kriegen. Hast du Wasser?«
Sie hatte Wasser. Aus der Hütte holte sie einen Krug, das Wasser schien leidlich sauber zu sein, Nicolas nahm sein Taschentuch und wusch ihr vorsichtig das Blut aus dem Gesicht. Es tat ihr weh, ihre Augen füllten sich wieder mit Tränen, aber sie muckste nicht.
Zusammen mit ihr war ein Hund aus der Hütte gekommen, den sie dort eingesperrt hatte, ein großer heller Hund mit zottigem Fell. Der betrachtete den Fremden mißtrauisch und begann zu knurren, als Nicolas sich an ihrem Gesicht zu schaffen machte. Ein Zischlaut des Mädchens brachte ihn zum Schweigen, aber er ließ Nicolas nicht aus den Augen.
»Jetzt setz dich hin und zeig mir deinen Fuß.«
Sie wickelte den Lappen ab, ihr Knöchel war dick geschwollen und violettblau.
»Das sieht bös aus. Hoffentlich ist es nicht gebrochen.«
Er drehte vorsichtig ihren Fuß ein wenig, sie schrie auf, der Hund knurrte wieder.
»Du mußt kalte Umschläge machen und darfst nicht herumlaufen. Eigentlich brauchst du einen Doktor.«
Sie schüttelte heftig den Kopf, sie war blaß geworden unter der Bräune ihrer Wangen, der Fuß mußte ihr sehr weh tun.
»Hast du denn keine Angst, herumzulaufen, wenn sie hinter dir her sind, und du nicht einmal davonlaufen kannst? Warum nimmst du denn nicht wenigstens den Hund mit, er scheint ja gut auf dich aufzupassen?«
»Ich habe ihn hier gelassen, weil ich, weil ich . . .«
»Weil du was?«
»Ich wollte sehen, ob ich irgendwo Ähren lesen kann. Manche Felder sind schon leer. Und wenn er dabei ist, und die Bauern sehen ihn . . .«
»Was ist, wenn sie ihn sehen?«
»Sie beschmeißen ihn auch mit Steinen. Und dann fällt er sie an. Neulich hat er einen Jungen gebissen, und der Bauer hat gesagt, wenn er Venjo noch einmal sieht, haut er ihm mit der Sense den Kopf ab.«
Schaudernd schloß Nicolas die Augen. Was ging hier vor, wovon er keine Ahnung hatte!
Das Mädchen, auf der Bank sitzend, sah mit vertrauensvollen Augen zu ihm auf, sie schien keine Angst mehr vor ihm zu haben.
»Heute nacht haben wir in den Büschen geschlafen, Venjo und ich. Sie haben gesagt, sie werden mir die Hütte anzünden.«
»Wer hat das gesagt?«
»Ich weiß nicht. Der den Stein geschmissen hat, gestern, der hat es geschrien. Ich konnte nicht sehen, wer es war.«
»Was für Helden! Hör zu, Katharina, ich werde heute noch dem Gemeindevorstand berichten, was hier für Zustände herrschen.«

»O nein! Nein! Bitte nicht!« Sie griff mit beiden Händen nach seinem Arm. »Dann wird es nur noch ärger.«
»War es schon immer so oder ist es erst in letzter Zeit so geworden?«
Sie senkte den Blick. »Erst in diesem Sommer.«
Also, seit Paule bei ihr lebte. Vorher hatte man sie mehr oder weniger geduldet. Nicht geliebt, aber geduldet. Daß Paule mit ihr lebte, das verziehen ihr die Dörfler nicht. Paule war im Dorf sehr beliebt gewesen, das wußte Nicolas, er hatte auch dort sein Mädchen gehabt, war lange mit ihr gegangen, wie es hieß. Vermutlich sagten die Leute nun, das Mädchen habe ihn verhext, und die Hexe müsse man verjagen.
Der Hund spitzte die Ohren, lief rasch über die kleine Lichtung, auf das Gebüsch zu, dann ertönte ein Pfiff, den Nicolas kannte, eine Terz hinauf, eine Terz hinunter. Paule erschien auf der Szene. Er trug nur Hemd und Hose, die Hose sah mitgenommen aus, das Hemd war schmutzig und verschwitzt.
Als er sah, wer sich vor der Hütte befand, blieb er mit einem Ruck stehen, seine Stirn rötete sich, seine Miene wurde finster.
Nicolas blieb ruhig und abwartend stehen und versuchte, sich zu beherrschen, denn im Augenblick war er sehr zornig auf den unbesonnenen Liebhaber. Katharina saß immer noch auf der Bank, den geschwollenen Fuß hatte sie hochgelegt. Auch sie blickte schweigend zu Paule hinüber.
Ma Belle rettete ihn. Auch sie hatte den Pfiff gehört, den sie seit ihrer Fohlenzeit kannte. Nicolas hatte den Zügel nur lose um die Banklehne geschlungen, jetzt trat sie zurück, der Zügel lockerte sich, fiel herab, und sie trottete langsam zu Paule hin. Und wenn etwas dazu geeignet war, Paules Trotz und Widerstand zu brechen, so war es der Anblick eines seiner geliebten Pferde, den er so schrecklich vermißte. Und noch dazu Ma Belle, die er seit ihrer Geburt kannte und über alles in der Welt liebte.
So stand also von vornherein die Partie gegen Paule. Er strich Ma Belle über den Hals, streifte ihr den Zügel über den Hals und kam, sie führend, die wenigen Schritte auf die Hütte zu.
Dann erst sah er das dramatische Zubehör, das blutige Taschentuch, das blutige Wasser, Katharinas Wange, über die immer noch Blut sickerte, und den verfärbten Fuß.
»Um Gottes willen«, stieß er hervor, »was ist denn passiert?« In seinem Blick und in seinem Ton war keine Feindseligkeit, nur Angst und Erschrecken.
»Wo kommst du denn her?« fragte Nicolas kalt.
»Ich war in Porkinnen. Um Arbeit fragen.«
Nicolas zog die Brauen zusammen.
»Porkinnen? Das ist doch nah an der polnischen Grenze. Was willst du denn dort für Arbeit finden?«
»Bei der Ernte, dachte ich.«
»So, dachtest du! Da kommen genug polnische Arbeiter hin, dort haben sie gerade auf dich gewartet.«
»Es ist ein großes Dominium, ich dachte, ich könnte vielleicht bei den Pferden arbeiten.«

»Sie kommen dort auch ohne dich aus, wie es scheint. Wie bist du denn da hingekommen?«
»Gelaufen.«
»Durak! Da mußt du ja zwei Tage unterwegs gewesen sein.«
So sah er auch aus, und sicher war er hungrig und durstig und müde, aber Nicolas erlaubte nicht, daß er sich hinsetzte.
»Geh und hol kaltes Wasser aus dem Bach. Du mußt Umschläge um ihren Fuß machen, immer wieder neue. Und sie darf nicht laufen, ehe die Geschwulst zurückgegangen ist. Ich komme morgen wieder her und sehe mir den Fuß an. Wenn er nicht besser ist, hole ich Doktor Menz.«
»Was ist denn passiert?« fragte Paule eingeschüchtert.
»Was passiert ist, du Narr!« fuhr Nicolas ihn an. »Daß man dein Mädchen hier bald erschlagen hat, das ist passiert. Du darfst sie nicht allein lassen. Wenn ihr euch schon das ganze Dorf zum Feind gemacht habt, durch deine Schuld wohlverstanden, dann mußt du sie gefälligst beschützen. Sie werfen mit Steinen nach ihr und wollen ihr die Hütte über dem Kopf anzünden. Wer weiß, was heute noch passiert wäre, wenn ich nicht zufällig vorbeigekommen wäre.«
Paule stand mit hängendem Kopf, ein Bild des Jammers, das Pferd hielt er immer noch am Zügel.
»Und wie du aussiehst! Denkst du, du findest Arbeit, wenn du ankommst wie ein Strolch? Es gibt ausreichend Arbeitskräfte für die Ernte, das weißt du selber. Die Polen rennen uns jeden Sommer die Bude ein. Los, hol Wasser!«
Nicolas nahm den Zügel und band Ma Belle wieder an die Bank, diesmal etwas fester.
Paule bückte sich wortlos nach dem Eimer, goß das verbrauchte Wasser aus und ging den Weg zurück, den er gekommen war. Katharina blickte vorwurfsvoll zu Nicolas auf.
»Wenn Sie so mit ihm sprechen . . .«, sie stockte und steckte unsicher den Finger in den Mund.
»Laß nur«, sagte Nicolas, wieder in freundlichem Ton, »einer muß mal so mit ihm sprechen. Er ist kein kleiner Junge mehr, sondern ein erwachsener Mann, und es wird Zeit, daß er einmal über sein Leben nachdenkt.«
Nicolas setzte sich neben sie auf die Bank. Es war schon spät, sicher bald Zeit zum Mittagessen, aber wenn er nun schon hier war, wollte er die Gelegenheit nutzen.
»Er ist sehr unglücklich«, sagte das Mädchen leise.
»Das nützt keinem etwas. Er hat sich selbst in diese Lage gebracht und nun muß er sehen, wie er damit fertig wird.«
Sie schwiegen, bis Paule mit dem gefüllten Eimer zurückkam. Der Hund hatte sich währenddessen dicht vor die Bank gesetzt, beschnüffelte vorsichtig den Fremden und duldete es, daß Nicolas ihm über den Kopf strich.
»So«, sagte Nicolas, als der Eimer vor ihnen stand, »und nun hol ein Handtuch, falls ihr so etwas habt, und mache ihr kalte Umschläge.«
Das Mädchen wollte aufstehen, aber Nicolas hielt sie fest.

»Du bleibst sitzen. Er wird ja wohl irgendeinen Lappen finden.«
Es dauerte eine Weile, bis Paule mit einem Fetzen zurückkam, er tauchte ihn nun ins Wasser und wickelte ihn geschickt um Katharinas Knöchel.
»Wenn ich den finde, der das getan hat, drehe ich ihm den Hals um.«
»Davon hat keiner was. Dann landest auch du im Gefängnis wie die anderen, die hier gehaust haben. Überleg dir lieber, was du tun willst.«
Paule blickte trotzig auf.
»Ich komme nicht aufs Gut zurück.«
»Davon habe ich nichts gesagt. Ich glaube auch nicht, daß jemand dich dort noch haben will. Schon gar nicht mit ihr zusammen. Oder denkst du, deine Mutter will sie als Schwiegertochter haben?«
Paule schwieg.
»Ich bin nur der Meinung, du solltest darüber nachdenken, was aus dir werden soll. Willst du bei Katharina bleiben?«
Paule nickte.
»Gib mir eine ordentliche Antwort, sage ja oder nein.«
»Ja.«
»Du liebst sie also?«
»Ja.«
»Gut. Ich nehme an, du weißt, was du sagst. Liebe bedeutet nicht nur, daß man mit einem Mädchen ein bißchen Spaß hat. Ich habe Katharina heute zum erstenmal gesehen, und ich finde, sie ist ein sehr hübsches Mädchen, und ich glaube, sie ist auch ein gutes Mädchen. Ich kann verstehen, daß du sie magst.«
»Herr!« sagte Paule überwältigt und sah Nicolas dankbar an. Er kniete immer noch im Gras, neben dem Wassereimer, und er sah jetzt wieder aus wie der Junge, den Nicolas seit vielen Jahren kannte.
»Du willst also bei ihr bleiben, und nehmen wir an, sie will auch bei dir bleiben, weil sie dich genauso gern hat wie du sie, dann müßt ihr von hier fortgehn. Erstens kannst du nicht auf die Dauer in dieser Hütte hier hausen, so ein Leben bist du nicht gewöhnt, und zweitens hättet ihr immer die Feindschaft der Leute aus dem Dorf zu ertragen, und es kann sein, sie nimmt noch bösere Formen an. Was mich betrifft, Paule, so könntest du ohne weiteres mit ihr zusammen aufs Gut kommen, aber du weißt, daß damit nichts gewonnen wäre. Ich würde sagen, ihr packt euren Kram hier zusammen, viel wird es ja nicht sein, und sobald Katharina wieder laufen kann, geht ihr fort von hier.«
Beide blickten ihn jetzt mit großen Augen an, wie Kinder, denen man ein Märchen erzählt. Katharinas hübscher Mund stand vor Staunen ein wenig offen, Paules Blick wurde hell.
»Wo sollen wir hin?« fragte er.
»Herrgott, du Esel, das weiß ich doch nicht. Die Welt ist groß. Du bist jung und stark und gesund, du wirst doch noch imstande sein, eine Arbeit zu finden und eine Frau zu ernähren. Keine Saisonarbeit während der Ernte, das ist Unsinn. Ihr geht hinein in die Stadt, setzt euch in die Eisenbahn und fahrt in eine andere Stadt. Und dort. . .«

»In die Eisenbahn!« rief Katharina in hellem Entsetzen. Nicolas lachte. »Ja, mein Kind, das ist die Art, wie man sich heute von einem Ort zu einem anderen bewegt.

Paule bekommt von mir ein schönes Zeugnis, da schreibe ich hinein, was er alles kann, vor allem, daß er gut mit Pferden umgehen kann, dann zieht er sich ordentlich an, wäscht sich sauber und rasiert sich, und dann wird er auch Arbeit finden. Ihr bekommt von mir das Geld für die Eisenbahn und noch etwas dazu, daß ihr eine Weile davon leben könnt, bis er Arbeit hat. Und du ziehst dich auch ordentlich an, Katharina, und steckst dir die Haare hoch, damit du dort, wo du hinkommst, gleich ein anderes Ansehen hast. Mir gefällst du ganz gut, wie du jetzt aussiehst, aber die Leute denken nun einmal anders darüber, daran mußt du dich gewöhnen. Und wenn du Paule behalten willst, mußt du sein Leben mitleben. Denn er wird, das kann ich dir mit Sicherheit sagen, dein Leben nicht lange mitleben, dann wird er dich verlassen. Jetzt denkt darüber nach, ich komme morgen wieder vorbei, und dann möchte ich hören, was ihr beschlossen habt. Und jetzt muß ich nach Hause.«

Er stand auf, band Ma Belle los.

Auch Paule war aufgesprungen. Er lachte plötzlich und sah ganz froh aus.

»Ja, Herr, Sie müssen reiten. Sie kommen sowieso zu spät zum Essen. Mutter wird schimpfen, wenn sie das Essen solange warmhalten muß.«

»So? Tut sie das manchmal? Na, dann werden wir uns beeilen, meine Schöne.« Er klopfte der Stute den Hals, Paule hielt ihm den Bügel, als er aufstieg; vom Sattel aus lächelte Nicolas auf die beiden hinunter.

»Also besprecht euch und macht Pläne. Morgen will ich hören, was ihr beschlossen habt.« Und schon im Abreiten rief er Katharina zu: »Gute Besserung, mach fleißig Umschläge. Zum Anziehen bringe ich dir was mit, es wird sich schon etwas finden.«

Er lachte vor sich hin, als er gebückt durch das Erlengebüsch ritt. Er war mit sich zufrieden. Paule hatte er auf Trab gebracht, soviel war sicher. Der Junge war in Ordnung, es mußte ihm nur einer beibringen, daß er sich nicht auf die Dauer im Gebüsch verkriechen konnte. Und das Mädchen war auch in Ordnung, soviel Menschenkenntnis traute er sich zu. Sie konnte vermutlich weder lesen noch schreiben, aber sie sah intelligent aus, und wenn sie einmal begriff, worauf es ankam, würde sie sich auf ein anderes Leben einrichten, das fällt Frauen immer leichter als einem Mann. An einem anderen Ort, wo keiner ihr bisheriges Leben kannte, würde keiner sie Zigeunerin nennen, vorausgesetzt, sie kam in einem ordentlichen Anzug.

»Alles andere müssen die beiden allein schaffen«, sagte er laut. »Ich kann nicht mehr, als ihnen einen guten Rat geben.«

Glühend stach die Sonne vom Himmel, als er aus dem Gebüsch ins Freie kam, aber ganz hinten, am Horizont, stand eine einzelne steile Wolke. Ob das Köhlers Gewitter war?

»Los, Ma Belle! Jetzt zeig mal, was du kannst!«

Es bedurfte der Aufforderung nicht, Ma Belle hatte auch Hunger und sehnte sich nach dem kühlen Stall, sie griff weit aus, schnaubend vor Freude, daß es

heimwärts ging. Soll ich Alice von dieser Begegnung erzählen? überlegte Nicolas während des Rittes. Oder Paules Mutter? Irgendwoher mußte er ja Kleider für das Mädchen bekommen.
Weder noch, entschied er rasch. Grischa, der war der rechte Vertraute für diesen Fall. Und sicher konnte seine Witwe irgend etwas zum Anziehen für das Mädchen auftreiben, einen Rock, zwei Blusen, ein Umschlagtuch. Schuhe mußte sie sich selber kaufen, sobald der Fuß wieder geheilt war.
Auf den Stufen vor dem Gutshaus saß Nina. Sie lief ihm entgegen, als er in den Hof trabte.
»Du kommst aber spät«, rief sie. »Das Essen ist schon lange fertig.«
»Das ist ja fein, ich habe großen Hunger. Was gibt es denn?«
»Wunderschönes Rindfleisch mit Schnittlauchsoße. Und Klöße dazu. Und vorher eine gute Brühe«, berichtete Nina eifrig. »Und Pauline sagt, sie hat ganz viel Schnittlauch in die Soße getan, weil wir so schönen Schnittlauch im Garten haben.«
»Klingt ja gut«, sagte Nicolas und sprang vom Pferd.
»Und was gibt es dann?«
»Stachelbeeren und Grießpudding.«
»Nur für Leute, die vorher ordentlich Fleisch gegessen haben, das ist ja klar.«
Nina nickte. »Das ist klar.«
Er gab dem Stallburschen die Zügel.
»Reib sie ordentlich trocken, warte aber noch eine Viertelstunde mit dem Füttern. Und tränken erst, wenn sie gefressen hat.«
»Ich dagegen«, sagte Nicolas und legte den Arm um Ninas Schulter, »werde sofort ein großes Glas kaltes Bier trinken. Was hältst du davon?«
»Brr!« machte Nina und schüttelte sich.
»Du weißt eben noch nicht, was gut ist.«
Grischa hingegen wußte es. Er brachte das Bier, kaum daß Nicolas das Haus betreten hatte.
»Ich muß nachher mit dir sprechen«, sagte Nicolas. »Nach dem Essen. Komm in mein Zimmer.«
Eine Woche später setzte Nicolas die beiden in einen Zug, der nach Norden ging. Er war selbst mit auf den Bahnhof gekommen, Grischa war bei ihm, sonst wußte keiner in Wardenburg von der großen Abreise. Nicolas hatte gemeint, es sei besser so.
»Aber ich erwarte von dir«, hatte er zu Paule gesagt, »daß du deiner Mutter schreibst, sobald du irgendwo vernünftig untergekommen bist. Bitte sie um Verzeihung, erkläre ihr alles und schreibe ihr auch, daß du dich bemühen wirst, ein ordentliches Leben zu führen.«
Paule nickte eifrig. »Das werde ich bestimmt tun. Und an die gnädige Frau werde ich auch schreiben. Und natürlich an Sie, gnädiger Herr.«
»Übernimm dich nicht«, sagte Nicolas. »Ich werde dann schon erfahren, wo du gelandet bist.«
Paule schien wieder der alte zu sein, er sah hübsch und adrett aus, wirkte sehr männlich, um Jahre gereift. Er war sich anscheinend seiner Verantwortung be-

wußt geworden. Dazu kam die Aufregung über die bevorstehende Reise, er kam sich wichtig vor, und wenn er Angst hatte vor der Zukunft, dann ließ er es sich jedenfalls nicht anmerken.
Anders Katharina. Sie hatte Mühe, ihr Zittern zu unterdrücken, so ängstigten sie die Menschen, die Stadt, und vor allem dieses unbekannte Ungeheuer, die Eisenbahn. Aber sie sah sehr manierlich aus. Sie trug einen langen braunen Rock und eine dunkelgrüne hochgeschlossene Bluse, beides von der Witwe gestellt, und das lange dunkle Haar hatte sie in einem großen Knoten am Hinterkopf festgesteckt. An ihrer Erscheinung war nichts mehr auszusetzen, eine junge Frau, die aussah wie andere Frauen auch, nur hübscher. Ihre langen schmalen Finger krampften sich ängstlich um das Bündel, das sie trug.
Nicolas lächelte ihr zu.
»Keine Bange, Katharina. Ihr werdet das schon schaffen. Denke an alles, was ich dir gesagt habe. Dein Leben war sicher ganz lustig bisher. Aber du wirst nicht jünger, auf die Dauer wäre es ein Leben im Elend geworden. Denk an deine Mutter! Du hast dir ja einen netten Mann geangelt. Und nun mußt du aufpassen, daß du ihn behalten kannst. Das liegt nur an dir.«
Sie nickte, sprechen konnte sie nicht, Tränen würgten sie im Hals, ihr Blick hing an dem Hund.
Der mußte zurückbleiben. Er stand auf dem Bahnsteig, Grischa hielt ihn an kurzer Leine. Der Hund zitterte auch und hatte den Schwanz eingekniffen, auch für ihn war der Bahnhof eine unbekannte und erschreckende Welt. Bis zuletzt hatte Katharina sich dagegen gewehrt, ihn zurückzulassen.
Nicolas hatte gesagt: »Du kannst ihn nicht mitnehmen, das mußt du einsehen. Er kommt zu mir nach Wardenburg, und ich verspreche dir, daß er es gut haben wird. Sobald ihr irgendwo seid, wo ihr bleiben könnt, und wo ihr den Hund unterbringen könnt, wird Grischa ihn euch bringen, das verspreche ich euch.«
Dann saßen sie im Zug, in einem Abteil vierter Klasse, Paule, ganz Mann von Welt, zog das Fenster herunter, sein Gesicht war ernst.
»Danke, gnädiger Herr«, sagte er, »ich danke Ihnen. Ich werde alles so machen, wie Sie gesagt haben.«
Zischend und fauchend setzte sich der Zug in Bewegung, Paule winkte, solange er die drei auf dem Bahnsteig sehen konnte, auch Grischa winkte, und Nicolas hob grüßend die Hand.
Der Hund jaulte. Grischa strich ihm beruhigend über das Fell. »Ist gut, ist gut, mein Hundchen. Grischa gibt dir dann großen guten Knochen.«
»Na?« machte Nicolas.
»Wird werden«, sagte Grischa. »Paule ist guter Junge, und Mädchen ist gutes Mädchen.«
»Du mußt es ja wissen.«
Der erste Brief, schon nach zwei Wochen, kam aus Frankfurt an der Oder. Paule schrieb, er habe bei einem Pferdehändler Arbeit gefunden, es sei ein großer Verkaufsstall, er müsse auch die Pferde vorführen und vorreiten, wenn Kunden kamen. Sie hätten auch ein Zimmer, nur könnten sie den Hund dort nicht unterbringen.

Pauline nahm die Nachricht mit unbewegter Miene entgegen, sie hatte ihrem Sohn nicht verziehen, und es stand zu befürchten, daß sie ihm auch nicht verzeihen würde. Alice, die mittlerweile die Rolle kannte, die Nicolas bei der Auswanderung des jungen Paars gespielt hatte, zuckte die Achseln.
»Na ja, wer weiß, wie lange das gutgeht. Eines Tages kommt er wieder hier an. Allein. Glaub mir das.«
»Vielleicht«, sagte Nicolas. »Vielleicht auch nicht. Wirf einen jungen Hund ins Wasser, und er wird schwimmen.«
»Oder untergehn.«
»Dann hat er nichts getaugt.«
Eine Zeitlang hörten sie nichts, dann kam ein ziemlich langer Brief von Paule. Mit gleicher Post brachte der Briefträger auch einen Brief für Pauline.
Paule teilte zunächst mit, daß sie geheiratet hätten, Katharina und er. Er tat es mit geradezu feierlichen Worten, unter anderem schrieb er: »Keine Gewalt auf Erden kann mich je von Katharina, meiner Frau, trennen.«
Alice schüttelte den Kopf.
»Nun hör dir das an«, und sie las den Satz mit Pathos vor.
»Wo hat er das denn her? Der ist wohl übergeschnappt. Ob er soviel schlechte Romane liest?«
»Er liest überhaupt nicht«, sagte Nicolas, »aber er liebt Katharina. Und ich kann es sogar verstehn.«
Alice warf ihm einen schiefen Blick zu. »Ja, ja, ich weiß, du bist ein großer Frauenkenner.«
Früher hätte Nicolas vermutlich erwidert: »Sonst hätte ich dich ja nicht geheiratet.« Aber nun sagte er nur gelassen: »Ich hoffe es.«
Im weiteren Teil seines Briefes erging sich Paule in ausführlichen Schilderungen seiner Tätigkeit. Er arbeitete immer noch in diesem Verkaufsstall in Frankfurt an der Oder und schien mit seiner Arbeit sehr zufrieden zu sein. Sie hätten viele Pferde, schrieb er, sehr gute darunter, auch Remonten, die zugeritten werden mußten. Sie kauften bei Züchtern in der Gegend, aber auch viel in Ostpreußen und in Holstein. Vor der Stadt hätten sie ausreichend Weide für die Tiere und sehr gut gebaute Stallungen. Er selbst müsse viel reiten, und Katharina hätte nun auch reiten gelernt und sei eine sehr gute Reiterin geworden. Das sehr war zweimal unterstrichen.
»Stell dir bloß vor«, sagte Alice, »jetzt reitet die kleine Herumtreiberin sogar. Hast du Worte!«
»Ich kann mir durchaus vorstellen, daß sie gut reitet. Mit Tieren hat sie sich offenbar immer gut verstanden, sie ist schlank und geschmeidig und sicher auch mutig. Na, und falls sie wirklich von Zigeunern abstammt, dann hat sie die Pferde sowieso im Blut.«
Den Hund erwähnte der Brief nicht, offensichtlich hatte Katharina sich damit abgefunden, ihr weiteres Leben ohne Venjo zu verbringen. Darüber waren sie ganz froh auf Wardenburg, denn Venjo gehörte mittlerweile zum Haus, er war wachsam, folgsam und sehr verständig, sie hatten ihn alle gern.

Die Mamsell sprach über ihren Brief nicht, bis Alice, neugierig, sie danach fragte. Was sie dazu sage, daß ihr Sohn geheiratet habe. Pauline kniff die Lippen zusammen.
»Ich habe keinen Sohn mehr.«
»Ich weiß nicht, ob du so unversöhnlich sein solltest, Pauline. Er führt doch jetzt ein sehr ordentliches Leben. Und wenn er dieses Mädchen nun mal so gern hat, mein Gott, mit der Liebe ist es eben so. Du hast doch auch einmal geliebt, Pauline.«
Der Blick, den Alice für diese Bemerkung entgegennehmen mußte, war böse. Also ließ sie das Thema fallen. Noch heute war Paules Vater ein Geheimnis, aber Alice dachte, daß er aus gar so schlechtem Holz nicht gewesen sein konnte, selbst wenn Pauline ihn nach wie vor verleugnete.
Es war die letzte Nachricht, die von dem jungen Paar in Wardenburg eintraf. Langsam gerieten sie in Vergessenheit, Paule und seine schöne Zigeunerin. Auch Venjo schien sie nicht zu vermissen, ihm ging es gut, besser als es ihm je gegangen war. Es dauerte Jahre, bis Nicolas die beiden wiedertraf, durch einen Zufall und unter sehr veränderten Umständen.

An einem Tag Ende September kehrte Nina nach Hause zurück, und zwar schweren Herzens. Von nun an blieb Wardenburg der große Wunschtraum ihres Lebens, und auf dem ersten Platz in ihrem Herzen thronte unwiderruflich der wunderbare Onkel Nicolas. Gleich danach kam die schöne Tante Alice, und im gleichen Rang der große starke Grischa, dann kamen Venjo, die Pferde und alle Leute von Wardenburg.
Auch die Wardenburger bedauerten ihre Abreise, sie hatten das kleine Mädchen liebgewonnen, allen voran Grischa, der nichts so sehr vermißte als die Kinder, die sein Herr nicht hatte. Auch Pauline war durch Nina, die sich gern in der Küche aufhielt, ein wenig von ihrem Kummer abgelenkt worden.
»Mir fehlt die Kleine richtig«, sagte Nicolas zu Alice. »Sie ist so ein liebenswertes Kind. Was meinst du? Sollen wir deine Schwester fragen, ob sie uns Nina für immer gibt?«
»Das täte Agnes nie. Du weißt, wie sie an ihren Kindern hängt. Außerdem – soviel ich weiß, packt Grischa zur Zeit deine Koffer. Vermutlich bist du in den nächsten Wochen in Berlin und kommst so schnell nicht wieder. Du warst vor der Ernte dort, du fährst nun wieder, und ich denke, daß gerade du Nina nicht so dringend brauchst.«
Ihr Ton war kühl und ganz unbeteiligt. Der Stolz verbot es ihr, nach dem Grund der Reise zu fragen, den sie ohnehin zu kennen glaubte.
»Ich fahre nach Breslau«, erwiderte Nicolas ebenso kühl und sachlich. »Es gibt einige geschäftliche Dinge zu erledigen.« Wie Alice wußte, saß in Breslau ein großer Getreidehändler, mit dem Wardenburg schon mehrmals Geschäfte gemacht hatte. Er zahlte gute Preise und war auch bereit, eine Ernte zu bevorschussen. Weiterhin würde Nicolas, wie Alice vermutete, versuchen, bei der Zentrale seiner Bank einen größeren Kredit zu bekommen.
»Allerdings habe ich die Absicht, dann noch für einige Tage nach Berlin zu fahren«, fügte Nicolas hinzu.
»Ich dachte es mir.«
Das war alles, was darüber gesprochen wurde. Sie fragte nicht mehr wie früher: kann ich nicht mitkommen? Ich möchte gern einkaufen, in die Oper gehen, ein wenig ausgehen. Das hatte sie sich abgewöhnt.
Als Nina heimkam, erwartete sie dort das neue Brüderchen. Sie betrachtete es uninteressiert und keineswegs erfreut. Schließlich hatte sie schon ein Brüderchen, an dem sie wenig Gefallen finden konnte, und es war nicht anzunehmen,

daß es ihr mit der neuen Ausgabe anders ergehen würde. Es war sehr klein, das neue Brüderchen, ganz winzig, sein Kopf war kahl, sein Gesichtchen alt und fahl, nur die Augen waren groß. Rund und dunkel starrten sie ins Nichts und schienen die Umwelt gar nicht aufzunehmen.
»Nun? Was sagst du zu dem Ernstele?« fragte Agnes, den Arm um ihre Lieblingstochter gelegt.
»Gefällt mir nicht«, gab Nina kurz zur Antwort.
»Das darfst du doch nicht sagen. Sieh mal, er ist noch so klein. Und gar nicht kräftig. Wir müssen uns alle darum kümmern, daß er wächst und dicker wird. Und darum müssen wir ihn sehr, sehr liebhaben. Das braucht er nämlich, weißt du, viel Liebe.«
Nina legte den Kopf auf die Seite und betrachtete den kümmerlichen Wurm mit Skepsis. Aber die Worte ihrer Mutter waren genau die richtigen, um ihr Herz zu erreichen.
»Wächst er dann, wenn wir ihn liebhaben?«
»Bestimmt.«
»Kriegt er dann auch Haare?«
»Natürlich. Dann kriegt er Haare.«
»Na gut«, versprach Nina großmütig, »dann werde ich ihn liebhaben.«
Ein Versprechen, das sie ein Leben lang halten sollte. *Sein* kurzes Leben lang.
Die Haare waren der erste Kampf, den Nina auszufechten hatte, nachdem sie Wardenburg verlassen hatte. Gertrud wollte ihr am Morgen nach ihrer Ankunft wieder Zöpfchen flechten.
»Nein«, rief Nina energisch und entzog sich Gertruds Händen. »Nein! Ich will keine Zöpfe. Meine Haare sind so viel schöner.«
»Aber du kannst doch nicht so unordentlich herumlaufen.«
»Das ist nicht unordentlich, das ist schön. Onkel Nicolas hat gesagt, ich soll meine Haare so machen.«
Onkel Nicolas hat gesagt – an diesen Ausspruch mußten sie sich gewöhnen. Von früh bis abends, wo sie ging und stand, beim Aufstehen, beim Frühstück, beim Essen, beim Spielen, beim Umgang mit der Familie, allüberall erklang der magische Spruch: Onkel Nicolas hat gesagt.
»Laß sie doch«, sagte Agnes, die sich immer noch elend fühlte; sie war in diesen Wochen genauso kümmerlich dran wie der Zwerg in der Wiege.
»Sie muß sich erst wieder an uns gewöhnen. Auf dem Gut ist es eben ein anderes Leben.«
Nina durfte also ihr offenes Haar zunächst behalten, auch setzte sie durch, daß sie ihre feinen neuen Kleider – es waren noch zwei dazugekommen – nicht nur am Sonntag anziehen durfte. Sie zog sie einfach und ohne lang zu fragen am Nachmittag an und stolzierte damit durch Haus und Garten.
Daheim gab es nicht so gute Sachen zu essen wie in Wardenburg, nachmittags keinen Tee und dazu die prachtvollen Torten, die Pauline gebacken hatte, es gab, am schwersten zu ertragen, keinen Venjo und keine Pferde, und es gab, was eigentlich gar nicht zu ertragen war, keinen Onkel Nicolas, keinen Grischa, keine Tante Alice. Sie hatte kein Zimmer mehr für sich allein, niemand räumte

ihre Sachen auf, wenn sie sie einfach liegen ließ. Dann kam noch ein früher Herbst, es fing an zu regnen, man mußte im Haus bleiben, und in diesem Haus gab es nicht so schöne Zimmer mit weichen Sesseln und kuscheligen Teppichen. Und niemand spielte Klavier.
Nina war höchst unzufrieden mit ihrem Dasein.
»Warum haben wir denn keinen Flügel?«
Agnes blickte ihre jüngste Tochter an.
»Du meinst ein Klavier?«
»In Wardenburg haben sie einen Flügel. Tante Alice spielt wunderbar.« Und das wunderbar dehnte sie über drei Takte.
»Und sie singt auch und hat mich viele Lieder gelernt.«
»Hat mich viele Lieder gelehrt, heißt es.«
»Und Onkel Nicolas erst! Der spielt immer ganz lustige Sachen. Da kann man dazu tanzen.«
»Du hast getanzt?« fragte Gertrud bereitwillig staunend.
»Viel getanzt«, prahlte Nina. »Onkel Nicolas hat mir gezeigt, wie man tanzt.«
»Zeig's uns auch mal.«
Nina hätte zwar gern ihre neuen Fertigkeiten vorgeführt, aber sie verzog unlustig den Mund.
»Ohne Musik kann man nicht tanzen. Und Musik ist das Allerschönste, was es gibt, sagt Onkel Nicolas. Er kann viel Musik. Und er singt auch schön.« Sie machte eine geheimnisvolle Miene. »Er kann auch russisch singen. Und Grischa kann es auch.«
»Das verstehst du ja doch nicht«, sagte Magdalene, die sich über Ninas ständige Angeberei ärgerte. »Dazu bist du doch viel zu dumm.«
»Verstehe ich doch. Ich verstehe alles, was Onkel Nicolas singt.«
»Und was er sagt. Onkel Nicolas hat gesagt, Onkel Nicolas hat gesagt, Onkel Nicolas hat gesagt«, äffte Magdalene ihr nach. »Ich kann's schon nicht mehr hören.«
Nina machte Anstalten, sich auf ihre Schwester zu stürzen, Gertrud fing sie gerade noch ab. »Pscht! Seid still. Ernstele schläft. Wenn ihr Krach macht, wacht er wieder auf.«
Wenn er aufwachte, schlief er lange nicht mehr ein. Er schrie zwar nicht, er weinte auch nicht wie ein normales Kind, er wimmerte nur leise vor sich hin, und zwar so kläglich, daß man immer wieder nach ihm schaute, weil es sich anhörte, als leide das Kind Schmerzen oder erdulde eine unbekannte Qual.
»Ich sage ja immer, daß wir ein Klavier haben müssen«, griff Agnes ein altes Thema auf. Sie neidete Alice das Klavier, sie wünschte sich seit Jahren eins. Zumal sie viel besser Klavier spielte als Alice. Oder gespielt hatte, damals, als sie noch zu Leontine in die Schule gingen. Sie war der Meinung, daß die Kinder unbedingt Klavier spielen sollten.
»Ich habe auch Klavier gespielt«, ließ Nina sie wissen.
»Mit einem Finger«, höhnte Magdalene.
»Du kannst mit gar keinem Finger.«
Sie bekamen das Klavier genau drei Jahre später, im Herbst des Jahres 1902.

Dazwischen lag das so lang erwartete große Ereignis, die Jahrhundertwende. Sie wurde im ganzen Land emphatisch gefeiert, es war ein Jubel ohnegleichen in allen Teilen des Deutschen Reiches, in Europa und sicher auch noch in der übrigen weiten Welt.
Die Deutschen begrüßten das neue Jahrhundert mit ungeheurer Begeisterung und erwartungsvoller Freude. Es ging ihnen ja so gut! Wohlstand herrschte im ganzen Land, es gab viele sehr reiche Leute, aber auch für den kleinen Mann sah das Dasein so erfreulich aus wie nie zuvor, Löhne und Gehälter waren gewaltig gestiegen, Wirtschaft, Handel und Industrie hatten sich unvorstellbar entwickelt, die Wissenschaft hatte eine nie erahnte Höhe erreicht, die Technik befand sich auf stürmischem Vormarsch. Die herrliche Sache, von der sie alle sprachen und träumten, und die es wirklich gab, auf allen Gebieten, hieß der »Fortschritt«. Er war der Gott dieser Zeit. Naturwissenschaften – Medizin, Chemie, Physik, Biologie, all diese neuen fabelhaften Dinge verhießen eine Zukunft wie im Märchen, bald würde keiner mehr arm sein, keiner mehr krank sein, vielleicht nicht einmal mehr sterben müssen, auf jeden Fall sehr viel länger würde das Leben dauern, als es je gedauert hatte. Ein Leben in Gesundheit, Glanz und Reichtum im Übermaß verhieß das neue Jahrhundert, das zwanzigste nach der Geburt des Herrn Jesus Christus, der gekommen war, den Menschen das Heil zu bringen.
Sein Heil, so dachten sie, brauchten sie nun nicht mehr in dieser neuen klugen Welt, in der sie lebten, eine Welt, in der es Dinge gab, die man zwar nicht verstand, aber die dennoch vorhanden waren. So drehte man einen Schalter, und es wurde hell. Das große Wort war wahr geworden: Es werde Licht! Ein Knipser genügte, man brauchte keinen Gott mehr dazu. Das Jahrhundert der Elektrizität hatte begonnen.
Dann gab es Telephon und Telegraphie. Man konnte mit Leuten sprechen, die sich weit, weit weg an einem anderen Ort befanden, oder man konnte ihnen wie auf Windesflügeln eine Nachricht schicken, die sie erhielten, kaum daß man sie niedergeschrieben hatte. Kein Reiter war je so schnell gewesen, kein Kurier, kein Dampfzug, das alles machte ein kleiner dünner Draht, der die Nachricht in die Ferne summte.
Es gab aber noch unendlich viele andere wunderbare Dinge. Ein Wagen, der sich ohne Pferde vorwärts bewegte, man nannte es Automobil, von einem gewissen Herrn Daimler erfunden. Und in Amerika gab es einen Mann, der hieß Edison, dem war nicht nur die Sache mit dem Licht eingefallen; der hatte neben hundert anderen Erfindungen einen Apparat erfunden, der Musik machen konnte, das Ding hieß Grammophon, und kam gerade zurecht in dieser lebenslustigen, tanzfreudigen Zeit. Und in Paris hatte ein gewisser Herr Eiffel aus reinem Eisen einen Turm erbaut, dreihundert Meter hoch und damit der höchste der Welt. Und hier im Lande gab es noch einen gewissen Otto Lilienthal, der machte das Allertollste: er flog. Er stieg in der Mark Brandenburg auf und segelte doch wahrhaftig mit einem Fluggestell durch die Luft. Sowas gab es bisher nur im Märchen.
Noch andere wichtige und nützliche Dinge begleiteten diese glücklichen Menschen in dieses neue glückliche Jahrhundert: Der Franzose Louis Pasteur war

den Bakterien auf die Spur gekommen, ein Deutscher, Wilhelm Röntgen, hatte die sogenannten X-Strahlen entdeckt, die Menschen durchsichtig machen konnten, und Robert Koch, ein Arzt, hatte die Tuberkel- und Cholerabazillen aus ihrem tödlichen Dunkel ans Licht gebracht. Die Bauern düngten ihre Felder mit künstlichem Dünger und erhöhten damit die Erträge um Beträchtliches; die Nordsee und die Ostsee waren seit fünf Jahren durch den Kaiser-Wilhelm-Kanal verbunden. Das allergrößte Wunder von allem aber: Deutschland überholte in der Industrieproduktion Großbritannien, das so lange an der Spitze aller Nationen gestanden hatte. Noch vor einem halben Jahrhundert war Deutschland ein armes Agrarland gewesen, und wollte ein fortschrittlicher Mann eine Dampfmaschine aufstellen und betreiben, mußte er Maschine und Männer, die sie bedienten, für teures Geld aus England holen.
Aber letzten Endes war es so überraschend ganz und gar nicht, wieso und warum die Zeit so unvorstellbar herrlich geworden war, denn an der Spitze des Reiches stand dieser herrliche junge Kaiser, der ihnen dies alles prophezeit hatte und der ganz genau in diese junge zukunftsfrohe Welt paßte. »Ich führe euch herrlichen Zeiten entgegen«, hatte er gesagt, und nun marschierten sie freudig, erwartungsvoll und hoffnungsvoll mit ihm zusammen in das neue, so viele Wunder verheißende Jahrhundert.
Erfunden war auch schon das Maschinengewehr.
Unmöglich erschien es, alles aufzuzählen, was das vergangene neunzehnte Jahrhundert, besonders in seiner zweiten Hälfte, den Menschen an großartigen Erkenntnissen und Dingen beschert hatte. Besser gesagt, was die Menschen sich selbst beschert hatten, denn sie waren es doch, die diese neue Welt des Fortschritts erdacht, erfunden, entdeckt, ertrotzt, erzwungen, geschaffen und erreicht hatten. Dabei waren sie reich, mächtig und unüberwindlich geworden und würden noch weiter und immer schneller auf diesem Weg voranschreiten. Sie hatten allen Grund dazu, stolz auf sich zu sein, die Menschen dieser Jahrhundertwende. Die ganze Silvesternacht hätte nicht ausgereicht, alle diese Taten und Wunder aufzuzählen.
Wie weit war die Erde nun erforscht, begangen und erkannt, und die wenigen weißen Flecken auf der Karte würden auch bald kein Geheimnis mehr sein. Eisenbahnen rollten mit unvorstellbarer Geschwindigkeit durch die Lande, große Schiffe durchpflügten die Ozeane so sicher und rasch, wie man früher im Boot auf einem See gerudert war, bald würden sie auch, das verhießen ganz Kühne, unter Wasser schwimmen können und daß man eines Tages durch die Luft fliegen würde, daran zweifelten höchstens ganz alte und sehr mißtrauische Leute. Nicht zu vergessen Kunst und Kultur, soviele Bücher waren nie geschrieben und von modernen Druckpressen vervielfältigt worden, Weltliteratur war entstanden, Theater, Oper, Musik gehörten zum gesellschaftlichen Leben, selbst in der kleinsten deutschen Stadt gab es ein Theater, einen Konzertsaal, und was darin geboten wurde, war nicht mehr Privileg von Königen, Fürsten, Adel und Großbürgertum, auch das Volk hatte nun Anteil daran. Maler und Bildhauer konnten sich über mangelnde Aufträge nicht beklagen, sie wurden weithin anerkannt und konnten ihre Werke einer großen Öffentlichkeit zugänglich machen.

Welch eine Lust würde es sein, in diesem neuen Jahrhundert zu leben!
Alice und Nicolas verbrachten Silvester in Berlin.
Erst Ende Oktober war er nach Wardenburg zurückgekehrt und war, ganz gegen seine sonstige Art, schlecht gelaunt und unzugänglich. Sie lebten sehr zurückgezogen, ritten nur eine Jagd auf Drewitz mit, nur einige dringende Verpflichtungen gesellschaftlicher Art nahm Nicolas wahr, sonst lehnte er alle Einladungen ab.
Alice verhielt sich still und abwartend, war gleichmäßig liebenswürdig, las, spielte Klavier, strickte neuerdings und kümmerte sich, wie schon in den letzten Jahren, um die Wirtschaft und um den Haushalt. Weihnachten verlief wie immer, das Gesinde wurde großzügig beschert, ein Lächeln und ein Händedruck vom Herrn, ein paar freundliche Worte an alle.
»Ich danke euch für eure Arbeit und Mühe«, sagte Nicolas, er sagte ähnliches in jedem Jahr, und es rührte alle immer sehr.
Am Heiligen Abend, zu später Stunde, saßen Alice und Nicolas allein vor dem erloschenen Christbaum.
»Schade, daß Nina nicht hier sein konnte«, sagte Nicolas auf einmal. »Ich hatte daran gedacht, sie einzuladen.«
»Du weißt, daß sie krank ist. Aber wir hätten es sonst auch nicht tun können. Es geht nicht. Wir können das Kind seiner Familie nicht so entfremden. Agnes hat mir erzählt, wie sie sich benommen hat, als sie im September nach Hause kam.«
Nicolas hatte reichlich Geschenke in das Haus seines Schwagers geschickt, für alle Kinder natürlich, nicht nur für Nina. Ein Besuch war nicht möglich, im Haus Nossek herrschte die Krankheit zu diesem Weihnachtsfest.
»Ich habe die Absicht, Silvester in Berlin zu verbringen«, sagte Nicolas, nachdem sie eine Weile geschwiegen hatten. Er leerte sein Glas, trank wie meist Champagner, aus Punsch und Glühwein machte er sich nichts.
»So«, sagte Alice.
»Es wird eine große Sache in diesem Jahr, die Berliner sprachen schon im Oktober von nichts anderem. Jahrhundertwende. Das erlebt nicht jede Generation.«
»Eigentlich ist es gar nicht die richtige Jahrhundertwende. Der Pfarrer hat mir neulich erklärt, daß sie genaugenommen erst im nächsten Jahr stattfindet. Wenn das Jahr 1901 beginnt.«
Nicolas lachte. »Ja, ja, ich weiß, das hört man hin und wieder. Aber das hilft nichts. Die 19 ist die magische Zahl. Die 19 mit den zwei Nullen daran, damit beginnt für die Menschen das neue Jahrhundert, das kannst du keinem ausreden. Ich empfinde es auch so. Möchtest du nicht mitkommen nach Berlin?«
Alice blickte überrascht auf.
»Ist das dein Ernst?«
»Aber ja. Warum nicht?«
»Das hast du mich lange nicht mehr gefragt.«
»Nun . . .« er zögerte. »Ich dachte, der Anlaß wäre für dich doch auch reizvoll. Es wäre schade, das große Fest, das in Berlin zweifellos stattfinden wird, zu versäumen.«
»Kannst du mich denn brauchen – in Berlin?«

»Ich würde mich freuen, wenn du mitkommst«, ging Nicolas über die Frage hinweg. »Ich habe die Zimmer im Bristol bereits bei meiner Abreise bestellt.«
Es war Fairneß, es war Gutmütigkeit, es war auch ein Gefühl für Anstand, daß er sie mitnehmen wollte. Sie war seine Frau. Noch war sie es. An Scheidung hatte er manchmal gedacht in den letzten Jahren, denn in Berlin lebte eine Frau, die er liebte, wie er seit Natalia Fedorowna keine andere geliebt hatte.
Obwohl er sich letzthin nicht mehr ganz so sicher war, ob er Cecile noch so liebte wie vor drei Jahren, als alles begann. Ein wenig zerrte sie an seinen Nerven, ein wenig fühlte er sich unbehaglich. Sie war schön und leidenschaftlich, eine hingebungsvolle Geliebte, aber sie war auch schwierig und exaltiert und wurde immer exaltierter. Er mochte keine exaltierten Frauen, er mochte überhaupt Unbequemlichkeiten in seinem Leben nicht. Seit er Cecile kannte, war sein Leben zunehmend komplizierter geworden, und er mußte damit allein fertig werden. Nur – da war das Kind, sein Sohn, den er zärtlich liebte. Und so war, als das neue Jahrhundert begann, etwas in sein Leben gekommen, was er immer sorglich vermieden hatte: ein Konflikt.
Daß er Alice nach Berlin mitnehmen wollte, geschah nicht allein aus edlen Motiven, ein wenig war es auch Egoismus, wenn auch unbewußt, eine Art Selbstschutz. Mit Cecile konnte er nirgends hingehen, jedenfalls nicht dorthin, wohin *er* gehen wollte, also mußten sie zu Hause bleiben, sie würde diese Nacht zweifellos dazu benutzen, sich in eine große dramatische Szene hineinzusteigern, das verstand sie vortrefflich. Er aber wollte unbeschwert feiern in dieser Nacht, er wollte ausgehen, gut essen, wollte lachen, tanzen, sich amüsieren.
Gar so optimistisch wie die meisten seiner Zeitgenossen sah er dem neuen Jahrhundert nicht entgegen, gewiß nicht, soweit es sein eigenes Leben betraf. Da war sein schwieriges Privatleben, da waren die Schulden, die auf Wardenburg lasteten. Den Bankkredit hatte er nicht bekommen, er hatte einen teuren Privatkredit zu horrenden Zinsen aufnehmen müssen. Er konnte sich jetzt schon ausrechnen, daß ihm von der nächsten Ernte kaum eine Kopeke bleiben würde. Also wollte er wenigstens das große Fest zur Begrüßung des neuen Jahrhunderts feiern, justament und gerade. Er hatte viele Freunde und Bekannte in Berlin, zum Teil noch von seiner Offizierszeit her, an Gesellschaft würde es ihm nicht mangeln. Aber diesmal wollte er Alice nicht ausschließen.
»Also, abgemacht?« fragte er. »Wir reisen am achtundzwanzigsten und erleben den größten Silvesterball, den es je gab.«
Alice lachte, angesteckt von seiner guten Laune.
»Ich freue mich. Ich habe mir schon lange gewünscht, wieder einmal nach Berlin zu reisen.«
»Siehst du, das habe ich erraten.«
Er stand auf, füllte die Gläser wieder, dann nahm er ihre Hand und küßte sie.
»Ich glaube, wir sind immer noch ein ganz ansehnliches Paar. Und ich denke, daß wir uns auch in dem neuen Jahrhundert noch eine Weile werden sehen lassen können.«
Alice summte vor sich hin, als sie zu Bett ging. Zuvor hatte sie ihre Abendkleider gemustert. Was sie anziehen würde, bereitete ihr noch allerhand Kopf-

schmerzen. Möglicherweise bekam sie in Berlin bei Gerson ein Pariser Modell, das, wie immer, ohne Änderungen passen würde.
Ob es aus war mit dieser Liaison in Berlin? War er deshalb nach seiner Rückkehr so schlecht gelaunt gewesen? Sie löste ihr blondes Haar, bürstete es sorgfältig und dachte: was wäre, wenn ich jetzt hinüberginge in sein Zimmer? Einfach so. Wenn ich sagen würde, daß ich …
Was?
Sie steckte beide Hände in die blonde Flut, hob sie hoch und ließ sie weit auseinanderfallen. Hatte sie Verlangen nach der Umarmung ihres Mannes? Sie wußte es selbst nicht. Sie hatte ihn gern, sie liebte ihn, es war wichtig und gut, daß er da war, daß es ihn gab, sie wollte gern mit ihm nach Berlin reisen, mit ihm ausgehen, mit ihm gesehen werden, mit ihm essen und trinken und tanzen, aber damit waren eigentlich alle ihre Wünsche erfüllt.
Wenn er mehr von ihr wollte, nun gut, das war seine Sache. Man konnte abwarten, wie es in Berlin sein würde. Schließlich war *er* eigene Wege gegangen. Wenn er zu ihr zurückkehren wollte, dann war es seine Sache, den ersten Schritt zu tun.

Kinderfreundschaften

An einem Tag Mitte Dezember begleitete er Hedwig von der Schule nach Hause. Er blieb zurück, als sie das Haus betrat, unschlüssig, was er tun würde, verbarg sich unter den verschneiten Bäumen des Vorgartens, geduldig, langmütig, er hatte Zeit, er hatte viel Zeit, er hatte alle Zeit der Welt, die Zeit war seine Schwester, seine Verbündete, letzten Endes war jede Stunde seine Stunde.
Im Haus Nossek regierte die Krankheit, vor dem Haus lauerte der Tod auf seine Stunde. Weihnachten war kein Fest in diesem Jahr, und von dem großen Ereignis der Jahrhundertwende nahm man keine Notiz. Die Kinder hatten Diphtherie.
Hedwig hatte sie aus der Schule mitgebracht, Nina steckte sich als erste an, dann Willy.
Agnes, als sie begriffen hatte, was vor sich ging, verfiel von einer Minute zur anderen in einen Zustand hochgradiger Hysterie. Sie sah nur *ein* Kind – das jüngste, das Baby, dieses armselige Bündelchen Leben, das man nun endlich soweit gebracht hatte, daß es gelegentlich krähte oder mit den Beinchen strampelte, daß es nach der Flasche griff und sie auch einmal bis zum Ende austrank. Und nun dies! Diese Krankheit würde das Kind nicht überleben, das war allen klar. Und die Gewißheit ihrer Hilflosigkeit stürzte Agnes in schwärzeste Verzweiflung. Sie lag vor dem Bettchen des Kindes auf den Knien und betete verzweifelt, betete annähernd Tag und Nacht um das Leben ihres jüngsten Sohnes, obwohl sie sich bei einigem Verstand hätte sagen müssen, daß gerade das Leben dieses Kindes sowieso eine fragwürdige Sache war und sicher nicht mehr allzu lange währen würde.
Aber Ernst wurde nicht krank. Ebensowenig wie Gertrud und Magdalene.
Als Dr. Menz nach einer gewissen Frist, die er für die Inkubationszeit ansetzte, merkte, daß der jüngste Nossek offenbar von der Krankheit verschont bleiben sollte, als er zusätzlich Agnes' desparaten Zustand beobachtete, verbannte er die beiden, Mutter und Baby, in ein abseits gelegenes Zimmer des ersten Stocks, in eine Art Quarantäne; Agnes sollte sich hier mit dem Kind aufhalten, und mit der übrigen Familie möglichst nicht zusammentreffen und die Krankenzimmer nicht betreten.
Er tat es hauptsächlich Agnes zuliebe, denn er hatte das Gefühl, daß bei dem geringsten Anlaß mit einem Nervenzusammenbruch oder ernstlicher geistiger Schädigung zu rechnen war. Diese Frau war am Ende ihrer Kraft, und alles, was in ihr noch an Lebenswillen und Lebenskraft vorhanden war, konzentrierte sich

auf das jüngste Kind. Es wäre Anlaß zu einer interessanten psychologischen Studie, dachte Dr. Menz flüchtig, aber er hatte jetzt keinerlei Zeit für theoretische Beobachtungen, viele kranke Kinder gab es in der Stadt; die Diphtherie wütete in diesem Winter wie eine Epidemie.
Natürlich war er sich auch klar darüber, daß das Exil im ersten Stock den Kleinen nicht ernstlich vor der Krankheit schützen würde, schließlich befand er sich im gleichen Haus mit den kranken Geschwistern, und der Versuch, die Nahrung für die beiden Eingesperrten ganz getrennt zuzubereiten, ließ sich nur in beschränktem Maße durchführen. Aber für Agnes bedeutete es Trost, sie hatte das Gefühl, sich einer Notwendigkeit zu fügen.
Sie hatte sich nur schwach gewehrt, sie müsse sich schließlich um ihre kranken Kinder kümmern, aber Dr. Menz beschied sie energisch, das besorgten Gertrud und Rosel aufs beste, und viel könne sie dazu sowieso nicht tun. Also verschwand Agnes mit Ernstele nach oben. Sie betete viel. Dr. Menz befürchtete nur, daß Gertrud sich anstecken würde, aber Gertrud war eigentlich nie krank, sie wurde es auch diesmal nicht. Und wie schon so oft, dachte der Arzt, was sie eigentlich in dieser Familie ohne Nosseks Tochter aus erster Ehe täten.
Nina kam am besten weg, ihr Fall war nicht besonders schwer, die Krankheit verlief relativ harmlos, sie war nach kurzer Zeit fieberfrei, der Eiter war abgeflossen. Schlimm dagegen waren Hedwig und Willy dran.
Und das versetzte nun wieder Emil in Panik. Er wußte schließlich, daß seinem Bruder Fritz zwei Kinder an der Bräune, wie die Diphtherie im Volksmund hieß, weggestorben waren. Nun schien es, als warte der vor der Tür auf seinen geliebten Sohn Willy. Es kam die Nacht, in der Dr. Menz an dem blauangelaufenen, nach Luft ringenden Kind einen Luftröhrenschnitt machen mußte. Emil war allein in der Bibliothek, er stand vor der Bücherwand, die Stirn an die Bücher gepreßt, er bebte am ganzen Leib, Schweiß lief über seine Stirn, Tränen aus seinen Augen, und nun betete auch er.
Er hatte seit seiner Kindheit nicht mehr gebetet. Es war schwer, die Worte zu finden, aber Worte waren nicht nötig, jeder Atemzug, den er sich abquälte, genau wie das keuchende Kind es tun mußte, war ein Gebet. Seine Hände krampften sich zusammen und immer wieder stieß er nur die Worte hervor: »Herrgott! Herrgott! Hilf doch! Hilf mir doch!«
Als Gertrud nach einer Weile in die Bibliothek kam, starrte er sie mit weit aufgerissenen Augen an, totenweiß im Gesicht, schweißbedeckt, er erwartete zu hören: »Willy ist tot.«
»Es ist gut gegangen«, sagte Gertrud leise. »Dr. Menz meint, Willy wird durchkommen.«
Auch Gertrud war weiß wie der Schnee vor der Tür, dünn und schmal geworden in der Aufregung der letzten Tage, todmüde von den Nachtwachen.
Emil stürzte an ihr vorbei aus dem Zimmer, auf die Toilette, er mußte sich übergeben, sein kranker Magen vertrug die Aufregung nicht.
Dr. Menz wusch sich lange die Hände, auch er war zu Tode erschöpft. Seine Hände zitterten. Das taten sie jetzt manchmal, und wie so oft in letzter Zeit dachte er: ich muß aufhören. Seine Hände hatten nicht gezittert, als er das Skal-

pell ansetzte, aber er konnte nie sicher sein, ob er sich noch auf sie verlassen konnte. Der Vorgarten war leer. Jener war verschwunden. Später also – sie entgingen ihm ja doch nicht.
Das geschah am sechsten Tag des neuen Jahrhunderts, am Tag der Heiligen Drei Könige.
Nina war als erste wieder auf den Beinen; die erste, für die Rosel ein paar gute Leckerbissen zubereiten konnte, damit sie wieder kräftiger und runder würde. Bei Hedwig dauerte es länger, Willy verbrachte den ganzen Januar noch im Bett. Magdalene, die verschont geblieben war, fand das ganze Ereignis höchst erfreulich, sie brauchte nicht in die Schule zu gehen, die sie haßte; wegen Ansteckungsgefahr mußte sie zu Hause bleiben, solange noch ein Kranker im Hause war. Und dann, als sie alle schon wieder fast gesundet waren, fing Agnes an. Wieder trabte das kleine braune Pferd von Dr. Menz täglich vor die Tür, wieder saß Gertrud nachts am Bett einer Todkranken, abgelöst nun von Charlotte, die mittlerweile ins Haus gezogen war, um die Rekonvaleszenten und nun auch die kranke Tochter zu pflegen.
Auch Agnes blieb am Leben, nur dauerte die Krankheit bei ihr am längsten, schwächte sie aufs neue, und ließ einen Herzschaden zurück, der sich nie mehr besserte.
Es wurde Frühling, bis im Hause Nossek wieder annähernd normale Verhältnisse einkehrten.
Während dieser Zeit lernte Nina Kurtel Jonkalla kennen. Er kam aus dem Nebenhaus als Abgesandter von Karoline Gadinski, Hedwigs Klassengefährtin, und brachte die Schularbeiten, brachte Notizen und Mitteilungen der Lehrer, die es sehr bedauerten, daß ihre beste Schülerin so lange der Schule fernbleiben mußte und die verhindern wollten, daß Hedwig die Klasse wiederholen mußte. Hedwig mußte allein zu Hause arbeiten, und das tat sie, sobald sie wieder einigermaßen gesund war, mit Feuereifer und Gründlichkeit, um nur den Anschluß an die Klasse nicht zu verlieren.
Kurtel kam durch den Schnee gestapft, klopfte an die Hintertür, die von der Küche in den Garten führte, zog seine Mütze, wenn ihm geöffnet wurde, und reichte die Papiere herein, machte einen Diener und entfernte sich wieder. Ins Haus durfte er nicht, solange noch Ansteckungsgefahr bestand. Meist nahmen Rosel oder Gertrud, wer sich eben gerade in der Küche befand, die Sendung entgegen, sagten danke, denn eine Belohnung durfte der Bote nicht empfangen, und damit hatte es sich.
Da sich aber Nina, seit sie wieder auf den Beinen war, am liebsten in der Küche aufhielt, wo es am wärmsten und auch am unterhaltsamsten war, kam es dazu, daß sie zur Tür stürzte, sobald das bekannte Klopfen ertönte.
Nach und nach entwickelten sich kurze Gespräche.
»Das ist aber viel heute.«
»Ja, Karoline sagt, heute haben sie viel auf.«
Oder: »Machst du auch Schularbeiten?«
»Hab ich schon gemacht.«
»Hast du auch viel auf?«

»Nö, nicht viel.«
Oder: »Ich komme Ostern auch in die Schule.«
»O je!«
»Ich freu mich auf die Schule.«
Kurtel sparte sich die Antwort, aber sein Blick sagte alles.
»Gehst du denn nicht gern in die Schule?«
»Der Lehrer haut so viel.«
»Weil du dumm bist.«
»Ich bin nicht dumm.«
»Warum haut er dich dann?«
»Er haut immer.«
»Hedel hat noch nie erzählt, daß ihr Lehrer sie haut.«
»Das ist auch 'ne höhere Schule. Da hauen sie nicht so viel.«
»Dann geh ich eben auch in eine höhere Schule.«
»Das kannste jetzt noch nicht. Erst später. Und nur, wenn du ganz schlau bist.«
»Das bin ich«, sagte Nina selbstsicher.
Magdalene, die diesem Gespräch aus einiger Entfernung beiwohnte, mischte sich ein.
»Sie geht gar nicht in so eine Schule wie du. Sie geht in eine Privatschule wie ich. Da hauen sie nicht.«
»Aha«, sagte Kurtel, und in seiner Seele regte sich nicht das geringste Quentchen Neid, das war ihm fremd. Es gab solche Leute und solche, das wußte er schon immer, feine Leute und kleine Leute, die Gadinskis waren feine Leute und reiche noch dazu, und die Nosseks waren zwar nicht reich und nicht ganz so fein wie die Gadinskis, aber doch viel reicher und feiner als er und seine Mutter. Er mußte in eine Schule gehen, wo man gehauen wurde, das war nun mal nicht anders, und die Kinder feiner Leute gingen in Schulen, wo nicht gehauen wurde. So war das Leben, und daran war nichts zu ändern.
»Du mußt immer anständig und ehrlich sein, und bescheiden. Und höflich zu allen Leuten«, hatte seine Mutter ihn gelehrt, und daran hielt er sich. Weder zu dieser Zeit, da er zwölf war, noch in seinen späteren Jahren, rebellierte er je gegen die gottgegebene Ordnung der Welt. Außerdem, das hatte seine Mutter ihn auch gelehrt, mußte er froh und dankbar sein für das Leben, das er führte.
»Wir haben so ein Glück gehabt. Ich weiß nicht, was aus uns geworden wäre ohne die Gadinskis.«
Kurtel sah das ziemlich früh ein; darum war er Karoline Gadinskis Diener und Sklave und Mädchen für alles im Hause. Zur Zeit Bote zum Nachbarhaus, eine Aufgabe, die ihm Spaß machte.
»Ich geh' nicht mehr lang in die Schule«, beschloß er das Gespräch an diesem Tage. »Noch zwei Jahre.«
»Und was machst du dann?«
»Dann geh' ich in die Fabrik.«
Nina überdachte das eine Weile, konnte sich aber nicht viel darunter vorstellen. Kurtel zog seine Mütze und verschwand. Am nächsten Tag fragte Nina: »Was machst du denn in der Fabrik?«

»Arbeiten.«
»Was denn?«
»Weiß ich noch nicht.«
Die Fortsetzung am Tag darauf hörte sich so an:
»Gehst du da gern hin?«
»Wohin?«
»In die Fabrik.«
»Nee.«
»Warum gehst du denn dann?«
»Ich muß Geld verdienen.«
Nina überlegte, dann kam ihr eine Idee.
»Warum wirst du denn nicht lieber Kutscher? Mein Onkel Nicolas hat viele Pferde. Da kannst du Kutscher werden.«
»Da hab' ich Angst vor.«
»Vor Pferden?« fragte Nina im Ton tiefster Ungläubigkeit. Kurtel nickte.
Ein Blick voll Verachtung traf den Knaben vor der Tür, an diesem Tag schneite es, er war weiß von oben bis unten. »Du bist aber dumm. Vor Pferden kann man gar keine Angst haben. Die sind soo lieb.«
Kurtel hob unbehaglich die Schultern.
»Ihr habt doch auch'n Pferd drüben.«
»Wir haben zwei.«
»Spielst du denn mit denen nicht?«
Kurtel stieß ein kurzes Gelächter aus.
»Spielen!«
»Warum nicht?«
»Da läßt mich der Kutscher gar nicht ran an die.«
Auch darüber mußte Nina eine Weile nachdenken, dann kam ihr die Erleuchtung.
»Wenn ich wieder raus darf, komm' ich mal rüber zu euch. Da werd' ich dir mal zeigen, wie man Pferde anfaßt. Ich weiß, wie man Pferde richtig anfaßt. Mein Onkel Nicolas hat mir das gezeigt. Und reiten kann ich auch schon.«
Rosel, die am Herd stand und die Suppe umrührte, drehte sich um und sagte: »Und ob se das kann, unsere Kleene. Die reitet dich von hier nach Breslau. In einem Rutsch durch.«
»Nach Breslau fährt man mit der Eisenbahn«, wies Nina sie zurecht. »Das ist viel zu weit für ein Pferd.«
»Was du nicht sagst! Und wie's noch keene Eisenbahn gab, wie biste dann nach Breslau gekommen? Nu?«
Nina blickte belästigt zur Seite und schwieg.
»Mit'm Pferd. Entweder uff'm Pferd druff, oder mit Pferd un Wagen. Siehste!«
»Das ist schon lange her«, erwiderte Nina gemessen. »Für'n Pferd ist das viel zu weit.«
»Na, ich mechte wetten, dein Onkel Nicolas, der galoppiert da in een Tach hin. Der kann doch alles viel besser als die anderen, nich?«
»Kann er auch.«

So und in ähnlicher Art spielten sich die Gespräche zwischen Tür und Angel ab, an denen gelegentlich der eine oder andere teilnahm, wenn er sich gerade in der Küche befand. Und falls Kurtel kam, wenn Nina nicht zugegen war, zog er enttäuscht wieder ab. Jedenfalls gewöhnten sich im Hause Nossek alle nach und nach an den schmalen blonden Jungen mit der Stupsnase und den hellblauen Augen. Bis auf Emil, der ihn nie zu sehen bekam, und Agnes, die ihn erst später kennenlernte. Sie lag im Bett, bis in den März hinein.

Kurt Jonkalla war der Sohn von Martha Jonkalla, der einzige und sehr geliebte Sohn wohlgemerkt, tadellos erzogen, proper von Kopf bis Fuß.
Martha Jonkalla, die gute Seele im Hause Gadinski, war die Säule, auf der es ruhte, Schutzengel, Haushälterin, Köchin, Vertraute, Trösterin dazu, und obendrein hatte Karoline Gadinski ihr das Leben zu verdanken.
Als Adolf Gadinski vor nunmehr achtundzwanzig Jahren in Greifswald beim 3. Bataillon des Infanterieregiments Prinz Moritz von Anhalt-Dessau seinen einjährig-freiwilligen Militärdienst ableistete, lernte er dort Ottilie, die achtzehnjährige Tochter des Professors der Theologie, Ottokar von Bergen, kennen, eine ansehnliche, sittsame und wohlerzogene Tochter aus gutem Hause, die zärtlich an ihren Eltern hing und vom Leben so wenig wußte wie ein Reh im Wald über das Leben in der Tiefe des Ozeans.
Sie war das einzige Kind, hatte einen klugen, gebildeten, liebevollen Vater, der allerdings ein wenig weltfremd war, was aber seiner segensreichen Tätigkeit an der Greifswalder Universität keinen Abbruch tat. Die Mutter war eine betuliche, etwas mollige Hausfrau, die ihrem kleinen Mädchen alle Arbeit, alle Mühe, alle Sorgen fernhielt.
Ottilie hatte eine gute Privatschule besucht, bei ihrem Vater Latein gelernt, und ihre Lieblingstätigkeit bestand darin, Vaters unleserliche Schriften mit ihrer sauberen klaren Handschrift abzuschreiben, so daß sie von Studenten, Kollegen und eventuellen Druckern entziffert werden konnten. Es war ein frommes, gottesfürchtiges Haus, doch ohne Bigotterie, durchweht vom reinen Hauch der Wissenschaft. So etwa müßte man es ausdrücken, um dem Professor und den Seinen gerecht zu werden.
Ottilie war zierlich, blond, anmutig und ahnungslos. Adolf Gadinski sie sehen – beim sonntäglichen Gottesdienst übrigens – und sich in sie verlieben, war eins. Was für ein bezauberndes Mädchen! Welch reine Unschuld im Blick! Welch rührendes Profil, wenn sie den Kopf zum Gebet neigte!
Adolf folgte ihr aus der Kirche, verloren für die übrige Welt, Faustens Worte auf den stummen Lippen: Mein schönes Fräulein, dürft' ich's wagen . . . Aber die Mutter war dabei.
Er bekam heraus, wer sie war, und bei nächstmöglicher Gelegenheit saß er bei Vater Professor in der Vorlesung, das konnte er sich erlauben, er hatte das Abitur. Vater Gadinski zu Hause besaß auch damals schon eine gewinnbringende Raffinerie, der Sohn sollte nach der Militärzeit sowieso noch ein wenig studieren, das war vorgesehen. Allerdings nicht gerade Theologie.

Um es kurz zu machen: für den jungen Gadinski begann eine lange Werbe- und das hieß Leidenszeit, da Ottilie, nachdem er sie endlich kannte, ihn zwar sympathisch fand, aber von dem Gedanken an eine Ehe himmelweit entfernt war und auch nicht das geringste Verlangen verspürte, das angenehme Leben daheim bei Mütterchen und Väterchen aufzugeben und es gegen die Ungewißheit eines Lebens mit einem fremden Mann einzutauschen, der zudem noch aus einer so weit entfernten Gegend kam. Ja, wenn er wenigstens aus Greifswald gewesen wäre, daß Mami und Papi immer greifbar gewesen wären. Aber so?
Der Herr Professor gab dem Freier zu bedenken, daß seine kleine Otti sehr zart, ein wenig blutarm, sehr empfindsam und überhaupt noch ein Kind sei.
Adolf Gadinski, ein tatkräftiger und unternehmungslustiger junger Mann, hätte gut daran getan, dies respektvoll zur Kenntnis und gleichzeitig gerührten Abschied zu nehmen, sich von dannen zu machen, nach dem Ende seiner Militärzeit drei oder vier Semester zu studieren, wie beabsichtigt, und sich dann daheim in der Raffinerie einzuarbeiten und darüber die Greifswalder Liebe zu vergessen. Hübsche Mädchen gab es anderswo auch.
Aber er wollte diese und keine andere. Ein Leben lang hatte er Zeit, es zu bereuen.
Fünf Jahre warb er um die widerstrebende Schöne und kam immer wieder nach Greifswald. Die Eltern waren gerührt, aber Ottilie zierte sich noch immer. Dann starb der Vater Professor ganz plötzlich, und da ein anderer Freier nicht aufgetaucht war, gab zunächst die Mama, schließlich auch Otti, ihren Widerstand gegen Adolf auf.
Ottilie war noch immer zart, empfindsam und blutarm, sie würde es ihr Leben lang bleiben, sich dabei aber ganz wohl befinden. Nun nahm sie also endlich den glücklichen Adolf zum Mann, und Frau Professor zog mit um; das Töchterchen in der schwierigen Situation einer jungen Ehe allein zu lassen, schien ihr undenkbar.
Adolf ertrug dies alles mit rührender Geduld, er liebte seine Frau, und dabei blieb es. Er trug sie, wie man so hübsch sagt, auf Händen, was Otti mit Selbstverständlichkeit sich gefallen ließ; sie kannte es nicht anders. Sie las kluge Bücher, streute hier und da lateinische Vokabeln in das Gespräch, litt unter Migräne, litt unwahrscheinliche Qualen während ihrer monatlichen Heimsuchungen und bekam kein Kind.
Das war für Adolf und seine Eltern ein ständiger Kummer. Nacheinander starben sie alle, Gadinskis Vater und Mutter, schließlich auch die Frau Professor, und dann, als habe sie boshafterweise nur darauf gewartet, wurde Otti schwanger. Die Aufregung im klein gewordenen Hause Gadinski war unvorstellbar. Otti während der Schwangerschaft zu erleben, hätte eine schwächere Natur als Adolf zeitlebens entmannt. So aber umsorgte er die werdende Mutter mit letzter Hingabe, richtete eine Art Staffettendienst zum behandelnden Arzt ein – es war wieder einmal Dr. Menz – und wartete in angespannter Geduld auf das große Ereignis.
Das Kind, es kam. Und beide überlebten es, Mutter und Kind. Es war eine Tochter.

Adolf wurde halb verrückt vor Glück und Freude, und Otti beschloß ein und für allemal, am tätigen Leben keinen Anteil mehr zu nehmen. Sie hatte ein Kind geboren! Kein Mensch konnte je wieder von ihr verlangen, daß sie auch nur einen Finger krumm machte.

Zart, empfindsam und blutarm wie sie war, nun auch geschwächt durch die Geburt, konnte sie das Kind selbstverständlich nicht stillen.

Da erschien Martha Jonkalla auf der Szene.

Sie war etwa acht Tage vor Otti Gadinski niedergekommen, hier in dieser Stadt. Sie war allein, verlassen und arm, stammte aus kleinbürgerlichen Verhältnissen, hatte vor zwei Jahren einen jungen Bergwerksingenieur geheiratet, der aus Oberschlesien stammte, war mit ihm in seine Heimat gezogen, und als sie im fünften Monat schwanger war, verunglückte ihr Mann tödlich im Bergwerk.

Verstört kam sie in ihre Heimatstadt zurück. Sie hatte keine Eltern mehr, war als Waise bei Onkel und Tante aufgewachsen, sehr karg gehalten, mit Arbeit eingedeckt seit frühester Kindheit, dazu angehalten, immer dankbar zu sein, daß man sie aufgenommen und vor dem Waisenhaus bewahrt hatte. Es war keine schöne Kindheit gewesen, die Heirat mit einem Mann, den sie herzlich liebte, hatte ihr ein neues Leben versprochen, und dieses neue Leben war beendet, nachdem es kaum begonnen hatte.

Onkel und Tante, alt und griesgrämig, waren nicht entzückt, die Nichte so bald wiederzusehen, noch dazu in anderen Umständen. Das Leben, das Martha Jonkalla vor sich sah, war mehr als trübsinnig.

Dr. Menz, der so viele Schicksale in dieser Stadt kannte, und so oft helfend eingegriffen hatte, trat auch hier als rettender Engel auf. Er brachte Martha in das Haus der Gadinskis, als Amme für Ottis Tochter Karoline. Martha war gesund und kräftig, sie hatte mühelos Milch für zwei Kinder.

Seitdem lebte Martha bei den Gadinskis, und sich vorzustellen, was die ohne sie machen würden, dazu reichte keine Phantasie aus.

Otti lag auf der Ottomane, zart, empfindsam und blutarm, zu schwach, einen Finger zu rühren, Martha stillte die Kinder, zog sie auf, zog sie groß, besorgte den Haushalt, kochte wunderbar, hielt Wäsche, Möbel, Geschirr auf Hochglanz, auch den Hausherrn, der, genau wie die Kinder, unter ihrer Pflege aufs beste gedieh und sich ohne Störung seiner Fabrik widmen konnte, die sich im Zuge des wirtschaftlichen Aufschwungs der Jahrhundertwende zur größten Raffinerie weit und breit entwickelte.

Bleibt noch anzumerken, daß auch Adolf Gadinskis Privatleben mit der Zeit eine zufriedenstellende Regelung erfuhr. Ein Mann wie er, vital, gesund und tüchtig, brauchte selbstverständlich ein passendes weibliches Wesen für sein Wohlbefinden. Der Mißgriff mit der Professorentochter aus Greifswald ließ sich nicht mehr korrigieren, also mußte er sich nach realen Möglichkeiten umsehen. Es begann mit einigen glücklosen Versuchen, die in der Stadt schwierig waren, da er als ein weithin bekannter Mann in seiner Bewegungsfreiheit recht eingeschränkt war. Auch gelegentliche Besuche eines einschlägigen Hauses in Breslau konnten ihn nicht befriedigen.

Aber dann geriet eines schönen Tages Melitta Jeschke in seine Hände – oder er in ihre, wie man es nehmen wollte, blieb sich gleich: besser konnte er es nicht treffen.
Von der Jeschke, wie sie allgemein in der Stadt hieß, der Frau, die die chicsten und teuersten Hüte machte, war bereits die Rede gewesen. Sie nannte sich Modistin, über dem Schaufenster ihres kleinen Ladens stand »Des modes«, sonst nichts, im Fenster zeigte sie höchstens zwei oder drei Hüte, mehr nicht, aber die waren das Anschauen wert. Sie stammte nicht aus der Stadt, war eines Tages zugewandert, direkt aus Paris kommend, wie sie gelegentlich verlauten ließ, was durchaus glaubhaft war, wenn man ihre sensationellen Modelle sah. Sie war verheiratet, in jungen Jahren jedoch schnöde verlassen worden, worauf sie Paris ansteuerte, um sich einen Beruf und Selbständigkeit zu schaffen, denn Geschmack und Sinn für Mode hatte sie von je besessen. So erzählte sie ihre Geschichte, schmückte sie auch mit hübschen Details aus, unter denen eine leidenschaftliche Liebesaffäre im fernen Paris als zusätzliche Würze diente, und die Damen, die bei ihr arbeiten ließen, hörten Melittas Erzählungen gern zu.
Adolf Gadinski machte Melittas Bekanntschaft durch seinen Freund Münchmann, von dem noch zu berichten ist, und da funkte es sofort, Melitta sehen und von ihr hingerissen sein, war auch diesmal eins, ein klassischer Coup de foudre; wie erinnerlich war dies ein Charakteristikum Gadinskischen Liebeslebens.
Melitta Jeschke war gut gebaut, wies eine prachtvolle, üppige Büste, wohl gerundete Hüften bei schlanker Taille auf, ein wohlgeformtes Gesicht, prachtvolles rotbraunes Haar, und verfügte über Geist und Charme obendrein. Zur Liebe geschaffen und nach Liebe verlangend, zusätzlich umgeben vom Hauch Pariser Parfüms war sie ein herrliches Weib, und mit ihm hatte Adolf einen guten Griff getan.
Die Liaison bestand schon seit einigen Jahren und würde auch weiterhin halten, beide waren zufrieden miteinander, ergänzten sich, brauchten sich, liebten sich. Adolf ersparte sich lästige Reisen in ein Breslauer Bordell, und Melitta hatte einen Vollblutmann im Bett ihres zauberhaft mit Pariser Flair eingerichteten Schlafzimmers. Ansonsten hatte sie ihren einträglichen Beruf, den sie ebenfalls liebte und der ihr keine Zeit ließ, sich darüber zu grämen, daß ihr Geliebter Weib und Kind besaß. Überdies war sie ja selbst verheiratet, nie geschieden von dem treulos verschwundenen Gatten, was Adolf unnötige Diskussionen ersparte, mit einem Wort: ein geradezu idealer Zustand.
Außer Freund Münchmann und möglicherweise noch einigen wohlbetuchten Herren dieser Stadt wußte keiner von diesem Verhältnis. Alle hielten sie dicht, schon aus eigenem Interesse, wußte man doch nie, wann man selbst auf Diskretion angewiesen war. Selbstverständlich hatte Otti keine Ahnung, wußte auch gar nicht, daß es solche Dinge auf Erden gab.
Erstaunlicherweise war Nicolas von Wardenburg im Bilde, Alice war Kundin der Jeschke, und so hatte Nicolas sie dort manchmal nach einer Anprobe oder einer Besprechung abgeholt, und es war auch schon vorgekommen, daß er nicht Alice, sondern den Hut abholte, wenn er fertig war und Alice nicht in die Stadt mitgekommen war. Bei einer solchen Gelegenheit traf er, es war an einem

Abend, Adolf Gadinski bei Melitta Jeschke, wurde zu einem Sherry in die Wohnung gebeten, die hinter Laden und Werkstatt lag, und begriff sofort, wie die Situation beschaffen war. Nicolas seinerseits hielt einen kleinen Dauerflirt mit der rassigen Melitta in Gang, genoß ihre erotische Attraktion, und daß diese Frau einen Mann haben mußte, war für ihn ganz klar.
Gadinski, der ja in Wardenburg in jedem Jahr die gesamte Zuckerrübenernte kaufte, kannte er ganz gut, sie sahen sich gelegentlich, und Gadinski war auch jedesmal zu einem Vorschuß auf die Ernte bereit, wenn Nicolas in Schwierigkeiten war.
Noch ein paar Worte zu Otto Münchmann, Adolfs engstem Freund. Sie waren zusammen in die Schule gegangen, Freunde also von Kindesbeinen an. Freunde waren sie geblieben. Diese Freundschaft erfuhr eigentlich nur einmal eine kleine Trübung, als Adolf nämlich seine fade Otti anschleppte. Es fiel Münchmann schwer, Adolf zu dieser Eroberung zu gratulieren, und da er eine aufrichtige Natur war, verbarg er das auch nicht. Das nahm Adolf ihm übel, für eine ganze Weile, später aber wurde ihr Verhältnis so herzlich wie früher.
Otto Münchmann kam oft ins Haus Gadinski und genoß da gern Martha Jonkallas excellente Küche, Adolf verkehrte am liebsten im Hause Münchmann. In dieser glücklichen Ehe, die von vier Kindern gesegnet war, fühlte er sich heimisch. Außerdem wuchs Münchmanns Reichtum von Jahr zu Jahr. Ihm gehörte das größte Textilgeschäft am Platz. Sein Großvater war noch Schneider gewesen, sein Vater hatte einen kleinen Laden betrieben, der Sohn nun besaß ein Geschäft, das durch drei Stockwerke ging, in dem man alles kaufen konnte, was mit Textilien zu tun hatte, angefangen bei Taschentüchern und Bettwäsche bis zu den modernen verführerischen Damenstrümpfen aus Seide und Hemden aus Chiffon.
Doch zurück zum Haus Gadinski. Dort befand sich alles in bester Verfassung, gedieh zur Zufriedenheit. Martha Jonkalla hatte ihr frühes Unglück überwunden, sie stand einem großzügig geführten Haushalt vor, hatte längst ausreichend Personal zur Verfügung, das unter ihrer Anleitung willig und zufrieden arbeitete; allein die Küche hatte Martha sich vorbehalten, da sie fürs Leben gern kochte.
Um auch der blassen Otti Gadinski Gerechtigkeit angedeihen zu lassen: sie redete Martha nie hinein, ließ sie wirken und walten, wie die es für richtig hielt, und das war das Klügste, was Otti in ihrem Leben vollbracht hatte. Martha machte wirklich alles richtig.
Karoline, die Tochter des Hauses, gedieh prachtvoll. Sie war weder zart, noch blutarm, schon gar nicht empfindsam, schlug mehr nach dem Vater, war nicht besonders hübsch, aber sehr herrschsüchtig, und ohne Marthas behutsame Leitung hätte sie vermutlich das ganze Haus tyrannisiert. Sie hielt sich an Marthas Sohn, ihrem Milchbruder, schadlos. Der mußte für das großartige Leben im Hause Gadinski dankbar sein, was ihm seine Mutter ein für allemal eingeprägt hatte, und dafür konnte er es ruhig hinnehmen, die Rolle von Karolines persönlichem Bediensteten zu spielen. Es machte ihm nicht allzuviel aus, er war von Anfang an daran gewöhnt.

Karoline war kräftig und etwas dicklich geraten, Kurt Jonkalla eher klein und zart, er hatte wohl von seiner Mutter Milch den geringsten Anteil abbekommen. Dem Mädchen jedoch hatte er alles zu holen und nachzutragen, was sie sich gerade in den Kopf setzte, mußte ihr alle Wünsche erfüllen, mußte vorhanden sein, wenn sie mit ihm spielen wollte, und verschwinden, wenn sie bessere Gesellschaft hatte.

Dennoch bedeutete das kein hartes Leben für ihn. Im Hause Gadinski wurde gut gegessen, Martha und ihr Sohn hatten ein hübsches, gut geheiztes Zimmer, auch reichte es zu anständiger Kleidung für beide. Adolf Gadinski war ein gutmütiger Herr, niemals grob oder unbeherrscht, Otti kümmerte still, aber ganz zufrieden vor sich hin, und mit Karoline, der einzigen Plage, mußte man sich eben abfinden.

Als die Schulzeit begann, gewann Kurt mehr Freiheit, soweit es Karoline betraf, aber da er sie gegen die Knechtschaft der Schule eintauschen mußte, war es ein fragwürdiger Gewinn. Jedenfalls trennten sich außerhalb des Hauses ihre Wege, Karoline besuchte eine Privatschule und später das Lyzeum, Kurt ging in die Volksschule, wo er sich zwar als artiger, aber nicht sonderlich erfolgreicher Schüler erwies. Vermutlich lag das vor allem daran, daß er zuviel Angst vor seinem Lehrer und dessen ewig drohendem Rohrstock hatte, wenn seine Leistungen bescheiden blieben und sich etwa in ihm schlummernde Talente nicht entfalten konnten. Später sollte er, das war längst beschlossen, bei Herrn Gadinski in der Raffinerie arbeiten oder in der Zuckerfabrik, wie es die Leute nannten.

Nun war Kurt zwar artig, still und bescheiden und offensichtlich von mäßigen Geistesgaben, aber auch von sehr freundlichem, liebenswürdigem Wesen und zusätzlich von einer gewissen Hartnäckigkeit, wenn er etwas erreichen wollte, was ihm erstrebenswert erschien. Die Liebenswürdigkeit hatte er von seinem Vater, wie Martha oft feststellte, die Hartnäckigkeit von ihr. Beide Eigenschaften sollten dazu dienen, erhebliche Korrekturen an dem für ihn bestimmten Lebensweg vorzunehmen.

Nachdem Hedwig wieder zur Schule ging und ihre Schularbeiten selbst nach Hause bringen konnte, brach die Verbindung zum Nachbarhaus ab, das heißt, sie wäre abgebrochen, hätte Kurtel nicht in jeder freien Minute über den Zaun gespäht und hätte Nina, die an den Gesprächen mit ihm Gefallen gefunden hatte, diese Blicke nicht aufgefangen.

Vormittags war Kurtel nicht da, da mußte er in seine Schule gehen. Hedwig fuhr nach ihrer langen Krankheit wieder mit Karoline im Wagen zur Schule, während Kurtel den weiten Weg zu Fuß trabte und deshalb eine halbe Stunde früher aufbrechen mußte; war er einmal spät dran, überholten ihn die Mädchen auf dem Weg, aber nie hielt der Wagen an, um ihn zum Mitfahren aufzufordern. Er fand nichts dabei, das hatte seine Richtigkeit so. Schließlich genoß Hedwig das Privileg im Gadinskischen Wagen mitzufahren nur, weil sie ein lahmes Bein besaß.

»Das arme Mädel!« sagte Kurtels Mutter. »Sei dem lieben Gott dankbar, daß du zwei gesunde Beine hast.«

Kurtel war dem lieben Gott dankbar, nur wünschte er sich brennend ein Fahrrad, wie es manche Knaben in der Schule besaßen. Das war zu dieser Zeit der Traum seines Lebens. Martha kannte diesen Traum und sparte für das Rad. Sie würde es ihm kaufen, wenn er in die Fabrik gehen mußte. Das war ein noch viel weiterer Weg als der Schulweg, der durch die ganze Stadt, bis zum anderen Ende und noch bis vor die Stadt hinaus führte; der Weg von und zur Arbeit würde Kurtel jeden Tag zwei Stunden kosten, da sollte er dann das Rad haben.
Aber selbst die Aussicht auf das Fahrrad konnte Kurtel nicht dazu bringen, der Arbeit in Herrn Gadinskis Fabrik hoffnungsfroh entgegenzublicken. Er wollte nicht gern in die Fabrik. Er hatte das auch seiner Mutter gestanden, die sein volles Vertrauen hatte und der er eigentlich alles sagte, was ihn bewegte.
Martha hatte gesagt: »Aber Junge!«, doch im Innern ihres Herzens stimmte sie ihrem Sohn zu. Sie konnte seiner Zukunft als Arbeiter in der Zuckerfabrik auch nicht viel Geschmack abgewinnen, schließlich war sein Vater Bergwerksingenieur gewesen, und sie stammte auch nicht aus Arbeiterkreisen. Sie wünschte sich von Herzen für ihren Sohn eine gehobene berufliche Laufbahn. Außerdem war er ein schmales Bürschchen, sie konnte in ihn hineinfüttern, was sie wollte, es half nichts, er wurde weder größer noch stärker, und sich ihn unter den rauhen Arbeitern vorzustellen, war für Martha schon jetzt ein schmerzlicher Gedanke.
Herr Gadinski sah es als selbstverständlich an, daß der Junge zu ihm in die Fabrik käme, aber es gab dort ja auch bessere Posten, dachte Martha, und das hatte sie gelegentlich Herrn Gadinski gegenüber schon angedeutet. Herr Gadinski hatte geantwortet, das werde man dann schon sehen, es hätte ja noch Zeit, jetzt sollte der Junge erst einmal mit der Schule fertig werden, und wenn er dann eine schöne Handschrift hätte und gut rechnen könne, würde man ihn vielleicht im Büro gebrauchen können.
Der erste Buchhalter des Werks war Herr Vöckla, ein strenger, unfreundlicher Herr, Martha kannte ihn flüchtig, und der Kutscher, der manches erfuhr, wenn er auf seinen Herrn wartete, hatte erzählt, daß die Büroangestellten kein leichtes Leben unter dieser Fuchtel hatten. Das mußte man bedenken, aber schließlich wurde auch Herr Vöckla nicht jünger, Marthas Meinung nach mußte er bald sechzig sein, und so mochte es nicht ausgeschlossen sein, daß ihr Kurtel vielleicht eines Tages die atemberaubende Position eines Bürochefs der Zuckerfabrik erringen konnte. Natürlich würde es ein dorniger Weg sein, bis er dieses Ziel erreichte, aber unmöglich war es nicht.
Also schärfte Martha ihrem Sohn immer wieder ein, er sollte sich einer möglichst schönen, sauberen Handschrift befleißigen und im Rechnen gut aufpassen. Beides schaffte Kurtel mit einigen Mühen. Aber noch lagen zwei Jahre Schule vor ihm, und während dieser Zeit avancierte er zum Kavalier der Nossek-Mädchen. Die Initiative ergriff Nina. Als Hedwig wieder gesund und keine Botendienste mehr vonnöten waren, kam Kurtel nicht mehr ins Haus, aber Nina sah ihn in den ersten milden Frühlingstagen, wenn er nachmittags im Nachbargarten umherschlenderte oder auf dem Mäuerchen saß, der Marthas Gemüsegarten von dem Blumengarten trennte. Beide Gärten gehörten mit zu Kurtels

Aufgabenbereich, er mußte fleißig darin arbeiten, umgraben, säen, pflanzen, jäten, gießen und ernten, aber jetzt gab es noch nicht viel zu tun, erst mußte der Boden weich werden, noch waren die Nächte kalt.
Auch Nina hielt sich viel im Garten auf. Nachdem sie so lange im Haus eingesperrt gewesen war, drängte sie hinaus an die Luft. Gertrud sagte zwar: »Bleib nicht zu lange draußen, es ist noch kühl und setz dich ja nicht auf den Boden, die Erde ist noch feucht.« Also schlenderte Nina herum, und da die Büsche unbelaubt waren, hatte sie gute Sicht in den Nachbargarten. Sie winkte. Kurtel sauste zum Zaun.
»Warum kommst du denn nicht mehr?«
Er hob die Schultern.
»Brauch ich ja nicht mehr.«
»Du kannst uns doch besuchen.«
»Darf ich doch nicht.«
»Warum darfst du nicht?«
Na eben, warum durfte er nicht. Keiner hatte es ihm verboten. »Komm mal rüber, ich zeig dir was.«
Er kletterte über den Zaun, und sie führte ihm ihre Ecke vor, hinter den Tannen. Er zimmerte ihr eine kleine Sitzbank aus Holz, damit sie nicht auf dem feuchten Boden sitzen mußte, und schließlich kletterte er jeden Tag über den Zaun, und dann saßen sie zu dritt auf dem Bänkchen, Nina, Kurtel und die Katze, in der ersten Frühlingssonne. Wenn es regnete, fiel das Rendezvous aus, und dann fehlte ihm etwas.
Nina entzückte ihn. Obwohl sie ja gemessen an ihm noch ein kleines Kind war, bewunderte er sie schrankenlos. Und sie – gemessen an Karoline – war ja auch wirklich eine wahre Wohltat.
Nina war zu dieser Zeit ein sehr hübsches Kind mit ihren großen graugrünen Augen und dem hellbraunen, rötlich schimmernden Haar, mit der zierlichen, aber festen Figur. Sie war gewachsen, besonders nach der Krankheit, ihre Beine hatten sich gestreckt, sie war voller Leben und hatte den Kopf immer voll Ideen, und vor allem war es ihr Eifer, ihre Hingabe an alles, was sie tat, was ihre Gesellschaft so anregend machte. Kurtel wurde in ihrer Gegenwart sehr gesprächig, erzählte haarklein, was er in der Schule erlebte, auch seine zahlreichen Niederlagen gegenüber Lehrern und Mitschülern; er war alles andere als eine Kämpfernatur und mußte nicht nur den Rohrstock des Lehrers, auch häufig die Fäuste der stärkeren Jungen erdulden.
»Du mußt sie auch hauen«, riet ihm Nina. »Ich hau jeden, der mich haut.«
An sich wären seine Berichte aus der Schule dazu angetan gewesen, Nina die bevorstehende Schule zu verleiden, doch davon konnte keine Rede sein, sie konnte es kaum erwarten, bis sie zur Schule gehen durfte.
Allerdings konnte Kurtel auch bei schönem Wetter nicht immer, wie er wollte, bei Nina vorbeischauen, er hatte seine Pflichten im Haushalt zu erfüllen, und Karoline beanspruchte ihn nach wie vor für ihre persönliche Bedienung. So mußte er Botengänge zu ihren Freundinnen machen, denn zu jener Zeit waren die jungen Damen eifrig dabei, sich gegenseitig Briefchen zu schreiben, die hin und her gebracht werden mußten.

An diesen Albernheiten beteiligte sich Hedwig nie. Man konnte auch nicht sagen, daß sie und Karoline jemals Freundinnen waren. Was sie einte, war ein Zweckbündnis. Hedwig wurde im Wagen mitgenommen, und Karoline schrieb bei Hedwig ab und bekam, da sie eine miserable Schülerin war, von Hedwig eine Art Nachhilfestunden. Zu diesem Zweck ging Hedwig ins Nachbarhaus. Zu Nosseks kam Karoline nie.

Als dann die Gartenarbeit begann, wurden Kurtels Besuche bei Nina sehr selten. Dann stand sie am Zaun, an der Stelle, wo sie hinüberblicken konnte, und sah ihm zu, wenn er arbeitete.

Ehe Nina eingeschult wurde, verbrachte sie zehn glückliche Tage auf Wardenburg. Sie wurde sogar schriftlich dazu eingeladen, was sie tief beeindruckte.

»Tante Alice hat geschrieben«, sagte Agnes eines Tages. »Sie fragt, ob du nicht ein paar Tage zu ihnen hinauskommen willst, ehe die Schule anfängt.«

»Ja!« schrie Nina begeistert.

»Sie kommt nächste Woche sowieso in die Stadt, schreibt sie, und da kannst du gleich mitfahren.«

»O fein!« rief Nina aus und hopste auf einem Bein durchs Zimmer. »Darf ich lange bleiben?«

»Du kannst nicht lange bleiben, du weißt doch, Ostern fängt die Schule an.«

In Wardenburg war es so schön wie im vergangenen Sommer. Alle freuten sich, daß Nina kam, und für Nina war jeder Tag randvoll angefüllt mit Freude. Sie durfte zum erstenmal allein auf einem braven älteren Pferd reiten, sie tat es mit großem Eifer und befolgte alle Anweisungen, die Onkel Nicolas ihr gab.

»Im Sommer kommst du für längere Zeit heraus«, sagte er, »und dann kriegst du richtigen Reitunterricht.«

Im Garten suchte sie bunte Ostereier, und Grischas Witwe schneiderte ihr ein blaues Schulkleid mit einem runden weißen Kragen. Venjo erkannte sie auch wieder und duldete ihre stürmischen Umarmungen, und Ma Belle war noch schöner geworden und sprang inzwischen kleine Hindernisse.

»Ich möchte auch springen«, erklärte Nina.

»Später«, sagte Nicolas. »Wenn du richtig reiten kannst.«

Nun erwies sich die Schule doch als Störenfried, aber es half nichts, in der Woche nach Ostern spazierte Nina das erstemal, den Ranzen auf dem Rücken, zusammen mit ihrer Schwester Magdalene, geleitet von Gertrud, zur Schule. Der Ernst des Lebens begann, wie ihr Vater in einer längeren Erbauungsrede am Abend vorher dargelegt hatte.

Der Ernst des Lebens fand zunächst in der »Von Rehmschen Privatschule für Mädchen« statt, in der auch Magdalene zu ihrem großen Mißfallen nun im dritten Jahr ihre Vormittage verbringen mußte. »Du wirst schon sehen«, hatte sie düster verheißen, »fein ist das gar nicht.«

Aber Nina fand es fein. Ihr gefiel es in der Schule, und ihr Anpassungsvermögen, ihre Aufgeschlossenheit und ihr Eifer machten ihr nicht nur die Schule leicht, sondern machten sie auch bei den Damen der Schule beliebt. Es waren vier. Die Vorsteherin der Schule war Fräulein Luise von Rehm, die in ihren jungen Jahren als Hauslehrerin auf Gütern gewirkt hatte, da die Kinder der besseren Familien, be-

sonders des Adels, meist zu Hause unterrichtet wurden. Luise von Rehm jedoch war eine fortschrittliche Dame, überdies eine gute Pädagogin, so daß es ihr auf die Dauer nicht genügte, ein oder zwei höhere Töchter feiner Kreise zu unterrichten, ihr Sinn stand nach einer richtigen Schule und nach einer ganzen Klasse.
Die Anregung dazu hatte sie sich bei Leontine von Laronge geholt, die Luise seit ihrer Jugend kannte. Leontine hatte ihr gut geraten. Sie sagte: »Sie müssen mit den Kindern der ersten Schuljahre anfangen, ein Institut wie meines hat keine Zukunft. Das bessere Bürgertum schickt seine kleinen Mädchen nicht gern in öffentliche Volksschulen. Die Kinder lernen dort nicht genug, sie sitzen zwei oder drei Jahre in derselben Klasse, und die intelligenten unter ihnen müssen sich immer wieder den gleichen Stoff anhören. Das ist in meinen Augen veraltet. Richten Sie kleine Klassen ein, nehmen Sie gute Lehrerinnen, und Sie werden in wenigen Jahren den Erfolg sehen.«
Leontine hätte es gern selbst gemacht. Aber sie fühlte sich zu alt, sie war auch abgestempelt durch ihr »Institut für Höhere Töchter«, das sich ja nur an größere Mädchen ab zwölf Jahren wandte und das, zu Leontines Betrübnis, nur noch vor sich hinkümmerte; nur wenige junge Damen kamen noch zu ihr, meist die Töchter der Mütter, die einst ihre Schülerinnen gewesen waren.
Luise von Rehm betrieb die Schule nun seit fünf Jahren und hatte sich mit ihr in der Stadt einen sehr guten Ruf erworben. Die Anfängerklasse behielt sie sich immer selbst vor. Als Nina in ihre Schule kam, war sie etwa Anfang vierzig, eine kühle, strenge Dame, die dunklen Haare über der hohen Stirn eingeschlagen, einen Kneifer am Band auf der Nase; stets trug sie graue oder schwarze Röcke und hochgeschlossene weiße Blusen.
Wenn sie die Klasse betrat, mußten die kleinen Mädchen aufstehen, durften sich nicht rühren, bis die Lehrerin das Katheder erreicht hatte, dann sagte Fräulein von Rehm laut und deutlich: »Guten Morgen, Kinder«, und die Kinder antworteten ebenso laut und deutlich: »Guten Morgen, Fräulein von Rehm.« Darauf wurde ein Choral gesungen, den die Lehrerin mit kräftiger Stimme führte, dann sprach sie laut und deutlich das Gebet, das sie täglich variierte, die Kinder standen mit gesenkten Köpfen und gefalteten Händen, stimmten in das »Amen« ein, dann hieß es »Setzen!«, und die Kinder setzten sich, leise und ohne Gepolter. Sie saßen aufgerichtet, die Hände vor sich auf dem Pult gefaltet, den Blick unverwandt auf die Lehrerin gerichtet. Es war nicht erlaubt, den Blick abzuwenden, zu schwatzen oder sich sonstwie ablenken zu lassen. Geschah es doch, wurde die Übeltäterin ermahnt, im Wiederholungsfalle mußte sie aufstehen und eine Viertelstunde stehenbleiben, handelte es sich um ein schwerwiegendes Vergehen, mußte sie »in die Ecke«, das heißt mit dem Rücken zur Klasse in einer Ecke stehen, je nach dem Ausmaß der Störung zehn Minuten bis zu einer halben Stunde. Der Unterricht war ausgezeichnet, präzise, klar, die Behandlung der Kinder gerecht, keines wurde bevorzugt, keines benachteiligt, jedes erhielt die Chance, zu zeigen, was es konnte, durfte auch ungeniert sagen, was es nicht verstand, und Fräulein von Rehm nahm sich auch stets die Zeit, einem langsam denkenden oder gehemmten Kind genau zu erklären, um was es ging, notfalls auch nach Ende des Unterrichts, was in diesem Fall nicht als Strafe zu verstehen war,

wie Fräulein von Rehm den wartenden Müttern geduldig erklärte. Strafe in Form von Nachsitzen gab es allerdings auch. Geschlagen wurde in dieser Schule nie. Fräulein von Rehms tadelnder Blick oder scheltende Worte waren für die kleinen Mädchen Strafe genug.
Magdalene besuchte die dritte Klasse. Und selbst ihr, die faul und nachlässig war, hatte man die notwendigen Kenntnisse beibringen können. In relativ kurzer Zeit lernten die Kinder erstaunlich sauber und ohne orthographische Fehler schreiben, sicher lesen, sich überlegt und ohne Haspelei auszudrücken und auch einfache Rechenaufgaben zu bewältigen.
In der ersten Klasse machte das Fräulein von Rehm alles allein. Sie beaufsichtigte auch die Turnübungen, die jeden zweiten Tag dran waren, da sie der alten klassischen Meinung des »mens sana in corpore sano« huldigte und Gymnastik, wie sie es nannte, für einen wichtigen Zweig des Unterrichts hielt. Sie kommandierte die Übungen selbst, als Vorturnerin kam jedesmal ein Mädchen aus einer der obersten Klassen, eine gute Turnerin natürlich. Es waren einfache gymnastische Übungen, auch Atemübungen, kleine Gruppentänze wurden einstudiert, was den Kindern Freude machte. Eine andere Lehrerin gab den Zeichen- und Handarbeitsunterricht. Im ersten Jahr wurde nur gehäkelt, zunächst Topflappen, dann ein Shawl, ein Deckchen, und da die Lehrerin eine junge heitere Dame war, liebten die Kinder diese Stunden besonders. Und dann die Malstunden. Da durften sie mit Wasserfarben malen, bekamen manchmal ein Modell, einen Blumenstrauß, eine Topfpflanze, ein Gefäß, ein anderes Bild, manchmal aber nur die Anregung, etwas zu zeichnen, was sie auf dem Schulweg gesehen hatten oder bei sich zu Hause, vielleicht auch ein Tier, das sie kannten. Immer war auch diese Stunde unterhaltend und machte Spaß.
Und dann lernten sie Gedichte. Darauf legte Fräulein von Rehm großen Wert. Jede Woche bekamen sie zwei oder drei Gedichte auf, erst kurze, dann längere, der Inhalt wurde ihnen erklärt, die Sprachmelodie mußte erfühlt werden.
Hier tat sich Nina besonders hervor. Sie lernte in Windeseile ein langes Gedicht, und wenn sie es aufsagen mußte, leierte sie es nicht nur herunter wie die anderen, sie sprach mit Betonung und lauter Stimme, mit sehr viel Gefühl und Ausdruck, ohne stecken zu bleiben. In dieser Hinsicht war sie in der Klasse ohne Konkurrenz.
Das war alles, was sie im ersten Jahr zu tun bekamen. Im zweiten Jahr würde Musikunterricht, Heimatkunde und später Erdkunde hinzukommen.
Nina ging mit großer Begeisterung in die Schule und war bei ihren Lehrerinnen sehr beliebt; sie begriff schnell, war voll Eifer bei der Sache und immer bemüht, alles gut zu machen. Ungezogen war sie eigentlich nie. Ihr »Betragen« war immer einwandfrei.
Wenn sie dann ein sparsames Lächeln von Fräulein von Rehm empfing, ein zufriedenes Kopfnicken, strahlte Nina zu der Lehrerin hin und war sehr glücklich in ihrem kleinen Herzen.
»Ein Kind mit hervorragenden Anlagen«, sagte Fräulein von Rehm zu ihren Mitarbeiterinnen.

Leontine hätte ihr erzählen können, daß Ninas Mutter als junges Mädchen genauso aufgeschlossen und gutwillig gewesen war und genauso aus glücklichen Augen strahlen konnte, wenn man sie lobte.
Der Schulweg war ziemlich weit. Bisher war Magdalene von Gertrud oder von Rosel, auch von Agnes, als diese sich noch wohler fühlte, zur Schule gebracht worden, aus der Vorstadt bis zum Fluß, über die Brücke, bis vor die Tür der Schule. Heimwärts gingen die kleinen Mädchen gruppenweise, solange eine gemeinsame Richtung gegeben war, ein paar Mütter waren immer dabei, und meist war Gertrud, wenn sie Zeit hatte, Magdalene ein Stück entgegengegangen.
Aber nun – nun war Kurtel da. Anfangs ergab es der Zufall, daß sie sich auf dem Schulweg trafen, bis er eines Tages mit großem Ernst erklärte, er würde Magdalene und Nina zur Schule begleiten und sie auch wieder abholen und sehr gut auf sie aufpassen.
Das tat er, solange er noch selbst zur Schule ging, und es begründete eine Freundschaft zwischen den Kindern, die sich als sehr haltbar erweisen sollte. Kurtels Schule befand sich zwar ein ganzes Stück von der Mädchenschule entfernt, und er mußte im Laufschritt versuchen, noch rechtzeitig zu seiner Schule zu kommen, sonst begann der Tag für ihn gleich mit dem Rohrstock.
Im Trab eilte er nach Schulschluß den Weg zurück, um rechtzeitig bei der von Rehmschen Schule zu sein und die Mädchen abzuholen. Manchmal allerdings hatte er auch Zeit genug, denn sein Lehrer war ein lässiger Mann, der die Schulstunden je nach Laune beendete. Dann saß Kurtel vor dem hübschen alten Villenbau der Mädchenschule auf der Steineinfassung des Vorgartens und wartete geduldig. Er fühlte sich verantwortlich für die beiden kleinen Mädchen, und diese Verantwortung nahm er sehr ernst. So führte er Nina an der Hand über jede Straße, sorgsam nach rechts und links blickend. Er sagte beispielsweise auch: »Paß auf, daß du nicht stolperst, da ist ein Loch im Pflaster.« Gingen sie über die Oderbrücke, und es war ein windiger Tag, so ging er stets auf der Seite, von der der Wind blies, um für die Kleine einen Schutz zu bieten, der natürlich bei seiner schmächtigen Gestalt keinen großen Effekt machte. Oder er knöpfte Nina den Mantel am Hals zu und band ihr ein Tuch über die Zöpfchen, die sie wieder tragen mußte, seit sie in die Schule ging. Es hatte Tränen deswegen gegeben.
Magdalene verspottete Kurtel oft für seine Fürsorge. »Du bist wie 'ne Kinderfrau«, sagte sie. Oder: »Die ist doch nicht aus Zucker.« Was durchaus stimmte, Nina war weder besonders empfindlich noch besonders zart. Aber Kurtel beirrte das nicht, er hatte Nina kennengelernt, kurz nach der Krankheit, als sie blaß und spitz war. Seitdem verließ ihn das Gefühl nicht, er müsse sie beschützen und für sie da sein, ein Gefühl, das ihn sein Leben lang nicht verlassen sollte.
Magdalenes manchmal hochfahrende Art störte ihn nicht, das war er von Karoline gewöhnt. Überhaupt war es schwer, wenn nicht unmöglich, ihn zu verärgern oder zornig zu machen. Eine sanfte, geduldige Hartnäckigkeit, gepaart mit dem Wunsch, Gutes zu tun, war schon in diesen jungen Jahren ein hervorstechendes Merkmal seines Charakters. Mit der Zeit dehnte er seine Fürsorge auf

das ganze Haus Nossek aus, ging dort bald aus und ein, und wenn es irgend etwas zu tun gab, zu holen, zu tragen, zu reparieren, hieß es nun auch bei den Nosseks: »Das macht der Kurtel.« Zusammen mit den Aufgaben im Haus Gadinski, die seine erste Pflicht waren, ergab das ein voll ausgefülltes Knabenleben.

Als vierter im Bunde gesellte sich überraschenderweise Robert Nossek zu diesem Kleeblatt, Fritz Nosseks jüngster Sohn, ein Cousin der Mädchen. Robert war zwar ein Jahr älter als Kurtel, ging aber in dieselbe Klasse, in der sowieso immer mehrere Jahrgänge beisammen saßen und wechselnd unterrichtet wurden. Die beiden Jungen kannten sich also, ohne sich bisher nähergekommen zu sein. Vor Jahren allerdings war eine flüchtige Begegnung zwischen ihnen entstanden, als auf dem Schulweg einige Mitschüler Kurtel angriffen und verprügelten, beziehungsweise verprügeln wollten. Da hatte Robert eingegriffen. Robert war, im Gegensatz zu Kurtel, groß und kräftig, ein Schmiedesohn mit echten Schmiedefäusten; der hatte Kurtel rausgehauen, und zwar so nachhaltig, daß sich später keiner mehr an ihm vergriff, jedenfalls nicht, wenn Robert in Sichtweite war.

Dies hatte zu keiner näheren Beziehung, geschweige denn zu einer Kameradschaft zwischen den beiden Jungen geführt, eher zu stiller gegenseitiger Verlegenheit. Kurtel bewunderte den großen, starken Robert zwar, aber sie sprachen kaum miteinander, doch jetzt, nachdem Kurtel die Beschützerrolle der Nossek-Mädchen übernommen hatte, was seinen Mitschülern natürlich nicht verborgen blieb und weswegen man ihn hänselte, trat Robert wieder in Aktion.

Zunächst, um Kurtel zu schützen, dem eine Meute folgte. Er gehe mit, um seine Cousinen abzuholen, ließ Robert ruhig wissen, worauf sich die Verfolger trollten. Magdalene und Nina kannte er nur von gelegentlichen Familienbesuchen, nicht sehr gut, nun festigten sich die losen Familienbande, als Robert sich angewöhnte, das Trio ein Stück auf dem Heimweg zu begleiten, obwohl sein Weg doch in eine andere Richtung führte. Anfangs ging er mit bis zur Oderbrücke, mit der Zeit noch ein Stück weiter. Das machte Kurtel sehr stolz, die Mädchen fanden es interesssant. Besonders Magdalene.

Sie war schon früh ein sehr weiblich bewußtes, kokettes kleines Geschöpf, und Robert war genau der Typ, der ihr ein Leben lang gefallen würde: groß, blond, hübsch und schon zu jener Zeit eine gewisse männliche Überlegenheit ausstrahlend.

So verging Ninas erstes Schuljahr, das zweite begann, und noch immer machte ihr die Schule großen Spaß. Sie gehörte zu den Besten der Klasse, war lebhaft, aufmerksam im Unterricht, und tat sich weiterhin hervor durch ihr besonderes Talent, Gedichte aufzusagen, je länger, je lieber. Einmal, von Fräulein von Rehm wegen des gelungenen Vertrags gelobt, platzte sie heraus:

»Ich hab' auch ein Gedicht gemacht.«

»Laß es uns hören.«

Und Nina deklamierte mit bewegter Stimme:

»Der Mond hat ein rundes Gesicht und guckt auf mein Bett.
Ich lerne jetzt ein Gedicht, und der Mond findet es nett.«

Die Klasse kicherte, Fräulein von Rehm nickte mit ernster Miene, obwohl sie, was bei ihr selten vorkam, am liebsten herausgelacht hätte.
»Das reimt sich ja wirklich sehr schön«, sagte sie.
»Ich mache wieder ein Gedicht«, verhieß Nina mit glühenden Wangen. »Mal ein ganz langes.«
»Und wie kamst du gerade auf den Mond?« wollte Fräulein von Rehm wissen.
»Weil ich ihn so liebhabe«, sprach Nina innig, worauf die Mädchen wieder lachten, diesmal lauter, doch Fräulein von Rehm lächelte nun und sagte: »Das kann ich verstehen, ich habe ihn auch sehr gern.«
Nina blickte sich triumphierend vor Stolz um. Wenn die anderen so dumm waren und das nicht verstanden, konnte man nichts machen, aber Fräulein von Rehm verstand sie sehr gut.
»Wenn das so ist«, sagte die Lehrerin, »können wir gleich ein Gedicht über den Mond drannehmen. Es ist ein sehr schönes und ein sehr berühmtes Gedicht, und der Dichter, der es gemacht hat, heißt Matthias Claudius. Und nun paßt auf.«
Sie blickte über die Klasse hin, lächelte Nina noch einmal zu und begann:
»Der Mond ist aufgegangen,
die goldnen Sternlein prangen . . .«
Sie sprach das ganze Gedicht ohne Stocken, mit sehr viel Gefühl und Andacht. Denn sie verlangte nicht nur von ihren Schülerinnen, daß sie Gedichte lernten, sie kannte selbst die meisten auswendig.
Als sie endete, ging ihr Blick über die Klasse, die kleinen Mädchen saßen still und artig wie immer, manche gleichgültig und unberührt, andere beteiligt, einige ergriffen. Am meisten waren Nina die Worte dieses Dichters ins Herz gedrungen. Als Fräulein von Rehms Blick auf sie fiel, sah sie, daß dem Kind die Augen voller Tränen standen, und nun rollte ihr auch schon eine über die Wange. Das rührte Luise von Rehm so ans Herz, wie ihr noch kein Vorfall während ihrer ganzen Schulzeit nahegegangen war.
Daß ein Kind schon so tief empfinden konnte, daß es begriff, zweifellos nicht mit dem Verstand, sondern mit dem Herzen, was ein Dichter ausdrücken wollte, fand sie sehr bemerkenswert. Sie erwähnte es später beim Mittagessen im Kreise ihrer Kolleginnen und fügte hinzu: »Ein sehr liebenswertes kleines Mädchen.«
»Das finde ich auch, ich mag Nina auch sehr gern«, sagte Fräulein Kreiss, die junge Handarbeits- und Zeichenlehrerin. »Man sollte keinen Unterschied zwischen den Kindern machen«, meinte Fräulein Bertram säuerlich. Sie gab französischen Unterricht und hatte bis jetzt noch nicht Ninas Bekanntschaft gemacht.
»Das kann mir gewiß niemand vorwerfen«, sagte Fräulein von Rehm kühl, »ich glaube, daß ich alle Kinder gerecht behandle und mit gleichem Maß messe. Aber die Verschiedenheit der Menschen ist eine Tatsache, die man nicht negieren kann. Ich finde es gut, daß es so ist. Meine beruflichen Erfahrungen haben mich gelehrt, daß alle Eigenschaften, die später das Wesen eines Menschen ausmachen, bereits in einem Kind von fünf oder sechs Jahren fertig vorhanden sind. Ein guter Pädagoge kann die guten Eigenschaften fördern und kann versuchen,

üble Eigenschaften zurückzudrängen, ändern wird auch er letzten Endes an einem Menschen nichts. Das Gesetz, nach dem er angetreten, steht bereits geschrieben.« Worauf sich eine längere Debatte zwischen den Damen entwickelte, die bis zum Dessert dauerte und endete wie alle Debatten: daß jeder seine Meinung vertrat und bei seiner Meinung blieb.

Die zuvor schon gute Beziehung zwischen Nina und ihrer ersten Lehrerin vertiefte sich, Nina erfuhr eine weitgehende Förderung, und so empfand sie die Schule auch weiterhin nicht als Zwang, sondern als Vergnügen.

Erstmals war es für sie zu einem Vorgang gekommen, der sich später in ihrem Leben oft wiederholen sollte: daß ein Mensch, ein fremder Mensch, der ihr begegnete, sich bei näherem Kennenlernen ihr liebend zuwandte, bezwungen von der Intensität ihrer Gefühle, der Unmittelbarkeit ihrer Ausdruckskraft.

An einem Tag im Juni des nächsten Jahres waren die vier Kinder am Nachmittag im Garten der Nosseks zusammen. Von Agnes, die sich mit dem kleinen Ernst ebenfalls im Garten aufhielt, hatte jedes ein Glas Milch und ein Brot mit Pflaumenmus bekommen, und nun saßen sie satt und zufrieden im Gras, es war warm und sonnig, und sie redeten von den großen Ferien, die in greifbare Nähe gerückt waren.

Robert, nicht nur äußerlich, sondern auch in der Entwicklung der reifste von ihnen, überraschte sie mit der Mitteilung, daß er mit seinem älteren Bruder eine Fußwanderung durch und über das Riesengebirge machen würde. Bis nach Hirschberg würden sie mit der Bahn fahren und dann nur noch gehen.

Kurtel hörte mit großen Augen zu, er konnte an so etwas nicht denken; er hatte keinen großen Bruder, und auf den einfachen Gedanken, Robert zu fragen: darf ich mitkommen?, kam er nicht.

Magdalene beteiligte sich nicht am Gespräch und blickte mit scheinbar uninteressierter Miene in die Rosenbüsche, die in voller Blüte standen. Sie war pikiert, mehr als das, sie war gekränkt. Sie betrachtete Robert als ihren ganz persönlichen Kavalier und Beschützer, und daß er jetzt eine so weite Reise unternehmen wollte, sich für lange Zeit von ihr trennen wollte und sich ganz offensichtlich darauf noch freute, fand sie empörend. Außerdem hatte er versprochen, er würde in diesem Sommer so viel wie möglich mit ihr zum Baden gehen und ihr das Schwimmen beibringen. Das schien er total vergessen zu haben.

Für Nina waren Sommerferien kein Thema. Sie würde wie jedes Jahr nach Wardenburg gehen, für eine lange herrliche Zeit, und das war sowieso das Schönste, was es auf dieser Erde geben konnte. Sie kniete im Gras und spielte mit dem kleinen Ernst, von ihr zärtlich Erni genannt, lachte mit dem Kind, erzählte ihm lustige Geschichten, die sie sich selbst ausdachte, denn mit der Zeit hatte sie eine tiefe Zuneigung zu diesem kleinen Brüderchen gefaßt. Er war immer noch ein schmächtiges Kerlchen, dünn an Gliedern und Gelenken, mit spärlichem flachsblondem Haar, aber immerhin hatte er sich soweit herausgemacht, trotz sehr langsamer Entwicklung, daß man nun keine Besorgnis mehr um sein Überleben haben mußte.

Ein wenig später kam Charlotte, sie kam oft bei schönem Wetter zu einem Nachmittagsbesuch, Gertrud brachte Kaffee und setzte sich mit ihrem Flickkorb und mit melancholischem Gesichtsausdruck zu den Damen. Agnes und Charlotte tauschten einen besorgten Blick und bemühten sich um besonders weiche und liebevolle Töne.

Für Gertrud hatte das vergangene Frühjahr die erste ernste Begegnung mit einem jungen Mann gebracht. Das war so gekommen: Mit der Zeit waren einige Möbelstücke des weiland Bankdirektors und früheren Bewohners des Hauses etwas wacklig und wurmstichig geworden, die Kinder wuchsen heran und benötigten mehr Platz für ihre Bücher und Hefte und Schularbeiten; besonders Hedwig, die sich neuerdings mit chemischen Experimenten befaßte und nebenbei, das allerdings ganz im geheimen, sozialistische Studien betrieb, hatte sich mit ihren Utensilien so ausgebreitet, daß man beschlossen hatte, ihr ein zweites eigenes Zimmer für ihre Arbeiten einzuräumen. Kurzum, einige Neuanschaffungen waren nötig geworden, und zu diesem Zwecke kam ein Schreiner ins Haus. Gottseidank, so sagte Agnes später, trug Emil die Verantwortung dafür.
Der junge Mann hatte seine Werkstatt in einem Dorf, das zum Landkreis gehörte, lebte dort in einem kleinen Haus zusammen mit seiner Mutter, war fleißig, anständig, und arbeitete bei weitem billiger als die Handwerker in der Stadt. Emil hatte ihn entdeckt, sich über ihn informiert und den jungen Mann zu sich ins Haus geholt, damit er die gewünschten Arbeiten ausführte. Der Schreiner war ein stattlicher hübscher Mann Ende der zwanzig, wirkte sympathisch, war ruhig und freundlich – mit einem Wort, er gefiel Gertrud, und Gertrud gefiel ihm.
Sie hätten ein gutes Paar abgegeben. Der Schreiner war sich bald darüber klar und machte Gertrud auf eine behutsame, keineswegs aufdringliche Art den Hof. Für Gertrud war das etwas Neues. Ihr Leben bestand aus Arbeit für die Familie, hatte immer daraus bestanden, sie kam kaum außer Haus, kannte keinen Menschen, wurde nicht eingeladen, hatte nie eine Tanzstunde besucht, und Umgang mit einem jungen Mann hatte es für sie auch noch nie gegeben. Sie blühte auf in diesem Frühjahr, sie war nicht kokett, aber sie lachte öfter als sonst, sie errötete, sobald der Schreiner auftauchte, sie bewegte sich bewußter, sie schaute in den Spiegel, zupfte hier und da ein Löckchen aus ihrem brav aufgesteckten Haar und überlegte plötzlich jeden Tag eine Weile angestrengt, was sie anziehen sollte. Viel Auswahl hatte sie ohnedies nicht.
Agnes entgingen diese kleinen Anzeichen einer beginnenden Liebesgeschichte nicht, auch Charlotte bemerkte sie. Ungeschickterweise erwähnte Agnes den Fall gegenüber Emil, durchaus wohlmeinend, aber sie hätte es nicht tun sollen, sie kannte Emil schließlich. Sofort verbot er seiner ältesten Tochter strikt jedes persönliche Wort mit dem Schreiner.
»Ein Handwerker ist keine Partie für dich«, sagte er, der selbst der Sohn eines Handwerkers war. »Du mußt an deinen Stand denken.«
»Aber . . .«, begann Gertrud.
Ein Blick ihres Vaters ließ Gertrud verstummen. Und bald darauf verschwand der Schreiner aus dem Haus und kam nicht wieder. Was und wie Emil mit ihm gesprochen hatte, wußten die Frauen nicht. Doch es mußte in einer Form geschehen sein, die den jungen Mann endgültig vertrieb.
Seitdem hatte Gertrud traurige Augen, sie sprach wenig, und sie lachte auch nicht, für lange Zeit nicht. Wie eine standesgemäße Partie für Gertrud aussehen und woher sie kommen sollte, darüber hatte Emil allerdings nichts verlauten

lassen. So blieb Gertrud ungeliebt und weiterhin das Aschenputtel der Familie, dem niemals ein Prinz erscheinen sollte.
Während die Erwachsenen Kaffee tranken, verzogen sich die Kinder und spazierten hinauf zum Buchenhügel, dem bevorzugten Ziel ihrer Spiele.
»Morgen gehe ich schwimmen«, erklärte Robert. »Ich glaube, das Wasser ist schon warm genug. Und dann werdet ihr auch schwimmen lernen.«
Kurtel nickte tapfer. Er hatte zwar Angst vor dem Wasser, aber natürlich wollte er schwimmen lernen, schon weil Robert, sein bewunderter Freund, ein guter Schwimmer war.
Magdalene war immer noch beleidigt. Als Robert sie leicht anstubste und sagte: »Du wirst es diesen Sommer auch lernen. Du brauchst keine Angst zu haben, ich werde gut auf dich aufpassen«, gab sie keine Antwort und schaute in eine andere Richtung.
»Du willst doch schwimmen lernen?«
»Ich weiß noch nicht«, gab Magdalene gedehnt zur Antwort. »Ich denke, du willst verreisen.«
»Ach, erst in den Ferien.«
Er brachte Magdalenes schlechte Laune nicht mit seiner Wanderung durch das Riesengebirge in Verbindung, er war an ihre Launen gewöhnt, und so wenig imstande wie andere männliche Wesen, die Gedanken in komplizierten weiblichen Gehirnwindungen nachzuvollziehen.
Im Gegenteil, er fing abermals an, begeistert von der bevorstehenden Reise zu schwärmen. Mit seinem älteren Bruder verstand er sich gut. Franz war zwanzig, ging in die Lehre bei einem Klempner und war so wohl geraten, wie alle Söhne des Schmiedes. Der dritte und älteste, Fritz Nossek, arbeitete beim Vater in der Schmiede und war bereits verheiratet. Auch Robert sollte Schmied werden, der Betrieb war so groß geworden, daß zwei Familienmitglieder darin arbeiten mußten, wenn man nicht zu viele Gesellen anstellen wollte.
Vater Nossek stellte es sich so vor, daß sein jüngster Sohn so weit sein würde, ihn zu ersetzen, wenn er sich aufs Altenteil zurückzog. Ein paar Wanderjahre wollte er Robert jedoch gern gönnen, wie er sagte. Jedoch die Pläne seines Vaters deckten sich nicht mit Roberts Wünschen. Und an diesem Nachmittag, unter dem hellen Grün der Buchen, sprach er zum erstenmal von dem, was ihn bewegte: »Daß ihr es wißt, ich werde nicht Schmied.«
Am Vormittag, als sie aus der Schule kamen, hatten die Kinder, wie so oft, dem Vorbeimarsch der Soldaten, die von einer Geländeübung zurückkehrten, zugesehen. In der Stadt lagen eine Infanterie-, eine Kavallerie- und eine Feldartilleriebrigade in Garnison. Heute war es die Infanterie gewesen, die da in vorbildlichen Reihen vorbeimarschierte, ein Lied singend, und an der Spitze der Hauptmann auf einem prächtigen Schimmel. Für Robert gab es keinen schöneren Anblick, er kannte sich genau aus beim Militär, kannte alle Ränge, alle Abzeichen, wußte genau, was in der Garnison vorging, schon allein deswegen, weil manche Offiziere ihre Pferde bei seinem Vater beschlagen ließen, besonders wenn es edle Pferde waren, weil der Hufschmied der Brigade, wie es hieß, eine unfreundliche Hand hatte.

»Es muß eine wichtige Übung gewesen sein, wenn sogar der Hauptmann dabei war«, hatte Robert gesagt und sehnsuchtsvoll den Soldaten nachgeblickt, solange sie zu sehen waren.
Und nun also: »Daß ihr es wißt, ich werde nicht Schmied.«
»Warum nicht?« fragte Kurtel.
»Ich will was anderes werden.«
»Was denn?«
Robert holte tief Luft, atmete aus und sprach dann voll Nachdruck: »Ich will Offizier werden.«
»Oh!« machte Kurtel mit staunenden Augen.
Magdalene wandte in neu erwachtem Interesse ihren Blick auf den Cousin. Sie waren jetzt auf der Höhe des Hügels, hier standen die Buchen weit auseinander, die Sonne verstreute goldgrünes Licht über Gras und Moos.
»Das kannst du gar nicht«, sagte Kurtel. »Da mußt du erst in eine richtige Schule gehen.«
Robert nickte. »Ich weiß.«
Zwar war die Offizierslaufbahn nicht mehr allein dem Adel vorbehalten, es gab viele bürgerliche Offiziere in der Armee des Königs und Kaisers, er hatte das selbst so gewünscht, und nicht jeder stammte aus reichem Haus. Doch eine höhere Schulbildung war durchaus vonnöten, das war Robert bekannt. »Ich will trotzdem Offizier werden«, beharrte er, »das ist überhaupt das Schönste, was es gibt auf der Welt.«
Daß keine Aussicht bestand für ihn, auf eine höhere Schule überzuwechseln, wußte er. Seine Leistungen waren nicht entsprechend und außerdem hätte er dann die Schule schon vor einigen Jahren wechseln müssen, nun war es zu spät. Aber damals, mit zehn Jahren, hatte er noch nichts von seinem später erträumten Beruf geahnt.
»Mein Bruder sagt«, fuhr Robert fort, »ich kann höchstens mal Unteroffizier werden.«
»Das ist doch auch ganz schön«, tröstete ihn Kurtel. Robert schüttelte den Kopf.
»Nein. Ich will Offizier werden. Und ich weiß auch, wie.«
»Wie denn?«
Robert machte ein geheimnisvolles Gesicht, die drei anderen Kinder waren von dem Thema nun gefesselt und schauten ihn gespannt an. Magdalene hatte ihr Schmollen vergessen.
»Wir müssen bloß einen Krieg haben«, sagte Robert.
Die Vorstellung faszinierte die Kinder. Ein Krieg! Das war etwas Großartiges, etwas Wunderbares. Etwas für Männer, für Helden.
»Au ja, ein Krieg!« rief Magdalene. »Das wäre fein. Dann können wir immer die Siege feiern und haben schulfrei.« Auch jetzt hatten sie ja jedes Jahr am 2. September, am Tag der siegreichen Schlacht von Sedan, schulfrei.
»Und wenn Krieg ist«, fragte Nina, »wirst du dann Offizier?«
Robert nickte. »Ganz bestimmt. Im Krieg werden die Tapfersten immer Offiziere, auch wenn sie vorher keine waren. Das hat schon der Alte Fritz so gemacht. Und der Napoleon auch. Seine Soldaten konnten sogar General werden, wenn sie tapfer waren und eine Schlacht gewonnen haben.«

Die einzigen Bücher, die Robert las, handelten vom Krieg, von Soldaten, von Helden, auch, wie man hören konnte, vom Kaiser Napoleon, der ihm außerordentlich imponierte, obwohl er ja eigentlich ein Feind war.
»Der Napoleon«, erzählte er seinen gebannten Zuhörern, »war ein ganz berühmter Mann. Erst war er ganz arm, und keiner kannte ihn. Und dann wurde er der größte General in Frankreich. Und dann sogar Kaiser.«
Er überlegte, mißbilligte selbst den Lobpreis des französischen Kaisers und fügte hinzu: »Er ist natürlich nicht so berühmt wie der Alte Fritz. Der konnte noch besser Krieg führen.« Er überlegte wieder, angestrengt, mit gerunzelter Stirn. »Der Napoleon hat aber viel mehr Krieg geführt. Und viel weiter weg. Aber er hat am Ende verloren. Friedrich der Große hat nie verloren.«
Kurtel wollte zeigen, daß er auch etwas wußte und sagte: »Unser alter Kaiser hat aber auch alle Kriege gewonnen.«
»Die hat der Bismarck gewonnen«, beschied ihn Robert kurz.
»Und unser Kaiser? Gewinnt der auch alle Kriege?« fragte Nina.
»Der macht ja keine«, sagte Robert tadelnd. »Das ist es ja. Aber jetzt braucht er auch noch nicht. Erst wenn ich groß bin, da muß es Krieg geben. Und dann kann ich auch Offizier werden.«
»Dann wünschen wir dir, daß es ganz viel Krieg gibt«, rief Kurtel, »damit du ganz berühmt wirst. Und auch General.«
Über ihnen in den Buchenwipfeln bewegte der Sommerwind leise die Blätter, ein leichter Ostwind. Darum war der Himmel so hoch und so klar, man konnte weit ins Land blicken, auf den Feldern stand das Korn schon hoch, das erste Heu wurde eingefahren, und dazwischen glänzte silbern der breite Strom der Oder.
Ein Bild des Friedens. Ihr gesegnetes, glückliches Heimatland des Friedens, so kannten sie dieses Land, dessen Erde in nicht ferner Vergangenheit genügend Blut getrunken hatte. Das Blut der Helden, die so schnell vergessen wurden. Robert stand gerade, den Kopf vorgereckt, den Blick ins Tal gerichtet, und rief mit Begeisterung: »Ich werde meinen Männern voranstürmen, mein Pferd wird das schnellste sein, und ich werde jeden Feind besiegen.«
Da unten im Tal blitzten für ihn die Bajonette, bollerten die Geschütze, ritten Roß und Reiter gegen den Feind an. »Ohne dich können wir gar keinen Krieg gewinnen«, sagte Magdalene bewundernd. »Und du wirst bestimmt General.«
Es war still auf dem Hügel unter den Buchen, ein Vogel strich talwärts mit hellem Schrei an ihnen vorbei, und plötzlich sagte Nina, leise und mit ängstlicher Stimme: »Aber in einem Krieg müssen doch auch immer viele Menschen sterben.«
»Natürlich«, sagte Robert ruhig, »das ist nun mal so. Aber das macht nichts. Und vom Feind sterben immer viel mehr.«
»Du hast wohl wieder mal Angst, wie?« fragte Magdalene spöttisch.
Nina antwortete nicht. Sie schob die Unterlippe vor, blickte auch hinab in das grüne friedliche Tal, auf den silbernen Strom. Sie hatte die drei anderen gegen sich, das spürte sie, die dachten wieder einmal, daß sie zu klein und zu dumm sei, um zu verstehen, wovon die Rede war.
Ganz verstehen konnte sie es auch nicht. Ganz verstehen konnte sie ja auch nicht, was Sterben war. In diesem Winter war die Katze gestorben, ganz plötz-

lich. Hatte zuckend und sich windend am Boden gelegen, hatte geschrien, war leiser geworden und miteins tot gewesen.
Es war ganz schrecklich. Nina konnte nächtelang nicht schlafen, und wenn sie schlief, weinte sie im Schlaf. Die Katze mußte etwas Giftiges gefressen haben, hatte Gertrud gesagt, oder die Leute hätten Mäusegift gestreut, und die Katze hatte eine giftige Maus erwischt.
Gleichviel was es war, es war schrecklich gewesen, als die Katze starb. Und Nina dachte, daß sie nie wieder so etwas Schreckliches sehen wollte. Es sollte auch keiner sterben. Und wenn Robert nur General werden konnte, wenn viele Menschen starben, dann sollte er lieber nicht General werden. Aber ihm war das egal. Nein, Nina konnte es nicht verstehen. »Ich möchte nicht General werden«, flüsterte sie vor sich hin, ganz leise, damit die anderen es nicht hörten. Aber die waren schon fort, spielten Fangen unter den Buchen. Sie stand allein. Unten floß die Oder, langsam, glänzend im Sonnenlicht. Nur das Tageslicht und das Wetter änderten ihre Farbe, nicht mehr das Blut, das in sie floß.

Nina

1928

In den letzten Wochen war viel zu tun. Wir hatten Neueinstudierung und Premiere, eine Uraufführung sogar, Felix hat selbst Regie geführt und sich kolossal hineingekniet, und dann wurde es eine große Pleite. Seitdem gehen wir alle quasi auf Zehenspitzen und tragen Trauer. Felix ist sehr, sehr unglücklich, seine Stirn ist ständig gerunzelt, und ich weiß so gut wie jeder im Haus, was es bedeutet, wenn nichts in die Kasse kommt. Wir kommen schon kaum durch, wenn ein Stück läuft, so wie das letzte gelaufen ist, aber wenn das Theater leer ist, stehen wir kurz vor dem endgültigen Untergang. Jeder weiß es, jeder ist besorgt, die Stimmung unter den Schauspielern ist miserabel. Ich würde Felix gern helfen, aber ich kann nicht, Geld habe ich nicht, und raten läßt er sich nicht von mir.

Ich hatte ihm von dem Stück abgeraten. Mir gefiel es schon beim Lesen nicht. Es ist so unfroh und dazu ein ewiges Gelabere. So etwas mögen die Leute nicht. Es handelt von einem Mann, der aus dem Krieg kommt, und im Krieg war er sehr tapfer und vollbrachte große Taten, und dann in der Nachkriegswelt ist er feige und findet sich im normalen Leben überhaupt nicht zurecht, verlangt immer, daß alle ihn noch bewundern, aber es ist nichts mehr an ihm zu bewundem. Seine Heldentaten gehören der Vergangenheit an, und damit kann sich der Mensch nicht abfinden. Er redet und redet und redet, was er alles getan und geleistet hat fürs Vaterland, und was er wieder für große Dinge vollbringen will fürs Vaterland, wenn selbiges ihn ruft. Ich finde, das ist Unsinn. Der Krieg war zu ernst und zu fürchterlich, als daß man ihn jetzt im Theater totreden kann.

Das habe ich Felix gesagt, und er hat gesagt, ich verstehe das nicht, aber das Stück wäre genau so, wie Männer empfinden und denken. Darauf sagte ich, ich hätte noch nie verstanden, was eigentlich in den Köpfen der Männer vorgeht und ob sie denn wirklich gar keinen Verstand haben.

Wie es scheint, steckt das Stück uns an, wir reden auch lauter Unsinn. Meiner Meinung nach will keiner mehr was vom Krieg hören, das ist nun zehn Jahre her, und war so schrecklich, daß es bestimmt nie wieder einen Krieg geben wird, Gott sei gedankt. Das wenigstens haben wir mit dem ganzen Elend erreicht.

Trotzdem, sagt Felix, können wir die hinter uns liegende Zeit nicht einfach verdrängen, schließlich hat sie das Leben der meisten Menschen verändert, das ganze Leben und die ganze Welt dazu, und genau das würde in dem Stück ausgesprochen. Ich kann das nicht finden, in dem Stück wird nur gequatscht, dämlich

gequatscht, und das ist in meinen Augen gerade Verdrängung. Und was soll denn das auch heißen? Alle Menschen wollen beiseite schieben, was sie quält und was sie traurig macht, wenn sie das nicht täten oder wenigstens versuchten, könnte keiner weiterleben. Man denkt trotzdem noch oft genug an die Toten. An all die jungen Männer, die ihr Leben nicht gelebt haben. An die Kranken und Zerstörten, die man vor Augen hatte. So einer wie Felix zum Beispiel.
Ich zum Beispiel denke viel an Kurtel, auch wenn ich nicht daran denken will. Man hat mir nicht mitgeteilt, daß er tot ist. Vermißt, hat es geheißen. Und das nun seit zwölf Jahren. Vermißt in Rußland, was heute Sowjetunion heißt und von Kommunisten regiert wird. Es gibt keinen Zaren mehr. Wir haben ja auch keinen Kaiser mehr. Es geht auch ohne. Es geht schlechter, das mal bestimmt, aber unsere neuen machen wenigstens keinen Krieg.
Und wenn ich an Kurtel denke, der liebe, sanfte Kurtel, der nie ein böses Wort gesagt hat und nie einem Menschen auch nur das kleinste Unrecht angetan hat, und auf einmal ist er verschwunden, verlorengegangen in dem riesigen Rußland, einfach weg, dann weiß ich doch, daß es der helle Wahnsinn ist, was man mit den Menschen angefangen hat. Wenn ich an ihn denke, muß ich weinen. Nicht weil ich ihn so sehr geliebt hätte, geliebt habe ich ihn nie, ich habe ihn gern gehabt, von Herzen gern, und heute ist mein Herz erfüllt von Mitleid, und ich täte alles, was ich tun könnte, ihm zu helfen, aber da gibt es keine Hilfe mehr, er ist tot, ich weiß, daß er tot ist, erfroren, verdorben und gestorben, weit in Rußland drin. Wenn er in Gefangenschaft gekommen wäre, hätte man ja mal etwas gehört. Aber nie ein Wort.
Oder Robert. Als wir Kinder waren, da erinnere ich mich an einen Nachmittag, es war im Sommer, und ich war noch ziemlich klein, sieben oder acht, und wir waren hinaufgegangen zu den Buchen, die nicht weit von unserem Haus entfernt auf einem Hügel wuchsen, und da hatte er uns gesagt, er wolle Offizier werden. Das kann er aber nur, wenn es Krieg geben wird. Mit seinem Pferd wollte er seinen Soldaten voranreiten und jeden Feind besiegen. Wenn ich groß bin, muß es Krieg geben, sagte er.
Es gab Krieg, als er groß war. Er ritt nicht mit seinem Pferd gegen den Feind, er verreckte in einem Schützengraben in Frankreich. Vor Verdun, wo sie sich so erbittert umbrachten. Er war nicht Offizier geworden, nur Unteroffizier. Sterben mußte er trotzdem. Er hatte seinen Krieg bekommen. Ich möchte wissen, was er dachte, als er in dem Schützengraben lag, ob er sich noch immer Krieg wünschte. Damals konnte man sich so eine Art von Krieg gar nicht vorstellen, so stand es nicht in den Büchern mit den Heldentaten, die die Jungen lasen. Was heißt das also, verdrängen und vergessen? Wir, die wir es erlebt haben, können nicht vergessen, aber verdrängen können wir schon. Das habe ich miterlebt. Für jeden Menschen ist sein eigenes Schicksal wichtig, sonst nichts. Und wenn er überlebt hat, dann lebt er. Und er will so gut wie möglich leben, und er will gut essen und will lieben und lachen, und das andere will er nicht mehr wissen. Die Inflation zum Beispiel hat die meisten Menschen viel mehr getroffen als der Krieg. Nicht jeder war an der Front, aber jeder hat sein Geld verloren. Jeder hatte kein Geld oder nur wertloses Papier. Oder fast jeder. Die anderen hatten

viel. Aber die meisten hatten keins, und es ging ihnen schlecht, und sie konnten es nicht begreifen. Sie konnten dies weniger begreifen als den Krieg. Und seitdem ist Geld überhaupt das Allerwichtigste geworden. Das Allergrößte. Es bedeutet ihnen mehr als Gott und mehr als die anderen Menschen und als die Liebe, und ich glaube, sie würden noch einmal Millionen Menschen opfern, nur damit sie ihr Geld behalten können.
Darüber sollte einer mal ein Theaterstück schreiben, über das veränderte Weltbild des Menschen. Es müßte heißen »Der neue Gott« oder so. Aber wahrscheinlich kann man so etwas nicht auf die Bühne bringen, vielleicht könnte man ein Buch darüber schreiben. Das ist genau wie das Stück, das wir jetzt spielen, das wäre als Buch vielleicht möglich, aber nicht auf der Bühne. Wenn einer immerzu redet, und die Mitspieler sind nur Stichwortbringer, dann ist das einfach langweilig. Ich weiß, daß Thiede die Rolle nicht gern spielt, so umfangreich sie auch ist. Er ist ein echter Komödiant, er fühlt sich unbehaglich bei dem öden Gelabere.
Kommen die schlechten Kritiken dazu, die wir hatten.
Felix ist sehr verbittert.
»Ich will nicht nur immer seichten Schund machen, ich möchte Stücke spielen, die sich mit Zeitproblemen befassen.«
Ich habe gesagt, daß ich das durchaus verstehe, aber dann muß es eben auch ein gutes Stück sein und nicht nur seichter Problemquatsch. Wir haben uns richtig gestritten. Eine Woche lief das Stück gestern, und das Theater war zu einem Viertel besetzt. Das ist tödlich, nicht nur für die Kasse, auch für die Schauspieler. Thiede rennt ganz verstört herum und wird zusätzlich jeden Tag schlechter in dieser Rolle. Er sagt, er kommt sich vor, als wenn man ihm den Boden unter den Füßen wegzieht.
Marga sagte gestern nach der Vorstellung: »Kinder, das geht so nicht weiter. Frau Jonkalla, Sie müssen dem Chef beibiegen, daß er schleunigst absetzt und was anderes an Land zieht. Sonst gehen wir nächsten Monat alle stempeln.«
Heute kam Lissy. Sie war meine Vorgängerin bei Felix. Das heißt, sie war seine Sekretärin, nicht etwa seine Freundin. Sekretärin, Kulissenschieber, Mülleimer, Krankenschwester, Irrenwärter, Hilfsdramaturg, »ebent Mächen for allet«, wie Lissy das nennt. Glücklicherweise hat sie geheiratet, und so kam ich zu diesem ehrenvollen Posten. Der mir an sich viel Spaß macht, nur gerade jetzt nicht. Lissy kommt oft zu Besuch, sie vermißt das Theater sehr, und natürlich bekommen sie und ihr Mann immer Premierenkarten. Heute hat sie sich noch einmal den ersten Akt angesehen, dann kam sie zu uns ins Büro.
»Nee, wissen Se, Herr Bodman, det is 'ne Fehlzündung. Damit müssen Se schleunigst uffhören.«
Felix saß an seinem Schreibtisch, er hatte eine Flasche Korn neben sich stehen und trank einen nach dem anderen. Er trinkt überhaupt sehr viel in letzter Zeit.
»Red keinen Unsinn, Lissy. Wir laufen jetzt eine Woche, ich kann nicht schon wieder absetzen.«
»Det müssen Se. Sonst könn' Se die Bude gleich dicht machen. Ick weeß doch, wat et bedeutet, wenn der Laden nicht jeht. Wie woll'n Se denn die Gagen zahlen?«

»Du gehst mir auf die Nerven, Lissy«, sagte Felix und schenkte sich wieder ein.
»Kann ja sein, kratzt mich aber nich weiter. Eener muß Ihnen doch mal Bescheid stoßen. Ick kann mir det leisten, nich? Ick bin n' Neutraler jewissermaßen. Meine Brötchen sin es nicht mehr, die hier jebacken wern. Un Frau Jonkalla vasteht et ebent noch nich so jut, nich?«
Ich machte schon den Mund auf, um zu sagen, daß ich genau ihrer Meinung sei, daß ich genau dasselbe sage wie sie, daß ich schon bei den Proben geunkt habe, aber Felix schoß einen wütenden Blick zu mir hinüber, also machte ich den Mund wieder zu.
»Es ist ein gutes Stück«, beharrte Felix eigensinnig, »und es trifft genau ins Schwarze. Vielleicht kommt es zwei Jahre zu früh.«
»Kann ja sein, det der Mann det Richtige jemeint hat, und daß 'ne Welle ranrollt, aber jemacht is et mies.«
»Vielleicht hätt' ich nicht selber inszenieren sollen«, sagte Felix selbstquälerisch, das sagt er jeden Abend mindestens zwanzigmal. »Ich bin eben ein miserabler Regisseur.«
»Vielleicht sind Se keen Genie«, gab Lissy ungerührt zu, »aber det Stück hätte ooch der Reinhardt nich retten können. Wenn und es wäre nämlich jut, hätt' er's ja wohl jemacht, nich? Aber det is keen Stück, det is'n einziges Geseire. Man hört nach 'ner Weile nich mehr hin. Ob Se mir det nu glooben oder nich, et is so. Ooch, wenn er recht haben tut.«
Lissy wollte auch mal Schauspielerin werden, wie ich weiß, aber da sie sich ihren Berliner Dialekt nie abgewöhnen konnte, wurde nichts daraus. Aber sie versteht eine ganze Menge vom Theater.
Jedenfalls ging das noch eine Weile so weiter, Felix trank einen Schnaps nach dem anderen, erst als Lissy sagte: »Saufen Sie eigentlich die janze Flasche alleene aus«, goß er uns auch einen ein.
Dann war der zweite Akt durch, es war Pause, Felix ging hinaus, ich blieb mit Lissy im Büro. Ich kann das gar nicht sehen, wenn Thiede von der Bühne kommt, mit so verzweifelter Miene, ich mag ihn nämlich. Er ist ein guter Schauspieler, und wenn Felix ihm keine besseren Rollen gibt, wird er bei uns nicht mehr auftreten.
Lissy dachte dasselbe wie ich.
»Den Thiede seid ihr los. Der haut ab. Sobald der was anderes kriegt, kratzt er die Kurve.«
»Was sollen wir denn tun, Lissy?«
»Absetzen. Je eher um so besser. Is doch keene Schande nich, ham schon größere Theater jemacht. Denken Se mal, jetzt ist gleich Dezember, denn kommt Weihnachten un Silvester, da wollen sich die Leute amüsieren. Ihr müßt ein Stück haben, das bis zum Februar läuft. Mindestens.«
»Wo sollen wir denn jetzt so schnell ein Stück herkriegen?«
»Ach, et gibt doch jenügend jute Sachen. Ihr müßt was nehmen, was die Leute jernhaben. 'n Oscar Wilde oder sowat. Der ideale Gatte, det läuft immer. Oder was Französisches, Sardou oder so. Meinetwejen ooch Charleys Tante. Bloß von so'ne Uraufführung soll er die Finger lassen, det biegen Se ihm mal bei. Det kann er nämlich wirklich nich. Kommt nischt bei raus.«

»Aber wie sollen wir das finanzieren? Wir können rein finanziell nicht schon wieder was Neues machen.«
»Na, die Klamotte hier kann doch nich ville jekostet ham. Eene Dekoration, nur fünf Schauspieler, anjezogen sin se ooch wie die letzten Menschen. Kann doch nich teuer jewesen sein.«
Stimmt, teuer war es nicht. Aber da ist noch der Autor, er fühlt sich als Dichter und hat Riesenrosinen im Kopf. Felix hält ihn für ein Talent und beide haben sich aneinander hochgejubelt.
»Und der Autor? Der ist so sensibel. Der springt glatt in die Spree, wenn wir das Stück absetzen.«
»Lassen Se'n ruhig huppen. Da hat die Welt nich viel verloren«, gab Lissy erbarmungslos zur Antwort. »Un was die Pinke betrifft, da muß eben die Lady ran. Gefällt ihr det Stück denn?«
»Sie hat's noch nicht gesehen, sie ist zur Zeit in Amerika.«
»Un kommt se wieder?«
Ich blickte Lissy verwirrt an.
»Wie meinen Sie das?«
»Na, ick hab' mir immer schon jedacht, det se eines Tages janz drüben bleibt. Sehn Se mal, die hat doch ihre ganze Mischpoke drüben. Un die soll'n ja dort janz lustig leben, wie ich jehört habe. Un denn . . . also nehm' Se's mir nich übel, Frau Jonkalla, aber ick gloobe, die hat mit unserem juten Felix nich mehr viel im Sinn.«
Ich schwieg, schenkte Lissy und mir noch einen Schnaps ein. Die Pause würde gleich zu Ende sein, mir war jetzt schon bange, mit was für einem Gesicht Felix zurückkehren würde. »Sehn' Se«, erklärte Lissy und kippte ihren Schnaps, »is doch sonnenklar, nich? Wie die Herrn Bodman jeheiratet hat, war der jung un schön, nich? So der Typ strahlender Held, Don Carlos un Romeo un Ferdinand un so. Hat er Ihnen mal erzählt, in welcher Rolle die ihn zuerst jesehen hat?«
Ich schüttelte den Kopf.
»Als Peer Gynt. Na, wat sagen Se nu? Nu sagen Se jar nischt. Wissen Se, wat det for'ne Rolle is, für eenen, der jung is und voll Bejeisterung? Det is Zucker von'ner Rolle. Wenn Se mich fragen, war er viel zu jung für die Rolle damals, aber er spielte se eben. Un sie sah ihn und ihn sehn und sich verknallen, war eins. Un denn ließ se sich ooch gleich scheiden, und mit dem nächsten Dampfer war se wieder da, und dann hamse jeheiratet. Un denn kam ooch schon der Krieg. Und wie's'n wiederkriegte, sah er so aus wie heute. Nu sind Sie dran.«
»Sie sind gemein, Lissy«, sagte ich leise.
»Jemein? Ick bin nich jemein. Ick seh die Dinge nur, wie se sind. Sollten Se sich ooch anjewöhnen, Frau Jonkalla, hilft unjemeen. Un nu pendelt se pausenlos hin und her zwischen hier und Amerika. Und nebenbei finanziert se ihm sein kleenet Theater hier. Auftreten kann er nich mehr, also will er 'n Theater ham. Un wat glooben Se, wie lang die det noch macht?«
Ich schwieg, hörte draußen Felix' Stimme, der mit Thiede sprach. »Det kann ick Ihnen jenau sagen. So lange, bis se eenen andern hat. Un zwar drüben, nich hier. Die hat die Schnauze voll von Deutschland, die braucht jetzt een Amerika-

ner. Na jut, sie is nich mehr die Jüngste, sieht aber immer noch nach allerhand aus. Kenn' Se se eigentlich?

»Nein«, sagte ich abweisend, »ich kenne Frau Bodman nicht.«

»Na, is ja ooch vielleicht besser in Ihrem Fall.«

Ich ärgerte mich, fand Lissy unverschämt. Was weiß sie denn über mich und Felix, gar nichts.

Aber natürlich ist es Unsinn, mir da etwas vorzumachen. Alle im Theater wissen, wie Felix und ich zueinander stehen, also weiß es Lissy auch. Und vermutlich weiß es seine Frau auch, irgendeiner wird es ihr schon erzählt haben. Und daß sie bisher dagegen nichts unternommen hat, beweist ja nur, daß Lissy recht hat. Es ist ihr gleichgültig, was Felix treibt, ob er sie betrügt oder nicht. Wenn sie noch für das Theater zahlt, ist es die reine Gutmütigkeit. Dollars hat sie offenbar genug, und Dollars stehen auch heute noch hoch im Kurs. »Na, ihr zwei«, sagte Felix, als er wieder ins Büro kam.

»Wir ham uns überlegt, wat Se machen könnten, wenn Se umdisponieren. Wie wär's denn mit dem ›Idealen Gatten‹? Thiede gäb' einen süßen Lord Goring ab.«

»Für Thiede käme nur der Chiltern in Frage«, gab Felix widerborstig zur Antwort.

»Ooch gut. Un für die Lady wüßte ich Ihnen eene prima Besetzung. Die Linhardt. Vera Linhardt, die kenn' Se doch. Tolle Frau. Schön und kühl, wäre jenau die richtige Besetzung. Un ick weeß, det se zur Zeit frei is un 'ne Rolle sucht.«

»Hau ab, Lissy, du machst mich wahnsinnig.« Er hatte schon wieder die Flasche in der Hand. »Von den paar Leuten, die da waren, ist die Hälfte schon gegangen. Thiede wollte nicht auf die Bühne.«

Lissy sagt diesmal gar nichts, ich sagte: »Gott, der arme Junge.«

Thiede sagte dann auch nach der Vorstellung: »Ich spiele nicht weiter.« Er war blaß unter der Schminke, seine Augen ganz erloschen.

»Das können Sie gar nicht«, sagte Felix kalt, »Sie haben einen Vertrag.«

»Ich breche den Vertrag. Wenn Sie wollen, können Sie mir ja eine Konventionalstrafe aufbrummen. Zahlen kann ich nicht, also lassen Sie mich pfänden. Viel zu pfänden gibt es allerdings nicht. Ich wohne in einer Pension, ich habe keine Möbel, kein Auto, nur ein paar Bücher und zwei Anzüge. Bitte, bedienen Sie sich, Herr Bodman.«

»Mein Gott«, sagte ich, »hört doch auf, so blöd zu reden. Davon wird nichts besser.« Und dann wandte ich mich zum erstenmal gegen Felix. »Herr Thiede hat recht, wir müssen das Stück absetzen. Je eher, desto besser.«

Und da brüllt mich Felix an, die Adern schwollen an seinen Schläfen, die Narbe in seinem Gesicht färbte sich blutrot. »Was, zum Teufel, verstehst du denn davon? Ich verbitte mir deine Einmischung.« Aber ich ließ mich nicht beirren.

»Wenn wir uns morgen entscheiden, was wir machen, können wir übermorgen anfangen zu probieren. Dann spielen wir das hier noch eine Woche, machen dann eine Woche zu, und dann machen wir Premiere. Das ist genau vierzehn Tage vor Weihnachten. Bißchen spät, aber besser als gar nichts. Und es muß was Heiteres sein, das wir über Silvester und durch die Ballsaison spielen können.«

»Wie wär's denn mit der Fledermaus?« fragte Felix höhnisch. Er sah aus, als ob er mich ermorden wollte. Aber Thiede lächelte mich dankbar an.
»Sie sind eine Frau von raschem Entschluß. Ich bin auch der Meinung, daß man es so machen könnte.«
»Es muß ein Stück sein«, sagte ich, mit einemmal von wildem Eifer gepackt, »das wir möglichst mit dem Ensemble spielen können, das wir jetzt haben. Damit wir keinen hinaussetzen müssen. Und wen wir noch brauchen, engagieren wir dazu. Arbeitslose Schauspieler gibt es genug.«
Thiede war von meinem Eifer angesteckt. »Wir haben zwei Frauen und drei Männer auf der Bühne. Eva ist sehr vielseitig, ich denke, daß sie auch in einer Komödie gut rauskommen würde.«
Marga, die Thiedes Mutter spielt in diesem Stück, hatte sich zu uns gesellt, schon seit einer Weile, aber kein Wort bisher gesagt.
Jetzt griff sie ein.
»Ganz einfach. Wir machen »Arms and the Man‹ von Shaw. Der Chocolate-soldier ist eine prima Rolle für dich, Peter.« Thiede lacht, er ist nicht wiederzuerkennen.
»Doch, würde mir Spaß machen. Ein gutes Stück. Eva wäre die Raina auf den Leib geschrieben.«
Ob sich was angesponnen hat zwischen den beiden, daß er es gar so wichtig hat, weiter mit ihr zu spielen?
»Ich könnte die Mutter machen«, fuhr Marga fort, »und Morotzki den Vater. Gott, wird der froh sein, wenn er die Wurzen hier los ist. Und ich denke, daß Bob mit dem Sergius hinkäme, der hat ja so schneidige Töne.«
»Und dann brauchen wir noch eine rasante Person für die Louka, was ganz Knuspriges.« Soll keiner sagen, daß ich nicht die geborene Dramaturgin bin, ich habe »Helden« auch schon mal gesehen, noch bei uns zu Hause.
Felix blickte über uns alle hinweg, er hatte kein Wort dazu geäußert. Nun sagte er eiskalt: »Dann kann ich ja gehen. Ihr macht in Zukunft das Theater am besten ohne mich.«
Wendet sich und geht.
Ich blickte Felix nach und ärgerte mich über ihn. Alle wollen ihm helfen, und er benimmt sich wie eine Betonwand. Und jetzt ist er auch noch beleidigt.
»Jetzt sind wir ihm auf den Schlips getreten, wie?« sagte Thiede. »Meinen Sie, Sie können ihn überreden, daß er absetzt? ›Helden‹ wäre wirklich nicht schlecht. Wir müssen uns bloß erkundigen, wann es zuletzt in Berlin gelaufen ist.«
Felix war nicht in seinem Büro, nicht mehr im Theater, er war doch tatsächlich aus dem Haus gelaufen. Ich spülte die Schnapsgläser aus, trug die Kippen aufs Klo, räumte im Büro ein bißchen auf und wartete dann, bis das Theater leer war. Mohlmann, unser nicht mit Gold zu bezahlendes Faktotum, wartete schon an der Tür auf mich.
»Der Chef ist weg, Molly, nicht?«
»Er is vor 'ner halben Stunde hier rausgelaufen, ohne Mantel. Ich dachte, er kommt gleich wieder, war aber nich.«
Es hat keinen Zweck, vor Molly Geheimnisse zu haben, er erfährt sowieso alles.

»Wir haben ihn geärgert, Molly. Er ist böse mit uns und der ganzen Welt. Sein Mantel hängt im Büro und seine Schlüssel sind drin. Wenn er sie braucht, wird er schon kommen.«
»Ick bin ja da«, sagte Molly tröstend, »keene Bange nich. Ärjer jibt's immer mal. Schadt nischt. Kann uns nich kratzen, wat wir allet hinter uns ham. Hauptsache, wir ham een Dach überm Kopp un' 'n bißken Pinke. Mehr braucht der Mensch nich zum Leben.«
»Darum geht's ja. Wer weiß, wie lange wir das noch haben.«
»Is'n ziemlicher Reinfall, det Stück, nich?«
»Kann man wohl sagen. Aber wir machen was anderes. Bald. Und weil wir das alle wollen, ist der Chef so böse.«
»Ach so, drum. Na, er is ja'n vernünftiger Mensch. Wird sich schon an den Jedanken jewöhnen. 'n Fehler kann jeder mal machen.«
»So ist es. Gute Nacht, Molly.«
»Gute Nacht, Frau Jonkalla. Denn schlafen Se man trotzdem jut.«
Molly ist ein Mensch, den man einfach liebhaben muß. Dabei so ein armes Schwein. Aber er fühlt sich nicht so, ist immer vergnügt, und wenn unsere Schauspieler Streit haben oder Kummer oder mit ihren Rollen nicht zufrieden sind, weinen sie sich bei Molly aus.
Er ist alles in einem: Hausmeister, Pförtner, Requisiteur, Nachtwächter, Kindermädchen für alle. Tag und Nacht ist er im Theater, bewohnt einen kleinen Raum, da steht ein Feldbett drin und ein kleiner Spirituskocher, da macht er sich seine Würstchen heiß und kocht sich Kaffee. Er hat nur noch ein Bein, auch so einer, den der Krieg kaputtgemacht hat. Früher war er Gärtner. Felix kennt ihn von draußen, sie waren in der gleichen Kompanie. Als Molly aus dem Krieg kam, lief ihm die Frau weg. Er ist ganz allein. Aber er hat uns, und wir lieben ihn alle, das Theater ist seine Heimat, und wir sind seine Familie.
Jetzt sitze ich hier zu Hause, alles schläft, es ist halb drei. Ich sitze im Wohnzimmer und bin ganz leise, damit Trudel nicht merkt, daß ich noch wach bin. Wo mag Felix hingelaufen sein? Auf dem Heimweg habe ich bei Ossi angerufen, aber da war er nicht. Garantiert sitzt er irgendwo und trinkt. Er wird sehr unglücklich sein, und es tut mir leid, daß ich ihn fortlaufen ließ. Angeschrien hat er mich auch, das hat er noch nie getan. Noch dazu vor den anderen. Früher hätte mich so etwas schrecklich wütend gemacht. Aber jetzt bin ich schon ziemlich abgebrüht, das bringt die Zeit so mit sich. Und Berlin. Hier nehmen sie kein Blatt vor den Mund. Und wer empfindlich ist, der sollte gar nicht herkommen. Irgendwie hat es mir einen Schock gegeben, was Lissy über seine Frau erzählt hat. Warum erzählt er mir das nicht selber? Mich fragt er immer nach früher aus, nach meinem Leben, meiner Ehe, und wen ich alles geliebt habe und so. Ich wußte zum Beispiel nicht, daß seine Frau sich hat seinetwegen scheiden lassen. Sie sieht gut aus, sagt Lissy. Und wenn sie das tut, was Lissy vermutet, nämlich daß sie sich eines Tages einen anderen Mann einkauft, was soll dann aus Felix werden? Was soll er machen mit einem Arm und seinem kaputten Gesicht. Wenn er das Theater nicht mehr hätte, das wäre sein Ende.

Es ist furchtbar. Und wir waren so gemein zu ihm, wir haben uns alle gegen ihn gestellt heute. Ich auch. Wenn ich Telefon hätte, würde ich versuchen, ihn anzurufen. Oder Molly anrufen und fragen, ob er im Theater ist und auf seinem Sofa im Büro schläft. Oder seine Hausschlüssel geholt hat.
Wir haben kein Telefon. Wenn ich telefonieren will, muß ich runtergehen zum Telefonhäuschen. Und wenn ich jetzt die Wohnung verlasse, hört Trudel mich bestimmt. Sie hört alles. Und ich bin so müde.

Nina
1928

Was für ein Tag! Was für eine Nacht! Und noch ein Tag! Heute habe ich bis zehn geschlafen, ich hörte nicht, wie die Kinder aufstanden und zur Schule gingen. Was täte ich ohne Trudel?
Sie brachte mir das Frühstück ans Bett, als sie merkte, daß ich wach war.
»Weißt du!« sagte sie vorwurfsvoll.
»Bitte!!!« sagte ich, noch immer gereizt.
Sie goß mir den Kaffee ein und trug eine beleidigte Miene zur Schau. Am liebsten hätte ich gar nichts gegessen, mir war ganz flau im Magen vom vielen Trinken und Rauchen, aber ihr zuliebe aß ich eine Schrippe, mit Leberwurst. Und weil sie so knusprig war, aß ich noch eine zweite mit Honig. Das stimmte Trudel milder.
»Ich habe mir Sorgen gemacht«, sagte sie, als sie mir die dritte Tasse Kaffee einschenkte.
»Ich hab' doch angerufen.«
»Aber erst so spät.«
Im Notfall können wir im Nebenhaus unten beim Kaufmann anrufen, da wir dort Kunden sind. Er schickt dann das Mädchen herauf und läßt es ausrichten. Es stimmt, ich habe erst gestern vormittag gegen elf angerufen, da war ich immerhin einen ganzen Tag und eine ganze Nacht verschwunden. Das sind sie von mir nicht gewöhnt. »Es passiert so viel«, sagte Trudel noch.
Ich lachte. »Kann man wohl sagen.«
Ich warf noch einen Blick in die Zeitung, dann sprang ich aus dem Bett. Ich mußte ins Theater, mußte hören, wie es weiterging.
Gestern, nein, vorgestern ist das nun schon, als ich ins Theater kam, war Felix immer noch nicht aufgetaucht. Molly hatte nichts gesehen und gehört, der Mantel hing noch im Büro. Wo hatte er die Nacht verbracht?
Ich bekam eine Riesenangst, er war so verzweifelt weggelaufen, er war schon die ganze Woche verzweifelt gewesen wegen dieses dämlichen Stücks. Nicht nur deswegen, er war es ja eigentlich immerzu und ununterbrochen, seit diesem verdammten Krieg, der sein Leben zerstört hat. Das konnte auch ich nicht ändern, das konnte auch nicht ändern, was man Liebe nennt.
Im ersten Augenblick dachte ich, daß er sich etwas angetan hat. Er hat mir einmal erzählt, daß er eine Pistole zu Hause hätte, noch aus dem Krieg. Aber zu Hause konnte er nicht gewesen sein, er hatte ja keinen Schlüssel.

Im Theater war es unnatürlich still, keiner da außer mir und der Putzfrau. Und Molly natürlich. Doch dann kam Marga und kurz darauf Thiede. Sie hatten weiter geredet, das merkte ich gleich, und waren voller Ideen. Aber ich ließ sie nicht zu Wort kommen, erzählte ihnen, daß Felix verschwunden war, und von dem hängengebliebenen Mantel mit seinen Schlüsseln drin.
»Er hat sich umgebracht.«
»Unsinn!« sagte Marga. »Fangen Sie bloß nicht an zu spinnen. Wenn sich jeder Theaterdirektor umbringen wollte, wenn er mit einem Stück auf den Bauch fällt, gäbe es keine Theater mehr.«
Thiede zog eine Grimasse. »O doch. Theaterdirektoren wachsen nach wie Unkraut. Genau wie Schauspieler. Der ewige Glaube gehört zu diesem Beruf. Aber ich denke nicht, daß er so etwas täte. Nach allem, was er erlebt hat, kann ihn doch so etwas nicht umwerfen.«
»Einmal ist Schluß«, sagte ich. »Da will man nicht mehr.«
»Es paßt überhaupt nicht zu Ihnen, so etwas zu sagen«, wies mich Marga zurecht. »Ein so tapferes und lebensbejahendes Mädchen wie Sie.«
Das machte mich stumm. Komisch, alle Leute halten mich für tapfer und fröhlich und lebensbejahend und sowas alles. Ich sehe mich nicht so. Ich halte mich für feige, untüchtig und vom Leben geschlagen. »Aber wo soll er denn sein?«
»Er wird sich besoffen haben«, sagte Marga ungerührt.
»Na gut, und dann? Er muß doch irgendwo schlafen.«
»Er muß gar nicht. Es gibt in Berlin Möglichkeiten genug, wo man den Rest einer Nacht verbringen kann. Vielleicht ist er in irgendein Hotel gegangen. Oder mit einem Mädchen.«
»Mit einem Straßenmädchen?« fragte ich fassungslos. »Das tut er nicht.«
»Tut er nicht, auch gut.« Sie lächelte milde. »Sie wissen nicht viel vom Leben, Nina, wie? Die reine Unschuld vom Lande. Ausgebuhte Männer tun so etwas immer.«
»Laß sie doch«, sagte Thiede verweisend. »Sie braucht so etwas nicht zu wissen.«
Ich kam mir etwas lächerlich vor. Unschuld vom Land. Mein Blick hing am Telefon. Sonst klingelt es immerzu. Meist Schauspieler, die nach einem Engagement fragen. Oder Agenten, die uns ihre Schäflein andrehen wollen. Oder Lieferanten, die Geld zu bekommen haben. Zur Zeit waren wir offenbar von jedermanns Liste gestrichen. Flaute im Haus, so etwas spricht sich schnell herum. Er könnte aber wenigstens anrufen, wo immer er die Nacht verbracht hat. Er konnte sich ja denken, daß ich hier saß und mir Sorgen machte.
»Ich habe darüber nachgedacht, was wir gestern besprochen haben«, sagte Thiede. »›Helden‹ wäre wirklich nicht schlecht; ein gutes Stück.«
»Hat auch ein Könner geschrieben«, meinte Marga. »Sie kennen es?«
Ich nickte. »Soll ich Kaffee machen?«
»Gern.«
»Und dann – ich habe eine Bitte.« Ich sah die beiden an. »Könntet ihr nicht du zu mir sagen? Dann komme ich mir nicht so verlassen vor.«

Marga lächelte. »Natürlich, mein Kind. Und nun mach nicht so ein verzweifeltes Gesicht, koch Kaffee. Und dann wollen wir das Stück besetzen.«
Während wir Kaffee tranken und redeten, klingelte das Telefon. Es war ein Agent, der uns eine besonders begabte junge Schauspielerin anbieten wollte, sehr gut aussehend, pointensicher.
»Wir spielen momentan und sind komplett«, sagte ich.
»Ich habe gehört, Sie ändern den Spielplan«, bekam ich zu hören. »Haben Sie schon mal an Scribe gedacht? ›Ein Glas Wasser‹ ist immer eine gute Lösung. Geht immer. Und da hätte ich noch eine fabelhafte Frau für die Herzogin. Die Kleine, von der ich eben sprach, könnten Sie als Abigail nehmen. Eva könnte die Königin machen.«
»Danke«, sagte ich, »vielen Dank, wir werden darüber nachdenken.«
Also wußte die Branche schon Bescheid. Lissy oder einer von unseren Leuten hatte geschwatzt, egal, sowas wurde immer schnell bekannt.
Felix kam mittags gegen eins, er sah reichlich mitgenommen aus, geschlafen hatte er offenbar wirklich nicht.
»Nanu?« fragte er sarkastisch. »Dramaturgenkonferenz, nehme ich an.«
Er war immer noch mit Vorsicht zu behandeln, aber wir taten wie Tulpe, wie die Berliner sagen, gaben ihm auch Kaffee, dann ging Thiede fort, um Brötchen und Schinken zu holen, und wir frühstückten gemeinsam und wurden ganz friedlich. Über ein neues Stück sprachen wir nicht. Marga ging nach einer Weile, und Thiede meinte, er würde nun in seine Pension fahren und sich eine Stunde hinlegen. Daß er nicht mehr auftreten wollte in dem Stück, hatte er nicht mehr gesagt.
»Ich muß auch ein paar Besorgungen machen«, sagte ich, »willst du dich nicht ein bißchen hinlegen?«
Felix sah mich an, er sah furchtbar aus, alt und zerfurcht und so unglücklich.
»Entschuldige, bitte«, sagte er.
»Schon gut. Ich kann verstehen, daß du wütend bist auf alles und jeden. Also ich geh' jetzt.«
»Wo gehst du hin?«
»Es ist bald Weihnachten. Irgendwas muß ich den Kindern ja schenken. Ich schau mal in die Geschäfte.«
Ich fuhr zum Potsdamer Platz, ging die Leipziger entlang, sah in alle Schaufenster, obwohl ich kaum wahrnahm, was darin zu sehen war. Dabei hatte ich so viele Wünsche: einmal hemmungslos einkaufen, ein paar Kleider, Schuhe und vor allem ein Pelzmantel, das war mein heißester Wunsch. Würde ich wohl nie bekommen. Die Kinder haben allerlei Wünsche, aber sie sind so vernünftig, besonders Victoria, sie weiß ja, daß wir kein Geld haben. Daß wir froh sein können, wenn wir die Miete bezahlen können, was zu essen haben und das Schulgeld für die Kinder.
»Später«, sagte sie neulich zu mir, »werde ich viel Geld verdienen, das schwöre ich dir.«
»Ach Gott, Vicky!« sagte ich.
»Ich schwöre es dir. Ich werde einen Beruf haben, und ich werde arbeiten, soviel ich kann. Und es wird ja nicht immer so bleiben, wie es jetzt ist.«

»Ich fürchte doch. Was soll denn besser werden? Wir haben den Krieg verloren. Wir müssen zahlen, zahlen und zahlen. Wir werden immer arm bleiben.«
»Ich habe keinen Krieg verloren. Und ich werde auch nicht mehr zahlen für diesen Krieg. Wenn es eben in Deutschland nicht geht, werde ich auswandern.«
»Victoria!«
Es ist das Vorrecht der Jugend, an die Zukunft und an sich selbst zu glauben. Es hat wenig Zweck, dagegen etwas zu sagen.
Was die Kleider betrifft, bin ich ja noch gut dran. Ich bekomme viele Kleider von Marleen, und Mäntel und Kostüme, alles neue fesche Sachen, ich bin immer gut angezogen. Ihre Sachen sind kaum getragen und passen mir genau. Nur ihre Schuhe passen mir nicht, ich habe eine Nummer größer. Auch Vicky bekommt viel von Marleen, die beiden verstehen sich überhaupt gut, manchmal ruft Marleen an und fragt Victoria: »Hast du Lust, mit mir shopping zu gehen?« Dann kommt Victoria von Kopf bis Fuß neu eingekleidet zurück. Und sie waren zum Essen bei Kempinski und zum Kaffee bei Kranzler. Ich kann mit meinen Kindern höchstens zu Aschinger gehen.
Manchmal hasse ich Marleen, und das ist gemein von mir. Neid ist so eine widerwärtige Eigenschaft. Die übelste überhaupt, die ich kenne. Ich verbiete es mir immer selber, neidisch zu sein, und schäme mich, wenn ich es bin. Es ist so klein und mies und häßlich.
Marleen meint es ja gut mit uns, und sie lebt ihr Leben, wie es ihr paßt, und da hat sie ja recht. Ihr Mann ist noch reicher geworden in den letzten Jahren. Dabei stammt er gar nicht aus besonders wohlhabendem Haus, sein Vater hatte Konfektion en gros, hier in der Mohrenstraße, ein kleiner Betrieb, das hat er mir mal erzählt. Im Krieg hat er dann viel verdient, geschoben vermutlich mit Stoffen, wie sie es alle taten. Heute wohnt er in einer Villa am Wannsee. Vollends gesundgestoßen haben sich dann beide, Vater und Sohn, in der Inflation. Da kam ein Dritter zu ihnen, ein gewisser Kohn, es ist zu komisch, aber er heißt wirklich so, und der hat offenbar ein ganz kluges Köpfchen. Zu dritt haben sie dann abgesahnt. Ich verstehe ja nichts von Geldgeschäften. Ich weiß bloß, daß ich die Hände voll Papier hatte und nichts dafür bekam. Bernauer, Vater und Sohn, und dieser Kohn hatten Dollars, woher und wieso, das weiß ich nicht. Offenbar haben sie damals halb Berlin dafür gekauft. Und sie haben Anteile an amerikanischen Firmen und sind im Autogeschäft, und der Himmel weiß wo noch.
Sie sitzen in ein paar Büroräumen am Jerusalemer Platz, ich bin da nie gewesen, aber Marleen hat es mir mal geschildert, sie sagt, man käme sich vor wie an der Börse. Sie geht selten hin, es ist ihr egal, wie das Geld verdient wird, Hauptsache, es ist da.
Marleens Mann arbeitet am meisten, er ist den ganzen Tag und manchmal die halbe Nacht im Büro. Sein Vater genießt sein Leben, geht aus, hat immer eine junge Freundin, was er mit der macht, weiß ich nicht, mit größter Phantasie kann ich es mir nicht vorstellen, er ist vierundsiebzig und ziemlich klein und dick. Mit dem Mädchen geht er in die »Scala« oder in den »Wintergarten«, in die Bars und Nachtlokale und vorher natürlich immer gewaltig essen. Marleen sagt, er ist in

allen teuren Lokalen Berlins bekannt. Und ein gern gesehener Gast. Nach Hoppegarten zu den Rennen geht er auch gern, er versteht viel von Pferden und gewinnt immer. Der Dritte, dieser Kohn, ist vormittags an der Börse, und nachmittags besucht er Kunden. So sei der stehende Ausdruck, erzählt Marleen. Was man sich genau dabei vorstellen soll, weiß ich nicht und sie vielleicht auch nicht.
Muß ein besonderes Talent sein, das Talent zum Geldverdienen. Ich habe es nicht. Keiner in unserer Familie hatte es je. Meine Tochter, wie sie mir angekündigt hat, wird es eines Tages haben.
Marleen und Max bewohnen eine Villa am Wannsee, ein herrliches Haus mit riesigen hohen Fenstern, mit Säulen und einer Terrasse, es ist schon fast ein Schloß. Für 'n Appel und 'n Ei haben sie es gekriegt, damals in der Inflation, so drückt Marleen es aus. Die Kinder sind immer ganz entzückt, wenn sie eingeladen werden.
»So ein Haus möchte ich auch haben«, sagte Victoria einmal, als sie nach Hause kam, und ich wurde wütend und schrie sie an. »Wenn es dir bei mir nicht gut genug ist, geh doch zu Marleen.«
Sie bekam ganz erschrockene Augen, nahm mich in die Arme und sagte: »Aber Mamilein, so meine ich das doch nicht. Du bist mein bestes auf der Welt, das weißt du doch. Ich meine nur, daß ich mal so viel Geld verdienen will, damit ich sowas haben kann. Für uns alle.«
Sie sagt nie, daß sie einen reichen Mann heiraten will wie Marleen, sie sagt immer, daß sie das Geld verdienen will.
»So viel Geld kann man nicht verdienen.«
»Onkel Max hat es doch auch verdient.«
»Die Zeit hat es für ihn verdient«, sagte ich böse.
Ja, eine schlimme Zeit ist günstig für das große Geld. Wenn man die schlimme Zeit zu nützen versteht. Nichts gegen Max. Ich mag ihn ganz gern, er ist ein anständiger, bescheidener Mensch. Selbst gönnt er sich gar nichts. Er hätte besseres verdient als meine Schwester, die ihn ständig betrügt. Auf jeden Fall ist es sehr dumm von mir, meiner Tochter zu grollen, weil sie Marleen und ihren prächtigen Haushalt bewundert. War ich als Kind nicht auch von Wardenburg begeistert? Erschien es mir nicht wie das Paradies, und gab es für mich Schöneres, als in Wardenburg zu sein? Na also. Und hätte ich nicht meine Familie treulos stehen- und liegenlassen, wenn ich für immer nach Wardenburg hätte gehen können? Ich sollte ganz still sein und Vicky keine Vorwürfe machen.
Übrigens kauft Marleen nicht nur für die Kinder ein und führt sie zum Essen aus, sie geht auch mit Vicky oft in die Oper. Marleen liebt die Oper. Manchmal darf ich auch mitgehen, in einem von Marleens Abendkleidern.
Marleen wird auch für reichliche Weihnachtsgeschenke sorgen, und so werden meine Kinder viel besser dran sein als die meisten anderen Kinder in dieser Zeit. Da brauche ich mir gar nicht den Kopf zu zerbrechen, was ich ihnen schenken soll.
Ich landete schließlich bei Wertheim, kaufte ein paar Kleinigkeiten, aß einen Bissen im Erfrischungsraum, und dann fuhr ich mit der U-Bahn zurück und ging ins Theater.

Felix saß an seinem Schreibtisch.
»Hast du ein bißchen geschlafen?«
»Ach wo, das Telefon hat ja immerzu geklingelt.«
Wir erledigten ein paar Briefe, er sprach nicht davon, wo er die Nacht gewesen war, und ich fragte ihn nicht. Dann begann die Vorstellung, es war so leer wie an allen Tagen zuvor, aber heute schwiegen wir darüber, taten so, als ob wir es nicht bemerkten.
Nach der Vorstellung, als es still im Haus war, sagte Felix: »Ich möchte, daß du mitkommst.«
»Gehen wir zu Ossi?«
»Nein. Wir gehen zu mir nach Hause.«
Ich blieb stumm vor Staunen.
Ich war noch nie bei ihm. Ich wollte es nicht, und er wollte es nicht. Auch nicht, wenn seine Frau verreist war. Wir haben nie darüber gesprochen, aber es war ganz klar so. Wenn wir uns liebten, geschah es auf dem Sofa im Büro, oder wir gingen in ein kleines Hotel hinter dem Bahnhof Friedrichstraße, da war er bekannt, das merkte ich, als ich das erstemal mit ihm dort war, und ich dachte, ob er wohl schon mit vielen Frauen dort gewesen war. Aber er war schließlich nicht für mich frisch und neu vom Himmel gefallen, er war achtundvierzig, und ich war auch nicht mehr neu und achtzehn. Ich wußte auch, daß er gelegentlich noch mit seiner Frau schlief, das hatte er mir gesagt, und damit mußte ich mich abfinden, oder ich mußte meiner Wege gehen. Ganz einfach. Und wenn ich ging, war ich wieder allein.
»Zu dir?«
»Zu mir. Ich möchte, daß du heute mit mir in meinem Bett schläfst.«
»Aber . . .«
»Miriam ist in New York, und heute nacht kommt kein Schiff aus Amerika an. Ich möchte nicht auf dieses verdammte Sofa, und ich möchte nicht in diese verdammte Absteige. Ich möchte in mein Bett, und ich möchte dich darin haben. Und wenn du jetzt nein sagst, will ich dich nie wieder sehen.«
»Ich glaube, du bist übergeschnappt«, sagte ich empört. »Was ist bloß plötzlich in dich gefahren? Was hast du eigentlich?«
»Satt habe ich es. Satt bis obenhin. Ich will einfach nicht mehr.«
Also ging ich mit. Ich fuhr mit hinaus nach Dahlem, sie haben dort eine Etage in einem zweistöckigen Haus, es steht direkt unter Kiefern, ein Garten ist darum, viel sah ich nicht von der Umgebung, es war ja dunkel, und gestern morgen, als ich ging, sah ich mich auch nicht um, ich machte, daß ich schnell wegkam, es war mir peinlich, weil ich dachte, die Leute, die noch im Haus wohnen, würden mich sehen. Ich ging allein, hatte ihn gebeten, das Haus erst ein wenig später zu verlassen.
Er lachte. »Du bist eine kleine Spießerin.«
Das ärgerte mich gewaltig. Ich bin keine Spießerin, aber ich kann nicht sagen, daß ich mich sehr wohl gefühlt habe in dieser Nacht in seinem Bett.
Zuerst hatte ich die Erfahrung zu machen, daß er und Miriam ein gemeinsames Schlafzimmer haben. Also, wenn ich alles erwartet hätte, das nicht. Richtig or-

dentlich zwei Betten nebeneinander. Ist das etwa nicht spießig? Und mir gegenüber tut er immer so, als hätten sie kaum etwas gemeinsam. Ich fühlte mich gedemütigt in dieser Nacht, es war mir einfach zuwider in diesem Ehebett zu schlafen, sogar ihr Nachthemd lag noch darin. Also, wenn er das nicht begreift, dann ist er gefühllos.
Erst saßen wir in der Küche und tranken Bier und machten uns Spiegeleier, dann holte er wieder die Schnapsflasche, aber ich nahm sie ihm weg.
»Du mußt doch todmüde sein.«
»Bin ich auch.«
»Wo warst du eigentlich letzte Nacht?«
Ich brachte es nicht fertig, die Frage zu unterdrücken.
»Unterwegs«, antwortete er kurz.
Ich mußte daran denken, wie Marga gesagt hatte, er könnte mit einer Frau gegangen sein. Aber das konnte ich ihn nicht fragen, das nicht. Doch wenn ich mir vorstellte, daß er es getan hat und jetzt mit mir schlafen will – also, das ist einfach unvorstellbar.
Ich fragte später: »Meinst du nicht, es ist besser, wenn ich nach Hause fahre?«
Er gab keine Antwort, sondern fing an, mich auszuziehen. Ich hätte es verhindern können, er kann das ja nicht so gut mit einer Hand, aber ich hielt still und sagte: »Trudel weiß nicht, wo ich bin. Sie wird sich Sorgen machen, wenn ich morgen früh nicht da bin.«
»Du bist kein kleines Kind. Sie wird es überleben, wenn du mal eine Nacht nicht zu Hause bist.«
Dann gingen wir also ins Bett, in sein Bett, wie er es genannt hatte. In das verdammte Ehebett, wie ich es sah. Er liebte mich, sehr heftig und sehr hungrig, und ich war sicher, daß er bei keiner anderen Frau gewesen war. Nachher war er so lieb und zärtlich, wie ich ihn kenne, sagte, wie nötig er mich brauche und daß er ohne mich nicht mehr leben kann. Wenn ich ihn verlasse, erschießt er sich.
»Denn du weißt nicht, wie mir zumute ist, Nina. Mein Leben ist keinen Pfennig mehr wert. Es steht mir bis obenhin. Nur du bist es wert, daß ich weitermache.«
Was soll man denn da machen? Ich mag ihn ja auch. Und ich will ihm so gern helfen. Nur hier schlafen, wo er mit seiner Frau schläft, das kann ich nicht. Lieber in der Absteige, wie er es nennt. Und ich kann nicht verlangen, daß er sich scheiden läßt, er braucht Miriam, weil sie für sein Theater das Geld gibt.
Ehe er einschlief, murmelte er, dicht an mich geschmiegt, den Kopf an meiner Brust: »Nächste Woche setzen wir das verdammte Stück ab. Wir machen was Neues. Morgen werden wir beraten.«
Dann schlief er ein, und er schlief wie ein Toter die ganze Nacht, ich zog mich später vorsichtig unter ihm hervor, ich war schon ganz steif. Ich habe kaum geschlafen, dieses Ehebett – ich bin eben doch eine Spießerin, da hat er sicher recht.
Gestern haben wir den ganzen Tag geredet, telefoniert und beraten. Nach der Vorstellung hat er alle Schauspieler, die in dem Stück sind, ins Büro gerufen und hat sie um ihre Meinung gefragt. Sie waren alle dafür, daß er absetzt. Dann haben wir uns wirklich auf »Helden« geeinigt. Morgen fangen die Proben an.

Spät in der Nacht kam ich erst nach Hause. Trudel war noch auf und ein einziger Vorwurf.
»Bitte!« sagte ich, ich war nahe am Zerspringen. »Kein Wort. Ich weiß alles, was du sagen willst, aber ich kann jetzt keine Debatten vertragen.«
»Du solltest immerhin daran denken, daß du Kinder hast. Deine Tochter ist vierzehn. Sie bekommen einen merkwürdigen Eindruck von dir.«
»Meine Kinder können gar nicht merken, ob ich in der Nacht zu Hause bin oder nicht. Wenn sie in die Schule gehen, schlafe ich sowieso noch, oder? Und wenn sie aus der Schule kommen, bin ich im Theater. Also wozu das blöde Gerede!«
Das Letzte sagte ich böse und gereizt und verschwand in meinem Zimmer.
Dann habe ich geschlafen, wunderbar geschlafen. In meinem Bett. Allein.
Heute ging es den ganzen Tag verrückt zu, ich kam kaum zur Besinnung, aber nun haben wir die Besetzung für die »Helden« komplett, die Bücher sind verteilt, heute nacht wird Felix das Stück einrichten und die Striche machen, morgen ist Leseprobe. Es muß ja schnell gehen, mehr als eine Woche dürfen wir nicht geschlossen haben, sonst ist es ganz aus. Aber sonst waren wir heute ganz fröhlich, haben auch mal wieder gelacht und gealbert. Thiede übt schweizerisch, das klingt herrlich, er wird großartig sein als Schokoladensoldat. Marga sagt, sie kennt einen Schweizer, den wird sie Thiede mitbringen, denn der spricht ein unverfälschtes Schwyzerdütsch, und Thiede soll jeden Tag mit ihm ein Glas trinken, dann kann er es bis zur Premiere.
Als der erste Akt begonnen hatte, sagte Felix, ich soll nach Hause gehen und mich ausschlafen. Die nächsten zehn Tage werden fürchterlich.
Jetzt bin ich zu Hause, einmal zeitig heute, ich habe die Kinder gesehen, wir haben miteinander lange geredet, jetzt schlafen sie alle schon, nur ich kann nicht schlafen, ich bin zu durchgedreht. Ich müßte eine Schlaftablette haben. Aber eine verrückte Idee habe ich heute gehabt. Das kann ich nie, nie jemandem sagen. Ich habe mir nämlich gedacht, warum *ich* nicht einmal ein Stück schreibe. Ich bilde mir ein, ich könnte das. Felix würde vom Stuhl fallen vor Lachen. Aber irgendwie finde *ich* es nicht komisch, mir ist es ernst.

Das Klavier

An einem Tag im Oktober des Jahres 1902 bekamen sie endlich das Klavier, von dem jahrelang die Rede gewesen war. Es kam so spät, weil sich zuvor ein anderer Traum von Agnes erfüllen mußte, der Traum vom Buffet.
Die eigenen, ins Haus mitgebrachten Möbel und die nicht zu sehr verrotteten Reste des Bankdirektor-Mobilars hatten sich mehr schlecht als recht zueinander gefügt, und wenn etwas angeschafft worden war, betraf es meist die Kinder, sie brauchten Betten, als sie größer wurden, ein Pult für ihre Schularbeiten, einen Schrank, um ihre Sachen aufräumen zu können.
Das sogenannte Speisezimmer, neben der Bibliothek der größte Raum im Haus, hatte immer einen recht zusammengestoppelten Eindruck gemacht. Da gab es einen großen Tisch, an dem sie aßen, er stand in der Mitte, die Stühle ringsherum, das war soweit in Ordnung. Es gab eine Vitrine, in der Gläser standen, eine Anrichte, und sonst gab es nichts. Warum Frau Bankdirektor eigentlich kein anständiges Büffet gehabt hatte, war nicht mehr feststellbar. Agnes jedenfalls wünschte sich vom ersten Tag an eins, seitdem sie in das Haus gezogen war. Es kam noch vor dem Klavier.
Nun war es seit zwei Jahren da, ein Riesengebilde, das fast bis zur Decke reichte, der Mittelteil verziert mit geschwungenen Säulchen, in der oberen Abteilung Glasscheiben, rechts und links befanden sich die nicht minder breiten Seitenflügel, ohne Glasscheiben, das Ganze aus dunkler Eiche und wirklich ein Prachtstück.
Agnes war sehr stolz gewesen, als das Untier ins Haus gewuchtet wurde, und sie war es noch. Jedoch vergaß sie darüber das Klavier nicht. Sie, die so bescheiden war und nie persönliche Wünsche äußerte, hatte Emil seit Jahr und Tag mit dem Klavier in den Ohren gelegen, um es plastisch auszudrücken, bis das Klavier Emil so laut in den Ohren dröhnte, daß er weich wurde. Wider Willen, denn daß er es bereuen würde, wenn das Klavier erst einmal wirklich und akustisch vorhanden sein würde, daran zweifelte er nicht. Daß die Kinder unbedingt Klavier spielen müßten, daß es für die Mädchen einfach zur höheren Bildung gehörte, wie Agnes argumentierte, hatte Emil nie so recht überzeugt.
Gertrud hatte einstmals bei Leontine Klavierunterricht bekommen, nicht lange, ein Jahr etwa, bis Leontine ungeduldig aufgab, weil sich Gertrud trotz guten Willens als absolut unbegabt erwies.
Also, so Emil, benötige der Mensch, um Klavier zu spielen, eine gewisse Begabung, und die habe nun einmal nicht jeder. Die unsinnige Klimperei mancher

Mädchen und Frauen sei etwas Fürchterliches, man entweihe damit die Musik, an der Agnes angeblich doch so viel gelegen sei.
Vergebens, Agnes gab nicht nach. Gertrud, so kämpfte sie weiter, habe ja keine Gelegenheit gehabt, zu üben. Und darum konnte sie auch nicht ordentlich Klavierspielen lernen, denn das Üben gehöre nun einmal dazu, wenn man es weiterbringen wolle. Aller Anfang sei eben schwer und beim Klavier nicht immer hörenswert. Schließlich habe sie ja auch – und dann pflegte Agnes aufzuzählen, was sie an Stücken alles gespielt hatte in ihren Mädchentagen auf Leontines Flügel. In den ersten Jahren ihrer Ehe war sie noch manchmal zu Leontine gegangen, um zu spielen, später fehlte ihr dann die Zeit. Die Zeit, die zum Beispiel Alice hatte, um regelmäßig zu spielen, in Übung zu bleiben und sich vielleicht sogar weiterzuentwickeln.
Doch nun kam das Klavier. Emil hatte es billig bei einer Versteigerung erwerben können, es war ein ansehnliches Instrument, aus Mahagoni, mit zwei Kerzenleuchtern rechts und links bestückt, glänzend und prächtig hielt es seinen Einzug in das Wohnzimmer des Nossek-Hauses.
»Und damit Klarheit herrscht«, hatte Emil beim Abendessen der Familie mitgeteilt, »solange ich im Hause bin, wird nicht herumgeklimpert. Ich brauche meine Ruhe.«
Um Emil Gerechtigkeit widerfahren zu lassen, sei kurz angemerkt, daß er durchaus nicht musikfeindlich war. Er hatte zwar nie ein Instrument gespielt, aber er besuchte ab und zu die Konzerte des Städtischen Musikvereins, genauso wie er gelegentlich ins Theater ging. Das war er seiner Stellung schuldig als gebildeter Mann und Bürger, keiner sollte auf die Idee kommen, daß Kunst für ihn nicht existiere. Doch sein höchster Lebensgenuß bestand nach wie vor darin, sich still mit einem Buch in seinen Sessel zu setzen, manchmal gönnte er sich jetzt ein Glas Rotwein dazu, und wenn er dann ungestört eine Stunde, sonntags auch mehr, lesen konnte, so waren dies für ihn die glücklichsten Stunden.
Da das Klavier zwei Tage vor Ninas Geburtstag geliefert wurde, betrachtete sie es von vornherein als *ihr* Klavier, und erst als das Instrument eine beherrschende Rolle in Ernis Leben zu spielen begann, wechselte es gewissermaßen den Eigentümer.
Nina stürzte sich also als erste auf die Tasten, um vorzuführen, was sie bei Alice gelernt hatte. Viel war es nicht, es war wirklich nur Geklimper. Auch Agnes, die sich bemühte, eingerostete Fertigkeiten zum Leben zu erwecken, konnte die Familie nicht begeistern. Immerhin gelang es ihr, ein paar einfache Stücke zu spielen und die Kinder zu begleiten, wenn sie sangen. Das heißt, es war Agnes' Vorstellung, daß die Kinder singen sollten, die Kinder dachten nicht daran, den Mund aufzumachen. Außer Nina natürlich, die sich immer gern produzierte und mittlerweile in der Schule außer Gedichten auch eine stattliche Anzahl von Liedern gelernt hatte.
Anläßlich des großen Ereignisses kam Leontine nach langer Zeit wieder einmal ins Haus, um die Neuerwerbung zu begutachten. Und sie *konnte* spielen. Andächtig lauschend saßen alle im Wohnzimmer, Charlotte, Agnes, Gertrud, Mag-

dalene und Nina, und sogar Rosel war aus der Küche gekommen und stand mit offenem Mund an der Tür. So etwas Wunderbares hatte sie noch nie gehört. Einzig Hedwig, die sich nie beteiligte, blieb weg, und Willy, inzwischen siebenjährig und in allem und jedem das getreuliche Echo seines Vaters, hatte verlauten lassen, daß ihn das Geklimpere störe, und hatte sich verzogen, hatte wie immer ohne zu fragen das Haus verlassen und spielte auf der Straße mit seinen Freunden, von denen er viele besaß.

Leontine begann mit Mozarts F-Dur-Sonate, es folgte das Albumblatt für Elise von Beethoven, Schuberts Deutsche Tänze, lange hielt sie sich bei Chopin auf, den sie besonders liebte; sie spielte drei Nocturnes und eine Mazurka, und sie beschloß das Konzert schwungvoll mit dem Strauß-Walzer »Rosen aus dem Süden«.

Sie war nun eine sehr alte Dame mit schneeweißem Haar, zierlich wie ein Püppchen, aber immer noch recht energisch und nicht abzubringen von ihrem Glauben an den Fortschritt und die Emanzipation der Frau. Schülerinnen hatte sie keine mehr, nur einzeln kamen manche Mädchen zu ihr, um Nachhilfe in französisch zu nehmen oder ihre Bildung etwas aufzupolieren, und sie gab, das am meisten. Klavierstunden. Es waren fast immer Töchter von Müttern, die einst Leontines Schülerinnen gewesen waren und die Leontine auf diese Weise helfen wollten, durchs Leben zu kommen.

Sie mußte sehr bescheiden leben, da sie sonst keine Einnahmen und nur wenig Ersparnisse hatte. Sie beklagte sich nie, mußte nun auch ohne Dienstmädchen auskommen, die alte Lina war seit fünf Jahren tot, ein neues konnte sie sich nicht leisten. Aber es fanden sich junge Mädchen, die Besorgungen für Leontine machten, von irgendwoher kamen immer ein Kuchen, Plätzchen, Eingemachtes, kleine Aufmerksamkeiten zu Weihnachten und zu anderen Festtagen.

Alice zum Beispiel schickte regelmäßig einen Korb voll Wurst und Fleisch oder einen Schinken, wenn sie auf Wardenburg geschlachtet hatten, dazu Gemüse und Obst aus dem Garten. So kam alles in allem Leontine ganz gut durchs Leben. Sie hatte sich Liebe erworben, das zahlte sich aus. Und die Menschen dieser Zeit waren noch nicht herzlos, noch nicht gefühl- und gedankenlos, sie kannten ihre Mitmenschen, sie waren sogar teilweise noch gute Christen. Daß ihr hochgepriesener Fortschritt diesen Zustand möglicherweise ändern könnte, auf diesen Gedanken war Leontine bei aller Gescheitheit noch nicht gekommen, und wenn es je so sein würde, so würden ihr die Auswirkungen, zu ihrem Glück, erspart bleiben.

Als das Konzert beendet war, klatschten alle begeistert in die Hände, und Nina, die sich zuletzt zu dem Walzer gedreht hatte, umarmte Leontine und rief: »Das war sooo schön! Du spielst genau so schön wie Onkel Nicolas.«

Agnes lächelte. »Das ist das größte Lob, das Nina zu vergeben hat.«

Leontine nickte. »Das ist mir bekannt.«

»Nochmal«, bat Nina.

»In der Musik, Nina, heißt es da capo, wenn man etwas noch einmal hören möchte.«

»Da capo«, wiederholte Nina bereitwillig.

»Das weiß Onkel Nicolas bestimmt nicht«, warf Magdalene ein.
Nina fuhr wie eine gereizte Schlange zu ihr herum.
»Onkel Nicolas weiß *alles.*«
»Amen!« sagte Magdalene.
»Wer will nun Klavier spielen lernen«, beendete Leontine den Streit.
»Ich!« schrie Nina begeistert.
Und Magdalene, um nicht zurückzustehen: »Ich auch!«
Leontine blickte Gertrud an, doch die schüttelte den Kopf. »Das wird ja doch nichts bei mir. Und ich hab' gar keine Zeit.« Von nun an pilgerten Magdalene und Nina einmal in der Woche zur Klavierstunde, anfangs zusammen, bis Leontine merkte, daß dies keine gute Partnerschaft abgab, es gab immer Sticheleien zwischen den beiden Kindern, das kostete unnütze Zeit. Also kamen sie hinfort getrennt.
Nina erwies sich als recht begabt. Sie bekam die Dammsche Klavierschule, aus der schon ihre Mutter das Klavierspiel erlernt hatte, und sie machte rasante Fortschritte. Es war wie immer bei ihr: alles, was sie tat, tat sie mit Entschiedenheit, voll Eifer und Hingabe. Ihre ganze kleine Person engagierte sich, und Lob und Anerkennung konnten sie zu erstaunlichem Fleiß und Ausdauer anspornen. Magdalene dagegen war faul und hatte wenig Lust zum Üben. Nur weil sie der jüngeren Schwester den Triumph nicht gönnen wollte, hielt sie durch und setzte sich zum Üben ans Klavier.
Ninas Leben war voll ausgefüllt. Da war die Schule, in die sie trotz aller düsteren Prophezeihungen noch immer gern ging, da war nun das Klavier, da waren einige Schulfreundinnen, die sie inzwischen besaß, und vor allem die beiden Getreuen, Kurtel und Robert. Doch über allem stand, wie nun schon seit Jahren, der Abgott ihres Lebens: Nicolas. Sie sah ihn selten, ins Haus kam er nur zu besonderen Anlässen, zu ihrem Geburtstag beispielsweise, den er nie vergaß; war er nicht im Land, schrieb er ihr einen Brief.
Aber sie beschlagnahmte ihn in allen Ferien, für viele Tage und Wochen. Sie lernte gut reiten, durfte mit ihm und Tante Alice ins Gelände reiten, sie kannte sich aus im Gutsbetrieb, tauchte überall auf und jeder kannte ihre eifrige Frage: »Kann ich nicht was helfen?«
Agnes hatte einmal, vorsichtig, Alice gegenüber erwähnt, daß es doch eigentlich ungerecht sei, immer nur Nina einzuladen, auch wenn sie Nicolas' Patenkind war. Es mache die anderen Kinder eifersüchtig. Damit war natürlich nur Magdalene gemeint, und Alice sah es ein. Zweimal wurde Magdalene auch zu den großen Ferien eingeladen; sie fügte sich geschickt in Wardenburg ein, reagierte nicht so spontan wie Nina, kam aber mit allen gut aus, und durch ihre hübsche Erscheinung gewann sie Onkel Nicolas für sich. Was nun wiederum Nina eifersüchtig machte.
Einmal, nach Magdalenes ersten Reitversuchen, sagte Nina geringschätzig: »Du wirst es nie lernen. Du hast ja Angst, du bist feige. Und du kannst überhaupt nicht richtig mit einem Pferd umgehen.«
Nicolas zog die Brauen hoch und betrachtete Nina sehr genau. »Du kannst ja biestig sein«, sagte er.
»Ach, du weißt nicht, wie die ist«, verteidigte sich Nina.

»Ich denke, daß ich deine Belehrung nicht brauche. Auf jeden Fall weiß ich jetzt, wie du bist.«
Nina lief rot an und rannte fort. Sie schämte sich maßlos. Bisher hatte Onkel Nicolas sie gern gehabt, und nun mochte er sie nicht mehr, war böse auf sie und mochte stattdessen Magdalene lieber. Dabei wußte er nicht, daß Magdalene hinterhältig und boshaft war und daß sie manchmal schwindelte. Aber viel schlimmer war es, daß sie so hübsch war und Onkel Nicolas gefiel, und daß er sie aufs Pferd gesetzt hatte, was bisher ihr Privileg gewesen war.
»Onkel Nicolas gehört mir«, schluchzte Nina wütend, den Arm um Venjos Hals geschlungen, das Gesicht in sein Fell vergraben. Er war ihr in das Exil in einem Heuschober gefolgt, hörte sich eine Weile ihre Klagen an, bis es ihm zu langweilig wurde und er sich von dannen trollte.
Natürlich wußte Nina, so klein war sie nicht mehr, daß sie sich schlecht benommen hatte, daß sie neidisch und gehässig gewesen war, daß es ganz häßlich von ihr war, ihrer Schwester das nicht zu gönnen, was ihr selbst soviel bedeutete. Aber im Grunde ging es ja nicht um Wardenburg, nicht um die Pferde, nicht um das Kleid, das Magdalene genauso bekam wie sie, es ging einzig und allein um ihn, um Onkel Nicolas. Es ging darum, daß Magdalene zweieinhalb Jahre älter war, daß sie gewandter war, sich anmutig zu benehmen wußte, daß sie schon ganz weiblich reagierte, daß sie, und das war es doch nur: daß sie Onkel Nicolas gefiel.
Nicolas kam auf den Vorfall nicht zurück. Er wußte, daß Ninas Herz ihm gehörte, und er wußte, daß man immer eifersüchtig war, wenn man liebte.
Als Nina älter wurde, kam es vor, daß Nicolas sie von der Schule abholte, falls er sich zufällig in der Stadt aufhielt.
»Wollen wir zusammen essen gehen?«
Beim erstenmal, Nina war elf, blieb ihr vor ungestümer Freude fast die Luft weg.
»Wir beide?«
»Ja. Wäre doch nett. Ich habe dich lange nicht gesehen, und du mußt mir erzählen, was es Neues gibt. Wir gehen in den Ratskeller. Oder ins Hotel Drei Könige, da ißt man auch sehr gut.«
Der Kutscher wurde ins Haus Nossek geschickt, um Bescheid zu sagen. Onkel und Nichte speisten vornehm, aufmerksam bedient von mehreren Obern, denn Nicolas war überall bekannt und beliebt. Das waren Ninas erste Ausflüge in die große Welt, die sie sehr genoß. Und natürlich vertieften sich ihre Gefühle für Nicolas immer mehr, er war der Schönste, Beste, Klügste, es gab auf Erden überhaupt nichts Vergleichbares.
Es kam nicht oft vor, daß er sie zum Essen einlud, vier- oder fünfmal im Jahr. Manchmal war Alice dabei. Es gab Wochen und Monate, da hörte sie überhaupt nichts von ihm, er war viel auf Reisen, in Rußland nur noch selten, meist in Berlin, gelegentlich an der Riviera, in Paris, einmal in Italien. Manchmal bekam sie eine Karte von ihm, das machte sie sehr stolz.
Nach Schule, Klavierspielen, Onkel Nicolas – nein, man mußte die Reihenfolge ändern –, nach Onkel Nicolas, Erni, Schule, Klavierspiel, Kurtel und Robert, die übrige Familie – so ungefähr sah die Rangfolge aus –, trat schließlich etwas Neues in ihr Leben, das ebenfalls eine große Rolle spielen sollte: das Theater.

Begegnungen

An einem Tag des folgenden Jahres, im späten Frühjahr, sah Nicolas in Berlin Katharina wieder. Paules schöne Zigeunerin. Es war viel Zeit vergangen, seit die beiden damals in die weite Welt, bis nach Frankfurt an der Oder, gezogen waren, und nach den Briefen des ersten Jahres hatten sie nichts mehr hören lassen. In Wardenburg sprach man nicht mehr von ihnen, nur gelegentlich machte Alice einmal eine Bemerkung, sie nannte Paule undankbar.

Nicolas zuckte die Achseln. »Was heißt undankbar? Er lebt sein eigenes Leben, und es mag ihm wichtiger sein als die Jugendzeit. Und wofür sollte er dankbar sein? Was haben wir für ihn getan? Er ist hier aufgewachsen, seine Mutter hat für ihn gesorgt, was selbstverständlich ist, er hat für uns gearbeitet, einen richtigen Lohn hat er meines Wissens nie dafür bekommen, nur hier und da ein Trinkgeld.«

»Auf jeden Fall ist es undankbar seiner Mutter gegenüber. Und lieblos. Sie hat nichts auf der Welt außer ihn.«

Pauline sprach ebenfalls nie von ihrem Sohn, doch sie war sichtlich gealtert und freudlos geworden.

Was Nicolas zunächst entdeckte, war ein Bild Katharinas. Er glaubte seinen Augen nicht zu trauen, stand höchst verwundert vor dem riesigen Plakat, auf dem eine bildhübsche Frau, das lange dunkle Haar von einem Silberband durchflochten, gekleidet in ein rotes langes Kleid, auf einem prächtigen Schimmelhengst saß, der sich hochbäumte, die Vorderfüße in der Luft. Darunter stand »La Carina, die Sensation von Berlin«.

Es war eine Reklame des Zirkus Busch.

Am nächsten Abend saß Nicolas in einer Loge des Zirkus Busch, der seit 1895 in Berlin ein festes Haus besaß, nahe der Spree, am Bahnhof Börse. Daß ein Zirkus ein feststehendes und bleibendes Haus sein eigen nannte, war noch eine relativ junge Errungenschaft; der erste war Ernst Jacob Renz gewesen, der bereits im vorigen Jahrhundert die Tradition gebrochen hatte, daß ein Zirkus ein wanderndes Gewerbe sein müsse.

Paul Busch besaß mittlerweile vier feste Häuser, neben dem Berliner eins in Hamburg, eins im Wiener Prater und eins in Breslau. Große und berühmte Artisten traten bei ihm auf, jede Premiere war ein Ereignis ersten Ranges, bei dem oft sogar die Kaiserliche Familie zugegen war, und bei den Proben am Vormittag, das wußte Nicolas auch, fanden sich die Offiziere des Garde Du Corps ein, um schönen Zirkusdamen und den Mädchen vom Ballett ihre Aufwartung zu machen.

Immer aufwendiger, immer phantasievoller waren die Vorführungen geworden, sie glichen Ausstattungsrevuen, in die die Nummern der Artisten eingebaut wurden. Heute bestand der erste Teil aus Szenen aus ›Tausend und eine Nacht‹. Ein bildschöner Mensch, der den Sultan mimte, lag gelangweilt in schwellenden Kissen, während Scheherezade, eine erstrangige Tänzerin, ihre jeweilige Geschichte als eigenen Tanz begann, und im weiteren Verlauf traten die Artisten auf, die in die Szene paßten.
Den letzten großen Auftritt vor der Pause hatte La Carina. Es war eine traumhafte Szenerie, rundherum schöne Mädchen, sich wiegend und biegend, ein aus Lichteffekten gebildeter Wasserfall rauschte hernieder und unter seinem sprühenden Glanz kam wie eine Erscheinung aus einer Märchenwelt das weiße Pferd in die Manege getänzelt. Es kam stolz im spanischen Tritt, ein Federbusch auf seinem Kopf nickte im Takt der Musik. Die Frau auf dem Pferd war von rauchblauen Schleiern umwallt, in denen viele bunte Edelsteine im Licht glitzerten. Ihr dunkles Haar, über der Stirn hochgetürmt, fiel in Locken über den Rücken, sie war unvorstellbar schön. Dann begann sie ihre Nummer, ritt Hohe Schule in einer Vollendung, wie Nicolas es noch nie gesehen hatte, das Pferd ging leicht und willig unter ihrer Hand und tanzte gleichsam schwerelos und wie von selbst um das Manegenrund, die schöne Reiterin lächelte, keine Anstrengung war ihr anzumerken, es war nichts als ein verzaubertes Spiel, das Roß und Reiterin boten, eben ein Märchen aus ›Tausend und eine Nacht‹.
Die Begeisterung der Zuschauer kannte keine Grenzen, es regnete Blumen in die Manege, als die Reiterin sich am Ende lächelnd verneigte, die Lustknaben am Hof des Sultans sammelten sie ein und brachten sie der Reiterin nach, als sie die Manege verlassen hatte.
Inzwischen hatte Nicolas auch Paule entdeckt, er stand vor dem Vorhang, der die Manege vom Sattelgang trennte, und seine Augen hingen ebenso verzaubert wie die aller anderen an der Frau auf dem Schimmel.
Also hatte Katharina gesiegt! Sie lebte nicht sein Leben mit, wie Nicolas ihr damals geraten hatte, er lebte ihr Leben mit. Das bürgerliche Dasein war offenbar nichts für sie gewesen, sie hatte es früh genug erkannt, und der Erfolg gab ihr recht, sie war eine berühmte Frau geworden.
Als die Pause begann, blieb Nicolas in der Loge sitzen, nahm eine Visitenkarte aus seiner Brieftasche, schrieb ein paar Worte darauf, winkte einen der Plazierer herbei und gab ihm die Karte mit der Bitte, sie Madame Carina zu überreichen. Der Plazierer kam nach ein paar Minuten zurück, mit der Bitte, der Herr möge ihm folgen.
Paule wartete schon hinter dem Vorhang, er strahlte über das ganze Gesicht, doch kaum kam er dazu, Nicolas zu begrüßen, da kam schon Katharina herangeflogen, noch im Kostüm, und fiel Nicolas um den Hals. Sie war nicht mehr das scheue Kind aus den Erlenbüschen, sie war ein Star, eine erfolgreiche, verwöhnte, vielbewunderte junge Frau.
Anfangs redeten sie alle drei durcheinander, lachten und freuten sich über dieses Wiedersehen, dann mußte Nicolas ihre Pferde ansehen, drei Lippizaner, ei-

ner schöner als der andere. Mit zweien trat sie abwechselnd auf, der dritte war in der Ausbildung.
»Kinder, ich finde das fabelhaft. Ihr müßt mir erzählen, wie das alles kam. Aber eins muß ich gleich sagen: ich bin sehr, sehr böse auf euch, daß ich davon nichts gewußt habe. Ich würde sagen, das hätte ich mir doch um euch verdient.«
Katharina sah Paule an und seufzte.
»Er will es ja nicht.«
»Warum nicht?«
»Wegen seiner Mutter.«
»Sie würde mir nie verzeihen, daß ich beim Zirkus bin«, sagte Paule. »Sie kennen sie doch, Herr von Wardenburg, sie hat nun einmal sehr strenge Ansichten.«
»Aber Katharina hat doch eine großartige Karriere gemacht. Sie ist eine große Künstlerin.«
»Mutter kennt einen Zirkus dieser Art nicht. Sie kennt nur so einen kleinen Wanderzirkus, wie er bei uns manchmal durchkam, und sie verbot mir immer hinzugehen. Ich mußte es heimlich tun.«
»In meinen Augen«, sagte Nicolas, »ist Zirkus ein höchst bedeutungsvolles Unternehmen. Er repräsentiert eine sehr alte und große Tradition, denn die ältesten Kulturen dieser Welt kennen den Zirkus.«
»Das machen Sie Mutter mal klar.«
»Ich werde es versuchen.« Aber Nicolas wußte bereits, daß es ein vergebliches Beginnen sein würde, er kannte Pauline gut genug und lange genug; wenn sie eine Meinung hatte, dann hatte sie sie, ob sie falsch oder richtig war, spielte keine Rolle.
»Wir sind ja noch nicht lange an so einem großen Zirkus«, gab Katharina offen zu. »Wir haben klein angefangen. Dies ist mein erstes Engagement in Berlin.«
»Berlin kann sich gratulieren. Sie waren einmalig in Ihrem Auftritt, Madame Carina.«
Nicolas lud die beiden ein, nach der Vorstellung mit ihm zu essen. Sie gingen zu Hiller, und für Nicolas war es ein Vergnügen zu sehen, mit welcher Sicherheit und Anmut die Zigeunerin vom Bachufer sich in dieser Umgebung bewegte.
Sie war mit ausgesuchtem Geschmack gekleidet, sehr dezent und damenhaft, ihre Haltung, ihr Lächeln, ihre Art, sich auszudrücken waren untadelig. Paule wirkte dagegen fast ein wenig linkisch. Eine sehr alte Erfahrung bestätigte sich wieder einmal: Frauen lernen schneller, sich anzupassen und umzustellen, und wenn sie jung und schön waren, ein bißchen klug dazu, gelang ihnen der Sprung von unten nach oben meistens mühelos.
Paule wird gut aufpassen müssen, dachte Nicolas, sonst verliert er sie bald. Sie ist eine Frau, nach der auch ein Mann der guten Gesellschaft die Hand ausstrekken wird.
Nun also erfuhr er die ganze Geschichte.
Noch in Frankfurt an der Oder hatte es angefangen, in dem Verkaufsstall, in dem Paule damals gearbeitet hatte. Katharina, die sich an das eintönige Leben einer Hausfrau nicht gewöhnen konnte, hatte mitgeholfen im Stall, hatte die

Pferde zur Koppel gebracht und wieder hereingeholt, und wie immer liebten die Tiere sie. Anfangs ritt sie wie ein Naturkind auf ungesatteltem Pferd, dann gab Paule ihr Reitunterricht, sie war mit Begeisterung bei der Sache, sehr begabt dazu, in kurzer Zeit wurde sie eine ausgezeichnete Reiterin, und der Besitzer des Stalls entdeckte bald, daß sich ein Pferd besonders leicht verkaufen ließ, wenn Katharina es vorführte. Es war ungewöhnlich, daß eine junge schöne Frau Pferde vorritt, das gab es in keinem anderen Stall, und die Käufer kamen von weither, um dieses Mädchen zu sehen.
Offenbar hatte Paule, das hörte Nicolas zwischen den Worten heraus, durchaus manchmal Grund zur Eifersucht gehabt, denn Katharina wurde sehr umschwärmt. Aber sie hielt zu ihm und blieb ihm treu. Einmal, so erzählte Katharina lachend beim Dessert, habe ein sehr reicher Mann ihr eigene Wohnung, Equipage und Pferde, Schmuck und Kleider versprochen, alles, was sie sich wünsche, wenn sie mit ihm ginge.
»Nun, ich könnte mir vorstellen, daß es Angebote dieser Art heute erst recht gibt«, sagte Nicolas lächelnd.
Katharina legte den Kopf auf die Seite und blickte Nicolas unter ihren herrlich langen Wimpern kokett an.
»Heute nehme ich sie gar nicht mehr zur Kenntnis«, sagte sie offenherzig, »sie gehören zu meinem Beruf. Und ich verdiene nun selbst so viel Geld, daß ich mir Schmuck und Kleider kaufen kann. Dazu brauche ich keinen Mann. Einen Mann brauche ich nur für hier«, sie legte die schmale Hand mit den langen Fingern auf die linke Brust, »nur für mein Herz.«
»Und dafür ist Paule der Richtige?«
Sie nickte. »Ja, der Richtige.«
Angefangen hatte es dann damit, daß ein Zirkus in Frankfurt an der Oder gastierte.
»Es war ein mittelgroßes Unternehmen«, erzählte Paule, »nicht nur so ein kleiner Wanderzirkus. Sie hatten ein gutes Programm, sie hatten auch eine ganze Menge Tiere. Damals hatten sie Pech mit ihren Pferden gehabt, sie hatten Druse im Stall und drei Pferde waren eingegangen. Sie kamen zu uns, um sich unsere Tiere anzusehen. Katharina und ich ritten ihnen die Pferde vor, und zuletzt ritt Katharina noch ein junges Pferd, das sie selbst zugeritten hatte, das ging unter ihr wie Butter, Herr. Wie Butter, Sie können es mir glauben. Sie brauchte gar nicht viel zu machen, sie sagte nur manchmal ein Wort oder schnalzte mit der Zunge, und das Pferd wußte, was sie wollte. Die Zirkusleute waren begeistert. Und der Direktor sagte zu ihr – er war ein Pferdemann und führte selbst eine Pferdenummer vor –, er sagte zu Katharina ...« Katharina unterbrach ihn, sie legte einen Finger unter Nicolas' Kinn, blickte ihm tief in die Augen und sprach mit tiefer, eindringlicher Stimme: »Mein schönes Kind, haben Sie nie daran gedacht, zum Zirkus zu gehen? Kommen Sie zu mir! Ich bilde Sie aus und mache eine große Nummer aus Ihnen. Die Männer werden Ihnen zu Füßen liegen.« Sie lachte übermütig. »Paule machte ein finsteres Gesicht, das machte er damals oft.«
»Ich kann ihn verstehen«, sagte Nicolas, »all diese Herren mit den verführerischen Angeboten.«

»Und weil ich ihm seine alberne Eifersucht abgewöhnen wollte, sagte ich«, jetzt hob sie die Stimme, machte eine gezierte Miene und flötete: »Ach! Ich würde furchtbar gern zum Zirkus gehen, das war schon immer mein Traum. Aber Sie müssen meinen Mann fragen, ob er es erlaubt. Er ist sehr streng mit mir.« Nicolas mußte lachen. Sie war nicht nur eine gute Reiterin, sie war auch eine begabte Schauspielerin. »Ja, und der Herr Direktor sagte: reißen Sie einfach aus, liebes Kind. Vor strengen Ehemännern muß man immer ausreißen, wenn man so schön ist wie Sie.«

Sie hatte wieder den Tonfall gewechselt, sprach im Verschwörerton, und jetzt mußte auch Paule lachen.

»Damals hat er nicht gelacht, sondern wurde sehr wütend. Aber am Abend gingen wir dann doch in die Vorstellung, weil wir Freikarten bekommen hatten.«

»Katharina war ganz außer sich vor Begeisterung, sie hatte nämlich noch nie einen Zirkus gesehen. Ich schon, früher bei uns zu Hause, allerdings nur einen ganz kleinen. Und ich mußte doch heimlich hingehen, weil Mutter es nicht erlaubt hätte. Aber dieser Zirkus war viel größer, sie hatten wirklich hübsche Nummern dabei.«

»Ein Mädchen war dabei«, fuhr Katharina fort, »die tanzte auf einem dicken alten Pferd, das wie aufgezogen immerzu im Kreise trabte, das gefiel mir nicht besonders, aber unser Herr Direktor führte eine Freiheitsdressur vor, mit sechs Rappen. Es waren nur noch sechs, weil die anderen krank oder sogar tot waren. Seine Nummer gefiel mir. Nach der Vorstellung kam er zu uns und fragte mich, wie es mir gefallen hätte. Ich sagte, was er macht, würde ich gern machen, das wäre schön, aber was das Mädchen im Tüllröckchen gemacht hätte, gefiele mir nicht, so ein dickes altes Pferd hätte ich nicht gern. Er lachte und sagte: Weder noch, aus dir mache ich eine Schulreiterin, die fehlt schon lange in meinem Programm. Dazu hast du Talent, und ich verspreche dir, daß du in einem halben Jahr schon auftreten kannst.«

»Da platzte mir der Kragen«, unterbrach Paule die Erzählung, »ich schlug seine Hand von Katharinas Schulter, die hatte er nämlich dahingelegt, und schrie ihn an, jetzt hätte ich genug von seinem Gerede und duzen Sie gefälligst meine Frau nicht. Der Direktor lachte laut, ich nahm Katharina an die Hand und zog sie hinter mir her, sie wollte nicht, aber ich hielt sie fest. Sie war den ganzen Abend und noch am nächsten Tag böse mit mir.«

»Sie wollten also zum Zirkus, Katharina?«

»Ach, ich weiß nicht, ob ich es wollte. Darüber hatte ich noch nicht nachgedacht. Mir gefiel es ganz gut im Stall. Aber ich wollte auf jeden Fall bei Pferden sein, ohne Pferde konnte ich mir mein Leben nicht mehr vorstellen. Paule kann ja auch nicht ohne Pferde leben. Soweit waren wir uns einig. Übrigens, Herr von Wardenburg, ich hatte damals auch wieder einen Hund. Wie geht es Venjo?«

»Es geht ihm ausgezeichnet.«

»Er hat mich vergessen, nicht wahr?«

»Ich hoffe es. Haben Sie ihn nicht vergessen?«

»Nein. Und ich hatte immer ein schlechtes Gewissen, daß ich ihn nicht holen konnte. Anfangs ging es ja nicht, da wohnten wir in einem ganz kleinen Zimmer. Und dann bekamen wir ein Zimmer direkt beim Stall. Dort gab es sowieso einen Hund. Und der war immer um mich herum, den ganzen Tag. Und ich wußte ja, daß es Venjo gut bei Ihnen haben wird.«

Es war eine Verlockung zuerst, dann wurde eine Versuchung daraus. Der Zirkus gastierte einen ganzen Monat in Frankfurt an der Oder, Katharina saß, so oft sie nur konnte, in der Vorstellung, und schließlich gelang es ihr, Paule zu überreden. Als der Zirkus weiterzog, gehörten Katharina und Paule dazu, auch das hübsche junge Pferd, das sie zugeritten hatte. Paule war Stallknecht, Katharina und das Pferd Lehrlinge der Hohen Schule.

Was nun folgte war harte Arbeit. Schon nach kurzer Zeit mußte sich Katharina von ihrem Pferd trennen, was sie bittere Tränen kostete und ihr beinahe den ganzen Zirkus verleidet hätte. Aber der junge Fuchswallach war für die Zirkusarbeit nicht geeignet, er war zu unerfahren, er scheute vor dem Licht, vor lauten Stimmen, vor der Peitsche, er wurde immer nervöser und hatte vor allem kein Talent für die Tritte der Hohen Schule. An einem Ort, an dem sie eine Zeitlang gastierten, verkauften sie ihn einer sympathischen Dame. Katharina hatte die Käuferin, die ein braves Reitpferd suchte, sorgfältig begutachtet, und nun bekam sie einen alten Schimmel, schneeweiß, der bei einem pleitegegangenen anderen Zirkusunternehmen bereits Hohe Schule gegangen war. Er war schon etwas wacklig auf den Beinen, aber er verstand seinen Beruf, und wenn die Musik einsetzte, spitzte er die Ohren und hob die alten Beine wie eine Ballettänzerin.

Von ihm lernte Katharina eine Menge. Mit ihm trat sie auch das erstemal auf, und es sei, so erzählte sie, ein ganz netter Erfolg gewesen, obwohl die Darbietung noch bescheiden war.

Zu dieser Zeit war sie schon an den Zirkus verloren, sie sah und hörte und dachte nichts anderes mehr, eine wahre Leidenschaft für ihre Arbeit hatte sie gepackt, sie probierte wie eine Besessene und sparte jeden Pfennig, um sich bald ein eigenes und gutes Pferd kaufen zu können.

Der Erfolg kam dann schnell. Eines Tages war sie eine Nummer, sie bekam Angebote, wechselte zu immer größeren Unternehmen, war jetzt bei Paul Busch zu einer Spitzengage engagiert. »Und eines Tages«, sagte sie selbstsicher, »werde ich bei Ringling Brothers auftreten.«

Ringling Brothers, Barnum und Bailey, der größte Zirkus Amerikas, der berühmteste der Welt, wie Nicolas wußte. Er nickte. »Ich zweifle nicht daran, Madame Carina, nachdem ich Sie heute gesehen habe, Amerika wird Ihnen zu Füßen liegen.«

Sie beugte sich rasch zu ihm und küßte ihn auf die Wange. »Für Sie bleibt es bei Katharina und beim Du. Ohne Sie läge ich vermutlich ersäuft im Fluß oder gesteinigt im Gebüsch.« Dann lachte sie hellauf, ihre dunklen Augen blitzten, die Vorstellung, das traurige Ende einer Hexe genommen zu haben, schien sie über alle Maßen zu amüsieren.

Paule stimmte in ihr Gelächter nicht ein, er schien überhaupt ein wenig bedrückt. Nicolas verstand ihn, es war nicht schwer, sich seine Gefühle vorzustellen. Alles war anders geworden. Damals, als er in die armselige Hütte im Erlen-

gebüsch kam zu einem verrufenen Mädchen, das dort allein und ausgestoßen hauste, trat er auf wie der Held aus dem Märchen. Heute war *sie* die Märchenprinzessin, verdiente Geld, war berühmt, würde noch berühmter werden, und das einzige, was er für sie tun konnte war, ihr das Pferd herbeizuführen und sie in den Sattel zu heben. Möglicherweise hatte er am Zirkus eine kleine Nebenbeschäftigung, das wußte Nicolas nicht. Er wagte auch nicht, danach zu fragen, das Geld verdiente sie, und wie lange sie bei ihm bleiben würde, schien eine Frage der Zeit zu sein. Welche Frau würde es auf die Dauer fertigbringen, den Versuchungen zu widerstehen, die täglich an sie herantraten, den Versuchungen des Ruhms, des Reichtums und der Männer, die sie zweifellos umschwärmten, dies vor allem. Andere Männer als Paule einer war.
Auch ich finde sie begehrenswert, dachte Nicolas, nicht zuletzt deswegen, weil ich ihre Vergangenheit kenne. Außerdem hat sie mir damals schon gefallen. Wenn es nicht wegen Paule wäre, würde ich glatt mein Glück bei ihr versuchen. Das erinnerte ihn an Cecile. Er hatte ihr versprochen, nach der Vorstellung zu ihr zu kommen, sie war krank, fühlte sich nicht ganz wohl. Nun war es sehr spät geworden. Aber wie er sie kannte, wartete sie auf ihn.
Als er sich von den beiden verabschiedete, sagte er: »Alles Gute wünsche ich euch. Sofern das noch nötig ist. Und ich komme bestimmt noch einmal in die Vorstellung, Katharina, ich muß dich noch einmal sehen. Soll ich nicht doch deiner Mutter von euch erzählen, Paule?«
»Bitte nicht. Sie hat kein Verständnis dafür.«
Erfahren würde sie es ohnedies. Wenn er Alice von dem heutigen Abend erzählte, und das würde er gewiß tun, so würde Pauline es von ihr hören.
Nicolas küßte Katharinas Hand, doch sie neigte sich ihm wieder entgegen und küßte ihn, in ihren Augen stand deutlich eine Verlockung. Nun also, dachte Nicolas. So ist es und nicht anders, Paule wird bald weggeschickt werden, der arme Junge.

Cecile hatte wirklich auf ihn gewartet. Sie trug ein Negligée aus grüner Seide, das Grün machte sie sehr blaß, sie war nervös, die Aschenschale lag voller Zigarettenstummel. »Das war aber eine lange Zirkusvorstellung«, sagte sie vorwurfsvoll. Also erzählte er ihr die ganze Geschichte, sie hörte stumm zu, wippte mit dem Fuß und hustete manchmal. Als er geendet hatte, sagte sie, leicht gereizt: »Du hast mindestens zehnmal betont, wie schön diese Frau ist. Seit wann schwärmst du für Zirkusdamen? Vermutlich wärst du lieber mit ihr weggegangen, als zu mir gekommen.«
Sie war krankhaft eifersüchtig und quälte Nicolas damit.
»Wenn du mir zugehört hast, dann wirst du begriffen haben, daß sie kein Mädchen dieser Art ist. Und ich habe dir auch von ihrem Mann erzählt, nicht wahr?«
»Wann siehst du sie wieder?«
»Demnächst gar nicht.«
»Du hättest mich mitnehmen können in den Zirkus.«
»Cecile! Ich weiß doch, daß du das Kind am Abend nicht allein lassen willst. Und daß du überhaupt nicht gern irgendwohin gehst, wo viele Menschen sind.«

»Ja, da hast du recht.«
Plötzlich hatte sie Tränen in den Augen, ihre Gefühle wechselten immer abrupt. Sie kam, setzte sich auf seinen Schoß und legte ihre Arme um seinen Hals, lehnte ihre Wange an seine.
»Verzeih! Ich habe dich so selten. Und wenn du schon in Berlin bist, geize ich mit jeder Stunde, das weißt du doch. Bleibst du heute nacht hier?«
Er hatte die Absicht gehabt, in sein Hotel zu fahren, aber nun blieb er bei ihr. Ehe er zu Bett ging, betrachtete er seinen schlafenden Sohn, er sah hübsch und rosig aus, sein Haar war hellblond wie das seiner Mutter. Wie immer erfüllte zärtliche Liebe sein Herz, und wie immer, wenn er das Kind ansah, dachte er: ich muß mit Alice sprechen, ich werde mich scheiden lassen.
Er war kein glücklicher Mann mehr. Er lebte in einem schrecklichen Zwiespalt, gehörte nicht hierhin und nicht dorthin, war heimatloser denn je. Er liebte Cecile, obwohl er nicht sicher war, nicht mehr, ob er mit ihr leben wollte.
Fast fünfzehn Jahre war er nun mit Alice verheiratet, und das Leben mit ihr war angenehm verlaufen. Sie hatte sich in den letzten Jahren zu einer tüchtigen Gutsherrin entwickelt; daß Wardenburg noch gehalten wurde, war ihr und Köhlers Werk, das wußte Nicolas sehr gut, sein Verdienst daran war gering. Er beschaffte Geld, wenn es gebraucht wurde, gut. Aber das vermehrte nur die Schulden, denn Zinsen mußten unerbittlich gezahlt werden. Man schleppte sich von einem Jahr ins andere, erstaunlich, wie es ging, aber irgendwie ging es. Fiel die Ernte gut aus, sah die Lage etwas hoffnungsvoller aus. Sein wichtigster Gläubiger war mittlerweile Gadinski, der Raffineriebesitzer, und daß Gadinski und er sich gut verstanden, war von Vorteil und erleichterte Nicolas seine finanziellen Transaktionen.
Wie immer auch, es wäre ein übler Dank an Alice, sie nach all den gemeinsamen Jahren einfach zu verabschieden. Sie hatte ihm stets seine Freiheit gelassen, sie war großzügig, stellte keine unnützen Fragen. *Das* würde mit Cecile nicht so sein. Er liebte das Kind, sein einziges. Sein Sohn. Er hätte ihn gern nach Wardenburg geholt, schon allein, weil das Kind oft kränkelte, die Landluft würde ihm guttun. Er hätte den Jungen auch gern adoptiert und sodann ernstlich versucht, Wardenburg zu halten und zu sanieren. Für seinen Sohn.
Aber es war unmöglich, das Kind von Cecile zu trennen. Für sie war das Kind alles, was sie besaß. Denn ihn besaß sie nicht, er war nur ein Gast, einer der kam und der ging, und das nun seit Jahren. Und er liebte sie wohl, aber doch nicht so sehr, daß er ihretwegen Alice verletzen wollte. Er liebte das Kind, aber er konnte es nicht bekommen ohne die Mutter.
Ein unauflösbares Dilemma. Nicolas hatte zwar ein glückliches Naturell, konnte immer wieder beiseiteschieben und abschütteln, was ihn bedrängte, aber mehr und mehr fühlte er sich verdammt wenig wohl in seiner Haut.
In dieser Nacht schlief er schlecht, Cecile lag dicht an ihn geschmiegt, er mußte seinen Arm um sie legen, aber bei aller Liebe oder Leidenschaft, die er für eine Frau empfinden konnte, zog er es doch vor, sein eigenes Bett zu haben. Außerdem schlief Cecile unruhig, sie hustete viel, stand dazwischen auf und nahm eine Medizin.

»Du solltest nicht soviel rauchen«, sagte Nicolas. »Das ist nicht gut für dich. Und ich hatte dich doch gebeten, zum Arzt zu gehen.«
»Ich bin nur ein wenig erkältet«, sagte sie abwehrend, »es war in den letzten Tagen sehr windig. Willst du auch einen Löffel Hustensaft?«
Nicolas schüttelte angewidert den Kopf. »Ich huste ja nicht. Es sei denn, daß du mich ansteckst heute nacht.«
»Ach du!« sagte sie und griff mit beiden Händen in sein braunes Haar. »Du bist doch nie krank. Du bist wie das Leben selbst. So stark und so gesund. Und so unabhängig.«
War er das? Er selbst konnte das nicht finden. Er war es einmal gewesen, das war lange her. Damals in Petersburg, als Natalia Fedorowna ihm half, ein Mann zu werden. Auch seine Zeit als junger Offizier in Berlin war eine gute Zeit gewesen. Auch noch die erste Zeit auf Wardenburg. Aber jetzt gefiel ihm sein Leben nicht mehr. Es wäre wichtig gewesen, einmal mit einem Menschen zu sprechen, sich auszusprechen, einen Rat zu hören, Zuspruch zu bekommen.
Wie immer in solchen Fällen dachte er an die Fürstin. Er hatte sie seit zwei Jahren nicht gesehen. Sie reiste nicht mehr so viel, seit sie durch den Tod ihres ältesten Sohnes einen großen Kummer erlebt hatte; er war von einem Anarchisten ermordet worden. Man hörte jetzt oft von inneren Unruhen in Rußland, der Zar und die Geheimpolizei führten daraufhin ein immer strengeres Regiment, viele Aufrührer wurden nach Sibirien verbannt, aber wie immer in solchen Fällen, stieg die Zahl und die Entschlossenheit der Revolutionäre.
Nicolas fühlte sich zur Zeit wenig nach Petersburg hingezogen, und im Grunde war er froh, im Deutschen Reich zu leben. Rußland war ein gefährlicher Boden geworden. Er hatte allen Grund, seinem Vater dankbar zu sein, der ihm damals befahl, in Preußen zu dienen.
In dieser unruhigen schlaflosen Nacht dachte Nicolas an seinen Vater. Er tat es selten, doch ab und zu, und dann mit schlechtem Gewissen. Er schrieb manchmal einen Brief, erhielt auch eine Antwort, meist nur kurze, nichtssagende Mitteilungen. Es war viele Jahre her, daß er seinen Vater gesehen hatte.
In dieser Nacht beschloß er, sobald sich die Gelegenheit ergab, nach Florenz zu fahren, wo sein Vater lebte. Vielleicht konnte er mit ihm ein Gespräch führen über die verworrene Lage seines Lebens, vielleicht von ihm einen Rat erbitten. Aber es dauerte noch anderthalb Jahre, bis Nicolas zu dieser Reise kam. Erst im Herbst 1904 reiste er von München aus nach Italien.

An einem sonnigen Tag Ende September glitt der Zug, der Nicolas in den Süden brachte, weich in die oberitalienische Ebene hinab, ließ die Alpen hinter sich, die er in der Nacht überquert hatte. Einmal war Nicolas wach geworden, ihm war kalt. Er hatte am Abend, ehe er zu Bett ging, die Heizung abgestellt, weil das große komfortable Schlafwagencoupe überheizt gewesen war. Nachts in den Bergen war es kühl, er zog die Bettdecke fester um sich, und schlief sogleich wieder ein, sanft gewiegt von der lautlosen Bewegung des gut gefederten Zuges. Außerdem hatte er zum Abendessen im Speisewagen eine Flasche Burgunder getrunken.
Nun saß er im Speisewagen beim Frühstück, am übernächsten Tisch saß die hübsche blonde Frau, mit der er bereits am Abend zuvor einen kleinen Augenflirt gehabt hatte.
Sie war in Begleitung eines stattlichen Fünfzigers, wohl der Gatte, Gelegenheit zu einer Bekanntschaft war somit nicht gegeben, was Nicolas nicht bedauerte. Im Laufe der Jahre hatte er die Erfahrung gewonnen, daß es oftmals weitaus reizvoller war, eine schöne Frau nur mit den Augen zu liebkosen und ein verstohlenes Lächeln als Belohnung zu erhalten, als sich den Belastungen und Belästigungen einer näheren Beziehung auszusetzen.
Die Kellner bedienten lautlos und aufmerksam, schenkten Kaffee oder Tee nach, sobald sie bemerkten, daß die Tasse leer war, die gebratenen Eier waren vorzüglich, das Gebäck frisch.
Nicolas reiste gern. Überhaupt seitdem die Züge so schnell und bequem geworden waren. In seiner Jugend, wenn sie von Reval nach St. Petersburg fuhren oder umgekehrt, war es noch eine mühsame und im Winter kalte Reise. An jeder kleinen Station stand der Zug eine halbe Ewigkeit, wartete auf Anschlüsse, auf Post oder auf was auch immer, man hatte ja damals noch so viel Zeit. Meist stiegen die Reisenden aus, gingen in das Bahnhofsgebäude, um sich aufzuwärmen, tranken heißen Tee, der im Samowar immer bereit stand, aßen einen Happen aus dem großen Imbißkorb, der jede Reise begleitete.
Da war eine dunkle Erinnerung an eine Fahrt nach Petersburg, es war wohl seine erste, und er konnte nicht älter als fünf oder sechs Jahre gewesen sein. Sie reisten zu viert, seine Mutter, eine ihrer Cousinen, er und Jülle, sein Kindermädchen. Es war sehr kalt, der Schnee lag hoch, manchmal hielt der Zug mitten auf der Strecke an, vermutlich mußten Gleise geräumt werden, denn es schneite und schneite ununterbrochen, es wurde nicht hell, der Himmel hing tief und

grau über dem weißen Land. Seine Mutter, die leicht ermüdete, saß blaß in ihrer Ecke, Jülle hatte ihr eine Decke über die Knie gelegt, und Yvonne, ein hübsches braunhaariges Mädchen von siebzehn Jahren, wärmte immer wieder Anna Nicolinas Hände in den ihren, dazu plauderte sie die ganze Zeit.
An den Stationen, an denen der Zug noch länger stand als gewöhnlich, mochte Anna Nicolina nicht aussteigen, Jülle holte Tee und brachte ihn in ihr Abteil, versuchte die junge Frau zu überreden, etwas zu essen. Doch Anna Nicolina schüttelte den Kopf, trank nur den Tee und verkroch sich tief in ihren Pelz. Yvonne und der kleine Nicolas jedoch stiegen jedesmal aus, stapften im Schnee herum, sprachen mit anderen Reisenden, tranken ihren Tee im Stationsgebäude und aßen dazu von den gebratenen Hühnern, dem kalten Braten, den harten Eiern, den Kümmelbrötchen und dem Speckkuchen, die man ihnen auf Kerst eingepackt hatte.
Nicolas schüttelte über sich selbst den Kopf, als er hinausblickte auf Italiens »holde Auen«, grüngolden in der Sonne dieses Septembertags. Sehr merkwürdig, daß er gerade bei diesem Anblick an jene Winterreise denken mußte. Warum wohl waren sie damals, zu so unwirtlicher Jahreszeit, nach Petersburg gefahren? Es mußte doch einen Grund gehabt haben. Er wußte ihn nicht oder hatte ihn vergessen. Vielleicht hatte seine Mutter einen bestimmten Arzt aufgesucht, da sie, wie er annahm, schon zu jener Zeit nicht mehr gesund gewesen war.
Er versuchte, sich den weiteren Ablauf der Reise ins Gedächtnis zu rufen, ihren Aufenthalt in der Metropole. Aber diese ersten Erinnerungen an Petersburg waren von den späteren überlagert. Es war immer das gleiche mit dieser traumhaft schönen Stadt; sobald man sie *erblickte,* schlug sie einen in Bann, allein schon durch die riesige Ausdehnung, die ihresgleichen in der Welt nicht hatte, diese gewaltigen Plätze, die überbreiten geraden Straßen, die herrlichen Paläste und prunkvollen Schlösser. Jedesmal von neuem ein überwältigender Eindruck, wie sie sich im breiten Strom der Newa spiegelten, deren Nebenarme die Stadt durchflochten, es hieß, die Stadt habe 365 Brücken, Nicolas hatte sie nie gezählt, und vermutlich hatte keiner sie je gezählt. Bei alledem war sie ja ein Kunstgebilde, diese Stadt, keine gewachsene Ansiedlung, sondern von Peter dem Großen aus dem Boden gestampft, hingezwungen auf den sumpfigen Untergrund des Newa-Deltas, weil er hier und nur hier, am Meer und nahe der widerwillig bewunderten westlichen Welt, *seine* Stadt haben wollte.
Schiffe wollte er haben und einen Hafen, den Anschluß an die Welt gewinnen und Rußland aus der Verlorenheit des endlosen Kontinents lösen und zu einer Weltmacht machen.
Sie sollten das Meer sehen, seine Russen, sie sollten den Blick nach Westen richten, sie sollten lernen vom Westen, Bildung und Kultur, Anstand und Sitte, Fleiß und Leistung, und wenn sie alles gesehen und gelernt hätten, dann würden sie es besser machen als der dekadente Westen, würden endlich so stark und mächtig sein, wie es dem großen russischen Reich zustand. Nicht zuletzt sollten sie es von den Deutschen lernen; wohlbedacht holte der Zar sich Deutsche ins Land, an den Hof, in Handel und Wirtschaft, machte sie zu Beamten, Offizieren, Ministern und Professoren.

Wo in der Welt gab es ein Denkmal, das der Persönlichkeit eines großen Mannes so gerecht wurde wie das Denkmal Peters auf dem Senatsplatz, am Ufer der Newa. Wie auf einer Woge ritt er auf dem sich bäumenden Pferd aufwärts, vorwärts, hinan, noch immer seine Stadt und die Newa beherrschend. Katharina II., die das Standbild errichten ließ, hatte ihn gut und genau verstanden, auch sie auf ihre Art ein gleich starker Herrscher wie ihr Vorgänger auf dem Zarenthron. Und dann diese breiten Straßen, Prospecte genannt, das seltsam dumpfe Geräusch, das die Pferdehufe auf dem Holzpflaster machten! Nicolas hatte es noch genau in den Ohren, er brauchte nur daran zu denken, schon hörte er es. Die vier- und sechsspännigen Kutschen der Adligen, der Angehörigen des Hofes, der Diplomaten, der reichen Leute hatten immer Vorfahrt, sie durften in der Mitte der Straße fahren, die gewöhnlichen Droschken mußten am Rand bleiben, dafür sorgte die Polizei, die man überall antraf in Petersburg, die ihre Augen überall hatte und sehr genaue Rangunterschiede machte. Schon an dem Kutscher sah man, mit wem man es zu tun hatte: je prächtiger und geschmückter seine Livree war, je breiter und ausgepolsterter sein Umfang, um so bedeutender der Passagier, den er beförderte.
Damals, bei seinem ersten Aufenthalt in Petersburg, konnte er das Pflaster aus Eichenholz noch nicht bemerkt haben, da Petersburg ja bestimmt unter einer hohen Schneedecke lag, durch die die Schlitten lautlos in jagender Fahrt dahinglitten, sogar mitten auf der Newa, sobald sie zugefroren war. Hatten sie im Hotel gewohnt? Gewiß nicht, sicherlich bei Onkel Konstantin, der damals als Vertreter der Ostseeprovinzen Mitglied des Reichsrats war. Sein Palais am Newski-Prospect war groß genug, ganze Völkerscharen zu beherbergen. Später, als Nicolas dort im Hause lebte, hatte er für sich allein drei Zimmer zur Verfügung und einen eigenen Diener dazu.
Der Kellner fragte leise, ob der Herr noch Tee wünsche.
»Non, merci, je suis bien servi«, antwortete Nicolas abwesend.
Er blickte aus dem Fenster. Das Tal der Etsch, durch das der Zug südwärts und abwärts glitt, hatte sich verbreitert, der grüne Fluß schäumte lebhaft neben dem Zug her.
Ala, die italienische Grenzstation, hatten sie soeben passiert, nun war es noch eine reichliche Stunde bis Verona. Dort wollte Nicolas für zwei Tage Station machen. Wenn er nun schon die weite Reise machte, war es wohl doch angebracht, der Stadt Dietrichs von Bern und des unsterblichen Liebespaares Romeo und Julia einen Besuch abzustatten. Auch würde durch diese Unterbrechung die Reise nicht gar so weit und ermüdend sein. Und wenn er sich selbst gegenüber ehrlich war, so begrüßte er diesen Aufenthalt schon deshalb, weil seine Ankunft in Florenz sich dadurch verzögerte.
Er kannte Italien kaum. Einmal war er in Venedig gewesen, und von der französischen Riviera aus hatte er einige der italienischen Küstenorte besucht. Ihn hatte es immer mehr nach Frankreich gezogen, Italien war ihm zu schmutzig. Zweifellos ein Vorurteil, aber er glaubte nun einmal, Italien müsse schmutzig sein, weil sein Großvater in Kerst das immer behauptet hatte. Wenn der von Italien erzählte, kehrte jedesmal die Geschichte wieder, wie er einmal, von Capri kommend, in Neapel in

eine Choleraepidemie geraten sei, was für furchtbare Dinge er dort mit angesehen, wie fluchtartig er sich davongemacht hatte. Und jedesmal beendete der Großvater seinen Bericht mit den Worten: »Kein Wunder bei dem Dreck, in dem die dort leben. Durchaus kein Wunder. Es lohnt sich nicht, nach Italien zu reisen.«
Das war um so erstaunlicher, als des Großvaters Mutter Italienerin gewesen war, aber vielleicht gerade darum begreiflich, denn es hieß, sie habe sich genauso abfällig über die baltischen Ostseeprovinzen und das Russische Reich geäußert; sehr lange hatte sie es dort auch nicht ausgehalten.
Als ihre beiden Söhne, Nicolas' Großvater Alexander und sein Bruder Konstantin, mit zehn und elf Jahren nach St. Petersburg in die kaiserliche Kadettenschule kamen, was gegen ihren Willen geschah und worüber sie sich außerordentlich empörte, nahm sie kurzerhand ihre kleine Tochter, verließ ihren Mann und Schloß Kerst und kehrte nach Italien zurück. Geschieden wurden sie natürlich nie, denn schließlich war sie katholisch und war es geblieben, woran im Baltikum keiner Anstoß nahm; sie waren einander auch nicht gram, gelegentlich besuchte der Urgroßvater seine Frau in Italien, allerdings wurden die Besuche im Lauf der Jahre sehr selten, die Reise war lang und mühselig, und viel zu sagen hatten sie sich offenbar nicht mehr. Die beiden Söhne machten ab und zu kurze Pflichtbesuche, fanden aber wenig Anziehendes an Italien.
Wie mochte der Urgroßvater zu einer italienischen Frau gekommen sein, dachte Nicolas. Darüber hatte man ihm nie etwas erzählt. Auch Onkel Konstantin sprach nie von seiner Mutter. Nur seine Frau, Tante Galina, ließ gelegentlich aus einer spitzen Bemerkung erkennen, daß sie die Ansicht ihres Schwagers über Italien teilte.
Die kleine Tochter, die die Urgroßmutter mit zurück in ihre Heimat genommen hatte, kehrte nie ins Baltenland zurück, sie starb mit achtzehn Jahren. Vermutlich an der Cholera, dachte Nicolas, und damit hätte der Großvater ja recht gehabt mit seiner Abneigung gegen italienischen Schmutz. Immerhin nannte er seine einzige Tochter Anna Nicolina, und die hinwiederum, das wußte Nicolas, liebte Italien und hatte sich gern dort aufgehalten. Sie sprach oft von der Sonne und der Wärme des Südens, denn sie war gegen Kälte sehr empfindlich und fror meist, so wie damals, als sie im vereisten Zug nach Petersburg reisten. Vermutlich war auch die hübsche Yvonne ein Grund dieser Unternehmung gewesen, sie mußte bei Hof vorgestellt werden und einen Winter lang auf Petersburger Bällen tanzen, um möglichst glanzvoll verheiratet werden zu können.
Wie lange war das her!
Nicolas blickte melancholisch hinaus in die Landschaft. Damals war er ein kleiner Junge, ein paar Jahre später starb seine Mutter, sein Vater verließ ihn, verließ Kerst, und ihn schickten sie nach St. Petersburg. Kerst war nur noch ein Ort, an dem er seine Ferien verbringen durfte. Dann starb auch sein Großvater, die Cousins und Cousinen studierten, heirateten, lebten in St. Petersburg oder auf den Gütern in Estland. Die Bindungen der Kindertage wurden loser, lösten sich ganz, und für die nächsten Jahre war es Onkel Konstantin, sein Großonkel, und dessen Frau, die ihm am nächsten standen und in deren Haus in Petersburg er lebte.

Auch zu einem Bruder seiner Mutter, ihrem jüngsten Bruder, fühlte er sich hingezogen. Der war zu jener Zeit in Petersburg Major bei der Garde à Cheval, einem der vornehmsten Regimenter des Reiches, in dem seit jeher viele Balten dienten. Es war vorgesehen, daß Nicolas, sobald er mit dem Gymnasium fertig war, als Fahnenjunker in das gleiche Regiment eintreten sollte.
Sehr bald nahm die Fürstin den wichtigsten Platz in seinem Leben ein, das war wohl auch der Grund, daß er kaum Freundschaften mit seinen Schulkameraden schloß, nur einer, der junge Graf Schwaloff, der in die gleiche Klasse ging, stand ihm näher, mit ihm verbrachte er die Zeit, die Schule, Familie und Natalia Fedorowna übrigließ. Sie gingen gemeinsam ins Theater, mit Vorliebe in die Oper oder ins Ballett, diskutierten über die großen russischen Dichter, fuhren im Sommer, in den weißen Nächten, in denen es nie dunkel wurde, mit einem Boot hinaus auf die Newa-Inseln, und ein wenig war Nicolas, trotz der Fürstin, in Nina, Michail Schwaloffs zarte Schwester, verliebt.
Er bekam sie selten zu sehen, sie wurde im Institut Smolny erzogen, wo die adeligen jungen Damen aus ersten Kreisen ihre Ausbildung erhielten. Manchmal wurde er zu einem Sommerfest oder zu einer Jagd auf das Gut der Schwaloffs eingeladen, ein einzigesmal, so erinnerte er sich, hatte er bei solch einer Gelegenheit mit Gräfin Nina getanzt, sie war kühl und blaß und hochmütig, hatte ihn kaum beachtet. Mit achtzehn Jahren wurde sie verheiratet an einen Fürstentitel, zu dem ein Mann gehörte, fünfundzwanzig Jahre älter als sie.
Einmal nur hatte er sie später wiedergesehen, das war im Jahr 1890 gewesen, als Tschaikowskijs Ballett »Dornröschen« im Marientheater uraufgeführt wurde. Sie war immer noch kühl und blaß und hochmütig, dazu wunderschön. Zwei Jahre darauf war sie an ihrer kranken Lunge gestorben. Zu dieser Zeit war er nur noch ein Gast in St. Petersburg, inzwischen überall ein Fremder, nachdem sein Vater gekommen war und ihn nach Berlin befohlen hatte.
Diese Tatsache wurde Nicolas auf einmal bewußt. Kerst, St. Petersburg, Berlin, Wardenburg – der Wechsel war allzu rasch erfolgt. Die Verwandten und Freunde seiner Jugend waren ihm genommen worden, zwar hatte er in Berlin während seiner Offiziersjahre Kameraden und Bekannte genug gehabt, aber es war nie zu einer nahen und vertrauten Freundschaft gekommen. An Wardenburg band ihn nichts, er war ruhelos und rastlos, er reiste, er war hier und dort – aber wo gehörte er eigentlich hin, und wer gehörte zu ihm?
Ich habe nie einen wirklichen Freund gehabt, dachte Nicolas an diesem Vormittag im Zug, selbst verwundert über diese Entdeckung. Ich habe keine Mutter, keinen Vater, keine Geschwister, keine Freunde.
Blieben die Frauen. Natalia Fedorowna, die viele Jahre sein Leben bestimmt hatte, war ihm nun ferngerückt. Cecile, die er nach der Fürstin zweifellos am meisten geliebt hatte, war zu einem Problem geworden. Was dazwischen lag an Begegnungen mit Frauen spielte keine Rolle.
Und da war Alice, seine Frau. Wenn er ehrlich war, mußte er zugeben, daß sie nicht der schlechteste Teil seines Lebens war. Auch wenn es nicht die große Liebe geworden war, so verband sie doch Freundschaft, erprobte, wirkliche Freundschaft, und er war froh, daß er sich nicht hatte scheiden lassen, nach-

dem Cecile in sein Leben getreten war. Anfangs hatte er sowieso nicht daran gedacht, erst als sie das Kind erwartete und natürlich dann, als sie seinen Sohn geboren hatte.
Da war er glücklich wieder mitten in seinem Dilemma angelangt. Er schüttelte den Gedanken von sich, es war einfach lästig, immer wieder daran denken zu müssen. Der Junge war sechs Jahre alt, zu zart und zu empfindlich für die Schule, wie seine Mutter fand, überhaupt käme nur eine besonders ausgewählte und vornehme Privatschule in Betracht, hatte Cecile ihn wissen lassen. Aber das hatte Zeit, noch wollte sie sich von dem Kind nicht trennen, verbrachte jede Minute mit ihm, verwöhnte den Jungen, erfüllte ihm jeden Wunsch, und Nicolas war sich durchaus klar darüber, daß dies nicht die richtige Art von Erziehung war. Aber was sollte er tun? Natürlich hätte er den Jungen gern adoptiert und mit nach Wardenburg genommen, aber das war ganz unmöglich, nicht wegen Alice, er glaubte sicher zu sein, daß sie vernünftig reagieren würde, wenn sie erst einmal den Schock dieser Eröffnung über eine Jahre alte Beziehung und die Existenz eines Kindes ihres Mannes überwunden haben würde. Realistisch denkend, wie sie war, hatte sie sich unter »Berlin« immer eine Liaison von Nicolas vorgestellt, aber würde sie einen Sohn, der nun schon vor dem Schuleintritt stand, hinnehmen und sich nicht zutiefst getäuscht und hintergangen fühlen? Nicolas schwindelte, wenn er anfing, dieses Problem zu durchdenken. Aber war es eigentlich nötig, denn Cecile würde sich ja niemals von dem Kind trennen, es wäre ihr Untergang. Sie und der Junge waren zu einem Albdruck für Nicolas geworden. Und so war Berlin ihm in letzter Zeit verleidet.
Er winkte dem Kellner, bestellte Cognac, neigte mit einem kleinen Lächeln den Kopf der blonden schönen Frau entgegen, die jetzt ihr Frühstück beendet hatte und ihn mit einem langen Blick bedachte, ehe sie mit ihrem Mann, der gar nichts gesehen hatte, den Speisewagen verließ.
Nun also sein Vater!
Warum fuhr er eigentlich zu ihm? Im Augenblick konnte er den Sinn seiner Reise nicht einsehen. Warum sollte er einem Mann, den er seit fünfzehn Jahren nicht gesehen hatte, nur weil er zufällig sein Vater war, von seinen Sorgen berichten? Das war absurd.
Sein Vater hatte sich nicht um ihn gekümmert, er hatte sich nicht um seinen Vater gekümmert, sie waren beide glänzend ohne einander ausgekommen; daß er jetzt hinfuhr, war eine lächerliche Sentimentalität. Auch Alice hatte sich darüber gewundert, jedoch gemeint, es sei vielleicht ganz schicklich, daß er seinen Vater einmal besuche.
»Wenn er schon nicht hierherkommen will, wäre es vielleicht wirklich an der Zeit, daß du dich einmal um ihn kümmerst. Er muß doch ziemlich alt sein. Wer weiß, wie es ihm geht.«
»Er ist – warte, er ist achtundsechzig geworden in diesem Jahr. Im Juli.«
Den Geburtstag seines Vaters vergaß er nie, schickte immer pünktlich einen Brief, bekam manchmal Antwort, manchmal nicht. Sein Vater allerdings schrieb ihm weder zum Geburtstag noch zu irgendwelchen Fest- oder Feiertagen.

Alt war er also nun, möglicherweise krank, und sicherlich in beschränkten Verhältnissen lebend. Es war schwer vorstellbar, wie er in den vergangenen Jahren gelebt hatte. Damals hatte er von Anna Nicolina eine gewisse Summe Geld geerbt, wie auch Nicolas, beide Erbteile waren ausgezahlt worden, doch Nicolas hatte keine Ahnung, wieviel sein Vater erhalten hatte, wie lange er damit ausgekommen war. Immerhin – das Leben in Italien war billig.
Wir sind eine merkwürdige Familie, sagte sich Nicolas. Eigentlich sind wir gar keine Familie. Gott hat mir wohl ein Familienleben nicht bestimmt.
Wie sein Vater wohl aussehen mochte? Alt und ungepflegt, armselig?
Je näher er seinem Ziel kam, umso unbehaglicher wurde ihm zumute, und wenn er sein Kommen nicht angekündigt hätte, wäre er am liebsten, nach dem kurzen Aufenthalt in Verona, auf der Stelle wieder zurückgefahren.
In Verona hatte er Pech mit dem Wetter, am Nachmittag begann es zu regnen, von den Bergen her kam ein scharfer Wind. Auch am nächsten Tag blieb das Wetter unfreundlich. Nicolas hielt sich daher nicht lange damit auf, durch das Markttreiben auf der Piazza Erbe zu schlendern, dann die wuchtigen Mauern der Arena zu bestaunen, die Scaliger-Burg verschwand hinter Regenschleiern, und die Etsch, die hier Adige hieß und die so lustig neben seinem Zug einhergetanzt war, tobte dunkel und böse unter den Brücken. Kein Zweifel, Italien empfing ihn nicht gerade sehr freundlich.
Doch am Morgen, als er, sehr früh, den Zug bestieg, der ihn nach Florenz bringen sollte, war der Himmel blankgefegt, die letzten Wolken stoben im Wind davon, und als der Zug die Poebene querte, strahlte die Sonne von einem tiefblauen Himmel. Dennoch hatte sich Nicolas' Laune nicht gebessert. Gegen Mittag also würde er nun in Florenz ankommen, und wenn sein Vater mit dem gleichen Mißbehagen ihrem Wiedersehen entgegensah, würde es für beide Teile ein quälendes Zusammentreffen sein.
Er würde es kurz machen, beschloß Nicolas, zwei Tage mochten genügen, dann konnte er anstandshalber wieder abreisen.
Als er in Florenz aus dem Zug stieg, sah er seinen Vater sofort, und auch Henry erkannte seinen Sohn, hob grüßend die Hand und kam schnell auf Nicolas zu.
Der Anblick seines Vaters war die erste Überraschung. Groß und schlank wie der Sohn, mit der gleichen lässigen Leichtigkeit in Gang und Bewegung, wirkte Henry jünger als seine Jahre, sein Haar war zwar grau geworden, doch sein hageres Gesicht war gebräunt und hatte klare, unverwischte Züge. Er lächelte, reichte Nicolas die Hand, sagte freundlich: »Nett, daß du gekommen bist«, so als hätten sie sich vor einem halben Jahr das letztemal gesehen, winkte einem Facchino und dann schritten sie nebeneinander den Bahnsteig entlang, für jeden Beobachter sofort als Vater und Sohn erkennbar.
Nicolas war befangener als sein Vater, als er sagte: »Es bleibt mir ja nichts anderes übrig, als zu kommen, wenn ich dich endlich einmal wiedersehen will.«
Die zweite Überraschung: vor dem Bahnhof stand ein leichter Einspänner, ein kleines braunes Pferd davor gespannt, auf den Henry zusteuerte, der Träger folgte ihnen, das Gepäck wurde im Wagen verladen, die beiden schwarzhaarigen

Knaben, die das Pferd gehalten hatten, bekamen je eine Münze, und Henry sagte mit einladender Geste: »Steig auf!«
Gewohnheitsmäßig hatte Nicolas zuerst das Pferd betrachtet, eine zierliche Stute mit wachem Blick und lebhaftem Ohrenspiel. »Nettes Pferd«, sagte er, sehr verwundert darüber, daß sein Vater Pferd und Wagen besaß.
Henry kutschierte selbst. Er nahm die Zügel, sagte: »Sie heißt Cara. Sehr zuverlässig, sehr brav.«
Cara zog sofort an, ging in flottem Schritt über den belebten Platz, erwartend, daß jedermann ihr auswich, denn sie steuerte unbeirrt den Weg vorwärts, den sie offenbar kannte. Es war ziemlich viel Verkehr in der Stadt, große und kleine Wagen, Eselskarren unterwegs, Reiter dazwischen, aber auch Automobile und unübersehbare Mengen von Menschen, eilig, schlendernd, herumstehend.
Das irritierte Cara nicht im mindesten, sie schritt zügig voran, und als sie zu der Straße kamen, die am Arno entlang führte, setzte sie sich ganz von selbst in Trab. Nicolas blickte sich neugierig um, und um seinem Vater zu zeigen, daß er nicht vergeblich die Schule besucht hatte, sagte er: »Dies also ist Dantes Stadt.«
Henry verzog den Mund. »Auch das. Aber versuche nicht, mir einzureden, du habest die Divina Commedia gelesen.«
»Nun –« Nicolas lachte. »Du hast recht, ich habe sie nicht gelesen. Immerhin weiß ich, daß er sie geschrieben hat, daß er hier gelebt hat und eine Dame liebte, die Beatrice hieß.«
»Ob man es Liebe nennen kann, bezweifle ich«, sagte Henry trocken. »Die Überlieferung meldet, er hätte sie zweimal in seinem Leben gesehen, das erstemal war er ein kleiner Junge von neun Jahren. Und sie starb bereits mit vierundzwanzig Jahren.«
»Wie schrecklich! An der Cholera?«
Henry wandte ihm erstaunt das Gesicht zu. »An der Cholera? Wie kommst du darauf? Offen gestanden, ich weiß es nicht. Vermutlich im Kindbett, sie war ja verheiratet. Nicht mit Dante. Man weiß sehr wenig über sie. Meiner Ansicht nach ist sie mehr oder weniger eine Traumgestalt, ein Wesen, das er brauchte, um es anzudichten. Die Legende machte später eine bittersüße Liebesgeschichte daraus.«
Henry wies mit der Peitsche über die Stadt hin. »Die Uffizien. Dahinter der Palazzo Vecchio. Du wirst dir alles in Ruhe ansehen. Es ist die schönste Stadt, die ich kenne.«
»Schöner als Paris?«
»Für mich ja.«
»Es muß dir hier gefallen, nachdem du nun schon so lange hier lebst und offenbar nicht mehr anderswo leben willst.«
»Ich werde hier bleiben, bis ich sterbe. Und wenn ich sterbe, werde ich es als Geschenk betrachten, daß ich hier leben durfte. Übrigens, da wir gerade davon sprechen; mach nicht irgendwelche Überführungskunststücke mit mir, ich möchte hier begraben werden, oben in Fiesole, den Platz habe ich schon ausgesucht.«
Nicolas lachte gezwungen. »Davon brauchen wir wohl nicht zu reden, Vater, du siehst erstaunlich gesund und wohl aus.«

»Ich fühle mich auch gesund und wohl und habe durchaus nicht die Absicht, demnächst zu sterben. Wir kamen bloß gerade auf das Thema, nun weißt du Bescheid. Da ich zum katholischen Glauben übergetreten bin, wird es in keiner Beziehung Schwierigkeiten machen.«

Diese Mitteilung machte Nicolas stumm vor Staunen. Es war Überraschung Nummer drei. Das letzte, was er von seinem Vater erwartet hätte, waren Eskapaden religiöser Art. Ein Sonderling war er wohl immer gewesen, aber Nicolas konnte sich nicht erinnern, daß jemals von Glaubensfragen die Rede gewesen wäre.

Henry warf seinem Sohn von der Seite einen kurzen Blick zu, zog wieder leicht in der ihm eigentümlichen Weise den linken Mundwinkel nach unten und nahm dann ein goldenes Etui aus der Tasche.

»Rauchst du?«

»Gern.«

Nicolas bediente sich, Henry zügelte das Pferdchen zum Schritt, und als die Zigaretten brannten, rief er: »Avanti, Cara!« und Cara trabte wieder an.

»Du wirst dir alles ansehen«, nahm Henry den Faden wieder auf, »ich werde dich selbst führen. Ich bin schon lange hier, wie du ganz richtig sagst, aber ich werde nie müde und kann nie genug davon kriegen, diese herrlichen Bilder und Statuen immer wieder anzusehen. Vor allem Michelangelo! Für mich ist er neben Giotto der größte Künstler, der je gelebt hat. Aber auch die Geschichte dieser Stadt ist faszinierend. Wenn es dich interessiert, werde ich dir einiges über die Medici erzählen. Die Geschichte ihrer Familie und die Geschichte dieser Stadt gehören zusammen.«

»Es interessiert mich außerordentlich«, sagte Nicolas höflich, immer noch ziemlich konsterniert. Sein Vater hatte sich verändert, er war nicht mehr der unglückliche, gequälte Mensch, als den Nicolas ihn im Gedächtnis hatte, er machte einen zufriedenen, gelösten Eindruck, er wirkte geradezu heiter, wie er hier neben ihm saß und sein kleines Pferd durch den lebhaften Verkehr lenkte.

Die Uffizien, natürlich, da mußte man wohl hingehen. Nicolas besuchte ungern Museen, er besaß wenig Verständnis für bildende Kunst. Seine Neigung galt der Musik, besonders der Oper und Operette. Aber sein Vater war schließlich Maler oder etwas ähnliches, da mußte man sich wohl in Geduld fassen und sich seine Lieblinge ansehen.

Ob er immer noch malte? Nicolas hatte keine Ahnung, in den Briefen war jedenfalls nie die Rede davon gewesen. Früher, auf Kerst, als Anna Nicolina noch lebte, hatte Henry ein Atelier besessen, eine Art Gartenhaus, ein Pavillon, ungefähr zehn Minuten vom Schloß entfernt am Waldrand, still und einsam, und dorthin zog sich Henry zurück, um zu malen.

Manchmal ging der kleine Nicolas an der Hand seiner Mutter zum Pavillon, und Anna Nicolina sagte: »Wir wollen nachsehen, wie es dem Papa geht.«

»Was macht er denn?«

»Er arbeitet. Er malt schöne Bilder.«

Schön fand der Junge die Bilder nicht, es war ein Wirrwarr von Linien, seltsame kränkliche Farben, auf den Bildern war nichts zu sehen, was ein Kind angesprochen hätte, also griff es nach den Pinseln, den Farben, den Tuben.

»Faß das nicht an!« herrschte ihn der Papa an, und Nicolas griff wieder nach der Hand seiner Mutter.
Ein einziges Bild besaß Nicolas von den seltsamen Werken seines Vaters, es hing im Gartensaal in Wardenburg, ein grünblaues undurchschaubares Bild, von dem keiner der Besucher verstand, was es darstellen sollte und das den Verwalter Lemke von Anfang an verstört hatte.
Ob Anna Nicolina die Bilder ihres Mannes gefallen hatten? Was hatten sie eigentlich auf Kerst von diesem Mann gedacht, den die einzige Tochter geheiratet hatte? Darüber dachte Nicolas heute das erstemal nach und kam zu dem Ergebnis, daß wohl keiner in der baltischen Familie über Anna Nicolinas Heirat sehr glücklich gewesen sein konnte. Ein Stammbaum, der bis zu den Ordensrittern zurückreichte, ein riesiger Besitz, ein herrliches Schloß, eine alte Tradition, eine schöne Tochter, und dazu ein junger preußischer Offizier, abgedankt, mit seinem Vater zerstritten, ohne Erbe und Vermögen.
Ein malender Dilettant.
Was hatte Anna Nicolina an ihm so geliebt, daß sie sich über den Widerstand ihrer Familie hinwegsetzte, denn Widerstand gegen diese Heirat mußte es gegeben haben, daran zweifelte Nicolas nicht. Anna Nicolina war sehr jung gewesen, als sie sich verliebte, aber sie war bereits in der Welt herumgekommen, viel gereist, hatte stets im Luxus gelebt, war verwöhnt worden, und gutaussehende Offiziere hatte es in ihrem Dasein vermutlich ausreichend gegeben, tüchtige, ernstzunehmende Männer dazu, die ihrer Liebe wert gewesen wären.
Ein Wort der Fürstin fiel Nicolas ein. Es kam immer wieder einmal vor, daß man sich wunderte über eine seltsame Verbindung, über ein Paar, das nicht zueinander zu passen schien. Dann hob Natalia Fedorowna die Schultern und sagte: »Da kann man nichts machen. Liebe hat ihren eigenen Maler.«
Was zum Beispiel mochte der Großvater, ein tätiger Mann, der souverän seinen riesigen Besitz verwaltete, einen ganzen Stab von Personal beschäftigte, was mochte der von dem malenden Schwiegersohn gehalten haben? Oder Anna Nicolinas Brüder, tätig, emsig, fleißig, interessiert, reitend, jagend, arbeitend – und dazu der malende nichtstuende Schwager im Pavillon? Das erstemal, wirklich das erstemal, daß Nicolas auf dieser Fahrt durch Florenz, den Arno entlang, darüber nachdachte. Das war die vierte Überraschung, und sie brachte sogleich die fünfte mit sich, er entdeckte nämlich, warum er Kerst so ferngerückt war, oder besser gesagt, Kerst und die Kerster von ihm: Anna Nicolina war lange tot, war vergessen; sein Vater hatte dort keine Spur zurückgelassen, eine vorübergehende und unwichtige Erscheinung; und so gehörte auch er, der Sohn dieser beiden, nicht dazu, war nur ein entfernter Verwandter, den man freundlich begrüßte, wenn er kam, aber nicht vermißte, wenn er wegblieb.
So war es und nicht anders, und die Begegnung mit seinem Vater, die Wiederbegegnung nach so vielen Jahren, machte ihm noch einmal seine Wurzellosigkeit, seine Heimatlosigkeit klar, die ihn heute morgen im Zug schon so betroffen gemacht hatte. Und blitzartig kam noch eine andere, neue Erkenntnis hinzu: Wie töricht es von ihm gewesen war, nicht Wurzeln in Wardenburg zu schlagen. Dort hätte er eine Heimat finden können, im preußischen Boden seiner Vorfahren,

doch das hatte er leichthin verworfen, hatte es seiner Herkunft nicht gemäß angesehen.
Wir hätten Kinder haben müssen, Alice und ich, das dachte er seit langem wieder einmal, dann wäre alles anders, und Wardenburg wäre für mich zur Heimat geworden.
Nicolas bemerkte, daß sie die Stadt hinter sich ließen, die Straße stieg leicht an, nur vereinzelt standen schöne große Häuser, meist zurückliegend in Gärten versteckt, am Rand ihres Weges.
»In welchem Hotel wohne ich eigentlich?« fragte Nicolas.
»In gar keinem. Du wohnst bei mir.«
Das behagte Nicolas keineswegs, er wohnte nicht gern in einem Privathaushalt, auf Reisen zog er auf jeden Fall das Hotel vor.
Henry wies mit der Peitsche hügelan. »Ich wohne da oben, in Fiesole. Du wirst sehen, welch wunderschönen Blick man von dort auf die Stadt hat.«
Der Weg wurde steiler, ging in weiten Serpentinen den Hügel hinein, das Pferd ging Schritt, und Henry sprang auf die Straße.
»Ich gehe hier immer zu Fuß. Aber du kannst ruhig sitzen bleiben, Cara schafft das schon.«
»Keineswegs«, sagte Nicolas und sprang ebenfalls vom Wagen.
»Du bist sicher von der Reise müde.«
»Keineswegs«, wiederholte Nicolas, und die Phantasielosigkeit seiner Ausdrucksweise zeigte seine Verwirrung. Er nahm sich zusammen. »Ich habe erstklassig geschlafen. Der Zug fuhr wie auf Watte.«
»Du wirst ein gutes Mittagessen bekommen. Zuerst natürlich Spaghetti mit Sahne und Schinken, ein paar Pilze blättrig hineingeschnitten. Dann eine Schüssel voll Salat, und dann in Ei gewendete Kalbsschnitzel. Der Wein in meinem Keller ist gut gekühlt, toscanischer Wein aus der Gegend von San Gimignano, ich habe dort einen Freund, der ein Weingut besitzt. Seine Weine sind die besten.«
»Du kennst dich gut mit deinem Küchenzettel aus.«
»Zumeist wird er mir nicht vorher mitgeteilt. Aber Maria ist ein wenig aufgeregt wegen meines Besuchs aus Deutschland und hat mich befragt, was er gern essen würde. Ich sagte ihr, ich habe meinen Sohn so lange nicht gesehen, daß ich seinen Geschmack nicht kenne. Aber wenn er dem meinen ähnlich ist, dürfte dieses Menü ihm schmecken.«
Nicolas war um den Wagen herumgegangen, ging neben seinem Vater, das kleine Pferd schritt zügig bergauf.
»Im Gegensatz zu mir«, sagte Henry nach einer kleinen Weile des Schweigens, »hast du ja italienisches Blut in deinen Adern. Du weißt, daß die Großmutter deiner Mutter Italienerin war.«
»Offen gestanden hatte ich es vergessen, aber heute morgen im Zug dachte ich daran.«
»Die Marchesa Nicolina stammte aus Florenz. Dein Urgroßvater hat sie zwar hoch in den Norden entführt, aber lange hat sie es dort nicht ausgehalten.«
»Der Urgroßvater muß ein weitgereister Mann gewesen sein, wenn er nach Florenz kam, um sich eine Frau zu holen.«

»Sie haben sich in Wien kennengelernt. Beim Wiener Kongreß, nachdem Napoleon geschlagen war.«
»Mein Gott!« sagte Nicolas staunend. »Das ist ja fast hundert Jahre her.«
»Florenz war ja auch von Napoleon eingenommen und besetzt, und irgendeine Mission wird der Marchese wohl in Wien gehabt haben. Er hatte seine hübsche Tochter mitgenommen, damit sie etwas von der Welt zu sehen bekäme und auf den Bällen in Wien tanzen konnte. Sie war sechzehn Jahre alt. Dein Urgroßvater wiederum gehörte zum Stab des Zaren, Alexander I., wie du weißt. Da lernten sich die beiden also kennen, die blutjunge Italienerin aus Florenz, der baltische Hofbeamte aus Petersburg, gewissermaßen war Napoleon daran schuld. Es muß zunächst eine große Liebe gewesen sein. Aber sie merkte wohl sehr bald, daß sie sich mit einem russischen Ehemann nicht sehr wohlfühlte.«
»Schließlich hatte sie keinen Russen geheiratet, sondern einen Deutschen.«
»Sie machte da keinen Unterschied. Für sie waren das alles Russen, und wenn sie vom Baltikum sprach, nannte sie es Rußland.«
»Du kanntest sie?« fragte Nicolas maßlos erstaunt.
»Ich kannte sie. Sie wurde fünfundneunzig Jahre alt, die Toscana hat ein gesundes Klima, auch der Wein ist sehr bekömmlich. Sie hatte ein wunderschönes Haus in Montecatini, das ist ein Badeort, nicht allzu weit von hier, mit Thermalquellen, die sie regelmäßig gebrauchte. Sie war sehr reich, sehr klug und eine erstaunliche Erscheinung. Auch im Alter noch. Früher muß sie einmal sehr schön gewesen sein. Ich habe ein Bild von ihr, das wurde gemalt, als sie zweiundzwanzig Jahre war. Du wirst staunen, wenn du es siehst. Für den Fall, daß du dich noch daran erinnerst, wie deine Mutter aussah.«
»Durchaus«, sagte Nicolas verwirrt.
»Weißt du, was der größte Wunsch der Marchesa war?«
»Nein.«
»Dich kennenzulernen.«
»Das konnte ich nicht ahnen.«
»Gewiß nicht. Ich hätte es dir mitteilen können. Aber ich hielt es nicht für notwendig. Wenn deine Mutter noch gelebt hätte, wäre es etwas anderes gewesen. Aber so – es lagen Welten dazwischen. Und ich wollte es so. Ich wollte Welten zwischen meinem Leben von damals und dem Leben hier haben.«
»Dennoch hattest du Verbindungen zu der Marchesa.«
»Das war ein Zufall, denn sie mochte mich nicht. In Montecatini fand einmal eine Ausstellung meiner Bilder statt. Das Publikum in einem Badeort ist geduldig, da kann man auch so schlechte Bilder wie meine zeigen. Da also stieß sie auf meinen Namen und befahl mich zu sich.«
»Warum mochte sie dich nicht?«
»Weil ich deine Mutter geheiratet habe. Ich habe sie hier in Florenz kennengelernt, weißt du es nicht?«
»Nein.«
»Habe ich dir nie erzählt, wie ich Anna Nicolina kennenlernte?« Zum erstenmal nannte er ihren Namen.

»Nein«, sagte Nicolas schwach, »du hast mir nie etwas erzählt von dir und deinem Leben.«
»Ich gebe es zu, ich war ein schlechter Vater. Ich werde es dir gelegentlich erzählen. Es war so, daß Anna Nicolina hier bei der Marchesa war, denn die lebte damals in Florenz. Und sie wollte auf jeden Fall, daß ihre Enkelin einen Italiener heiratet, sie hatte schon eine großartige Partie vorgesehen, der schönste Palazzo in Florenz wäre Anna Nicolinas Domizil geworden. Sie hatte schon ihre Tochter hier verheiraten wollen, aber sie starb sehr jung. Nun sollte wenigstens die Enkelin davor bewahrt bleiben, in Rußland zu leben. Das Baltikum war für die Marchesa dasselbe wie Sibirien. Ich kam dazwischen.«
»Und warum habt ihr dann nicht in Florenz gelebt, du und meine Mutter? Du lebst doch jetzt auch hier.«
»Das ist eine sehr logische Frage. Aber erstens wandte die Marchesa uns zürnend den Rücken, zweitens hatte ich kein Geld, um eine Frau und mich und eventuell Kinder zu erhalten. Und drittens – nun ja, drittens hing deine Mutter ja sehr an ihrer Familie und an Kerst.«
Nicolas sagte nichts dazu. Es erstaunte ihn nur, mit welcher Unbefangenheit sein Vater darüber sprach, daß er nicht imstande gewesen war, als junger gesunder Mann eine Frau und Kinder zu ernähren. Es störte Nicolas. Er selbst war keineswegs besonders tüchtig, und gearbeitet hatte er in seinem Leben genaugenommen noch nie. Aber angenommen, er hätte Wardenburg nicht geerbt, dann wäre er eben Offizier geblieben und wäre durchaus imstande gewesen, seine Familie zu erhalten.
Er empfand ein wenig Verachtung für seinen Vater. Und gleichzeitig eine vage Bewunderung. Ihm war es offenbar gelungen, sich zeitlebens außerhalb jeder Sitte und Konvention zu bewegen, und er gab sich nicht die geringste Mühe, das zu verbergen.
Henry lachte leise vor sich hin, wippte mit der Peitsche in seiner Hand.
»Es war sehr drollig. Als ich die Marchesa das erstemal besuchte, ließ sie mich in aller Deutlichkeit wissen, was sie von mir, von den Deutschen, von den Balten, und von den Russen hielt, das war alles für sie so ziemlich das gleiche. Sie hielt nicht sehr viel davon. Dann machte sie mir noch klar, daß deine Mutter nie so früh gestorben wäre, wenn sie in Italien gelebt hätte. Doch später verstanden wir uns sehr gut. Das Seltsame war, daß sie meine Bilder mochte. Ich glaube, sie war der einzige Mensch, der das tat, und darum vermisse ich sie sehr.«
Nicolas hatte Kopfschmerzen. Das war ganz ungewohnt für ihn. Es war die Sonne, die Hitze, denn es war jetzt sehr heiß geworden, die Sonne brannte in sein Gesicht, auf seiner Stirn standen Schweißperlen. Er hatte Durst.
Sein Vater sah frisch aus, er schwitzte nicht, ging leicht neben dem Pferd einher, mit langen gleichmäßigen Schritten. Sie bogen um die letzte Kehre, das Pferd blieb stehen. Henry hob den Arm und wies mit weitem Schwung in das Tal hinab, wo Florenz unter ihnen lag.
»Ist das nicht ein herrlicher Blick! Von hier oben ist er am schönsten. Deswegen wohne ich auch hier. Die Luft ist auch besser als unten in der Stadt. Steig auf!«

Nicolas schwieg, kletterte wieder auf den Wagen, Cara trabte um die Kurve, und sie fuhren in Fiesole ein.
Ein großer Platz voller Buden, Menschen, Lärm, Lachen, Geschrei, Kinder liefen über die Straße, dem Pferd dicht vor den Füßen vorbei, Cara scheute nicht, sie schien daran gewöhnt zu sein. Als sie den Platz überquert hatten, fuhren sie eine enge Straße weiter, zu beiden Seiten standen Häuser, auch hier war Bewegung, waren Menschen, dann bog Cara plötzlich nach links ab, in einen schmalen staubigen Weg, doch schon nach einigen Metern blieb sie stehen und schnaubte zufrieden.
Das Haus war einstöckig, gelb getüncht, die Läden geschlossen, doch die Haustür stand offen. Ein kleiner gelber Hund kam herausgerannt, bellte laut, schwang wild seinen hochstehenden Schwanz, umkreiste Pferd und Wagen und sprang beglückt an Henry hinauf, als der auf dem Boden stand.
»Ecco!« sagte Henry vergnügt. »Wir sind daheim. Dies ist Beppo. Vergiß nie, ihn ausführlich zu begrüßen, sonst ist er stundenlang beleidigt.« Er beugte sich nieder, kraulte den Hund, der sich auf der Erde ausstreckte, alle vier Beine in der Luft und dabei selig quietschte. Mit ihm sprach Henry italienisch, schnell, viel, lebhaft und laut. Und übergangslos ging die italienische Redeflut weiter, diesmal an eine Frau gerichtet, die unter der Haustür erschienen war. Sie war etwa vierzig Jahre alt, das schwarze Haar in der Mitte gescheitelt und am Hinterkopf in einem dicken Knoten gebunden, das Gesicht war streng, ruhig und gut geschnitten. Sie blickte ein wenig scheu zu Nicolas, der inzwischen vom Wagen gesprungen war, sie knickste und bemächtigte sich des Gepäcks.
Nicolas wollte ihr helfen, aber Henry sagte: »Laß nur, Maria macht das schon. Komm herein! Es ist heiß geworden.«
Im Hineingehen sah Nicolas ein Mädchen, fast noch ein Kind, das um die Hausecke gehuscht kam und Cara wegführte.
Dann war er im Haus, es war angenehm kühl, aber er hatte wenig Zeit, sich umzusehen, Henry dirigierte ihn durch einen dunklen Gang bis zu einer Tür am Ende, öffnete die Tür, und sie kamen in einen verhältnismäßig großen Raum, auch hier war es dunkel, alle Läden dicht geschlossen.
»Nur einen kurzen Blick«, sagte Henry, ging zum Fenster, stieß einen Laden auf. »Da! Sieh hinaus! Verstehst du, warum ich nie mehr von hier fort will?«
Das Haus lag auf der Florenz abgewandten Seite, ein Hochtal, weit offen dem Blick, das Gelände schwang abwärts und stieg wieder an. Wiesen, Bäume, in der Ferne grenzten die Hügel an den blauen Himmel.
»Schön!« sagte Nicolas bereitwillig, obwohl ihm schwindlig war vor Kopfschmerzen.
»Schön«, wiederholte Henry befriedigt und schloß die Läden wieder sorglich. »Maria besteht darauf, daß tagsüber alles dicht geschlossen bleibt. Das tun alle Frauen hier, und sie haben recht, so bleibt es kühl im Haus, und es kommen keine Fliegen herein. Für uns ist das merkwürdig, man muß sich erst daran gewöhnen. Wir im Norden sind froh, wenn Sonne ins Haus kommt.«
»Ich war sehr oft an der französischen Riviera, dort macht man es genauso.«

»Siehst du. Nun komm, ich zeige dir dein Zimmer, und dann können wir essen.«
Nicolas hatte keinen Hunger, nur Durst. Er hatte den Wunsch, sich hinzulegen, in eines dieser dunklen Zimmer, die Augen zu schließen, und nichts mehr zu sehen und zu hören. Und noch mehr wünschte er sich, weit, weit weg zu sein.
Sein Zimmer war im ersten Stock, es war nicht groß, aber sauber und kühl, ein Bett, ein Schrank, ein kleiner Tisch und zwei Stühle. Sein Gepäck war schon da, Maria nicht zu sehen.
»Sie packt nachher aus«, meinte Henry, »jetzt muß sie sich erst um das Essen kümmern. Hier«, er ging über den Gang und öffnete eine Tür, »hier haben wir ein Badezimmer. Wir haben das modernste Haus in Fiesole. Ich glaube, unser Badezimmer hat der ganze Ort besichtigt. Maria ist sehr stolz darauf.«
»Sehr schön«, sagte Nicolas mechanisch.
»Wasch dir die Hände und komm herunter. Ein Glas Wein, das wird uns guttun.«
Das Essen war ausgezeichnet, der Wein, kühl und herb, schmeckte wunderbar, Nicolas trank viel davon, und er aß auch wider Erwarten mit gutem Appetit. Maria und das junge Mädchen, das zuvor das Pferd weggeführt hatte, bedienten bei Tisch. Sie sprachen beide kein Wort, wechselten die Teller, brachten die Gerichte, schenkten Wein ein, bewegten sich flink und lautlos, geräuschlos öffnete und schloß sich die Tür.
»Du wirst sehr gut hier bedient«, sagte Nicolas, als sie am Ende des Mahls vor einem Korb voll Weintrauben saßen. »Ein Haushalt, der wie am Schnürchen läuft.«
»Ich habe es gern so. Und für eine Frau ist es befriedigend, wenn sie einen Haushalt gut besorgen kann. Grazie, Piccolina.«
Das galt dem jungen Mädchen, das jedem eine Schale mit Wasser hingestellt hatte, in die Henry seine Trauben legte, um sie zu waschen.
Er lächelte das Mädchen an, sie lächelte scheu zurück. »Das ist Isabella«, sagte er zu Nicolas, der daraufhin Isabella freundlich zunickte. Sie hatte ein schmales bräunliches Gesicht, brünettes Haar und braune Augen. Sie knickste und verschwand aus dem Zimmer.
»Sie ist meine Tochter«, sagte Henry gelassen.
Nicolas schlief bis fünf Uhr. Das Wiedersehen mit seinem Vater, das Essen, der Wein, die vielen neuen Eindrücke, die Überraschungen, die der Tag gebracht hatte, waren wie eine Flut über ihn hereingebrochen, er konnte sich nicht erinnern, je so müde gewesen zu sein, selbst Henrys letzte und größte Überraschung hatte die lähmende Erschöpfung nicht vertreiben können. Nicolas war nach oben gegangen, hatte sich auf seinem Bett ausgestreckt und war sofort eingeschlafen. Sein letzter Gedanke: »Morgen reise ich wieder ab. Ich muß verrückt gewesen sein, hierher zu kommen.« Auch als er aufwachte, war er noch müde, und er brauchte einige Zeit, bis alle Gedanken in seinem Kopf geordnet waren.
Eine Tochter hatte er! Und Maria mit dem Madonnenscheitel war ja dann wohl die Mutter dazu. So also lebte er und hatte er gelebt, katholisch war er geworden, dieses Haus mochte Maria gehören oder wem auch immer, womit er ei-

gentlich Geld verdiente und ob er überhaupt welches verdiente, war vermutlich nicht aufzuklären, es ging ihm blendend, das sah man ihm an, und was er ganz bestimmt nicht brauchte, das war sein Sohn aus Deutschland. Den hatte er längst vergessen, der war gar nicht mehr vorhanden. Tot, begraben und vergessen wie Anna Nicolina.

Und Nicolas dachte wieder, nachdem er wach war: Warum bin ich bloß hierhergekommen? Als wenn ich nicht genug Unordnung und Verwirrung in meinem Leben hätte. Mir Rat holen von ihm? Wie konnte ich nur auf solch eine Wahnsinnsidee kommen. Wir haben uns nichts mehr zu sagen.

Er blieb regungslos ausgestreckt auf dem Bett liegen, starrte an die weißgetünchte Decke, es war immer noch dunkel im Zimmer, durch die Ritzen der Läden sickerte in dünnen Streifen ein wenig Licht.

Schließlich, er war noch immer oder schon wieder sehr durstig, stand er auf, goß sich aus der Karaffe, die auf dem Tisch stand, Wasser ein, es schmeckte abgestanden und lau, dann zündete er sich eine Zigarette an und legte sich wieder aufs Bett.

Von draußen drangen Geräusche in seine Stille, der Hund bellte, ein Mädchenlachen, Henrys Stimme, dann lachte auch er.

Seine Tochter! Isabella! Wer hätte je so etwas gedacht!

Meine Schwester gewissermaßen, dachte Nicolas. Setzt sich hier auf seine berühmten toscanischen Hügel, hält sich eine Frau im Haus und hat ein Kind mit ihr. Wieso eins? Vielleicht hat er noch mehr. Wie alt mag das Mädchen sein? Dreizehn, vierzehn Jahre. Man sagt ja, im Süden reifen die Mädchen schneller. Es ist nicht zu glauben. Ich wünschte, ich wäre nie gekommen, und ich wünschte, ich könnte fort von hier und müßte ihn nie wiedersehen. Mein Vater? Es gibt auf der ganzen Welt keinen Menschen, der mir fremder und ferner ist als er. Und auch keinen Menschen, dem *ich* gleichgültiger bin. Auf jeden Fall möchte ich verdammt nochmal in ein Hotel und nicht in diesem Haus bleiben.

Als er sich schließlich widerwillig dazu bequemte, sein Zimmer zu verlassen und hinunterzugehen, fand er seinen Vater auf der Terrasse sitzend, die sich vor jenem Zimmer befand, aus dem er mittags den kurzen Blick über das sonnenüberflutete Hochtal getan hatte. Jetzt war der Abend nahe, die Luft war mild, die sanften Hügel lagen im Licht der Abendsonne. Von irgendwoher klang Glokkengeläut.

»Wir blicken hier nach Osten«, waren die ersten Worte, die sein Vater sprach, »fast schon nach Nordosten. Wenn du den Sonnenuntergang über Florenz sehen willst, mußt du das Haus verlassen und dich auf die andere Seite des Ortes begeben. Aber es ist schon fast zu spät. Du hast lange geschlafen.«

»Ich war sehr müde. Ich werde den Sonnenuntergang über Florenz morgen bewundern.«

Wenn ich morgen abend noch da bin, setzte er in Gedanken hinzu, denn die Unlust war geblieben.

Sein Vater hatte es sich bequem gemacht, er trug eine Hose aus braunem Samt und eine ebensolche Weste über einem gelbseidenen Hemd, ein etwas unge-

wöhnlicher Aufzug, aber er stand ihm nicht schlecht. Vermutlich so eine Art Künstlerkostüm, dachte Nicolas spöttisch.
Zu Henrys Füßen lag der kleine gelbe Hund, er war aufgestanden, als Nicolas auf die Terrasse trat, hatte ihn flüchtig begrüßt, und sich dann wieder auf seinen Platz neben dem Korbsessel zurückgezogen. Unten im Garten, der vor der Terrasse lag, erblickte Nicolas Maria, wie sie Unkraut zupfte und mit einer Gießkanne hantierte. Blumen gab es in diesem Garten, aber auch Gemüse und Kräuter. Das Mädchen Isabella saß auf der halbhohen Mauer, die den Garten abschloß, und blickte von dort aus ebenfalls auf die Hügel hinaus.
Zweifellos – ein Idyll. So lebten sie also hier, diese drei, denn mehr als drei schienen es nicht zu sein, wenn Henry nicht noch eine weitere Überraschung parat hatte.
Zählte man Beppo hinzu, waren es vier. Und Cara nicht zu vergessen.
Nicolas entdeckte sie, ein Stück unterhalb des Hauses auf einer kleinen eingezäunten Wiese, wo sie friedlich graste. Ohne Zweifel, ein geruhsames Leben, erwärmt von der Sonne des Südens, und wenn man Haus, Garten, Küche und Keller betrachtete, schien es ihnen durchaus gut zu gehen.
Henry zündete sich eine Zigarette an, vor ihm stand ein Glas mit einer dunkelbraunen Flüssigkeit. Nicolas stand am Geländer der Terrasse, an dem sich blaue, betäubend duftende Blüten emporrankten.
»Wirklich schön, dieser Blick«, sagte er höflich.
»Ich habe das Haus deswegen gekauft«, erzählte Henry. »Es war seinerzeit ein schwerer Entschluß. Ich hätte auf der anderen Seite, kurz ehe man nach Fiesole hineinkommt, auch ein sehr schönes Haus haben können, schöner und größer als dieses, herrschaftlich gewissermaßen. Eine Villa, verstehst du. Aber ich fand dieses Haus anheimelnder, es hat eine ländliche Note. Und dann war es dieser Blick gegen Osten, der mich bezauberte. Du siehst nie den Dunst über der Stadt, du siehst nur die Klarheit eines meist blauen Himmels, es ist kühler, Wald und Wiesen sind hier unberührt, weithin steht kein Haus mehr, hier wird nichts gebaut. Links von uns, wo wir heute mittag über die Piazza fuhren, gibt es ein altes römisches Theater, du wirst es dir morgen ansehen. Auch unsere Kirche ist sehr schön, zwölftes Jahrhundert. Ein berühmter Maler hat hier einst gewirkt, nicht so ein Stümper, wie ich es bin. Fra Angelico, er war Dominikaner, und in der Kirche von San Domenico kannst du eine Madonna von ihm sehen. Wirklich sehr schön.« Henry legte den Kopf in den Nacken, blickte zum Himmel auf, der eine rauchblaue Farbe angenommen hatte und sich rasch verdunkelte.
»Ich habe es auch versucht, eine Madonna zu malen. Ich kann es nicht.«
»Es paßt wohl nicht mehr in unsere Zeit.«
»Du magst recht haben, es paßt wirklich nicht mehr zu uns armseligen Maschinenmenschen.«
»War sie dein Modell?« Nicolas wies mit einer Kopfbewegung auf Maria, unten im Garten, und wandte sich dann um, kehrte der Aussicht den Rücken und sah seinem Vater ins Gesicht. »Ja. Sie war ein sehr schönes Mädchen.«
»Du kennst sie schon lange?«

»Seit fast zwanzig Jahren.« Henry lachte vor sich hin. »Ich bin ein sehr treuer Mann. Und ich habe nie Gefallen daran gefunden, immer wieder eine neue Frau zu erobern. Aber wenn ich eine sehe, die zu mir gehört, erkenne ich es sofort. Als ich deine Mutter sah, war der erste Blick bereits von Liebe begleitet. Wäre sie bei mir geblieben, hätte ich in meinem ganzen Leben keine andere Frau mehr angesehen. Maria war neunzehn Jahre, als ich sie das erstemal sah, sie verkaufte Blumen am Ponte Vecchio und sah wirklich aus wie eine kleine Madonna. Ich wohnte damals unten in der Stadt, in einem kleinen Hotel. Ihre Familie verstieß sie und verfluchte mich, als sie zu mir zog. Ihre Liebe war bedingungslos und total. Du mußt bedenken, was es für sie bedeutete, ihr ganzes Leben, das sie bisher geführt hatte, meinetwegen aufzugeben. Die Italiener sind Familienmenschen, ohne Familie kommen sie sich ganz und gar verloren vor. Ich war Mitte vierzig, mehr als doppelt so alt wie sie. Und schließlich konnte sie ja nicht wissen, ob ich nicht nur ein Abenteuer suchte und sie dann sitzen lassen würde.«
»Ja, du hast recht, sie hat viel gewagt für dich.«
»Für mich. Und aus Liebe. Viele Menschen können so eine Art von Liebe gar nicht begreifen. Weil sie dazu nicht fähig sind und weil sie ihnen nie begegnet ist. Ich verstand, was mir geboten wurde: nicht nur ein Herz, nicht nur ein Körper, sondern ein ganzes Leben, ohne Einschränkung, ohne Rückversicherung. Ausländer war ich obendrein, der ihre Sprache nur unvollständig sprach. Und was das schlimmste war, ich war Protestant.«
»Und wo nahm sie das große Vertrauen her, zu glauben, daß du sie nicht enttäuschen würdest?«
»Das kann ich dir nicht sagen. Vielleicht aus dem Instinkt. Vielleicht eben aus dem unerklärlichen Vorgang, den man Liebe nennt. Wir zogen dann hinaus nach Candeli, das ist drüben am anderen Ufer des Arno, ein kleiner Ort, die Häuser liegen verborgen hinter Mauern in großen Gärten. Ich hatte da ein kleines Haus gemietet, und wir lebten sehr zurückgezogen. Als ich daran dachte, ein Haus zu kaufen, zogen wir hier herauf. Ich liebe diesen Ort, er ist so anmutig, so heiter.«
»Und deine Tochter? Wo kam sie zur Welt?«
»Noch in Candeli. Als sie drei Jahre alt war, kamen wir nach Fiesole. Es ist ihre Heimat. Sie ist jetzt dreizehn.«
Sein Blick ruhte liebevoll auf dem Mädchen, das auf der Mauer saß. »Gefällt sie dir?«
»Sie ist ein hübsches Kind.«
»Ja, und ein liebes dazu. Und klug. In der Schule ist sie die beste. Ihretwegen bin ich konvertiert. Natürlich auch Maria zuliebe, damit sie in Frieden mit ihrer Kirche leben kann. Und darum werde ich Maria auch heiraten. Ich sage dir das, damit du Bescheid weißt.«
»Du kannst tun, was du willst«, sagte Nicolas hochmütig, »du bist mir keine Rechenschaft schuldig.«
»Nun, da du jetzt hier bist, halte ich es für gut, dir dies alles mitzuteilen. Isabella ist deine Halbschwester, sie wird den Namen Wardenburg tragen.«
»Schade, daß sie kein Junge ist. Dann würde der Name Wardenburg wenigstens nicht aussterben.«

»Du hast keine Kinder?«
»Nein, leider nicht.« Von seinem Sohn in Berlin sagte er nichts, es wäre ihm albern vorgekommen, hier mit seinem Vater auf der Terrasse zu sitzen und Geständnisse über beidseitige uneheliche Kinder auszutauschen.
»Willst du auch ein Gläschen?«
»Was ist das?«
»Heißt Fernet-Branca und ist eine Art Magenbitter. Sehr bekömmlich vor dem Essen.«
Nicolas setzte sich in den zweiten Korbsessel, nahm das Glas entgegen, roch daran und nahm einen kleinen Schluck. »Schmeckt wie Rattengift.«
»Man gewöhnt sich daran.«
Das Mädchen war von der Mauer verschwunden, kam nach einer Weile von innen aus dem Haus und brachte ein Schälchen mit Oliven, das sie schweigend auf den Tisch stellte.
»Gesalzene Oliven«, sagte Henry und steckte eine in den Mund. »Von Marias eigenen Olivenbäumen.«
»Hat sie eigene Bäume?«
»Es war der größte Traum ihres Lebens. Sie wünschte sich keine Kleider und keinen Schmuck, sie ist anspruchslos wie eine Heilige. Aber sie wünschte sich Olivenbäume. Also schenkte ich ihr ein Stück Land, besser gesagt, einen Hang, gleich hier hinter dem Ort, und dort hat sie ihre Bäume. Es machte sie überglücklich.«
»Es ist schön, wenn man einen Menschen glücklich machen kann«, sagte Nicolas, leicht gelangweilt. Viel mehr hätte ihn die Frage interessiert, wo er eigentlich das Geld her gehabt hatte, um ein Haus und Olivenbäume zu kaufen.
»Sie sagt, ich tue es ununterbrochen, seit ich bei ihr bin. Mein Vorhandensein macht sie glücklich, so sagt sie jedenfalls. Ich habe ihr eine Tochter gegeben und Olivenbäume. Am allerglücklichsten habe ich sie damit gemacht, daß ich zu ihrer Kirche übergetreten bin.«
»Heute vormittag hat mich diese Tatsache sehr befremdet, ich gebe es zu. Inzwischen verstehe ich dich besser.«
»Nicht wahr? Ich glaube, es ist immer notwendig, Umstände und Verhältnisse zu kennen, in denen ein Mensch lebt, und von dem zu wissen, was sein Herz erfüllt, wenn man ihn und sein Handeln verstehen will.«
»Und um Marias Glück vollständig zu machen, wirst du sie also heiraten.«
»Ja. Es ergibt sich so, weißt du. Es ist so gewachsen im Laufe der Zeit, wie die Olivenbäume und wie das Kind. Sie stammt aus ärmlichen Verhältnissen und war ein kleines Blumenmädchen am Ponte Vecchio, sie ist im landläufigen Sinn ganz ungebildet. Aber ich habe es nie so empfunden. Sie hat eine natürliche Würde. Kein anderer Mann außer mir hat sie je berührt. Ich bin der Freiherr von Wardenburg, ein bescheidener preußischer Adel von Friedrichs Gnaden. Für die Balten war ich ein Nichts und ein Niemand. Für Maria bedeutet das eine so wenig wie das andere, sie kennt unser Leben nicht. Ich bin der Sinn und Inhalt ihres Lebens, so wie ich bin. Basta! Sie hat nie von mir verlangt, daß ich sie heirate, hat nie die kleinste Anspielung gemacht. Ich glaube, sie erwartet es nicht.«

»Willst du damit sagen, sie weiß von deinem Vorhaben nichts?«
»Nein, sie weiß nichts.«
»Und wann hast du dich dazu entschlossen?«
»Heute.«
Wieder einmal hatte Nicolas Anlaß, sich zu wundern.
»Du bist doch immer wieder für eine Überraschung gut«, sagte er. »Du willst doch damit nicht sagen, es hätte etwas mit mir zu tun?«
»Doch. Ich habe natürlich schon manchmal daran gedacht. Schon wegen Isabella. Damit sie sich einmal gut verheiraten kann. Aber jetzt, nachdem ich es dir mitteilen konnte, ist für mich alles ganz einfach.« Henry lachte, er sah zufrieden und heiter aus, wirkte plötzlich jung. »Jedenfalls kommt es mir jetzt ganz klar und selbstverständlich vor. Ich habe in mir den Wunsch nach Harmonie, wenn du verstehst, was ich damit sagen will. In meinem Leben gab es sehr viele Disharmonien. Auch während meiner Ehe mit Anna Nicolina, so sehr ich sie liebte. Aber ihre Familie akzeptierte mich nie so richtig, das spürte ich, sie spürte es auch, und da fehlte dann eben die Harmonie. Aber jetzt, da ich alt werde, hat diese Harmonie sich eingestellt, die Landschaft hier strömt sie aus, mein Leben ist erfüllt davon, und nun, da du hier bist, kann ich den letzten Rest der Disharmonie beseitigen, das war mein Verhältnis zu dir. Kann sein, du findest mich lächerlich, aber das stört mich nicht. Ich kann dir sagen, was du noch nicht weißt. Darum habe ich mich gefreut, als du schriebst, daß du mich besuchen willst,«
»Ich wäre längst einmal gekommen, wenn ich gewußt hätte, daß du es wünschst.«
»Ich weiß nicht, ob ich es wünschte. Das heißt, jetzt weiß ich, daß ich es gewünscht habe, immer schon, im Unterbewußtsein, ohne daß ich mir dessen bewußt war, verstehst du. Ich habe viel Unrecht an dir getan. Ich habe dich im Stich gelassen. Aber ich war so verzweifelt, damals, als sie tot war, mein Leben hatte keinen Sinn mehr, ich wünschte mir, auch zu sterben. Ich wollte mir das Leben nehmen. Dazu konnte ich dich nicht brauchen, und es war sinnlos, dich an mich zu binden. Außerdem war ich der Meinung, daß ich sowieso nicht viel taugte, weder als Mensch noch als Maler. Als ich nach Florenz kam, wo ich sie kennengelernt hatte, sah ich das als Endstation meines Lebens an. Doch dann kam Maria, und mit ihr begann ein neues Leben. Eine andere Art von Leben. Aber, sage selbst, wie hätte ich dir das klarmachen sollen. Ich habe viel an dich gedacht. Aber ich konnte dir das nicht schreiben, du hättest es nicht verstanden; du hättest es auch nicht verstanden, wenn ich gekommen wäre und dir alles erzählt hätte.«
»Dann bin ich eigentlich sehr froh, daß ich jetzt gekommen bin«, sagte Nicolas herzlich. »Spät, was ich bedauere.«
»Nicht *zu* spät. Vielleicht war die Zeit wichtig, die wir beide uns gegeben haben.«
Mit einemmal war die Stimmung eine andere, die Mißstimmung war von Nicolas abgefallen, er fühlte sich jetzt frei und heiter, die Abendstunde war auf einmal wirklich voll Harmonie. Die Hügel waren ins Dunkel getaucht, am Himmel leuchteten die ersten Sterne auf.

Eine Weile später bat Maria sie zum Abendessen.
Der Tisch war wieder nur für zwei gedeckt.
»Warum essen sie nicht mit uns?« fragte Nicolas.
»Laß sie. Es würde sie unnötig befangen machen. Auch könnt ihr sowieso nicht miteinander sprechen. Sie hat es lieber so, und sie hat immer das richtige Gefühl für die Situation.«
Es gab eine Terrine voll köstlicher Minestrone, dann Käse und zum Abschluß wieder einen Korb voll Früchte. Dazu tranken sie von dem herben kühlen Wein.
Später am Abend sagte Henry: »Es ist schade, daß du keine Kinder hast. So wird Wardenburg nicht in der Familie bleiben.«
»Auch wenn ich Kinder hätte, würde ich Wardenburg nicht halten können. Das Gut ist hoch verschuldet.«
»Warum?«
»Ich bin kein guter Rechner. Und ich habe wohl immer etwas zu großzügig gelebt.«
»Mein Vater war ein sehr sparsamer Mann. In meiner Jugend ging es knapp zu. Er hat sehr überlegt gewirtschaftet, und das muß man wohl auch bei einem Gut dieser Größe. Aber mein Vater liebte Wardenburg, es war sein ein und alles, und daß er mich von dort vertrieb, war die größte Strafe, die er sich denken konnte.«
»Er muß ein sehr harter Mann gewesen sein, wenn er dich so schwer bestrafte, nur weil du malen wolltest.«
»Das war es nicht allein.«
Nicolas wartete, ob sein Vater noch etwas hinzufügen würde, aber Henry begann nach einer Weile wieder von Wardenburg zu sprechen.
»Das Gut war ein Geschenk Friedrich des Großen. Nach der siegreichen Beendigung des Siebenjährigen Krieges belohnte er seine verdienten Offiziere mit Grund und Boden. Sie hatten schwere und entbehrungsreiche Jahre hinter sich, die Schlesischen Kriege forderten letzte Opfer von den Männern, Friedrich forderte sie, aber er war auch bereit, sie selbst zu bringen. Als er schließlich der Sieger war, woran er wohl selbst nicht mehr geglaubt hatte, ging er daran, Preußen zu reformieren, eine tüchtige Verwaltung zu festigen und vor allem wirtschaftliche Grundlagen für ein wenig mehr Wohlstand zu legen. Die Männer, die mit ihm und für ihn gekämpft hatten, oder besser gesagt, für Preußen, sollten nicht leer ausgehen, sie sollten Grundbesitzer sein, sie sollten Familien gründen und das Rückgrat des Staates sein. Sie bekamen Güter in der Mark und im eroberten Schlesien. Keine großen Güter, es war jeweils nicht sehr viel Land dabei, die Gutshäuser mußten sie sich selbst bauen, und Friedrich erwartete, daß es einfache Häuser waren, kein Prunk und kein Pomp, das paßte nicht zu Preußen. Und genauso erwartete der König, daß sie sparsam lebten, fleißig arbeiteten und viele Kinder bekamen. Der erste Wardenburg muß ein sehr tapferer Offizier gewesen sein, es heißt, der König habe ihn geschätzt und sei auf seinen regelmäßig unternommenen Inspektionsreisen zweimal nach Wardenburg gekommen und habe alles zu seiner Zufriedenheit vorgefunden. Der Wardenburg war nicht mehr der Jüngste, aber er heiratete sofort nach Friedensschluß und bekam sieben Kinder. Später kaufte er Land

dazu, und sein Sohn nochmals. Der vergrößerte dann auch das Gutshaus, machte es ein wenig komfortabler.«

»Es ist ein schönes Haus, es hat mir von Anfang an gefallen«, sagte Nicolas. »Und Alice hat es auch innen sehr verschönt, sie hat viel Geschmack und hat fast alle Räume neu eingerichtet.«

»Das hätte mein Vater sich nie geleistet. Ich kann mich nicht erinnern, während meiner ganzen Kindheit nicht, daß auch nur ein Stück neu angeschafft worden wäre. Mein Vater war der einzige, der schließlich übrigblieb, seine beiden älteren Brüder fielen in den Freiheitskriegen. So kam Wardenburg an ihn, und er hat dort wirklich hart gearbeitet. Schade wäre es, wenn du das Gut nicht halten könntest.« Nicolas empfand geradezu ein schlechtes Gewissen. »Ich hätte nie gedacht, daß du dir aus Wardenburg etwas machst«, sagte er bedrückt.

»Nein? Nun, du weißt wohl vieles nicht von mir. Es gab zwei große Schicksalsschläge in meinem Leben: als mein Vater mich von Wardenburg vertrieb, als Anna Nicolina starb. Alles andere war, verglichen damit, leicht zu ertragen.«

»Warum bist du in all den Jahren nicht nach Wardenburg gekommen? Wir haben dich oft genug eingeladen.«

»Mein Vater hat mir verboten, Haus und Grund je wieder zu betreten. Ich hielt mich daran. Weil ich es verdient hatte.« Nicolas wußte nicht recht, was er dazu sagen sollte. Sie saßen nach dem Abendessen wieder auf der Terrasse, es war dunkel, er konnte Henrys Gesicht nicht sehen.

»In den Augen meines Vaters war ich nicht nur ein Schwächling und ein Feigling, sondern auch ein Versager und schließlich ein Betrüger.«

»War das nicht reichlich hart geurteilt?«

»Es war zutreffend geurteilt. Mein Vater hatte recht.« Henry goß noch einmal Wein in ihre Gläser, zündete sich dann eine Zigarette an.

»Ich werde dir erzählen, warum mein Vater recht hatte. Niemand weiß, was damals geschehen ist, Anna Nicolina habe ich es nie gesagt, und ich glaube, daß auch mein Vater zu keinem darüber gesprochen hat. Ich könnte also sterben, ohne daß einer erfährt, daß ich ein Lump war. Dir will ich es gestehen. Mein Vater warf mich nicht hinaus, weil ich ein schlechter Offizier war und weil ich malen wollte, obwohl beides für ihn unverständlich war und ihn ärgerte. Er warf mich hinaus, weil ich einen Wechsel gefälscht hatte. Ich hatte einem Betrag eine Null angefügt, was die fragliche Summe erheblich vergrößerte.«

Nicolas wagte kein Wort zu sagen, er rührte sich nicht. Was er zu hören bekam, war ungeheuerlich. An so etwas hatte er nie gedacht.

»Um mit dem zu beginnen, was zu meiner Entschuldigung dienen könnte: ich war ein sehr unglückliches Kind. Meine Mutter hatte ich früh verloren, und mein Vater brachte weder Geduld noch Verständnis für mich auf, als ich klein war. Immerhin – mein Leben war erträglich, solange ich zu Hause war, das Leben auf Wardenburg war meine gewohnte Welt, in der ich mich wohlfühlte, ich hatte Tiere um mich, die ich liebte, das Gesinde war freundlich zu mir, ich hatte eine nicht sehr kluge, aber gutmütige Erzieherin. Aber von dem Tag an, als ich in das Kadettenkorps eintrat, war ich ein verzweifeltes Kind. Die Härte und die Gefühlslosigkeit, mit der man dort behandelt und erzogen wurde, verstörte mich zutiefst. Ich fand nie Anschluß an die anderen Jungen, geschweige denn einen Freund, ich war immer ein Außenseiter, dem man übel mitspielte, sobald sich eine Gelegenheit dazu ergab. Und sehr bald wußte ich, daß mir nichts auf der Welt so verhaßt war, als Offizier zu werden. Es war einfach nicht mein Leben, würde es nie sein, das erkannte ich relativ früh. Als ich mir ein Herz faßte und zu meinem Vater davon sprach, hörte er mir nicht einmal zu, er war nicht bereit, das geringste Quentchen Verständnis aufzubringen.« Jetzt war die Ruhe aus Henrys Stimme gewichen, ihr Ton war höher geworden, Erregung klang durch.

»Ich war ein schlechter Schüler, das kam durch meine innerliche Verweigerung, ich hatte eine miserable Beurteilung fast auf allen Gebieten, und das erboste meinen Vater erst recht. Wenn er gesagt hätte, schön, lassen wir es, komm aufs Gut, lerne bei mir die Landwirtschaft, du kannst später dann einige Jahre auf anderen Gütern arbeiten, ich hatte zum Beispiel eine glückliche Hand mit Pferden, es wäre möglich gewesen, daß ich erfolgreich auf einem Gestüt gearbeitet hätte, das habe ich mir später manchmal gedacht. Reiten war so ziemlich das einzige, was ich gut beherrschte während meiner Kadettenzeit. Aber nichts lag meinem Vater ferner, als auf mich einzugehen. Also versteifte ich mich auf die Idee, ich sei ein Künstler. Ein mißverstandenes, ein unverstandenes Genie. Als ich dann als junger Leutnant in Berlin war, begann ich zu spielen. Es wurde viel gespielt in Offizierskreisen, meist hoch und leichtsinnig. Ich übertraf sie alle. Ich war der leidenschaftlichste Spieler, den es gab, und ich trieb es bis zur Selbstvernichtung.«

»Das habe ich nie gewußt«, sagte Nicolas leise. Er war erschüttert.

»Nein, woher auch? Hast du mal etwas von Sigmund Freud gehört?«

»Nein.«

»Es ist ein Nervenarzt aus Wien, der sich mit etwas beschäftigt, was man Psychoanalyse nennt. Ich habe viel von dem gelesen, was er geschrieben hat. Mir ist dabei klar geworden, daß ein Mensch, wie ich es damals war, sehr leicht in die Lage kommen kann, gegen sich selbst zu wüten, sich selbst zu zerstören, daß er sich selbst, aber auch die Umwelt, in dem Fall meinen Vater, dafür bestrafen will, weil er nicht geliebt wurde, weil ihm ein Leben aufgezwungen wurde, das er haßt. Man tut es unabsichtlich, unbewußt. Das Unterbewußtsein nennt es Freud, und ich glaube, er hat recht. Ich habe viel darüber nachgedacht und konnte später verstehen, warum ich tat, was ich getan habe. Du kannst sagen, es ist eine faule Entschuldigung. Nun gut, aber ich bin bereit, sie für mich gelten zu lassen. Ich hatte schließlich soviel Schulden, daß keine Aussicht bestand, sie je zu bezahlen. Du weißt, Spielschulden sind Ehrenschulden, ich konnte mir eine Kugel durch den Kopf schießen, ich tat es nicht, ich fälschte einen Wechsel. Das war der Grund, warum man mich aus der Armee ausstieß und warum mein Vater mir verbot, ihm je wieder unter die Augen zu kommen.« Es war schwer, darauf etwas zu sagen.

»Schrecklich, schrecklich!« murmelte Nicolas.

»Gewiß«, sagte Henry, seine Stimme klang wieder ruhig und unbewegt. »Aber es war eine Entscheidung, die ich selbst herbeigeführt hatte, und zwar auf diese üble Weise, weil ich zu feige gewesen war, mein Schicksal auf geradem Weg zu ändern. Aber nun war ich frei. Die Freiheit bedeutete große Not, Elend, eine absolut aussichtslose Lage, das war mir klar. Aber es war eben doch Freiheit. Und vor der Not und dem Elend bewahrte mich deine Mutter. Sie wußte nie, daß ich ein Spieler war, ein Defraudant, ein Lügner und Betrüger, keiner in Kerst ahnte es, sonst hätte sie mich nie heiraten dürfen. Aber ich hatte zum Lohn für alle Missetaten eine wunderbare Frau bekommen und ein Leben in Wohlstand und Luxus, es war mir klar, daß ich es nicht verdiente, und als sie krank wurde, war mir sofort klar, daß sie meinetwegen sterben mußte, damit ich zu meiner Strafe kam.«

»Mein Gott, Vater!«

»Vielleicht kannst du nun ein wenig meine Gefühle verstehen, damals, nach ihrem Tod. Warum ich wie gehetzt aus Kerst floh, warum ich auch dich nicht mehr um mich haben wollte. Ich wollte nichts haben als meine Strafe. Nichts als meine Verzweiflung. Auch dafür wüßte Sigmund Freud eine Erklärung.«

»Und warum wolltest du, daß ich in Preußen diente?«

»Weil du ein Wardenburg warst. Es war das einzige, was ich meinem Vater anbieten konnte. Ich hatte ihm meine Heirat, später deine Geburt mitgeteilt und nie eine Antwort erhalten. Und das letzte, was er von mir hörte, war die Tatsache, daß du in die preußische Armee eingetreten warst. Und darauf hat er letzten Endes ja reagiert, indem er dich zu seinem Erben machte. Und darum bedauere ich es tief, wenn du Wardenburg wirklich nicht halten könntest. Willst du es nicht versuchen?«

»Ja, Vater. Ich will es versuchen. Ich verspreche es dir.« Nicolas sagte es sehr ernst, geradezu feierlich. Ihm war beklommen zumute. Die Tragik, die das Leben seines Vaters verdunkelt hatte, erschütterte ihn. Er war hierher gekommen, um über seine Sorgen zu sprechen. Und er hörte die Beichte seines Vaters.

Von irgendwoher klangen durch die Nacht Mandolinenklänge, eine Frauenstimme sang dazu, die Blüten am Geländer dufteten, es war eine ganz unwirkliche, ganz unglaubwürdige Stimmung in dieser ersten Nacht, die Nicolas in der Toscana verbrachte. Er hatte sehr viel Wein getrunken, und er trank weiter, er war nicht müde, er war hellwach, und er dachte: ich werde Wardenburg halten. Zusammen mit Alice wird es mir gelingen. Und ich werde meinen Sohn nach Wardenburg bringen, es muß ein Weg gefunden werden. Ich weiß noch nicht wie, aber ich werde einen Weg finden.

»Es war schließlich Maria, die mich heilte. Heilte von mir selbst«, sagte sein Vater nach einer langen Weile des Schweigens. »Ihre Liebe, ihre Hingabe und ihr Glaube an mich, das Leben mit ihr, so unkompliziert und einfach, wie ich es nie gekannt hatte, das machte am Ende wohl doch einen anderen Menschen aus mir. Obwohl, ein Mensch ändert sich nie. Aber es brachte Ruhe in mein Leben. Ich konnte mich bescheiden. Damals nach Anna Nicolinas Tod hatte ich einige furchtbare Jahre verbracht. Ich ging zuerst nach Paris, ich hauste wie ein Wahnsinniger mit dem Geld, das ich geerbt hatte, ich wollte es nicht, das Kerster Geld, ich trank, und ich spielte auch wieder, ich war schließlich in Monte Carlo und spielte jede Nacht, und jetzt, du wirst es nicht glauben, jetzt gewann ich.

Ich gewann ungeheure Summen, verspielte sie wieder, gewann aufs neue, ich trug immer eine Pistole bei mir und war entschlossen, mich zu erschießen. Hauptsächlich zu diesem Zweck kam ich schließlich nach Florenz. Ich benahm mich wie ein Narr, wie ein unreifer Knabe, nicht wie ein Mann von Mitte vierzig. Aber schon gleich, als ich nach Florenz gekommen war, wurde es anders. Ich sah Anna Nicolina überall, es war, als ob sie mir zusähe, und ich schämte mich vor ihr. Da fing ich plötzlich wieder an zu malen. Ja, und dann kam Maria.«

Es war spät in der Nacht, als sie schlafen gingen. Und Nicolas dachte, als er im Bett lag, daß dieser Tag sein Leben verändert hatte. Und nicht nur sein Leben, auch er hatte sich verändert. Es war einer der Tage im Leben eines Menschen, die länger sind als Jahre. Tage, an denen eine Wand durchsichtig wird, vor der man bisher wie ein Blinder stand.

Am nächsten Tag blieben sie in Fiesole, spazierten durch den Ort, Henry zeigte seinem Sohn den Dom und das römische Theater, und anschließend gingen sie von dort aus abwärts durch das Tal, das Nicolas schon vom Fenster aus gesehen hatte. Sie hielten sich nach links. Dort auf halber Höhe, wo die Hügel wieder anstiegen, lag ein kleines Haus, ein weißes ebenerdiges Gebäude, dessen Tür Henry aufschloß, als sie angelangt waren.

»Dies ist mein Atelier«, sagte er.

Nicolas hatte sich schon gefragt, ob er wohl noch male, und wenn ja, wo. In seinem Haus befanden sich zwar viele Bilder, aber kein Raum, in dem er zu arbeiten schien. Die Bilder übrigens gefielen Nicolas, es waren nicht mehr diese verzerrten, ihm unverständlichen Gebilde, die sein Vater früher gemalt hatte. Dies also nun war das Atelier. Die Übereinstimmung mit seinen Kindheitserinnerungen verblüffte Nicolas. Auch damals gab es ja diesen Pavillon am Waldrand, in dem er malte, ganz für sich allein, entfernt von der Familie und dem täglichen Leben der anderen.

Das Häuschen hatte zwei Räume, in dem kleineren befanden sich viele Bücher, ein Tisch, ein paar Sessel, ein Sofa zum Ausruhen, und in dem größeren Raum, der nach Norden ging und der ein großes, über die ganze Hausbreite reichendes Fenster besaß, war die Werkstatt mit allem, was ein Maler benötigte, Staffelei, Lappen, Flaschen, Farben, Tuben, eben allen Malutensilien, und über allem der typische Geruch, der Nicolas gleich vertraut vorkam. Und Bilder waren hier, Skizzen, Zeichnungen, Aquarelle, Ölbilder, angefangene und halbvollendete, fertige.

»Hier verbringe ich zumeist meine Tage«, sagte Henry. »Sofern ich nicht irgendwo im Freien sitze und male.«

»Bäume«, sagte Nicolas erstaunt, nachdem er sich eine Weile umgesehen hatte. »Nichts als Bäume.«

»Zypressen. Zur Zeit arbeite ich nur an Zypressen. Ein schwermütiger, ausdrucksvoller Baum. Es gibt einige herrliche Exemplare hier in der Gegend, exorbitant gewachsen.«

Zypressen – einzeln, in Gruppen, am Hang, gegen einen blauen Himmel, vor einem düsteren Himmel, im Morgenlicht, im Abendlicht, in der Sonne, im Schatten, vor einer Hauswand, einsam in die Landschaft ragend, große und kleine Zypressen, in jeder nur denkbaren Weise gemalt oder gezeichnet, genau ausgeführt, nur vage angedeutet, auf manchen Skizzen nur einzelne Blätter, ein Blatt – es war unwahrscheinlich, wieviele Möglichkeiten es gab, Zypressen darzustellen.

»Vielleicht findest du das verrückt«, meinte Henry und blickte mit Befriedigung seine Zypressen an, »aber ich habe in diesem Jahr nur Zypressen gemalt. Man lernt viel dabei. Eines Tages werde ich das Geheimnis dieses Baumes entschleiert haben und werde ihn so malen können, wie er ist. Nicht nur, wie er von außen sich ansieht, sondern das, was er ausdrückt. Was er mir sagt. Vermutlich wird es keinen interessieren, nur mich. Aber das macht nichts. Ich male sowieso nur für mich.«

»Da du gerade davon sprichst«, sagte Nicolas zögernd, »erlaube mir eine Frage. Und entschuldige bitte, daß ich sie stelle.«

»Nur zu, du kannst mich fragen, was du willst.«

»Verkaufst du deine Bilder gelegentlich?«

»Nein, nie«, antwortete Henry heiter. »Wem sollte ich sie wohl verkaufen? Es gibt so viele Künstler, die gute Bilder machen. Wer sollte die meinen kaufen? Noch dazu in einer Stadt wie Florenz, in der man den Blick für Kunst schulen kann. Ich würde mich nur lächerlich machen, wenn ich versuchen wollte, diese Bilder einem Kunsthändler oder einer Galerie anzubieten.«

»Ich glaube, du bist zu bescheiden. Mir gefallen deine Bilder gut. Offen gestanden, ich bin kein Kenner, nur ein naiver Betrachter. Aber einige der Bilder, die drüben in deinem Haus hängen, finde ich ausgezeichnet. Zum Beispiel dieses eine, auf dem du den Blick vom Fenster aus in dieses Tal festgehalten hast. Ich habe es mir heute früh lange betrachtet. Es sind wundervolle Farben. Und wie die Hügel an den Himmel heranwachsen, genauso ist es in Wirklichkeit. Ich drücke mich sicher ungeschickt aus, aber ich finde dieses Bild sehr gut gelungen.«

»Vielen Dank, mein Sohn. Deine Worte erfreuen mein Herz. Wenn du gestattest, möchte ich dir das Bild, von dem du gerade sprichst, zum Geschenk machen. Nimm es mit nach Wardenburg, als kleinen Gruß für meine unbekannte Schwiegertochter. Damit sie sieht, wie es hier aussieht, wo ich lebe.«

»Kann ich das annehmen?«

»Das kannst du. Es ist gewiß kein großes Wertobjekt.«

»Für mich durchaus. Außerdem kann man nie wissen, vielleicht wirst du eines Tages berühmt. Es gibt Fälle genug, daß ein Künstler erst sehr spät Anerkennung gefunden hat.«

»Ja, zumeist nach seinem Tod, diese Fälle gibt es, da hast du recht. Aber diesen Träumen gebe ich mich nicht mehr hin, auf mein Wort. Ich male wirklich nur zu meiner eigenen Lust und Befriedigung. Und wenn ich manchmal das Gefühl habe, ich hätte etwas dazu gelernt, es ist mir eine Arbeit gelungen, dann macht mich das so glücklich, daß es gar keiner Bestätigung von außen bedarf.«

»Nun, ich frage mich nur –« Nicolas stockte.

»Ich weiß, was du fragen willst. Du möchtest wissen, wovon wir eigentlich leben.«

»Du hast ein Haus gekauft. Du hast eine Familie, die du ernährst; wie ich sehe, geht es euch gut, auch Pferd und Hund machen zufriedene Gesichter – du wirst verstehen, daß ich mich wundere und mich frage, wie du das bewerkstelligst.«

»Die Antwort ist ganz einfach: die Marchesa.«

»Die Marchesa?«

»Ich verdanke meinen relativen Wohlstand der Marchesa Vasari, der ich damals die Enkeltochter wegnahm, was sie mir ja eigentlich nie verziehen hat. Die geborene Vasari muß man natürlich präzise sagen, aber hier in Florenz nannte sie jeder nur bei ihrem Mädchennamen. Ich erzählte dir bereits, wie ich sie wiedertraf, daß ich sie gelegentlich in Montecatini besuchte und daß wir uns ganz gut verstanden. Sie ist auch die einzige, die mir einige Bilder abkaufte, und ich glaube, sie tat es aus wohltätigen Gründen. Denn wie du ganz richtig vermutest, gab es eine Zeit, in der wir sehr bescheiden leben mußten, Maria, Isabella und ich. Ich habe dir auch erzählt, daß ich in Monte Carlo gewonnen habe, ich spielte später noch gelegentlich, aber nur noch mit schlechtem Gewissen und mit wenig Erfolg. Die große Glückssträhne meiner finstersten Zeit kehrte nicht zurück. Das Problem, wie ich meine Familie ernähren sollte, machte mir einige Jahre lang großes Kopfzerbrechen. Vorübergehend arbeitete ich bei einem Galeristen. Eine Zeitlang, ich gestehe es ohne Scham, fuhr ich eine Droschke, mit denen ich Fremde in Florenz herumführte und ihnen die Stadt zeigte, ich sprach deutsch, ich sprach französisch, auch ein wenig englisch, das war ganz nützlich.«

»Das finde ich aber sehr beachtlich.«

»Wie man's nimmt. Ein besonders lebenstüchtiger Mann bin ich nie gewesen, und ich hatte wenig Hoffnung, es je zu werden.« Eine Eigenschaft, die du mir vererbt hast, dachte Nicolas, ich bin genauso untüchtig wie du und nicht einmal fähig, das Erbe, das mir ein gütiges Geschick beschert hat, zu erhalten.

»Ich hatte der Marchesa von Maria erzählt, auch daß wir ein Kind hatten, und das gefiel ihr. Kinder spielen im Gefühlsleben der Italiener eine große Rolle, egal, ob sie arm oder reich sind. Es störte die Marchesa keineswegs, daß Maria ein armes Kind aus dem Volke war, ich mußte ihr von ihr erzählen, und eines Tages brachte ich ihr ein Bild mit, das ich von Maria gemalt hatte. Auch ein Bild, das sie mir abkaufte. Natürlich wußte sie, daß es uns nicht besonders gut ging. Und dann kam die große Überraschung.« Henry lachte, hob den Arm in einer weit ausholenden Geste. »La grande sorpresa. Nicht nur du, mein Sohn, hast eine Erbschaft gemacht, ich auch. Als die Marchesa starb, mit fünfundneunzig, wie gesagt, vererbte sie mir ihr Haus in Montecatini mit allem Inventar.«

»Ah!« machte Nicolas überrascht. »Sieh an! Mir sind drüben im Haus einige sehr schöne alte Möbel aufgefallen. Und dieser wundervolle Aubusson.«

»Das ist nur ein Rest von dem, was sich in dem Haus befand. Es war fast ein Museum. Und erst das Haus selbst, geradezu ein Schloß, eine herrliche alte toscanische Villa, ein Traum von einem Haus. Sie schrieb mir einen Brief dazu. Ich habe ihn noch, und ich werde ihn dir vorlesen. Sie schrieb, es sei ihr von jeher klar gewesen, daß ich nicht viel tauge, und es sei mir ja bekannt, daß sie meine Heirat mit Anna Nicolina sehr mißbilligt habe. Offenbar habe ich aber das arme Kind wenigstens glücklich gemacht, und wie es scheine, sei es das einzige Talent, das ich besitze, eine Frau glücklich zu machen. In ihren Augen sei es nicht das übelste Talent, das ein Mann aufweisen könne.« Henry lachte. »So schrieb sie, und ich sehe noch die saure Miene des Notars vor mir, als er mir Testament und Brief vorlas. Von der Liebe allein aber würden Frau und Kind nicht satt, so ging es weiter, und darum erhalte ich das Haus mit allem, was sich darin befinde zur freien Verfügung. Mit ihrer Familie, soweit vorhanden, war sie zumeist zerstritten. Es waren alles viel jüngere Menschen, die meisten ihrer und der darauf folgenden Generation hatte sie überlebt. Die erbten immer noch genug, einige Weingärten, sicher auch Geld und Aktien, was weiß ich. Ich jedenfalls hatte das Haus.«

»Erstaunlich«, sagte Nicolas. Die Überraschungen, die sein Vater zu bieten hatte, nahmen kein Ende.

»Du sagst es. Es konnte keiner erstaunter sein als ich selbst. Ich fuhr mit Maria nach Montecatini, und wir besichtigten das Haus von oben bis unten. Maria war so beeindruckt, daß sie kein Wort sprach. Sie ging buchstäblich mit offenem Mund durch das Haus, ihre Augen wurden immer größer, und das einzige, was sie gelegentlich von sich gab, war: ›Dio mio!‹ oder ›Madonna!‹ oder ›Mamma mia!‹ und ähnliche Ausrufe. Das Personal war noch im Haus, es waren zwölf Personen, und sie betrachteten uns, als seien wir aus Löchern gekrochen. Doch ich sagte mit Pathos zu Maria: ›Ecco! Es ist dein Haus. Wenn du willst, kannst du morgen hier einziehen.‹ Aber sie ist ein Kind des Volkes und hat dessen gesunden Verstand. Ich verkaufte das Haus an eine reiche Engländerin, die sich wegen der Thermalquellen dort niederlassen wollte, und ich verkaufte es zu einem sagenhaften Preis. Mitsamt dem Inventar und dem Personal. Das einzige Mal in meinem Leben, daß ich geschäftstüchtig war. Davon leben wir heute noch. Wir kauften uns das Haus in Fiesole, der Rest des Geldes ist sicher angelegt und dürfte für uns ausreichen. Praktisch leben wir von den Zinsen, und für Isabella wird einmal eine ansehnliche Mitgift vorhanden sein.«

»Eine hübsche Geschichte«, sagte Nicolas.

»Nicht wahr? Es ist ein Roman für sich. Ein Roman aus lauter Liebesgeschichten. Die erste begab sich beim Wiener Kongreß, dann kam die meine mit Anna Nicolina, sie begann in Florenz und führte ins Baltikum, und dann kehrte ich nach Florenz zurück und fand Maria. Fast ein Jahrhundert hat die Marchesa erlebt. Sie konnte faszinierend erzählen, von Napoleon, vom Zaren Alexander I., aber natürlich war für sie das größte Erlebnis die Einigung Italiens unter Cavour. Das war, wie du weißt, so eine Art italienischer Bismarck.

Die Gefühle der Marchesa waren gespalten. Sie konnte sich bis zum Ende ihres Lebens nicht einig darüber werden, ob sie Cavours Werk nun eigentlich mochte oder nicht. Einerseits war sie Florentinerin aus altem Geschlecht, das hieß für sie, Florenz als einen Staat für sich zu sehen, so wie es zur Zeit der Medici gewesen war, als Florenz seine große Blüte erlebte. Andererseits war sie eine Pragmatikerin, die durchaus begriffen hatte, daß eine neue Zeit begonnen hatte, in der für Kleinstaaterei kein Platz mehr war. Der Traum so vieler Generationen, ein ganzes, vereintes Italien, war auch an ihr nicht spurlos vorübergegangen. Und natürlich haßte sie die Österreicher aus tiefstem Herzensgrund, der Sieg von Solferino anno 1859 war für sie der größte Tag ihres Lebens, und dazu gehörte nun wieder Cavour und die Einigung Italiens. Aber im Grunde gab es für sie nur die Toscana. Sie war natürlich eine gute Katholikin, doch einmal sagte sie zu mir: ›Auf welches Paradies könnte ich hoffen, wenn ich gestorben bin? Ich habe in der Toscana gelebt.‹«

Einen Teil dieses zauberhaften Landes lernte Nicolas nun auch kennen. Cara zog den kleinen Wagen, auf dem sie saßen, auf schmalen Wegen durch die Hügel der näheren Umgebung, entlang den Gärten und Hängen, wo die Reben und die Olivenbäume wuchsen, durch schattige Wälder bis auf die Höhen dieser Hügel, oder drunten am Fluß entlang, von dem aus sie in kleine Seitentäler gelangten. Sie besuchten die Weinbauern, die Henry zum Teil kannte, kosteten vom frischen Wein, aßen Oliven und Brot dazu. Nicolas sah die Sonne glühend über Florenz untergehen, sah die vergoldeten Kuppeln und Dächer der Stadt, und sagte seinem Vater schließlich, er verstehe es gut, daß sich Dichter und Künstler zu allen Zeiten von diesem Land und dieser Stadt angezogen fühlten. Sein Verhältnis zu Maria und Isabella war freundlich, sie lachten, wenn sie ihn sahen, und er bemühte sich, mit den wenigen Worten italienisch, die er kannte, seinen Dank und seine Freude auszudrücken, vor allem Marias hervorragendes Essen zu loben, und beide, seines Vaters Lebensgefährtin und dessen Tochter, waren ihm unermüdlich zu Diensten und versuchten, ihm jede denkbare Bequemlichkeit zu bereiten.

An manchen Tagen trabte Cara mit ihnen hinab in die Stadt, die Nicolas recht gut kennenlernte, da seines Vaters Erklärungen voll Kenntnis und Wissen waren.

Am meisten von allem, was er sah, beeindruckten Nicolas die Gräber der Medici mit Michelangelos Schöpfungen der Sklaven, des Morgens und der Nacht.

Den Uffizien statteten sie mehrere Besuche ab, denn, so sagte Henry, kein Auge und kein Sinn könne verständig mehr als nur eine gewisse Anzahl von Eindrükken aufnehmen, es sei also besser, sich zu beschränken auf einige Werke, die es wert seien, daß man sie zwei- oder dreimal ansehe und sich anderes für spätere Besuche aufhebe.

Am längsten natürlich, wie fast jeder Erstbesucher der Uffizien, verweilte Nicolas vor Botticellis Venus.

»Sie sieht wirklich so aus wie auf den Reproduktionen, aber die sagen ja wenig, denn erst jetzt sehe ich diese Bilder in ihren Farben und damit zum erstenmal«, meinte er naiv.

»Die Venus und der David Michelangelos sind wohl die am meisten reproduzierten Kunstwerke dieser Stadt. Gefällt sie dir?« Das bezog sich auf Venus Anadyomene, wie sie da auf ihrer Muschel an Land geweht wurde, die schaumgeborene Göttin der Liebe.

»Ja, gewiß«, sagte Nicolas, »es ist ein zauberhaftes Bild. Nur würde ich dennoch, wenn man es mir nicht sagen würde, keine Venus in ihr sehen. Sie wirkt

so unschuldig, so sanft und ahnungslos, ihr Blick ist sehr melancholisch, ihre Lippen weich, der Mund wirkt wie ein ungeküßter scheuer Mädchenmund, nein, wie eine Göttin der Liebe wirkt sie nicht auf mich, eher wie ein junges Mädchen, für das ein Verführer erst kommen muß, um sie zur Frau zu machen.«
Henry lachte. »Sieh an, du entwickelst dich zum Kunstbetrachter. Das ist mehr, als ich erwartet habe.«
»Es ist dein Verdienst. Man muß lernen, zu sehen. Ich habe es ein wenig hier gelernt, und ich werde es nicht vergessen.« Er blickte wieder auf das Bild, vor dem sie nun schon eine ganze Weile standen.
»Vielleicht heißt das Bild darum auch ›Die Geburt der Venus‹«, fuhr er fort, »wäre es möglich, daß der Künstler es so gemeint hat, daß die Venus hier gewissermaßen noch ein junges Mädchen ist, eine Anfängerin, die erst Venus werden soll. Das kann ich mir nicht vorstellen. Das Umfassende der Liebe, also auch das Verhängnis, das sie bedeuten kann, die tödliche Verstrickung, dies hat man wohl auch zu jener Zeit schon gekannt. Weißt du, worin ich die beste Interpretation der Venus sehe? In der Musik Richard Wagners. Im ersten Akt des ›Tannhäuser‹, dort finde ich die wirkliche Venus, da kommt das zum Ausdruck, was man mit dem Begriff Venus, also dem Begriff der körperlichen Liebe verbindet – Leidenschaft, Verführung, Hingabe, aber auch Sünde, Verderbnis und Gefahr. Zwischen dieser jungfräulichen Venus hier und Wagners glutvoller Göttin gibt es nicht die geringste Verbindung.«
Henry hatte ein anderes Lieblingsbild, auch ein Werk Botticellis, das er seinem Sohn bereits beim ersten Besuch der Uffizien gezeigt hatte, ohne Kommentar, doch an diesem Tag blieb er lange davor stehen, betrachtete das Gemälde mit einem geradezu schmerzlichen Ausdruck. Dann sagte er: »Die Madonna mit dem Granatapfel. Man könnte meinen, Botticelli habe dafür dasselbe Modell gehabt wie für seine Venus. Es ist der gleiche melancholische Blick, wie du es nanntest. Das längliche Gesicht, die hochgeschwungenen Brauen, der Mund ist nicht mehr so unschuldig, er ist wissender, ein wenig schwermütig. Und ganz anders sind die Hände, lange, schlanke Finger, und was für ein sensibler kluger Daumen. Ich muß immer an deine Mutter denken, wenn ich dieses Bild sehe. So ähnlich sah sie aus, später. Habe ich dir eigentlich erzählt, daß es hier war, wo ich sie kennenlernte, auf der Piazzale der Uffizien?«
Kurz darauf, sie standen draußen auf den Stufen, wies Henry schräg hinüber zur anderen Seite des Palastes.
»Hier war ich. Und dort drüben, auf der obersten Stufe, im Schatten der Säulen, stand sie. Sie trug ein weißes Kleid, kinderschmal in der Taille, der weite Rock bog sich schwebend bei der kleinsten Bewegung, du weißt, es war noch die Zeit der Krinoline, eine sehr anmutige Mode; auf den weiten weißen Rock des Kleides waren, etwa in Kniehöhe, kleine Kränze von hellblauen Blumen aufgestickt, vielleicht waren es Vergißmeinnicht, ein Sträußchen von gleicher Art war an ihrer linken Schulter befestigt. Ich sehe es noch genau vor mir. Dazu trug sie einen breitrandigen weißen Hut, von dem ein langes blaues Band herunterwehte. Ihr Haar war dunkel und fiel in weichen Locken zu beiden Seiten des Gesichts unter dem Hut hervor. Die Farbe ihrer Augen konnte ich auf die Entfer-

nung, die uns trennte, nicht erkennen. In der Hand hielt sie lose einen Sonnenschirm, nicht aufgeklappt, sie stand ja im Schatten. Sie schaute verträumt, vielleicht sogar ein wenig melancholisch irgendwohin, abwesend, in ihre eigenen traumhaften Mädchengedanken versponnen. Ich wußte, daß ich nie etwas Schöneres gesehen hatte. Schön, das ist wohl nicht der richtige Ausdruck. Lieblich, das trifft eher, auch wenn dies heute ein veralteter Ausdruck ist. Lovely, sweet and lovely, so sagte James über sie.«
Nicolas blickte in das Gesicht seines Vaters, doch der schien ihn ganz vergessen zu haben, er lehnte da an einer Säule und blickte über die Piazzale hinweg auf die Stufen gegenüber, wo für ihn, und nur für ihn, das liebliche Mädchen im weißen Kleid noch immer stand.
»Ich saß hier auf einer Stufe und sah unverwandt zu ihr hinüber, und all diese wundervollen gemalten Gesichter in diesem Haus, auf dessen Stufen ich saß, verblaßten vor diesem lebendigen Mädchenantlitz. Es war mir sofort klar, daß sie eine Ausländerin sein mußte. Ich kann nicht sagen warum, es war durch kein äußeres Zeichen sichtbar, aber irgend etwas war an ihr, an ihrer Haltung, an ihrer ganzen Erscheinung, was eben nicht italienisch war. Hinter ihr, zwischen den Säulen und dem Gebäude stehend, unterhielten sich lebhaft zwei elegante Damen mittleren Alters, die Marchesa, die zufällig eine Bekannte getroffen hatte, und um die beiden herum bewegte sich der Troß, ohne den eine Dame hierzulande damals nicht aus dem Haus ging, eine Duenna mit dem Hündchen an der Leine, jeweils ein Diener und noch eine Art Unterdiener, der ein Päckchen trug, möglicherweise hatte die Marchesa ein wenig Confiserie eingekauft.«
Henry schwieg.
Nicolas sagte: »Es ist hübsch, wie du es schilderst, ich sehe es vor mir. Und was tatest du eigentlich hier?«
»Ich wartete auf meine Freunde. Ich lebte damals seit ungefähr einem Jahr in Florenz, und wenn ich sage, ich lebte, so ist das eine krasse Übertreibung. Ich vegetierte. Nachdem mein Vater mich hinausgeworfen hatte, so wie ich ging und stand, besaß ich nichts mehr. Meine Schulden hatte er bezahlt, aber sonst konnte ich von ihm nichts mehr erwarten. Was ich durchaus einsah und als gerecht empfand. Aber es ist für mich heute noch ein Wunder, wie ich dieses erste Jahr überstanden habe. Es war nur möglich, weil ich Freunde gefunden hatte. Obwohl ich zu keiner Zeit meines Lebens leicht Anschluß an andere suchte und fand, schon gar nicht damals. Aber hier war es anders, die Freunde wuchsen einem gewissermaßen zu, es waren ja Leidensgefährten, Schicksalsgenossen. Sie waren jung wie ich und betrachteten sich ebenfalls als angehende große Künstler, und sie hatten so wenig Geld wie ich. Ich hauste in einer winzigen Mansardenkammer, in einer engen Gasse hinter Santa Croce, und teilte die Kammer mit einem Franzosen, der war einige Jahre jünger als ich, gerade zwanzig. Natürlich malte er auch. Im gleichen Haus wohnte der dritte Künstler, ein Schweizer, ungefähr in meinem Alter, er hatte ein vergleichsweise annehmbares Zimmer und bekam von Zeit zu Zeit aus Bern einen Kreditbrief, der uns vor dem Hungertod rettete. Sein Vater gab die Hoffnung nicht auf, daß das Buebli eines Tages genug haben würde vom Bohemeleben und ins heimische Berner

Kontor zurückkehren und ein vernünftiges Leben führen würde. Und wie ich das Buebli kenne, wird er das gewiß später getan haben, er war ein besonnener junger Mann und wirklich sehr unbegabt. Das wird er mit der Zeit, begabt wiederum mit dem Tatsachensinn des Schweizers, wohl eingesehen haben, aber zu jener Zeit malte er noch, nahm sogar Unterricht, hatte einen guten Lehrer, zu dem er mich mitnahm, damit der meine Werke begutachtete. Ich durfte dann sogar zu den Lektionen mitkommen, obwohl ich nichts dafür bezahlen konnte. Das festigte in mir den Glauben, daß ich ein Talent sei.«

Henry hatte sich eine Zigarette angezündet, er war ganz versunken in die Vergangenheit, in jene Zeit der ersten wirklichen Freiheit, die er je genossen hatte. »Wir lebten hauptsächlich von Brot und Käse und Wein, eine warme Mahlzeit war eine Seltenheit, und dann war es zumeist auch nur ein Teller voll Spaghetti. Es sei denn, man wurde eingeladen. Ein junger Engländer gehörte auch zu unserer Gruppe, der verfügte über einige Mittel und ließ uns großzügig daran teilhaben. Doch dann tauchte ein Krösus in unserer Mitte auf, ein anderer Engländer, ein Freund des erstgenannten, der junge Lord Boylingham. Der war reich, sehr reich, hatte erst vor kurzem, durch den plötzlichen Tod seines Vaters, Titel und Reichtum geerbt und reiste nun in der Welt herum und genoß sein Leben. Er malte nicht. Er hatte keinerlei künstlerische Ambitionen, selbst Bilder anzusehen, langweilte ihn tödlich. Irgendein Verwandter von ihm war der englische Konsul von Florenz, bei dem wohnte er, in einem schönen Palazzo, er ging in Gesellschaften, fuhr mit einer prächtigen Kutsche im Land herum, und gelegentlich bewegte er sich in unserem Kreis, den er höchst unterhaltend fand. Solange er hier weilte, ging es uns gut. Er lud uns ein, er hielt uns frei, wir konnten herrlich und ausreichend essen und trinken. Auch an diesem Vormittag wartete ich auf ihn und die anderen Freunde, wir wollten aufs Land fahren und draußen essen und uns amüsieren. Aber nun war das Mädchen da, dort drüben im Schatten. Ich vergaß alles, was sonst auf dieser Erde vor sich gehen mochte. Irgendwann spürte sie meinen Blick und sah zu mir her, wandte den Blick gleich wieder ab, blickte noch einmal herüber und drehte sich dann den plaudernden Damen zu. Da liebte ich sie schon.«

Henry lachte leise, fuhr sich mit der Hand durch das graue Haar. »Ob du es glaubst oder nicht, ich liebte sie auf der Stelle. Ich wußte, ich war meinem Schicksal begegnet.

Nach einer Weile kamen meine Freunde vom Ponte Vecchio herangeschlendert, sie lachten, sprachen mit mir, ich gab keine Antwort, Lord Boylingham fragte mich, ob ich träume, und ich sagte: ›Ja. Seht ihr dieses Mädchen da drüben? Das schönste Mädchen, das ich je gesehen habe.‹ James, der ein wenig kurzsichtig war, hob sein Lorgnon vor die Augen und sagte dann lässig: ›Die kleine Russin! Sweet and lovely, you're right.‹ Du kennst sie, fragte ich atemlos. ›Sure‹, sagte er, ›soll ich dich bekanntmachen? Es ist die Enkeltochter der Marchesa Vasari, jener Dame dort im lilafarbenen Kleid.‹ Und da nahm er mich schon beim Arm, zog mich über die Piazzale, direkt auf die Damen zu, zog schwungvoll seinen Zylinder und rief: ›Bonjour, mesdames!‹ Er konnte sich das erlauben, er war Engländer, ein Lord, sehr reich. Die Damen waren sehr lie-

benswürdig, vielleicht waren sie mit ihrem Gesprächsstoff am Ende, ein paar junge Männer wurden vielleicht als angenehme Abwechslung angesehen.
Ich wurde als Baron von Wardenburg vorgestellt, preußischer Offizier, momentan beurlaubt, weil ich malen wollte, ich sei sehr begabt und werde bestimmt sehr berühmt. Das brachte der Lord überzeugend heraus, es hörte sich gut an, die Damen fanden es très charmant, und als wir uns verabschiedeten, war mir gnädig erlaubt worden, mich beim Jour fix der Marchesa einzufinden. The sweet and lovely girl hatte ich kaum gewagt anzusehen, sie hatte kein Wort gesprochen, aber sie hatte *mich* angesehen. Und dann ging ich zwei Tage später wirklich mit James in den Palazzo der Marchesa, ich putzte und bügelte meinen letzten anständigen Anzug, und nun lernte ich Anna Nicolina kennen.
Der Palazzo der Marchesa war überwältigend, voller Kunstschätze, ungezählter Dienerschaft, mit vielen Gästen an diesem Tag, aber ich hatte ja immerhin gelernt, mich in einer solchen Umgebung zu bewegen. Diesmal trug Anna Nicolina ein Kleid aus zartgelber Seide, das Teerosenkleid nannte ich es bei mir, ich sah, daß ihre Augen grau waren, ein tiefes samtenes Grau, sie war ganz unbefangen, unterhielt sich mit mir ohne die sonst übliche Ziererei der jungen Mädchen. Wir sprachen deutsch. Das schuf eine Isolation gegenüber den anderen, wir waren wie auf einer Insel. Sie fragte mich, und ich erzählte ihr alles von mir, bis auf mein fürchterliches Vergehen natürlich, und es mußte so wirken, als hätte mein Vater mich verstoßen, weil ich Maler werden wollte. Das empörte sie. Und sie ließ mich ihr Mitgefühl merken, als sie herausbekam, wie armselig mein Leben zur Zeit war. Ihr Mitgefühl bedeutete viel für mich, denn es war ein Gefühl, nicht wahr, und ich genoß es, von ihr bedauert zu werden.«
»Und dann?« fragte Nicolas, als Henry nicht weiter sprach.
»Ich ging zu jedem Jour fix, ob es der Marchesa gefiel oder nicht. Ich wußte, wann die Damen ausfuhren, wann sie ihre Besorgungen machten und richtete es so ein, daß ich ihnen begegnete. Bis Anna Nicolina mir eines Tages sagte, daß sie in der nächsten Woche nach Hause reisen würde. Weit, weit fort, bis an die Ostsee, dort beginne jetzt die Zeit der hellen Nächte, und so schön, wie es in Florenz sei, der Sommer im Baltenland sei das Allerschönste, was man sich vorstellen könne. Sie erzählte davon, schwärmte von ihrer Heimat, von Kerst, von den Wäldern, dem Meer, und ich war auf all dies eifersüchtig, haßte das ferne Land, das ihre Liebe besaß. Ich vergaß meine Manieren und sagte, daß ich es nicht ertragen könne, sie nicht mehr zu sehen, daß ich genau so gut sterben könne, wenn sie aus meinem Leben verschwände. Sie sagte: ›Ich denke, Sie wollen ein berühmter Maler werden.‹ Und ich sagte: Ich will nur noch eins: in Ihrer Nähe sein. Ich liebe Sie.«
Henry hob beide Arme, breitete sie weit auseinander und legte dann die Hände zusammen wie zum Gebet. »Kannst du dir so etwas vorstellen? Ich war wie von Sinnen. Aber nun paß auf, was sie tat. Sie betrachtete mich mit großer Gelassenheit und sagte dann, ganz ruhig: ich lade Sie ein, uns zu besuchen. Wenn Sie mich heiraten wollen, müssen Sie mit meinem Vater sprechen. Ich werde ihn darauf vorbereiten, daß Sie kommen. Ich liebe Sie auch.«
Henry sah Nicolas an.

»Kannst du dir so etwas vorstellen?« wiederholte er.
»So ein Mädchen war sie. Ohne Winkelzüge, ohne Koketterie, klar wie das Wasser eines Brunnens. Ich war sprachlos, ich war außer mir, ich brachte keinen vernünftigen Satz zustande. Ich stotterte ihr nur vor, daß ich sehr arm sei, kein Geld verdiene, von meinem Vater verstoßen sei, wie sie ja wisse. Sie lächelte nur. ›Das macht nichts‹, sagte sie, ›mein Vater hat ein großes Schloß, in dem Platz genug ist, in dem immer Platz sein wird für einen Mann, den ich gewählt habe.‹«
Jetzt legte sich Henry die flache Hand vor die Stirn, die Erinnerung an jene Stunde im Palazzo der Marchesa, als eine junge baltische Gräfin aus vornehmstem Haus in dieser Weise mit ihm gesprochen hatte, erregte ihn noch heute.
»Kannst du dir so etwas vorstellen?« sagte er zum drittenmal. »Sie sagte es wörtlich so: für einen Mann, den ich gewählt habe. Sie war so jung, gerade achtzehn. Sweet and lovely. Und dabei so selbstsicher, so ganz ein Geschöpf aus altem Adel, mit all der Sicherheit ihrer glorreichen Vorfahren im Blut. So etwas kann man nicht lernen, so etwas ist angeboren. Wir Wardenburgs waren Emporkömmlinge gegen die da oben, hast du es nie empfunden?«
»Mich haben sie es nie merken lassen«, sagte Nicolas. »Vergiß nicht, ich bin dort geboren, ich bin dort aufgewachsen, bin schließlich ihr Sohn.«
»Ja, das ist natürlich ein Unterschied. Ich kam mir immer vor wie ein Freigelassener. Wie einer, den sie am Weg aufgelesen hatten. Ich verlor das nie, solange ich dort lebte.« Nicolas begriff in diesem Augenblick seine Bindung an Maria. Das war das umgekehrte Verhältnis, das hatte ihm Überlegenheit gegeben, und dadurch Kraft, er selbst zu sein. Anders zu leben, anders zu malen, anders zu werden. Den Makel der Jugendsünden abzuschütteln, seinen Vater und Wardenburg endgültig zu verlassen, und auch den Sohn zu vergessen, der in die Vergangenheit gehörte.
»Für den Mann, den ich gewählt habe«, sagte Henry leise.
»Ich höre ihre Stimme noch. Sehe sie noch vor mir, ich hatte bis dahin kaum ihre Hand berührt. So war Anna Nicolina. So war deine Mutter.«
Vielleicht, dachte Nicolas, war es auch die besondere Mischung ihres Blutes, nicht nur der Adel alter Ordensritter war in ihr lebendig, der stolze Adel eines alten florentinischen Geschlechts hatte sich mit ihm verbunden. Das gab ihr die Sicherheit, zu tun, was sie wollte. Ob sie wirklich den richtigen Mann gewählt hatte, ob sie ihn zehn Jahre später noch einmal gewählt hätte, das würde Nicolas nie erfahren. Denn ob alter Adel, gleichgültig woher, sie war ja doch nur ein junges, unerfahrenes Mädchen gewesen. Und als sie eine Frau geworden war, als sie wirklich hätte wählen können, mit Besonnenheit und Verstand, da war sie krank, da war ihr Leben bereits zu Ende gelebt.
An diesem Tag sprachen sie nicht mehr von Anna Nicolina. Sie sprachen überhaupt nicht mehr von ihr, bis Nicolas abreiste. Aber für ihn, für Nicolas, war sie immer gegenwärtig, blieb es von nun an für alle Zeit, so als sei sie aus dem Reich der Schatten wieder aufgetaucht, sei wieder lebendig geworden, seit er sie, durch die Augen seines Vaters, unter den Säulen der Uffizien stehen sah: jung und lieblich, in einem weißen Kleid, auf dessen Rock sich kleine Kränze von blauen Blüten befanden.

An einem Junitag des Jahres 1906 stand Nicolas von Wardenburg am Fenster seines Zimmers im Hotel Baur au Lac in Zürich und blickte auf den Zürichsee hinaus, ohne etwas zu sehen. Nicht die blanke Wasserfläche unter dem blauen Himmel, nicht den Dampfer, der auf das Ufer zuhielt, nicht die waldigen Hänge, die den See umrahmten.

Er befand sich in einer verzweifelten Stimmung, und das war für ihn etwas ganz Ungewohntes. Er war vierundvierzig Jahre alt und sah sich, das erstemal in seinem Leben, einer Situation gegenüber, in der er sich nicht zu helfen wußte. Seelisch nicht, und wie leicht vorauszusehen war, auch bald finanziell nicht mehr. Er kam aus Davos, wo er Cecile besucht hatte. Da er wußte, daß sie sehr krank war, hatte er erwartet, sie in elendem Zustand anzutreffen. Doch davon konnte keine Rede sein, die Kur schien ihr gut zu bekommen, und sie war schöner denn je, hatte sogar ein wenig zugenommen und schien guten Muts zu sein. Ein wenig Fieber, hatte sie lachend gesagt, das gehöre nun einmal zu ihrem Leben und daran gewöhne man sich. In einem Vierteljahr etwa werde sie das Sanatorium verlassen können, dessen sei sie ganz gewiß. Sie hatte ihn umarmt und geküßt, hatte seine Zurückhaltung gespürt und angstvoll gefragt: »Ekelst du dich jetzt vor mir?«

Also hatte er sie geküßt, obwohl der Arzt, der sie in Berlin behandelt und der auch ihn gründlich untersucht hatte, ihn eindringlich gewarnt hatte.

»Sie können von Glück sagen, daß Sie sich noch nicht angesteckt haben. Bei einer offenen Tbc kann man meist darauf warten. Vermeiden Sie alle engen Kontakte. Am besten wäre es, Sie würden Frau von Hergarth gar nicht wiedersehen.«

»Das kann nicht Ihr Ernst sein, Herr Doktor«, hatte Nicolas erwidert. »Das wäre – nun, gelinde ausgedrückt, nicht anständig.«

»Mag sein. Aber seien Sie sich darüber klar, es gibt nichts Unanständigeres als Krankheit. Die Schwindsucht macht sich nur gut auf der Bühne. Ich habe die Duse mal als Kameliendame gesehen. Sie auch?«

Nicolas nickte, der Arzt lachte freudlos.

»Wirklich, sehr rührend anzusehen. Man kann es auch noch mit Gesang haben, wie ich gehört habe, dann ist es sicher ein Hochgenuß. In der Realität ist es eine widerwärtige Angelegenheit. Wissen Sie, ich habe täglich damit zu tun, ich kenne die verschiedenen Stadien. Natürlich – in Ihren Kreisen kommt es wohl seltener vor.«

Der Berliner Arzt war noch jung, er hatte ein schmales Asketengesicht, Nicolas fand ihn verbissen und unliebenswürdig. Sicher war er einer von diesen Sozialisten. Der folgende Satz bestätigte seine Vermutung.
»Seien Sie froh, daß Sie noch gesund sind, ziehen Sie sich zurück, am besten mit einer kleinen Abfindung, wie das bei Herren Ihrer Kreise so üblich ist. Sie haben doch sicher Familie, warum wollen Sie Ihrer Frau und Ihren Kindern die Krankheit mit nach Hause bringen.«
»Sie müssen es schon mir überlassen, wie ich mich verhalte, Herr Doktor. Außerdem wissen Sie sehr genau, daß Ralph mein Sohn ist.«
»Da haben Sie doch den besten Beweis, wie berechtigt meine Warnung ist. Der Kleine hätte nie bei seiner Mutter leben dürfen. Und Frau von Hergarth hätte viel früher zu mir kommen müssen, da hätte ich ihr vielleicht helfen können. Sie wollte nicht wahrhaben, daß sie krank ist. Und Sie selbst, Baron, haben auch keine Notiz von ihrem Zustand genommen. Und was haben wir jetzt? Die vollständige Katastrophe.«
Ein unsympathischer Mann, fand Nicolas und verabschiedete sich kühl. Dies war bestimmt nicht der richtige Arzt für Cecile gewesen, er würde kaum Verständnis für ihr diffiziles Wesen und die komplizierte Form ihres Daseins aufgebracht haben. Offenbar hielt er Cecile für eine Demimonde, eine ausgehaltene Frau, und in ihm, Nicolas, sah er den kaltherzigen Verführer und rücksichtslosen Genießer, der zu Hause Weib und Kinder hatte und sich nebenbei eine aparte Geliebte leisten konnte.
In einem Punkt allerdings hatte der Doktor recht, Nicolas hatte sich lange nicht um Ceciles Zustand gekümmert. Aber ganz gewiß hätte er sie zu einem anderen Arzt gebracht, wenn er diesen zuvor gekannt hätte.
Was für einen Kampf hatte es gekostet, bis sie einwilligte, nach Davos zu gehen. Nie, nie würde sie sich von ihrem Kind trennen, lieber sterben.
»Wenn du Ralph liebst, mußt du gesund werden, gerade seinetwegen.«
Seit einem halben Jahr war sie nun in der Schweiz, und Nicolas sah, daß der Aufenthalt ihr gut getan hatte. Er blieb eine Woche bei ihr, wohnte in einem der Gästezimmer des Sanatoriums, und nahm notgedrungen am Tageslauf des Hauses teil. Er saß bei allen Mahlzeiten neben Cecile, begleitete sie auf ihren kleinen Spaziergängen, lag oder saß neben ihr bei den ausgedehnten Liegekuren, fand insgesamt das ganze Dasein in diesem seltsamen Milieu etwas langweilig und fühlte sich unbehaglich. Abends, wenn er Cecile zu ihrer Zimmertür brachte, schlang sie beide Arme um seinen Hals, er spürte ihren mageren heißen Körper an seinem, aber er empfand kein Begehren mehr. Er hatte nicht mit ihr geschlafen, obwohl er wußte, daß sie es erwartete. Er konnte nicht. Der unfreundliche Doktor in Berlin hatte wohl recht: Schwindsucht macht sich nur gut auf der Bühne.
Und er hatte ihr auch nicht gesagt, was er ihr hätte sagen müssen. Nur mit dem Chefarzt des Sanatoriums hatte er darüber gesprochen. Der hatte ihn schweigend durch die randlose Brille angesehen, während er berichtete, dann resigniert die Schultern gehoben.

»Das war zu erwarten.« Und dann sagte er das gleiche wie sein Berliner Kollege. »Man hätte das Kind von ihr trennen müssen, als es noch ganz klein war.«
»Aber da wußte man ja nicht, daß sie krank ist.«
»Ich hätte es ihr angesehen. Sie ist der Typ. Wissen Sie, man bekommt einen Blick dafür. Und darum hätte sie gar kein Kind bekommen dürfen. Vermutlich ist das Kind schon mit einer Erbanlage für die Krankheit auf die Welt gekommen. Und bei dem täglichen Beisammensein mit der Mutter mußte es krank werden. Nur ein Wunder hätte es verhindern können. Solche Wunder gibt es. Alles gibt es. Wie alt, sagten Sie, ist der Knabe?«
»Acht Jahre.«
»Und vermutlich genauso ein zartes nervöses Geschöpf wie seine Mutter.«
Nicolas nickte. »Ja, das stimmt.«
»Sie sind verheiratet, wie ich gehört habe?«
»Ja.«
»Haben Sie Kinder?«
»Nein. Ralph ist mein einziges Kind.«
Der Arzt lehnte sich zurück in seinem Sessel, er schob die Brille auf die Stirn, seine rotgeränderten Augen waren müde und traurig.
»Und vermutlich wollten Sie ein Kind haben. Einen Sohn. Seltsamerweise wollen so viele Menschen das. Ich für meine Person habe kein Verständnis für diesen Wunsch. Ich habe keine Kinder. Und ich wollte niemals welche haben. Es kommt wohl durch meinen Beruf. Wenn man immer mit Krankheit und Elend zu tun hat, wenn man begriffen hat, was für ein glückloses Wesen der Mensch ist, wie aussichtslos die Situation des Menschengeschlechts auf dieser Erde ist, dann kann man nicht verstehen, warum einer Kinder in die Welt setzen will. Ich war nicht immer Chefarzt eines Luxussanatoriums, müssen Sie wissen. Ich stamme aus Genf. Und als junger Mediziner ging ich nach Paris, weil ich dachte, ich könnte dort am meisten lernen. Ich habe gelernt. So viel gelernt, daß ich Gott nicht begreifen kann. Andererseits – wer kann das schon?«
»Aber Sie denken immer noch, daß es ihn gibt?«
»Ich denke es nicht. Ich vermute es. Ich wünschte, ich könnte sagen, ich glaube es. Aber ich könnte niemals mit Bestimmtheit sagen, es gibt ihn nicht. Denn irgend etwas ist ja drin in diesen Menschen, das von ihm kommt. Der eine fängt mehr damit an, der andere weniger. An manche ist es total verschwendet. Das Göttliche im Menschen, wissen Sie, das ist ein Thema, das mich immer mehr beschäftigt. Ob es das überhaupt gibt oder nicht. Denn wenn, dann müßte es doch allen Menschen mitgegeben sein. Gott macht ja wohl keine Klassenunterschiede.«
»Und Sie meinen, es gibt Menschen, in denen ist es nicht zu finden?«
»Genau das meine ich. Da ist es reingefallen wie ein Stein ins Wasser und untergegangen.«
»Der Stein liegt unten am Grund.«
»Gut geantwortet. Dann sage ich, es ist reingefallen wie in einen Sumpf. Kann da noch jemand finden, was am Grund liegt?«

Das Gespräch hatte eine merkwürdige Wendung genommen. Der Arzt lag weit zurückgelehnt in seinem Sessel, er sah Nicolas nicht an, sein Blick ging an ihm vorbei an die Wand, ins Nichts. Nicolas fühlte sich herausgefordert.
»Nun – Gott, würde ich sagen. Er allein kann es finden. Wenn wirklich etwas von ihm dem Menschen mitgegeben wurde.«
»Falsch. Er kümmert sich nämlich nie mehr darum, was daraus wird. In keinem Fall.«
»Vielleicht später. Vielleicht kümmert er sich später darum. Wenn das Leben zu Ende ist.«
»Glauben Sie das?«
»Ich?« Nicolas lachte unbehaglich. »Nein, eigentlich nicht. Ich bin kein frommer Mensch. Aber es geht mir wie Ihnen, ich bin nicht ganz sicher.«
Eine Weile schwiegen sie beide, dann richtete sich der Arzt auf, rückte die Brille wieder in die Furche auf seiner Nasenwurzel.
»Also! Sprechen wir von Madame. Sie haben ihr vernünftigerweise nicht gesagt, daß das Kind krank ist. Gut.«
»Ich konnte es ihr nicht sagen. Sie ist so gut gelaunt, so voller Hoffnung. Sie meint, daß sie in einem Vierteljahr so weit wieder hergestellt sein wird, um das Sanatorium zu verlassen.«
»Hat sie das gesagt?«
»Ja.«
»Das ist ausgeschlossen. Und sie weiß es.«
»Aber ich finde, sie sieht gut aus. Viel besser als bei meinem ersten Besuch. Und sie ist nicht mehr so hektisch.«
»Sie hat sich zusammengenommen, weil Sie da sind. Aber sonst! Sie können mir glauben, ich habe viele labile Menschen hier oben, aber so labil wie sie ist selten jemand. Es ist schwer, ihr zu helfen. Sie pendelt übergangslos zwischen Anfällen tiefster Depression und wilder Lebensgier. Es ist nicht nur die Krankheit. Diese Frau wird mit ihrem Schicksal nicht fertig. Sehen Sie, da haben wir nun dieses ewige Gerede von der Emanzipation der Frau, von ihrer Befreiung, ihrer Gleichberechtigung und was weiß ich noch. Das sind alles leere Worte. In Wahrheit gilt das nur für einzelne, sehr starke Persönlichkeiten. Und wissen Sie was? Solche Frauen hat es immer gegeben. Frauen, die über sich und ihr Leben selbst bestimmen und einen Mann höchstens zur Dekoration oder zur Befriedigung erotischer Gelüste benötigen. Die meisten Frauen bleiben genau, wie sie immer waren – ausgeliefert an den Mann, von ihm abhängig, schlimmstenfalls von ihm mißbraucht. Und was noch schwerwiegender ist, sie sind und bleiben abhängig von den Sitten der Zeit und den Gesetzen der Gesellschaft, in der sie leben. Das ist bei einem Negerstamm im tiefsten Afrika nicht anders als bei uns sogenannten modernen und aufgeklärten Menschen.
Wer wagt es denn schon, sich außerhalb dieser Sitten und Gesetze zu stellen? Bei den Wilden käme es einer physischen Vernichtung gleich. Und bei uns? Auf jeden Fall einer psychischen, und in sehr vielen Fällen, das Beispiel Madames beweist es, einer physischen gleichfalls. Gleichberechtigung! Daß ich nicht la-

che! Diese törichten Geschöpfe, die einfach nicht von diesem Unsinn lassen können, den sie Liebe nennen.«
»Sie kennen Ceciles Geschichte?«
»Sie hat mir alles erzählt. Ausführlich. Sie muß darüber reden, das ist wie ein Zwang. Auch das gehört hier oben zu meinem Beruf, daß ich ihr zuhöre. Darum weiß ich auch, was das Kind ihr bedeutet. Auch so ein Punkt, der die Frauen verletzbar macht. Die Liebe zu dem Mann, die Liebe zu dem Kind, alles unnötiger Ballast auf dem Wege, frei und gleichberechtigt zu werden.«
»Sie haben sehr rigorose Ansichten, lieber Doktor. Wie wollen Sie es einer Frau beibringen, gegen ihren Instinkt zu leben?«
»Instinkt? Mit Instinkt hat das nichts zu tun. Es sind die Sitten und Gesetze unserer Gesellschaft, denen sie sich unterwerfen.«
»Oder – wie ist es mit dem Göttlichen im Menschen? Vielleicht hat es damit zu tun?«
»Wir sind ja nicht sicher, ob es überhaupt vorhanden ist. Wir hätten es bloß gern.«
Die Uhr gegenüber dem Schreibtisch ließ fünf schnelle helle Schläge hören.
»Tja, lieber Herr von Wardenburg, ich muß zur Sprechstunde hinüber. Und was Madame betrifft, bleiben Sie am besten noch ein paar Wochen hier. Ihre Gegenwart ist die beste Therapie, die wirksamste Medizin. Seit sie wußte, daß Sie kommen, hat sie gegessen, was sie hinunterbringen konnte, hat sich neue Kleider gekauft, ist lebendiger geworden. Der Wille vermag vieles, auch in so schweren Fällen. Ich kann Ihnen jetzt schon sagen, was passieren wird, wenn Sie abgereist sind – sie wird sich willenlos der Krankheit ausliefern, wird im Bett liegen, ohne sich zu rühren, ohne zu essen, das Fieber steigt, und sie registriert es mit Genugtuung. Das hatten wir alles schon, nach Ihrer letzten Abreise war es genauso. Die Krankheit ist für sie wie ... ja, wie ein Liebhaber, dem sie sich hingibt. Und überdies ein Zufluchtsort, der sie davor bewahrt, sich wieder ihrem verworrenen Leben zu stellen. Dabei müßte ihr Leben gar nicht verworren sein, wenn sie es so, wie es ist, bejahen würde. Das würde ich als richtig verstandene Liebe ansehen, die sie zu ihrem Kind haben sollte. Aber so klammert sie sich nur an das Kind, genau so, wie sie sich an Sie klammert. Sie sucht Schutz und Hilfe und einen Lebensinhalt bei Ihnen und bei dem Kind. Aber sie ist nicht imstande, gleiches zu geben. Klingt hart, wie? Hart und unbarmherzig, wie? Wahrheit ist immer hart und unbarmherzig, das macht sie so unbeliebt. Also, leben Sie wohl, lieber Herr von Wardenburg, Sie erhalten regelmäßig von uns Bericht.« Der Arzt streckte Nicolas die kleine weiche Hand hin, ein Lächeln ersparte er sich.
Nicolas machte noch einen Versuch. »Sie könnten den Jungen nicht hier unterbringen? Das wäre doch die einfachste Lösung.«
»Wir nehmen keine Kinder auf. Aber ich kann Ihnen gern ein paar Adressen geben.«
Schließlich war Nicolas abgereist, mit fröhlichen Worten, hatte ihre Wangen, ihren sehnsüchtigen Mund geküßt, der jetzt Tod atmete, hatte ihre Grüße und Geschenke für den kleinen Ralph entgegengenommen.

»Und du besuchst ihn oft, nicht wahr? Du kümmerst dich darum, daß er gut versorgt wird.«
»Ich fahre hin, so oft ich kann. Es ist wirklich eine erstklassige Schule. Sie haben im ganzen nur 15 Interne, es sind immer zwei Jungen in einem Zimmer, und die Hausmutter ist eine reizende Person. Wirklich sehr lieb zu den Kindern. Sie haben sie alle gern.«
»Er wird mich vergessen«, sagte sie eifersüchtig.
»Das Essen ist ausgezeichnet, ich habe schon einigemale mitgegessen, wenn ich in Berlin war.«
»Und ist er immer noch ein so guter Schüler?«
»Der beste in seiner Klasse.«
»Er ist so klug wie du.«
»Ich war nie klug, chérie, schon gar nicht in der Schule.«
»Du kaufst ihm alles, was er sich wünscht, ja? Und du siehst auch darauf, daß er immer einen hübschen Anzug hat. Er hat so viel Spaß daran, sich hübsch anzuziehen. Und sag ihm, wie lieb ich ihn habe. In einem Vierteljahr bin ich wieder bei ihm. Du bist wirklich oft in Berlin?«
»Ich bin sehr oft in Berlin.«
»Sag ihm, daß ich ihn liebhabe.« Ihre Augen waren voller Tränen. »Und daß ich Tag und Nacht an ihn denke. Und an dich. Geliebter. An euch beide. Liebst du mich denn noch ein bißchen?«
»Ich liebe dich.«
Ihr Mund, der ihn zum Abschied küßte, war heiß und trocken; dann spürte er den salzigen Geschmack ihrer Tränen. Es war leicht vorstellbar, daß nun das wieder kam, was der Arzt ihre Depressionen genannt hatte. Daß sie vom Bahnhof zurückgehen würde ins Sanatorium und Trost bei der Krankheit suchen, sich der Krankheit hingeben würde wie einem Geliebten.
Nicolas saß in der kleinen Bahn, die ihn ins Tal brachte, er starrte aus dem Fenster, auf die Berge, die noch Schnee auf den höchsten Gipfeln trugen, dort war es licht und hell, doch in den Tälern lag schon das Dunkel.
Er sollte sich aufschreiben, was er ihr alles erzählt hatte, damit er es nicht vergaß und in seinen Briefen durcheinander brachte. Das Kind war längst nicht mehr in der Privatschule in Zehlendorf, es war seit drei Monaten in einer Lungenheilstätte im Harz. Und wenn er von dieser Reise zurückkehrte, würde er das kranke Kind besuchen, und den Brief, den der Kleine an seine Mutter schrieb, mußte er dann nach Berlin bringen und dort zur Post geben.
Nein. So hatte er sich sein Leben nicht vorgestellt. Er legte die Stirn an die kühle Fensterscheibe, der Zürisee glitzerte im Sonnenlicht, der Dampfer hatte angelegt, aber Nicolas sah das alles nicht, er hatte auf einmal nur einen Wunsch: fortzulaufen.
Wie hatte der Doktor gesagt? Die aussichtslose Situation des Menschengeschlechts. Trotzdem blieb es bestehen, dies Geschlecht, kämpfte, strampelte, würgte sich durch dieses Leben hindurch mit letzter Anstrengung und gab es weiter, damit der Mühe und Plage kein Ende würde.
Warum nahm man sie denn so schwer, diese paar Jahre, die das Leben währte? Und wozu mußte er einen Sohn haben?

Es klopfte, Nicolas wandte sich um.
Der Etagenkellner brachte den Champagner, den er bestellt hatte. Nicolas sah schweigend zu, wie der Kellner die Flasche öffnete, ihm eingoß, ihm das Glas auf den kleinen Tisch am Fenster griffbereit zurechtrückte.
»Merci bien«, sagte er mechanisch, nahm einen Schluck und zündete sich eine Zigarette an.
Es würde gar nichts anderes übrigbleiben, als das Kind auch in die Schweiz zu bringen. Das waren dann zwei Sanatoriumsaufenthalte, die er zu bezahlen hatte, und somit war vorauszusehen, daß all seine Sanierungsbemühungen des vergangenen Jahres umsonst gewesen waren.
Als er vor anderthalb Jahren seinem Vater versprach, er würde sich ernsthaft bemühen, Wardenburg zu halten und in Zukunft besser zu wirtschaften, war es ihm sehr ernst damit gewesen. Wardenburg mußte bleiben, vor allem für seinen Sohn.
Und dann hatte er Alice alles gesagt.
Ein Jahr war das ungefähr her. Er war zwei Wochen in Berlin gewesen und hatte erfahren, daß Cecile ernstlich krank war und an welcher Krankheit sie litt. Das war ihm nahegegangen. Verstört, voller Sorgen war er nach Wardenburg zurückgekehrt und verbrachte einige Tage in ungewohnter Schweigsamkeit. Alice fiel es natürlich auf, aber sie stellte auch diesmal keine Fragen.
An einem heißen Julitag, genauer gesagt, in der darauf folgenden Nacht kam es endlich zu einer Aussprache zwischen ihnen. Es war so ein Tag gewesen, an dem sich Köhler schon am Vormittag in bekannter Weise an den Kopf griff und ein Gewitter prophezeite.
Das Gewitter kam in der Nacht. Es war ein bösartiges Unwetter, Sturm tobte über das Land, dann Blitz, Donner und endlich Hagelschlag. Sie waren aufgestanden, keiner blieb in solchen Nächten im Bett, denn Gefahr für Haus, Hof und Stallungen bestand immer. Nicolas ging ruhelos in Alices englischem Salon auf und ab, Alice saß im Sessel, blaß und ängstlich, denn sie fürchtete jedes Gewitter. Grischa war gekommen, hatte gefragt, ob etwas gewünscht würde, Nicolas hatte den Kopf geschüttelt.
Zum Schluß also der Hagel, der wütend niederprasselte, Nicolas blickte zum Fenster hinaus und sagte: »Die Ernte ist hin.«
»Mein Gott, auch das noch!« stöhnte Alice.
Nicolas lachte auf. »Du sagst es.« Wieder lief er im Zimmer auf und ab, blieb plötzlich vor ihr stehen und sah sie an.
»Bist du sehr müde? Oder wärst du bereit, mir für einige Minuten Gehör zu schenken?«
Daß er sich so formell ausdrückte, das ernste, fast finstere Gesicht dazu, ließ Alice erstarren. Jetzt, dachte sie, kommt es. Jetzt sagt er mir, daß er sich scheiden lassen will. Sie richtete sich aus ihrer zusammengesunkenen Haltung auf, saß sehr gerade, den Kopf erhoben.
»Ich bin nicht müde. Ich könnte jetzt sowieso nicht schlafen.«
Aber er sagte zunächst nichts, begann wieder ruhelos hin und her zu laufen.

»Möchtest du dich nicht hinsetzen?« fragte sie nervös.
» Entschuldige.« Er setzte sich nicht, blieb wieder vor ihr stehen.
»Du wirst es dir vielleicht schon denken. Es ... es gibt in Berlin eine Frau.«
»Es überrascht mich nicht, das zu hören«, sagte Alice kühl.
»Ich habe ein Kind. Einen Sohn.«
Das überraschte sie doch. Sie wurde blaß, sah fassungslos zu ihm auf.
»Ich hätte es dir längst sagen sollen. Ich war zu feige.«
»Nennen wir es besser – rücksichtsvoll.«
»Danke. Du bist sehr freundlich.«
Darauf schwieg er wieder. Schwieg lange, und als sie sein zerquältes Gesicht sah, empfand sie Mitleid.
Feige war sie nicht. »Du willst dich also scheiden lassen«, sagte sie.
Jetzt sah er sie erstaunt an. »Nein. Ich will mich nicht von dir scheiden lassen. Durchaus nicht. Ich möchte nur, daß du es endlich weißt. Es ist so unwürdig, mit einer Lüge zu leben.«
»Wie alt ist dein – Sohn?«
»Er wird in diesem Jahr sieben.«
Alice verzog die Lippen zu einem spöttischen Lächeln. »Du hast es ziemlich lange ausgehalten, mit einer Lüge zu leben.«
»Mein Gott, Alice, begreifst du denn nicht?« Er wandte sich ab, ging zur Tür und griff zur Klingel. »Ich werde uns etwas zu trinken bestellen.«
»Keinen Champagner jetzt, bitte«, sagte Alice scharf. »Und Grischa wird wieder zu Bett gegangen sein.«
Er kam zurück, setzte sich nun endlich und erzählte mit wenigen Worten die Geschichte. Ohne Einzelheiten, auch Ceciles Krankheit verschwieg er.
Als er geendet hatte, sah er sie an, und sie bemerkte, daß er sich erleichtert fühlte, er glich dem Nicolas, den sie kannte. Sie wickelte die Kordel ihres Morgenmantels um ihr Handgelenk, wickelte sie wieder ab, das tat sie mehrmals, in Gedanken versunken. Zu ihrer eigenen Verwunderung stellte sie fest, daß sie sich auch erleichtert fühlte. Sie kannte also nun die sogenannte Wahrheit, daß er diesmal nicht gelogen hatte, glaubte sie zu wissen. Dann aber war es so, daß die Frau in Berlin ihm nicht mehr allzuviel bedeutete. Scheiden lassen wollte er sich nicht. Doch das Kind war ihm wichtig.
Sollte sie nun eine Szene machen? Die betrogene, verratene Frau spielen? Weinen, ihn beschimpfen, ihm den Rücken kehren?
Dazu war sie zu stolz. Und wenn sie jetzt eifersüchtig war auf die andere Frau, die ihm ein Kind geboren hatte, dann war sie verlogen. Sie hatte keine Kinder haben wollen, und es hatte wenig Zweck, es zu bereuen, sie hatte ja kein Kind bekommen, und darum brauchte sie sich nicht schuldig zu fühlen.
»Wenn ich dich recht verstehe, möchtest du gern, daß dein Sohn hier aufwächst«, sagte sie.
»Ja«, sagte er. »Ich möchte es gern. Aber es ist unmöglich, ihr das Kind wegzunehmen. Das wäre barbarisch. Aber vielleicht später. Wenn er älter ist.«
Alice stand auf. »Dein Sohn wird mir jederzeit willkommen sein.«
Ihre Haltung war bewundernswert. Nicolas erhob sich, trat zu ihr.

»Verzeih mir, wenn du kannst. Und ich wünschte, das, was ich dir eben erzählt habe, würde unser gutes Verhältnis nicht zerstören.«
Alice lächelte. Ihr blondes Haar floß offen über die blaue Seide ihres Morgenmantels – blau war noch immer ihre Lieblingsfarbe –, ihr Blick war ohne Feindschaft. »Das wünsche ich auch«, sagte sie. »Und was mich betrifft, so wird es nicht geschehen.«
»Alice!« Er hob die Arme, zögerte, doch da sie nicht zurückwich, nahm er sie in die Arme und küßte sie, seit langer Zeit zum erstenmal.
Sie schloß die Augen und erwiderte seinen Kuß, und sie tat es mit ungewohnter Zärtlichkeit.
Danach waren sie beide ein wenig befangen, und Alice sagte: »Vielleicht sollten wir nun doch etwas trinken.«
Grischa war nicht ins Bett gegangen, er hielt sich im Vestibül auf, war gerade von draußen gekommen und hatte mit Köhler gesprochen.
»In Klein-Plettkow hat es eingeschlagen«, berichtete Grischa, »es brennt. Herr Köhler ist hinübergeritten, um zu sehen, ob er helfen kann.«
»Der kann es auch nicht lassen«, sagte Nicolas. »Hat er nicht von damals genug? Bis ihm wieder was passiert.«
»Er will nachsehen, sagt er, was auf unseren Feldern los ist. Ob der Hagel hat gemacht vielen Schaden.«
»Das hat er. Das weiß ich, ohne nachzusehen. Bring uns eine Flasche, Grischa, und dann geh ins Bett.«
Von dieser Zeit an schlief Nicolas wieder mit Alice, und es schien sogar, als habe sie jetzt mehr Verlangen nach seiner Umarmung als je zuvor. Auch die gemeinsame Bemühung, Wardenburg zu halten, möglichst sparsam zu wirtschaften, um wenigstens einen bescheidenen Gewinn zu erzielen, band sie wieder fester aneinander. Alice war es, die sagte: »Es würde mich glücklich machen, wenn dein Sohn eines Tages Herr auf Wardenburg sein würde.«
Nun war sein Sohn krank. Für wen also sollte er Wardenburg erhalten?
Nicolas stellte das Glas hart auf den Tisch zurück, wandte dem Zürisee den Rükken zu und fluchte auf russisch.
Er ließ sich vom Pessimismus der Ärzte viel zu sehr beeindrucken, erst der in Berlin, jetzt der andere in Davos. Das gehörte offenbar zu deren Berufshabitus, möglichst schwarz zu sehen. Cecile hatte ihm gar keinen so kranken Eindruck gemacht. Und Ralph war jung, bei ihm war die Krankheit rechtzeitig erkannt worden und würde auskuriert werden. In Gottes Namen kam er eben auch in die Schweiz, in das beste Sanatorium, das zu finden war, und binnen einem Jahr würde sein Sohn gesund sein.
Es fehlte ihm ein Mensch, mit dem man vernünftig sprechen konnte und der sich nicht nur in düsteren Betrachtungen über Zeit und Menschheit erging, das war letzthin so richtig Mode geworden.
Natalia Fedorowna. Wenn er nur mit ihr wieder einmal sprechen könnte, sie würde seine Welt mit wenigen Worten in Ordnung bringen. Er hatte sie viel zu lange nicht gesehen. Ihr Mann war inzwischen gestorben, wie er gehört hatte. Und dann die Sache mit ihrem Sohn, den die Anarchisten ermordet hatten, das

war natürlich furchtbar. Wie er sie kannte, trug sie daran schwer. Seine letzten Briefe waren ohne Antwort geblieben, darum hatte er im vergangenen Jahr an Serafima geschrieben, die frühere Zofe der Fürstin; Nicolas kannte sie, seit er die Fürstin kannte. Erst zu Ende des Jahrhunderts hatte Serafima geheiratet, großzügig von der Fürstin ausgestattet, hatte mit dem Inhaber eines der luxuriösen Delikatessengeschäfte auf dem Newskij-Prospect eine recht gute Partie gemacht, und diese Heirat hatte der Fürstin viel Spaß gemacht, wie Nicolas wußte. Seit vielen Jahren kaufte das fürstliche Palais im Laden des Oleg Catjevec den Lachs und den Kaviar, Pasteten, Rebhühner und Fasanen, frische Ananas und Artischocken, und was sonst noch zur Tafel guter Häuser gehörte. »Er hat uns immer gute Sachen geliefert, der Oleg«, hatte die Fürstin lachend gesagt, »und nun bekommt er auch etwas Gutes von uns, er holt sich meine Fimofochka.«

Von Serafima hatte Nicolas postwendend Antwort bekommen. Das Mütterchen sei schon lange nicht mehr in St. Petersburg gewesen, es habe sich nach Pernisgosva zurückgezogen. St. Petersburg sei leer und öde ohne das geliebte Mütterchen, das Gott schützen möge.

Pernisgosva war das südlichste der fürstlichen Güter, wie Nicolas wußte, im Gouvernement Jekaterinoslaw im Dnjepr-Bogen gelegen, nicht allzuweit entfernt vom Schwarzen Meer. Dort war der Boden fruchtbar, das Klima warm. Der Fürst hatte, dessen erinnerte sich Nicolas noch, große Baumwollpflanzungen anlegen lassen, die im Laufe der Jahre sehr ertragreich geworden waren.

Was mochte sie tun, dort im Süden, allein? Aber wer wußte denn, ob sie allein war? Nicolas glaubte es zu wissen. Wenn sie sich so weit von dem Kreis der Menschen entfernte, in dem sie bisher gelebt hatte, wenn sie sich in Schweigen hüllte, nicht einmal seine Briefe beantwortete, dann bewies das nur, wie tief verletzt sie war, wie schwer sie litt. Auch darin war sie eine echte Russin, sie konnte mit überschäumender Lust ihr Leben genießen, aber sie konnte auch mit letzter Hingabe leiden.

Fedor, ihr ältester Sohn, war immer ihr Liebling gewesen. Er war klug, besonnen, aufrichtig, überlegt in seinen Reden und Handlungen, hatte sich mit seinem Vater und seiner Mutter gut verstanden und war im Gegensatz zu den meisten der russischen Großgrundbesitzer immer an der Arbeit und dem Ertrag seiner riesigen Ländereien interessiert gewesen. Daß gerade er von einem Anarchisten erschossen worden war, war tragisch im wahren Sinne. Er, genau wie der alte Fürst, hatte ein gutes Verhältnis zu seinen Bauern gehabt, das hatte Natalia Fedorowna immer erzählt, mit Stolz, denn auch sie ging menschlich und gütig mit ihren Untergebenen um, überzeugt, es sei ein Zeichen schlechter Rasse und niederen Denkens, einen Anvertrauten und zu Gehorsam Verpflichteten zu quälen oder zu schlagen.

Offenbar aber hatte sich im Rußland der letzten Jahre so viel geändert, daß man sich außerhalb dieses Reiches davon keine rechte Vorstellung machen konnte, und nach der Revolution im vergangenen Jahr waren die Verhältnisse vollends undurchschaubar geworden. Das allerdings hatte russisches Leben und russische Politik immer schon an sich, daß ein Außenstehender meist nicht begriff,

was da vor sich ging. Heute abend, dachte Nicolas, werde ich mehr darüber erfahren. Dann würde er Michael treffen, den Sohn seines Onkels Georg, der zur Zeit in Zürich studierte.
In Gedanken verloren füllte Nicolas sein Glas nach, zündete eine neue Zigarette an.
Es war niemand da, weit und breit niemand, mit dem er über seine Probleme sprechen konnte. Alice, gewiß. Es war gut, daß sie nun alles wußte, daß er wenigstens mit ihr darüber sprechen konnte, helfen allerdings konnte sie ihm auch nicht.
Wenn man den Jungen einfach nach Wardenburg holte, so wie er jetzt war? Man konnte ihn gut füttern, konnte ihn wohlverpackt auf einen Liegestuhl an die frische Luft legen, er wußte ja jetzt, wie das gemacht wurde. Andererseits gehörte dazu Hochgebirgsluft oder wenigstens Waldluft, und beides hatten sie in Wardenburg nicht. Und dann brauchte er ja wohl auch ärztliche Behandlung. Wenn es wenigstens Dr. Menz noch gegeben hätte, aber der hatte vor zwei Jahren seine Praxis verkauft und war nach Breslau gezogen.
Der Gedanke an das Kind bedrückte Nicolas, nicht allein die Krankheit, sondern ebenso die Verlassenheit des Kindes, sein Kummer. Ralph war nie von seiner Mutter getrennt gewesen, schon als er in die Schule kam, gab es Tränen. Als dann Cecile ins Sanatorium mußte und Ralph als Interner in die Schule gesteckt wurde, war er stumm und blaß vor Furcht und Verzweiflung gewesen. Das hatte er Cecile nicht erzählt, natürlich nicht. Sonst stimmte alles, die Schule war gut geführt, die Hausmutter freundlich und nett zu den Kindern, aber Ralph war todunglücklich gewesen und konnte sich nicht eingewöhnen. Und nun war er wieder an einen anderen Ort gekommen, in diese Heilstätte im Harz, in der die starre Ordnung eines Klinikbetriebs herrschte, herrschen mußte, erst recht, da es ein Kindersanatorium war, in dem es zweifellos ohne einen gewissen Zwang und ein strenges Reglement nicht abgehen konnte. Es bedurfte keiner großen Phantasie, um sich vorzustellen, wie unglücklich sich das Kind fühlen mußte.
Und wenn es so ist, dachte Nicolas wild, dann nehme ich ihn mit, Wald oder nicht Wald, dann kommt er eben nach Wardenburg. Wenn er sowieso sterben muß, soll er wenigstens in der kurzen Zeit, die ihm noch bleibt, glücklich sein.
Nicolas stöhnte auf. Er empfand eine jähe Wut, hatte Lust, das Glas an die Wand zu werfen, irgend etwas zu zerstören, mit dem Kopf an die Wand zu rennen.
Was war nur aus ihm geworden, aus ihm und seinem vergnügten unbeschwerten Leben? Cecile und die große Liebe! Damit hatte es angefangen. Jetzt wußte er, daß es weitaus besser war, der Liebe aus dem Weg zu gehen, damit hatte der Schweizer Doktor durchaus recht, und das galt nicht nur für eine Frau, es galt genausogut für einen Mann.
Viel besser, kleine unverbindliche Affären zu haben, die Freude machten und keine Sorgen hinterließen. Er hatte es doch früher so gehalten, warum war er nicht dabei geblieben?
Damals, ehe er Cecile kennenlernte, hatte er in Berlin eine amüsante, unproblematische Liaison mit der temperamentvollen Frau eines jüdischen Bankdirektors. Eine charmante Person, brillant im Aussehen und im Gespräch, bei jeder

Premiere, bei jeder Vernissage zugegen und keineswegs nur aus Snobismus; sie war eine echte Kunstkennerin, wußte alles über neue Bücher, neue Theaterstükke und interessante Künstler. Über ein Jahr war Nicolas mit ihr befreundet, und das war ein unterhaltsames Jahr gewesen.
Während der Sommerwochen hatte es ein wohlgetarntes Treffen in Swinemünde gegeben, seine Freundin hatte ihre Kinder, das Kindermädchen und die Zofe dabei, er hatte sich im gleichen Hotel einlogiert, und sie trafen sich am Vormittag, am Nachmittag oder am Abend, sie war ungebunden, die Kinder waren gut versorgt. Außerdem war sie couragiert, eine selbstbewußte und unabhängige Frau, die aus einer alteingesessenen wohlhabenden jüdischen Familie stammte und Rahel Varnhagen unter ihren Vorfahren hatte. Trotz ihrer Ehe, ihrer Kinder und ihrer gesellschaftlichen Stellung nahm Laura sich die Freiheit, das Leben einer emanzipierten Frau zu führen, in dem Sinn, wie der Arzt in Davos es gemeint hatte. Eine angenehme Geliebte obendrein, die zwar Zeit hatte, aber wiederum nicht so viel, daß sie beherrschend werden konnte.
Wie reizvoll war dieses Verhältnis gewesen! Damals in Swinemünde konnte Nicolas sehen, wie umschwärmt Laura war. Wenn sie einander an der Table d'hôte trafen, war er nur einer unter ihren vielen Verehrern, und wenn er unter anderen Sommergästen auf der Promenade dahinschlenderte, nur einer unter vielen, der artig seinen Strohhut zog, wenn sie sich begegneten. Kurz darauf lag sie dann in seinen Armen, die Augen leuchtend vor Glück, ihr Körper bebend vor Wollust, ihre Haut wie Seide unter seinen streichelnden Händen, schlang ihre langen dunkelbraunen Haare um seinen Hals und flüsterte: »Wenn du mich betrügst, erdroßle ich dich mit meinem Haar.«
»Was für ein schöner Tod!« sagte Nicolas.
Als der Ehemann eintraf, um auch ein wenig Seeluft zu genießen, reiste Nicolas vorsichtshalber ab, er wußte zu gut, daß sie es fertiggebracht hätte, ihn auch jetzt noch zu besuchen. Es vergingen einige Wochen, manchmal sogar Monate, bis sie sich wieder trafen, und darauf freute er sich ganz rasend, Laura sich auch, wie sie sagte, sie stürzte in seine Arme und ihr Zusammensein war für beide eine Lust.
Was für eine wunderbare Zusammengehörigkeit! Er gab sie auf, nachdem er Cecile getroffen hatte. Das geschah im kommenden Winter, als er während seines Aufenthalts in Berlin Laura zur Teezeit besuchte. Er traf sie in Gesellschaft einer Dame. Eine gertenschlanke, hochgewachsene Frau mit einem Gesicht von kühner Schönheit, die Augen dunkel unter hellblondem Haar, ein großer, leidenschaftlicher Mund.
Nicolas war sofort fasziniert. Touché, wie er es nannte. Cecile von Hergarth – das war der Name, den Laura bei der Vorstellung nannte – blieb nur eine knappe Viertelstunde, war nervös, sprunghaft in Rede und Gegenrede, angespannt, lächelte nicht und wich seinem Blick aus.
Als sie ging, umarmten sich die beiden Frauen, er bekam nur ein flüchtiges Kopfnicken, nicht einmal die Hand reichte ihm die Fremde.
»Na?« machte Laura, als sie allein waren.
»Ravissante«, sagte Nicolas.
»Du hast offenbar keine Ahnung, wer sie ist.«

»Mais non. Hätte ich es wissen müssen?«
»Du bist ein Bauer aus der Provinz, ich sage es ja immer. Mon dieu!« Sie hob in gespieltem Entsetzen die Hände mit den blitzenden Brillanten. »Wie kann man nur so ein langweiliges Leben führen!«
»Darum bin ich hier, mon amour, damit du mir das Leben wieder etwas interessanter machst. Und nun erzähle! Wer ist diese kühle Blonde, die so prominent ist, daß ich sie kennen müßte.«
»Prominent! So kann man es auch nennen. Sie ist der größte Skandal, den wir seit langem hatten. Eine Verworfene!« Laura schlug die Augen zur Decke und zog eine Grimasse. Sie war eine sehr freizügige Frau und machte sich gern über die Gebote der guten Gesellschaft lustig.
»Hast du nie ›Effi Briest‹ gelesen? Nein? Ich dachte es mir. Ein Bauer aus der schlesischen Provinz will preußischer Gutsherr sein! Daß ich nicht lache. Ich frage mich oft, wie ich an so etwas geraten konnte.«
»Ich werde mich bemühen, meinen Lebenswandel zu veredeln. Dir zuliebe täte ich alles.«
»Ich hoffe es. Als erstes lies Fontanes Roman, und dann wirst du wissen, worum es geht. Du hast soeben ›Effi Briest‹ gegenüber gesessen. Obwohl, Effi ist ein harmloses Kind gegen Cecile. Ihre Geschichte ist weitaus schlimmer.«
Dann also erfuhr er die Geschichte, die traurig genug war, denn trotz allem Fortschritt und aller Modernität, die die Berliner so gern zur Schau trugen, war das Dasein einer geschiedenen Frau aus guten Kreisen noch immer ein Martyrium, besonders, wenn, wie in diesem Fall, die Frau schuldig geschieden und der Ehemann von Rang und Familie war. Ihr Mann war ein hoher Generalstabsoffizier, sie hatte ihn betrogen, was sie auch nicht leugnete. Sie sei eine heißblütige, leidenschaftliche Frau, erfuhr Nicolas und sei früher von geradezu hinreißender Schönheit gewesen, wenn man ihr das heute auch nicht mehr so recht ansehe.
Nicolas verschwieg, daß er sie auch heute noch absolut hinreißend fand, ganz gleich, wie sie früher ausgesehen haben mochte. Denn gerade diese Morbidezza, dieser Hauch von Unglück, von Sünde möglicherweise, der ihr anhaftete, erhöhte in seinen Augen ihren Reiz.
Sie habe immer zahllose Verehrer gehabt, erzählte seine Freundin, habe auch gewaltig geflirtet, dagegen wäre nichts einzuwenden, aber dann verliebte sie sich aufs ernsthafteste und stürzte sich rücksichtslos in eine Affäre mit einem jungen Oberleutnant, noch dazu einem Untergebenen ihres Mannes.
»Weiß du, man kann es so oder so machen. Ich bin meinem Mann auch nicht so treu, wie du weißt. Aber ich blamiere ihn nicht.«
Nicolas nickte und dachte: und du liebst auch nicht. Du gibst deinen Körper, was mir genügt. Mehr aber gibst du nicht.
»Und dann?« fragte er.
»Nun ja, Skandal, eine Scheidung, das Kind, eine Tochter, hat man ihr weggenommen, in ein Pensionat geschickt, sie darf es niemals sehen, sie ist ausgestoßen und verfemt, lebt in einer winzigen Wohnung, wovon weiß ich nicht. Ich glaube, ich bin der einzige Mensch, der sie gelegentlich einlädt. Natürlich auch nur, wenn ich keine anderen Gäste habe.«

»Außer mir.«
»Außer dir, mein Schatz. Du gehörst hier nicht dazu, du lebst da draußen auf deiner Klitsche und bist ein vorurteilsloser Mann. Weißt du was? Du könntest ein gutes Werk tun. Führ sie doch mal aus, zum Essen oder ins Theater. Die Arme kommt nirgendwohin, sie versauert ja ganz.«
»Du bist sehr großzügig.«
»Immer. Das weißt du doch.«
Sie reckte sich, sie war jung, prachtvoll gewachsen, die verkümmerte Freundin erschien ihr niemals eine Konkurrenz. Sie war eine Konkurrenz. Sie wurde für Nicolas nach der Fürstin die zweite Frau, die er wirklich liebte. Zunächst war es gar nicht einfach, mit ihr in Verbindung zu treten. Er schickte Blumen und ein Briefchen, eine Antwort erhielt er nicht. Eine zweite Annäherung blieb ebenfalls ohne Erwiderung, er hätte es sein lassen können, so sehr versessen war er auf die Fremde auch wieder nicht, aber nun wurde es ein Sport.
Auf seinen dritten Brief erhielt er eine kurze Antwort in sein Hotel. Sie bat ihn, er möge doch ihrem Unglück nicht auch noch Beleidigungen hinzufügen. Daraufhin mietete er einen Wagen mit guten Pferden und fuhr eines Nachmittags zu ihrer Wohnung. Es war zwar erst Februar, aber schon fast ein Vorfrühlingstag, die berühmte Berliner Luft prickelte wie Sekt.
Er hieß den Kutscher warten, betrat das graue häßliche Miethaus in der Nähe des Halleschen Tors, und als er klingelte, öffnete sie ihm selbst die Tür. Sie wurde rot, dann blaß, ihre Brauen zogen sich unwillig zusammen, er hob die Hand.
»Gnädige Frau!« begann er. »Ich möchte mich rechtfertigen. Sie werfen mir Beleidigungen vor, darf ich Ihnen erklären, wie ich es meine? Unten steht ein Wagen, ich dachte an eine kleine Spazierfahrt, das Wetter ist herrlich. Keine große Toilette, ein Hut und ein Schal genügen. Wir fahren eine halbe Stunde, und wenn Sie mir verziehen haben, sehen Sie mich nie wieder.«
Damit wandte er sich um, stieg die Treppe hinab, setzte sich in den Wagen und wartete gespannt, was kommen würde. Er wartete eine Viertelstunde, der Kutscher wandte einigemale mit fragendem Blick den Kopf, die Pferde stampften ungeduldig, schließlich fragte der Kutscher: »Wat denn nu? Fahrn wa oder fahrn wa nich?«
»Wir fahren«, sagte Nicolas mit Bestimmtheit.
Dann kam sie, möglicherweise hatte sie seine Hartnäckigkeit vom Fenster aus beobachtet. Sie trug ein dunkelblaues Kostüm, eine hochgeschlossene weiße Bluse und einen kleinen blauen Hut. Er stieg aus, half ihr in den Wagen, die Pferde zogen an.
Sie fuhren nicht eine halbe Stunde, sie fuhren fast anderthalb Stunden bis Paulsborn und verließen den Wagen nicht. Sie war sehr schweigsam, vermied seinen Blick, also erzählte er von sich, von seinem Leben, unterschlug Alice nicht und sprach zuletzt von Kerst. Als er sie zur Haustür brachte, gab sie ihm die Hand. Ihre Wangen hatten ein wenig Farbe bekommen, ihr Blick war nicht mehr so unstet, sie lächelte.
Ob sie ihm die Freude machen würde, an einem der nächsten Abende mit ihm auszugehen? war seine letzte Frage. Er dachte nicht daran, ein verstecktes Lo-

kal mit ihr aufzusuchen, er besorgte Karten für die Oper, bestellte einen Tisch bei Dressel. Als er ihr schriftlich mitteilte, was er vorhabe, erwartete er eine Absage, doch sie sagte zu.

Als er sie abholte, war er zunächst sprachlos. Sie hatte sich offenbar entschlossen, der Welt die Stirn zu bieten. Sie war in großer Toilette, das helle Haar kunstvoll hochgetürmt, jedoch trug sie kein einziges Schmuckstück, weil sie, wie er vermutete, ihren Schmuck wohl bis zum letzten Stück versetzt oder verkauft hatte. Doch sie nahm eine der Rosen, die er mitbrachte, und steckte sie an ihr Kleid. Sie war wunderschön.

Da sie sich entschlossen hatte, das Wagnis dieses Abends einzugehen, wobei sicherlich Trotz und Verzweiflung eine Rolle spielten, hielt sie sich mit großer Attitüde, den Kopf hoch erhoben, die nackten Schultern ganz gerade, doch ihre Hand war eiskalt, als Nicolas ihr vor der Oper aus dem Wagen half, er spürte es durch den Handschuh hindurch. Es mochte ihr erster Opernbesuch seit der Scheidung sein.

Der Abend kostete sie offenbar viel Kraft. Während der Pause bemerkte Nicolas, daß einige Leute sie erkannten und sich ostentativ abwandten. Auch er entdeckte einen ehemaligen Kameraden, der tat, als hätte er ihn nicht gesehen.

Bei Dressel war es dann leichter. Er hatte einen Tisch bestellt, an dem er immer saß, und wurde mit gewohnter Zuvorkommenheit bedient. Anfangs schien Cecile keinen Appetit zu haben, trank nur hastig von dem Wein, und erst, als er gelassen mit ihr plauderte, wurde sie ruhiger, begann etwas zu essen, hörte ihm zu und sprach auch selbst.

Als er sie nach Hause brachte, sagte sie: »Das werden Sie gewiß nie wieder tun.«

Er legte behutsam den Arm um sie, beugte sich über ihren Mund.

Sie erstarrte und fragte kalt: »Muß ich gleich dafür bezahlen?«

»Später«, sagte er lächelnd. »Denn sei gewiß, ich komme wieder.«

Nicolas führte sie noch zweimal abends aus, ehe er abreiste. Den Versuch, sie zu küssen, wiederholte er nicht.

Bei seinem nächsten Besuch in Berlin begann es von vorn, Blumen, Briefchen, ihre Absage, dann sah er sie wieder. Sie war hektisch bei diesem Wiedersehen, hatte rote Flecken auf den Wangen, ihre Hand zitterte. Es war nun Frühling geworden, sie fuhren wieder in den Grunewald, ließen den Wagen warten und gingen spazieren. Später speisten sie manchmal in einem der Lokale an der Havel. Nicolas war immer höflich, aufmerksam ihr zugewandt, nie zudringlich.

Einmal sagte sie: »Ich würde Sie gern zu mir bitten, aber meine Wohnung ist nicht sehr behaglich.«

»Dann sollten Sie umziehen. Ich werde Ihnen behilflich sein, eine passende Wohnung zu finden.«

Eines Nachmittags lud sie Nicolas zum Tee ein. Er kam mit Blumen und Pralinen, sie war wieder sehr nervös, unsicher, fahrig, er rettete die Teekanne, ehe sie zu Boden fiel.

»Ich bin Besuch nicht mehr gewöhnt«, sagte sie.

An diesem Nachmittag erfuhr er ihre Geschichte, die er ja zum Teil schon kannte. Er fragte, was aus dem Mann geworden sei, den sie geliebt hatte. Er sei in eine Garnison nach Ostpreußen versetzt worden, hatte nie wieder von sich hören lassen.
»Er war Ihrer Liebe nicht wert.«
»Vielleicht war ich es nicht wert, geliebt zu werden.«
Er schwieg und sah sie an.
»Sie widersprechen nicht? Er hat also recht getan.«
»Ich bin sehr froh, daß er aus Ihrem Leben verschwunden ist.«
So ähnlich hörten sich ihre Gespräche an, und sie bewegten sich manchmal auf dem Niveau eines Kitsch-Romans. Nicolas war sich dessen bewußt, doch es gab der ganzen Geschichte einen romantischen Anstrich. Wenn man verliebt ist, hat auch Kitsch seine Reize. Und Nicolas war verliebt.
Als er nach einer Stunde gehen wollte, sagte sie: »Ich muß Sie um etwas bitten.«
»Um was?«
»Wir dürfen uns nie wiedersehen.«
»Warum?«
»Es geht nicht.«
»Was haben Sie zu verlieren?« fragte er direkt.
»Meine Selbstachtung.«
»Die dürfen Sie behalten. Sie bekommen meine dazu und meine Liebe.«
»Nein.«
Er küßte ihr die Hand, doch als er schon an der Tür war, sagte sie: »Küssen Sie mich einmal!« Er küßte sie und er blieb.
Sie war krank vor Einsamkeit, von ihrem Ausgestoßensein, sie war hungrig nach Liebe. Und schließlich war es nur noch er, den sie liebte, den sie je geliebt hatte. Sie war eine leidenschaftliche Geliebte, von einer so vollkommenen Hingabe, wie es Nicolas noch nie erlebt hatte. Die Fürstin war immer Herrin ihrer selbst gewesen, sie gab sich und nahm sich sofort zurück. Cecile gab sich ganz und nahm nichts zurück.
Sie lag mit geschlossenen Augen in seinem Arm und flüsterte: »Ich möchte sterben.«
»Und warum?«
»Aus Liebe. Man kann nicht leben, wenn man so liebt, wie ich dich liebe. Es ist nicht zu ertragen.«
Sie war zweifellos exaltiert, immer nahe an Hysterie und manchmal mitten drin. Nicolas ertrug es lange mit Gelassenheit, denn er liebte sie wirklich. Nachdem sie das Kind bekommen hatte, fühlte er sich ihr tief verbunden. Er hatte einen Sohn, und das bedeutete ihm unendlich viel.
Sie hatte eine andere Wohnung inzwischen, und nach der Geburt des Kindes zog sie wieder um, in eine hübsche Dreieinhalbzimmerwohnung in einem der Neubauten um den Reichskanzlerplatz. Dort galt sie als junge Witwe, Nicolas trat als ihr Schwager auf. Auch ein Dienstmädchen hatte sie nun, das allerdings nicht im Hause wohnte, aber täglich kam.

»Jetzt bin ich eine ausgehaltene Frau«, sagte sie.
»Du bist eine Frau, die geliebt wird.«
Die große Stadt verbarg großmütig ihr Geheimnis, sie gingen selten aus, seit sie das Kind hatte, vermißte sie es nicht mehr. Im Sommer brachte Nicolas die beiden an die See, nach Ahrenshoop, einen von der Gesellschaft nicht so frequentierten Ferienplatz an der Ostsee, sie mieden die Hotels, logierten in einer Pension, einigemale mietete er ein kleines Haus, und er machte es immer möglich, ein oder zwei Wochen bei ihnen zu sein.
Nicolas erwog eine Scheidung, doch Cecile wollte nicht.
»Nein«, sagte sie mit Nachdruck. »Niemals! Das darfst du deiner Frau nicht antun. Es wäre eine große Sünde, ihr unschuldig mein Schicksal aufzubürden.«
Sie begriff auch bald, daß es ihm weniger um sie als um das Kind ging. »Später«, sagte sie, »wenn er groß ist. Dann sollst du ihn haben. Aber jetzt laß ihn mir noch. Er kennt dich ja von klein an. Er weiß, daß du zu uns gehörst. Er wird später ganz von selbst dein Leben mitleben.«
Nicolas hing sehr an dem Kind, Cecile dagegen ging ihm mit der Zeit ein wenig auf die Nerven, ihre pathetischen Reden, ihre zunehmende Hysterie, ihre Eifersucht, all das wurde zunehmend lästiger. Dann kam die Krankheit. Sie wurde immer dünner, hustete, hatte manchmal Fieber und weigerte sich lange, zu einem Arzt zu gehen.
Er war jedesmal recht froh, nach Wardenburg zurückzukehren. Alice war eine Erholung nach Ceciles Überspanntheiten, ja, man konnte geradezu sagen, daß sein Verhältnis zu Alice nie so gut gewesen war wie in den letzten zwei, drei Jahren, als er immer tiefer in die Wirrnis seiner Gefühle und die Komplikationen seines Daseins verwickelt wurde.
Es war auch die Zeit, in der er in Wardenburg wirklich heimisch wurde.
Kerst gehörte der Vergangenheit an, eine Jugenderinnerung, entrückt, blaß und unwirklich geworden.

An diesem Juniabend in Zürich empfand Nicolas zum erstenmal die dunkle Drohung einer unbekannten Gefahr. Weder begriff noch erkannte er, welcher Art sie war und woher sie kam, er spürte nur, daß etwas anders wurde oder schon geworden war, und diese Veränderung trug ein böses, gefährliches Gesicht.
Dies war, gerade für ihn, eine befremdliche Regung, und sicher hätte er nicht so sensibel reagiert, wenn er sich nicht durch sein eigenes Schicksal, seine eigenen Sorgen, durch das Zusammentreffen mit Cecile und den damit verbundenen Gedanken und Gesprächen ohnedies in einem Zustand erregter Hellhörigkeit befunden hätte.
Anlaß für den Schreck, ja, für die Angst, die ihn überfiel, war eine Bemerkung seines Cousins Graf Michael Goll-Falingäa. Sie saßen sich gegenüber am Tisch eines gemütlichen Restaurant am Limmatquai, und der junge Graf sagte, und zwar ohne Dramatik, ganz ruhig: »Ich habe mich vom Baltikum gelöst. Ich werde nie dorthin zurückkehren.«
Das war so ungeheuerlich, daß Nicolas kein Wort fand, das sich darauf erwidern ließ. Alle Balten liebten ihre Heimat, alle Kerster hingen an Land und Schloß, sie hingen auch aneinander wie die Kletten, und sein eigener Auszug aus Kerst, damals, erschien Nicolas immer wie ein Verrat, eine ungewollte Auswanderung, und viele Jahre danach, auch als er längst in Wardenburg lebte, betrachtete er Kerst als seine Heimat, tat es im Grunde heute noch.
Vor zwei Stunden hatte Nicolas seinen Cousin in der Halle des Baur au Lac getroffen, sie waren dann in den Anlagen am See entlang geschlendert, hatten eine Weile auf der Brücke gestanden, unter der die Limmat in den See fließt, und während dieser Zeit hatten sie unverbindlich, fast wie zwei Fremde, geplaudert. Nicolas wußte ja, was geschehen war, er wußte allerdings nicht, warum Michael in Zürich war, warum er hier sein Studium fortsetzte.
»Eine schöne Stadt, dieses Zürich«, sagte Nicolas, noch auf der Brücke. »Trotzdem wundere ich mich, wieso du gerade hier studieren willst. Wenn schon nicht Dorpat oder St. Petersburg, dann hätte ich eigentlich erwartet, dich in Heidelberg zu finden.«
»Hier gibt es fast mehr Russen als in St. Petersburg, weißt du das nicht? Nicht nur an der Universität. Zürich ist das Mekka unserer Emigranten, hier kann ihnen nichts passieren. Wenn sie genug Wahnsinniges angerichtet haben und ihre Hände von Blut tropfen, dann verschwinden sie für eine Weile nach Zürich. Weißt du das wirklich nicht?«

Michaels Stimme war voll Bitterkeit, auch wenn er sich noch so lässig gab, auf der Stirn hatte er eine steile Falte, die fast nie verschwand. Nicolas musterte den jungen Mann vorsichtig von der Seite, er sah gut aus, war hochgewachsen, schlank und blond, aber das, was im vergangenen Jahr geschehen war, hatte seine Spuren hinterlassen.
»Ich dachte, ich treffe hier vielleicht einen, mit dem ich eine Rechnung zu begleichen habe. Aber der ist inzwischen in Sibirien gelandet, denn nicht jedem gelingt rechtzeitig die Flucht in die großzügige Schweiz. Ich werde auch nicht lange hierbleiben, ich gehe im Wintersemester nach Wien.«
»Nach Wien? So«, sagte Nicolas höflich.
»Ich werde das Wasser vermissen. Dies ist zwar hier auch kein Meer, aber wenigstens ein schöner großer See.«
»Ja, in Wien gibt es nur die Donau.«
»Dafür aber Sigmund Freud. Bei ihm möchte ich gern arbeiten.«
»Meines Wissens«, sagte Nicolas, »bist du der erste in der Familie, der Medizin studiert. Wie bist du darauf gekommen?«
»Wie kommt man auf so etwas? Schwer zu sagen. Ich glaube, unser guter alter Doktor Treidel war schuld daran. Du erinnerst dich doch sicher auch noch an ihn?«
»Natürlich. Er lebt also noch?«
»Man kann nie so genau sagen, wer jetzt noch lebt bei uns, aber vor einem Jahr jedenfalls war er noch am Leben, und höchst aktiv und angriffslustig dazu. Er hat vielen geholfen in der schweren Zeit, obwohl er nicht mehr praktiziert. Mir hat er als Junge immer sehr imponiert, wenn er mit seinen beiden Schimmeln angefahren kam. Du erinnerst dich? Er hatte immer nur Schimmel und immer erstklassige Pferde, darauf legte er Wert. Mit denen legte er dann ein flottes Tempo vor. Und er kam bei jedem Wetter, im Winter mit dem Schlitten, und nur wenn der Schnee gar zu hoch lag, ließ er sich überreden, über Nacht zu bleiben. Damals fand ich, schon als Kind, so etwas wie er möchte ich auch einmal werden. Mit meinen Schimmeln kommen und den Menschen helfen.«
Natürlich erinnerte sich Nicolas an Dr. Treidel. Als er ein Junge war und seine Mutter sehr krank, kam Dr. Treidel oft nach Kerst. Er war zu jener Zeit ein Mann in den besten Jahren, ein großer kräftiger Mann mit einer leisen Stimme und behutsamen Händen. Nicolas sah ihn noch vor sich, wie er bei Anna Nicolina saß, ihre Hand in seinen beiden Händen hielt und leise mit ihr sprach, und wenn er ging, sahen sie alle die Ratlosigkeit in seinen Augen.
Nein. Daran wollte er jetzt nicht denken. Krankheit und Tod und Verzweiflung wurden langsam um ihn her beherrschend, er mußte nicht auch noch die Leiden vergangener Zeiten zurückrufen.
»Wohin gehen wir zum Essen?« fragte er.
»Ins Zunfthaus zur Meise, wenn es dir recht ist. Man ißt dort ausgezeichnet.«
»Ich vertraue mich deiner Führung an, du kennst dich hier aus.«

Nicolas kannte die beiden jungen Cousins, Alexander und Michael, nur von seinen sommerlichen Besuchen. Sie waren spätgeborene Nachkommen und erst zur Welt gekommen, nachdem Nicolas Kerst schon verlassen hatte. Das kam durch das Unglück, das Onkel Georgs erste Ehe beendet hatte.

Nicolas war neun Jahre alt, als Else, Onkel Georgs erste Frau, bei einem Reitunfall ums Leben kam. Sie war damals schwanger, und Onkel Georg gab sich die Schuld an ihrem Tod, weil er nicht verhindert hatte, daß sie ein junges, ungebärdiges Pferd ritt, weil er überhaupt zugelassen hatte, daß sie in ihrem Zustand noch ritt. Aber Else, sehr jung, die einzige verwöhnte Tochter von einem großen Gut, war selbst wild und ungebärdig, machte sowieso stets, was sie wollte, war aufgewachsen wie ein Junge und ritt meist im Herrensattel, und am liebsten wilde Pferde. An diesem Tag stürzte sie, weit entfernt vom Schloß, und bis man sie fand, war sie verblutet.

Georg brauchte viele Jahre, um diesen Schmerz zu überwinden, er hatte das stürmische Mädchen sehr geliebt, er heiratete erst wieder Ende der siebziger Jahre, abermals eine sehr junge Frau, die ihm zwei Söhne gebar, Alexander und Michael. Nun war Michael allein übrig, der letzte Sohn von Kerst. In den Jahren von Nicolas' Kindheit fehlte für einige Zeit auf Kerst die Herrin. Auch der Großvater hatte seine Frau früh verloren, die junge Herrin war durch den Unfall ums Leben gekommen und Anna Nicolina viele Jahre krank. Die Rettung für Schloß, Familie und Gesinde war Friederike. Sie stammte aus einer Nebenlinie, eine lebendige, resolute, immer vergnügte Person, obwohl eigentlich auch sie keinen Grund hatte, vergnügt zu sein, denn sie hatte ihren Mann der Ostsee geben müssen.

Er war ein begeisterter Segler gewesen und war eines Tages nicht zurückgekehrt, weder tot noch lebendig. Wie man sich in der Familie zuflüsterte, war Friederike darüber keineswegs das Herz gebrochen, denn ihre Ehe war nicht die beste gewesen. Sie hatte in Reval gelebt, kam aber nur zu gern mit ihren drei Kindern nach Kerst und übernahm dort die Leitung des Hauses, fungierte viele Jahre als Herrin, von allen geliebt und anerkannt. Ihre Kinder, zwei Mädchen, ein Junge – Yvonne, Lilli und Siegfried – waren Nicolas' Spielgefährten und Jugendfreunde gewesen und standen ihm näher als die beiden Söhne seines Onkels Georg.

Schließlich saßen sie bei Kerzenlicht in dem hübschen Restaurant, wählten mit Bedacht das Menü und den Wein, und sprachen während des Essens über dies und das, über die Schweiz, den Reiseverkehr dieses Sommers, die bevorzugten Reisegebiete, erörterten auch die Frage, ob man sich ein Auto anschaffen solle und waren sich einig, Pferdemenschen, die sie beide waren, daß ein Auto nur etwas für Emporkömmlinge und Neureiche sei und nicht mit einer gut bespannten Equipage zu vergleichen.

Beide vermieden es, von der Revolution zu sprechen, von dem, was sich im vergangenen Jahr im Baltikum abgespielt hatte. Dann kamen sie nochmals auf Michaels Studium zu sprechen, und Nicolas erfuhr, daß, trotz Dr. Treidel, sich Michael besonders für Psychoanalyse interessierte.

»Darum willst du zu Freud nach Wien?«

»Du hast von ihm gehört?«

»Ein wenig.« Dank seines Vaters, durch den er in Florenz von dem Wiener Professor etwas erfahren hatte, sonst hätte Nicolas sicherlich keine Ahnung von ihm gehabt.

»Ein ungewöhnliches Gebiet, das du dir da ausgesucht hast.«

»Findest du? Ich glaube, es ist ein Gebiet der Medizin, das eine große Zukunft hat. So wie die Welt jetzt aussieht und wie die Menschheit sich entwickelt, wird sie bald nichts nötiger brauchen als Ärzte für ihre kranken Nerven und ihre kranken Seelen.«

»Das klingt nicht gerade optimistisch.«

»Nein. Woher auch? Oder blickst du vielleicht voll Optimismus in die Zukunft?«

Vor gar nicht zu langer Zeit hätte Nicolas eine derartige Frage mit einem verständnislosen Lächeln abgetan. Aber diese Zeit war nun auch für ihn vorbei.

»Vor einigen Tagen«, sagte er, »sprach ein Mann, übrigens auch ein Arzt, zu mir von der aussichtslosen Situation des Menschengeschlechts. Es erschien mir etwas übertrieben, aber möglicherweise hatte er recht.«

»Durchaus. Es gibt nichts, was so aussichtslos sein könnte wie die Situation des Menschen auf dieser Erde. Nur ist das Fabelhafte daran, daß es nicht nur eine aussichtslose, sondern auch eine haltbare Situation ist. So aussichtslos kann eine Situation gar nicht sein, als daß die Menschheit sie nicht durchsteht, sich mit ihr arrangiert und weitermacht.«

»Ist das nun das Göttliche im Menschen?« fragte Nicolas naiv, denn sein Gespräch mit dem Chefarzt des Sanatoriums spukte ihm immer noch im Kopf herum.

»Das?« Michael lachte, es war ein bitteres Lachen. »Gewiß nicht. Ich würde eher sagen, das Gegenteil. Das ist der Teufel im Menschen, der ihn so hart, so roh und so abgebrüht macht. Wenn nur ein Funken Göttlichkeit in ihm wäre, dann könnte er vor Scham schon längst nicht mehr weiterexistieren.«

»Mein Gott, Michael«, sagte Nicolas, »bist du nicht zu jung für solche Gedanken?«

»Ich bin nicht jung. Nicht mehr, nach allem, was im vergangenen Jahr geschehen ist.«

Nun waren sie also beim Thema. Nicolas entdeckte plötzlich, daß er all des Unglücks müde war. Müde dieser Gespräche, die nur noch von Not und Tod und dem Elend der Menschheit handelten. War er nicht sein Leben lang ein glücklicher Mensch gewesen? Was war auf einmal geschehen, mit ihm und allen anderen? Dieser Mann hier an seinem Tisch war jung, und er war genauso mutlos und zynisch wie der alte Arzt in Davos, und genauso wie jener Arzt in Berlin, mit dem Nicolas zuvor gesprochen hatte.

»Wie willst du Arzt werden mit solchen Anschauungen«, sagte Nicolas zaghaft.

»Ich habe dir ja schon gesagt, was für ein Arzt ich werden will. Vielleicht. Wer kann wissen, was letzten Endes aus ihm wird, das Leben ist so unberechenbar. Wir sind in ein Zeitalter der Gewalt und der Brutalität eingetreten.«

»Es ist ein Zeitalter des Fortschritts, der Wissenschaft und der Freiheit.«

Michael senkte spöttisch die Mundwinkel. »So? Bist du deinem Mörder noch nicht begegnet?«
Diese Frage verwirrte Nicolas, er mußte darüber nachdenken. Und da überkam ihn erstmals an diesem Abend das lähmende Gefühl der Angst, die sichere Vorahnung einer Gefahr, die irgendwo im Dunkeln auf ihn lauerte.
Die Saaltochter hatte den Tisch abgeräumt und einen neuen Krug mit Johannisberger vor sie hingestellt. Michael füllte die Gläser, hob das seine und sagte, die Stimme immer noch voll Spott: »Auf dein Wohl, Nicolas! Das ist ein guter Wein. Ich schätze die Schweizer Weine. Und ich wollte dich nicht erschrecken. Vielleicht lebt man in Preußen noch in Sicherheit. Bei uns sind die Mörder am Werk. Ich habe mich vom Baltikum gelöst. Ich werde nie dorthin zurückkehren.«
»Das kannst du deinen Eltern doch nicht antun«, sagte Nicolas nach einer Weile lastenden Schweigens. »Ich weiß, wie sehr du deinen Bruder geliebt hast und was sein Tod für dich bedeutet. Aber du kannst deswegen Kerst nicht aufgeben.«
»Meine Eltern verstehen mich. Mein Vater hat gesagt: zu sterben im Kampf, sei er gerecht oder ungerecht, zu sterben für sein Land, für seinen Herrscher, das kann das Schicksal eines Mannes sein. Durchaus. Aber keiner von uns ist jemals von seinen eigenen Dienern ermordet worden. Und wenn die Zeit gekommen ist, in der das geschieht, ist es nicht mehr der Mühe wert, für sein Land zu kämpfen. Ein Mann würde sein Schwert dann nur noch mit Haß im Herzen führen. Und nur noch kämpfen, um der Rache willen. Damit befleckt er sein Schwert und beschmutzt seine Ehre.«
Nicolas glaubte, seinen Onkel Georg sprechen zu hören, der sich manchmal etwas pathetisch ausdrückte, dabei aber genau das meinte, was er aussprach.
»Du kennst Vater ja«, fuhr Michael fort, »er hat es gern ein wenig feierlich. Aber in einem hat er es genau getroffen. Mein Herz ist so voll Haß«, die grauen Augen verengten sich, die Stirnfalte vertiefte sich, »so voll unbändigem Haß, wenn ich an Alexanders Tod denke, daß es mich fast erstickt. Ich hätte wie ein Berserker wüten können dort im Kerster Land, ich hätte sie mit meinen eigenen Händen erwürgen können und sie alle ausrotten mögen mit Stumpf und Stiel, nur um Alexanders Tod zu rächen. Und wenn ich wüßte, wo ich ihn finde, ginge ich mit meinen Füßen nach Sibirien, um dieses Schwein zu töten. Mit meinen Händen. Und ich weiß, daß es nie anders geworden wäre, wenn ich dort geblieben wäre. Ich kann niemals vergeben und vergessen, ich bin kein Christ, sondern ein Barbar, wenn ich an meinen Bruder denke. Ich kann unter diesen Menschen dort nicht mehr leben. Du siehst, ich werde zuallererst mein eigener Patient sein müssen. Und wenn ich mich selbst nicht heilen kann, werde ich diesen Beruf wieder aufgeben. Das schwöre ich dir.«
»Was soll aus Kerst werden? Du bist der letzte Sohn!«
»Es kann wieder Wildnis werden. Kann werden, was es einst war, ödes, wildes Land an einem fernen nördlichen Meer. Es kümmert mich nicht länger. Außerdem gibt es noch genügend Kerster Abkömmlinge im Land. Du selbst. Deine Mutter war meines Vaters Schwester. Geh hin, wenn du willst und übernimm Kerst. Ich gebe es dir schriftlich, daß ich auf mein Erbe verzichte. Aber ich war-

ne dich. Diese Revolution war nur der Anfang. Tausende sind getötet und ermordet worden im vergangenen Jahr, feige und hinterhältig. Güter und Herrenhäuser sind abgebrannt, die Pferde und Rinder haben sie mitverbrannt oder bestialisch abgeschlachtet. Ich hatte ein Pferd, einen Rapphengst, den ich vor allen liebte, er war treu und mutig und schön. Sie haben ihm erst die Augen ausgestochen und dann die Sehnen durchschnitten, und so ließen sie ihn liegen.«

»Hör auf!« rief Nicolas und legte die Hand vor die Augen.

»Ich fange erst an, lieber Vetter. Möchtest du Kerst übernehmen? Bitte, du kannst es haben. Es waren unsere Freunde, unsere Diener, unsere Gefährten aus jahrhundertelangem Zusammenleben, die das getan haben. Sie sind bei uns weder gequält noch geknechtet worden. Mag sein, daß ihresgleichen in Rußland manchmal ein böses Leben hatten. Nicht bei uns. Sie waren freie Menschen. Fünfzig Jahre früher als in Rußland haben wir im Baltikum die Leibeigenschaft aufgehoben, freiwillig, ohne Zwang. Sie hatten die Möglichkeit, Schulen zu besuchen, zu studieren, sich Besitz zu schaffen. Du kennst den Pastor aus unserer Gemeinde, er war Este. Ihn haben sie auch ermordet. Und weißt du, warum? Weil er an Alexanders Grab bitterlich weinte. Er konnte vor Tränen nicht weitersprechen, als wir meinen Bruder begruben, er, der Mann, der meinen Bruder und mich getauft und konfirmiert hatte. Und weil er seinen wahnsinnig gewordenen Schafen Vorhaltungen machte über ihr übles Tun, nannten sie ihn einen Verräter und brachten ihn um.«

»Ich kann das nicht begreifen«, sagte Nicolas erschüttert.

»Nein, zu begreifen ist es wohl nie. Aber es ist so alt wie die Welt. Oder besser gesagt, so alt wie die Menschheit, die sich in einer aussichtslosen Lage befindet, wie du vorhin sagtest. Zu jeder Zeit, in jedem Land, unter jeder Regierung war es möglich, Menschen aufzuhetzen, aus friedlichen, freundlichen Mitbürgern Mörder zu machen. Die Geschichte ist reich an solchen Beispielen. Ich brauche dir nur zwei zu nennen, eines aus alter und eines aus neuer Zeit. Kreuzige ihn! schrien sie damals in Jerusalem, und sie wußten selbst nicht, warum sie das wollten. Und dann denke an die Französische Revolution, das ist noch nicht so lange her. Sie hatten so große Ziele und so große Worte – Freiheit, Gleichheit, Brüderlichkeit. Und dann ließen sie den Mördern freie Hand. Jetzt sind wir dran. Was im letzten Jahr geschah, war der Anfang.«

Die Revolution des Jahres 1905 hatte in Rußland begonnen. Und zweifellos hatte das Volk Grund, unzufrieden zu sein und zu rebellieren, zu tief noch steckte Rußland in den Anschauungen vergangener Jahrhunderte, hatte nie eine Reformation, nie eine Aufklärung erlebt. Aber den Anarchisten ging es nicht darum, dem Volk sein Dasein zu erleichtern, ganz im Gegenteil, nur ein notleidendes, nur ein schlecht behandeltes Volk taugte zur Revolution, nicht Gespräche, nicht Reformen, sondern Mord und Aufstand und Attentat waren die Mittel, die sie anwandten. Das gehörte seit Jahren zum russischen Alltag. Als die Petersburger Arbeiter im Januar 1905 streikten und zum Winterpalais marschierten, sollte es eine friedliche Demonstration sein. Sie verlangten nichts als die Menschenrechte, die die moderne Zeit allen Menschen zugestand. Daß der Zar in die Masse

schießen ließ, war ein Unrecht und eine Untat, doch es war die Antwort auf die jahrelangen Verbrechen, die die Anarchisten begangen hatten. Die Verunsicherung war auf beiden Seiten groß. Daran entflammte sich die Revolution, die fast ein ganzes Jahr lang dauerte.
Warum sie allerdings im Baltikum so grauenhaft wütete, war auf den ersten Blick nicht zu verstehen. Hier gab es keine Unterdrückten, kein Massenelend, keine Herrenwillkür. »Wir hatten die Hetzer seit langem im Land«, sagte Michael. »Sie kamen aus Rußland, die Kommunisten, die Bolschewisten, die Menschewisten und wie sie alle heißen. Ich weiß nicht, warum das so ist, aber in Rußland gehören alle Intellektuellen diesen radikalen Strömungen an, die Dichter, die Schriftsteller, die Journalisten, die Lehrer vor allem. Das sind die schlimmsten. Wir in Estland und auch in Livland hatten so etwas nicht. So schickten sie uns die Sendboten der Revolution aus Rußland. Auf Fahrrädern fuhren sie durch das Land, kehrten auf den Höfen ein, in den kleinsten Katen, in den Schenken und hetzten unsere armen Esten so auf, daß die sich selbst nicht mehr kannten. Wir begriffen lange nicht, was eigentlich vorging. Wir waren immer gut mit den Esten ausgekommen, wir gehörten zusammen, das weißt du ja selbst noch. Auf einmal grüßten sie uns nicht mehr, drehten den Rücken, wenn man vorbei kam, warfen einen Stein. Und dann, als in Rußland die Revolution begann, begann es bei uns auch, wie auf Kommando, mit einem Schlag. Sie fingen an zu morden, dann brannten die ersten Gutshäuser. Und dann geilten sie sich auf an dem Blut und an den Flammen, so ist es ja wohl immer; dann wollten sie mehr Blut und mehr Feuer sehen.«
Auch Kerst hatte man versucht anzustecken, doch das Feuer war rasch entdeckt worden und konnte gelöscht werden, ehe größerer Schaden entstand. Bei dieser Gelegenheit wurde Alexander von hinten erschossen, aus Qualm und Rauch heraus. Dennoch war der Mörder erkannt worden. Es war der Sohn eines Kutschers von Kerst, auch Nicolas kannte ihn noch. Da der Junge begabt war, hatte sein Großvater veranlaßt, daß er in der Stadt in die Schule gehen konnte, um später zu studieren.
»Er ist genauso alt wie Alexander«, sagte Michael, »als Kinder haben wir zusammen gespielt. Er wurde Lehrer, verließ aber schon in seiner ersten Stelle sein Amt und tauchte unter. Wie so viele seinesgleichen war er zu den Revolutionären gestoßen. Und wie wir nun wissen, fuhr er schon seit längerer Zeit bei uns im Land herum und hetzte die Leute auf. Er war selbst dabei, als sie Feuer legten auf Kerst, er hat sie hingeführt und angestiftet. Und er hob das Gewehr und schoß auf meinen Bruder.«
»Was ist aus ihm geworden?«
»Ich hätte ihn gern getötet. Als der ganze Spuk zu Ende war, wurde er gefaßt und anschließend nach Sibirien verbannt. Vielen gelang es, zu entkommen. Und wenn es ihm gelungen wäre, würde ich ihn vermutlich jetzt hier in Zürich treffen. Denn viele dieser Helden sind erst einmal ins sichere Ausland geflohen und warten auf bessere Zeiten. Denn es war nur der Anfang, ich sage es dir noch einmal.«
»Was wollen sie eigentlich?«

»Was sie wollen? Die Macht. Zunächst die Revolution und die Vernichtung alles Bestehenden. Und dann die Macht. Was Revolutionäre immer wollen. Um das unterdrückte Volk ihrerseits zu unterdrücken. Alles wie gehabt.«
»Aber jetzt herrscht doch wieder Ruhe im Land.«
»Gewiß, vorerst. Die Verhältnisse haben sich sogar im Vergleich zu den letzten Jahren merklich gebessert. Die Russifizierung wurde von Petersburg aus gebremst, der Deutschenhaß ist nicht mehr so spürbar.
Aber ich traue auch Petersburg nicht. Sie warteten viel zu lange, der Zar schickte die Truppen viel zu spät. Sie wollten ganz gern, daß man uns einen Denkzettel verpaßte, den großen baltischen Herren. Da sahen die Petersburger eine Weile ganz fröhlich zu, doch dann kamen die Truppen und stellten die Ordnung wieder her, was heißen will, sie richteten ihrerseits ein Blutbad an. Haß und Rache sind übriggeblieben. Nicht nur bei mir, Nicolas. Haß und der Wunsch nach Rache auf beiden Seiten. Nein. Ich will dort nicht mehr leben. Ich kehre nicht zurück.«
»Mich bedrückt der Gedanke an deine Eltern«, sagte Nicolas nach einem langen Schweigen. »Dich verstehe ich jetzt. Aber wenn ich denke, daß sie nun ganz allein sind in dem riesigen Schloß, nach allem, was geschehen ist.«
»Sie sind nicht allein. Tante Friederike ist ja da, und trotz ihres Alters immer noch sehr rüstig. Und Lilli, ihre jüngste Tochter ist mit den Kindern da, ihren Mann haben sie auch ermordet. Dann sind die Merfelder in Kerst, ihr Haus ist bis auf die Grundmauern abgebrannt. Nein, allein sind meine Eltern nicht. Es leben genügend Menschen auf Kerst, wenn du das meinst. Allein sind meine Eltern in Wahrheit dennoch; Alexander ist tot, und ich bin fort. Es werden keine Enkelkinder auf Kerst aufwachsen.«
So also neigte sich die Kurve abwärts, eine lange Geschichte kam zu ihrem Ende. Der erste Graf Goll war mit den Ordensrittern ins Land gekommen. Der letzte wandte dem Land voll Haß und Abscheu den Rücken.
»Später«, sagte Michael, »möchte ich nach Amerika.«
»Ich sehe«, meinte Nicolas, »du bist sehr gründlich.«
Die ersten Deutschen, die das Land an der nördlichen Ostsee betraten, waren Seeleute, die von Lübeck oder Bremen kamen, bis in den Unterlauf der Düna hineinsegelten, auf der Suche nach Stützpunkten für die Ausdehnung ihres Handels mit den russischen Städterepubliken.
Das geschah gegen Ende des zwölften Jahrhunderts. Ihnen folgten die Ordensritter, die das Land erforschten, besiedelten und christianisierten. 1201 gründete Bischof Albert, der in der Historie als Gründer des Baltikums betrachtet wird, die Stadt Riga, sein Orden der Schwertbrüder vereinigte sich später mit dem Deutschen Orden.
In den folgenden Jahrhunderten erfolgte die Besiedelung und Erschließung des Landes, die Ordensritter erbauten Burgen und Schlösser mit befestigten Anlagen, denn es galt ja immer auch, sich gegen andringende Russen, Polen und Schweden zu wehren, die Landbevölkerung zu schützen, damit die Kultivierung von Land und Boden fortschreiten konnte. Die einfachen Leute lebten gern im Schutzbereich der Ritter, denn ihre Herrschaft war gerecht und tolerant. Das war der Grund,

warum auch aus anderen östlichen Landesteilen Menschen in den baltischen Raum einwanderten. Gleichzeitig kamen von Westen her Einwanderer, die sich ebenfalls in dem neuen Staat, der als besonders großzügig und gottesfürchtig galt, ansiedelten. Erst als Iwan der Schreckliche im sechzehnten Jahrhundert baltisches Land bedrohte, unterwarfen sich die Ordensherren schutzsuchend dem schwedischen König. Dem Schweden deshalb, weil mittlerweile unblutig und friedlich die Reformation im Lande durchgeführt worden war und weil der schwedische König ausreichende Privilegien zugestand, die sich auf die deutsche Sprache, die Landeskirche, das geltende Recht und den ständischen Aufbau bezogen.
Von diesem Zeitpunkt an ging die Regierung des Landes von den Bischöfen an die Stände und die Ritterschaften über. Als dann schließlich Peter der Große zu Beginn des achtzehnten Jahrhunderts nach seinem Sieg über Karl VII. die baltischen Staaten dem russischen Reich angliederte, blieben die Privilegien erhalten und wurden von Peter garantiert.
Jedoch gab es gar nicht mehr viel Menschen, die davon Gebrauch machen konnten. Der Krieg, der vorangegangen war, der sogenannte Nordische Krieg, hatte über zwanzig Jahre gedauert, hatte die Bevölkerung fast ausgerottet, das Land verwüstet, Burgen und Schlösser zu Ruinen gemacht.
Doch nun begann die Zeit eines langen Friedens. Nach Aufbau und Neubesiedlung kam es zu einer gesunden wirtschaftlichen Entwicklung auf allen Gebieten, die sowohl den baltischen Herren wie auch der estnischen und lettischen Landbevölkerung zu einem gesicherten Dasein verhalf.
Kerst, das einstmals eine befestigte Burg und Sitz eines Bischofs gewesen war, wurde im Nordischen Krieg fast ganz zerstört, nur der Wehrturm der Burg blieb erhalten. Die Burg war eine Ruine, die riesigen Ländereien, die sie umgaben, davon viel Wald, reichten im Norden fast bis an die Ostsee, doch alles war verödet und verwildert.
Im Jahr 1731, ein Jahr nach dem Regierungsantritt der Zarin Anna, kam Kerst an die Grafen Goll-Falingäa, die zuvor ein Gut von weitaus geringerer Größe, direkt am Meer gelegen, besessen hatten, das ebenfalls im Krieg schwer verwüstet worden war.
Von den Grafen Goll hatte nur einer den Krieg überlebt, und auch das nur, weil er als noch relativ junger Mann über den finnischen Meerbusen geflohen war und dort im Hause eines reichen Bauern Unterkunft fand. Er war verwundet, gesundete aber, heiratete die Tochter seines Gastgebers und kehrte nach dem Friedensschluß von Nystad in das nun russische Baltenland zurück. Seit dieser Ehe mit der Finnin führte die Familie den Doppelnamen.
Graf Johann Gustaf wurde zu einem Günstling Peters des Großen. Peter schätzte ja die Deutschen sehr und holte sie, genau wie Holländer und Engländer, gern an seinen Hof.
An dem Goll-Falingäa schätzte er vor allem dessen seemännische Talente, denn Peters größter Traum war und blieb eine große russische Flotte und gut ausgebaute Häfen.
Durch den Sieg im Nordischen Krieg hatte er die Häfen von Riga und Reval gewonnen, und als er die Stadt St. Petersburg aus dem Boden stampfte, erbaute

er dort den ersten großen russischen Hafen, als dessen Kommandant der Graf Goll-Falingäa während Peters letzter Lebensjahre eingesetzt worden war.
Nach Peters Tod 1725 änderte sich für den Grafen nicht viel, denn Katharina, Peters zweite Frau, war ihm wohlgesonnen und hatte ein besonders herzliches Verhältnis zu seiner finnischen Frau. Katharina regierte zwei Jahre, wurde dann von dem zwölfjährigen Peter II. abgelöst, einem Enkel aus Peters erster Ehe, dem es gelang, sich drei Jahre auf dem Thron zu halten, dann starb er, als nächster kam Ivan IV. für ein knappes Jahr zur Zarenwürde, der aber über das Babyalter nicht hinauskam. Natürlich regierten während dieser Intermezzi der jeweilige Familienclan, und durch die damit verbundenen Intrigen geriet Peters großes Erbe in tödliche Gefahr. Seltsamerweise überstand Graf Johann Gustaf diese wechselvollen Zeiten unbeschadet, erst als 1730 die Zarin Anna, eine Nichte Peters des Großen, den Thron bestieg, wurde er persona non grata am Hof, und das lag nicht an der Zarin, sondern an ihrem Favoriten und Berater, der genau genommen das Land regierte, dem Kurländer Ernst Johann von Biron, ein Balte also auch, der den stolzen Goll-Falingäa nicht länger am Hof dulden wollte.
Nun war der Biron ein kluger Mann, der sich nicht unnötig Feinde machte, und wenn er einen beiseite schob, dem er keinen Einfluß mehr zugestand, geschah es auf geschickte Weise. So erhielt der Graf Goll-Falingäa in Anerkennung seiner großen Verdienste um Krone und Reich das Schloß Kerst und 10000 Hektar Land zum Geschenk.
Seit dieser Zeit also saßen sie auf Kerst.
Das alte Familiengut ging an den jüngeren Sohn über; Graf Johann Gustaf, so meldete die Familienchronik, fühlte sich auf Kerst sehr wohl und kehrte niemals, nicht einmal für einen Besuch, nach St. Petersburg zurück.
Erst der klügste Herrscher, der je auf dem Thron der Romanows gesessen hatte, die Zarin Katharina II., holte sich Johann Gustafs Enkel nach Petersburg an den Hof, betraute ihn mit Amt und Verantwortung und schenkte ihm ihre ganz persönliche Gunst.
Seit jener Zeit hatte es nie mehr eine Verstimmung zwischen dem Herrscherhaus und den Kerstern gegeben, und diese Zeit ohne politische noch familiäre Probleme hatte Nicolas in seiner Jugend miterlebt.
Daß Nicolas II., der jetzige Zar, weder bei seinem Volk noch bei den baltischen Herren sehr beliebt war, wußte Nicolas. Aber darum ging es jetzt nicht. Es ging um mehr.
Es ging, genau genommen, um eine Emigration.
Der letzte Graf Goll-Falingäa verließ die Heimat, die durch Jahrhunderte seiner Familie gehört hatte. Und Nicolas zweifelte nicht daran, nachdem er Graf Michael an diesem Abend gesehen, gehört und gesprochen hatte, daß es keine Rückkehr geben würde.
Die Motive für sein Handeln hatte Michael deutlich genug gemacht. Daß er überdies eine prophetische Gabe besaß, konnten beide nicht wissen, Nicolas und Michael nicht, an diesem Sommerabend in Zürich des Jahres 1906.

An einem Novembertag des Jahres 1908, also mehr als zwei Jahre später, hörte Nicolas abermals eine düstere Prophezeiung, die das künftige Schicksal Rußlands betraf. Das geschah in Paris. Er war dorthin gereist, um Natalia Fedorowna zu treffen, die er seit Jahren nicht gesehen hatte. Sie hatte im November Geburtstag, das wußte er. Der wievielte es war, wußte er nicht, er hatte sich nie für ihr Alter interessiert, bei einer Frau ihres Formats spielte es keine Rolle.

Durch einen Jugendfreund, der in Paris an der russischen Botschaft war, hatte er vor einiger Zeit erfahren, daß sie sich in Paris aufhielt. Er hatte ihr über die Botschaft geschrieben und angefragt, ob sie noch länger in Paris bleibe und ob ihr sein Besuch angenehm sei.

Darauf bekam er ein Telegramm mit der lapidaren Aufforderung: Venez en novembre. Natascha.

Sie schrieb niemals Briefe, versandte nur Telegramme.

Einmal hatte er sie gefragt, was sie getan hatte, als es noch keine Telegraphie gab. Und sie hatte logisch darauf erwidert: »Einen Kurier auf einem schnellen Pferd geschickt.«

Daß sie es verstand, mit der Zeit zu gehen, konnte Nicolas gleich bei der Ankunft in Paris feststellen. Am Bahnhof erwartete ihn keine Equipage, sondern ein Automobil. Mit einem ausnehmend schönen und jungen Chauffeur in einer dunkelblauen Livree.

In der Beziehung war die Fürstin sich treu geblieben; die Menschen, die um sie waren, mußten angenehm anzusehen sein. »Genauso wie ich schöne Tiere um mich habe«, auch das war einer ihrer Aussprüche, »will ich auch schöne Menschen sehen. Sie sind seltener als schöne Tiere, aber es gibt sie immerhin.« Auch sie erfüllte diesen Anspruch. Obwohl sie nun Anfang sechzig sein mußte, war sie noch immer eine bemerkenswerte Erscheinung, mit guter Haltung, das Gesicht von ruhiger Hoheit, die wenigen Falten darin machten es eher schöner, das Haar dunkel, möglicherweise gefärbt, die Augen unter den breiten Lidern noch klar und wach.

Natürlich war sie wie stets wundervoll angezogen, nach neuester Pariser Mode, und ihre Umgebung war so kostbar wie sie selbst. Sie logierte nicht im Hotel, sondern bewohnte ein Haus in Neuilly, das überaus komfortabel eingerichtet war, schön und kostbar die Teppiche und Möbel, schön und kostbar ihr Schmuck und die Bilder an den Wänden, zumeist Impressionisten, die sie, ihrer Zeit und ihrer Gesellschaft voraus, frühzeitig erkannt und von Anfang an geliebt hatte, schön und kostbar ihre Tiere, zwei Barsois, eine Siamkatze, ein Reitpferd und trotz des Automobils zwei Kutschpferde.

Nachdem Nicolas das alles betrachtet hatte, sagte er am Tag nach seiner Ankunft: »Es sieht so aus, Natalia Fedorowna, als hätten Sie Paris zu ihrem zweiten Wohnsitz erkoren.«

»Ich habe die Absicht, für längere Zeit hier zu bleiben. Es beliebt mir nicht mehr, in Rußland zu leben.«

Kurz und klar, wie es ihre Art war, gab sie ihm diese Auskunft, und Nicolas wurde, wie konnte es anders sein, an sein Gespräch mit Cousin Michael erinnert; der Sommerabend in Zürich wurde ihm auf einmal so gegenwärtig, als sei es gestern gewesen.

Es gab mehrere Gründe, die der Fürstin den Aufenthalt in Rußland verleidet hatten. Zunächst war es das Leid, das sie persönlich betroffen hatte. Sie hatte zwei ihrer Söhne auf gewaltsame Weise verloren, den ältesten bereits vor Jahren, den jüngsten im Russisch-Japanischen Krieg. Auch ihr Mann war gestorben, er war alt und leidend, seit längerer Zeit schon.

Sie zog sich auf das südlich gelegene Gut Pernisgosva zurück, lebte dort ganz für sich und bekam daher auch von den Auswirkungen der Revolution persönlich nichts zu spüren, hörte aber genug darüber, um sich ihre Gedanken zu machen.

Kam dazu, daß sie weder den Zaren Nicolaus noch seine deutsche Frau Alexandra, die ehemalige Prinzessin Alix von Hessen-Darmstadt, leiden mochte. Die ganz besonders nicht, sie sprach nur im Ton höchster Verachtung von ihr, nannte sie »die deutsche Kartoffel auf dem Zarenthron«. Obwohl jeder zugeben mußte, daß die Zarin eine schöne Frau war.

»Nun«, sagte Nicolas, »so deutsch ist sie gar nicht, sie ist eine Enkelin der Queen Victoria, wie du weißt.«

»Sie ist eine typische Deutsche, mit allen schlechten Eigenschaften, die nur Deutsche haben können.«

»Danke«, sagte Nicolas lächelnd.

Er wußte, daß die Fürstin die Deutschen nie gemocht hatte, auch wenn sie keinen Grund dafür angeben konnte.

Ein Sohn, der mittlere, war Natalia Fedorowna geblieben. Er war Diplomat und der russischen Botschaft in London attachiert, gut verheiratet, wie sie berichtete, mit zwei hübschen Kindern. Ihn besuchte sie gelegentlich.

Damals, als sie in Pernisgosva war, lebte sie sehr einsam. Aber es war ihr nicht einsam genug, um ganz ihrem Schmerz zu leben, und sie wollte diesen Schmerz voll erleiden. Sie ging für ein Jahr in ein abseits gelegenes Kloster in den Bergen des Kaukasus, dort lebte sie so still und zurückgezogen wie die Nonnen, deren tägliches Leben sie teilte, ihr einfaches Essen, ihre Gebete.

Dort begegnete ihr Zinaida.

Und diese Begegnung machte außerordentlich tiefen Eindruck auf sie. Mit bewegten Worten und ausführlich erzählte sie Nicolas davon, und dies war schließ-

lich auch der Anlaß, warum sie Rußland verließ. Was ihr schwerfiel. Denn wie alle Russen liebte die Fürstin ihre Heimat aus tiefstem Herzen.
Zinaida war eine alte, einfache Frau.
»Keine Nonne. Sie lebte im Kloster, schon seit Jahren, war eines Tages gekommen und geblieben, keiner wußte, wer sie war und woher sie kam. Sie war alt, aber klar im Kopf und meistens ganz normal. Doch dann plötzlich sank sie zusammen, rührte sich nicht mehr, man bettete sie auf ein Lager, sie lag tagelang darnieder, ohne sich zu rühren, ohne zu essen, ohne ein Wort zu sprechen. Nur manchmal liefen Tränen über ihr altes runzliges Gesicht. Eines Tages stand sie wieder auf, benahm sich wie zuvor, saß mit uns beim Essen, ging mit zur Andacht, arbeitete im Garten oder in der Küche, redete mit allen, war eigentlich ein ganz fröhlicher, ausgeglichener Mensch. Das ging viele Wochen so, und dann sackte sie wieder zusammen, ihr Blick wurde starr, ihre Haut fahl, selbst ihr Haar schien grauer zu werden, ihre Hände lagen mit gespreizten Fingern auf der Decke und zuckten manchmal. Die Nonnen kannten das schon und beruhigten mich, als ich es das erstemal miterlebte. Und nun paß auf, Nicolas. Jedesmal, wenn sie wieder zu sich kam, hatte sie während ihres abwesenden Zustandes irgend etwas ›gesehen‹. So nannte sie es.«
Die Fürstin blickte Nicolas mit großen Augen an und schien seine Reaktion zu erwarten.
»Sie befand sich demnach in einer Art Trance«, sagte Nicolas also.
»So muß man das wohl nennen, ja. Sie erzählte uns, was sie ›gesehen‹ hatte. Oft waren es Dinge, mit denen keiner etwas anfangen konnte. So sprach sie einmal von Feuer, das vom Himmel gefallen sei und die ganze Erde verbrenne. Und dann wieder von einem großen Schiff, das im Meer versunken sei mit vielen Menschen, die alle ertrinken mußten. Aber sie prophezeite auch, daß Schwester Ludmilla demnächst sterben werde. Schwester Ludmilla war noch nicht alt und nie krank gewesen. Tatsächlich starb sie bald danach. Das Feuer, das vom Himmel fiel, sahen wir nicht. Und ein Meer, in dem ein Schiff versinken könnte, hatten wir nicht. Schwester Ludmilla jedoch starb. Und ein andermal, als sie voraussagte, daß unser Hirt sterben würde, ein junger Mann noch, geschah auch das. Ein paar Schafe verirrten sich in den Bergen, und der Hirt, bei dem Versuch, sie zu retten, stürzte ab und brach sich das Genick. Was sagst du dazu?«
»Erstaunlich«, sagte Nicolas, nur um etwas zu sagen.
Jene geheimnisvollen Dinge zwischen Himmel und Erde hatten ihn nie sehr beeindruckt, es mochte sie geben oder nicht, er jedenfalls gehörte nicht zu den Leuten, die dafür Interesse aufbrachten.
»Vielleicht stimmte das mit dem Schiff und dem Feuer auch«, meinte die Fürstin. »Es passierte eben nur anderswo oder zu einer anderen Zeit, nicht wahr?«
»So wird es sein, Natalia Fedorowna.«
»Ich sehe schon, mon ami, du nimmst das nicht ernst. In deinem Gesicht lese ich, daß du mich für ein abergläubisches dummes Weib hältst.«
Sie nahm einen Schluck Champagner, ließ sich Feuer für ihre Zigarette geben und sah ihn ernst an.

»Es stört mich nicht, was du denkst, Nicolas. Aber vielleicht wird es dich doch überraschen, wenn ich dir sage, daß sie auch Rasputin vorausgesagt hat.«
»Rasputin?«
»Schau mich nicht so erstaunt an. Du weißt schließlich, von wem ich spreche.«
»Gewiß, ein wenig weiß ich von diesem geheimnisvollen Mann, aber nicht sehr viel. Er dürfte eine Art Gegenstück zu deiner alten Wahrsagerin sein.«
»Ich fürchte, daß er etwas anderes ist. Sie sagte: der lange Rock steigt auf den Thron, stillt des einen Blut und läßt der anderen Blut fließen. Wie findest du das?«
»Ungeheuerlich«, sagte Nicolas, und nun lachte er doch.
»Es ist nicht zum Lachen. Sie konnte zu jener Zeit noch nichts von Rasputin wissen. Keiner wußte etwas von ihm. Übrigens sprach die Alte nur grusinisch, kein Wort russisch. Aber ich verstand sie, ich hatte eine Grusinerin als Kinderfrau gehabt. Und nun höre mir zu, du Ungläubiger! Einmal, nach einer besonders langen Zeit der Abwesenheit, wir dachten schon, sie werde nie mehr aufstehen oder verhungern, weinte sie, als sie wieder zu sich kam, was sie früher nie getan hatte. Sie weinte mehrere Tage lang, immer wieder, und wenn wir sie fragten, was sie ›gesehen‹ hatte, schüttelte sie nur den Kopf und gab keine Antwort. In der Woche darauf starb sie.«
»Dann hat sie wohl ihren eigenen Tod vorausgesehen.«
»Keineswegs. Sie muß ganz furchtbare Dinge gesehen haben, und es muß uns betroffen haben. Ehe sie starb, ließ sie mich rufen und umklammerte meine Hand und flüsterte: Geh fort, Mütterchen. Geh fort von dieser Erde. Diese Erde wird viel Blut trinken. Doch du kannst dich retten, wenn du der Abendsonne folgst.«
Nicolas nahm die Hände der Fürstin, küßte erst die eine, dann die andere.
»Und darum bist du hier in Paris, Mütterchen?«
»Darum, Nicolas Genrichowitsch. Ich glaube der Alten. Es ist bereits genug passiert in den vergangenen Jahren. Denk an die Französische Revolution. Sie war grausam. Die russische wird grausamer sein. Ich möchte gern noch einige Jahre leben.«
Geld besaß sie genug. Sie hatte einen großen Teil ihres Vermögens nach Frankreich und in die Schweiz transferiert und erhielt ja auch das regelmäßige Einkommen von ihren Gütern.
In Paris, so sagte sie, habe sie sich immer wohlgefühlt, sie könne von hier aus reisen, habe die Kinder in der Nähe und hoffe, daß sie ihren Sohn auch überreden könne, ein anderes, neues Leben ins Auge zu fassen. Von ihrer Dienerschaft hatte sie nur diejenigen mitgenommen, die sich von ihr nicht trennen wollten. Sie hatte ihnen gesagt, daß sie für längere Zeit im Ausland leben werde, und wer meinte, daß er das Heimweh nicht ertrage, solle lieber gleich daheim bleiben. Sie hatte großzügig abgefunden, wer zurückgeblieben war, einige waren ihr gefolgt und versuchten, sich in Frankreich einzugewöhnen.
»Ich habe noch französisches Personal dazu engagiert«, sagte sie, wieder ganz diesseits und sachlich, »damit sie sich gegenseitig anpassen und meine Russen

sich besser assimilieren. Und für die Leitung des Haushalts habe ich einen englischen Butler, Gordon, du hast ihn ja nun kennengelernt.«
»Er ist ein Spitzenprodukt Old Englands«, sagte Nicolas. »Wo bekommst du nur immer so vollkommene Menschen her?«
Die Fürstin lachte. »Michail hat ihn in London für mich aufgetrieben. Er war bei einem echten Herzog. Ich bin für ihn gerade noch möglich, darunter täte er es nicht.«
»Du führst ein großes Haus, Natalia Fedorowna?«
»So ein wenig, Nicolas. Wir Russen sind zur Freundschaft geboren, du weißt es ja. Sie kommen gern zu mir. Mein Koch ist übrigens Franzose.«
»Das habe ich bereits mit Entzücken bemerkt.«
»Morgen werden ein paar Gäste hier sein, zu deinem Empfang. Heute wollte ich dich allein haben. Auch der Botschafter kommt gern in mein Haus, und wenn er Gäste hat, bewirtet er sie am liebsten bei mir. Am Vormittag reite ich im Bois de Boulogne, ich hatte noch ein zweites Pferd, es ist kürzlich an Kolik eingegangen. Schade, es war ein gutes Tier. Aber vielleicht hilfst du mir, solange du da bist, ein zweites Reitpferd zu kaufen. Dann können wir zusammen reiten.«
»Es hat ein wenig geregnet heute«, meinte Nicolas.
»Das macht nichts. Ich liebe Paris, wenn es so grau ist. Grausilbern und ein wenig wehmütig. Es entspricht meiner Stimmung.«
»Wie ich gehört habe, ist dein Leben doch sehr abwechslungsreich.«
»Nun und? Was bedeutet das schon? Mein Herz ist voller Kummer. Das wird sich nie mehr ändern. Deswegen weine ich nicht, Nicolas. Ich habe Frieden gefunden, dort im Kloster. Es war Gottes Wille, mir meine Söhne zu nehmen. Sein Wille ist stärker, ich muß mich ihm beugen. Und vielleicht ist Gott auch klüger. Vielleicht bleibt meinen Söhnen viel Schreckliches erspart durch ihren frühen Tod. Falls die Alte recht hat.«
»Ja, vielleicht«, sagte Nicolas, er fühlte sich nun auch grausilbern und wehmütig, wie Paris im Novembernebel. »Vielleicht ist ein früher Tod wirklich ein gnädiges Geschick. Ich habe jedenfalls versucht, mich im vergangenen Jahr damit zu trösten.«
»Dein Sohn?«
»Ja. Beide, Natalia Fedorowna, mein Sohn und seine Mutter. Sie starben fast zur selben Zeit, das Kind einen Monat früher.«
»Du hast sie geliebt?«
»Ja.«
»Und deinen Sohn?«
»Ihn habe ich noch mehr geliebt.«
Sie schwiegen lange, dann hob die Fürstin die Hand in einer resignierten Geste. »So ist es, dieses Leben. Nitschewo. Auch unseres geht vorbei. Geh, läute dem Diener, Nicolas, mon ami, er soll uns noch eine Flasche bringen. Und dann wollen wir die traurigen Dinge vergessen, solange du in Paris bist. Morgen haben wir Gäste, übermorgen gehen wir in die Oper und für die anderen Tage wird uns auch etwas einfallen.«

Er blieb fast drei Wochen in Paris, und sie sprachen während der ganzen Zeit, die voller Abwechslung und anregender Gespräche, voll von geistigen und leiblichen Genüssen war, nicht mehr von den traurigen Dingen, weder von ihren toten Söhnen und ihrem verlorenen Heimatland noch von seinem toten Sohn und seiner toten Geliebten.

Nina

Zwischen den Jahren

In der Zeit zwischen Weihnachten und Silvester bleibt die Zeit stehen. Großmama, die ziemlich abergläubisch war, sagte immer, man dürfe in dieser Zeit nichts unternehmen, keine neue Arbeit beginnen, vor allem nicht waschen, das bringe Unglück. Und Vater sagte: Was für ein Unsinn! Dürfen wir wenigstens am Morgen aufstehen und uns den Hals waschen? Eine merkwürdige Zeit ist es schon, erst lebt man nur auf Weihnachten zu, es gibt viel Arbeit und Trubel und Besorgungen, dann ist das vorbei, und nun wartet man, daß der Rest vom alten Jahr vorübergeht und das neue Jahr beginnt. Den Rest vom alten braucht man nicht mehr und vom neuen Jahr erwartet man sich Wunderdinge, erwartet, daß alles besser und schöner und einfach großartig wird. Ich kenne keinen, der nicht denkt, daß das neue Jahr etwas kann, was vorher kein anderes Jahr konnte.
Das wird also nun 1929 sein, und ich weiß nicht recht, ob ich mich darauf freuen soll. Was soll sich schon ändern? Ich muß froh sein, wenn sich möglichst nichts ändert, die Kinder gesund bleiben, Trudel und ich natürlich auch, daß Felix mich weiterhin gern hat und daß wir alle zusammen einigermaßen über die Runden kommen. Was ich mir sonst noch wünschen könnte, Geld und Erfolg und einen Mann für mich allein, das sind doch nur Utopien, denn wo sollte das wohl herkommen.
Zwischen den Jahren sind wir immer bei Marleen eingeladen, sie nennt das einen Familientag. Die reiche Frau, die den armen Verwandten auch mal was zukommen läßt.
Als ich so eine Bemerkung machte, wurde Trudel richtig böse, ich sei boshaft, sagte sie, und ich sollte mich schämen, Marleen sei doch wirklich nett zu uns, besonders zu den Kindern, und dafür könnte ich ihr nur dankbar sein.
Nein, zum Teufel, sagte ich, ich bin nicht dankbar. Ich hasse es, dankbar zu sein, und ich will mein Leben lang nie jemandem dankbar sein müssen.
Das versteht Trudel nicht, sie sieht mich kopfschüttelnd und traurig an und hält mich für ein schlechtes Frauenzimmer. Natürlich hat sie recht, was die Kinder betrifft, sie haben von Marleen wieder eine Menge zu Weihnachten bekommen, sind ausstaffiert von Kopf bis Fuß, und dafür müßte ich Marleen wirklich dankbar sein.
Ich bin es nun einmal nicht. Amen.
Der Familientag also. Viel Familie ist es ja nicht mehr, wir drei Schwestern und meine beiden Kinder.

Aber dieses Jahr gab es eine Überraschung. Hede kam zu dem Familientag. Natürlich hat Marleen sie in den letzten Jahren auch immer eingeladen, aber sie ließ nie etwas von sich hören, wir haben sie alle lange nicht gesehen. In diesem Jahr ergab es sich, daß sie gerade in Berlin war, und da kam sie also. Wir fühlten uns richtig geehrt, daß unsere hochgescheite Schwester einmal von uns Notiz genommen hat. Edgar kam natürlich nicht mit, den kennen wir kaum.
Höchst interessiert an diesem unerwarteten Besuch war Victoria. Sie ist immer so begierig darauf, neue Menschen kennenzulernen. Sie kennt Hede natürlich, das schon, aber es ist viele Jahre her, daß sie sich gesehen haben, damals war Vicky noch ein kleines Mädchen.
Vormittags holte mich das Mädchen unseres Kaufmanns ans Telefon, Marleen war dran und sie sagte; »Stell dir vor, Hedwig kommt heute. Sie ist gerade in Berlin und hat mich eben angerufen.«
Ich rannte hinauf und verkündete die Neuigkeit. Trudel machte: »Oh!«
Und Victoria rief: »Knorke!«
Als wir mit der S-Bahn zum Wannsee hinausfuhren, dachte ich darüber nach, wie lange ich meine Schwester Hedwig nicht gesehen hatte. Das letzte Mal bei Mutters Beerdigung. Als Erni starb, kam sie nicht, da war sie gerade mit Edgar auf einer Vortragsreise in Amerika.
Sie ist eine Fremde für mich, auch wenn sie meine Schwester ist. Aber das war eigentlich immer so. Als ich noch ein Kind war, lebte sie in unserer Familie wie eine, die nicht zu uns gehört. Sie hinkte, aber sie war klug, und wir waren ihr gleichgültig. Wir fanden sie alle ein bißchen schrullig und machten uns auch nicht viel aus ihr. So ungefähr müßte ich unser Verhältnis definieren. Sie saß über ihren Büchern, kannte Leute, die wir nicht kannten, machte komische Experimente, und statt Romane las sie unverständliche Fachbücher über Chemie und Biologie. Wir kamen selten in ihre Zimmer, denn als einzige von uns hatte sie zwei Zimmer zur Verfügung, genau genommen ein Zimmer und eine Kammer, und in der Kammer standen Reagenzgläser und solches Zeug, das keiner anrühren durfte. Sie führte ein Doppelleben. Und sie war bestimmt sehr unglücklich, solange sie noch in das Büro der Zuckerfabrik arbeiten ging. Dann verschwand sie eines Tages. Packte ihren Koffer, es war ein alter Pappkoffer von Großmama, und reiste ab. Einfach so. In all den Jahren hatte sie eisern Geld gespart, Pfennig für Pfennig, lief ewig in dem gleichen grauen Rock und in dunklen Blusen herum, es war ihr ganz egal, wie sie aussah, doch nun hatte sie so viel Geld, daß sie fortfahren konnte. Mutter jammerte, Vater wollte es ihr verbieten, aber das half alles nichts, sie sagte kühl: »Ich bin mündig und kann tun, was ich will. Und ich bleibe nicht länger hier.« Und dann war sie auch schon weg.
Es war kurz bevor das Malheur mit Marleen passierte, und unser Familienleben geriet damals mächtig ins Wackeln. Vor allem waren wir uns klar darüber, was das Ganze für Vater bedeutete, der doch so sehr auf seinen und natürlich auch unseren guten Ruf bedacht war. Gemessen an Hedwig war Marleen ein normaler Fall, sie hatte sich verliebt und erwartete ein Kind. Irgendwann mußte das passieren, denn herumpoussiert hatte Marleen seit Jahren, und das nicht zu knapp. Hübsch und gefallsüchtig und eben ein sehr erotischer Typ, das al-

les war sie, und darum konnte eigentlich keiner überrascht sein, was geschah. Vater sagte, sie brächte Schande über die Familie und das täten seine Töchter offenbar mit Vorliebe; das Ergebnis war, daß ich in den folgenden Jahren sehr streng gehalten wurde und über jeden meiner Schritte Rechenschaft ablegen mußte.

Marleen ging dann einfach durch mit dem Mann, den sie liebte, und er heiratete sie sogar, er liebte sie nämlich auch, wahrscheinlich viel mehr als sie ihn, so ist das immer bei Marleen, ihr Kind kam ehelich zur Welt, war aber tot. Vermutlich hatte sie alles versucht, um es loszuwerden, und da hatte das arme Wurm keine Lebenschance. Später, und auch heute, das weiß ich, denn sie macht kein Geheimnis daraus, läßt sich Marleen immer auskratzen, heute natürlich von einem richtigen Frauenarzt, denn sie will keine Kinder.

Wir sahen Marleen im Krieg erst wieder, da lebte sie von ihrem Mann getrennt und hatte einen Freund. Sie sagte, daß sie jetzt Marleen genannt werden wolle und nicht mehr Magdalene.

Für Vater war sie nach wie vor ein Ärgernis, aber er war damals schon so elend und krank, daß er wenig dazu sagte. Ich, die unerwünschte vierte Tochter, war damals sein bestes Stück, verheiratet, wenn auch nicht sehr glanzvoll, aber immerhin mit einem anständigen und strebsamen jungen Mann, der es vielleicht zu etwas bringen würde, wenn der Krieg erstmal vorbei war. Und zwei richtige, eheliche und gut geratene Kinder hatte ich auch.

Hedwig kam überhaupt nie zurück. Sie hatte uns nie geliebt und gebraucht, und wir waren alle der Meinung, sie sei ein kalter und herzloser Mensch. Zwei Jahre nach ihrer Abreise kam allerdings ein Brief von ihr, das war ungefähr 1910, und der Brief kam aus London. Das war ungeheuerlich.

Es gehe ihr gut und in London gefalle es ihr ausgezeichnet, das war so ziemlich alles, was sie in wenigen kühlen Sätzen mitteilte.

Mutter geriet ganz außer sich, setzte sich sofort hin und schrieb einen Brief an die Adresse, die Hedwig immerhin angegeben hatte. Was sie denn um Himmels willen in London tue, wovon sie lebe und sicher sei das doch ein sehr gefährliches Pflaster und sie solle doch bitte sofort nach Hause kommen. Es dauerte eine lange Weile, bis eine Antwort kam, auch diesmal nur ein kurzes Schreiben, in dem sie uns wissen ließ, daß sie nicht daran denke, zurückzukehren, außerdem habe sie viel Arbeit, sie habe sich den Suffragetten angeschlossen und kämpfe für die Zukunft der Frauen.

Viel wußten wir zwar nicht von den Suffragetten, aber was manchmal in der Zeitung stand, war schrecklich genug, danach mußten es fürchterliche Hyänen sein und auf jeden Fall total Verrückte.

Vater sagte gar nichts und kniff nur die Lippen zusammen, Mutter weinte, aber mir imponierte die lahme Hedwig sehr. Leontine, der ich brühwarm alles erzählte, war auch ganz begeistert. Sie war damals schon sehr alt, klein und dünn wie ein dürrer Zweig, aber Temperament hatte sie immer noch. Sie sagte, hoffentlich kommt Hedwig bald zu Besuch, damit sie ihr davon erzählen könne. Hedwig kam nie zu Besuch, und Leontine hätte sowieso nichts mehr davon gehabt, denn sie starb kurz darauf.

Den Sieg der Frauen hat sie nicht mehr erlebt. »Votes for women« (woraus die Männer ›Oats for women!‹ machten) gab es zu ihrer Lebenszeit nicht, weder in England noch in Deutschland. Jetzt haben wir das, jetzt können wir wählen, der Krieg hat es uns beschert, ganz von selbst.
Das ist ja das Komische an einem Krieg, daß er nicht nur Unheil bringt, sondern auch gute Dinge nebenbei. Vorausgesetzt man glaubt, daß es gut ist, wenn Frauen wählen dürfen und gleichberechtigt sind. Ich finde es gut, aber es gibt auch heute noch viele Menschen, die es für Blödsinn halten. Meist natürlich die älteren und eine bestimmte Sorte Männer.
Ich machte mich möglichst chic für Marleens Familientag, obwohl wir ja nur unter uns Mädchen sein würden. Ich hatte ein grünes Jumperkleid an, ganz kurz und schmal und lose, das nennt man Gamin-Mode, das hat man jetzt, und ich hatte mir ausnahmsweise dieses Kleid einmal selbst gekauft und nicht von Marleen geerbt. Auch meine Haare hatte ich mir ganz kurz schneiden lassen.
Marleen sagte: »Du siehst aus wie zweiundzwanzig«, und das fand ich sehr nett von ihr. Sie ist nie neidisch auf mich, warum sollte sie auch.
Sie trug etwas ganz enges Schmales in Silbergrau und dazu einen langen roten Schal, der bis zu den Knien reichte. Sie sah toll aus. Trudel dagegen sah aus wie immer, Mode existiert für sie nicht, ich glaube, sie bemerkt es gar nicht, wenn sie sich ändert.
Die Überraschung des Tages war natürlich Hede. Sie war kein hübsches Kind gewesen und erst recht kein hübsches junges Mädchen, aber jetzt ist sie eigentlich eine ganz gut aussehende Frau. Eine interessante Frau. Sie sieht wahnsinnig gescheit aus, ihr Teint war ja immer leicht gelblich-bräunlich, das ist wirkungsvoll, ihre Augen und Haare sind dunkel wie bei Marleen, sie hat das Haar auch ganz kurz geschnitten, trägt eine Hornbrille, geschminkt war sie nicht, vielleicht etwas Puder, denn ihre Nase glänzte jedenfalls *nicht.* Sie trug ein glattes schwarzes Kostüm, das sah aus, als wäre es von einem teuren Schneider gemacht worden.
Und Perlen um den Hals. Die sahen echt aus.
Während wir Kaffee tranken, beobachtete ich Victoria, die ließ keinen Blick von dieser unbekannten Tante, verfolgte jede Bewegung, hörte auf jedes Wort. Manchmal bemerkte Hede diesen Blick, dann sah sie Vicky an, und dann leuchtete in Vickys Gesicht ein rasches, zutrauliches Lächeln auf. Dieses Lächeln erinnert mich immer an Mutter. Komisch. Denn sonst hat Vicky bestimmt nichts von Mutter.
Hede war kühl, ein wenig herablassend und genau genommen sehr gleichgültig.
Marleen sagte leise zu mir, als wir vor dem Abendessen eine Weile an der Hausbar standen: »Sie benimmt sich wie ein Weitreisender, der eben mal bei den Kaffern vorbeikommt.« Vorher hatte Marleen sie gefragt, wie sie denn zu der Ehre käme, die berühmte Schwester bei sich zu sehen, mit so einer Auszeichnung hätte sie gar nicht mehr gerechnet. Sie sagte es spöttisch, aber Hede erwiderte ganz ruhig und ein wenig hochmütig, es sei ja auch nur ein Zufall, daß sie zu dieser Jahreszeit in Berlin wären, und sie sei nur hier, weil Edgar

einen Kollegen besuche, der sehr krank sei und der ihn um diesen Besuch gebeten habe.
»Wir müssen leider um sein Leben fürchten«, sagte Hede mit der gleichen Unbeweglichkeit wie zuvor, »und das wäre ein Verlust für die Wissenschaft. Darum ist es wichtig, mit ihm zu sprechen.«
»Hast du ihn auch gesprochen?« fragte Marleen spitz.
»Gestern. Ich war lange mit Edgar bei ihm. Heute macht Edgar nur einen kurzen Besuch, es strengt den kranken Mann zu sehr an.«
»Dann hätte ja Edgar eigentlich mit zu mir kommen können.«
»Hätte er.«
»Wollte er aber nicht.«
»Nein.«
Peng! Gegen Hede kommt nicht einmal Marleen an.
Und da fragte Victoria auf einmal: »Was für eine Wissenschaft betreibt denn dieser kranke Mann?« Als alle sie ansehen, fährt sie tapfer fort, den Blick auf Hede gerichtet: »Ich meine, weil du gesagt hast, es wäre ein Verlust für die Wissenschaft, wenn er stirbt.«
Hede sieht meine Tochter freundlich an und erwidert sachlich: »Er ist eine Kapazität auf dem Gebiet der Isotopenforschung.«
Wir schweigen alle, sichtlich beeindruckt, und ich erwarte eigentlich, daß Vikky fragt: »Was is'n das?« Aber sie fragt nicht, und vielleicht ist meine Tochter so klug, daß sie weiß, was das ist. Ich jedenfalls weiß es nicht. Aber ich muß das ja nicht unbedingt wissen.
Eins ist sicher, dieser sogenannte Familientag bekam durch Hede eine gewisse Weihe und Würde. Victoria ist hin und weg, das kann man deutlich sehen, Stephan ist etwas unsicher, die kluge Tante schüchtert ihn ein. Trudel ist natürlich tief beeindruckt, sie kommt aus dem Staunen nicht heraus, was aus dieser Halbschwester, die sie einmal halbtot aus dem Bodenloch gezogen hat, geworden ist. Sie wagt kaum, den Mund aufzumachen, trinkt nur furchtbar viel Kaffee und ißt drei Stück Kuchen.
Marleen ist charmant wie immer und streut manchmal frivole Bemerkungen in das Gespräch, was bei Hede überhaupt keine Wirkung erzielt. Immerhin ist Marleen schön und reich und sehenswert von Kopf bis Fuß.
Ich dagegen komme mir vor wie eine Laus. Was habe ich denn? Was bin ich denn? Ein Nichts und ein Niemand.
Marleen hat einen Millionär zum Mann, tolle Liebhaber, ein eigenes Auto, ein Reitpferd und sieht fabelhaft aus.
Hedwig, die Lahme, ist mit einem Professor verheiratet, der Weltruf genießt, arbeitet bei seinen Forschungen mit, hält selbst Vorträge, und hat auch einen gewissen Namen. Sie hat nie studiert, damals waren die Frauen eben nicht so gleichberechtigt, aber durch ihren Fleiß, ihre Klugheit und den berühmten Mann, gehört sie dazu.
Und ich?
Ich bin eine schlecht bezahlte Bürokraft an einem ständig vor der Pleite stehenden Theater dritten Ranges, habe einen Liebhaber, der mit einer anderen Frau verheiratet ist, sehe zwar heute aus wie zweiundzwanzig, laut Marleen, bin aber

sonst keine umwerfende Erscheinung und habe es nie zu etwas gebracht. Weder Geld, noch Mann, noch Beruf – nichts. Gar nichts bin ich.
Von Trudel braucht man in diesem Zusammenhang nicht zu reden, für sie gelten andere Gesetze.
Etwas allerdings habe ich, was meine Schwestern nicht haben: Kinder.
Ich weiß sehr gut, daß man sich darauf nichts einzubilden braucht, es ist gar nichts besonderes, wenn eine Frau Kinder hat, alle Frauen haben Kinder. Fast alle.
Meine Schwestern haben keine Kinder. Aber sie mögen meine Kinder. Sogar Hede, wie ich an diesem Tag feststellen kann. Von Trudel braucht man in diesem Zusammenhang abermals nicht zu reden, meine Kinder sind ihr Leben.
Marleen mag meine Kinder auch, besonders Victoria, und sie mag sie eben auf Marleen-Art, beschenkt sie, lädt sie ein, betrachtet sie als hübsches Spielzeug, Verantwortung würde sie niemals übernehmen. Aber wer auf dieser Erde mag eigentlich Victoria nicht? Ich bemerke im Verlauf des Nachmittags und Abends, daß sich Hede viel mit Victoria unterhält. Später, zur sogenannten Cocktailstunde, sitzen sie nebeneinander auf dem Ledersofa und sprechen ganz ernsthaft miteinander. Ich möchte für mein Leben gern wissen, worüber sie reden, aber ich will nicht hingehen und stören. Vicky wird es mir erzählen, sie erzählt mir alles.
Marleen mixt Cocktails, sie fragt, was wir wollen, und weil keiner bestimmte Wünsche hat, bekommen wir Manhattan. Marleen weiß, daß ich sterbe für Manhattan. I'm dying for it, wie Felix sagen würde, der mich immer wegen meiner Leidenschaft für dieses Gesöff aufzieht. Ich trinke drei Stück und werde sehr vergnügt davon.
Dann hört Marleen, daß Max nach Hause kommt, geht hinaus und schleppt den Armen an. Er begrüßt uns höflich, verneigt sich vor jedem, und setzt sich, sicher widerwillig, eine Weile in einen Ledersessel. Er ist klein und schmal und blaß, er sieht sehr jüdisch aus. Juden sind ja sehr verschieden, es gibt richtig schöne Menschen darunter, und klug sind sie eigentlich alle. Ist ja auch wieder Unsinn, was ich sage, es gibt kluge und dumme, schöne und häßliche, genau wie bei allen anderen Menschen auch. Ich bin da irgendwie vorbelastet durch meinen Vater, der mochte Juden nicht. Man bekommt einfach so ein dummes Vorurteil mit, man kann gar nichts dafür. Denn ich mag Juden eigentlich doch, ich kenne zum Beispiel ein paar wunderbare Schauspieler, und auch Regisseure. Ach, und Musiker natürlich, da sind sie überhaupt die größten, was für wundervolle Dirigenten gibt es unter ihnen.
Max ist nun wirklich kein schöner Mensch, aber ein furchtbar anständiger. Und so fleißig und so arbeitsam. Und sehr, sehr scheu. Das kann man heute wieder deutlich sehen, die Familie seiner Frau verwirrt ihn, er trinkt hastig seinen Manhattan aus, spricht höflich ein paar Worte zu jedem und sitzt auf der Sesselkante wie ein Schuljunge, der wartet, daß man endlich sagt: So, nun lauf! Und nach einem vorsichtigen Blick in Marleens Gesicht, ihr Nicken darauf, verdrückt er sich, so schnell er kann. Eine Weile ist es still, dann fragt Hede sehr direkt: »Wie hast du es fertiggebracht, daß er dich heiratet?«

Marleen sitzt noch auf der breiten Sessellehne von dem Clubsessel, in dem Max eben saß – sie hatte den Arm um seine Schulter gelegt und war richtig lieb zu ihm –, Marleen baumelt ein wenig mit einem ihrer schönen schlanken Beine, sitzt da schmal und graziös in Silbergrau mit dem langen roten Schal, raucht eine Zigarette aus langer Spitze, ihre Nägel sind rot lackiert, ihr Mund tiefrot geschminkt, alles dasselbe Rot wie der Schal, sie lächelt, und antwortet dann seltsamerweise ganz ernst, gar nicht flachsig:
»Ich habe ihm das Gefühl gegeben, daß er keine Angst vor mir zu haben braucht. Er hat natürlich immer Angst vor Frauen gehabt. Erstens haben sie ihn ausgelacht und zweitens wußte er nie, was er mit ihnen anfangen soll. Das weiß er auch heute noch nicht. Aber er schmückt sich gern mit mir.«
Ich werfe aus dem Augenwinkel einen Blick hinüber zu Victoria, die immer noch neben Hede auf dem Ledersofa sitzt und Marleen aufmerksam zuhört.
»Er war ein ganz armer Hund in dieser Beziehung«, fährt Marleen fort.
»Und ist er das heute nicht mehr?« fragte Hede kühl.
»Nicht so sehr. Er weiß genau, wie er mit mir dran ist. Und es ist ihm recht so. Mehr wäre ihm zuviel.«
So habe ich das noch nie gesehen. Ich bin auch nicht sicher, ob Marleen sich da nicht etwas vormacht. Sie richtet sich halt ihr Leben ein, wie es ihr paßt, das hat sie immer getan. Max muß zufrieden sein mit dem, was sie ihm zukommen läßt, aus! Er schmückt sich mit ihr, das sagt sie in aller Ruhe. Sie steht diesem Haus vor, repräsentiert, empfängt seine Gäste und ist vor der Welt die schöne Frau Bernauer. Wobei zweifellos die Welt weiß, daß sie mit anderen Männern schläft, nur nicht mit ihrem eigenen.
Marleen hat mir mal erzählt, als wir allein zusammensaßen, wie schrecklich Max von seinem Vater unterdrückt und geschurigelt worden ist. Der alte Bernauer, ich kenne ihn nur flüchtig, ist das pure Gegenteil von Max, raumfüllend, laut, protzig und, was Frauen betrifft, soll er ein ziemlich hemmungsloses Leben geführt haben. Seine Frau, die Mutter von Max, die genauso still und bescheiden wie Max gewesen sein soll, ist daran kaputt gegangen. Und dann hat der Alte den einzigen Sohn so richtig klein gemacht, hat ihn von früh an schuften lassen, erst für die Konfektionsfirma, dann für die großen und immer größer werdenden Geschäfte, hat ihn sehr knapp gehalten und gründlich ausgenützt. Erst dieser dubiose Teilhaber, dieser Kohn, der dann im Krieg dazukam, der hat Max etwas mehr Bewegungsfreiheit verschafft. Vermutlich hat er erkannt, daß Max weitaus klüger und fleißiger ist als sein großmauliger Vater. Aber den Komplex Frauen gegenüber, den hatte Vater Bernauer Max für alle Zeiten eingeredet. Natürlich kam auch sein wenig attraktives Äußeres dazu.
Und nun hat er Marleen. Das kann eigentlich, in meinen Augen, den Komplex nur vertieft haben. Ich weiß nicht, ob Max unglücklich ist oder nicht. Vielleicht ist er es wirklich nicht, und es genügt ihm, sich mit einer schönen Frau zu schmücken, wie Marleen es nennt. Wer kennt sich schon mit Menschen aus?
Schließlich bekommen wir Abendessen. Wieder ganz fabelhaft. Erst Gänseleberpastete mit einem Glas Sekt. Dann eine Tasse Hühnerbrühe. Dann Ente mit böhmischen Knödeln und Rotkraut, Rotwein dazu. Hinterher eine Eisbombe.

Die Kinder essen nicht, sie fressen.
Aber wir essen alle zuviel. Außer Marleen, die nimmt von allem nur ein paar Gabeln voll, ich beobachte das genau. Aber sie kann schließlich jeden Tag so essen, wenn sie will. Dann würde sie vermutlich platzen, doch sie ist gertenschlank.
Hede schmeckt es auch. Sie meint gnädig: »Deine Köchin ist vorzüglich.«
»Ist sie«, sagt Marleen. »Wir behandeln sie auch wie die Königin von Saba.«
Früher hatte Marleen viel Wechsel bei ihrem Personal, besonders die jeweilige Köchin war eine Katastrophe, das bekam ich immer wieder zu hören.
Die jetzige ist nun schon zwei Jahre da, eine Tschechin. Sie macht, was sie will in diesem Haus, keiner würde wagen, ihr Vorschriften zu machen. Mit Recht. Sie ist auch eine Kapazität, genau wie der Isotopenforscher.
Später, nach dem Essen, sagt Trudel mit schwimmenden Augen, denn sie hat ein bißchen viel Wein getrunken: »Es ist so schön, daß wir alle wieder einmal zusammen sind. Die ganze Familie.«
»Was davon übrig ist«, sage ich und denke an Erni.
Und Hede sagt: »Die ganze Familie ist es ja wohl nicht. Ich vermisse unseren Bruder Wilhelm.«
Da sehen wir uns alle an, Trudel, Marleen und ich. Wir sind richtig verblüfft. Keine von uns, wirklich keine, denkt jemals an Willy. Es ist, als wäre er nicht vorhanden. Der Sohn des Hauses Nossek, der einzige. Unser Bruder.
Hede hat unseren Blickaustausch beobachtet.
»Nun?« fragt sie.
»Du wirst lachen«, sagt Marleen, »ich habe ihn im vorigen Jahr zu diesem Zusammentreffen eingeladen. Schriftlich. Ich bekam sogar eine Antwort. Schriftlich. Das Haus eines Juden würde er nie betreten.«
»Oh!« sagt Hede, und es klingt verblüfft. Ihr Mann ist schließlich auch Jude. »Ist er so einer?«
»Er ist so einer. Im Krieg war er so etwas wie ein Held, aber ohne sich in Gefahr zu begeben. Sowas gibt es ja. Und es geht ihm nicht schlecht. Er ist der einzige, der zu Hause geblieben ist, er hat eine gute Partie gemacht, hat ein paar Kinder. Wir wissen nicht viel davon, denn er lädt uns nie ein. Die Frau kenne ich gar nicht.«
»Aber ich«, läßt sich Trudel vernehmen, und lieb wie sie ist, fügt sie hinzu: »Sie ist sehr nett.«
»Sie ist gräßlich«, sage ich. »Ich kenne sie auch, ich war sogar bei seiner Hochzeit, zusammen mit Trudel.«
»Du hast dich schandbar benommen«, sagt Trudel vorwurfsvoll.
»Kann sein. Ist mir egal.«
Ich war damals sehr unglücklich. Erni war so krank. Und auch sonst – alles war kaputt, alles verloren, alles vorbei. Alle tot und verschwunden, die ich liebte. Und dann mein selbstgefälliger Bruder, der sich einbildet, die Welt sei allein für ihn erschaffen, und diese dicke glotzäugige Kuh, die er heiratete, ich ärgerte mich die ganze Zeit, daß ich zu dieser dämlichen Hochzeit gekommen war. Ich fand die Sippe ekelhaft, die er sich anheiratete. Und Mutter benahm sich so demütig, bloß weil die ein bißchen Geld hatten.

»Ich habe mich betrunken.«
Hede lacht amüsiert, sie ist jetzt sehr gelöst, und eigentlich gefällt sie mir.
»Erzähl mal«, sagt sie gut gelaunt, lehnt sich zurück und zündet sich eine Zigarette an.
Ich blicke kurz zu Victoria, und sie sagt freundlich: »Kannst du ruhig erzählen, Mutti, kenne ich schon. Hat Tante Trudel mir alles erzählt.«
»So«, sage ich. Stephan hat sich absentiert, er liegt vor dem Bücherschrank auf dem Teppich und schmunzelt über einem Band Wilhelm Busch. Den holt er sich immer aus dem Bücherschrank, wenn er bei Marleen ist.
Dann gebe ich also eine plastische Schilderung von Willys Hochzeit, von ihm, seiner Frau und der dazugehörigen Familie. Von meinen Gefühlen, und wie ich mich benommen habe. Das stimmt alle so heiter, daß wir den Familientag geradezu herzlich und in bester Stimmung beschließen.
»Es war fein, daß du da warst«, sagt Marleen beim Abschied zu Hede. »Hat mich ehrlich gefreut. Und ich glaube, die anderen auch.«
Sie sieht uns an, und wir nicken mit den Köpfen und sagen Ja. Victoria am lautesten. Hede wird fast ein wenig verlegen. »Kinder!« sagt sie. Und dann: »Ist doch was Komisches mit Familie. Eigentlich braucht man sie ja nicht.«
»Doch«, sage ich entschieden.
Marleen sagt: »Du hast dir nie etwas aus uns gemacht. Und gebraucht hast du uns wirklich nicht.«
»Außer Trudel«, sagt Hede, und es klingt liebevoll. »Als ich klein war, bedeutete sie mir sehr viel.«
»Ach Gott!« sagt Trudel gerührt.
»Sie war für uns alle wichtig«, sage ich. »Und sie ist es heute noch. Sie ist so eine Art ruhender Pol für uns. Also jedenfalls für mich und die Kinder. Und sie war es für Mutter und für Vater. Und für Erni. Sie ist der beste Mensch, der mir je auf Erden begegnet ist, und ich bin sicher, daß Gott ihr einen Platz in seiner nächsten Nähe reserviert hat.« Ich bin ein bißchen betrunken und auch sehr gerührt, Trudel muß schlucken und hat Tränen in den Augen und sagt: »Nun red ock nicht so einen Unsinn!«
Marleen sagt, leise und sehr ernst: »Man weiß ja nie, was kommt. Und ob man nicht mal ganz froh ist, wenn man Familie hat.«
Ich sehe sie an und denke, daß sie im Grunde auch nicht glücklich ist, trotz allem, was sie hat.
Dann umarmen wir uns alle und küssen uns und fühlen uns ganz familiär und mögen uns gegenseitig wahnsinnig. Auch die fremde Hedwig.
Der Bernauersche Chauffeur, der uns nach Hause bringen soll, steht mit hochnäsiger Miene an der Tür und sieht sich gelangweilt die Familienszene an.

Nina
1929

Ich sei eine Romantikerin, hat Felix kürzlich mal gesagt, und eigentlich ziemlich altmodisch.
Ich kann das nicht finden. Ich halte mich für absolut hartgesotten, ich gehe arbeiten, habe mich dem Jargon meiner Umgebung angepaßt, habe ein Verhältnis mit einem verheirateten Mann, den ich jetzt sogar betrogen habe. Wenn ich keine moderne Frau bin, wer denn dann?
Nun hätten wir zu alledem noch das neue Jahr, und ich habe es mit reichlich gemischten Gefühlen in Empfang genommen. Erst war mir ganz mies. Dann allerdings – na ja.
Silvester ohne Felix. Seine Frau ist in der Woche vor Weihnachten gekommen, zusammen mit ihrem Bruder Dan, und Felix war ganz aus dem Häuschen, erstens weil die Lady nach so langer Zeit geruhte, sich seiner zu erinnern und zweitens noch ihr Brüderchen mitbrachte. Ich bekam ihn außerhalb des Theaters kaum zu sehen, und auch da nur tagsüber, abends verschwand er immer schnell, meist ehe die Vorstellung überhaupt zu Ende war. Weihnachten mußte er auch mit ihr feiern, na schön, ich sehe es ein, und ich fragte mich nur, ob vielleicht eine Scheidung am Christbaum hängt, weil sie sich männliche Verstärkung mitbrachte. Insgeheim war ich darauf gefaßt, daß sich die beiden Amerikaner mal im Theater sehen lassen würden, war aber bis jetzt nicht der Fall.
Weihnachten ohne Felix, na gut, ich habe Trudel und die Kinder, aber daß er mich Silvester auch sitzen ließ, erboste mich schon gewaltig. Monatelang ist sie nicht da, kümmert sich einen Dreck um ihn, dann läßt sie sich herab, mal wieder aufzukreuzen, und er hopst Tag und Nacht um sie herum. Was für eine Rolle spiele ich eigentlich? Wie komme ich dazu, nur da zu sein, wenn er mich braucht und will? Er hatte gemerkt, daß ich mich ärgerte und sagte, daß ich es doch verstehen müsse, es sei schließlich wichtig, und überhaupt, da sein Schwager dabei sei, der verwalte das ganze Familienvermögen, und das sei beträchtlich, und wenn er der Miriam das Konto sperrt, was soll dann aus dem Theater werden? Also ich solle nicht kindisch sein und begreifen, daß er Silvester mit ihnen ausgehen müsse, es ginge gar nicht anders.
Er kam kurz nach Beginn der Vorstellung, fein mit Ei, im Smoking, so in Schale habe ich ihn noch nie gesehen, er war nervös, sicher meinetwegen, denn ich war bitterböse und sprach kein Wort mit ihm. Er wollte mir einen Kuß geben, aber ich wandte ihm den Rücken zu.

»Sei nicht so albern, Nina! Wir alle leben von diesem Theater.«
»Hau bloß ab! Ich werde froh sein, wenn du draußen bist.«
»Wo geht *ihr* denn hin? Zu Ossi? Vielleicht kann ich später vorbeischauen.«
»Das kannst du garantiert nicht, also spare dir die Verrenkungen. Und ich gehe überhaupt nach Hause.« Und damit verließ ich das Büro, ging zur Bühne und stellte mich vorn links in die Gasse, da kann er wenigstens nicht mit mir reden. Sie hatten gerade die hübsche Szene zwischen Raina und Bluntschli, Thiede und Eva also auf der Bühne, und die zwei machten das wieder großartig, sie sind jeden Abend besser.
Marga stand neben mir, sah mich von der Seite an, sah meine verbitterte Miene, sicher sah ich jetzt nicht aus wie zweiundzwanzig, sie legte mir die Hand auf den Arm und flüsterte: »Nachher trinken wir alle zusammen einen, ja?«
Als die Pause begann, ging ich ins Büro zurück, Felix war verschwunden. Er kommt später zu Ossi! Daß ich nicht lache, später muß er mit seiner Gattin ins Bett, auch das gehört zur Finanzierung des Theaters.
Ich fühlte mich schauderhaft. Deprimiert, beleidigt und gedemütigt, und ich liebte ihn kein bißchen mehr. Eine herrliche Stimmung, um das neue Jahr zu beginnen.
Damit ich nicht etwa anfing zu heulen, ging ich später wieder hinaus hinter die Bühne. Das Theater war ausverkauft, die Leute lachten und amüsierten sich, Thiede war großartig, inzwischen spricht er ein perfektes Schwyzerdütsch, ich höre ihm schrecklich gern zu. Und er sieht fabelhaft aus. Eigentlich finde ich, paßt das Stück sehr gut in unsere Zeit, es ist so eine Art pazifistisches Stück und so herrlich vernünftig. Wie eigentlich alles, was Shaw geschrieben hat, ein Genie, dieser Ire.
Felix hätte allen Grund der Welt, seinen Schauspielern dankbar zu sein, sie haben ihn vor der Pleite gerettet, denn dieses Stück läuft gut, und es hätte sich gehört, daß er nach Schluß der Vorstellung mit ihnen anstößt. Ich sagte das zu Marga, als sie im dritten Akt von der Bühne kam, und fügte hinzu: »Er benimmt sich abscheulich. Richtig gemein.«
»Ach, Kleine«, sagte sie und strich mir über die Wange. »Nimm doch bloß die Männer nicht so ernst.«
»Ich rede ja nicht von mir. Ich mache mir den Teufel daraus, wohin er geht und mit wem. Ich meine euch.«
»Wir werden uns auch ohne den Herrn Direktor amüsieren, keene Bange nich, wie die Berliner sagen. Hörst du, wie die Leute lachen? Das ist Musik in meinen Ohren. Thiede wird jeden Abend besser. Es ist gottvoll, wie er die Pointen setzt. Paß auf, der Junge wird nochmal ganz groß.«
Dann mußte sie wieder auf die Bühne. Am Ende bekamen sie viel Applaus, und dann waren wir unter uns, und dann wurde es gleich sehr lustig, wie die Kinder alberten sie in ihren Garderoben herum.
Wir blieben im Theater. Wo soll man denn auch hingehen, kostet nur unnötig Geld. Ist auch zu spät, überall wird schon gefeiert. Molly hatte eingekauft, es gab warme Würstchen und Kartoffelsalat und saure Gurken, viel Käse und knusprige Brötchen. Flaschen waren auch genug da, jeder hatte etwas mitge-

bracht, Bob hatte sein Koffergrammophon dabei, und wir tanzten, in den Gängen, im Büro, schließlich auf der Bühne. Ich trank, und ich lachte, soll doch bloß keiner denken, daß ich mich gräme. Ein schlechtes Gewissen hatte ich allerdings auch, wenn ich an die Kinder dachte. Vicky hatte am Tage zuvor gesagt: »Weißt du, was ich mir wünsche? Daß wir wieder einmal zusammen Silvester feiern, so wie früher.«
Als die Kinder kleiner waren, in Breslau und auch die ersten Jahre in Berlin, feierte ich mit ihnen zusammen, wir machten uns Punsch, setzten ulkige Hüte auf und zogen Knallbonbons, gossen Blei, was man eben so tut in der Silvesternacht. Schon die Tatsache allein, daß sie so lange aufbleiben durften, war ja eine Sensation. Nun hätte ich ja diesmal leicht sagen können, ja, gut, ich komme nach dem Theater nach Hause, bereitet alles vor, aber im stillen hoffte ich ja doch, daß ich mit Felix zusammen sein würde.
Spät in der Nacht tanzte ich mit Thiede auf der halbdunklen Bühne, er hielt mich ziemlich fest, drückte mich an sich, ich spürte seinen Körper und daß er ein Mann ist. Sein Körper ist fest und geschmeidig, ich wollte mich von ihm losmachen, aber er hielt mich fest und küßte mich. Dann lief ich zu den andern, trank schnell ein Glas Sekt, und da sah ich, daß Eva nicht mehr da war. Gibt er sich deswegen mit mir ab? Bin ich eine Art Lückenbüßer? Das fehlte mir gerade noch.
Nach einer Weile kam er wieder, nahm mich bei der Hand und wollte wieder tanzen. Ich sagte, nein, ich will nicht mehr tanzen.
»Doch, du willst«, sagte er und zog mich mit.
Und dann ging es so weiter. Es war so, daß ich mich nach der Berührung seines Körpers sehnte, nach seinen Händen, nach seinem Mund, und das merkte er natürlich, drängte mich seitwärts in die Kulissen, preßte mich gegen die Wand und küßte mich. Sehr ausführlich. Ich war atemlos, als er mich losließ, aber natürlich wollte ich nicht zeigen, wie beeindruckt ich war, also sagte ich trotzig: »Übernimm dich bloß nicht. Hast du Krach mit Eva?«
»Krach mit Eva?« Er stand immer noch so dicht vor mir, daß sein ganzer Körper mich berührte.
»Na ja, du willst dich ja offensichtlich mit mir trösten.«
Er bog den Kopf zurück und lachte laut, ich sah seine gespannte Kehle, seine blitzenden Zähne, den schönen weitgeöffneten Mund. Er roch gut, auch aus dem Mund. Und er ist wirklich ein prima aussehender Bursche.
»Ach, Ninababy«, sagte er zärtlich. »Gib dich doch bloß nicht als kühle Mondäne. Die Rolle kauft dir doch keiner ab.«
Er strich mit dem Finger über meine Brustspitzen, erst die eine, dann die andere, mir wurde ganz schwach in den Knien, und ich sagte laut: »Laß das doch!«
»Warum? Gefällt es dir nicht?«
»Nein.«
»Glaub' ich nicht. Fühlt sich gar nicht so an.«
»Du bist unverschämt.«
»Ja.«

Er küßte mich wieder, ich wehrte mich nicht mehr, war ja auch egal, Felix schläft bei seiner Frau, Thiede war hier, bei mir. Und überhaupt hatte mir seit Jahren nichts so gut getan wie seine Liebkosungen.
Als ich wieder Luft bekam, sagte ich: »Aber Eva . . .«
»Was hast du eigentlich immer mit Eva? Sie ist mit ihrem Freund ausgegangen, er hat sie vorhin hier abgeholt. Das ist eine große Liebe mit den beiden, er ist extra aus Dortmund gekommen. Da war sie doch im vorigen Jahr im Engagement. Sie wollen sogar heiraten. Bist du nun zufrieden? Weil wir gut zusammen spielen, brauchen wir ja nicht ins Bett zu gehen.«
»Ich dachte . . .«
»Da denkst du falsch. Ninababy. Aber mit dir gehe ich heute ins Bett.«
Da wußte ich nicht, was ich sagen sollte.
»Ist es dir recht?«
»Du bist verrückt.«
»Nach dir.«
»Das glaube ich nicht.«
»Merkst du das nicht?«
»Na ja, vielleicht gerade heute.«
»Heute ist immer der beste Tag. Gestern ist vorbei, und morgen ist eine unsichere Sache. Leben findet immer heute statt. Und hübsche Dinge soll man immer heute tun, Ninababy. Kommst du mit?«
»Wohin denn?« Ich kam mir vor wie achtzehn.
»Zu mir. In meine Pension. Ist gar nicht weit von hier.«
»Aber das geht doch nicht.«
»Warum nicht? Das geht wunderbar. Und sag bloß nicht, es geht nicht wegen deinem Felix.«
»Felix ist mir ganz egal. Der spielt keine Rolle.«
Er lachte wieder und drückte mich fest an sich.
»Um so besser. Komm, laß uns gehen!«
»Aber die anderen.«
»Was ist mit denen? Zum Teil sind sie schon weg, und zum Teil sind sie blau. Hörst du, es ist ganz still geworden. Komm, schnell.«
Er nahm meine Hand und zog mich hinter sich her zum Büro, nahm meinen Mantel, zog ihn mir an, hing sich meine Tasche über den Arm. »Damit du mir nicht weglaufen kannst.«
Bei Molly in der Pförtnerstube lag Bob auf dem Feldbett und schnarchte laut.
»Alles Gute nochmal, Molly. Wir gehen noch tanzen, Frau Jonkalla und ich.«
»Det ist jut, det macht man. Tät ick ooch, wenn ick noch beede Beene hätte. Viel Spaß, Kinder.«
Dann waren wir auf der Straße, und er ließ mir gar keine Zeit zum Überlegen, ich lief mit ihm wie ein kleines Hündchen. Nur einmal blieb ich stehen und sagte: »Nein!«
Er sagte: »Ja«, und ich lief weiter mit.
Die Pension ist in einem großen alten Haus, Gründerzeitstil, überall war noch Licht, Musik und Lachen. War ja noch nicht so spät, kurz nach zwei, für Silve-

ster ist das gar nichts. Und dann war ich wirklich in seinem Zimmer, es war warm und gemütlich, und ein bißchen unordentlich, aber ich kam gar nicht dazu, mich umzusehen, er zog mir den Mantel aus und begann ohne Umstände mein Kleid aufzuknöpfen.
»Also Peter, wirklich, so geht das nicht.«
Er küßte mich und zog mich weiter aus.
»Du bist süß, Ninababy, wie ein kleines Mädchen. Du wirst sehen, wie wunderbar das geht.«
Ich sah es. Und es war wunderbar. Er liebte mich wunderbar. Ich war nicht mehr so glücklich in den Armen eines Mannes seit damals, seit dem erstenmal.
Ich schwöre bei Gott – seitdem nie wieder.
Er küßte mich von Kopf bis Fuß, er streichelte jeden Zentimeter meiner Haut, er machte mich so verrückt, daß ich es jedesmal kaum erwarten konnte und mich fast auflöste vor Begierde, und das merkte er und wartete immer länger. Nicht beim erstenmal, da geschah es rasch, aber beim zweitenmal und beim drittenmal, da zögerte er es so lange hinaus, daß schließlich ich es war, die ihn an mich riß, ich verschlang ihn geradezu. Am liebsten hätte ich nicht nur dieses eine Stück von ihm, sondern den ganzen Mann in mich hineinreißen mögen.
Es ist schrecklich, ich wußte gar nicht, daß es so etwas gibt, daß ich so sein kann.
Fest aneinander geschmiegt schliefen wir dann ein, und wir schliefen so vertraut, als gehörten wir seit Jahren zusammen.
Am Vormittag, als ich aufwachte, war ich immer noch glücklich, keine Spur von Reue, und warum auch. Liebe ist schön, kann so schön sein, wenn man den richtigen Mann dazu hat. Er war auch noch lieb, als er aufwachte, und es war ganz selbstverständlich, daß wir miteinander geschlafen hatten.
Dann stand er auf, zog sich einen Morgenrock an und sagte: »Jetzt hole ich uns Frühstück. Du kannst inzwischen ins Bad. Warte, ich schau mal nach, ob es leer ist.«
Ein wenig genierte ich mich, ich dachte, wenn ich jemand auf dem Gang treffe, wäre das doch peinlich. Ich war zwar nachts auch im Bad, aber da habe ich gar nichts gedacht, da war mir alles egal.
Das Bad war leer, ich sauste über den Gang, beeilte mich, steckte den Kopf zur Tür hinaus, als ich fertig war, doch der Gang war leer, sie schliefen wohl alle noch, und dann war ich wieder in seinem Zimmer.
Jetzt dachte ich zwischendurch auch mal an Felix. Total ohne Reue oder Scham, im Gegenteil, mit einer gewissen Befriedigung. Er soll sich doch bloß nicht einbilden, er sei für mich der einzige Mann auf der Welt. Thiede ist fünfzehn Jahre jünger als er. Was für einen wunderbaren Körper er hat. Und was für ein Liebhaber!
Dann kam er mit dem Tablett, und da war alles drauf für zwei Personen: zwei Teller, zwei Tassen, eine Riesenkanne Kaffee, Eier, Schinken, offenbar fand es kein Mensch komisch, wenn er sich Frühstück für zwei holte, womit ganz klar ist, daß sie daran gewöhnt sind.

Wenn es nicht Eva ist, wer ist es dann?
Geht es mich etwas an? Es geht mich nichts an.
In dieser Nacht bin ich es gewesen, und es war eine wundervolle Nacht. Sie wird sich nie wiederholen, und das werde ich akzeptieren und kein Wort darüber verlieren. Ich bin eben doch eine moderne Frau.

Hedwig und Magdalene

An irgendeinem Tag in irgendeinem Jahr verläßt man das Ghetto der Kindheit, das gleich einer Schutzzone ist, in der Traum und Wirklichkeit ganz von selbst ineinander übergehen, in dem man behütet und bewahrt wird, in dem die Tage lang sind, ein Monat kaum vergeht, ein Sommer länger als ein Leben währt.
Es beginnt die Zeit der Jugend, eine schwierige, schwer zu verstehende Zeit, was bedeutet, daß es nicht nur schwer ist, die Welt und die anderen zu verstehen, sondern daß man auch die größte Mühe hat, sich selbst zu verstehen, sich darüber klar zu werden, wer man ist, wie man ist, wohin man will und wohin man kann.
Auf einmal sind Probleme da, Verantwortung wird gefordert, Entscheidungen werden verlangt, jähe Freude und bittere Schmerzen kommen überfallartig, und es genügt nicht, dies alles mit dem Etikett Pubertät zu versehen, dann ginge es ja vorüber und das Leben müßte wieder leichter werden. Aber es wird nicht leichter, auch der Übergang von Jugend zu Erwachsensein ist schwierig, die Probleme bleiben, verändern sich, verstärken sich gar, und von nun an und ohne Ende wird von dem Menschen etwas verlangt, etwas erwartet: die Erfüllung von Aufgaben und Pflichten, Arbeit, Mühe und Plage, Erfolg, die Verantwortung anderen gegenüber, Familie zumeist, Kinder und schließlich und endlich die Entwicklung einer eigenen Persönlichkeit. Zu welchem Ergebnis nicht jeder kommt.
Nun werden die Tage immer kürzer, die Stunden vergehen rascher, man begreift, daß ein Sommer endet; und das wird so bleiben, von nun an wird das Leben immer schneller laufen, bis zwischen Sonnenaufgang und Sonnenuntergang kaum Zeit gewesen sein wird, die Sonne zu sehen.
Der Übergang zwischen Kindheit und Jugend geschieht unmerklich. Den Tag, an dem man aus der Schutzhaft der Unschuld entlassen wird, hat man meist übersehen, auch ist der Zeitpunkt bei jedem verschieden, doch je später es geschieht, um so besser, denn die Kraft, der Mut und das Vertrauen, die man in der Unberührbarkeit des Kindseins gewonnen hat, müssen für ein Leben lang reichen. Es wird nichts nachgeliefert.
Ein Mensch, der zu früh aus dem Traumland der Kindheit gerissen wurde, wird ein Leben lang daran leiden müssen, wird sich und den anderen nicht vertrauen, wird zu hart oder zu weich sein, wird an Güte nicht glauben und wird es oft versäumen, nach den Fetzen von Glück, die das Leben ihm vielleicht gewähren will, zu greifen und sie festzuhalten.

Als Nina fünfzehn Jahre wurde, im Oktober des Jahres 1908, war sie in vieler Beziehung noch ein Kind, auch wenn ihre Röcke nun länger waren und sie die Haare aufstecken durfte. Aber Liebe empfand sie bereits, zwar eine Traumliebe noch, die die Ernüchterung der Wirklichkeit nicht kannte.
Die Entwicklung ihrer beiden älteren Schwestern war anders verlaufen, sie hatten, jede auf ihre Art, ihre Kindheit früh beendet. Bei Hedwig spielte die körperliche Behinderung, die zu einer frühen Reife geführt hatte, eine gewisse Rolle, aber mehr als das waren es ihr hochentwickelter Verstand und ihr Intellekt, die sie früh aus dem Kindsein hinausführten. Bei Magdalene waren es ihr reizvolles Äußeres, Gefallsucht, Eitelkeit und eine zweifellos früh entwickelte Sexualität, die sie erwachsener erscheinen ließen als sie war, denn an geistiger Reife fehlte es ihr.
Das Verhältnis zwischen Hedwig und ihrer Familie hatte sich im Laufe der Jahre nicht verändert, es war weder gut noch schlecht, es war nicht vorhanden. Nun war sie schon vor ihrem Unfall ein verschlossenes, unzugängliches Kind gewesen, sie hatte wohl von beiden Elternteilen das schwierigste Erbe übernehmen müssen, von Agnes die Scheu, die Lebensangst, allerdings nicht die Bereitschaft, sich zu ducken. Und da sie klug war, lernte sie mit der Zeit Scheu und Lebensangst in sich selbst zu bekämpfen und, zum großen Teil jedenfalls, zu besiegen.
Den Verstand hatte sie von ihrem Vater, aber auch seine Sprödigkeit, seine Humorlosigkeit, die Unfähigkeit, ein Gefühl zu zeigen. Von wem sie allerdings Entschlußkraft, Mut und die Härte gegen sich selbst übernommen hatte, war nicht ersichtlich, doch hatte sie sich diese Eigenschaften, die sie als Kind keineswegs besaß, wohl zum größten Teil selbst anerzogen.
Die Familie war mit Hedwigs Los bis zum Jahr 1908 sehr zufrieden. Denn natürlich hatte man sich Sorgen machen müssen, was aus ihr werden sollte, da ja an eine Heirat kaum zu denken war. Wie schon einmal, erwies sich der reiche Nachbar, Adolf Gadinski, als hilfreicher Engel; seine Tochter Karoline hatte in den Schuljahren, in denen sie mit Hedwig in eine Klasse gegangen war, stets von ihrem weit überlegenen Geist profitiert.
Als Hedwig mit siebzehn Jahren und einem ausgezeichneten Zeugnis die Schule verließ, machte Gadinski seinem Nachbarn Nossek das Angebot, Hedwig als Bürokraft in der Zuckerfabrik zu beschäftigen. Sie sei ja ein sehr gescheites Mädchen, und man hätte in all den vergangenen Jahren Gelegenheit gehabt, ihre Zuverlässigkeit, ihren Ordnungssinn und ihren Fleiß kennenzulernen. Es sei ja nun üblich geworden, Frauen im Büro zu beschäftigen, und er sei schließlich kein altmodischer Mensch, und so wäre er nicht zuletzt Hedwig zuliebe bereit, sich diesen modernen Strömungen anzuschließen. Es sei nur notwendig, daß Hedwig einen Kursus in Stenographie und Maschinenschreiben besuche, dann stünde nichts im Wege, sie seinem bewährten Herrn Vöckla zur Ausbildung anzuvertrauen.
Wobei auf beiden Seiten mit keinem Wort die Rede davon war, ob man nicht Hedwig erst einmal fragen solle, was sie von dem ihr zugedachten Lebensweg hielt. Emil druckste ein wenig an seiner Zustimmung herum, erbat sich Bedenk-

zeit, da es ihn eine gewisse Überwindung kostete, Herrn Gadinskis Angebot anzunehmen. Emil hatte nun einmal seinen eigenen Stolz, nicht nur den gewöhnlichen preußischen Beamtenstolz, er hätte es am liebsten gesehen, wenn alle seine Töchter bis zu ihrer Verheiratung im Haus geblieben wären.
Eine Heirat hatte sich jedoch bei Gertrud schon nicht ergeben; die einzige Möglichkeit, die sich geboten hatte, war von Emil selbst zunichte gemacht worden; ob er das bereute, wußte man nicht, er sprach nicht darüber. Allerdings wäre Gertrud im Haus Nossek auch gar nicht zu entbehren gewesen.
Hedwigs Fall lag anders, und so mußte ein Weg gefunden werden, der ihr weiteres Fortkommen sicherte. Soviel war Emil klar. Ebenso klar war es, daß Hedwig für den klassischen Beruf höherer Töchter, den Beruf einer Gouvernante oder Erzieherin, absolut ungeeignet war, Kinder interessierten sie nicht, sie hatte ja nicht einmal eine Beziehung zu ihren eigenen Geschwistern. So war Herr Gadinskis Angebot ein Glücksfall, und wurde denn auch von Emil schließlich angenommen.
Eigentlich hätte er wissen sollen, daß seine Tochter Hedwig ganz bestimmte Wünsche hatte, aber nur einmal, nur ein einziges Mal hatte sie zu ihm davon gesprochen. Sie würde gern Chemie studieren, hatte sie ihm gesagt. Emil war nicht darauf eingegangen, von einem Studium konnte keine Rede sein, studieren würde einzig und allein sein Sohn Willy, das würde Geld genug kosten. Studium für ein Mädchen, auch wenn es nun schon nicht mehr so ungewöhnlich war, hielt Emil für Unsinn.
Hedwig hatte seine Meinung zuvor gekannt und kam nicht mehr darauf zurück. Sie hätte nun ihre Wünsche in der Schublade für unerfüllbare Träume ablegen können, und vielleicht hätte sie es getan, wenn sie gesund und hübsch gewesen wäre und eines Tages ein Mann sich in sie verliebt hätte. So aber erfüllten ihren Kopf nichts anderes als Pläne und immer wieder Pläne, wie sie ihr Ziel doch noch erreichen könnte. Pläne, die nicht zur Ausführung kamen, denn es fehlte ihr alles, was notwendig gewesen wäre: Zeit, Geld, Freiheit und das Abitur.
Ihr Interesse für Chemie war der Familie sowieso stets unverständlich gewesen, und keiner hatte es ernst genommen. Man betrachtete es als eine Schrulle, als eine ausgefallene Beschäftigung für das behinderte Mädchen, sie wußten nicht einmal, wie Hedwig und die Chemie zusammengekommen waren, weil sie von dem Umgang, den sie hatte, nichts wußten.
Begonnen hatte es in der Schule, als Hedwig etwa zwölf war. Damals schloß sie, nach einer Zeit vorsichtiger Annäherung, Freundschaft mit einem Mädchen aus ihrer Klasse, der Tochter eines Apothekers, die fast genauso klug wie Hedwig war, sie waren die Besten der Klasse, und daraus ergab sich in diesem Fall nicht Rivalität, sondern Freundschaft. Dies war die einzige Freundin, die Hedwig während ihrer Schulzeit besaß.
Margarethe, die Apothekerstochter, hatte zwei Brüder, und alle, der Apotheker, seine zwei Söhne, seine Tochter, waren sie gewissermaßen chemiebesessen. Der Apotheker hatte sich von seinen Chemiesemestern die Lust am Experimentieren, an Versuchen, an Erfindungen bewahrt, das ganze Apothekerhaus, ein sehr

hübsches Haus am Ring, gegenüber dem Rathaus, glich einem Laboratorium, in dem es immer brodelte, zischte, sich mischte, sich trennte und gelegentlich auch explodierte.
Man sei, so sagte der Apotheker, in das Zeitalter der Chemie eingetreten, obwohl es natürlich immer Chemie gegeben habe, das ganze Leben, alles was da sei, bestehe aus chemischen Formeln, nur habe der Mensch früher nicht die Fähigkeiten und Mittel besessen, dies alles zu erforschen und zu erkennen, jetzt aber sei es endlich soweit, daß man nach und nach die letzten Geheimnisse der Natur entschleiern könne, über kurz oder lang werde man die Zusammensetzung alles irdischen Seins kennen, und an dieser Entwicklung teilzuhaben, sei überhaupt die einzig interessante Form des Daseins, und was ihn betreffe, so könne er sein Glück kaum fassen, in dieser Zeit leben zu dürfen.
Im Apothekerhaus wurden sämtliche Fachzeitschriften gehalten, die über die Fortschritte in der chemischen Welt berichteten und für Eingeweihte sich spannender lasen als Detektivgeschichten.
Und da war die Frau Apotheker, eine stille, freundliche Frau, die sich mit Geduld und Gleichmut, auch mit Humor, damit abfand, in einem Laboratorium zwischen besessenen Chemikern zu leben. Auch sie wies ein beachtenswertes Talent auf, sie war eine Meisterköchin, und die Formeln, nach denen es in ihrer Küche brodelte und dampfte, ähnlich der Situation im Familienlaboratorium, hatten den Vorzug, daß es in dem ihren besser roch. Wann immer die Wissenschaftler Zeit fanden, ihre Gläser und Kolben im Stich zu lassen, wurden sie mit köstlichen Leckerbissen gefüttert. Hedwig partizipierte daran, denn sie war oft zu Besuch im Apothekerhaus, und von dieser Zeit blieb ihr die Vorliebe und auch das Verständnis für eine gute Küche und ihre Erzeugnisse. Gerade dies hätte jemand, der es wert fand, Hedwigs Leben zu beobachten, zu gewissen Hoffnungen berechtigen können: wer gern und verständig ißt, hat zweifellos ein positives Verhältnis zum Leben und zu dessen physischen und psychischen Entwicklungsmöglichkeiten.
Kein Wunder, daß Hedwig von diesen Menschen und ihrem Dasein fasziniert war. Der Apotheker verstand es, hinreißend über sein Metier zu sprechen, und genauso wie er seine eigenen Kinder dafür interessiert hatte, gelang ihm das bei Hedwig. Da ihm nichts Besseres passieren konnte, als wieder einmal ein neues und ganz unerfahrenes Opfer zu haben, widmete er sich der Freundin seiner Tochter mit aller Begeisterung, die er für sein Fach aufbrachte, so daß Hedwig eigentlich im Laufe der Jahre bereits so etwas wie ein Studium der Chemie absolviert hatte. Übrigens hatte auch Hedwigs sich später entwickelnder sozialistischer Spleen seine Wurzel im Apothekerhaus.
Der älteste Apothekersohn Konrad, und dies war ein für alle Zeit fest verschlossenes Geheimnis in Hedwigs Herzen, wurde ihre erste und sehr tief empfundene Liebe, von der niemand etwas wußte, am wenigsten der Betroffene selbst. Als er aufbrach zum Studium, erst nach Breslau, dann nach Berlin, brach ihr bald das Herz, doch kam er gottlob oft zu Besuch, denn diese merkwürdige Familie liebte sich untereinander sehr. Dann stellte sich heraus, daß ihn mehr als die Veränderungen in der Retorte und in den Reagenzgläsern die Wandlun-

gen der Gesellschaft interessierten. Er trat der sozialdemokratischen Partei bei, was seinem Vater verständnislose Verwunderung, jedoch keinerlei Empörung abnötigte, jenseits der Chemie ging für ihn nichts Bemerkenswertes vor sich. Um so mehr waren die jungen Leute, der jüngere Bruder des Studenten, der noch ins Gymnasium ging, Margarethe und Hedwig von den sozialistischen Reden des Studiosus gefesselt. Nun kamen auch Bücher und Schriften dieser Art ins Apothekerhaus und verdrängten bei den jungen Leuten zeitweise sogar die Chemie. So nach und nach, etwa zwischen ihrem sechzehnten und achtzehnten Lebensjahr, siedelten sich in Hedwigs Kopf eine Menge neuer Gedanken und Ideale an.

Sie war ein Mädchen, das war Schicksal. Sie hatte einen Unfall gehabt und hinkte, nicht sehr, aber es zeichnete sie. Auch Schicksal. Sie hatte kein Geld, das stufte sie ein. Aber sie hatte einen Kopf, einen klugen, denkfähigen und entwicklungsfähigen Kopf, und der sollte absolut überflüssig und unbrauchbar sein, nur weil sie ein Mädchen, lahm und arm war?

Im Laufe der Jahre wurde sie immer weniger geneigt, diese Tatsachen als gottgegebenes Schicksal hinzunehmen, und in ihr wuchs, von keinem bemerkt, der Geist der Rebellion, unterstützt von dem großen Thema der Zeit: der Freiheit der Frau, ihrer Gleichberechtigung, der Emanzipation.

Eines Tages erkannte Hedwig, wenn einer diese Emanzipation brauchte, war sie das, und wenn einer sie wollte, war sie das, und wenn die Emanzipation nicht zu ihr kam, würde sie dorthin gehen, wo sie zu finden war.

Die Verlobung des Apothekersohnes mit einer hübschen, dümmlichen Tochter aus gutem Hause gab den letzten Anstoß. Denn so fortschrittlich war er nun auch wieder nicht, daß er ein armes, unhübsches und dazu hinkendes Mädchen als Mädchen angesehen hätte.

Blieb die Zuckerfabrik. Hedwig haßte sie. Sie haßte ihre Arbeit, sie haßte Herrn Vöckla, einen verknöcherten alten Junggesellen, der ihr das Leben schwer machte, sie haßte sogar Herrn Gadinski, der es doch nur gut gemeint hatte. Bei alledem war sie hochmütig und oft unausstehlich, sie wußte, daß sie klüger war als alle, mit denen sie zu tun hatte und blickte auf sie herab. Das machte sie nicht beliebt.

Hedwig las eine Unmenge Bücher, sie las die Fachzeitschriften des Apothekers, sie las Zeitungen, nicht nur die lokalen, auch das »Berliner Tageblatt« und den »Vorwärts«, interessierte sich für Politik und verfolgte immer genau, was in der Welt vor sich ging. Und sie sparte. Denn schon sehr bald wußte sie, daß sie eines Tages fortgehen würde. Übrigens hatte sie es von vornherein abgelehnt, weiterhin im Wagen, es war nun ein Automobil, des Herrn Gadinski mitzufahren. Sie war nun seine Angestellte, eine schlechtbezahlte dazu, und sie verstand sehr wohl, daß es ihm unangenehm gewesen wäre, ihr auf die Dauer dieses Privileg zuzugestehen. Es schickte sich nicht mehr. Er machte auch zunächst das Angebot nicht, wälzte seinerseits den unliebsamen Gedanken im Kopf hin und her, aber gutmütig, wie er nun einmal war, meinte er dann doch, da werde sie ja wohl weiterhin mit ihm zusammen fahren, jedenfalls am Morgen, nicht?

»Danke, Herr Gadinski«, erwiderte Hedwig kühl. »Ich fahre mit dem Rad.«
»Mit dem Rad?« sagte er staunend, und sein Blick glitt zu ihrem Bein. Doch ehe er darauf hinweisen konnte, fuhr sie fort: »Radfahren wird für mich sehr bekömmlich sein, ich habe immer zu wenig Bewegung gehabt.«
Sie war zwar noch nie mit dem Rad gefahren, war aber sicher, daß sie es lernen würde. Ihre Schwester Nina war eine begeisterte Fahrerin, auf dem Rad ihres Freundes Kurtel, und Hedwig hatte ihr schon manchmal nachdenklich nachgeblickt. Erstaunlicherweise stimmte Emil ihrem Plan sofort zu. Ihm war das Mitgenommenwerden im Wagen des reichen Nachbarn sowieso immer ein Dorn im Auge gewesen, und dieser Dorn war dicker als das Vorurteil gegen radfahrende Mädchen. Also kaufte er seiner Tochter ein Rad.
Agnes war es, die sich darüber nicht beruhigen konnte, sie sah voller Angst einen neuen Unfall voraus, denn ihrer Meinung nach herrschte mittlerweile in der Stadt ein ungeheurer Verkehr.
»Aber Kind! Das kannst du doch nicht. Denk doch an dein Bein!«
»Was ist mit meinem Bein?« fuhr Hedwig sie gereizt an. »Dem fehlt gar nichts.«
Sie wurde eine ausgezeichnete Radfahrerin, das verkürzte Bein hinderte sie nicht im geringsten, im Gegenteil, solange sie auf dem Rad saß, schien alles an ihr wie bei allen anderen zu sein. Außerdem ergab es sich, wie sie vermutet hatte: da sie nie Sport getrieben, in der Schule an keinen Turnstunden teilgenommen, nie getanzt hatte, wenig gelaufen war, wurde sie durch das Radfahren, durch die Bewegung in frischer Luft, bald gesünder und wohler aussehend. Sie fuhr bei fast jedem Wetter, und nur nachdem sie einmal bei vereister Straße gestürzt war, benutzte sie bei Schnee und Eis das Gadinskische Fahrzeug. Sonst aber radelte sie in flottem Tempo quer durch die Stadt, dem Bein bekam es gut, sie wurde gewandter, beweglicher und sogar hübscher.
Der Familie fiel das nicht auf. Allerdings bekam sie Hedwig auch selten zu sehen. Ihr Dienst begann um sieben, sie stand um halb sechs auf, und kam vor halb acht nicht nach Hause, manchmal wurde es auch acht oder halb neun, denn Herr Vöcklas Leben spielte sich im Büro ab, und so war er der Meinung, auch für andere gäbe es nichts Schöneres auf Erden, als dort bis in den Abend zu sitzen. Wenn Hedwig nach Hause kam, war das Abendessen meist schon vorüber, und Gertrud stellte ihr Brot, Butter und Wurst und eine Kanne mit warmgehaltenem Pfefferminztee in ihr Zimmer, nachdem Hedwig einmal vorsichtig den Wunsch geäußert hatte, ob sie denn nicht oben essen könne, dort könne sie sich dann nebenbei ihren Büchern widmen.
Normalerweise hätte Emil es nicht erlaubt, aber Hedwig hatte immer eine Art Sonderstellung eingenommen, man war an ihr isoliertes Leben gewöhnt. Sie schrieb, sie las und ging zwischen elf und zwölf ins Bett. Nur sonntags nahm sie an den gemeinsamen Mahlzeiten teil, da hatte sie dienstfrei. Und wenn sie ausging, ging sie ins Apothekerhaus.
Als sie einundzwanzig geworden war, im September des Jahres 1908, entschloß sie sich zur Abreise. Die Aufregung war groß, Agnes weinte, Emil wollte es verbieten, Hedwig blieb kühl und gelassen, nahm einen kurzen Abschied und verschwand. Für immer.

Ihr erstes Ziel war Berlin. Sie mußte die Entdeckung machen, daß dort keiner auf sie gewartet hatte. Das einzige, was ihr blieb, wäre wieder Büroarbeit gewesen.
Sie zählte ihr gespartes Geld, viel war es nicht, aber bei größter Sparsamkeit würde sie eine Weile damit auskommen. So faßte sie den ungeheuren Entschluß, gleich nach England weiterzureisen. England galt als fortschrittliches Land, dort kämpften die Frauen schon seit einigen Jahren mit großem Nachdruck um ihre Rechte.
Und nun hatte sie das erstemal in ihrem Leben Glück. Auf der Überfahrt – es war sehr stürmisches Wetter, der Kanal zeigte sich von seiner unfreundlichsten Seite – lernte sie ein junges Paar kennen, Bruder und Schwester, wie sich herausstellte, die von Paris nach London heimkehrten; beide waren seekrank, besonders schwer das junge Mädchen. Hedwig, von der Seekrankheit verschont geblieben, konnte der jungen Engländerin behilflich sein, da sie, vom Apotheker sorglich ausgestattet, einige brauchbare Tabletten anzubieten hatte.
Den Rest der Reise machte man gemeinsam. An Land erholten sich die beiden rasch wieder, Hedwig, erregt durch die fremde Welt, war gesprächiger als gewöhnlich und erzählte den Geschwistern, die ungefähr in ihrem Alter waren, in ihrem Schulenglisch, das von Stunde zu Stunde im Gespräch ungehemmter wurde, wer sie war und woher sie kam.
Auf diese Weise hatte sie gleich Bekannte, war keine ganz Fremde mehr, als sie nach London kam, und schon war sie eingeladen, im Elternhaus der beiden bald einen Besuch zu machen. Auch eine Pension wurde ihr empfohlen, die eine ehemalige Kinderfrau der beiden führte, ein anständiges, ordentliches Haus, wie sie hörte, nicht teuer, und einen guten Mittagstisch gebe es auch.
Das Essen war schauderhaft, aber billig. Ebenso das Zimmer, winzig klein und nur mit dem Nötigsten ausgestattet, aber sie hatte eine Bleibe und wurde freundlich aufgenommen. Was sie in London eigentlich tun wollte und wie lange sie bleiben würde, darüber hatte Hedwig nicht nachgedacht. Für sie selbst erstaunlich, war eine abenteuerliche Ader in ihr aufgebrochen, was so weit ging, daß sie schon Pläne für eine Weiterreise in die Vereinigten Staaten erwog. Alles was in ihrer Jugend an Impulsen zurückgedrängt worden war, wurde lebendig, und was keiner in ihr vermutet hätte, auch sie selbst nicht, war mit einemmal da: Tatkraft und Erlebnishunger.
Sie lief in London herum, bis ihr die Füße schmerzten, bestaunte die riesige Stadt mit ihren herrlichen Bauten, den breiten und engen Straßen und den unvorstellbar herrlichen Parks, wurde sich ihres mangelhaften Englisch schnell bewußt, hörte überall hin, lernte täglich dazu und fand plötzlich Freude daran, diese Sprache zu sprechen. Eines Tages sah sie vor Westminster König Eduard in einer goldenen Karosse, den Vetter des Kaisers, vorbeifahren und bedauerte es, daß es nicht mehr die alte Queen Victoria war.
Schließlich fand Hedwig sogar Arbeit bei der Zweigniederlassung einer Hamburger Firma, die eine Bürokraft suchte, die sowohl englisch wie deutsch schreiben konnte. Noch etwas anderes fand sie: einen Mann. Er war Deutscher, An-

fang dreißig, kam aus Sachsen und zog eines Tages in die Pension ein. Sie lernten sich am Mittagstisch kennen, der nach englischer Sitte abends stattfand. Er hieß Theodor, sah blaß und hungrig aus, war aber sehr klug, ein Intellektueller, der sich auch als solcher verstand. Schriftsteller nannte er sich, allerdings hatte er bis jetzt noch nichts veröffentlicht, sondern hatte sich, nach einem abgebrochenen Studium der Geschichte und Literaturgeschichte, nur politisch betätigt, ein radikaler Sozialist, kein Sozialdemokrat, einer, der die Welt nicht bloß verbessern, sondern von Grund auf umkrempeln, total erneuern und vorher möglichst in Stücke schlagen wollte.
Diese Töne waren Hedwig vertraut, obwohl sie ihr so kraß noch nicht begegnet waren. Er sprach kaum englisch, und war sehr angetan davon, in der Pension eine Deutsche vorzufinden, denn er mußte reden, reden, reden, möglichst viel von Bakunin, das war ihm ein Bedürfnis. Hedwig hörte zu, war manchmal gleicher, manchmal anderer Meinung, verändert und verbessert sollte die Welt werden, denn die hatte es nötig, das gab sie zu, Gewalt, Mord und Totschlag jedoch lehnte sie ab; sie vertraue auf die Vernunft der Menschheit, sagte sie. Ihr neuer Bekannter lachte hohnvoll, darauf könne sie lange warten, menschliche Vernunft sei eine Fiktion.
Soweit es ihn selbst betraf, hatte er vollkommen recht.
Hedwig wurde seine Geliebte. Das ergab sich verhältnismäßig rasch. Einmal war die Tatsache, daß sich überhaupt ein Mann für sie interessierte, so ungeheuerlich, daß sie stärker war als alle Bedenken. Zum anderen wies Theodor sie voll Nachdruck darauf hin, daß freie Liebe sowieso die einzige Form der Liebe sei, die noch Daseinsberechtigung habe, eine derart veraltete Institution wie die Ehe, die nur noch von Kirche und Staat künstlich am Leben erhalten werde, sei zum Aussterben verurteilt.
Nach einer Weile flogen sie beide aus der Pension, mieteten sich von dem Geld, das Hedwig verdiente, ein Zimmer, in dem sie gemeinsam lebten. Bei ihren Londoner Bekannten, die sie auf der Überfahrt kennengelernt hatte, war sie nun nicht mehr erwünscht, der Butler ließ sie wissen, die Herrschaften seien ausgegangen, als sie wieder einmal einen Besuch machen wollte.
Nun gut. Eine Zeitlang war sie bereit, das veränderte Dasein zu akzeptieren, das ihr unerwartete Sensationen gebracht hatte. Theodor hatte bald verschiedene politische Beziehungen geknüpft, und so geriet Hedwig nun ernstlich in sozialistische Kreise und von dort geradewegs zu den Suffragetten.
Diese militanten Amazonen, die mit allen Mitteln die Gleichberechtigung der Frauen erzwingen wollten – ihr ›votes for women‹ gellte durch alle Straßen, klebte an allen Wänden –, waren in London, in England und wohl auch in der ganzen Welt, soweit sie Zeitungen las, bei allen ordentlichen Bürgern zutiefst verhaßt. Sie machten dem Ideal sanfter, holder Weiblichkeit große Schande, zogen schlampig gekleidet in langen Demonstrationszügen durch die Straßen, kämpften brutal gegen Polizei und Militär, warfen sich den Pferden vor die Hufe und den Kutschen unter die Räder, schmiedeten sich mit Ketten an die Eisenstäbe vor dem Parlament, gingen mit Leidenschaft ins Gefängnis, traten in Hungerstreik, nahmen alle Strafen und Demütigungen auf sich, und bezahlten auch

mit ihrem Leben, wenn es sein mußte. Dies alles nur für ein Ziel: das Wahlrecht der Frauen.
Sie hatten zweifellos einige große, stimmgewaltige und kluge Frauen als Führerinnen, zum Teil aus bester Gesellschaft stammend, aber sie waren so besessen, so fanatisch, so einseitig auf ihr Ziel fixiert, daß eine intelligente Frau wie Hedwig, die auf dem besten Weg war, sich selbst zu finden, auf die Dauer von diesem Treiben abgestoßen wurde. Die anfängliche Begeisterung legte sich bei ihr rasch, nach zwei Jahren trennte sie sich von den Suffragetten, nachdem sie zuvor noch eine unbedeutende Rolle in ihren Reihen gespielt hatte.
Allerdings hatte sie inzwischen andere Sorgen, die ihr Leben sehr erschwerten. Theodor war eigentlich nie gesund gewesen, doch nun ging es rapide mit ihm abwärts, er wurde immer elender, er rührte sie nicht mehr an, und nun erfuhr sie, welch eine Krankheit ihn zerstörte. Die Syphilis. Oder genauer gesagt, er hatte als junger Mann Syphilis gehabt, und sie war, wie meistens bei dieser heimtückischen Krankheit, nicht ausgeheilt, hatte sich nur tief im Körper des Befallenen verkrochen und dort, wie eine Ratte im Dunkel, ihr tödliches Werk fortgesetzt.
Zwar hatte Paul Ehrlich schon vor Jahren das Salvarsan erfunden, das erste Mittel, das jahrhundertelangem Siechtum und Elend entgegenzutreten vermochte, aber für Theodor kam es zu spät. Hedwig, als sie begriffen hatte, wurde von Panik erfaßt. Sie wußte, was diese Krankheit bedeutete, im Apothekerhaus war ziemlich offen darüber gesprochen worden. Sie überwand jede Scheu und suchte sofort einen Arzt auf. Spuren der Ansteckung waren jedoch an ihr nicht zu entdecken. Und wunderbarerweise hatte sie sich auch nicht angesteckt, obwohl sie noch Jahre später mit nie versiegender Angst auf die Folgen ihrer ersten Affäre wartete.
Sie brachte es dennoch nicht fertig, diesen Mann im Stich zu lassen, mit dem sie immerhin seit mehr als drei Jahren zusammenlebte. Sie pflegte Theodor so gut sie konnte, bis er im Frühjahr 1913 starb.
Was sie erlebt hatte, sein langes, elendes Sterben, die Armut, in der sie zuletzt existiert hatten, war nicht spurlos an ihr vorübergegangen, ihr Lebensmut war auf dem Nullpunkt. Darum verließ sie England zwei Monate nach seinem Tod. Sie wollte möglichst diesen Teil ihres Lebens ganz und endgültig abschließen. Nun war eigentlich die Stunde gekommen, in ihr Elternhaus zurückzukehren, um dort Schutz und Geborgenheit zu finden. Doch daran dachte sie nicht. Sie hatte viel erfahren und viel gelernt, aber im Grunde nichts erreicht. Immerhin sprach sie jetzt perfekt englisch. So fand sie, vermittelt durch ihre Londoner Firma, eine Stellung in einem Hamburger Handelskontor. Hier verdiente sie das erstemal ein wenig mehr, fühlte sich in ihrem Büro in der Hermannstraße auch wohl; Umgangsformen und Ton der weltoffenen Hanseaten behagten ihr sehr.
Noch immer lebte sie einfach, hatte sich ein kleines Zimmer in Eimsbüttel genommen, auf ihr Aussehen, ihre Kleidung legte sie jetzt ein wenig mehr Wert. Sie sparte nach wie vor. Warum, wußte sie eigentlich nicht. Sie wußte nur, daß sie immer noch auf einem Weg war, dessen Ziel ihr nur unbestimmt vorschweb-

te. Den Schock, den ihr Krankheit und Tod ihres Freundes verursacht hatte, überwand sie verhältnismäßig rasch, sie verdrängte die Erinnerung, sie wollte nicht mehr daran denken.

Als der Krieg ausbrach, war sie immer noch in Hamburg, und nun kam Schritt für Schritt ganz von selbst, wonach die Frauen, manche Frauen, so entschieden verlangt hatten: die Gleichberechtigung. Zunächst in der Form, daß sie das gleiche Recht und sogar die Pflicht hatten, zu arbeiten, um die Plätze einzunehmen, die die Männer verlassen mußten, um für Kaiser und Reich zu kämpfen und zu sterben.

Seltsamerweise hörte Hedwig nun auf zu arbeiten, jetzt begann sie zu lernen.

In einem Punkt hatte der heimische Apotheker recht gehabt: dies war das Zeitalter der Chemie, und im Krieg, der Deutschland den Zugang zu so viel dringend benötigten Rohstoffen versperrte, wurde sie wichtiger denn je zuvor. Und wichtig waren Leute, die es verstanden, mit ihr, an ihr, für sie zu arbeiten; Männer, soweit sie nicht eingezogen waren, genügten nicht mehr, man brauchte Frauen für die Arbeit in der chemischen Forschung und Industrie. So wurde wirklich und im wahrsten Sinn des Wortes der Krieg für Hedwig Nossek zum Vater aller Dinge, zum Förderer ihres Lebens, der ihr den rechten Weg wies und auf dem sie zu ihrem erstrebten Ziel gelangte.

Wie Pilze schossen die »Chemieschulen für Damen« aus dem Boden, in Großstädten, in Kleinstädten, in Landschulheimen, auf Schlössern, angegliedert an große Werke, im ganzen Reich entstanden diese Institute, die Mädchen und Frauen zu der Arbeit in chemischen Berufen ausbilden sollten. Sie mußten dazu kein Abitur mitbringen, nur Begabung und Interesse.

Von nun an verlief Hedwigs Leben wie nach einem vorgefaßten Plan. Sie absolvierte mit Bravour den Lehrgang einer solchen Chemieschule, bekam die besten Empfehlungen von ihren Lehrern mit auf den Weg und gelangte noch während des Kriegs in das Institut für chemische Forschung des Professors Edgar von Guttmann, einer anerkannten Kapazität auf dem Gebiet der Erforschung der Pflanzenfarbstoffe.

Sie wurde der beste Mitarbeiter, den der Professor nach seinen eigenen Worten und dem Urteil seiner Kollegen je gehabt hatte. Nach einigen Jahren arbeitete sie ganz selbständig, wagte sich erfolgreich an eigene Versuche, schrieb seine Aufsätze und Abhandlungen und wurde wenige Jahre nach Kriegsende seine Frau. Sie war vierunddreißig Jahre, und sich vorzustellen, daß sie einmal ein ängstliches und häßliches Kind mit ausgeprägter Kontaktarmut gewesen war, dazu hätte weder die Phantasie des Professors noch der anderen Leute, mit denen sie Umgang hatte, ausgereicht.

Nur sie wußte es. Darum war ihr auch ein gewisser Hochmut geblieben. Alles, was sie war, war sie aus sich selbst geworden. Keine Hilfe im Elternhaus, kein Abitur, kein Studium, nur die eigene Kraft und der eigene Mut, und beides sich gewaltsam aufzwingend, waren ihre Helfer gewesen.

Und am Anfang der Umstand, daß sie im Boden eingebrochen war, was ihr immerhin ein paar Jahre Schulbildung einbrachte.

Und endlich der Krieg, ihr stärkster Verbündeter.

Ganz anders verlief Magdalenes Geschichte, gemessen an der Hedwigs eine ganz normale Mädchengeschichte: sie verliebte sich, lief mit Volldampf in die Liebe hinein, was nicht ohne Folgen blieb, woraufhin sie, ebenfalls mit Volldampf, auf und davon ging.
Hedwigs und Magdalenes Auszug aus dem Elternhaus folgten ziemlich dicht aufeinander, und da jedes Ereignis allein schon Erschütterung genug gewesen wäre, ist leicht vorstellbar, welch ein Weltuntergang für die Nosseks diese Doublette bedeutete.
Agnes und Emil, das schwer geprüfte Elternpaar, mußten an ihren erzieherischen Fähigkeiten verzweifeln, denn beide Töchter waren sang- und klanglos verschwunden. Schmach und Schande vor den Bekannten und Verwandten, Schmach und Schande für Emil im Amt, Schmach und Schande vor der ganzen Stadt, soweit sie von den Nosseks Notiz nahm.
Dabei hatte Magdalenes Zukunft so hoffnungsvoll ausgesehen, zumal in Agnes' Augen.
Voll Stolz hatte Agnes diese wohlgestaltete Tochter betrachtet, die von Jahr zu Jahr hübscher wurde und es verstand, mit Charme und Geschick ihre Umwelt zu gewinnen. Wenn je ein Mädchen dafür prädestiniert war, eine gute Partie zu machen, dann war es Magdalene. Natürlich war Agnes nicht blind für Magdalenes charakterliche Mängel, denn diese hübsche Tochter nahm es mit der Wahrheit nicht immer genau, sie war eitel, egoistisch und verfügte über ein beachtenswertes Talent, sich vor jeder Arbeit zu drücken. Aber kein Mensch kann alle Vorzüge in sich vereinen, und wem schließlich verzieh man williger ein paar Fehler als einer schönen Frau.
Verehrer hatte Magdalene stets gehabt, etwa seit ihrem zwölften Lebensjahr gab es immer Jungen, die sie von der Klavierstunde abholten, ihr die Tasche trugen, mit ihr zum Schwimmen und Eislaufen gehen wollten, allen voran Cousin Robert, der allen Ernstes, ehe er die Stadt verließ, um General zu werden, sich Magdalene erklärte und sie bat zu warten, bis er sie heiraten könne.
Die sehr junge Dame, inzwischen vierzehn Jahre alt, nickte gnädig und versprach, sie werde warten. Ein scheuer Kuß besiegelte das Bündnis.
Immerhin wußte Magdalene nun, wie so etwas vor sich ging. Kokett war sie von Natur aus, man konnte sagen, sie hatte mehr als eine weibliche Normalportion mitbekommen, selbstbewußt war sie auch, denn sie gefiel sich selbst und kannte ihre Wirkung, und so vergnügte sie sich einige Jahre damit, Jungens- und Jünglingsherzen zu sammeln, zur Übung gewissermaßen. Für jeden einigermaßen menschenkundigen Betrachter mußte es berechenbar sein, was geschehen würde, wenn ein richtiger Mann in ihr Spannungsfeld geriete.
Als sie mit fünfzehn die Schule von Fräulein von Rehm verließ, tat sie einige Zeit gar nichts, doch Agnes plädierte dafür, sie auf eine Haushaltsschule zu schicken, und Agnes wußte auch genau, auf welche, denn es gab in der Stadt ein sehr angesehenes Institut dieser Art, das nur von Töchtern erster Kreise besucht wurde.
Emil war dagegen, das koste unnötig Geld, fand er, und kochen und nähen könnten seine Töchter ja wohl im eigenen Haushalt lernen. Womit er nicht unrecht

hatte. Aber zu Hause machte Magdalene keinen Finger krumm, und wurde sie wirklich einmal zu einer Arbeit im Haus oder Garten beordert, stellte sie sich absichtlich so ungeschickt an, bis jemand kam und ihr die Arbeit aus den unwilligen Fingern nahm.

Mit der Haushaltsschule hatte Agnes genau das Richtige getroffen. Dort ging es vornehm und hochgestochen zu, und hier traf Magdalene mit jungen Damen aus wohlhabenden Häusern zusammen, und diese wiederum hatten wohlhabende Eltern und dazu Brüder und deren Cousins und Freunde. Das Einladungskarussell begann sich zu drehen. Daraus ergab sich von selbst die Tanzstunde. Weder Gertrud noch Hedwig hatten je eine Tanzstunde besucht, aber Magdalene wurde von ihren neuen Freundinnen angeregt, sich an einem Tanzkursus bei Monsieur und Madame Calin (man sprach es Kalöhng aus) zu beteiligen.

Auch dies war Tanzschule Nummer Eins in der Stadt, und Monsieur Calin, nachdem er Magdalene gesehen hatte, war so entzückt, daß er die Gebühr auf die Hälfte herabsetzte.

Es war immer noch teuer genug, und Emil stöhnte. Aber Agnes konnte ja in gewissen Fällen eine beachtliche Hartnäckigkeit an den Tag legen, sie wurde sogar ziemlich deutlich, und Emil konnte sich ihren Argumenten nicht verschließen. Eine seiner Töchter mußte schließlich heiraten und welche, wenn nicht diese. Bei dieser Gelegenheit hätten sie eigentlich darüber sprechen können, daß Magdalenes endlose Verehrerkette, ihre Freude am Flirt, ihre Gefallsucht, ihre Koketterie, gewisse Gefahren in sich bargen. Aber erstens hätten Agnes und Emil ein Gespräch dieser Art niemals geführt, zweitens handelte es sich um manierliche Knaben, die der Sechzehnjährigen den Hof machten, und drittens kamen sie gar nicht auf die Idee, daß etwas Unschickliches passieren könne.

Magdalene war ein wohlerzogenes und behütetes junges Mädchen, und die Verwandlung eines solchen Mädchens in eine Frau geschah in der Hochzeitsnacht, ein Zweifel daran wäre an sich schon höchst unanständig gewesen.

Beim Abschlußball der Tanzstunde erlebte Agnes die stolzesten Stunden ihres Lebens. Magdalene, und das konnte jeder sehen, der Augen im Kopf hatte, war nicht nur die hübscheste, sondern auch die begehrteste Tänzerin des Abends, und da waren immerhin junge Damen aus reichen und sogar aus adligen Häusern dabei. Agnes, in ihrem mehrmals geänderten grauen Seidenkleid, saß an der Wand, von den ändern Müttern kaum beachtet, ließ kein Auge von ihrer umschwärmten Tochter und sortierte die Tänzer, soweit sie ihr bekannt waren. Nun wußte man, was zur Wahl stand.

Warum sollte Magdalene weniger Glück haben als Alice und sich nicht solch einen prachtvollen Mann erobern wie Nicolas, einen Gutsbesitzer und von Adel? Es hatte noch Zeit, zwei oder drei Jahre, immerhin kannte man sich jetzt aus im männlichen Nachwuchs der Stadt und der Umgebung, und, was noch wichtiger war, dieser kannte Magdalene. Robert Nossek, dessen Verliebtheit in Magdalene kein Geheimnis für Agnes war, befand sich Gott sei Dank nicht mehr in der Stadt. Von dem heimlichen Verlöbnis ahnte sie nichts, aber das hatte Magdalene selbst inzwischen vergessen.

Im darauffolgenden Frühling überraschte Magdalene ihren Vater abermals mit einem kostspieligen Wunsch, der diesmal allein von ihr ausging: sie wollte Tennis spielen. Das Tennisspiel war in den letzten Jahren auch in der Provinz immer mehr in Mode gekommen und gehörte seit neuestem bei den Töchtern und Söhnen der jeunesse dorée zum guten Ton. Die jungen Männer spielten seit einiger Zeit schon mit Begeisterung, und nun wetteiferten auch die jungen Mädchen darum, zu den besten Spielerinnen zu gehören, und nur sie, denn für verheiratete Frauen schickte sich das Tennisspiel nicht. Anmutig, den langen Rock mit einer Hand raffend, liefen die jungen Damen dem Ball entgegen, das heißt, sie liefen möglichst nicht, denn es gehörte sich für einen Kavalier, der jungen Dame den Ball möglichst genau vor das Rackett zu plazieren, damit sie nur den schlanken Arm heben und zuschlagen mußte.
Auch diesen dritten und schwersten Kampf gegen Emil gewannen Agnes und Magdalene mit vereinten Kräften, was Agnes noch schwer bereuen sollte.
Später. Zunächst einmal verkehrte Magdalene nun wirklich in den allerersten Kreisen. Hier wie überall rissen sich die jungen Männer um ihre Gunst, trugen ihr Schläger und Bälle, Schal und Täschchen nach, brachten sie nach Hause und holten sie ab, luden sie abends ein zu Gesellschaften, Sommerfesten und Bällen, und Agnes, wie die übrige Familie, wartete auf die fällige Verlobung.
Ein paar ernstzunehmende Bewerber waren vorhanden: ein Referendar des Landgerichts, ein junger Assistenzarzt der Städtischen Krankenanstalt, der Sohn des reichen, sehr reichen Maschinenfabrikanten Nennig, und sogar ein richtiger Baron, Leutnant bei der in der Stadt liegenden Kavalleriebrigade. Der junge Industrielle, so überlegte Agnes, wäre natürlich die beste Partie, finanziell gesehen. Der Arzt verdiente nicht allzuviel. Ein Baron wäre der Höhepunkt, auch wenn er erst Leutnant war.
Ihn schien Magdalene auch zu bevorzugen, er war sehr unterhaltsam, hatte Charme, kam mit einem Zweispänner vorgefahren und holte Magdalene ab, wobei natürlich immer ein Chaperon dabei sein mußte, manchmal von Gertrud, meistens von Nina dargestellt. Auch Nina mochte den Leutnant, erstens fuhr sie gern spazieren, Pferde waren noch immer ihre Leidenschaft, zweitens war der Leutnant so lustig und erzählte immer drollige Geschichten.
»Den mußt du heiraten«, erklärte sie ihrer Schwester, »der ist so nett.«
»Ach, ich weiß nicht. Er stammt von so einer Klitsche in Pommern. Ich glaube nicht, daß ich da gern leben würde.«
»Vielleicht wird er einmal General«, meinte Nina hoffnungsvoll.
»Das dauert mir zu lange. Da müßte ich noch jahrelang in irgendwelchen öden Garnisonen leben. Und immer eine dumme Pute als Vorgesetzte haben. Ich möchte viel lieber in eine Großstadt.«
»Nach Breslau?«
»Nach Berlin. Oder noch lieber nach Paris.«
»Du kannst aber nicht gut französisch«, meinte Nina kritisch, denn sie wußte, wie faul Magdalene in der Schule gewesen war.
»Das lernt man dort von ganz allein.«
»Denkst du, daß die Menschen dort anders sind?«

»Natürlich. Ganz anders.«
Doch mit einemmal wurde es ernst. Die kokette und flirterfahrene Magdalene verliebte sich leidenschaftlich, ohne zu zögern, ohne zu überlegen. Es war ein Mann, kein Knabe, kein Jüngling. Ein großer, schlanker blonder Mann, jener Typ, der es ihr immer wieder, ihr Leben lang, antun würde. Robert, der Cousin, war dazu eine Art Vorübung gewesen. Leider war es kein reicher Erbe, kein Baron, nicht einmal ein Leutnant, es war der Tennistrainer.
Natürlich war er ein großartiger Tennisspieler, der beste, den die Mädchen je gesehen hatten, und da das Tennisspiel derzeit eine große Rolle in ihrem Leben spielte, erstreckte sich das auch auf diesen fabelhaften Tennisspieler, der dazu noch fabelhaft aussah. Sie waren alle ein wenig in ihn verliebt, die jungen Töchter aus gutem Hause, und wie beim Spiel wetteiferten sie auch hier, wem wohl der schöne Blonde im weißen Dress die größte Aufmerksamkeit schenken würde.
Magdalene war die Glückliche.
Übrigens war dieser Tennistrainer ein vollausgebildeter Sportlehrer. Der Sport begann in diesen Jahren schon eine Rolle zu spielen, auch an den Schulen. Seit 1896 fanden die Olympischen Spiele statt, was in aller Welt wieder einmal als großer Fortschritt begrüßt worden war, obwohl man im Grunde nur die alten Griechen nachahmte, die aber nur ein paar wenige Disziplinen gehabt hatten.
Der Tennisspieler, Bruno mit Namen, war früher als Deutschund Turnlehrer in Liegnitz tätig gewesen, bis er ein Verhältnis mit der Frau eines anderen Lehrers anfing, was zwar erst nach geraumer Zeit entdeckt wurde, ihn aber die Stellung kostete. Es betrübte ihn nicht sonderlich, er wollte ohnehin viel lieber Tennis spielen als in schlechtgelüfteten Schulstuben Knaben unterrichten.
So versuchte er sich zunächst als Turnierspieler, wozu ihm die Mittel fehlten, und kam schließlich als Trainer in einen guten Club nach Berlin. Von dort ging er während der Sommersaison nach Travemünde und hier hatte ihn im vergangenen Sommer der schon erwähnte Maschinenfabrikerbe Hans Nennig kennen- und schätzengelernt, der sich vorerst mehr für Tennis als für die väterliche Fabrik begeisterte.
So kam der »schöne Bruno« in die Stadt, für einen Sommer nur, wie er gleich erklärte, denn sein Sinn stand nach Höherem.
Der erste Kuß war wunderbar. So ein Kuß war nie zuvor geküßt worden, und Magdalene vergaß alles, was sie bisher in diesem Sport erlebt hatte. Sie vergaß auch Tugend und Wohlerzogenheit, und die gute Partie, die sie machen wollte. Sie liebte. Und er auch.
Nun war es durchaus nicht so, daß Magdalene machen konnte, was sie wollte, aber man war im Hause Nossek an ihr Kommen und Gehen, an ihre vielen Verabredungen gewöhnt, auch war sie meist in Begleitung. Nina ging sehr gern mit auf den Tennisplatz, sie sah den Spielern zu und freute sich auf die Zeit, in der sie auch würde spielen dürfen.
Aber dann nahte ihr gewohnter Sommeraufenthalt in Wardenburg, und während dieser Zeit hatte Magdalene, die diese Wochen kaum erwarten konnte, ziemlich viel Bewegungsfreiheit. Da begann es dann also auch, die große Liebe verließ

das platonische Terrain, und es passierte zum erstenmal in höchst unerwartetem Milieu, nämlich auf einer harten Bank im Garderobenraum der Damen, abends nach Spielschluß. Magdalene, unvoreingenommen von Natur, war auch keinesfalls geschockt von dem, was mit ihr geschah, wie es sich für ein anständiges junges Mädchen gehört hätte, sie genoß, vom erstenmal an, sehr intensiv die Umarmung eines Mannes, was umso einleuchtender war, als sie das seltene Glück hatte, an einen Kenner und Könner zu geraten, und das widerfährt selten einem Mädchen beim Eintritt ins Frauenleben, vielen überhaupt zeitlebens nicht.
Liebe macht erfinderisch. Und Heimlichkeit gibt ihr erst die rechte Würze. Bruno reiste nicht ab nach Ende der Tennissaison, er blieb in der Stadt und nahm sich ein »sturmfreies« Zimmer in einem günstig gelegenen Haus in der Innenstadt, wo keiner sich um seine Besuche kümmerte.
Magdalene fand viele Wege, ihren Geliebten zu besuchen. Ihre zahlreichen Freundinnen boten Ausreden in Menge – oder sie ging mit Nina in die Stadt, um Besorgungen zu machen, zu deren Erledigung sie sich plötzlich eifrig anbot, setzte dann die kleine Schwester in die Konditorei Mierecke, bestellte Schokolade und Kuchen, verließ sie mit den Worten: »Warte, bis ich wiederkomme«, und Nina saß lange, wartete und wunderte sich.
Manchmal gingen sie auch am Abend ins Theater, was Nina sowieso mit Begeisterung tat, und Magdalene sagte im Verschwörerton: »Ich habe noch ein kleines Rendezvous, ich komme später.« Nina wunderte sich abermals, daß die Vorstellung begann und der Sitz neben ihr immer noch leer blieb, aber hingerissen, wie sie immer war, vergaß sie die große Schwester, die meist erst kurz vor Ende der Vorstellung auftauchte, zweimal überhaupt erst nach Schluß des Theaters, als Nina allein und etwas verängstigt vor dem geschlossenen Portal auf den Stufen stand.
»Du darfst aber zu Hause nichts sagen, das versprichst du mir?«
Unnötig, all die Schliche und Lügen aufzuführen, deren sich Verliebte zu bedienen wissen.
Im November kamen Magdalene Bedenken, im Dezember war nicht mehr daran zu zweifeln, daß sie schwanger war. Sie hatte zwar keine Ahnung von den Symptomen dieses Zustands – im Januar würde sie achtzehn werden, und keiner hatte sie aufgeklärt, aber so dumm war sie nun nicht, daß sie sich Illusionen über ihren Zustand machte. Er hatte zwar immer beteuert, es würde nichts geschehen, er sei erfahren genug, aber nun war es eben doch passiert.
Magdalene wußte sofort, was das bedeutete. In der Stadt war sie erledigt, eine gute Partie würde es für sie nicht mehr geben. Aber sie wollte auch gar keinen anderen mehr, sie liebte Bruno und nur Bruno, und dies für alle Zeit. Ihr Vater würde sie hinauswerfen, ihrer Mutter würde das Herz brechen, und auf keinen Fall durften sie es erfahren. Ziemlich kühl überdachte sie ihre Situation.
Das Nächstliegende war, in den Fluß zu gehen. Sie konnte zwar ganz gut schwimmen, aber es war Winter, die Oder kalt, also würde das wohl funktionieren. Die Vorstellung, ihr Leben zu beenden, gefiel ihr aber nicht. Sie versuchte es mit heißen Fußbädern, bis sie sich bald die Füße verbrühte, doch das half

nichts. Sie fuhr mit Hedwigs zurückgelassenem Rad rumpelnd über verschneite Kartoffeläcker, es half auch nichts, nur eine Schramme im Gesicht trug sie nach einem Sturz davon. Sie sprang von Stuhl, Tisch und Schrank, bis sie sich den Fuß verknackste, das nützte genauso wenig. Dann sagte sie es ihm. Weinend.
Er liebte sie wirklich, der gutaussehende Tennisspieler, er schloß sie in die Arme, küßte sie zärtlich und meinte, dann würden sie eben heiraten. Magdalene war sehr erleichtert. Er war zwar kein Baron und kein reicher Mann, aber dafür liebte sie ihn über alle Maßen. Und er sie auch, wie er beteuerte. Sie lag in seinem Arm, ihr langes dunkles Haar floß über seine Hand, er streichelte sie, tröstete sie, und eigentlich war nun alles gut. »Wir müssen fortgehen«, sagte sie.
Das sah er ein.
»Ich werde mit dir durchbrennen«, fuhr Magdalene fort und schob die volle Unterlippe vor. »Da werden sie eine Weile zu reden haben. Aber niemand darf erfahren, daß ich ein Kind kriege, auch meine Eltern nicht.«
Denn wenn es nun schon war, wie es war, dann wollte sie der Stadt eine Sensation und einen Skandal bieten. Sie brannte mit dem Tennisspieler durch, das war chic, so etwas machten gelegentlich auch Frauen von Welt, sogar die Prinzessin Luise von Sachsen war mit dem Musiker Toselli durchgebrannt. Das war eben Liebe. Mit dem Tennisspieler kleinlaut abzuziehen, weil sie ein Kind erwartete und sich daher verdrücken *mußte,* das war nicht chic, das war Kleine-Leute-Manier.
In diesem Augenblick begann die Verwandlung von Magdalene in Marleen. Sie begann in ihrem Leben Regie zu führen, tat es sehr bewußt und überlegt, sogar in dieser Zeit, wo sie eigentlich total vernichtet hätte sein müssen. Und sie würde es im Laufe der Jahre zu vollendeter Meisterschaft bringen, sich selbst und ihr Leben stets in eine glanzvolle Dekoration zu stellen.
Bruno nahm die Sache sehr ernst. Er setzte sich hin und schrieb einen Brief an Herrn Dr. Crantz. Dieser Germanist, Hptm. d. R., Pädagoge von hohen Graden, war der Besitzer und Leiter des bestrenommierten Landschulheims Hohenbergen in der Mark, einer modernen, erstklassigen Schule, besucht von Söhnen aus ersten Häusern – »Ausbildung bis zum Abitur, auch Vorbereitung zum Fähnrichexamen« lauteten seine Annoncen –, die dort von Lehrern ersten Ranges ausgebildet und erzogen wurden. Großen Wert legte man auf körperliche Ertüchtigung der Zöglinge, vom Turnunterricht über Fechten, Schwimmen, Reiten bis zu Tennis wurden fast alle Sportarten geboten.
Herr Dr. Crantz und Bruno kannten sich seit ihrer Militärzeit, hatten sich immer gut verstanden, und vor drei Jahren hatte Bruno das Angebot erhalten, als Sportlehrer in das Landschulheim Hohenbergen in der Mark zu kommen. Damals war das freie Leben für Bruno verlockender, nun war das anders geworden, also schrieb er, daß er die Absicht habe, zu heiraten und sich daher die Anfrage erlauben wolle, ob eventuell die Positon eines Sportlehrers vakant sei. Die Antwort kam postwendend. Herr Dr. Crantz ließ wissen, daß er sich über die Anfrage freue, im Augenblick sei keine Vakanz vorhanden, aber im kommenden Jahr werde der derzeitige Sportlehrer ausschei-

den, und zu Beginn des Sommersemesters bestünde die Möglichkeit einer Anstellung. Der Herr Kollege möge doch in nächster Zeit zu einem Besuch nach Hohenbergen kommen.

Anfang Januar verreiste Bruno, um ein Gespräch mit Herrn Dr. Crantz zu führen, Magdalene erlebte ein paar bange Tage. Sie hatte den Brief gesehen, sie wußte, daß er nicht log. Aber wußte sie, ob er wiederkommen würde, ob er es sich unterwegs nicht anders überlegen würde?

Er kam wieder. Und die Stellung würde er auch bekommen. Er machte ihr den Vorschlag, daß er zu ihrem Vater gehen und offiziell um ihre Hand anhalten würde.

Magdalene gab ihm einen Blick aus dem Augenwinkel. Begriff er nicht, daß es leichter für sie war, mit ihm durchzugehen, als sich der staunenden Stadt und der erschütterten Familie als Braut des Tennistrainers zu präsentieren, noch dazu im dritten Monat?

An ihrem achtzehnten Geburtstag fand die erste, letzte und einzige Gesellschaft im Hause Nossek statt. Sie kostete Emil eine Menge Geld, denn Magdalene lud alle ihre Freundinnen und Freunde dazu ein. Bis auf den Tennistrainer, ihn einzuladen, ging wohl etwas zu weit.

Agnes, Gertrud und Rosel schufteten drei Tage lang, brachten das Haus auf Hochglanz, kochten, brieten, buken, und es wurde denn auch ein herrliches Fest, Magdalene, der strahlende Mittelpunkt, war schöner denn je. Nina sagte ein Gedicht auf, Erni, das achtjährige Wunderkind, spielte Klavier, die jungen Leute aßen, tranken und tanzten die halbe Nacht. Agnes fand es wundervoll, und sogar Emil saß eine Weile, mit angestrengt verbindlicher Miene, unter den Gästen seines Hauses.

In den folgenden Tagen schmuggelte Magdalene so nach und nach Teile ihrer Garderobe und was ihr sonst noch wichtig erschien aus dem Haus. Eine Woche nach dem Fest verließ sie Elternhaus und Stadt unter der Zurücklassung eines Briefes.

Es war vier Monate her, daß Hedwig ebenso plötzlich, wenn auch nicht so heimlich, von dannen gezogen war.

Die Wirkung auf die Familie Nossek war niederschmetternd.

Agnes weinte und bekam einen schweren Herzanfall, man mußte um ihr Leben bangen.

Emil wand sich in Magenkrämpfen.

Gertrud weinte und verstand die Welt nicht mehr.

Rosel nickte nur immer mit dem Kopf und murmelte: »Das kleene Aas! Das kleene Aas! Ma meechts nich glooben, meecht ma nich!«

Nina saß in dem Zimmer, das sie bisher mit ihrer schönen Schwester gemeinsam bewohnt hatte, hatte das Kinn in die Hand gestützt und starrte in den verschneiten Garten. Sie dachte an die einsamen Sitzungen in der Konditorei und an den leeren Sessel im Theater.

Es war unerhört, aber interessant war es doch. Sie konnte Magdalene eine gewisse Bewunderung nicht versagen. Denn was Liebe war, wußte Nina auch. Und so, wie sie liebte, hatte nie zuvor ein Mensch auf Erden geliebt. Sie liebte immer noch denselben und würde nie einen anderen lieben: Nicolas von Wardenburg, ihren Onkel.

Schweigen im Hause Nossek. Der Vater krank, die Mutter krank, Gertrud und Nina gingen nur noch auf Zehenspitzen, und sogar Willy, der für gewöhnlich auf nichts und niemanden Rücksicht nahm, bemühte sich, leise aufzutreten und seine kräftige Stimme zu dämpfen.

Erni, der das ganze Drama natürlich nicht verstand, aber wie immer übersensibel reagierte, mußte auch einige Tage im Bett verbringen, er hatte wieder einen seiner Anfälle bekommen, er fiel um, bekam blaue Lippen, blaue Nägel, und jeder, der es miterlebte, glaubte, die letzte Stunde des Kindes sei gekommen.

Plötzlich hatte Nina keine großen Schwestern mehr. Hede, die Kluge, und Lene, die Schöne, sie waren nicht mehr da. Trudel, die älteste Nossek-Tochter, wurde eigentlich von ihr weniger als Schwester, sondern mehr als eine Art zweite Mutter angesehen.

Charlotte saß bei Rosel in der Küche und sagte immer wieder: »Ich versteh' das nicht. Nein, ich versteh' das nicht.«

»Ich schon«, murmelte Rosel grimmig, und als die anderen sie fragend ansahen, fügte sie mit unheilschwangerem Ton hinzu: »Hochmut kommt vor dem Fall.« Hochmütig mußten beide Mädchen auf Rosel gewirkt haben; Hede, die kaum je die Küche betrat und mit Rosel nie mehr als das Nötigste gesprochen hatte, und Lene, im Aufstieg in eine bessere Gesellschaftsklasse begriffen und sowieso unwillig zu jeder Art von Haushaltsarbeit, hatte sich nur bedienen lassen; ständig mußten ihre Kleider und Blusen gewaschen und gebügelt, mußte hier und da ein Stich angebracht, eine Naht um ihre schlanke Taille verändert werden, und sehr oft war sie unzufrieden mit dem Ergebnis.

»Mein Gott, wie sieht denn dieser Spitzenkragen wieder aus. So kann ich doch nicht unter Leute gehen.«

An Ausrufe dieser Art war man gewöhnt.

Jeden Tag kam der Arzt ins Haus, nur war es eben leider nicht mehr der gute alte Dr. Menz, sondern jener neue, noch jüngere Mann, zu dem sie alle nicht das rechte Zutrauen hatten, was bestimmt ungerecht war, denn er gab sich größte Mühe, die von Lene hinterlassenen Opfer wieder auf die Beine zu bringen. Aber sie fühlten sich von ihm nicht richtig verstanden, so von innen heraus wie von Dr. Menz, der eben verstanden hätte, was es für sie bedeutete, nun schon die zweite Tochter zu verlieren. Außerdem war er ja von Anfang an dabei gewesen, hatte jede Geburt miterlebt, kannte Agnes' Zustand, Emils Schwächen, und vor allem kannte er Ernis schreckliche Krankheit.

An einem dieser trüben Tage war Alice zu Besuch gekommen, und Agnes liefen sofort wieder die Tränen über die Wangen, als ihre schöne und glückliche Schwester neben ihrem Bett saß.

Und ein ganz erstaunlicher Ausspruch kam aus Agnes' Mund: »Du kannst froh sein, daß du keine Kinder hast.«

»Das darfst du doch nicht sagen«, erwiderte Alice liebevoll und streichelte die kalte Hand ihrer Schwester. »Alle Eltern müssen sich daran gewöhnen, daß die Kinder aus dem Haus gehen, wenn sie erwachsen sind.«
»Aber doch nicht so, nicht so«, schluchzte Agnes. »Nicht auf diese Weise. Das habe ich mir um meine Kinder nicht verdient. Das nicht.«
Später saß Alice mit ihrer Mutter, Gertrud und Nina im Wohnzimmer, Rosel hatte Kaffee gekocht, der sehr dünn ausgefallen war, und Kuchen gab es auch nicht, sie war offenbar der Meinung, in einem so vom Schicksal geschlagenen Haus brauche man keinen Kuchen zu essen.
»So ein dummes Kind«, sagte Alice. »Mit dem Tennislehrer durchzugehen! Sie konnte jeden Mann haben, den sie wollte.«
»Das war wohl gerade der Fehler«, meinte Charlotte. »Man hat ihr das Leben immer zu leicht gemacht. Ich habe schon oft zu Agnes gesagt, sie soll auf das Mädel besser aufpassen. Immer war sie unterwegs, immer eingeladen, man wußte ja gar nicht, mit was für Leuten sie verkehrte. Und Tennisspielen! Ich habe in meiner Jugend auch nicht Tennis gespielt und ihr auch nicht. Da gab es das gar nicht. Sie hat nur ihrem Vergnügen gelebt, was Pflichten sind, wußte sie gar nicht.«
»Wir haben alles für sie getan, was wir konnten«, sagte Trudel weinerlich. »Jeder hat sich bemüht, ihr gefällig zu sein. Und das ist nun der Dank.« Nina ging das Gejammer auf die Nerven. Sie sprachen von Lene wie von einer Toten. Aber sie war nicht tot, sie war nicht krank, sie liebte einen Mann und wollte ihn sogar heiraten, wie aus ihrem zurückgelassenen Brief hervorging. Daß es Bruno, der Tennistrainer war, konnte gerade Nina ganz gut verstehen, sie war oft genug mit auf dem Tennisplatz gewesen, und ihr gefiel Bruno sehr gut. Sie fand, die Erwachsenen seien sehr altmodisch. Außerdem war Liebe für sie etwas sehr Romantisches, und sie sah den Grund nicht ein, warum sich die halbe Familie vor Gram bald umbrachte.
Als sie später ihre Tante Alice hinaus zum Wagen begleitete, sprach sie das aus.
Alice lächelte.
»Ach, weißt du, Nina, das Leben ist kein Roman. In einem Roman macht sich so eine Affäre sehr hübsch. Das wirkliche Leben ist ein wenig anders. Lene ist ein sehr verwöhntes Mädchen. Du glaubst doch nicht im Ernst, daß sie auf die Dauer damit zufrieden sein wird, in beschränkten Verhältnissen zu leben, mit einem Mann, der keinerlei gesellschaftliche Stellung hat. Du müßtest sie besser kennen.«
»Aber wenn sie ihn doch liebt.«
»Ach, Liebe . . .« sagte Alice.
Sie standen auf dem Weg zwischen Haustür und Gartentor, draußen scharrte einer der Rappen ungeduldig mit dem Vorderfuß.
»Wenn man jemand richtig liebt«, sagte Nina eifrig, »kann man überall und unter allen Verhältnissen mit ihm leben und glücklich sein.«
»Ich hoffe, Nina, du wirst nicht eines Tages die Erfahrung machen müssen, daß dem nicht so ist.«

»Aber du hättest Onkel Nicolas bestimmt doch auch geheiratet, wenn er arm gewesen wäre und keine besondere gesellschaftliche Stellung gehabt hätte.«
»Ich hätte ihn bestimmt nicht geheiratet«, sagte Alice mit Nachdruck.
Das enttäuschte Nina furchtbar. Ihrer Meinung nach hätte man mit Onkel Nicolas auch in einer Höhle leben können.
Alice zog ihren Pelzkragen fester um den Hals, es war sehr kalt an diesem Nachmittag.
Sie blickte an Nina vorbei in den verschneiten Garten, lächelte abwesend, sie sah verloren und einsam aus.
»Liebe ist Einbildung, Nina. Nur eine Illusion, wenn auch zeitweise eine schöne. Wenn man mit einem Mann zusammenleben will, glücklich, wie du sagst, ich würde es erträglich nennen, für beide Teile erträglich, dann ist Liebe vielleicht eine ganz hübsche Zutat, aber nicht das Wichtigste. Annehmbare finanzielle und gesellschaftliche Verhältnisse sind eine Grundlage, mit der man sich einrichten kann. Und dann kann man vieles andere großzügig übersehen. Kannst du mir sagen, was dieser Tennistrainer jetzt im Winter macht?«
»Nö, weiß ich nicht.«
»Was hat er gemacht, seitdem die Tennissaison zu Ende war?«
»Weiß ich auch nicht.«
»Und wovon hat er gelebt?«
»Keine Ahnung.«
»Siehst du, das meine ich. Vermutlich von einigen Ersparnissen aus dem Sommer, und er hat sparsam leben müssen. Aber wovon lebt er jetzt und wovon Lene, die nie in ihrem Leben gearbeitet hat, aber gern ein amüsantes Leben führt, gern hübsche Kleider anzieht und sich einladen läßt? Überleg dir das einmal! Kannst du dir wirklich vorstellen, daß sie mit ihm glücklich wird, auf die Dauer? Liebe hin und her.«
So betrachtet, konnte Nina es sich allerdings nicht vorstellen. Sie wäre glücklich geworden mit einem Mann, den sie liebte. Lene war anders. Aber sie fand es dennoch sehr enttäuschend und ernüchternd, den Fall von dieser Seite aus zu betrachten.
»Weißt du, was ich glaube«, sagte Alice. »Sie wird bald wieder hier sein, deine leichtsinnige Schwester.«
Das glaubte Nina ganz und gar nicht. Sie kannte Lene besser als die anderen, obwohl sie einander nie sehr nahegestanden und es viel Streit und Ärger zwischen ihnen gegeben hatte. Aber Nina meinte mit Bestimmtheit zu wissen, daß Lene viel zu stolz sein würde, um zurückzukehren und dann mit einer nur noch drittklassigen Ehe vorlieb nehmen zu müssen. Vielleicht wird sie ein gefallenes Mädchen, dachte Nina mit einem Schauder. Sie wußte zwar nicht genau, was ein gefallenes Mädchen war, aber man las manchmal davon in Romanen, und es hörte sich gefährlich genug an.
»Nicolas ist sehr böse auf Lene«, sagte Alice. »Er meint, sie hätte ja einmal vernünftig mit uns über alles sprechen können, wenn es schon zu Hause nicht möglich war. Es ist verständlich, sagte er, daß sie weder mit deinem Vater noch mit deiner Mutter über ihre Probleme sprechen konnte, da fehlt beiden das Ein-

fühlungsvermögen und das savoir-vivre. Aber ein lebenserfahrener Mensch rechnet immer mit einer plötzlichen Leidenschaft, noch dazu bei einem so schönen Mädchen wie Lene. Sagt Nicolas.«
Das gab Nina einen Stich ins Herz. Er fand Lene schön, viel schöner als sie, sie wußte es ja.
Alice beugte sich vor und küßte Nina auf die Wange.
»Auf Wiedersehen, meine Kleine. Ich muß fahren, die Pferde bekommen sonst kalte Beine. Vielleicht kommen wir nächste Woche einmal in die Stadt und holen dich von der Schule ab. Dann gehen wir zusammen essen, ja?«
Sie stieg in den Schlitten, der Kutscher knallte mit der Peitsche, die Pferde zogen an.
Nina stand am Gartentor in Gertruds dickes Wolltuch gehüllt und sah ihr nach, nun auch den Tränen nahe.
Ja. Ja. Sie ballte die Hände zu Fäusten und preßte sie an die Lippen.
Ja. Kommt in die Stadt. Am liebsten gleich morgen. Bald. Aber wenigstens nächste Woche.
Sie hatte ihn so lange nicht gesehen. Erst war er lange in Paris gewesen, dann hatte er nur einen kurzen Besuch gemacht, einige Tage vor Weihnachten.
Er hatte ihr aus Paris eine Bürste mit silbernem Griff mitgebracht, den passenden Kamm dazu und einen Spiegel im silbernen Rahmen, den man aufstellen konnte. »Damit du dich täglich ansehen kannst, ob du auch täglich hübscher wirst«, hatte er mit seinem Nicolas-Lächeln gesagt und sie auf die Stirn geküßt. Dies war das einzigemal, daß sie ihn gesehen hatte seit letzten Sommer in Wardenburg. Das war mehr, als ein Mensch ertragen konnte.
Sie sollte Lene nicht verstehen? Sie hatte ihre Schwester nie besonders gemocht, aber nun fühlte sie sich ihr ganz nahe. *Sie* wußte ja, was Liebe, was die richtige Liebe war. Wenn sie es alle nicht wußten, Nina wußte es. Und sie war viel übler dran als Lene. Die hatte weglaufen können mit dem Mann, den sie liebte und nun war sie bei ihm. Und wenn es zehnmal nur der Tennistrainer war.
Ich werde nie – nie – bei dem Mann sein können, den ich liebe, dachte Nina verzweifelt. Ich kann nicht mit ihm weglaufen, ich kann ihm nicht einmal sagen, daß ich ihn liebe, und er wird mich immer nur auf die Stirn küssen, und dann muß ich wegsehen, damit er nicht in meinen Augen liest, was ich empfinde. Oder weiß er es? Nein. Keiner weiß es. Keiner wird es je erfahren. Sie denken, ich bin noch ein Kind, und er denkt es auch. Er weiß nicht, wie glühend ich ihn liebe, und das ist keine Einbildung und keine Illusion, es *ist* Liebe. Ich weiß, daß es Liebe gibt. Nur gibt es sie nicht für mich. Und darum bin ich viel mehr zu bedauern als Lene. Und es wäre besser, ich wäre tot.
Sie stand mit den Füßen im Schnee, ließ Gertruds Schal von den Schultern gleiten und rührte sich nicht.
Vielleicht bekam sie eine Lungenentzündung und würde sterben, das wäre das beste, was ihr passieren konnte. Dann hatten sie Grund zum Weinen, denn dann hatten sie gar keine Tochter mehr.
Gertrud kam schließlich vor die Tür.
»Nina! Wo bleibst du denn? Komm sofort herein! Es ist so kalt.«

Nina ging langsam, mit tragischer Miene, auf die Tür zu.
»Mein Gott, du bist ja eisig. Du wirst dich erkälten.«
»Na, wenn schon«, sagte Nina.
»Nimm es doch nicht so schwer. Warte, ich mach' dir Milch heiß.«
Sie denkt, ich nehme Lenes Flucht schwer, dachte Nina. Was sie wohl für ein Gesicht machen würde, wenn ich ihr sagte, daß ich Lene beneide. Hörst du, Trudel, ich beneide sie.
Charlotte war wieder hinauf zu Agnes gegangen, Nina saß eine Weile allein im Wohnzimmer, dann brachte Trudel ein Glas mit heißer Milch. Nina legte die Hände um das Glas und trank mit kleinen Schlucken. Dann ging sie zu Erni.
Auch er lag wieder einmal im Bett; blaß, wie durchsichtig war seine Haut, riesengroß die dunklen Augen. Aber wenigstens waren seine Lippen nicht mehr blau.
Er streckte ihr die Hand entgegen, und sie setzte sich auf den Bettrand.
»Wo warst du denn so lange?«
»Ich habe Tante Alice an den Schlitten gebracht.«
»War sie mit den schönen Rappen da?«
»Ja.«
»Haben sie die ganze Zeit vor dem Haus gestanden?«
»Aber nein, dazu ist es viel zu kalt. Der Kutscher war im Kretscham und ist vorhin erst gekommen.«
»War es wieder der fremde Kutscher?«
»Natürlich. Karl ist nicht mehr da, das habe ich dir doch erzählt. Er hat so viel getrunken und dann hat er die Pferde geschlagen, und wenn Onkel Nicolas was gesagt hat, ist er auch noch frech geworden. Darum hat Onkel Nicolas ihn hinausgeworfen.«
»Aber der Neue gefällt dir auch nicht, hast du gesagt.«
»Ich kenne ihn ja kaum. Und er kennt mich nicht. Er spricht nie ein Wort und guckt so böse.«
»Ob er auch lieb ist zu den Pferden?«
»Ich hoffe es.«
»Ich habe gar keine Schellen gehört.«
»Sie sind ohne Schellen gefahren.«
»Ist jemand gestorben?«
Nina beugte sich herab und küßte das blasse Gesicht.
»Nein, du Dummerchen.«
»Ist es, weil Lendel fort ist?«
»Sie kommt ja bald wieder.«
»Rosel sagt, sie kommt nie wieder.«
»Rosel sollte nicht so einen Unsinn reden. Das kann sie doch gar nicht wissen.«
»Aber warum seid ihr dann alle so traurig? Trudel weint immerzu. Und Mutter ist krank. Willy hat auch gesagt, Lendel kommt nicht wieder.« Erni richtete sich ein wenig auf, beugte sich dicht zu Nina und flüsterte: »Er hat gesagt, Lendel ist durchgegangen.«

»Was für ein Quatsch! Lendel ist doch kein Pferd.«
Darüber mußte Erni so lachen, daß er einen Hustenanfall bekam und seine Lippen sich wieder verfärbten.
Nina legte sich zu ihm aufs Bett und bettete seinen Kopf auf ihre Schulter.
»Sei jetzt still! Sie kommt sicher bald wieder.«
»Hedel ist auch nicht wiedergekommen.«
»Bei ihr ist es anders.«
»Was ist anders?«
»Alles.«
»Aber . . .«
»Soll ich dir eine Geschichte erzählen?«
»Die von dem kleinen Wolfgang Amadeus.«
Vor einiger Zeit hatte Nina in der Bibliothek ihres Vaters ein Buch gefunden, das von den Reisen des jungen Mozart handelte. Es waren sehr rührselige Geschichten, die die Erlebnisse des Wunderkindes schilderten: als er mit seinem Vater durch die Lande reiste, hier und dort an den Höfen spielte, so bei der Kaiserin Maria Theresia in Wien, und da stand genau, was die Kaiserin gesagt und was der kleine Mozart darauf geantwortet hatte. Nina war der Ansicht, daß das ja eigentlich keiner genau wissen konnte, aber Erni gefielen die Geschichten so gut, daß er sie immer wieder hören wollte. Mittlerweile kannte Nina sie fast auswendig, sie brauchte das Buch nicht mehr, und manchmal dichtete sie neue Geschichten hinzu. So ließ sie Mozart zum Beispiel auf ein einsames Schloß kommen, das zwischen hohen Bergen gelegen war, schon die Fahrt dahin ließ sich höchst dramatisch schildern. In dem Schloß wohnte ein Graf mit seiner schönen Frau, doch die Frau Gräfin war sehr krank, und das schon seit Jahren, aber als der Wolferl ihr vorgespielt hatte, wurde sie sofort wieder gesund. Der Graf war darüber so glücklich, daß er den kleinen Mozart und seinen Vater reich belohnte, und sie bat, doch für immer im Schloß zu bleiben. Doch der kleine Mozart sagte: Mein Leben gehört der Musik. Und die Musik gehört allen Menschen, und darum muß ich mit meiner Musik immer weiter reisen.
Diese Geschichte liebte Erni besonders, er konnte sie immer wieder hören, auch wenn sie in dem Buch gar nicht vorkam. Nina dachte sich überhaupt viele Geschichten aus, nicht nur über Mozart. Oder sie vervollkommnete ihr bekannte Geschichten. Zu ihren Lieblingshelden gehörte Odysseus, den sie in der Schule gründlich behandelt hatten. Die lange Spanne Zeit, die verging, bis Odysseus zurückkehrte, faszinierte sie, erst zehn Jahre Krieg vor Troja, und dann auch noch zehn Jahre Irrfahrten, es erschien ihr unendlich und unvorstellbar, was ein Mensch während dieser Zeit alles erleben konnte. Was sie darüber erfahren hatte, erschien ihr zu spärlich und sie schmückte die Reisen des Odysseus mit großer Phantasie aus, ein schier unerschöpfliches Thema.
Erni, dieser dankbare und ebenfalls phantasievolle Zuhörer, beflügelte ihre Erzählungen. Homer wäre erblaßt, wenn er gehört hätte, was er sich alles hatte entgehen lassen.
Und dann natürlich das Theater. Nach Onkel Nicolas war es Ninas größte Leidenschaft und, so oft sie durfte, saß sie im Stadttheater, jedesmal atemlos vor

Entzücken. In dieser Beziehung würde ihr Lene sehr fehlen, denn mit ihr zusammen war sie oft im Theater gewesen.
Was sie dort gesehen hatte, bekam Erni jedesmal genau geschildert. Vor einiger Zeit hatte sie »Hanneles Himmelfahrt« gesehen, und das hatte sie tief beeindruckt, sie war vor Tränen bald zerflossen. Bei »Maria Stuart« hatte sie auch sehr geweint, aber Hanneles trauriges Schicksal ging ihr noch näher als das tragische Ende der schottischen Königin.
Sie hatte Erni das Stück genau erzählt und sich dann schließlich aufs Sofa gelegt und das Hannele gespielt, wozu sie sich natürlich weitgehend einen eigenen Text erfinden mußte. Auch fehlten die anderen Personen, die sie nur andeuten konnte. Ihr Spiel war aber so überzeugend, daß Erni schließlich auch bittere Tränen vergoß, und am Ende weinten sie beide. So fand Agnes die beiden Kinder und schimpfte auf Nina, sie wisse doch, daß Erni sich nicht aufregen dürfe. Deswegen durfte Erni auch nicht ins Theater. Ein einziges Mal hatte man ihn mitgenommen, in ein Weihnachtsmärchen, und das hatte ihn so mitgenommen, daß er bis auf weiteres nicht mehr ins Theater durfte.
Auch in die Operette ging Nina sehr gern, viele Melodien kannte sie bereits auswendig durch Onkel Nicolas, der meist Operettenmelodien spielte und sogar dazu sang, wenn er sich ans Klavier setzte. Als letztes hatte sie, noch mit Lene zusammen oder vielmehr nicht zusammen, da Lene wieder einmal erst zum Finale erschienen war, den »Zigeunerbaron« gesehen. Am nächsten Tag sang Nina dem kleinen Bruder die Melodien vor, und er versuchte, sie auf dem Klavier zu spielen, was nur unvollkommen gelang.
Dies war ihre geheime Welt, von der die anderen wenig wußten, und sie bedeutete für beide viel, für das kranke Kind und für Nina, die so lebensvoll und aufnahmebereit war. Der Altersunterschied von immerhin sechs Jahren störte in diesem Fall nicht; Erni war für sein Alter reif und einfühlsam, das kam wohl durch die Krankheit, aber auch durch seine künstlerische Veranlagung. Und Nina wußte genau, wie behutsam sie mit ihm umgehen mußte, er durfte nicht erschreckt werden, durfte weder Angst noch Freude intensiv erleben.
Am glücklichsten aber war er, wenn er am Klavier sitzen und spielen konnte. Schon als ganz kleiner Junge hatte er damit angefangen, ganz von selbst. Wenn Nina übte, kam er ins Zimmer, setzte sich still hin und hörte zu, und es war ihm auch nicht langweilig, wenn sie nur Tonleitern übte oder ihre Czerny-Etüden spielte. Er hörte sofort, wenn sie einen Fehler machte. Wenn er sie dabei erwischte, wie sie manchmal gekonnt über schwierige Passagen hinwegpfuschte und sich mit viel Pedal oder starken Bässen behalf, unterbrach er sie: »Das war falsch, Nina.«
Sie mußte dieselbe Stelle noch einmal spielen und noch einmal, bis sie stimmte. In dieser Beziehung war er strenger als Leontine, die sich im Laufe der Zeit an Ninas Schlampereien gewöhnt hatte, auch hörte sie nicht mehr so gut wie früher. Schließlich setzte sich Erni immer wieder selbst vor das Klavier, begann darauf zu tupfen, ganz zart, auf jeden Ton lauschend. Mit fünf Jahren bekam er Unterricht von Leontine, die ganz beglückt war und jedem erklärte, dieses Kind sei ein Talent, wenn nicht sogar ein Genie. Nachdem er Klavierstunden bekam,

hätte er am liebsten den ganzen Tag vor dem Klavier verbracht, doch leider mußte man ihm das Klavierspielen immer wieder verbieten, weil es ihn zu sehr anstrengte.
Dr. Paulsen, der neue Arzt, sagte: »Das Kind braucht Ruhe. Nur Ruhe. Lassen Sie ihn bloß nicht zuviel Klavier spielen, das strapaziert sein Herz viel zu sehr.« Und ahnte nicht, was es für Erni bedeutete, wenn er nicht spielen durfte, es war, als würde man ihm das Atmen verbieten.
Erni hatte ein krankes Herz. Es sei ein kleines Loch in der Scheidewand des Herzens, so erklärte es ihnen Dr. Paulsen, und darum fließe sein Blut manchmal in die falsche Herzkammer, und das sei lebensgefährlich.
Auch mit der Schule war es schwierig, er kam nicht in die Volksschule, sondern in eine kleine Privatschule, wo nicht so viele Kinder waren, und, wie man annehmen durfte, auch leidlich anständig erzogene Knaben. Das kostete Emil viel Geld, obwohl ihm unter den besonderen Umständen ein Schulgeldnachlaß von fünfzig Prozent eingeräumt wurde.
Die Lehrer und die Mitschüler wußten, daß Erni krank war, daß man vorsichtig mit ihm umgehen mußte, ihn nicht schubsen, nicht mit ihm raufen durfte, und daß er auch immer wieder in der Schule fehlen würde, wodurch er natürlich stets Lücken hatte, die sich schwer auffüllen ließen.
Nina brachte ihn jeden Morgen in die Schule und holte ihn auch mittags wieder ab, es war eigentlich genau wie damals, als sie selbst klein war und Kurtel Jonkalla sie immer begleitete. Wenn Ernis Schule eher aus war, durfte sie früher gehen, denn Fräulein von Rehm, die Leiterin ihrer Schule, kannte ja das Drama. Hatte Erni sehr viel früher aus, dann lief Nina schnell zu seiner Schule, die nicht weit entfernt war, holte ihn ab und brachte ihn mit, er saß dann in der letzten Stunde bei den großen Mädchen in der Klasse.
Luise von Rehm, Ninas erste Lehrerin, hatte ihren wichtigen Platz in Ninas Leben behauptet, es hatte in all den Jahren nie ernsthafte Verstimmungen zwischen den beiden gegeben. Kam es bei Nina zu einer Ungezogenheit oder einer Torheit, waren sie meist so geringfügig, daß ein leiser Tadel der Lehrerin genügte, um Nina zur Einsicht zu bringen. Sie ging nach wie vor mit Begeisterung in die Schule, auch wenn sie durchaus keine überragend gute Schülerin war. Aber ihre Anteilnahme, ihre Aufmerksamkeit, ihre Bereitschaft, alles aufzunehmen und zu bewahren, was ihr vermittelt wurde, machte sie für alle ihre Lehrerinnen zu einer beliebten Schülerin.
Deshalb war es für Nina ein großes Glück, daß sie noch weiter zur Schule gehen durfte. Genau genommen verdankte sie es Lene, denn kurz nach deren Flucht fiel diese Entscheidung. Fräulein von Rehm hatte an Emil geschrieben und ihm vorgeschlagen, Nina noch zwei Jahre in ihrer Schule zu lassen, sie sei sehr aufgeschlossen und aufnahmefähig, und es wäre schade, wenn sie ihre Bildung nicht noch ein wenig erweitern könne. Sie sei daher bereit, ihr fernerhin das Schulgeld zu erlassen. Das konnte Luise von Rehm sich leisten, denn ihre Schule erfreute sich inzwischen großer Beliebtheit in der Stadt, sie hatte daher ihr Lehrerkollegium vergrößern und den Stundenplan erweitern können.

Emil Nossek schrieb zurück, er danke für das freundliche Entgegenkommen, das er aber in dieser Form nicht annehmen könne. Sie einigten sich schließlich auf das halbe Schulgeld.
Dieses Arrangement wurde ungefähr sechs Wochen nach Lenes Flucht getroffen, und dieses Malheur war nicht zuletzt der Grund, daß Emil sich entschloß, seine jüngste Tochter länger in die Schule gehen zu lassen, obwohl sie lange nicht so gescheit war wie Hedwig. Aber er hatte ja nun allen Anlaß, sich Gedanken über die Erziehung von Töchtern zu machen, und er kam zu dem Entschluß, daß Nina in der Schule am besten versorgt und aufgehoben war und weiter keine Dummheiten machen konnte. Würde sie Ostern mit der Schule aufhören, war sie auch erst fünfzehneinhalb, und was sollte dann aus ihr werden? Es wäre vermutlich auf dasselbe hinausgelaufen, wie bei Lene: Haushaltsschule, Tanzstunde, Ausschau nach einer Verlobung. Davon hatte er erst einmal genug, und Geld kostete es auch.
Kam dazu, daß Emil seiner jüngsten Tochter mißtraute, ihr heftiges Temperament war ihm zur Genüge bekannt, aber er begriff nie, aus welcher Quelle es gespeist wurde, kein Wunder, da er sich nie mit seinen Kindern beschäftigte, Willy ausgenommen – und daran verging ihm langsam der Spaß, wie er sagte – und außerdem war er kein besonders guter Psychologe, sonst hätte er erkennen müssen, daß Ninas Eifer, mit dem sie nach dem Leben griff, aus einem hingabebereiten und freudigen Herzen kam. Ihr Kampf gegen Unrecht und Lüge war so echt wie ihr Lachen und ihre Tränen, und ihr Nachgeben konnte nur Einsicht sein, nie Kompromiß. Bosheit, Neid und Heuchelei waren ihr fremd. Das Verhältnis zwischen Nina und ihrem Vater war äußerst kühl, was daher kam, daß sie sich strikt von ihrem Bruder Willy abgewandt hatte. Seine Bosheiten und Rücksichtslosigkeiten waren ihr unbegreiflich, und sie war nie bereit, sein Wesen zu tolerieren. Früher hatte es böse Kämpfe zwischen ihnen gegeben, aber seit zwei Jahren, seit er den kleinen Hund erschlagen hatte, übersah sie ihn völlig, auch alle Versuche von Agnes, das Verhältnis zwischen den beiden Kindern wieder zu bessern, scheiterten an Ninas unversöhnlicher Haltung.
»Man muß vergeben und vergessen können, Nina«, sagte Agnes.
»Nein. Nie«, erwiderte Nina mit eiserner Entschlossenheit.
»Er ist doch schließlich dein Bruder.«
»Umso schlimmer.«
»Du wirst noch oft in deinem Leben Dinge erleben, die häßlich sind und die dir wehtun. Es wird immer Menschen geben, die dich verletzen. Du mußt es lernen, zu vergeben, du bist doch ein Christ.«
Dies Gespräch fand kurz vor Ninas Konfirmation statt, und ihre Antwort war die gleiche wie immer: »Ich vergesse es nie. Und ich vergebe es nie. Lieber will ich nicht konfirmiert werden.«
Es fiel Nina schwer, in das bekümmerte Gesicht ihrer Mutter zu sehen und ihr so hart zu antworten. Sie hatte ihre Mutter gern, sogar sehr gern, auch wenn sie sie niemals als entscheidende Instanz in wichtigen Fragen ansah. Da gab es für sie nur zwei Menschen: Onkel Nicolas und Luise von Rehm. Übrigens hatte sie beiden niemals von dem Tod des Hundes erzählt, sie schämte sich zu sehr für

ihren Bruder. Keiner sollte wissen, wie roh und gemein er war. Sie war gewiß, daß beide sie verstanden hätten, auf ihrer Seite gewesen wären. Onkel Nicolas liebte Tiere, und Fräulein von Rehm hatte selbst einen kleinen Hund, einen Foxterrier, den Nina manchmal ausführen durfte oder den sie mitnahm, wenn sie Erni holen ging, falls er früher Schluß hatte. Dann rannte sie mit Foxi, der bellend an ihr hochsprang, um die Wette, und Erni strahlte, wenn er den Hund sah.
Mit ihren Mitschülerinnen kam Nina gut aus, alle, auf die es ankam, mochten sie, sie war beliebt, weil sie ehrlich und entgegenkommend war, sie wurde von den meisten, wenn es etwas zu feiern gab, eingeladen – aber enge Freundschaft verband sie mit keinem der Mädchen. Das war nicht immer so gewesen. Bis vor anderthalb Jahren hatte sie eine Freundin gehabt, der sie sich eng verbunden fühlte.
Victoria von Roon war die Tochter eines Rittmeisters, der einige Jahre zur Kavallerie-Abteilung in die Stadt abkommandiert war. Victorias Mutter war Engländerin, sehr zurückhaltend, und genau so war die Tochter auch, ein schlankes, sehr blondes und ein wenig kühles Mädchen.
Wer sie näher kannte und ihr Vertrauen gewonnen hatte, fand in ihr eine treue und faire Freundin. Vielleicht war dies der Grund, daß Nina sich später nie wieder enger an ein anderes Mädchen anschloß. Was ihr an Victoria zunächst am meisten imponierte, war der Umstand, daß sie eine erstklassige Reiterin war und ein eigenes Pferd besaß. Jeder in dieser Familie hatte sein eigenes Pferd, der Rittmeister natürlich mehrere; auch Victorias Mutter ritt jeden Morgen, entweder auf dem Reitplatz hinter dem Exerzierplatz oder in der dazugehörigen Reitbahn, bei schönem Wetter ins Gelände, und zwar immer allein, sie verschmähte die Begleitung eines Grooms. Wenn Nina ihre Freundin besuchte, hielten sie sich meist im Stall auf, und manchmal durfte Nina Victorias Wallach reiten. Dann gab sie sich große Mühe, denn Victoria war natürlich eine viel bessere Reiterin. Sie gab Nina Unterricht, oft am Abend, wenn der Reitplatz leer war.
Einmal kam der Rittmeister dazu, und Nina fühlte sich gehemmt, merkte selbst, daß sie alles falsch machte.
Victoria sagte zu ihrem Vater: »Sie kann immer nur in den Ferien reiten, Daddy. Wenn sie bei ihrem Onkel auf dem Gut ist.«
Ihr Vater strich dem Wallach über den Hals und lächelte Nina an. »Du machst es schon sehr nett. Dein Sitz ist gut. Aus dir wird bestimmt noch eine ausgezeichnete Reiterin.«
Fairness und liebenswürdige Gelassenheit zeichnete die ganze Familie aus. Victorias Mutter, bei der sie manchmal Tee tranken, behandelte sie wie junge Damen, nicht wie Schulmädchen, und Nina war immer ganz bezaubert von der schlanken blonden Engländerin. Als der Rittmeister nach Norddeutschland versetzt wurde, mußte sich Nina von ihrer Freundin trennen, das fiel beiden schwer. Einige Monate lang wechselten sie eifrig Briefe, teilten sich ausführlich die kleinen und großen Ereignisse ihres Lebens mit, doch dann schrieben sie sich in immer größeren Abständen, irgendwann schlief die Korrespondenz ein.

Was aber Nina in all den Jahren erhalten geblieben war, das war ein treuer, zuverlässiger Freund: Kurt Jonkalla aus dem Nachbarhaus.

Zwischen Traum und Wirklichkeit

Seit jenem Tag im Winter, zur Zeit der Jahrhundertwende, als die Kinder im Hause Nossek Diphtherie hatten, und Kurt Jonkalla zum erstenmal an der Hintertür erschien, um die Hausaufgaben für Hedwig abzuliefern, gehörte er zur Familie. Für Nina war er eine Art älterer Bruder, gleichermaßen Freund, Beschützer und Vertrauter. Sie sah ihn oft, fast täglich, wenn es seine Zeit erlaubte.

Seine Mutter versorgte nach wie vor voll Umsicht das Haus des Herrn Gadinski, der seine Fabrik inzwischen beträchtlich vergrößert und in einem nahegelegenen Ort eine zweite Raffinerie dazugekauft hatte, wodurch sich seine Arbeit, aber auch sein Vermögen beträchtlich vermehrte.

Übrigens kannte Nina mittlerweile Herrn Gadinski ganz gut, er kam öfter nach Wardenburg, er kaufte dort nicht nur die ganze Zuckerrübenernte, auch über die geschäftlichen Beziehungen hinaus schienen sich Onkel Nicolas und Adolf Gadinski gut zu verstehen, so daß Herr Gadinski manchmal, wenn er gerade in der Nähe des Gutes war, zu einem Gespräch und einem kühlen Trunk vorbeikam. Auch Karoline war schon einige Male dabei gewesen, dadurch war Nina mit ihr ein wenig bekannt geworden, denn in der Stadt trafen sie sich so gut wie nie, obwohl sie nebeneinander wohnten.

Durch Kurt jedoch erfuhr Nina alles, was im Haus Gadinski vorging, so auch in diesem Frühling, daß sich Karoline verlobt hatte. Ein Leutnant vom Breslauer Leibkürassierregiment »Großer Kurfürst« war der Glückliche, Karoline hatte ihn im vergangenen Herbst in Breslau kennengelernt, als er bei einem Turnier mitritt und sogar eine Siegerschleife errang. Abends fand ein Ball statt, und bei der Gelegenheit verliebte sich der Leutnant, laut Kurtel ein schneidiger junger Mann, ausgerechnet in Karoline Gadinski, für Nina unbegreiflich, denn ihr gefiel Karoline nicht besonders. Sie hatte einen stattlichen Busen, ein rundes Gesicht, und ihre Augen waren glupschig, wie Nina es ausdrückte. Wenn der Leutnant so schneidig sei und noch ein guter Reiter dazu, könne sie nicht verstehen, was er eigentlich an Karoline fände, sagte sie zu Kurtel.

Mit Kennermiene erwiderte der, sein Typ wäre sie zwar auch nicht, aber direkt häßlich sei sie nicht, und was ihre Figur beträfe, so wäre das Geschmacksache, manche Männer bevorzugten Frauen mit üppigen Formen.

Nina lachte hell auf. Kurtel als Frauenkenner, das fand sie höchst komisch. Dabei war er bald zweiundzwanzig, hatte in Braunschweig beim Infanteriegiment Nr. 92 gedient, war auch sonst schon allerhand herumgekommen. Und nicht zuletzt brachte es sein Beruf mit sich, daß er viel mit Frauen und ihren Figuren zu tun hatte. Weswegen Ninas Spott töricht und unpassend war, was Kurtel natürlich nicht aussprach, nur durch einen verwunderten Blick erkennen ließ.

In die Zuckerfabrik nämlich, wie vorgesehen, war Kurt Jonkalla nicht gegangen. Denn was keiner in dem immer höflichen Jungen vermutete, er hatte selbständige Gedanken im Kopf und die verstand er durchzusetzen, wenn auch nach gründlicher Überlegung.

Als er aus der Schule kam, hatte er seine Mutter schon so weit, daß sie es wagte, Herrn Gadinski zu sagen, ihr Sohn werde nicht in die Fabrik gehen.

Das verblüffte Herrn Gadinski, und auf seine Frage, was der Junge denn tun wolle, hatte Martha gemessen erwidert, ihr Sohn interessiere sich für die Textilbranche und würde zu Münchmann & Co. in die Lehre gehen.

»Na sowas!« staunte Herr Gadinski, aber gutmütig, wie er war, hatte er keine Einwände. Schließlich wußte er auch, was er an Martha hatte: sie bereitete ihm eine behagliche Häuslichkeit, hatte seine Tochter großgezogen und in all den Jahren die Leiden und Launen von Otti, seiner Frau, ertragen.

Otti verließ das Haus so gut wie nie. Früher war sie manchmal mit ausgefahren, aber seit Herr Gadinski ein Automobil besaß, weigerte sie sich; das sei ihr viel zu gefährlich, denn das fahre zu schnell, sagte sie.

»Richtig albern«, hatte Nina gemeint, als Kurtel davon berichtete. »Was soll denn mit so einem Karren schon passieren, den kann man ja anhalten. Pferde sind viel gefährlicher, die können durchgehen. Und dann muß man wissen, wie man sie richtig behandelt.«

Münchmann & Co., das erste Textilgeschäft am Platz, drei Stockwerke hoch, direkt am Ring gelegen, hatte sich im Laufe der Jahre auch vergrößert und verschönert und vor allem ständig das Sortiment seiner Waren erweitert. Kurtel hatte es indirekt Karoline zu verdanken, daß er in das Münchmann-Geschäft gekommen war.

Karoline und Käthe, die älteste Münchmann-Tochter, waren in eine Klasse gegangen und seit eh und je dick befreundet. Eine Zeitlang hatten sie sich gegenseitig eifrig Briefchen geschrieben, die dann Kurtel als Bote hin- und hertragen mußte. Das geschah in den Ferien, aber auch wenn sie sich täglich in der Schule sahen. Wenn Kurtel es albern fand, hatte er es nicht verlauten lassen, sondern war getreulich stadteinwärts und stadtauswärts getrabt, und war am Ende dafür belohnt worden. Er lernte Herrn Münchmann kennen, seine freundliche, immer vergnügte Frau und vor allen Dingen den Laden.

Der Laden imponierte Kurtel ungeheuer! Was es da alles gab! Und wie viele Leute kamen, um einzukaufen!

Manchmal stand er ganz versunken in einer Ecke, während er auf Käthes Antwortbrief wartete, sah, staunte und hörte den Verkaufsgesprächen zu.

Herrn Münchmann war das schließlich aufgefallen, und da ihm der blonde bescheidene Junge gefiel, sagte er: »Warum kommst du denn nicht zu mir in die Lehre? Ich mache einen erstklassigen Verkäufer aus dir.«

Diese Vorstellung elektrisierte Kurtel. Immer mit diesen schönen Dingen hier zu tun haben und nicht nur mit Zucker. Und wie vornehm die Verkäufer gekleidet waren, sie trugen richtige Anzüge mit weißen Hemden und gestärkten Kragen, die Haare hatten sie mit Pomade glatt an den Kopf gebürstet, und ihre Hände waren immer sauber.

»Das täte ich gern«, sagte Kurtel ernsthaft. »Aber ich muß ja in die Fabrik.«

»Kein Mensch muß müssen. Überleg dir mal den Fall. Und wenn du bei mir anfangen willst, werde ich das mit Herrn Gadinski schon regeln.«

Aber das regelte Martha dann schon, sie brauchte keine Fürsprache, sie trat für die Belange ihres Sohnes selbst ein. Herr Gadinski war überdies dann doch recht verständnisvoll, er sagte: natürlich solle Kurtel das lernen, was er gern lernen wolle, das sei ihm schon recht.

So kam Kurtel also zu Münchmann & Co. in die Lehre, und abermals wurde deutlich, wie er war: still, bescheiden, aber hartnäckig.

Inzwischen hatte Kurtel seine Lehre abgeschlossen, er war nun richtiger Verkäufer, ein sehr guter dazu, er bezog ein Gehalt, kleidete sich sehr ordentlich, was Martha immer mit Stolz erfüllte.

Wenn Nina mit Trudel, oder früher mit Lene in den Laden kam, stürzte er sofort herbei und bediente sie.

Zu Lene sprach er etwa so: »Sie sollten diesen Stoff nehmen, gnädiges Fräulein. Die Farbe paßt wundervoll zu Ihrem Teint.« Nina war herausgeplatzt, und auch Lene mußte lachen, denn sonst duzten sie sich ja, aber im Laden sagte er immer Sie und gnädiges Fräulein.

Sonntags hatte Kurtel frei, da Herr Münchmann ein fortschrittlicher Kaufmann war und am Sonntag sein Geschäft geschlossen hielt. Der Sonntag sei ein Feiertag, sagte er, und den müsse man heiligen. Gott habe bestimmt, daß die Menschen an diesem Tag nicht arbeiten sollten. Das könne Münchmann sich eben leisten, erklärte Emil, weil er so gut verdiene, daß er nicht auf die Bauern angewiesen sei, die am Sonntag in die Stadt kamen, um einzukaufen. Aber es seien ja Gott sei Dank genügend Kaufleute so vernünftig, ihre Geschäfte auch am Sonntag offen zu halten.

Nina und Kurtel trafen sich meist am Sonntag und besprachen die Vorfälle der vergangenen Woche. Also auch Karolines Verlobung.

»Wenn der so fesch ist, dieser Leutnant, hätte er auch was Besseres finden können als Karoline«, beharrte Nina.

»Was Besseres? Du bist dir wohl nicht klar darüber, was für eine gute Partie Karoline ist.«

»Na und?«

»Na und, du bist gut. Sie ist sein einziges Kind. Und Herr Gadinski ist sehr, sehr reich.«

»Das ist doch kein Grund zum Heiraten.«

»Und ob das ein Grund ist. So'n Leutnant hat doch nicht viel. Er stammt von einem kleinen Gut in der Gegend von Görlitz. Und hat noch drei Brüder. Dem bleibt doch gar nichts anderes übrig, als ein Mädchen mit Geld zu heiraten.«

Unwillkürlich mußte Nina an Lenes verflossenen Leutnant denken. Der stammte von einem Gut in Pommern und hatte auch ein paar Brüder. So gesehen wäre Lene bestimmt nicht die richtige Frau für ihn gewesen, er konnte nur froh sein, daß sie ihm davongelaufen war.
»Ich würde nie einen Mann heiraten, nur weil er Geld hat«, sagte Nina mit Bestimmtheit.
»Nein, du nicht. Zu dir paßt das auch nicht.«
»Ich heirate überhaupt nicht«, sagte sie mit tragischem Ton, setzte sich auf einen Baumstamm und schlang die Arme um die hochgezogenen Knie. Wen auch? Es gab nur einen, den sie liebte, immer und ewig lieben würde. Und den konnte sie nicht bekommen.
»Na, warte erst mal ab«, meinte Kurtel gutmütig. »Du bist ja noch viel zu jung, um davon etwas zu verstehen.«
»Phh!« machte Nina. »So viel wie du verstehe ich allemal. Willst du denn heiraten?«
»Natürlich. Später mal.«
»Wen denn?«
Er machte ein geheimnisvolles Gesicht. »Sage ich nicht.«
»Los! Sag's!«
»Nein.«
»Läßt du es eben bleiben. Interessiert mich auch gar nicht.« Sie waren oben auf dem Buchenhügel, noch immer ihr Lieblingsplatz, es war still und einsam, der Blick ging weit über den Strom und die Ebene. Aber man sah von hier aus auch, wie sich die Stadt vergrößert hatte und sich nun nach allen Seiten ausdehnte.
Nina wies hinunter auf die Sandinsel, die in der Oder lag. »Ich freue mich schon wieder, wenn wir da hinüberschwimmen. Noch vier Wochen, was meinst du, dann können wir baden gehen.«
»Kommt aufs Wetter an.«
Das Schwimmen brachte sie auf Robert, denn bei ihm hatten sie schließlich schwimmen gelernt.
»Er hat mir neulich geschrieben, daß er nach Afrika will«, sagte Kurtel. Nina blieb vor Erstaunen der Mund offen stehen. »Nach Afrika?«
»Zur Schutztruppe.«
»Warum will er das denn?«
»Er war ja immer ganz unternehmungslustig. Später, schreibt er, wird er sich dort eine Farm kaufen.«
»Ich denke, er wollte General werden.«
»Er wird wohl inzwischen gemerkt haben, daß er das nie werden kann. Ich glaube, er ist sehr gern Soldat, aber nun weiß er, daß es keinen Krieg gibt und daß er kein Offizier werden kann. Höchstens Feldwebel oder sowas; und wenn er dann aus dem Dienst entlassen wird, kriegt er einen Posten beim Staat, bei der Polizei oder so. Ich finde, es ist eine gute Idee, sich eine Farm in Afrika zu kaufen. Deutsch-Südwestafrika, das muß ein schönes Land sein. Und man lebt dort ganz frei.«

»Anders als hier?«
»Bestimmt. Ganz anders. Und dann denk mal, wie wichtig die Kolonien für uns sind. Da können wir doch nur froh sein, wenn so einer wie Robert dort hingeht.«
»Es ist aber so weit weg.«
»Halb so schlimm«, meinte Kurtel weltmännisch. »Man macht eine schöne Schiffsreise, und schon ist man da. Vielleicht werde ich ihn später mal auf seiner Farm besuchen.«
Die Vorstellung, daß der kleine Kurtel nach Afrika reisen wollte, war so ungeheuerlich, daß Nina zunächst keine Antwort einfiel. Gereist war er zwar schon oft. Er fuhr jedes Jahr einmal nach Breslau, und im Riesengebirge war er auch schon gewesen und hatte eine Kammwanderung gemacht. Vor einiger Zeit hatte er verkündet, daß er im nächsten Jahr einmal nach Berlin fahren werde.
»Unser Kurtel ist ein stilles Wasser«, hatte Lene einmal gesagt, »da steckt mehr dahinter, als man vermutet.«
Martha war sehr stolz auf ihren weitgereisten Sohn. Wenn man mit ihr sprach, ließ sie immer mal wieder einen Satz über die Reiseziele Kurtels einfließen: »Als mein Sohn das letztemal in Breslau war, hat er mitten auf der Schweidnitzer Straße einen alten Bekannten getroffen.« Oder: »Kurtel sagt, hoch oben auf dem Kamm, in der Prinz-Heinrich-Baude, bekommt man für achtzig Pfennig einen vorzüglichen Schweinebraten, der schmeckt fast genausogut wie bei mir.«
Was würde Martha erst für Sätze bilden, wenn ihr Sohn in Berlin, geschweige denn in Afrika gewesen war!
»Weißt du«, sagte Kurtel, »ich glaube, Robert ist das mit der Lene sehr nahe gegangen. Er hat sie sehr gern gehabt.«
»Ja, ich weiß.«
»Er hat gedacht, die Lene wird ihn heiraten.«
Nina richtete sich auf. »Das kann er doch nicht im Ernst gedacht haben.«
»Doch. Damals, als er hier fortmachte, haben sie sich verlobt.«
»Was für ein Unsinn! Lene war damals . . . na, vielleicht vierzehn oder so.«
»Das konnte man bei ihr leicht vergessen. Sie benahm sich immer schon sehr erwachsen.«
»Zu dir auch?« fragte Nina eifersüchtig.
»Sie hat mich mal geküßt.«
»Nein!« Nina richtete sich gerade auf und starrte Kurtel fassungslos an. In Kurtel taten sich Abgründe auf. Erst Afrika, und nun noch ein Kuß von Lene.
»Sie hat dich geküßt?«
»Sie meinte, ich müßte auch einmal wissen, wie so etwas geht.« Er lächelte überlegen. »Es war natürlich nicht mein erster Kuß.«
Nina erhob sich von ihrem Baumstamm.
»Nicht dein erster? Wen hast du denn noch geküßt?«
»Aber Nina! Darüber spricht man doch nicht.«
»Du hast doch eben auch darüber gesprochen.«
»Mit Lene ist das was anderes.«

»Wieso?« fragte Nina kriegerisch. Lene mochte sein, wie sie wollte, aber keiner durfte es wagen, etwas gegen sie zu sagen.
»Nun, sie nahm es nicht so genau.«
»Was heißt, sie nahm es nicht so genau?«
»Mein Gott, Nina, das verstehst du nicht.«
»Spiel dich bloß nicht so auf! Sie ist eben sehr hübsch und hat immer viele Verehrer gehabt. Da kann sie doch nichts dafür. Und dann hat sie den Mann gefunden, den sie liebt. Das ist doch ganz normal.«
»Na, normal war das wohl nicht, was sie getan hat.«
»Ich verbiete dir, etwas gegen meine Schwester zu sagen«, rief Nina wütend. »Sie ist verheiratet und sehr, sehr glücklich. Ihr Mann ist Lehrer an einer ganz feinen Schule. Ein Internat ist das, wo überhaupt nur ganz reiche Leute ihre Söhne hinbringen.«
Kurtel lachte albern. »Lene als Lehrersfrau! Wie das wohl ausgeht!«
»Du Schafskopf!« rief Nina, wandte sich, ließ ihn stehen und lief den Hügel hinab, so schnell sie konnte.
Sie kochte vor Zorn. So waren die Menschen. Kurtel auch. Überall wurde von Liebe geschwärmt: in jedem Roman, in jedem Theaterstück, in jedem Lied ging es immer um die Liebe. Das fanden alle wunderbar. Aber wenn jemand in Wirklichkeit liebte, da galt das auf einmal nicht mehr, da war es etwas Schlechtes.
Mit Lene war doch alles in Ordnung. Sie hatte ihre Vermählung mitgeteilt, richtig auf gedruckten Karten, und später schrieb sie lang und breit über die Schule, wie schön die gelegen sei und was für vornehme Knaben dort unterrichtet würden, sehr viele Adlige, sogar ein paar richtige Grafen und Barone hatten sie unter den Schülern.
Natürlich war es komisch, sich Lene als Lehrersfrau vorzustellen, aber der Lehrer, den sie geheiratet hatte, war ja auch kein gewöhnlicher Lehrer, und ein schöner Mann war er obendrein. Da konnte Kurtel gar nicht mitreden, da war Kurtel eine ganz kümmerliche Figur dagegen.
Nach diesem Gespräch war Nina eine ganze Weile böse mit Kurtel, und er mußte allerhand Mühe aufwenden, um sie zu versöhnen.
In der Familie Nossek kehrten nach und nach wieder einigermaßen normale Verhältnisse ein. Immerhin war alles besser geworden, als man anfangs vermutet hatte. Lene war verheiratet, sie hatte nicht die fabelhafte Partie gemacht, die sich Agnes erhofft hatte, aber ein Lehrer an einem vornehmen Internat war schließlich auch ganz ansehnlich.
Nina schlich manchmal um den Tennisplatz herum. Hinein traute sie sich nicht mehr, was sie sehr bedauerte, sie war immer gern dort gewesen. Und sie selbst würde bestimmt nun nie Tennis spielen dürfen. Überhaupt wurde sie sehr streng beaufsichtigt, das hatte sie von dem Freiheitsdrang ihrer Schwestern. Sie mußte immer genau sagen, wohin sie ging und mit wem, und mußte pünktlich zu Hause sein, sonst gab es ein Donnerwetter. War sie bei einer Schulfreundin eingeladen, mußte Trudel sie hinbringen und abholen. Ins Theater durfte sie nur zweimal im Monat, und auch nur in Begleitung ihrer Mutter oder von Trudel. Nur mit Kurtel durfte sie komischerweise allein Spazierengehen, den hielten ihre

Eltern offenbar für ganz ungefährlich. Dabei hatte er Lene geküßt. Oder Lene ihn.

Dann wurde es Sommer, und die Tage bekamen wieder ein gewohntes Gesicht. Auch Erni ging es ganz gut, nur einmal hatte er einen Anfall, als er die Mondscheinsonate übte; der dritte Satz, der ja sehr schwierig ist, strengte ihn so sehr an, daß er umkippte und mit blauen Lippen und Nägeln liegen blieb.

Der nächste Schicksalsschlag kam schon im Sommer, und diesmal traf er Nina, und zwar mitten ins Herz.

Gleich nach Beginn der großen Ferien durfte sie wie jedes Jahr nach Wardenburg. Diesem Tag lebte sie entgegen, auf diesen Tag wartete sie in jedem Jahr mit größter Ungeduld. Der einzige Schatten, der auf diesen Tag fiel, war der Umstand, daß sie sich für längere Zeit von Erni trennen mußte, was ihr immer ein schlechtes Gewissen verursachte. Erni, mit seiner Sensibilität, wußte das genau, und tat so, als mache es ihm gar nichts aus, im Gegenteil, er gab vor, es gar nicht erwarten zu können, bis sie abreiste.

»Wenn du nicht fortfährst, kannst du nichts erleben. Und dann hast du keine neuen Geschichten, die du erzählen kannst«, sagte er beispielsweise. Geschichten brachte sie jedesmal mit, viele, denn ihre Tage in Wardenburg waren voll neuer Erlebnisse und Begegnungen, sei es mit Tieren oder mit Menschen, für sie war alles interessant, was dort geschah, und so intensiv, wie sie es aufnahm, so intensiv verstand sie, darüber zu berichten.

Einmal, vor zwei Jahren, war Erni für eine Woche mit in Wardenburg gewesen, aber es war keinem recht wohl dabei, da jeder fürchtete, die fremde Umgebung und die dadurch verursachte Erregung könnten ihm schaden und einen Anfall hervorrufen. Es war aber alles gut verlaufen, Erni war ohne Zwischenfall wieder nach Hause zurückgekehrt, man wiederholte allerdings den Versuch nicht, auch er selbst äußerte nicht den Wunsch, noch einmal mitzukommen; er fühlte sich in der gewohnten Umgebung sicherer, denn er selbst fürchtete seine Anfälle. Immerhin kannte er nun das Gut, kannte das Gutshaus von innen, war in den Ställen gewesen, und wenn Nina erzählte, wußte er, wie es dort aussah und konnte sich alles bildlich vorstellen.

In diesem Jahr wurde Nina von Nicolas persönlich abgeholt, was sie mit ungeheurem Stolz erfüllte und eigentlich gar nicht fassen konnte. Er fuhr die beiden Rappen selbst, und sie durfte neben ihm auf dem Bock sitzen. Die Rappen, keine Orlowtraber mehr wie einst, sondern brave Holsteiner, waren die einzigen Kutschpferde, die es auf Wardenburg noch gab. Der Viererzug war längst abgeschafft worden. Die Familie versammelte sich fast vollzählig vor dem Gartentor, als sie abfuhren, und Nina winkte, bis sie um die Ecke bogen.

»Jetzt seid ihr ein paar weniger geworden«, sagte Nicolas.

»Was hört man denn von deinen Schwestern?«

»Von Hedel gar nichts. Aber Lene schreibt ab und zu. Stell dir vor, sie kriegt ein Kind.«

Er lachte. »Nun ja, so ungewöhnlich dürfte es ja nicht sein, wenn eine junge Frau, die aus Liebe geheiratet hat, ein Kind bekommt. Freut sie sich darauf?«

»Davon schreibt sie nichts.«

»Und wann bekommt sie das Kind?«
»Wann?« Nina blickte ihn erstaunt an. »Das weiß ich nicht. Davon hat sie auch nichts geschrieben.«
»So. Na, vielleicht wirst du schneller Tante als du denkst.«
»Ich? Tante?« Diese Vorstellung erheiterte Nina sehr. Nicolas knallte mit der Peitsche.
»Ja, natürlich, das bist du dann doch. Los, meine Schwarzen!« Die Rappen setzten sich in Trab, in flotter Fahrt ging es zwischen den Gärten der Vorstadt auf die Oder zu. Die Brücke überquerten sie im Schritt, und erst als sie die Innenstadt hinter sich gelassen hatten, zogen die Rappen wieder an.
»Bist du mit dem neuen Kutscher zufrieden?« fragte Nina.
»Es geht. Allzuviel taugt er nicht. Er hat eine schwere Hand. Die Pferde gehen bei ihm nicht so, wie sie könnten.«
»Wie sie bei dir gehen.«
»Hm. Pferde mit empfindsamen Mäulern würde ich ihm gar nicht anvertrauen. Weißt du, wer ein guter Fahrer war? Paule Koschka, erinnerst du dich an ihn?«
»Natürlich. Ist er immer noch in Amerika?«
»Ja. Nun sind es schon fast drei Jahre, daß sie drüben sind. Sie müssen bei dem größten amerikanischen Zirkus eingeschlagen haben und steinreich geworden sein. Siehst du, das ist auch so ein Ausreißer wie deine Schwestern.«
Nicolas kniff die Augen zusammen und blickte über das ebene Land hin, das im hellen Sonnenschein lag. »Vielleicht haben sie recht. Es hat sicher sein Gutes, wenn man sich vom angestammten Platz fortbewegt, das bringt Schwung ins Leben. Man kann keine neuen Horizonte erblicken, wenn man immer auf dem gleichen Fleck kleben bleibt. Was meinst du?«
Nina dachte über eine kluge Antwort nach, denn sie fühlte sich geschmeichelt, daß er so ernsthaft mit ihr redete. Den Sinn hinter seinen Worten konnte sie allerdings nicht verstehen, der sollte ihr erst eine Woche später aufgehen. »Ich weiß nicht. Ich möchte gar nicht gern von hier weg. Aber ich möchte trotzdem auch mal eine richtige Stadt kennenlernen. Für Paule war es vielleicht gut, daß er weggegangen ist, er ist weit in der Welt herumgekommen.«
»Katharina hat im letzten Winter ein Kind bekommen, nach so langer Ehe. Einen kleinen Amerikaner. Pauline ist so davon beeindruckt, Großmutter geworden zu sein und einen Sohn in Amerika zu haben, daß sie sich nun endlich mit ihm ausgesöhnt hat. Wer hat schon weit und breit einen Sohn in Amerika? Nur sie. Sie stürzt jedesmal dem Briefträger entgegen, und zeigt jedem, den sie erwischen kann, ihren Brief. Im letzten hat er geschrieben, daß sie nach Deutschland zurückkehren werden, sobald der Kleine etwas größer ist, damit seine Mutter ihr Enkelkind zu sehen bekommt. Pauline hat vor Freude geweint.«
Pauline, die einige Jahre sehr deprimiert gewesen war, sah nun wieder besser aus, sie war nicht mehr deprimiert, weil ihr der Sohn fortgelaufen war, nur ihr Haar war grau geworden. In der Küche führte sie immer noch ein scharfes Regiment, die Mädchen spritzten nur so unter ihrem Kommando, und kochen konnte sie nach wie vor wundervoll. Zu Ninas Empfang gab es jungen Hammelbraten mit Kartoffelklößen und zarten grünen Bohnen aus dem Garten. Es

war alles wie immer, eigentlich schöner, denn für Nina wurde es Jahr für Jahr schöner in Wardenburg, immer bewußter nahm sie alles auf. Nur Tante Alice schien bedrückt zu sein, sie sprach wenig, man sah sie eigentlich nur zu den Mahlzeiten.

Schließlich erfuhr Nina die entsetzliche Wahrheit. Es war am achten Tag ihres Aufenthalts, Nina und Nicolas ritten am Abend ins Gelände, denn es war tagsüber so heiß gewesen, daß sie für ihren Ritt die Abendstunde abgewartet hatten, damit die Pferde nicht mehr so arg von Fliegen und Bremsen geplagt würden. Nina ritt Ma Belle, die nun auch schon eine reife Dame war und schneeweiß, wie Nicolas es einst prophezeit hatte. Doch immer noch ein wunderschönes Pferd.

Das Getreide stand hoch, unbewegt, kein Lüftchen rührte sich. Die Ernte hatte noch nicht begonnen, aber es würde bald so weit sein, die ersten polnischen Schnitter waren schon eingetroffen.

»Das Getreide steht gut in diesem Jahr«, sagte Nina sachverständig, denn das hatte sie inzwischen gelernt. »Da wird Köhler zufrieden sein.«

»Ich hoffe es«, meinte Nicolas gleichgültig. Er ließ den Blick über die Felder schweifen, sein Mundwinkel bog sich herab. Am Waldrand hielten sie die Pferde an und genossen die Kühle, die der Wald ausströmte. Es gab nicht viel Wald auf Wardenburger Gebiet, außer einigen Hölzern war dies das einzig zusammenhängende Waldstück, groß auch nicht, und in einer halben Stunde im Schritt zu durchreiten.

»Es geht mich nichts mehr an«, sagte Nicolas plötzlich.

Nina verstand ihn nicht. »Was geht dich nichts mehr an?«

»Wie die Ernte ausfällt.«

Nina verstand noch immer nicht und blickte ihn fragend an. »Du mußt es ja doch erfahren, Nina. Es ist mein letzter Sommer auf Wardenburg. Und deiner auch.«

Seine Stimme klang kühl und unbeteiligt, so als wolle er erst gar keine Emotionen aufkommen lassen.

Nina starrte ihn fassungslos an. Eine Weile blieb es still, Nicolas' Wallach schnaubte und schüttelte eine verspätete Fliege von seinem Hals. Nina zog die Schulterblätter zusammen, ein Frösteln überkam sie, trotz des warmen Abends. Sie sah sein verschlossenes Gesicht, und sie wußte, daß etwas Furchtbares geschah. Sie fühlte es, sie wußte es – aber sie konnte nicht wissen, daß nicht nur für sein Leben, daß auch für ihr Leben eine entscheidende Wende gekommen war. Es war auch für sie der erste Schritt, der in die Fremde führte.

»Ich verstehe dich nicht, Onkel Nicolas«, flüsterte sie, die Stimme gehorchte ihr kaum.

»Wir werden fortgehen von hier. Wardenburg gehört mir nicht mehr.«

»Wardenburg gehört dir nicht mehr?«

»Nein, Nina. Es gehört jetzt Herrn Gadinski.«

»Nein!« Das war ein Schrei, er gellte laut und empört auf die Felder hinaus. »Nein, das ist nicht wahr, Onkel Nicolas! Sag, daß es nicht wahr ist!«

Er sah sie an, seine Miene war hochmütig und kalt.

»Doch, Nina, es ist so. Genau genommen gehört mir Wardenburg schon lange nicht mehr.«
»Ich verstehe dich nicht«, wiederholte sie hilflos.
»Ich werde es dir erklären«, sagte er ganz ruhig. »Schulden habe ich immer schon gehabt, von Anfang an. Kann sein, ich habe nicht gut gewirtschaftet, ich leugne es nicht. Ein Gut wie Wardenburg wirft keinen großen Gewinn ab, und man müßte sehr sparsam sein, wenn man es halten will. Als ich seinerzeit hierherkam, verstand ich gar nichts von der Wirtschaft. Ich kam zwar von einem Gut, aber ich war als Junge von dort weggegangen, außerdem wurde in Kerst über die Arbeit nicht gesprochen, dafür waren ein Büro und ausreichend Verwaltungskräfte da. Es waren ganz andere Dimensionen, verstehst du. Meine Familie im Baltikum war reich, oder jedenfalls erschien es mir immer so. Ich lebte auf dem großen Fuß weiter, den ich von dort gewöhnt war, und damit habe ich Wardenburg sehr schnell hoch verschuldet. Es war hier in all den Jahren ein schwieriges Leben, immer von der Hand in den Mund.«
»Aber kannst du denn nicht jetzt sparsamer wirtschaften?«
»Das tun wir schon eine ganze Weile, besonders Alice. Aber es war zu spät, von den Schulden kam ich nicht runter, sie wurden immer mehr.«
»Hast du Wardenburg an Herrn Gadinski verkauft?«
»Da war nichts mehr zu verkaufen. Praktisch gehört ihm Wardenburg schon seit einigen Jahren.«
»Aber wie ist das möglich?«
»Du weißt doch, daß er immer die ganze Rübenernte gekauft hat. Und er hat mir Vorschüsse gegeben auf die Ernte kommender Jahre. Außerdem hat er meine Bankschulden übernommen und zum Teil getilgt. Aber das ist zu schwierig, dir das zu erklären, das verstehst du doch nicht. Tatsache ist, daß mir kein Halm mehr von dem Getreide gehört, das hier auf den Feldern steht.«
»Aber das darf doch nicht sein. Das ist doch gemein von Herrn Gadinski.«
»Das ist gar nicht gemein, das ist Geschäft. Was denkst du, wieviele Güter auf diese Weise den Besitzer wechseln. Klüger wäre es gewesen, rechtzeitig zu verkaufen, als noch ein Erlös für das Gut möglich war. Aber wir haben ja hier gelebt wie immer, uns berührten die veränderten Verhältnisse kaum. Doch nun will Gadinski das Gut selbst übernehmen. Das heißt, seine Tochter wird es bekommen.«
»Karoline?«
»Ja. Du hast vielleicht gehört, daß sie sich verlobt hat. Sie wird in diesem Herbst noch heiraten, ihr Verlobter wird den Dienst quittieren, sie werden auf Wardenburg leben. Er will ein Gut haben, er ist nicht gern Offizier. Vor allem will er Pferde züchten, sagt er. Und Karoline möchte gern eine Gutsherrin sein.«
»Dieses Biest! Ich konnte sie nie leiden.«
Nicolas lachte. »Sie ist doch ein ganz nettes Mädchen. Neulich hat sie mir mit großer Begeisterung geschildert, was sie alles vorhat mit dem Gut. Zur Zeit lernt sie reiten.«
»Phh! Die und reiten!« sagte Nina mit tiefster Verachtung.

»Sie ist Gadinskis einzige Tochter, und er liebt sie sehr, das habe ich gemerkt. Warum also soll er ihr nicht ein Gut zur Hochzeit überschreiben, zumal sein zukünftiger Schwiegersohn offensichtlich vom Gutsbetrieb allerhand versteht. Mehr als ich, wie es scheint. Karoline wünscht sich ein Gut, der junge Mann wünscht sich ein Gut, und Gadinski hat ein Gut. Ergo. Er braucht nicht einmal nach einem zu suchen. So sieht es aus.«
»Und du? Und Tante Alice?«
»Wir werden sang- und klanglos von hier verschwinden.«
»Das darf nicht sein. Nein, das darf nicht sein.«
Ihre Stimme bebte, sie neigte den Kopf nach vorn, tiefer und tiefer, bis ihr Gesicht auf Ma Belles Hals lag. Der Himmel stürzte ein. Die Erde fiel in Trümmer. Wardenburg verloren. Und Nicolas nicht mehr da. Das konnte sie nicht überleben.
Nicolas blickte auf ihren gesenkten Kopf herab, sein Herz war schwer. Sein Gleichmut war gespielt. Denn irgendwann in den vergangenen Jahren, er wußte nicht, wann das so gekommen war, war aus Wardenburg seine Heimat geworden. Es fiel ihm sehr schwer, von hier fortzugehen, er fühlte sich gedemütigt. Und er schämte sich, weil er versagt hatte. Er hatte sich sehr davor gefürchtet, es ihr zu sagen, denn er wußte, wie tief es sie treffen würde.
Gestern abend hatte er noch mit Alice darüber gesprochen. »Ich bringe es nicht übers Herz, es ihr zu sagen.«
»Du mußt es ihr sagen, Nicolas. Sie liebt uns und sie vertraut uns. Wir dürfen nicht riskieren, daß sie es von anderer Seite erfährt. Köhler weiß es, seine Frau weiß es. Obwohl ich nicht glaube, daß sie darüber sprechen, kann es doch durchgesickert sein. Gadinski hat keinen Grund zu schweigen. Karoline kauft bereits Möbel ein, wie du gehört hast. Sie kann jeden Tag hier auftauchen, und ich möchte nicht, daß Nina es von ihr erfährt.« Nun hatte er es ihr gesagt, und sie nahm es schwer, das hatte er gewußt.
Er legte die Hand um ihren schmalen Nacken.
»Ninotschka«, sagte er zärtlich. »Weine nicht! Du hast in Wardenburg nie geweint. Das darfst du mir nicht antun. Hörst du?« Er schüttelte sie ein wenig, sie hob den Kopf und blickte ihn an, ihre Wangen waren naß von Tränen.
»Ninotschka, nein, das kann ich nicht sehen. Sieh mal, Kind, ich mußte es dir doch sagen. Alice meint auch, du solltest es wissen. Vielleicht hätte ich es dir erst am letzten Tag sagen sollen, ich will dir doch deine Ferien nicht verderben. Aber dann wärst du traurig nach Hause gefahren. Und so kann ich dich doch noch trösten. Außerdem kommt vielleicht Karoline Gadinski hier an und beginnt, die Zimmer auszumessen.«
»Ich bringe sie um«, rief Nina wild.
»Sie kann doch nichts dafür.«
»Sie kann dich doch nicht einfach hinauswerfen.«
»Das tut sie ja nicht. Ich habe dir doch eben erklärt, wie die Lage ist. Wardenburg gehört ihrem Vater bereits.«
»Aber wenn sie nicht diesen dummen Leutnant heiraten würde, könntet ihr doch weiter hier bleiben.«

»Ja, vielleicht. Von Gadinskis Gnaden.«
»Nicolas!« Ihr Blick war herzzerreißend. »Du kannst doch nicht einfach fortgehen. Das geht doch nicht. Wie soll ich denn leben, wenn du nicht mehr hier bist?«
Nicolas betrachtete sie gerührt. Er wußte, daß dieses Herz ihm gehörte, seit vielen Jahren schon. Er beugte sich aus dem Sattel zu ihr hinüber, nahm ihr Gesicht in seine Hand.
»Ich gehe ja nicht nach Amerika. Das hätte auch wenig Zweck. Da ich weder besonders tüchtig noch fleißig und auch kein guter Rechner bin, würde ich dort wohl auch kein Millionär werden. Ich bleibe ganz in deiner Nähe.«
»Bei uns? In der Stadt?«
»Nein. Das nicht. Wir werden in Breslau leben.« Er küßte sie zart auf den Mund, sah ihr Erschrecken, das Zittern ihrer Lippen. Dieses Kind! War sie nicht wie eine Tochter für ihn geworden? Er hatte sie lieb, und es war bitter, daß er ihr wehtun mußte.
»Komm, laß uns nach Hause reiten, es wird dunkel. Alice wird mit dem Abendessen warten. Heute trinken wir eine Flasche Champagner auf den Schreck. Du bist jetzt schon ein großes Mädchen und darfst mittrinken. Im Oktober wirst du sechzehn, nicht wahr?«
Sie nickte. Sein Kuß hatte sie stumm und wehrlos gemacht. Sie wußte selbst nicht, warum. Er hatte sie schon oft geküßt, er war immer zärtlich und liebevoll zu ihr gewesen. Was war denn heute anders?
Alles war anders geworden.
Sie ritten im Schritt den gleichen Weg zurück, den sie gekommen waren, gelangten wieder auf den Weg zwischen den Feldern.
»Ich bin froh, daß du es nun weißt, Nina. Nimm es nicht so schwer. Und mach' es mir nicht so schwer, ja?«
»Nein«, flüsterte sie, den Blick auf Ma Belles Hals gesenkt.
»Weißt du, ich habe in den vergangenen Jahren oft daran gedacht, Wardenburg zu verkaufen. Schon vor zehn Jahren. Auch wenn es dich schrecklich enttäuscht, muß ich dir sagen, daß es mir nicht sehr schwer gefallen wäre. Damals. Wardenburg hat mir anfangs nicht sehr viel bedeutet. Mit der Zeit ist es anders geworden. Heute fällt es mir schwer, von hier fortzugehen. Alice hat es immer verhindert, daß ich verkaufte. Sie liebte Wardenburg vom ersten Tag an, und sie wurde eine gute und sparsame Gutsherrin. Für sie ist es hart. Am Anfang hat sie auch viel Geld ausgegeben, weil sie nicht wußte, wie unsere Lage war. Es war meine Schuld, ich hätte es ihr sagen müssen. Als ich es ihr dann sagte, beschwor sie mich, Wardenburg nicht zu verkaufen. Jetzt nehme ich ihr die Heimat. Denn Wardenburg ist für sie Heimat geworden. Ich werde mir große Mühe geben müssen, sie zu entschädigen.«
Nina starrte trübsinnig auf den Weg. Die Stute ging langsam, so als fühle sie den Schmerz des Menschen, der auf ihr saß.
»Und was wird aus den Pferden?«
»Unsere Reitpferde nehmen wir natürlich mit. In Breslau gibt es schließlich Reitställe.«

»In einem fremden Stall sollen sie stehen?«
Nicolas strich seinem Wallach über den Hals.
»Tibor wird es nicht viel ausmachen, er ist noch nicht so lange hier.«
Tibor hatte Nina erst jetzt kennengelernt, Nicolas hatte ihn im Frühjahr gekauft, ein großer kräftiger Fuchs mit schönen, weit ausgreifenden Gängen.
»Manon ist etwas sensibler, aber wir werden es ihr schon gemütlich machen. Vielleicht werden wir auch einen eigenen Stall haben, ich weiß noch nicht, wie sich alles entwickelt.« Manon war die Stute von Tante Alice, auch ein Schimmel, eine Tochter von Ma Belle. »Und Ma Belle?«
»Sie bleibt hier. Sie ist immerhin schon fünfzehn. Ich habe sie im Frühjahr dekken lassen, und der Tierarzt meint, sie hat aufgenommen.«
Das wäre dann Ma Belles drittes Fohlen, dachte Nina. Außer Manon hatte sie noch einen kleinen Hengst geboren, der zur Zeit zweijährig war.
»Du hast ja gehört, daß Karolines Verlobter züchten will. Ma Belle bringt sicher noch zwei bis drei Fohlen.«
»Ich hasse ihn«, sagte Nina.
»Nicht doch.« Nicolas legte seine Hand auf ihre verkrampfte Faust.
»Haß ist ein lästiges Gefühl. Man schadet meistens sich selbst mehr damit als anderen. Wollen wir einen kleinen Trab machen?«
Sie trabten an, bogen nach einer Weile vom Feldweg ab auf einen Wiesenrain, der sich fast bis nach Wardenburg hinzog. In einer Viertelstunde würden sie zu Hause sein.
Abendessen. Champagner trinken. Tante Alice würde in Ninas Gesicht sehen und Bescheid wissen. Sie war auch unglücklich. Wardenburg war ihre Heimat, hatte er gesagt. War Nicolas unglücklich? Wenn er es war, zeigte er es nicht. Haltung nannten die Erwachsenen das. Er würde lächelnd von Wardenburg fortgehen, und keiner würde ihm ansehen, was er empfand.
Es war nun fast dunkel, die ersten Sterne, noch blaß, zeigten sich am Himmel.
»Warum nach Breslau?« fragte Nina.
»Das werde ich dir erklären, und bitte versuche, es ganz nüchtern zu sehen. Und wünsche dem armen Gadinski nicht wieder die Pest an den Hals.«
»Hat er etwas damit zu tun?«
»Durchaus. Sieh mal, es ist so. Wenn ich Wardenburg vor, na, sagen wir, vor zehn Jahren verkauft hätte, hätte ich noch ganz schönes Geld dafür bekommen. Schulden hatte ich zwar schon, aber immerhin hätten wir davon leben können, Alice und ich. Jedenfalls eine Weile; damals dachte ich immer noch, es spielt für mich weiter keine Rolle, ich könnte jederzeit nach Kerst zurückkehren.«
»Kannst du das heute nicht mehr?«
»Doch, natürlich. Aber es ist komisch, ich habe mich innerlich nun doch von Kerst gelöst. Und ich weiß nicht, ob man einen Weg so weit zurückgehen soll. Ob man das kann. Außerdem wäre ich auch dort ein abhängiger Mensch. Und eigentlich auch ein nutzloser Mensch.«
Nicolas schwieg. Er dachte: das war ich sowieso mein ganzes Leben lang, ein nutzloser, ein unnützer Mensch. Einer, der nie etwas geleistet hat. Einer, der das, was er besaß, verlor. Die Erkentnis war schmerzlich, er schämte sich fast.

Er hatte es nie so gesehen. Ein nutzloses, verspieltes Leben. »Nun ja, es ist so, daß ich praktisch ohne Geld hier fortgehe. Wovon sollten wir leben, Alice und ich? Es sei denn, wir gingen wirklich nach Kerst.«
»Und – was werdet ihr tun?«
»Du wirst sehen, daß Gadinski nicht so übel ist, wie du denkst. Es ist zwar ein reicher, aber ein anständiger Mann. Das trifft nicht immer zusammen. Durchaus nicht. In gewisser Weise ist es ihm peinlich, daß er mich jetzt hier so ohne weiteres verjagt.«
»Das kann ihm auch peinlich sein.«
»Wie man's nimmt. Es gibt Leute, die empfinden in ähnlich gelagerten Fällen eine gewisse Genugtuung. Die Welt hat sich verändert. Jedenfalls meine Welt. Manchmal habe ich das Gefühl, sie ist dem Untergang geweiht. Solche wie Gadinski, das sind die Herren der neuen Zeit. Und wie gesagt, er ist kein übler Mensch. Aber es gibt üble Leute unter den neuen Herren. Kurz und gut, er hat mir einen Posten angeboten.«
»Einen Posten?« rief Nina empört. »Der? Dir?«
»Ja, der. Mir.« Nicolas lächelte. Wieviel Anteilnahme sie aufbrachte, wie leidenschaftlich sie reagierte, dieses Kind, das ihm heute gar nicht wie ein Kind vorkam. So wie heute hatte er nie mit ihr gesprochen. Aber das brachte die Situation wohl so mit sich.
»Sollst du vielleicht seinen Zucker verkaufen?« fragte Nina im Ton tiefster Verachtung.
»Sowas ähnliches. Bisher habe ich ihm das Rohprodukt geliefert, nun werde ich mich um das Endprodukt kümmern.«
»Versteh' ich nicht.«
Sie ritten in den Hof des Gutes ein. Vor dem Portal brannte die große Laterne, auf den Stufen sah Nina die hohe Gestalt Grischas, der nach ihnen Ausschau hielt.
»Gadinski hat in der Nähe von Breslau noch eine Raffinerie gekauft, ein offenbar etwas vernachlässigtes Werk. Er will mich dort als so eine Art Direktor hinsetzen. Du mußt doch zugeben, daß das anständig von ihm ist.«
Nina stieß ein höhnisches Lachen durch die Nase.
»Ich hasse ihn trotzdem. Und ich will nicht, daß du für ihn arbeitest. Du! Für den!«
Nicolas lächelte wieder.
»Du bist ein kleiner Snob. Aber wir müssen schließlich von irgendetwas leben. Auf jeden Fall hoffe ich, daß du uns oft in Breslau besuchen wirst.«
Sie waren angelangt. Grischa nahm die Zügel von Ma Belle und half Nina beim Absitzen.
Sie sah sein gutes breites Gesicht nur durch einen Tränenschleier. Was wurde aus Grischa? Sollte er vielleicht in Zukunft die dicke Karoline und ihren dämlichen Leutnant bedienen?
In der Halle kam ihnen Tante Alice entgegen, in einem wunderschönen blauen Kleid, der lange Rock schwang bei jedem Schritt um ihre noch immer mädchenhafte Figur.

»Oh, Tante Alice!« rief Nina, stürzte auf sie zu, schlang die Arme um ihren Hals und schluchzte laut auf.
Alice legte behutsam die Arme um Nina, sie mußte sich beherrschen, um nicht ebenfalls zu weinen. Nicolas hob die Schultern, und Grischa blickte von einem zum anderen, seine Augen waren voll Gram. Er wußte Bescheid, ihm hatte Nicolas es gesagt.
»Und selbstverständlich, Grischa«, hatte er dazu gesagt, »kommst du mit uns.« Denn soweit gingen seine Zugeständnisse an die neue Zeit und die neue Welt nicht, daß er Natalia Fedorownas Grischa den Gadinskis überlassen hätte.
Nicolas blickte sie alle drei an, die weinende Nina, die traurige Alice, den gramvollen Grischa.
»Merde!« sagte er laut. »Bring uns Champagner, Grischa.«

Die Zeit der Schwermut. Die Zeit der Trauer und der Verlassenheit.
Nina kämpfte gegen ihre Gefühle nicht an, sie überließ sich ihnen mit der gleichen Hingabe, wie sie ihre Freude, ihre Liebe, ihre Begeisterung gelebt hatte.
Sie veränderte sich in diesem Winter, auch äußerlich.
Ihr Gesicht wurde schmaler, die Augen erschienen größer, um den Mund trug sie einen schmerzlichen Zug. Wenn sie Klavier spielte, bevorzugte sie traurige Stücke, und wenn sie Bücher las, waren es traurige Bücher. Man hörte sie nicht mehr lachen, nicht mehr singen oder trällern, wenn sie die Treppe herunterkam, sie warf nicht die Tür zu, wenn sie ins Haus kam, schon den Ruf auf den Lippen nach einem Mitglied der Familie, nach ihrer Mutter, nach Trudel, nach Rosel, meist nach Erni, falls sie nicht mit ihm zusammen von der Schule kam, denn kam sie heim, brauchte sie jemanden, um zu erzählen, was sie erlebt, gesehen oder getan hatte.
Jetzt ging sie still und ernst durch die Tage des Herbstes und Winters. Alle behandelten sie wie eine Kranke, waren besonders liebevoll und nachsichtig zu ihr, doch das Äußerste, was man ihr entlocken konnte, war ein melancholisches Lächeln.
Sie war tief ins Herz getroffen, und zu diesem Kummer gesellte sich das Nichtverstehen einer so großen Ungerechtigkeit des Schicksals und des lieben Gottes: denn daß Wardenburg in die Hände der Gadinskis gefallen war, das war ein Unrecht, das Gott, und nur er, ihr und Nicolas und Alice angetan hatte. Sie haderte mit ihm, sie konnte ihn nicht verstehen.
Die ganze Familie begriff, was sie verloren hatte, denn jeder wußte, was Onkel Nicolas und Wardenburg ihr bedeutet hatten. Schon Ende Oktober waren Alice und Nicolas nach Breslau übergesiedelt, und die Nachrichten, die von dort kamen, waren spärlich. Sie hatten ein Haus in einem Vorort namens Carlowitz gemietet, und Alice schrieb, lieber würde sie im Süden der Stadt oder in Scheitnig wohnen, das seien doch bessere Wohnviertel, aber von Carlowitz aus hatte es Nicolas nicht weit in die Zuckerfabrik, und darum hätten sie sich dort niedergelassen. Das Haus sei ganz hübsch, es habe einen Garten und einen Stall für die Pferde.

Worüber Agnes nicht hinwegkam, womit auch die anderen nicht fertig wurden: daß Nicolas, dieser prachtvolle, immer von allen bewunderte Nicolas, mit einemmal ein Angestellter des Herrn Gadinski sein sollte. In diesem Punkt fühlten sie alle ähnlich wie Nina, bis auf Emil, der eine stille hämische Freude nicht unterdrücken konnte.
»Das schöne Gut! Was für ein Jammer! Was für ein Jammer!« das sagte Agnes immer wieder, und sie war frei von Schadenfreude ihrer Schwester gegenüber, im Gegenteil, sie war tief betrübt über die unglückliche Wende, die das Leben von Alice genommen hatte.
Charlotte hingegen offenbarte erstmals ihrer Tochter Agnes gegenüber, was sie im Stillen erhofft hatte. »Da sie ja keine Kinder haben, weißt du, und beide Nina immer so gern hatten – also weißt du . . .«
Agnes begriff, sie nickte. Sie hatte ähnliche Gedanken gehabt. »Es hätte ja sein können, daß er Nina das Gut vermacht, nicht?« fuhr Charlotte fort. »Wo Nina sich doch so für alles interessiert, was da draußen vorging. Und dann hätte wenigstens eins von deinen Kindern ein besseres Leben gehabt.«
»Ja, es wäre schön gewesen«, meinte Agnes. »Auch für Erni.« Denn *so* weit hatte sie gedacht. Wenn Nina das Gut bekam, würde Erni, mit dem sie sich so gut verstand, später bei ihr auf dem Gut leben können, ein wenig Spazierengehen, klavierspielen und immer in Ninas Fürsorge – das war das Leben, das sich Agnes für ihren kranken Sohn, ihr Lieblingskind, das ihr so viel Sorgen machte, ausgemalt hatte.
Diese Träume waren ausgeträumt, Wardenburg verloren, was sollte aus Nina, was aus Erni werden?
Und jeder im Haus, diesmal sogar Emil, erboste sich darüber, daß ausgerechnet Karoline Gadinski die neue Herrin auf Wardenburg sein sollte.
»Die paßt da gar nicht hin«, sagte die sanfte Agnes wegwerfend. »Alice, das war eine schöne Gutsherrin.«
Nina warf keinen Blick mehr über den Zaun auf das Nachbargrundstück, sie ging auch nicht in den Garten, als es Frühling wurde, und sie vermied es, auf der Straße am Gadinski-Haus vorbeizugehen, lieber machte sie einen Umweg. Sogar der ganz unschuldige Kurtel wurde ein Opfer ihres Hasses auf die Gadinskis, sie zog sich unmißverständlich von ihm zurück, schließlich wohnte er in diesem verhaßten Haus und gehörte zu diesen gräßlichen Leuten, von denen sie wünschte, die Erde möge sich auftun und sie verschlingen.
Früher hatte sie sich immer sein Rad ausgeliehen, doch das brauchte sie nun nicht mehr, sie hatte ja Hedwigs Rad. Sie hatte ihn zum Spazierengehen getroffen, im Winter waren sie gemeinsam zum Schlittschuhlaufen gegangen. Jetzt lautete ihre kühle Antwort, wenn er schüchtern anfragte: »Ich habe keine Zeit.« Oder: »Ich mag nicht.« Er kam wie früher an die Hintertür in der Küche, um nach ihr zu fragen, abends nach Geschäftsschluß oder am Sonntag, da er sie nicht wie früher im Garten fand, wo er über den Zaun hinweg mit ihr ins Gespräch kommen konnte.
»Sie will nischte mehr von dir wissen, Jungele, das siehste doch«, sagte Rosel mitleidig, nachdem sie wieder einmal einen ablehnenden Bescheid von Nina

überbracht hatte, die sich nicht einmal mehr die Mühe machte, von oben herunterzukommen und mit ihrem langjährigen Freund zu sprechen.
Kurtel nickte betrübt.
»Das merke ich schon lange.«
»Du weeßt ja warum, nich?«
»Ja, ich weiß. Aber ich kann doch nichts dafür. Ich habe doch Wardenburg nicht übernommen.«
»Aber du geheerst nu mal zu denen da drüben. Das verzeiht sie dir nich.«
Es war, als wenn Nina einen dicken Trennungsstrich ziehen wollte: das Leben zuvor – das Leben danach. Das Leben mit Nicolas und Wardenburg, und der trostlose Rest, der noch blieb, das nicht lebenswerte Leben ohne Nicolas und ohne Wardenburg. In diesem Leben konnte es sowieso keine Freude mehr geben.
Nachrichten aus Breslau kamen selten. Und es schrieb immer nur Alice, höchstens stand darunter: Nicolas läßt grüßen. Der einzige Trost, den das Leben für Nina bereithielt, war das Theater. Sie ging nach wie vor, sooft man es ihr erlaubte, dorthin, und das waren die einzigen Stunden, in denen sie ihren Kummer ein wenig vergessen konnte. Allerdings mochte sie nicht mehr in die Operette gehen, das erinnerte sie zu sehr an Nicolas. Sie sah ihn am Klavier sitzen und hörte ihn singen: »Glücklich ist, wer vergißt, was nicht mehr zu ändern ist.« Das war das letzte, was er ihr vorgesungen hatte, als sie ihren letzten Ferientag auf Wardenburg verbrachte. Daraufhin fing sie an zu weinen, und Alice auch.
Nicolas versuchte, sie mit seinem Allheilmittel zu trösten, er ließ Champagner servieren, doch er war es dann, der sein Glas mit Vehemenz an die Wand warf und dazu laut ausrief: »Der Teufel soll doch alles holen!«
Das war das Ende in Wardenburg gewesen.
Im Laufe des Winters gewann ein Gedanke immer mehr Macht über Nina: ich will fort von hier. Er verband sich mit dem Wunsch, der sie schon seit einiger Zeit mehr und mehr erfüllte. Sie hatte bisher mit keinem Menschen darüber gesprochen, sie hätte auch nicht gewußt, mit wem. Nachdem aber ihre Schwestern so abrupt das Haus verlassen hatten, würde es für sie schwierig sein, ihrerseits einfach fortzugehen, es wäre ihr nicht anständig vorgekommen. Sie wußte natürlich, daß in nächster Zeit sowieso nicht daran zu denken war, sie war ja noch zu jung, mußte erst ihre Schulzeit beenden. Aber später? Konnte sie gehen? Durfte sie das? Was wurde aus Erni?
Anfang März des Jahres 1910 hatte sie eine Begegnung, die sie ein wenig aus ihrer Lethargie aufrüttelte und ihren vagen Träumen plötzlich ein deutliches Gesicht gab.
Es war in letzter Zeit üblich geworden, daß die jungen Mädchen den Künstlern des Theaters, die sie besonders bewunderten, ihre Poesiealben schickten, mit der Bitte um eine Eintragung. Eltern, Verwandte, Lehrer und Freundinnen hatten sich dort schon mehr oder wenig geistreich verewigt, ein Spruch jedoch von der Hand eines bewunderten Sängers oder Schauspielers war etwas ganz Besonderes. In der Schule zeigten sich die Mädchen gegenseitig ihre Alben, wobei

sie die enttäuschende Entdeckung machten, daß zum Beispiel Reinhold Keller, der viel geliebte jugendliche Liebhaber des Stadt-Theaters, immer dasselbe schrieb, nämlich einen Spruch von Goethe:
›Willst du dir ein hübsch Leben zimmern,
mußt dich ums Vergangne nicht bekümmern,
das Wenigste muß dich verdrießen,
mußt stets die Gegenwart genießen,
besonders keinen Menschen hassen
und die Zukunft Gott überlassen.‹
»Phh!« machte Nina, als sie diese Weisheit zum erstenmal las, »da kenne ich bessere Sachen von Goethe.« Und nachdem der Spruch nach und nach in zehn Poesiealben auftauchte, sagte sie: »Ihr mit eurem Keller! Dem fällt schon gar nichts ein. Versteh' ich sowieso nicht, was ihr an dem findet.«
Nina war weit mehr von Eberhard Losau, dem Charakterspieler des Theaters angetan. Er war erst die zweite Spielzeit in der Stadt, ein großer hagerer Mann, mit einem zerfurchten Gesicht und einem eigentümlich eindringlichen, fast starren Blick. Die erste Rolle, in der Nina ihn gesehen hatte, war der »Baumeister Solneß« gewesen, und dieses Ibsen-Stück, dessen beide Hauptpersonen von so widersprüchlichem Reiz waren, der alternde, zaudernde und doch eitle Mann, und das junge stürmische, bedenkenlose und fordernde Mädchen, hatte Nina damals aufgewühlt. Seitdem war Losau für sie der einzige Schauspieler des Theaters, der zählte. In diesem Winter nun, in der Zeit ihrer großen Leiden, sah sie ihn als »Wallenstein«. Das Stadttheater führte alle drei Teile an zwei Abenden auf und, dank Losau, der ein überzeugender Wallenstein war, geriet diese Inszenierung zu einem Höhepunkt der Theatersaison.
Ende Februar faßte Nina sich dann ein Herz, schickte ihr Poesiealbum an Eberhard Losau, und schrieb einen richtigen Brief dazu, nicht bloß die knappe Bitte um einen Eintrag, wie es die Mädchen für gewöhnlich taten, sie schrieb mehr als vier Seiten und setzte sich ausführlich mit dem Wallenstein und mit Losaus Darstellung auseinander.
Erst als sie alles hingeschrieben hatte, was sie dachte, kamen ihr Bedenken. Sollte sie den allzu lang geratenen Brief wirklich abschicken? Aber sie fand ihn selbst so gut, daß sie es nicht fertigbrachte, ihn zu ändern oder zu kürzen. Also gab sie beides, Poesiealbum und Brief, sorgfältig verpackt und verschnürt, beim Theaterportier am Bühneneingang ab und wartete gespannt, was passieren würde.
Zunächst passierte gar nichts, drei Wochen lang. Doch dann bekam sie nicht etwa ihr Album zurück, sondern ein kurzes Briefchen, des Inhalts, sie möge sich doch ihr Album selbst abholen, Herr Losau würde sich freuen, seine sachverständige Zuschauerin kennenzulernen. Geschrieben hatte den Brief Elvira Losau, die Gattin des Künstlers; der Tag, an dem sie nachmittags gegen vier Uhr kommen möge, war angegeben.
Dies war nun wirklich ein Ereignis, auf das Nina nicht gefaßt war, und sie so für einige Tage von ihrem Kummer ablenkte. Agnes las den Brief und meinte, da seine Frau ihn geschrieben habe, könne Nina ruhig an dem bezeichneten Nach-

mittag hingehen. Seit langer Zeit wieder einmal stand Nina vor dem Spiegel, bürstete und frisierte ausdauernd ihr Haar, und überlegte lange, was aus ihrer knappen Garderobe des großen Tages würdig sei.
Die Losaus bewohnten eine Etage in einem der alten Bürgerhäuser, südlich des Rings, nicht sehr weit vom Theater entfernt. Elvira Losau, in Ninas Augen eine ältere Dame, obwohl sie gerade Ende vierzig war, empfing den Besuch freundlich. Elvira hatte ein hübsches, etwas puppiges Gesicht, das blonde Haar trug sie in einem Kranz um den Kopf gelegt, gekleidet war sie in ein wallendes Reformkleid aus schwarzem Samt, was für sie ganz bekömmlich war, denn sie war ein wenig aus der Form geraten; Elvira kochte nämlich gern, und sie kochte gut, und während es der hageren Figur ihres Mannes nichts ausmachte, blieb bei ihr jedes Gramm, das sie zuviel aß, hartnäckig an Taille und Hüfte haften.
Zunächst blieben sie allein, Nina bekam eine Tasse Schokolade serviert und wurde ausgefragt nach ihrem Leben, ihrer Familie und ihren Plänen.
Bei dieser Gelegenheit sprach Nina zum erstenmal aus, was ihr nun seit geraumer Zeit im Kopf herumkreiste.
»Ich möchte gern Schauspielerin werden.«
Als Eberhard Losau nach einiger Zeit seinen Auftritt hatte, wurde ihm Nina von seiner Frau mit folgenden Worten präsentiert: »Hier siehst du eine zukünftige Kollegin vor dir.«
»Ei sieh, ei schau«, machte Herr Losau in leicht überzogener Komödiantenmanier, kniff sich ein Monokel ins rechte Auge und betrachtete Nina eine Weile eingehend und ungeniert. Dann kam er zu dem Schluß: »Recht niedlich, diese junge Dame. Was meinst du, Elly?«
Elvira nickte und bot Nina ein Plätzchen an, wonach dieser im Augenblick nicht der Sinn stand, sie war sehr verlegen, war unter dem langen Blick des Schauspielers tief errötet. »Dann wollen Sie mir wohl vorsprechen, mein Kind?« fragte Wallenstein mit tönender Stimme, und diese Frage brachte Nina vollends aus der Fassung, denn daran hatte sie nun wirklich nicht gedacht.
»Sie will nur ihr Poesiealbum abholen«, sagte Elvira mit erhobener Stimme, denn Wallenstein war ein wenig schwerhörig. Sie stand auf, ging zu dem Biedermeiersekretär, der im Zimmer stand, und legte das Poesiealbum vor Losau hin. »Du hast gesagt, du willst erst etwas hineinschreiben, wenn du sie gesehen hast«, erinnerte sie ihren Mann.
Der war aber noch immer damit beschäftigt, Nina genau zu mustern. »Ganz gut gewachsen, wie es scheint«, konstatierte er. »Das Gesicht noch kindlich, verspricht aber klare Linien. Die Stirn ist gut. Die Augen sind schön. Der Mund wird werden, er hat Schwung. Wie alt bist du, mein Kind?«
»Sechzehn«, hauchte Nina, vollständig verwirrt.
Er nickte befriedigt. »Ein gutes Alter. Willst du Unterricht bei mir nehmen?«
»Sie geht noch in die Schule«, sagte Elvira. »Und sie hat dir diesen entzückenden Brief geschrieben. Über den Wallenstein.«
»Weiß ich ja«, wehrte der Mime ab. »Also was willst du vorsprechen?«
Nina starrte ihn fasziniert an. Von der Nähe war er nicht so schön wie auf der Bühne, er wirkte weitaus älter, sein Gesicht war zerfurcht und gelblich getönt,

seine Augen, zwar groß und ausdrucksvoll, waren rotgeädert, die Lider schwer. Nina sprang mit einem Schwung ins Wasser.
»Des Sängers Fluch«, murmelte sie.
»Wie?«
»Des Sängers Fluch«, wiederholte sie lauter.
»Gut. Aber sprich laut und deutlich. Stell dich da drüben an die Wand. Los!«
Nina nahm alle Kraft zusammen, die Lust und auch den Schmerz, und versuchte, die Ballade mit der gleichen Dramatik aufzusagen, wie sie es in der Klasse bei Fräulein von Rehm getan. Ein wenig befangen war sie aber doch, es geriet ihr nicht so gut wie sonst. Bei dem Ausbruch des Königs kiekste ihre Stimme, und gegen Ende zu blieb sie einmal hängen, doch Eberhard Losau half ihr sofort weiter.
»Nun ja, nun ja«, sagte Losau, als sie geendet hatte, »nicht so übel. Bist du dir klar, mein Kind, wieviel Aufopferung der Beruf eines Schauspielers verlangt? Es ist ein Weg voller Mühen und voller Leiden, von nie endender Qual und ewigem Kampf. Der Ruhm ist ein flüchtiger Gefährte und das Publikum ein treuloser Liebhaber. Und dennoch, dennoch, dennoch –« er stützte die hohe Stirn in die Hand, lächelte ins Nichts und fuhr dann in sachlichem Ton fort: »Eine Stunde bei mir kostet zehn Mark. Ich habe in Breslau gespielt, in Prag und in Wien, mein Kind. Du lernst bei mir, was man in diesem Beruf nur lernen kann. Zunächst einmal sprechen. Und dann sich bewegen. Weißt du, wie schwer es ist, sich zu bewegen? Die Hand, der Fuß, beide Hände, beide Füße, Kopf und Hals und Körper, sie gehören zusammen und sollen natürlich zusammen agieren, doch zunächst wird sich jeder Teil selbständig machen wollen und dir davonlaufen, und wenn du einem nachläufst, wird der andere auf und davon sein; die Teile deines Körpers bewußt und gezielt zu benützen, bis du dahin kommst, daß sie dir von selbst gehorchen und du sie nicht zu beachten brauchst, das ist eine der Voraussetzungen für eine erfolgreiche Künstlerlaufbahn.«
So ging es eine Weile weiter, Losau hielt ihr einen langen Vortrag über Schulung, Ausbildung und Tätigkeit des Schauspielers. Nina saß währenddessen auf der Sesselkante, und Elvira lächelte ergeben.
Schließlich sagte sie; »Ebbi, du mußt dich umkleiden zur Vorstellung. Es ist halb sechs.«
»Gewiß, gewiß. Nun, mein Kind, ich hoffe, ich habe dir die Lust nicht genommen. Überlege dir gut, ob du wirklich diesen dornenvollen Weg beschreiten willst. Und wenn dein Herz ja sagt, wenn dein Verstand ebenfalls zustimmt, dann komme zu mir. Zehn Mark die Stunde, vielleicht, wenn du begabt bist, können wir später über das Honorar sprechen. Zwei Stunden in der Woche sind vorerst nötig.«
»Danke«, sagte Nina schüchtern. »Vielen Dank.«
Sie blickte auf ihr rot eingebundenes Poesiealbum, das zwischen ihnen auf dem Messingrauchtisch lag.
Elvira nahm es in die Hand.
»Hier, Ebbi, du sollst da etwas hineinschreiben.«
»Wie?«

»Ihr Poesiealbum. Eine Eintragung für die kleine Nina.«
»Ach so, gewiß.«
Er zog sich zu dem Sekretär zurück, nahm eine Feder, tauchte sie ins Tintenfaß, überlegte eine Weile mit gerunzelter Stirn, tauchte die Feder abermals ein und schrieb.
Nachdem er mit dem Löscher sorgfältig die Schrift getrocknet hatte, überreichte er Nina das Poesiealbum.
»Gott segne dich, mein Kind.« Damit war sie entlassen.
Unter den Lauben am Ring klappte sie das Buch auf und las, was er geschrieben hatte.
»Es ist ein Augenblick, und alles wird verwehn!«
In Klammern stand rechts darunter: Eduard Mörike.
Und dann groß und wuchtig über die ganze Breite des Blattes sein Name. Eberhard Losau.
Sie las es leise, dann laut. Sprach es vor sich hin. Das paßte gut in die Mollstimmung ihres derzeitigen Daseins. Alles wird verwehn, ja, so war es, warum sich also grämen. Das ganze Leben lohnte nicht.
Aber nun war immerhin etwas Neues da, das sie beschäftigte. Sie würde Schauspielerin werden. Es war ganz klar, das hatte sie immer schon gewollt, sie hatte es nur nicht gewußt. Eins jedenfalls war sicher: nun begannen die Schwierigkeiten erst.
Sie war sich im klaren darüber, wie absolut aussichtslos es für sie war, diesen Beruf anzustreben, zu Hause auch nur zu erwähnen, was sie plante. Ein Herzanfall ihrer Mutter und neue Magenkrämpfe ihres Vaters standen außer Zweifel. Und nach allem, was ihre großen Schwestern den Eltern angetan hatten, konnte sie nun nicht neues Unheil über die Familie bringen. Das würden sie nicht überleben.
Auch an Erni mußte sie denken. Sie konnte ihn nicht verlassen, und das mußte sie ja tun, wenn sie in die Welt hinausging, um berühmt zu werden. Also mußte sie zunächst in der Stadt bleiben und am hiesigen Theater auftreten. Wenn man sie später partout an einer großen Bühne haben wollte, dann, ja dann mußte eben Erni mitkommen. Aber das ging auch erst, wenn er älter war.
Sie war sich der Komplikationen ihres zukünftigen Lebens durchaus bewußt. Ganz abgesehen davon, daß nicht die geringste Aussicht bestand, in der Woche zwanzig Mark für den Unterricht bei Eberhard Losau aufzubringen.
Woran es jedoch nicht den geringsten Zweifel mehr gab: ihr Leben würde tragisch verlaufen. Nie konnte sie bei dem Mann sein, den sie liebte. Und sie mußte auf Ruhm und Reichtum verzichten, weil es keinen Weg gab, dorthin zu gelangen.
Von dieser Zeit an, es war ungefähr Ende März, wurde Ninas Gesichtsausdruck vollends elegisch, sie gewöhnte sich eine schleppende Sprechweise an, trug ihr Haar ganz glatt an den Kopf gebürstet und verwendete als Haarband grundsätzlich nur schwarzen Samt. Vor dem Spiegel übte sie den verträumt-schwermütigen Gesichtsausdruck der Duse.

»Was ist eigentlich mit dir los?« fragte Luise von Rehm sie eines Tages. »Du läufst herum, daß man meinen könnte, du brichst demnächst unter der Last schwerster Schicksalsschläge zusammen.«
Nina seufzte. »So leicht ist mein Leben auch nicht.«
»Leidest du immer noch unter dem Verlust von Wardenburg?«
Nina warf ihr nur einen tieftraurigen Blick zu.
»Nina«, sagte Luise von Rehm energisch, »so geht es nicht. Du mußt begreifen, daß sich Geben und Nehmen im menschlichen Dasein die Waage hält. Meist ist es so, daß dir mehr genommen als gegeben wird . . . Willst du dich immer so aufführen, wenn dir etwas weggenommen wird? In diesem Fall etwas, das dir nicht einmal gehört. Glaubst du, daß dein heißgeliebter Onkel Nicolas auch mit so einem Gesicht durch die Gegend läuft wie du? Er hätte mehr Grund dazu, aber so wie ich ihn beurteile, ist er ein Mann von Haltung und Selbstbeherrschung. Und ich kann mir kaum vorstellen, daß er zur Zeit an dir Gefallen finden würde.«
Fräulein von Rehm kannte Nicolas, sie waren einander begegnet, wenn er manchmal Nina von der Schule abgeholt hatte, um sie zum Essen auszuführen. Bei aller Zuneigung, die Nina für ihre Lehrerin empfand, konnte sie nicht eingestehen, daß es ja nicht nur der Verlust von Wardenburg und die Trennung von Nicolas allein waren, die sie so unglücklich machten, sondern vor allem dies, daß sie nie zu ihm gehören würde, zu ihm, den sie allein auf dieser Welt jemals lieben konnte.
Nina sagte: »Das ist es nicht allein.«
»Was denn noch?«
»Mein Leben ist hoffnungslos.« Das klang nun wirklich im Ton tiefster Tragik.
»So. Und warum noch, abgesehen von Wardenburg?«
Nina zögerte. Aber zu einem Menschen mußte sie schließlich von ihren Träumen sprechen.
»Aus mir kann nicht das werden, was ich gern werden möchte.« Die Formulierung war schwierig gewesen, aber nun erschien sie ihr ganz wohlgelungen.
»Und was ist das?«
Fräulein von Rehms Blick war kühl, aber er ließ sie nicht los.
»Ich möchte Schauspielerin werden.«
So einfach ausgesprochen klang es ungeheuerlich.
»Schauspielerin?« fragte Fräulein von Rehm gedehnt, aber es klang nicht einmal sehr erstaunt.
»Ja«, sagte Nina mit Nachdruck und blickte ihr gerade in die Augen. Nun galt es dafür geradezustehen. Was kam jetzt? Schelte? Ermahnungen?
Doch Fräulein von Rehm enttäuschte sie auch in diesem Fall nicht.
»Nun«, sagte sie langsam, »ich könnte mir sogar vorstellen, daß du Talent zu diesem Beruf hättest. Wenn ich allein denke, mit welcher Begeisterung du Gedichte aufsagst. Aber was würden deine Eltern dazu sagen?«
»Denen könnte ich das nie sagen. Die verstehen das bestimmt nicht. Da müßte ich auf und davon gehen, wie Hedwig und Lene.«
»Und das würdest du tun?«

Nina schüttelte den Kopf.
»Nein. Das könnte ich ihnen nicht antun. Es wäre furchtbar. Wenn ich auch . . . nein, das geht nicht. Das würde sie umbringen. Und es geht auch wegen Erni nicht. Er braucht mich doch.«
Mit unglücklichem Gesicht sah sie ihre Lehrerin an. Fräulein von Rehm legte ihr die Hand auf die Schulter. »Nun verstehe ich ein wenig besser, warum du jetzt immer so betrübt bist. Aber ich würde mir an deiner Stelle nicht zu viele Sorgen machen. Für das Theater bist du sowieso noch zu jung. Jetzt gehst du erst noch ein Jahr in die Schule, und ich möchte, daß du dieses Jahr gut nützt; du kennst ja meine Meinung. Ein Mensch soll soviel lernen, wie er nur kann, und wenn er die Gelegenheit hat, es als junger Mensch zu tun, dann hat er Glück. Später hat er einen Beruf oder Familie, da bleibt oft keine Zeit mehr, etwas dazuzulernen. Wir waren doch beide sehr froh, daß dein Vater eingewilligt hat, daß du noch in die Schule gehen darfst. Wer weiß, wie du nächstes Jahr über deine Pläne denkst. Vielleicht möchtest du dann etwas anderes lernen, einen anderen Beruf ergreifen.Vielleicht sind auch deine Schwestern bis dahin wieder da, und du bist etwas freier.«
»Sie glauben wirklich, daß ich Talent habe?« fragte Nina sichtlich ermuntert.
»Doch, Nina, Talent hast du zweifellos. Aber das ist wohl nicht das einzige, was man für diesen Beruf braucht. Ich kenne dich nun seit vielen Jahren, du bist ein sehr gradliniger Mensch, und du hast es noch nicht gelernt, Kompromisse zu schließen. Ich sage nicht, daß das ein Fehler sei. Charakterlich gesehen ist es zweifellos ein gutes Zeichen, nur muß jeder Mensch im Laufe seines Lebens und besonders in seinem Berufsleben Kompromisse schließen. Und wie ich glaube, erst recht in einem Beruf dieser Art. Bosheit, Neid und Heuchelei begegnen dir natürlich überall in der Welt, aber sie begegnen dir ganz bestimmt und sehr massiv in der Welt des Theaters. Deswegen bezweifle ich, ob es der richtige Beruf für dich wäre.«
»Es ist ein dornenvoller Weg, das hat Herr Losau auch gesagt«, erklärte Nina und etwas von ihrem früheren Eifer klang in ihrer Stimme. »Eberhard Losau? Kennst du ihn?«
Nina berichtete ausführlich über ihren Besuch bei dem Schauspieler und über das Gespräch, das dabei geführt worden war. Fräulein von Rehm lächelte.
»Sieh an, du entwickelst ja allerhand Initiative. Losau als Lehrer? Nun, darüber muß man nachdenken.«
Fräulein von Rehm ging auch gern und oft ins Theater, und sie hatte Losau in vielen Rollen gesehen, auch als Wallenstein. Sie fand nicht, daß er ein so überragender Schauspieler sei, aber sie hatte schließlich Vergleichsmöglichkeiten, sie hatte schon gutes Theater an den Bühnen der großen Städte gesehen, denn wo immer sie war, in Breslau, in Berlin und in Dresden, wo sie in den Ferien meist hinfuhr, weil dort ihre Mutter lebte, ging sie ins Theater. Sie wußte auch, daß Losau zwar früher an größeren Bühnen gespielt hatte, aber nirgends mehr ein Engagement erhalten hatte, weil er viel trank und unzuverlässig war.

Doch es war nicht nötig, dies Nina zu erzählen und ihr die harmlose Schwärmerei für den alternden Mimen zu verderben. »Paß auf, Nina, ich verspreche dir etwas, ja? Im nächsten Jahr hörst du mit der Schule auf. Und wenn du dann immer noch Schauspielerin werden willst, wenn es dir wirklich ernst damit ist, dann werde ich mit dir zusammen überlegen, wie man es am besten anfängt. Zuerst müßtest du von einem wirklich bedeutenden Theatermann geprüft werden.«

»Sie würden mir helfen?«

»Ja, ich würde dir helfen.«

Auch Luise von Rehm hatte es in all den Jahren nicht gelernt, Kompromisse zu schließen, in dieser Beziehung ähnelte sie ihrer Schülerin. Nichts war ihr so verhaßt wie Lüge und Hinterhältigkeit, dann verlor sich ihre von Berufs wegen nötige Toleranz, dann wurde ihr Gesicht hart und ihr Blick kalt und abweisend. Es gab Mädchen, an die sie sich nie gewöhnen konnte und die ihr nie näher kamen. Lene war eine davon gewesen. Die Abneigung beruhte auf Gegenseitigkeit. »Gott sei Dank, daß ich diese verdrehte alte Jungfer nicht mehr sehen muß«, sagte Lene, als sie mit fünfzehn die Schule verließ.

Aber zwischen Nina und ihrer Lehrerin hatte immer Einverständnis und Zuneigung geherrscht, von der ersten Klasse an, und daran hatte sich nichts geändert. Es war zweifellos Ninas Lernfähigkeit und Aufnahmebereitschaft zugute gekommen. Und ein wenig richtete sich nun ihr zerstörtes Innenleben an der verständnisvollen Haltung ihrer Lehrerin auf. Auf irgendeine Weise würde das Leben wohl doch weitergehen. Wardenburg war verloren, aber Nicolas nicht. Vielleicht würde sie ihn in den großen Ferien sehen, vielleicht schon früher.

Aber ihre Hoffnungen erfüllten sich nicht, weder zu den Osterferien noch zu den großen Ferien erhielt sie eine Einladung nach Breslau, und so gab es also keinen Anlaß, wieder etwas mehr Freude am Leben zu haben. Während der Sommerferien ging sie oft hinauf zum Buchenhügel, allein, saß dann dort, blickte ins Tal hinab und versank widerstandslos in tiefste Melancholie.

Manchmal tat es ihr leid, daß sie sich so abrupt von Kurtel abgewandt hatte, in seiner Gesellschaft hatte sie sich immer ganz wohl gefühlt. Außerdem erfuhr sie nun gar nichts mehr, was im Hause Gadinski und damit in Wardenburg vor sich ging. Sie wollte zwar nichts davon hören, aber eigentlich hätte sie doch ganz gern gewußt, was geschah.

So erfuhr sie nur via Rosel, daß Karoline von Belkow, geborene Gadinski, pünktlich neun Monate nach der Hochzeit einem Knaben das Leben geschenkt hatte; was sie aber viel mehr interessiert hätte, war das Fohlen von Ma Belle, ob es rechtzeitig und gesund zur Welt gekommen war und ob es ein Hengst- oder ein Stutfohlen war.

Einmal an einem Augustnachmittag war sie wieder auf den Hügel gegangen, sie hatte ein kleines Buch mitgenommen, ihr derzeitiges Lieblingsbuch, Rilkes Cornet, das sie schon mehrmals gelesen hatte und das sie immer wieder so schön traurig und sehnsüchtig stimmte. Das Buch war ein Geschenk ihrer Lehrerin Luise von Rehm.

Ach ja, reiten, reiten – das gab es für sie nicht mehr. Leider gab es den wundervollen Tod mit der Fahne in der Hand für sie auch nicht, gar nichts gab es für sie, sie war nur ein Mädchen. Einsam würde sie altern, ungeliebt, unverstanden bis zuletzt, so war ihr Schicksal. So saß sie da oben, den schwermütigen Blick ins Tal gewandt, und litt. Sie hatte es im Laufe der letzten Monate zu einer beachtlichen Perfektion im Leiden gebracht, und es war nicht paradox, es war Tatsache, daß sie nichts so sehr freute, als zu leiden.

Sie bemerkte nicht, wie der Himmel sich bezog, ihr Blick ging nach Osten, das Unwetter kam von Westen. Es war den ganzen Tag über drückend heiß gewesen, kein Lüftchen hatte sich gerührt, und noch bis zum letzten Augenblick polterten unten die Erntewagen von den Feldern in die Dörfer. Erst als es ganz schwarz geworden war, wurde sie aufmerksam, und da zuckte auch schon ein Blitz, krachte der erste Donnerschlag. Das Gewitter kam schnell, und es war heftig. Blitze und Donnerschläge schienen gleichzeitig niederzufahren, kamen von mehreren Seiten, dunkelschäumend wurde der silberne Strom, als der Regen niederzuprasseln begann.

Nina war erschrocken, hatte zuerst einen Anlauf genommen, schnell nach Hause zu rennen, war am Rande des Wäldchens vor dem Weg in die Ebene zurückgeschreckt, auf den die Blitze niederzuckten. Sie dachte: wenn mich ein Blitz trifft, bin ich tot. Sie blieb stehen, vor dem Wäldchen, auch als es zu regnen begann, als es goß, ein heftiger Sturm bog die Zweige hinter ihr, sie ging ins Wäldchen zurück, kauerte sich nieder, fürchtete sich und dachte doch voller Trotz: wenn mein Leben etwas wert ist, dann wird mir nichts geschehen.

Das war kurz, bevor ein abgerissener Ast sie auf den Hinterkopf traf. Sie stürzte zu Boden und verlor das Bewußtsein.

Kurtel war es, der sie fand, zwei Stunden später.

Als er vom Geschäft nach Hause kam, es regnete immer noch, er radelte geduckt, hatte einen von diesen neumodischen Regenumhängen über seinen Kopf gezogen, sah er vor dem Nossek-Haus Gertrud und Rosel stehen, sie gestikulierten, als sie ihn sahen, er bremste sofort. Agnes lag schon wieder darnieder, und Erni weinte, wie sie sagten. Er erfuhr auch, daß Nina die Absicht gehabt hätte, spazieren zu gehen. Ein Buch hätte sie auch dabei gehabt.

Es war für ihn nicht schwer, sie zu finden, er wußte, wo sie hingegangen war. Als er sie liegen sah, dachte er, sie sei tot, erschlagen vom Blitz. Er kniete nieder neben ihr und begann bitterlich zu weinen, hob ihren Kopf hoch, bettete ihn an sich, vergrub das Gesicht in ihr nasses Haar.

Er hatte sie immer gern gehabt, er hatte sie immer lieb gehabt, aber nun wurde ihm klar, er liebte sie. Und sie lebte. Auf seinen Armen brachte er sie den Hügel hinunter, eine große Anstrengung für ihn, denn Kurtel war ein kleiner schmaler Bursche, und Nina nun schon ein großes Mädchen. »Herr Jeses! Herr Jeses?« schrie Rosel. »Sie is tot! Sie is tot!«

Am nächsten Tag kam ein Brief von Alice. Sie fragte an, ob Nina nicht für den Rest ihrer Ferien nach Breslau kommen wolle, um sich einmal in der neuen Umgebung umzusehen.

Nina mußte den Rest der Ferien und noch ein wenig länger im Bett bleiben, sie hatte eine Gehirnerschütterung und eine Platzwunde am Kopf, die genäht werden mußte. Dr. Paulsen war gleich zur Stelle gewesen.
Sobald sie wieder einigermaßen klar im Kopf war, las sie Alices Brief. Er hatte darunter geschrieben: Ich würde mich sehr freuen, wenn du kommst. Nicolas.
Sie las den Brief immer wieder, er lag neben ihr auf dem Nachttisch, und jeden Morgen, wenn sie erwachte, und jeden Abend, ehe sie einschlief, küßte sie seinen Namenszug. Er hatte sie nicht vergessen.
Eines Tages fiel ihr auch wieder ein, was sie gedacht hatte, ehe sie niedergeschlagen wurde. Wenn mein Leben etwas wert ist, wird mir nichts geschehen. Wie war das Orakel nun zu deuten?
Es war ihr etwas geschehen, also war ihr Leben nichts wert. Aber sie lebte. Also war ihr Leben doch etwas wert.
Aus diesem Anlaß, bestimmt ein sehr trauriger, hatte Kurtel wieder Zugang zu Nina gefunden. Und sogar Zutritt zum Hause Nossek, und jetzt durch die Vordertür. Er kam jeden Tag nach Geschäftsschluß. Und er brachte ihr immer etwas mit: ein Sträußchen Blumen, eine Tafel Schokolade, Pralinen vom Konditor Mierecke, der die besten Pralinen in der Stadt hatte, ein Buch mit Gedichten von Rilke, drei von den besten Taschentüchern aus dem Hause Münchmann, ein Herz aus Marzipan, auch von Mierecke, ein hellgrünes Band für ihr Haar, von Ganghofer »Die Martinsklause«, ein Bild von Kaiser Wilhelm, und das nur, weil das Pferd so schön war, auf dem er saß.
»Jedid nee, nee«, sagte Rosel, »nu sieh ock den Kurtel an. Sein ganzes Geld gibt er aus für unser Mädel; das is'n Kavalier, is das.«
Blaß und matt war Nina, doch sie lächelte ihn wieder an, hörte ihm zu, überließ ihm ihre Hand. Doch war sie allein, nahm sie den Brief aus Breslau und küßte die Unterschrift: Nicolas.

An einem Sommertag des Jahres 1911 sah sie Nicolas wieder. Es wäre möglich gewesen, jung wie sie war, daß sein Bild nun ein wenig verblaßt wäre, daß neue Interessen und vielleicht sogar ein anderer Mann seinen Platz in ihrem Herzen eingenommen hätte. Doch davon konnte keine Rede sein. Es gab keinen Mann, der auch nur entfernt mit Nicolas vergleichbar war.

Im Winter besuchte sie auf Agnes' Wunsch die Tanzstunde, diesmal war es nicht wie bei Lene die vornehme und teure Tanzschule von Monsieur Calin, aber auch ein gutes, bürgerliches Institut, in dem nette Knaben aus guten Häusern ihre Tänzer waren. Nina ging ohne große Begeisterung dorthin, und die pickeligen Jünglinge, die ihr den Hof machten, hatten bei ihr nicht die geringste Chance. Sie taugten eigentlich nur dazu, Kurtel eifersüchtig zu machen, der immer genau wissen wollte, mit wem sie getanzt, wen sie bevorzugt und wer sie nach Hause gebracht hätte.

Denn mit der Zeit war es nun nicht mehr zu übersehen, daß Kurt Jonkalla als ihr ständiger Freund und Begleiter fungierte, natürlich nur soweit es seine knappe Freizeit erlaubte. Die Familie tolerierte es mit Nachsicht, von seiner Anständigkeit war man überzeugt, aber für ganz voll nahmen sie Kurtel denn doch nicht, so gern sie ihn hatten, was ungerecht war, denn Kurtel hatte sich zu einem recht ansehnlichen und ordentlichen jungen Mann herausgemacht. Er kleidete sich mit ausgewählter Sorgfalt, sprach mit gewählten Worten, las viele Bücher, um sein spärliches Schulwissen zu ergänzen. In dieser Beziehung war der Umgang mit Nina für ihn viel wert, sie empfahl und lieh ihm Bücher, und da sie einen guten Geschmack besaß, von Luise von Rehm dazu angeleitet, hätte nur ein böswilliger Mensch Kurtel als ungebildet bezeichnen können.

Ein Koofmich, sagte Emil verächtlich; aber sonst enthielt er sich jeder Kritik an dem Nachbarsjungen. Soviel hatte er immerhin aus den Erfahrungen mit seinen Töchtern gelernt, daß man froh sein konnte, zu wissen und zu beobachten, mit wem Nina Umgang hatte und wie er sich abspielte.

Außerdem hatte Emil genügend eigene Sorgen. Da war zunächst einmal die Degradierung, die er beruflich erfahren hatte. In all den vergangenen Jahren war sein Verhältnis zu Dr. Hugo Koritschek, dem Landrat, nicht besser geworden. Emil machte zwar die Arbeit, er war und blieb der Kreissekretär und doch verlor er immer mehr an Einfluß und Ansehen.

Dr. Koritschek betätigte sich in wachsendem Maße politisch, bei den Konservativen selbstverständlich, und strebte einen Sitz im Reichstag an, wie jedermann wußte. Die Möglichkeit eines steilen Aufstiegs bei entsprechender Befähigung und Bemühung war durchaus gegeben, schließlich hatte der derzeitige Kanzler des Deutschen Reichs, Bethmann-Hollweg, seine Laufbahn auch als Landrat begonnen. Für sein Amt blieb Dr. Koritschek daher wenig Zeit. Er war zwar viel unterwegs im Landkreis, hauptsächlich im Auftrag seiner Partei, hielt Vorträge, leitete Versammlungen, bastelte emsig an seiner Karriere. Zwischendurch widmete er sich seiner Gattin, die im Lauf der Jahre vier Kinder zur Welt gebracht hatte, drei Söhne und eine Tochter, was ihn verständlicherweise mit Stolz erfüllte. Auch seine gesellschaftlichen Verpflichtungen nahm er sehr ernst, wohl wissend, daß gerade dies für eine politische Karriere von großer Wichtigkeit war. Entlastet im Amt wurde er seit einiger Zeit von einem frischgebackenen Referendar, einem jungen Mann aus guter Familie, sehr fähig, sehr tüchtig, durchaus kompetent für dieses Amt, auch beliebt bei allen, mit denen er zu tun hatte. Alles in allem ein Gewinn für das Landratsamt, da niemandem verborgen blieb, daß er für diese Tätigkeit besser geeignet war als Dr. Koritschek jemals zuvor. Für Emil aber wurde er zum Verhängnis, denn nun rutschte er ab zu einer unteren Schreibtischcharge, spielte so gut wie keine Rolle mehr, keiner fragte nach ihm, keiner verlangte seinen Besuch, was zu Zeiten der Alleinherrschaft Koritscheks stets der Fall gewesen war. Es kam Emils schlechter Gesundheitszustand dazu, er sah elend aus, war oft krank, fehlte im Amt, und übel gelaunt war er meistens auch.

Ungünstig auf seine Laufbahn mußten sich die Malaisen mit seinen Töchtern auswirken, die eine mit dem Tennislehrer auf und davon, die andere ausgerechnet in England bei den Suffragetten, was via Apothekerfamilie in der Stadt bekannt geworden war, und dann schließlich als Krönung der Skandal mit dem Wunderknaben Willy. Daraufhin war Emil endgültig passé.

Man konnte ihn bedauern. Das Leben war nicht freundlich mit ihm umgesprungen, und nachdem die Sache mit Willy passiert war, resignierte er. Er war fast sechzig, sah viel älter aus, ging gebeugt und armselig ins Amt, fühlte sich gedemütigt, daheim und im Amt, saß abends still in einem Sessel, aß nur ein paar Bissen, dachte nach, verbittert und enttäuscht und haderte unaufhörlich mit seinem Schicksal.

Willy mußte in diesem Frühjahr das Gymnasium verlassen, er wurde relegiert. Diese neue Schande brach Emil endgültig das Rückgrat.

Den Traum, Willy als Studenten und Akademiker vor sich zu sehen, hatte er allerdings schon längst begraben. Aber nun durfte er nicht einmal das Abitur machen! Zweimal war Willy sitzengeblieben, mehrmals hatte der Rektor des Gymnasiums Emil nahegelegt, den Jungen von der für ihn nicht geeigneten Schule zu nehmen, auf der er untragbar geworden war, teils seiner mangelnden Begabung wegen, teils wegen seiner Ungezogenheiten, die er sich erlaubte und die über das Maß üblicher Jungenstreiche weit hinaus gingen. Nur Emils Person und das Ansehen, das er immerhin noch genoß, hatte die Schulleitung veranlaßt, es so lange mit Willy auszuhalten.

Doch nun war es zum Skandal gekommen. Willy, gerade sechzehn geworden, groß und breitschultrig, blond und blauäugig, das Musterexemplar eines deutschen Knaben, jedenfalls äußerlich, war für sein Alter reif und früh entwickelt. Was ihm im Kopf fehlte, war offenbar seinem Körper zugute gekommen. Er habe die Tochter des Pedells belästigt, so formulierte es der Rektor zurückhaltend. In Wirklichkeit waren Willy und das Mädchen im Geräteschuppen des Gymnasiums in eindeutiger Situation in flagranti erwischt worden. Zweifellos war das Mädchen mit ihren siebzehn Jahren nicht unschuldig daran, eine frühreife Pflanze jedenfalls, die immer schon ausgiebig mit den Gymnasiasten herumpoussiert und dafür schon öfter von ihrem Vater Prügel bezogen hatte.

Die Schule versuchte, schon im Interesse des Pedells, den peinlichen Fall zu vertuschen, und Willy sollte zunächst nur Karzer bekommen, doch ging er tätlich gegen seinen Klassenlehrer vor, ohrfeigte ihn und schloß ihn eigenhändig in den Karzer ein.

Das Maß war übervoll, der Skandal perfekt. Willy flog vom Gymnasium, und keine andere Schule der Stadt würde ihn aufnehmen. Emils Überlegung, nach dem ersten Schock, den ungebärdigen Sohn in ein strenges Internat zu stecken, wurde im Keim erstickt, denn Willy erklärte eindeutig: »Das versuch erst gar nicht, am nächsten Tag bin ich weg, und du siehst mich nie wieder.«

Er stand vor seinem Vater, gut einen Kopf größer als der, und war trotz der Umstände von wurschtiger Ruhe. Dafür, daß man ihn falsch erzogen hatte, konnte er nichts, und Emil war in der Tat so weit, einzusehen, daß es seine eigene Schuld war, wenn aus diesem heiß ersehnten und geliebten Sohn ein Versager geworden war.

Willy jedoch war heilfroh, die Schule los zu sein, er hatte sie immer gehaßt. Er überraschte seinen Vater mit der Ankündigung, er wolle Schmied werden. Man konnte von Emil als tiefverletzten Vater kaum erwarten, daß er sich über den Entschluß seines Sohnes, sich nun der Tradition der Familie zuzuwenden, freute, und er freute sich auch nicht im geringsten, zeigte sich andererseits aber gekränkt, als Fritz Nossek, sein Neffe, der Meister im alten Schmiedehaus, klipp und klar sagte: »Nein, bei mir nicht.«

»Warum nicht?« fragte Emil beleidigt.

»Ein Schmied muß die Pferde lieben, verstehst du, Onkel Emil? Das gehört dazu. Dein Sohn ist ein Rohling.«

Es war allerdings ebenfalls roh, das Emil so glatt ins Gesicht zu sagen, aber auf einmal ließen ihn alle wissen, was sie von seinem Goldsohn hielten.

Willy kam bei einem Schlosser in die Lehre und erwies sich als geschickt und anstellig, es gab wenig Grund zur Klage. Nur daß er manchmal ein freches Mundwerk hatte, worauf sein Meister ihm eine klebte, und da der selber groß und stark war, mußte Willy es hinnehmen. Seltsamerweise machte ihm das gar nicht so viel aus, er schien geradezu froh darüber zu sein, daß endlich einmal jemand da war, der ihm entgegentrat, ihn bändigte und die Autorität dazu besaß.

In seiner freien Zeit führte er ein relativ ungebundenes Leben, kam und ging wie es ihm paßte, trieb sich mit Freunden herum, die keiner kannte, trank auch bald ein Bier und einen Korn, und zwar mehrere hintereinander, und hatte ständig Mädchengeschichten, mit denen er ja frühzeitig begonnen hatte.

Emils große Liebe zu seinem ersten Sohn bröckelte langsam ab, was für ihn den größten Kummer seines Lebens bedeutete. So war er nicht unglücklich, als Willy anderthalb Jahre später seine Einberufung zum Militär bekam und die Stadt verließ.
Nina beendete Ostern 1911 mit einem guten Abgangszeugnis ihre Schulzeit. Wie die Dinge lagen, war sie das folgsamste und erfolgreichste Kind der Familie Nossek, ein Kind, das bisher keinen Ärger und keinen Kummer verursacht hatte.
Wie in jedem Jahr veranstaltete Fräulein von Rehm eine Abschlußfeier, zu der die Eltern eingeladen und ein kleines Programm vorbereitet wurde. Zwar besaß die kleine Privatschule keine Aula, aber immerhin ein großes Terrassenzimmer auf den Garten hinaus, das zu diesem Zweck ausgeräumt, mit Stühlen besetzt und hübsch dekoriert wurde.
Ein Mädchen spielte auf dem Klavier ein Stück von Chopin, zwei andere ein Duo Klavier und Geige von Beethoven, Nina sagte ein Gedicht auf und zwar auf eigenen Wunsch den »Prometheus« von Goethe. Sie machte es so großartig, daß man ihr atemlos zuhörte. Fräulein von Rehm hielt eine kleine Ansprache, dann wurden die Zeugnisse überreicht, und die Schulleiterin nahm offiziell mit Handschlag von jeder Schülerin Abschied.
Emil war nicht gekommen. Die Affäre mit Willy und der Pedelltochter war noch frisch, und ohnehin scheute er die Öffentlichkeit. Aber Agnes, Charlotte, Trudel und sogar Erni waren da, und sie waren alle stolz auf Nina, die so hübsch aussah in einem Kleid aus schwarzem Taft, mit einem weißen Spitzenkragen (alles aus dem Hause Münchmann, von Kurtel selbst ausgesucht), das hellbraune, rötlich schimmernde Haar in einer weich eingeschlagenen Welle hochgesteckt, das junge Gesicht klar und offen.
»Wie hübsch sie geworden ist!« flüsterte Charlotte ihrer Tochter zu.
Agnes nickte. Sie hatte dasselbe gedacht. Kein so auffallendes Mädchen wie Lene, aber auf eine liebenswerte und sehr lebendige Art ein Mädchen, das man gern ansah.
Ninas Haltung erinnerte beide an Alice. Die trug den Kopf so hoch erhoben wie sie und bewegte sich mit der gleichen gelassenen Anmut.
Einige Tage später allerdings mußte Agnes nun auch mit ihrer Lieblingstochter einen großen Schreck erleben.
Es war zwar schon manchmal, doch noch nie ernsthaft darüber gesprochen worden, was Nina beginnen sollte, wenn sie mit der Schule fertig war. in die Haushaltsschule zu gehen, hatte sie energisch abgelehnt. Es gab mittlerweile auch eine Berufsschule für junge Mädchen in der Stadt, man lernte dort Stenographie, Maschineschreiben, Buchführung und ähnliche nützliche Dinge. Agnes hatte einmal davon gesprochen, obwohl sie sich Nina nicht gern in einem Büro vorstellte.
Natürlich dachte Agnes in erster Linie an eine Heirat, und das bedingte, daß Nina in die Gesellschaft eingeführt wurde. Wer aber sollte das tun? Emil ging nirgends mehr hin, er war auch früher gesellschaftlich nicht in Erscheinung getreten. Zu den guten Familien der Stadt hatten die Nosseks sowieso keine

Beziehungen mehr, die hatten damals, zu Lenes Zeiten, durchaus bestanden, hatten sich dann so blitzschnell aufgelöst, wie sie geknüpft worden waren. Und ähnliche gesellschaftliche Talente, wie Lene sie besessen hatte, konnte Nina nicht aufweisen. Besondere Interessen hatte sie auch nie entwickelt, dachte Agnes. Doch nun wurde sie eines besseren belehrt.
»Ich möchte Schauspielerin werden.«
»Nein!« Nach altgewohnter Weise griff sich Agnes sofort ans Herz, beziehungsweise an jene Stelle ihres Busens, wo sich darunter das Herz vermuten ließ. »Um Gotteswillen, Kind!«
Nina lächelte lieb, legte Agnes den Arm um die Schulter, auch sie war inzwischen schon größer als ihre Mutter, und sagte in ihrem sanftesten Ton: »Reg dich nicht auf, Muttel! Dazu besteht kein Grund. Ich sage dir nur, was ich gern tun würde. Fräulein von Rehm meint auch, daß ich Talent habe. Ob ich es wirklich habe, weiß ich selber nicht, man kann das schlecht beurteilen. Ich habe einmal Eberhard Losau vorgesprochen, und er hat gesagt. . .«
»Du hast. . .«
»Ja, schon vor einem Jahr. Er würde mich als Schülerin nehmen. Aber eine Stunde kostet zehn Mark, und zwei in der Woche müßte ich mindestens haben, sagt er. Das ist sehr viel Geld.«
»Kind, das kannst du mir nicht antun!«
»Aber Mutter, du gehst doch auch gern ins Theater. Es ist einfach altmodisch, darin etwas Böses zu sehen. Etwas . . . etwas Unmoralisches. Ich weiß, daß viele Leute das tun. Aber Fräulein von Rehm sagt auch, das sei lächerlich. Es ist ein Beruf wie ein anderer auch, sagt sie. Nur vielleicht etwas schwieriger.«
»Niemals wird dich ein anständiger Mann heiraten.«
»Das glaube ich nicht. Es kommt darauf an, was für ein Leben man führt. Auch als Schauspielerin kann man eine Dame sein.« Dieser Satz stammte auch von Luise von Rehm und hatte auf Nina großen Eindruck gemacht.
»Ich würde es nie wagen, mit deinem Vater darüber zu sprechen.« Das sah Nina ein. Noch litt Emil unter dem Versagen seines Sohnes, man konnte ihm jetzt nicht mit so einem ausgefallenen Vorschlag kommen.
Auch Agnes konnte sich schwer mit dem Gedanken befreunden, daß Nina Schauspielerin werden könnte. Sie war immer gern ins Theater gegangen, für ihr bescheidenes und mühseliges Leben war das Theater eine Traumwelt, eine Zauberwelt gewesen, die sie für einen Abend von den täglichen Sorgen ablenkte. Jetzt sagte sie sich reuevoll, daß es wohl ihre Schuld sei, daß Nina auf den abwegigen Gedanken gekommen war, Schauspielerin zu werden. Sie besprach sich mit ihrer Mutter, die natürlich auch mißbilligend den Kopf schüttelte. Und Leontine konnte man nicht mehr befragen, möglicherweise wäre sie anderer Meinung gewesen.
Nicht herausfordernd, nicht drängend, doch mit stetiger Beharrlichkeit sprach Nina immer wieder von ihren Plänen. Schließlich fand sie erstmals von selbst einen Kompromiß. »Wir brauchen es ja Vater nicht zu sagen«, schlug sie vor. »Es braucht überhaupt keiner zu wissen, aber ich könnte doch mal Unterricht nehmen, und dann wird man ja sehen, was Herr Losau dazu sagt.«

»Wie willst du das vor Vater geheimhalten?« meinte Agnes, schon halb besiegt. »Und wo soll denn das Geld herkommen? Soviel kann ich von meinem Haushaltsgeld nicht abzweigen.«
»Aber wir sind doch jetzt weniger Leute«, sagte Nina listig. »Und ich werde mit Herrn Losau sprechen, vielleicht macht er es billiger. Die Haushaltsschule oder die Berufsschule kosten doch auch Geld. Erst werde ich Herrn Losau noch einmal vorsprechen. Richtig, meine ich. Ich habe nämlich ein paar Rollen gelernt. Und ich glaube, er wird Verständnis haben, was das Geld betrifft.«
Die Rollen hatte sie oben auf dem Buchenhügel gelernt, den Monolog der Jungfrau, Gretchens Gebet, Ophelias Wahnsinnsszene. Auf dem Hügel war es still, sie war allein, sie schluchzte und weinte, kniete betend als Gretchen und stand als herrliche Jungfrau von Orleans hoch aufgerichtet unter Bäumen und nahm Abschied von den Bergen und geliebten Triften. Ihre Stimme klang voll und melodisch ins Tal hinab, sie berauschte sich selbst daran.
Sie schrieb wieder einmal ein Briefchen an Eberhard Losau, doch diesmal hatte sie Pech. Zwei Tage, nachdem sie den Brief abgesandt hatte, erkrankte Losau, genauer gesagt, er brach mitten in der Vorstellung zusammen, blieb bewußtlos liegen, kam für einige Wochen ins Krankenhaus und lag später zu Hause. Es sei sein Herz, hieß es. Böswillige sagten, er hätte schon seit langer Zeit zuviel getrunken.
Nina machte einmal einen Besuch bei Elvira Losau, brachte einen Blumenstrauß für den Kranken. Zu sehen bekam sie ihn nicht, und Elvira sagte, an Unterricht sei in nächster Zeit nicht zu denken.
Die Herzattacke Eberhard Losaus machte Nina den ersten Strich durch die Rechnung, verbaute ihr den Weg, den sie eben beginnen wollte. Sie hatte Agnes fast herumgekriegt, die Großmama war nicht mehr so ablehnend, und Emil spielte in der Familie fast keine Rolle mehr, so weit hatte er sich schon zurückgezogen.
Der Hauptgrund aber, warum aus Nina keine Schauspielerin wurde, war Nicolas.
»Schauspielerin!« sagte er. »Du? Das kommt nicht in Frage.«

An einem Tag Anfang Juni trat Nina ihre Reise nach Breslau an, die erste Reise ihres Lebens überhaupt.
Für sie aber war es vor allem eine Reise zu Nicolas, und nach diesem Wiedersehen, fast zwei Jahre nach ihrem letzten Zusammentreffen, war sie ihm ganz und gar verfallen. Hätte sie ihre Träume verwirklichen können, wäre sinnvolle Arbeit und ein Ziel in ihr Leben gekommen, vielleicht hätte sich dann ihr Gefühl für Nicolas eines Tages wieder auf das reduziert, was es anfangs war, die Schwärmerei eines Kindes, eines heranwachsenden Mädchens für einen charmanten, amüsanten und attraktiven Mann.
So aber sah sie in ihm ihr Schicksal, die eine, einzige große Liebe, die ihr bestimmt war. Er konnte nicht ihr Liebhaber, ihr Freund, ihr Mann werden, er war ihr Onkel. Darum also war es eine unglückliche Liebe und ihr Schicksal verhängnisvoll. Sie nahm das hin, ohne Widerspruch, und griff darum nach einer helfenden Hand, nach einem Rettungsanker: ihre Ehe mit Kurt Jonkalla.
Eine erste Reise ist ein aufregendes Erlebnis. Daß am Ziel Nicolas sie erwarten würde, machte die Reise zu einem Weltereignis. Als ihr Zug auf dem Breslauer Hauptbahnhof einlief, und sie ihn dort stehen sah in seiner schlanken Lässigkeit, das Gesicht noch immer ohne Alter, auch ohne den zur Zeit üblichen kurzgeschnittenen Schnurrbart, in einem eleganten hellbraunen Anzug, den Hut in der Hand, blieb ihr fast das Herz stehen.
Auch Nicolas hatte Nina gleich gesehen, kam zur Tür des Waggons, streckte ihr die Hand entgegen, lächelte, sie raffte ihren Rock und stieg benommen aus.
»Ninotschka!« sagte er zärtlich. »Wie hübsch du geworden bist!«
Ohne weiteres, als sei sie noch ein Kind, schloß er sie in die Arme und küßte sie auf den Mund.
Sie zitterte in seinen Armen, er spürte es und hielt sie eine Weile fest. Bisher war sie ein Kind für ihn gewesen, ein Kind gedachte er abzuholen, fast schon eine junge Frau hielt er im Arm.
Nicolas trat ein wenig zurück und betrachtete sie.
»Und wie elegant!« sagte er. »Du siehst reizend aus. Hast du noch Gepäck?«
Sie nickte, immer noch unfähig, ein Wort herauszubringen. Mit einer Kopfbewegung beorderte Nicolas einen Gepäckträger, der in der Nähe gewartet hatte, in den Waggon. Nina trug ein funkelnagelneues Kostüm, grün und grau kariert, letzte englische Mode, wie Kurtel versichert hatte, darunter eine weiße Batistbluse und auf dem Kopf einen kleinen geraden Strohhut mit einem grünen Band.

Vor dem Bahnhof, neben einem Automobil stehend, wartete Grischa. Er strahlte, als er Nina sah, und sie schüttelten sich lange die Hand. Auch er sah aus wie immer, schien ebenfalls nicht älter geworden zu sein. Die Fahrt durch die Stadt war aufregend; abgesehen davon, daß es Ninas erste Autofahrt war, erschreckte sie der lebhafte Verkehr der Großstadt, Fahrzeuge aller Größen und aller Arten kamen von allen Seiten, Equipagen, Automobile, Straßenbahnen, Omnibusse, überall klingelte, hupte, rauschte, rollte es und klapperten Pferdehufe. Mit aufgerissenen Augen blickte Nina verstört um sich, bis Nicolas ihre Hand nahm und festhielt.

Grischa, vor ihnen am Steuer, fuhr nach rechts und links, bediente unentwegt einen Hebel an der Außenseite des Automobils, bremste, fuhr wieder an, bremste erneut und fluchte dazwischen auf russisch, nachdem sie beinahe eine Bäuerin mit einer Kiepe auf dem Rücken überfahren hätten, die ratlos mitten auf der Straße stand und sich weder vorwärts noch rückwärts traute.

Daß sich das Leben von Alice und Nicolas abermals verändert hatte, wußte Nina. Aber sie wußte nichts Näheres. Nur soviel, daß sie nicht mehr in Carlowitz wohnten und daß Nicolas nichts mehr mit Herrn Gadinskis Fabrik zu tun hatte. Die Fahrt ging nach Süden, in den vornehmen Teil der Stadt, dort bewohnten sie kein Haus mehr, sondern eine Mietwohnung in einer Nebenstraße der Kaiser-Wilhelm-Straße.

Halb betäubt stieg Nina die breite Treppe in den ersten Stock hinauf, dort war die Tür weit geöffnet, ein knicksendes Dienstmädchen, und mitten in der großen Diele stand Alice, schlank und gerade aufgerichtet wie immer, und Nina rief: »Oh, Tante Alice!« und fiel ihr erleichtert um den Hals. Alice hielt Nina eine Weile fest, genau wie zuvor Nicolas, sie hatte Tränen in den Augen.

Dann wurde Nina in das Gastzimmer geführt, legte ihre Jacke ab, kam nicht dazu, sich umzusehen, das Mädchen bekam den Kofferschlüssel, Nina wurde zum Badezimmer geführt, um sich die Hände zu waschen und Grischa servierte im Salon den Tee. Die Umgebung war vertraut, es waren die Möbel von Wardenburg. Sie standen in einem großen viereckigen Raum, der zwei hohe Fenster zur Straße hinaus hatte. Aber doch war es traurig, die Möbel hier wiederzusehen, sie gehörten nach Wardenburg, nicht in ein fremdes Haus.

Alice war, im Gegensatz zu Nicolas, gealtert, in ihrem Gesicht gab es Sorgenfalten, sie machte einen bedrückten und unsteten Eindruck. Sie war nicht glücklich in der Stadt, sie fühlte sich nicht wohl in dieser Wohnung, auch war sie viel allein, denn sie hatte kaum Bekannte, an deren Umgang ihr gelegen sein konnte.

Und sie machte sich Sorgen um Nicolas. Denn wenn es Nina auch erschien, als hätte sich Nicolas nicht verändert, so täuschte dieser Eindruck. Nicolas hatte sich verändert.

In der Zuckerfabrik des Herrn Gadinski war er nur ein Jahr geblieben, dann hatte Herr Gadinski freundlich aber entschieden erklärt, daß diese Position doch wohl nicht das Richtige für den Herrn von Wardenburg sei und daß man sich wohl besser trennen sollte.

Er zahlte Nicolas sogar eine Abfindung, gutmütig wie er nun einmal war, auch empfand er immer noch ein gewisses Unbehagen, daß er die Wardenburgs von ihrem Gut vertrieben hatte. Nicolas sah selbst ein, daß er zum Fabrikdirektor nicht geschaffen war. Von Bilanzen verstand er nichts, Zahlen hatten ihn nie interessiert, ebensowenig wie Umsatz, Gewinn oder Verlust, wie der Absatzmarkt und der Zucker überhaupt. Was Nicolas seltsamerweise interessierte, waren die Arbeiter der Fabrik.

Nicolas hatte nie in seinem Leben mit Fabrikarbeitern zu tun gehabt. Er kannte von Jugend an die Arbeiter und Angestellten eines Gutsbetriebs, und die waren immerhin gut ernährt und anständig untergebracht, man kümmerte sich um ihr Wohlergehen, sorgte für Pflege, wenn sie krank waren, wußte Bescheid über Liebschaften, Hochzeiten, Geburt und Tod. Und nicht viel anders war es mit den Hausangestellten, sie gehörten mehr oder weniger zur Familie, litten keine Not, waren immer wohlversorgt und dies meistens bis an ihr Lebensende.

So war es in Kerst gewesen, so im Hause seines Onkels in St. Petersburg, so im Palais und auf den Gütern der Fürstin und so schließlich auch in Wardenburg. Doch nun lernte er die Arbeiter der Großstadt kennen, die in engen und ärmlichen Verhältnissen hausten, bis zu zwölf Stunden arbeiten mußten und wenig verdienten, die kranke Frauen hatten und unterernährte Kinder und die ihre einzige Lebensfreude im Schnaps fanden. Wenn sie den Wochenlohn bekamen, vertranken sie einen guten Teil davon, Frau und Kinder mußten es büßen.

Für Nicolas war dies eine total neue Welt, der er zunächst hilflos und fassungslos gegenüberstand, dann empörte er sich, und dann ging er daran, die Verhältnisse zu ändern. Statt um die Absatzzahlen, kümmerte er sich um die Lebensumstände seiner Arbeiter. Bald kannte er viele von ihnen persönlich, sogar mit Namen. Er richtete eine Werksküche ein, die den Leuten ein warmes Essen ausgab, aber weder Bier noch Schnaps ausschenkte. Wenn er von einem Krankheitsfall hörte, schickte er seinen Sekretär, damit der sich an Ort und Stelle über den Fall informierte, für Arzt und Pflege sorgte, und darüber ließ er sich genau berichten.

Kein Wunder, daß Herr Gadinski die Geduld verlor. Ihm genügten die Bismarckschen Sozialgesetze, die er schon für übertrieben hielt, vollauf, und eine Fabrik sei nun einmal kein Wohltätigkeitsverein, sagte er, sie müsse vor allem lukrativ arbeiten. Dazu brauche man gesunde und arbeitswillige Kräfte, erwiderte Nicolas gereizt, und Gadinski ließ ihn wissen, daß es Arbeiter genug gebe, und bei zu guter Behandlung würden die Leute nur frech und faul. Ganz unrecht hatte er nicht, denn Nicolas mußte die Erfahrung machen, daß er bei den Arbeitern keineswegs Dank erntete, sie spotteten über ihn und nannten ihn den »roten Baron«. Und sie belogen ihn. Er bekam haarsträubende Fälle vorgetragen, die sich bei näherer Prüfung als erfunden erwiesen, in seinem Büro tauchten heulende Frauen auf, die ihm grauenvolle Leidensgeschichten erzählten, an denen kein Wort wahr war.

Nach einiger Zeit hatte Nicolas den ganzen Betrieb satt, und daß er da, wo er es gut gemeint hatte, auf Undank und Unverständnis stieß, verdroß ihn. So war er eigentlich ganz froh, als Gadinski ihm gewissermaßen kündigte. Das ging

durchaus freundschaftlich vonstatten, und noch jetzt, wenn Gadinski nach Breslau kam, trafen sie sich, und nachdem Nicolas seinen Club gefunden hatte, legte Gadinski großen Wert darauf, dort eingeführt zu werden.
Der Club! Er war es vor allem, der für Alice zu einem Ärgernis wurde.
Als Nicolas seine Tätigkeit in der Zuckerfabrik beendet hatte, hatte er nichts zu tun. Da er nie in seinem Leben gearbeitet hatte, machte ihm das nichts aus. Durch einige Bekannte, die er in Breslau besaß, teils schon von früher her, als er viele Bank- und Verkaufsgeschäfte in Breslau abgewickelt hatte, wurde er Mitglied in diesem feudalen Club, der in gehobenen Herrenkreisen außerordentlich beliebt war. Man traf sich dort zum Trinken, zum Speisen, zu mehr oder weniger geistreichen Gesprächen, und es wurde auch ein wenig gespielt. Damen waren nicht zugelassen. Jedenfalls keine Ehefrauen. Die Herren des Clubs jedoch hatten alle so ihre kleinen Beziehungen zu den Damen der Demimonde, des Balletts, der Varietés. Der Club war eine wundervolle Ausrede.
Alice wußte das, genau wie sie wußte, daß Nicolas seit einiger Zeit eine Liaison mit der Operettensoubrette unterhielt. Sie machte diesmal ebensowenig eine Szene, wie sie es früher getan hatte, es gehörte offenbar zum Leben eines Mannes seiner Art.
Viel weniger gefiel ihr die Freundschaft, die Nicolas mit einem Mann schloß, den sie hochmütig ablehnte, was töricht von ihr war, denn durch diesen Mann kam Nicolas zu einem neuen Verdienst, der gar nicht einmal schlecht war.
Theodor Blum war ein jüdischer Weingroßhändler, der vornehmlich französische Weine und Champagner importierte, sein Geschäftssitz war Berlin, und nun war er im Begriff, den schlesischen Markt zu erschließen. Die Herren hatten sich im Club kennengelernt, gemeinsame Berliner Bekannte wurden entdeckt, so kannte Blum beispielsweise Nicolas' verflossene Freundin, die Bankiersfrau Laura, und natürlich auch deren Mann, und er wußte sogar über Nicolas' jahrelanges Verhältnis zu Cecile von Hergarth Bescheid.
Blum meinte, Nicolas sei genau der richtige Mann, um die Vertretung seiner Firma für Breslau und Schlesien zu übernehmen, und ein adeliger Name für einen Generalvertreter garantierte schon den halben Erfolg. Nicolas zögerte, er war sich klar, daß es ein gesellschaftlicher Abstieg war, andererseits mußte er auf irgendeine Weise Geld verdienen. Da war zwar noch immer Kerst, und er hatte mit Alice ernsthaft die Frage erörtert, ob man dorthin zurückkehren solle, obwohl er das Gespräch in Zürich mit seinem Cousin fast Wort für Wort im Gedächtnis hatte. Er hatte Alice davon nie etwas erzählt. In Kerst als mittellose Verwandte um Unterschlupf nachzusuchen, fand Alice jedoch nicht sehr verlokkend.
Ein Herr von Wardenburg als simpler Vertreter, im Dienst eines Juden, das allerdings fand Alice überaus degoutant. »Was willst du?« sagte Nicolas. »Das ist die neue Zeit.« Die ungewohnte Tätigkeit lag ihm ganz gut. Seine Gewandtheit, sein Charme öffneten ihm viele Türen, vor allem bei den Gutsherren des Landes, die stattliche Weinkeller besaßen, und so erzielte er gute Absätze. Er legte sich das Automobil zu und reiste im Land umher, besuchte Hotels und gute Restaurants, und die Umsatzprovision, die er bekam, wirkte anspornend.

Alice fand keinen Geschmack an diesem Leben und an der sogenannten neuen Zeit. Nicolas war viel unterwegs, sie wußte, daß er viel trank, daß er spielte, daß er eine Geliebte hatte, daß er, mit einem Wort, auf dem besten Weg war, abzusteigen.

Sie selbst war viel allein. Sie machte Handarbeiten, was sie früher nie getan hatte, sie kochte manchmal selbst, denn eine Köchin hatten sie nicht, und das Dienstmädchen verstand sich nur auf simple Gerichte. Die einzige Freude, die sie noch hatte, war das Reiten. Die Kutschpferde hatten sie zwar verkauft, aber die beiden Reitpferde behalten, sie standen in einem Tattersall, nicht allzuweit von der neuen Wohnung entfernt, und Alice ging jeden Morgen zum Reiten, bei schlechtem Wetter in die Reitbahn, bei schönem Wetter ritt sie, begleitet von einem Groom, ins Gelände, alle Straßen nach Süden hatten wohlgepflegte Reitwege, der letzte zog sich am Südpark entlang, und von dort gelangte man in freies Gelände mit Wald, Wiesen und Feldwegen. Im Tattersall schloß sie einige flüchtige Bekanntschaften, manchmal ergab es sich nun, daß sie sich einer kleinen Gruppe anschloß, meist waren sie zu viert, zwei Damen, zwei ältere Herren, und wenn Nicolas in der Stadt war, ritt er mit ihnen zusammen hinaus, und für Alice waren das dann die schönsten Stunden des Tages.

Der Rest des Tages verlief eintönig. Deshalb hatte sie sich auf Ninas Besuch gefreut, nicht zuletzt, weil sie hoffte, Nicolas würde dann ein wenig mehr Zeit für sie haben. Diese Hoffnung hatte sie nicht getäuscht. Er widmete sich Nina ausführlich, es machte ihm Spaß, mit ihr auszugehen oder auszufahren, sie gingen ins Theater und in die Oper, speisten oft in guten Restaurants. Alice war natürlich stets dabei, und so wurde auch ihr Leben wieder abwechslungsreicher. Genau wie früher schon, als Nina ein kleines Mädchen war, interessierte sich Nicolas für ihre Garderobe. Sie brauche ein Abendkleid für die Oper, fand er, und ein luftiges Kleid für warme Sommertage und warum hatte sie das Reitkleid nicht mitgebracht? »Es paßt mir nicht mehr«, sagte Nina.

Nicolas musterte sie und nickte.

»Verständlich. Wir lassen dir eins machen.«

Einkäufe in eleganten Läden, Besuche beim Schneider, in einem Modeatelier, Anproben, auch das beschäftigte sie während Ninas erster Tage und war für alle drei höchst vergnüglich.

Schließlich ritten sie zu dritt, Nina auf einem Verleihpferd, und das waren für Nina die Höhepunkte dieser Wochen. Irgendwo auf dem Lande, in einem Dorfgasthaus, wurde gefrühstückt, ein Junge hielt derweil die Pferde, Nina strahlte, Alice sah fröhlich aus, und Nicolas verstand es wie immer auf das beste, die Damen zu unterhalten.

Zehn bis vierzehn Tage waren für den Besuch vorgesehen gewesen, aber es vergingen drei und vier Wochen, Nina war immer noch in der aufregenden Großstadt Breslau. Dann jedoch erklärte Nicolas, es sei nun in der Stadt zu warm, die Theater hätten Ferien, es wäre die rechte Zeit, ins Gebirge zu fahren. Er müsse ohnehin einige Hotels besuchen, um seine Tätigkeit nicht ganz zu vernachlässigen, und außerdem lerne Nina auf diese Weise das Riesengebirge kennen.

Alice lehnte es ab, mit im Automobil zu fahren, auf den Chausseen sei es ihr zu staubig, sie werde den Zug nehmen. »Und du fährst mit mir«, sagte sie mit ungewohnter Strenge zu Nina. Die wäre zwar ganz gern mit dem Automobil gefahren, aber sie nickte gehorsam. Natürlich konnte sie Tante Alice nicht allein fahren lassen, und Eisenbahnfahren war ja auch eine große Sensation für sie.
Sie blieben vierzehn Tage in Krummhübel, und Nina sah nun das Riesengebirge mit seinen blauen Bergen, den endlosen Wäldern, dem langgestreckten Kamm, den hübschen Kurorten und den gemütlichen Bauden.
Sie schaute und sie staunte und sie freute sich wie ein Kind über alles, was sie entdeckte, lief über eine blumige Bergwiese, warf sich ins Gras, und Nicolas, übermütig wie ein Junge, warf sich neben sie und kitzelte sie mit einem Grashalm im Nacken. Alice saß auf einer Bank am Waldrand und sah ihnen nachdenklich zu.
Natürlich wußte sie, was Nicolas für Nina bedeutete, was er ihr immer bedeutet hatte, daß sie ihn von Herzen liebhatte, seit sie das erstemal auf Wardenburg gewesen war. Daran hatte sich nichts geändert, nur war Nina kein Kind mehr und Nicolas trotz seiner neunundvierzig Jahre alles andere als ein würdiger Onkel.
Sie stiegen mehrmals zum Kamm auf, das heißt Nina, Nicolas und Grischa, Alice nicht, ihr war es zu anstrengend, sie liefen oben auf dem hohen schmalen Weg entlang, kamen zu bizarren Steingebilden, blickten in die tiefen Wasser des großen Teiches, vom Wind verbogene Bäume säumten ihren Weg. Auf den Bauden aßen sie zu Mittag, man aß dort überall sehr gut, und ein Zitherspieler unterhielt sie während des Mahls.
In der Prinz-Heinrich-Baude fand Nina den Spruch über der Tür so eindrucksvoll, daß sie ihn sich sofort abschrieb.

»Als dieses Haus hier Wurzeln schlug,
den Kaisergreis zu Grab man trug.
Als diese Mauer wuchs empor,
erklang dem Sohn der Trauerchor.
Als oben am Giebel prangte der Kranz,
der Enkel ward Kaiser der Deutschen.
Nun schirme Gott das Deutsche Reich
und auch das Haus am Großen Teich.«
Das war 1888 gewesen, im Dreikaiserjahr.

Erst im August kehrte Nina nach Hause zurück, mit drei Koffern, nicht mit dem einen, mit dem sie abgereist war. Alice und Nicolas brachten sie an die Bahn, sie umarmte beide und bedankte sich immer wieder von Herzen. Es sei die schönste Zeit ihres Lebens gewesen, sagte sie, die sie nie, nie, vergessen werde. Alice war versucht zu fragen: Und Wardenburg? War es da nicht schöner? Aber sie schwieg.
»Du kommst bald wieder«, sagte Nicolas. »Dein Zimmer ist immer für dich bereit. Und wenn du im Winter kommst, gehe ich mit dir auf einen großen Ball, das verspreche ich dir. Aber du mußt mir auch etwas versprechen.«

Sie sah ihn an, Anbetung, Hingabe im Blick.
»Das mit dem Theater schlägst du dir aus dem Kopf. Du wirst keine Schauspielerin, sonst bist du nicht mehr meine Nina. Versprichst du es mir?«
Alice blickte Nina gespannt an, wie sie wohl auf diesen Eingriff in ihr Leben reagieren würde.
Nina war blaß geworden, ihr eben noch lächelndes Gesicht war ernst. Aber sein Blick lag so fest in ihrem, ließ ihr keine Ausflucht, keinen Ausweg.
»Ja«, flüsterte sie, »ich verspreche es.«
»Dann auf bald, Ninotschka!« er nahm ihr Gesicht in beide Hände und küßte sie auf den Mund.
»Das solltest du nicht tun«, sagte Alice, nachdem der Zug abgefahren war.
»Was?« fragte er.
»Sie küssen.«
Nicolas machte ein erstauntes Gesicht.
»Aber ich habe sie immer geküßt.«
»Sie ist kein Kind mehr. Und sie liebt dich sehr, das weißt du doch.«
Nicolas lachte, nahm Alices Hand und küßte sie.
»Aber chérie! Was für Bedenken! Ich bin ein alter Onkel für sie. Warum soll sie uns nicht liebhaben? Wen hat sie denn schon zu Hause? Nur der kleine kranke Bruder, das ist der einzige, an dem sie hängt. Und sie hat doch hier eine schöne Zeit gehabt. Oder nicht?«
»Gewiß«, sagte Alice und ging den Bahnsteig entlang. Er verstand sie nicht oder wollte sie nicht verstehen.
Die Schauspielerin hatte er ihr ausgeredet, und damit war Alice einverstanden. Aber was würde Nina nun zu Hause tun? Sie würde Tag und Nacht von ihrem Onkel Nicolas träumen, und es war nur zu hoffen, daß es bald einen jungen Mann in ihrem Leben gab, der Onkel Nicolas in ihren Träumen ablöste.
Nicolas verließ am späten Nachmittag die Wohnung. Er gehe noch auf eine Stunde in den Club, sagte er. Er kam die ganze Nacht nicht nach Hause. Vermutlich, dachte Alice am Morgen, hat er seine Freundin versöhnen müssen, die er in letzter Zeit stark vernachlässigt hatte.
Eigentlich war Alice ganz froh, daß es diese Freundin gab. Sie hatte sie im vergangenen Winter als Adele in der ›Fledermaus‹ gesehen, ein apartes blondes Ding mit einer bemerkenswert hübschen Stimme. Ihre Koloraturen waren perfekt gewesen.
Alice lag regungslos auf dem Rücken und starrte an die Decke. Bin ich eigentlich unglücklich? dachte sie.
Ich bin unglücklich, ich bin sehr unglücklich. Nicht seinetwegen. Nicht, weil er mich betrügt. Das hat er immer getan.
Wenn wir doch bloß in Wardenburg geblieben wären!
Das war es, was sie ständig dachte. Das war wie der ständig wiederkehrende Refrain eines Liedes. Wären wir doch bloß in Wardenburg!
Ihr Leben war so nutzlos, so leer. Denn sie hatte sich ja im Laufe der Jahre viel mehr verändert als Nicolas. Er war der verspielte Mensch geblieben,

der das Leben leicht nahm, den nichts ernstlich berührte. Aber sie hatte Wurzeln geschlagen, sie war eine tätige und tüchtige Gutsherrin geworden, sie hatte gearbeitet auf dem Gut, und diese Arbeit hatte ihr Leben erfüllt.
Wenn sie die Augen schloß, sah sie alles vor sich – das Gutshaus, wie es da mitten im Grünen lag, die Stufen, die zum Haus hinaufführten, die Tür, die dämmrige kühle Halle, ihr englisches Zimmer, das Gartenzimmer mit der Terrasse davor, auf der sie im Sommer Tee tranken, doch sie sah auch die Wirtschaftsräume, die Ställe, die Hühner im Geflügelhof, den Gemüsegarten, die Koppeln mit den Pferden, die Weide mit den Kühen, da war Pauline in der Küche, Köhler vor der Scheune, seine Frau in der Räucherkammer, da war der mürrische Kutscher, den sie zuletzt hatten. Auch an Paule erinnerte sie sich, es war, als hätte sie ihn gestern gesehen, den jungen Paule, siebzehnjährig, wie er sie stolz in die Stadt kutschierte.
»Nun fahr mal flott zu, Paule!«
Trab, trab, trab klapperten die Hufe der schwarzen Traber, ihre Hälse wölbten sich stolz, und genauso stolz saß Paule auf dem Bock, die Peitsche hochgestellt. Hinten im Wagen saß sie, die Herrin von Wardenburg.
Das war vorbei.
Vorbei.
Alice warf sich herum, vergrub das Gesicht im Kissen und weinte.
Nicht lange. Sie richtete sich auf, stieg aus dem Bett und zog ihren Morgenmantel an.
Wenn sie verweint aus ihrem Zimmer kam, würde Grischa, würde das Mädchen denken, sie hätte geweint, weil Nicolas in dieser Nacht nicht nach Hause gekommen war.
Seinetwegen würde sie nicht weinen.
Er ist es nicht mehr wert, dachte sie hart.
Auch Nina hatte geweint, als sie im Zug saß und heimwärts fuhr. Sie hätte selbst nicht gewußt, warum sie weinte, nachdem sie eine so herrliche Zeit verbrachte hatte. Der Abschied war es, sein Kuß. Der Aufruhr ihres unerfahrenen Herzens. Weil sie ihn liebte, das war der wirkliche Grund.
Von nun an lebte sie von einer Reise zur anderen. Sie fuhr das nächstemal im Januar und tanzte auf dem ersten Ball ihres Lebens, und die nächste Reise fand dann wieder im Sommer darauf statt.
Wenn sie zu Hause war, dachte sie an ihn, träumte von ihm, malte sich das Wunder aus, das geschehen müsse, damit sie zu ihm gehören könne.
Sie liebte Alice auch und wünschte ihr nichts Böses, und auch ohne Alice würde er ihr Onkel bleiben, aber ihre Phantasie wucherte üppig. Sie ließ die ganze Welt versinken, rundherum war alles öd und leer, und wie in einem neuerstandenen Paradies lebten sie beide, Nicolas und sie, nur die Tiere, Wald und Wiesen waren ihre Gefährten.
Sie sprach nicht mehr davon, daß sie Schauspielerin werden wolle, und Agnes wunderte sich im stillen, war aber froh, daß dieses Thema erledigt schien und

war ihrer Schwester und Nicolas dankbar, die Nina diesen Unsinn offenbar ausgeredet hatten.
Zu Ärger gab Nina keinerlei Anlaß, sie war liebevoll und umgänglich, beschäftigte sich viel mit Erni, brachte ihn meist morgens in die Schule und holte ihn mittags wieder ab, obwohl das gar nicht mehr nötig war, Ernis Gesundheitszustand schien sich gebessert zu haben, er war nicht mehr so durchsichtig, sah eigentlich auch nicht krank aus und hatte seit über zwei Jahren keinen Anfall mehr gehabt. Seine Leistungen in der Schule waren mittelmäßig, doch die Schule nahm in seinem Fall keiner wichtig, Hauptsache, er konnte überhaupt zur Schule gehen und einigermaßen normal leben.
Agnes sprach es nicht aus, aber abends, wenn sie betete, ehe sie einschlief oder zu schlafen versuchte, war ihre inständige Bitte an Gott: »Laß das Loch in seinem Herzen zuwachsen!« Früher hatte sie gebetet: »Laß das Ernstele am Leben! Gott, laß ihn am Leben!«
Seit sie über das Loch im Herzen ihres Sohnes aufgeklärt worden war, sah sie es immer vor sich. Nicht als die winzig kleine Öffnung, millimeterwinzig, wie Dr. Paulsen sich ausdrückte, sie sah es als riesengroßes schwarzes Ungeheuer, das das Herz ihres Kindes auseinanderriß.
Aber nun, da es Erni sichtlich besser ging, war sie voller Hoffnung. Gott war allmächtig. Wenn ER wollte, würde das Loch zuwachsen.
Immer vollendeter wurde Ernis Klavierspiel. Nach Leontines Tod besuchte er nun die Städtische Musikschule, und dort war man übereinstimmend der Meinung, er sei das größte Talent, das diese Stadt je hervorgebracht habe. Nur mußte man ihn immer vor allzu vielem Üben zurückhalten, damit er sich nicht überanstrengte.
»Wenn ich kein Pianist werden kann«, sagte er zu Nina, »dann werde ich Komponist.«
»So einer wie Mozart.«
»Nein, Nindel, so einer nicht. So einen hat es nur einmal gegeben auf dieser Erde. Wenn man sich an ihm messen will, darf man keine Musik machen.«
Im Umgang mit ihm hatten alle mit der Zeit Ohren bekommen, Musik gehörte zu ihrem Leben.
Und etwas Merkwürdiges war geschehen: im Laufe der Zeit, so nach und nach, hatte sich Emil immer mehr seinem jüngsten Sohn zugewandt.
Er saß jetzt oft am Abend still in einem Sessel und hörte zu, wenn sein Sohn spielte. Klein und zusammengesunken saß er da, aber sein Gesicht hatte einen friedlichen, fast glücklichen Ausdruck, den nie zuvor einer darin gesehen hatte. Wenn Erni dazwischen höflich fragte: »Soll ich auf hören, Vater?« antwortete Emil: »Nein, spiel weiter.« Oder mit der Zeit hatte er einige Stücke, die er besonders liebte, und dann sagte er beispielsweise: »Könntest du nicht die Mondscheinsonate wieder einmal spielen? Oder strengt es dich zu sehr an?«
»Nein. Gar nicht.«
Erni spielte, und Emil lauschte. Keine Rede mehr davon, daß das Geklimpere ihn störe, das Klavier hatte mittlerweile sogar der Bibliothek den Rang abgelaufen.

Erni mochte seinen Vater gern. Er kannte ihn nur als kranken Mann, er hatte jene Zeit, als die Familie und vor allem seine Schwestern den Vater fürchteten, nicht miterlebt. Vielleicht kamen sie sich dadurch näher, weil beide krank waren. Sicher aber brachte die Musik, die ihm im eigenen Haus so vollendet dargeboten wurde, Trost in Emils tristes Leben.
Denn es blieb nicht beim Klavierspiel allein. In der Musikschule traf Erni mit anderen Schülern zusammen, und manchmal kamen die Jungen ins Haus, dann spielten sie Duos oder ein Trio von Beethoven oder Schubert. Dann saß Emil mit geschlossenen Augen dabei und wurde wirklich, im wahrsten Sinn des Wortes, ›in eine bessre Welt entrückt‹.
Das brachte ihn mit der Zeit zum Nachdenken. Einen Sohn hatte er sich gewünscht, der studieren würde und Akademiker sein würde. Einen Sohn, der seinen eigenen Lebenstraum erfüllen sollte.
Diesen Sohn gab es nicht.
Dafür hatte ihm das Schicksal einen Sohn beschert, der ein großes Talent besaß, vielleicht sogar ein Genie war. War das nicht mehr? Akademiker gab es genug und gab es täglich mehr. Große Künstler waren zu jeder Zeit etwas Seltenes.
Es waren wirklich ganz neue Gedanken für Emil. Aber er fand großen Gefallen daran und eine tiefe Befriedigung. Und manchmal, wenn er Erni ansah, während der spielte, lag in seinem Blick etwas, was kaum einer je darin entdeckt hatte: Zuneigung, Liebe.
Diese Entwicklung, die den anderen nicht verborgen blieb, war für die arme Agnes eine tiefe Herzensfreude und brachte sie Emil so nahe, wie sie sich ihm noch nie gefühlt hatte. Alles in allem war in diesen Jahren die Stimmung im Hause Nossek sehr harmonisch.
An einem Winterabend des Jahres 1912 hatte Erni auch wieder einmal den Besuch eines Mitschülers, ein junger Geiger, der allerdings drei Jahre älter war als Erni, schon sechzehn, die beiden Knaben musizierten und spielten zum Schluß eines von Emils Lieblingsstücken, die Kreutzersonate von Beethoven, und Emil war so tief ergriffen und bewegt, daß er mit den Tränen kämpfte.
Er dachte: Warum ärgere ich mich eigentlich? Warum gräme ich mich? Wer ist schon Koritschek, ein aufgeblasenes Nichts, an den keiner mehr denkt, wenn er zur Tür hinaus ist. (Und mit Tür meinte er in diesem Fall die Lebenstür.)
Da hat einer gelebt wie dieser Beethoven und hat so eine Musik gemacht. Und dort sitzt mein Sohn und bringt mit seinen Händen diese Musik in mein Haus. Und vielleicht wird er eines Tages auch Musik machen. Große Musik, unsterbliche Musik. Mein Sohn.
Emil schwieg und blickte versunken in eine ferne Zukunft, Agnes schwieg auch, ihr Blick hing liebevoll an Erni, der sich, noch am Klavier sitzend, leise mit dem Geiger unterhielt, sie sprachen über das eben Gespielte, suchten in den Noten nach Stellen, die ihnen noch nicht voll gelungen erschienen.
Gertrud hatte die Flickarbeit beiseite gelegt und war leise hinausgegangen und kam nach einer Weile mit einer Kanne Tee zurück und einem Korb voller Plätzchen, die noch von Weihnachten übrig waren.
Nina war nicht da, sie weilte wieder einmal in Breslau.

Eine halbe Stunde später, der junge Geiger hatte sich verabschiedet, und Erni, der ihn hinausbegleitet hatte, kam ins Zimmer zurück, wo sein Vater immer noch saß, nun allein, er schien sich die ganze Zeit nicht gerührt zu haben.
Erni lächelte seinem Vater zu, setzte sich an den Tisch, steckte sich noch ein Plätzchen in den Mund und trank seinen Tee aus.
»Du möchtest gern Musik studieren, nicht wahr?« fragte Emil auf einmal.
»Ja. Und ich bin dir sehr dankbar, daß ich in die Musikschule gehen darf.«
Emil machte eine wegwerfende Handbewegung.
»Das genügt nicht. Hier lernst du nicht genug. In drei, vier Jahren wirst du auf ein richtiges Konservatorium gehen. Oder überhaupt auf eine Musikhochschule. Ein Künstler muß die beste Ausbildung haben, die es gibt, gerade für ihn ist das wichtig.«
»Das kostet aber viel Geld«, gab Erni zu bedenken.
»Für dich habe ich dieses Geld. Wenn ich erst pensioniert sein werde, bekomme ich weniger, aber ich kann noch ein paar Jahre arbeiten. Und wir brauchen nicht viel, deine Mutter und ich. Nina wird ja vielleicht heiraten. Du bekommst von mir das Geld. Du wirst ein großer Künstler werden.«
Vater und Sohn sahen sich an, beide nun ein wenig verlegen, denn große Worte waren in diesem Haus nicht üblich.
Emil räusperte sich, wickelte die Decke von seinen Knien und stand auf.
»Gute Nacht, mein Junge«, sagte er weich. »Schlaf gut.«
Im Vorübergehen legte er Erni die Hand leicht auf die Schulter, dann ging er aus dem Zimmer, klein, schmal, ein wenig gebückt. Und – glücklich. Das war er jetzt manchmal. Ein wenig glücklich. Weil er diesen begabten Sohn hatte. Und weil es Musik gab.

Erni war reif und verständig für sein Alter, das hatte wohl die Krankheit bewirkt. Er konnte ja nie draußen herumtoben oder spielen wie andere Jungen, aber da er seine Musik hatte, vermißte er es nicht.
Nach wie vor war er Ninas engster Vertrauter, auf andere Weise als Kurtel es war, denn nur Erni kannte Ninas verworrene Gefühle, die er dennoch nicht voll begriff, denn er war ja noch ein Kind. Er wußte nur um ihre Unruhe, die Sehnsucht, die sie erfüllte, auch wenn sie ihm nicht genau erklären konnte, wonach sie sich sehnte. Manchmal begleitete er sie jetzt auf ihren Spaziergängen, auch zu ihrem Lieblingsplatz auf dem Buchenhügel, das schaffte er nun ohne Mühe.
Nicht, daß Nina untätig war. Sie arbeitete im Haushalt mit, wozu Agnes kaum mehr fähig war, Rosel war auch etwas taperig geworden, sie vergaß vieles, und so kam es, daß Nina meist die Einkäufe erledigte, auch fand sie Spaß am Kochen und arbeitete viel im Garten.
Was keiner wußte außer Erni: sie dichtete. Kleine Gedichte hatte sie früher schon manchmal gemacht, aber nun wurde das zu einer von ihr sehr ernst genommenen, sehr intensiv betriebenen Leidenschaft. Ihre unerfüllte Liebe, ihre Sehnsucht brachte sie zu Papier, meist waren es traurige und schwermütige Gedichte, die sie selbst zu Tränen rührten.
So einmal an einem der letzten schönen Herbsttage, als sie oben unter den Buchen saß und ein langes Gedicht verfaßte. Es begann:

»Du dunkler Strom zwischen den Weiden,
einziger Freund, der mich versteht,
du kennst meine Schmerzen, kennst meine Leiden,
weißt, wie traurig mein Leben vergeht.«

In dieser Art ging es mehrere Strophen lang weiter, sie klagte gewissermaßen dem Strom ihr Leid, und das Gedicht endete:

»Du allein, mein Strom, hast Erbarmen,
denn meine Tränen sahst nur du,
und in deinen kühlen Armen,
findet einst mein Herze Ruh.«

Sie war von dieser Dichtung selbst tief ergriffen, weinte über sich und über ihr Leben, am Abend las sie es Erni vor, der daraufhin auch zu weinen begann. »Du darfst nicht in den Fluß gehen, Nindel; das darfst du nicht.«
Nina schlang die Arme um ihn, ihre Tränen begannen wieder zu fließen, Wange an Wange saßen sie, trösteten sich gegenseitig, und sie sagte: »Aber nein, Erni, ich geh' nicht in den Fluß, ich hab' ja dich. Ich werde immer nur für dich leben.«
Das war eine schmerzensreiche Zeit, in der sie sich innerlich und äußerlich veränderte. Sie führte ein Doppelleben, oder eigentlich ein dreifaches Leben: die täglichen Pflichten im Haushalt, ihr einsames Träumen und Dichten, und dann die Besuche in Breslau, die Freude und Unterhaltung brachten und sie dennoch immer tiefer in ihre hoffnungslose Liebe verstrickten. Keiner begriff, und am wenigsten Nicolas, wie unrecht es gewesen war, ihr den Weg in den gewünschten Beruf zu verbauen, denn darin hätte sie Erfüllung finden können und zugleich Befreiung von ihrem quälenden Gefühl. Eberhard Losau war gestorben, er hatte sich von seinem Zusammenbruch nicht wieder erholt. Ins Theater ging Nina nicht mehr oft, denn, wie sie sagte, seien ihr die hiesigen Darbietungen zu provinziell, seit sie das Breslauer Theater kenne.
Als sie im Januar in Breslau war, führte Nicolas sie wirklich, wie er versprochen hatte, auf einen Ball. Er fand im Hotel Monopol statt, dem ersten Haus am Platz, und war ein jährlich wiederkehrendes Ereignis ersten Ranges. Die feinen Leute von Breslau führten ihre Töchter dort in die Gesellschaft ein, der Landadel kam in die Stadt, die Offiziere der in der Stadt liegenden Regimenter waren beliebte Tänzer. Für Nina war es der erste, und wie sich zeigen sollte, der einzige Ball ihrer Jugend.
Ihr Ballkleid war von Alices Modesalon angefertigt worden, und Nicolas hatte beratend zur Seite gestanden. Es war aus sahneweißem glänzendem Satin, um den schulterfreien Ausschnitt rankten sich rosa Röschen. Als sie es am Abend des Balles angezogen hatte, stand sie vor dem Spiegel und staunte sich selber an.
»Sie sind bestimmt die Schönste, gnädiges Fräulein«, sagte das Mädchen, das ihr assistiert hatte.
»Ja?« Nina drehte sich langsam, sie gefiel sich selbst ausnehmend gut. Der Friseur war am Nachmittag ins Haus gekommen und hatte sie frisiert, ihr Haar war kunstvoll aufgesteckt, geschmückt ebenfalls mit rosa Röschen.
Alice würde nicht mit zum Ball kommen, sie lag im Bett, sie hatte Migräne und fühlte sich nicht wohl.
»Sehen Sie doch mal nach, Hannel, wie es meiner Tante geht. Ob ich mal schnell kommen darf.«
Das Mädchen verließ das Gastzimmer, und gleich darauf trat Nicolas ein, im Frack, und Nina rief: »Du siehst wundervoll aus!«
Er blieb an der Tür stehen und sah sie an. »Das Kompliment kann ich dir zurückgeben.«
Sie drehte sich wieder zum Spiegel und sagte kokett: »Na ja, so hübsch wie Lene bin ich nicht. Die hat dir ja immer viel besser gefallen als ich.«

Er trat hinter sie, legte die Hände auf ihre nackten Arme, ihre Blicke trafen sich im Spiegel.
»Meinst du? Lene ist ein sehr hübsches Mädchen, da hast du recht. Aber du hast jetzt ein Traumgesicht bekommen.«
»Ein Traumgesicht?«
»Ja. Sieh dich an. In deinen Augen ist ein großes Geheimnis. Das gleitet zu den Schläfen hinauf, siehst du so«, er ließ ihre Arme los und fuhr mit den Fingerspitzen von ihren äußeren Augenwinkeln bis zum Haaransatz, so dicht hinter ihr stehend, daß sie seinen Körper spürte, ohne daß er sie berührte, »und verschwindet hinter deiner Stirn, die noch kindlich ist, aber täglich ernster wird, so daß man sich fragt, was wohl für Gedanken dahinter wohnen. Deine Augenbrauen sind hoch wie ein Vogelflug. Siehst du!« Seine Hände zeichneten leicht ihre Brauen nach. »Dann diese zarte Wangenlinie, die zu einem festen Kinn führt, das Gott sei Dank nicht rund ist. Ich mag ein rundes Kinn nämlich nicht, weiß du. Und nun sieh deinen Mund an!
Er hat schöne weitgeschwungene Bögen, es ist ein kluger Mund, kein törichter Mund. Manche Frauen haben einen törichten Mund, das mag ich auch nicht. Alles fügt sich harmonisch in deinem Gesicht. Aber viel wichtiger als alle diese Linien ist das Unsichtbare, das ein Gesicht ausstrahlt. Das, was von innen kommt. Was du fühlst, was du denkst, das macht dein Gesicht lebendig und schön. Das weckt Wünsche, das weckt Träume. Es verzaubert den Betrachter. Siehst du, Ninotschka, das ist das Geheimnis der Schönheit bei einer Frau. Frierst du?«
Sie war zusammengeschauert vor der Nähe seines Körpers, vor seinen leichten kosenden Händen, vor seinem Atem, den sie im Nacken spürte.
Sie schüttelte den Kopf, ihre Augen waren voll Verwirrung, er sah es wohl, und er wußte, daß er dieses Spiel, dieses alte, lang bewährte Spiel, das er so gut beherrschte, mit ihr nicht spielen durfte. Er trat zurück.
»Komm, laß uns gehen! Ich bin gespannt, wie du tanzen kannst.« Auf dem Ball hatte Nicolas viele Bekannte, all die Herren aus seinem Club, diesmal mit ihren Ehefrauen, Töchtern und Söhnen, und sogar Herr Blum aus Berlin war anwesend und geriet in helles Entzücken, als er Nina sah.
»Ihre Nichte, Wardenburg? Wirklich Ihre Nichte? Binden Sie uns da auch keinen Bären auf?«
Einige Leute kannte Nina schon, sie hatte sie im Theater, bei Ausfahrten, im Reitstall kennengelernt, alle waren reizend zu ihr, die jungen Herren machten ihr den Hof, ein flotter Leutnant bemühte sich nachdrücklich um sie, sie lachte, sie plauderte, sie tanzte die ganze Nacht, aber eigentlich wartete sie nur darauf, daß er wieder mit ihr tanzte, daß sie seinen Arm um sich spürte, sein Gesicht über sich sah.
Den ersten Tanz hatte er mit ihr getanzt, einen Walzer natürlich. Es war ein großes Orchester, und es spielte wundervoll. Der Kaiserwalzer war der Auftakt zum Ball gewesen, die Geigen sangen, und Nina spürte die Erde nicht mehr unter ihren Füßen, als Nicolas seinen Arm um sie legte.

Natürlich tanzte Nicolas vollendet, was an ihm war denn nicht vollendet, er führte sie sicher, ohne daß es zu merken war, und sie, eine gute Tänzerin, schien zu schweben, der weite Rock ihres Ballkleides schwang um sie, wenn er von rechtsherum nach linksherum wechselte, sie bog den Kopf zurück, sah sein geliebtes Gesicht, sein Lächeln, den plötzlichen Ernst in seinen Augen.

Es war wie ein Rausch, die Musik, der Saal mit den vielen Menschen, das Knistern von Seide, der Duft von Parfum.

Er konnte alles in ihrem Gesicht lesen, was sie empfand. In einem wilden Wirbel riß er sie während des letzten Taktes herum, ein wenig aus der Fassung geraten auch er, und hielt sie fest, als die Musik schwieg.

»Ach!« seufzte Nina.

»Dushinka!« sagte er zärtlich, hob ihre Hand an die Lippen und küßte sie.

Um Mitternacht wurde ein herrliches Souper serviert, aber Nina achtete gar nicht darauf, was sie aß, sie war berauscht, entrückt, denn noch immer klang ein Wort in ihrem Ohr: Du hast ein Traumgesicht.

Noch in dieser Nacht, spät, nachdem sie heimgekommen waren, saß sie in ihrem Zimmer und verfaßte ein langes Gedicht, das begann:

»Dein Arm um mich. Geliebter,
und Walzerklänge in meinem Ohr . . .«

Übrigens sah Nina während dieses Breslauer Aufenthaltes zum erstenmal in ihrem Leben einen Film, und das war auch ein ungeheurer Eindruck. Der Film kam aus Amerika, eine hochdramatische Geschichte, die eine schöne dunkelhaarige Frau erlebte. Katharina Koschka hieß die Darstellerin, und Nicolas sagte, dies sei Katharina, die Zigeunerin vom Fluß und Paules Frau. Falls sie noch Paules Frau sei, was man nicht wissen könne.

»Eine kleine Wilde, so habe ich sie damals gefunden. Aus dem Gebüsch schmissen sie mit Steinen nach ihr. Es ist immer wieder ein Wunder, was ein Mensch aus seinem Leben alles machen kann.«

»Wenn er Glück hat«, sagte Alice.

»Gewiß, Glück gehört dazu. Aber auch der Wille und die Kraft.« Er schwieg, eine Falte erschien auf seiner Stirn, sein Blick verdüsterte sich.

Er dachte: Ich hatte alles nicht. Keine Kraft, keinen starken Willen, nicht einmal Glück.

Alice sah ihn an, ein spöttisches Lächeln auf den Lippen. Sie kannte ihn besser, als er ahnte. Es war nicht schwer zu erraten, was er dachte.

Und sie dachte: Ein Mann! Was ist das schon, ein Mann? Warum denkt man, daß sie all das haben, was wir nicht haben, Kraft und Mut und Willen. Glück? Das ist zuwenig. Er hat nichts festgehalten, was das Glück ihm geschenkt hat. Ich, wenn ich ein Mann wäre, ich hätte anders gehandelt.

»Champagner?« fragte sie leichthin.

»Wie?« Nicolas blickte sie erstaunt an.

»Ich nehme an, eine Flasche Champagner ist fällig. Wenn du so ein Gesicht machst wie jetzt, rufst du meist nach Champagner. Wie das Kind nach der Flasche.«

Es klang nicht gehässig. Aber Nicolas' Augen verengten sich. Sie sprach jetzt manchmal so mit ihm, und manchmal hatte er den Wunsch, sie nicht mehr um sich zu haben.
»Eine gute Idee«, sagte er. »Trinken wir ein Glas auf die schöne Katharina.«
Von diesen Reisen kehrte Nina dann in das vergleichsweise langweilige Leben nach Hause zurück. Jedesmal fiel ihr der Abschied schwerer, während jeder Trennung wuchs die Sehnsucht, und da es ernstlich nichts gab, was sie abgelenkt hätte, steigerte sie sich immer mehr in ihr verhängnisvolles Gefühl hinein.
Ihre Heimkehr war jedesmal ein Ereignis. Sie kam mit einem Koffer voll neuer Sachen und führte stolz alles vor, die Familie staunte, und Rosel rief: »Nu sieh ock bloß, nu sieh ock bloß das Mädel. Ma meechts nich glooben! Seide, richtige Seide. Jedid nee, nee, was das bloß gekostet haben mag!«
Auf ihre Heimkehr wartete auch jedesmal sehnsüchtig Kurt Jonkalla. Er war eifersüchtig auf die fremde Welt, die sie so entzückte, und wenn sie mit leuchtenden Augen erzählte, saß er mit dem Ausdruck eines hungrigen Kindes dabei, und was er für sie empfand, stand ihm so deutlich im Gesicht geschrieben, daß alle Mitleid mit ihm hatten. Sonntags oder am Abend nach Geschäftsschluß kam er oft ins Haus, saß bei ihnen, und alle wußten, daß er Nina liebte. Sie wußte es auch.
»Eines Tages wirst du nicht mehr zurückkommen«, sagte er traurig.
»Das kann sein. Ich würde für mein Leben gern in Breslau leben. Hier bei uns ist doch nichts los. Aber so eine Großstadt, weißt du, das ist ein ganz anderes Leben.«
»Sie würden dich ja sicher gern dort behalten.«
»Ja, ich denke schon. Tante Alice geht es manchmal gar nicht gut. Dann könnte ich für sie sorgen, nicht? Nicolas ist so viel unterwegs.« Sie sagte zwar noch Tante Alice, aber ihn nannte sie nur noch Nicolas, denn eines Tages hatte er gesagt: »Laß den dummen Onkel weg. Du bist ein großes Mädchen, und mich macht das unnötig alt.«
»Dann wirst du auch eines Tages einen Mann aus Breslau heiraten«, quälte Kurtel sich weiter.
»Das wäre schön«, sagte sie, aber das war nur so hingeredet, denn welcher Mann sollte je für sie wichtig sein.
Jedoch Kurtel, bekanntlich ein Mann der Tat, wenn es darauf ankam, im übrigen still, bescheiden, aber hartnäckig, faßte eines Tages einen Entschluß.
Im Herbst des Jahres 1912 kehrte er von seinem Urlaub zurück, und überraschte Nina mit einer Neuigkeit.
»Ich habe eine Stellung in Breslau.«
»Was hast du?«
»Eine Stellung in Breslau. Ich habe mich im Kaufhaus Barasch beworben. Brieflich, schon vor einiger Zeit. Und jetzt habe ich mich vorgestellt. Sie haben mich genommen. Im Januar fange ich dort an, als Verkäufer in der Stoffabteilung. Oh, Nina, das ist ein wunderbares Haus. Riesengroß! So was hast du noch nicht gesehen.«

Natürlich hatte Nina es gesehen, sie kannte das Warenhaus Barasch gut, sie ging mit großem Vergnügen dorthin, um einzukaufen oder auch nur, um zu schauen.
»Du willst von Münchmann weg?«
»Natürlich«, sagte Kurtel lässig. »Ich möchte doch nicht mein ganzes Leben lang in der Provinz bleiben. Bei Münchmann war ich lange genug. Wenn ich tüchtig bin, werde ich eines Tages erster Verkäufer sein. Ich schwöre dir, daß ich das schaffe. Dann verdiene ich gut. Und vielleicht . . .« er machte ein geheimnisvolles Gesicht.
»Ja? Was?«
»Vielleicht werde ich auch die Einkäufer-Laufbahn einschlagen. Sie haben gesagt, wenn ich mich bemühe, wäre das möglich. Dann werde ich sehr viel Geld verdienen.«
»Du willst mich verlassen«, sagte Nina betrübt. »Wo es hier sowieso so langweilig ist. Ach, ich beneide dich. Du bist ein Mann. Ich wünschte, ich hätte auch einen Beruf.«
Und nun kam Kurtel also mit dem heraus, was ihm seit langem auf der Seele brannte, was er schon hundertmal geübt hatte, zuletzt auf der Heimfahrt im Zug von Breslau her.
Er räusperte sich, setzte zum Sprechen an, räusperte sich wieder, und dann sagte er entschlossen: »Nina! Wenn ich dann in Breslau bin – und wenn ich . . . wenn ich vorankomme, ich meine, wenn alles so geht, wie ich es mir denke, Nina, würdest du mich dann heiraten?«
Nina starrte ihn sprachlos an. Es war der erste Heiratsantrag ihres Lebens. Er kam von Kurtel, dem Vertrauten so vieler Jahre. Er war ihr Freund. Aber sonst? Sonst konnte er nichts sein für sie.
»Oh!« sagte sie. »Aber Kurtel!«
»Bitte überlege es dir, überlege es in Ruhe. Ich bin natürlich nicht so fein wie deine Verwandten in Breslau. Aber du weißt, daß ich dich liebhabe. Schon immer. Und ich werde nie eine andere liebhaben. Und ich werde alles, alles tun, um dich glücklich zu machen.«
Nina war das Blut in die Wangen gestiegen, sie wußte nicht, was sie sagen sollte. Sie hatte Kurtel ja auch lieb, sehr sogar, aber nicht in der Art, wie er es meinte.
Kurtel tat, was er nie getan hatte, er küßte feierlich ihre Hand. »Du brauchst mir jetzt nicht zu antworten. Ich frage dich nächste Woche noch einmal. Vielleicht weißt du dann die Antwort.«
Er wirkte sehr männlich, sehr erwachsen. Da gab es nichts, worüber man leichtfertig hinweggehen konnte, worüber man lachen oder spotten konnte, das begriff Nina sehr gut. Sie begann nachzudenken.
Das erste Gefühl: Nein! Kein anderer, nur Nicolas.
Der erste kühle Gedanke: Nicolas wird es nie sein. Kurtel ist ein guter Mensch, er hat mich lieb.
Der zweite Gedanke, nun schon abwägend: Soll ich ewig hier in diesem Haus bleiben? Eine alte Jungfer werden wie Trudel, kochen, backen, im Garten arbeiten, im Sommer Obst einkochen, im Winter stricken. Wenn ich ihn heirate, wür-

de ich in Breslau leben. Ich könnte Nicolas so oft sehen, wie ich wollte. Mit ihm reiten. Mit ihm ausgehen. Mich um Alice kümmern.
Der dritte Gedanke, nun schon genaues Kalkül: Ich wäre eine verheiratete Frau.
Eines war ihr sofort klar, mit Nicolas konnte sie darüber nicht sprechen. Er hatte ihr die Schauspielerin ausgeredet, er würde ihr Kurtel ausreden.
»Heiraten? Kurt Jonkalla? Wer ist denn das? Das ist doch kein Mann für dich. Liebst du ihn denn?«
Es gab nur eine ehrliche Antwort darauf: Für mich wird es nie einen Mann geben, den ich lieben kann außer dir.
Sie sprach schließlich mit Agnes. Die war gar nicht so sehr überrascht. »Das habe ich kommen sehen.«
»Wirklich? Aber, Mutter?«
»Kind, bist du blind? Wir wissen doch alle, wie gern er dich hat. Du bist in all diesen Jahren so viel mit ihm zusammen gewesen, ich dachte immer, du hast ihn auch gern.«
»Doch, natürlich hab' ich ihn gern.«
»Na also!« sagte Agnes erfreut und küßte sie auf die Wange. Sie übernahm es auch, mit Emil zu sprechen, und Emil war mittlerweile so gleichgültig geworden, daß er nur die Achseln zuckte. »Er ist ja wohl ein ganz tüchtiger junger Mann. Anständig und ehrlich. Wenn sie ihn heiraten will – von mir aus.«
Eigentlich wollte Nina gar nicht. Aber die Sache machte sich selbständig, mit einemal redeten sie alle im Haus davon. Und alle priesen sie Kurtel in den höchsten Tönen. Wenn man Agnes, wenn man Charlotte, wenn man Trudel, wenn man Rosel zuhörte, dann hatte Kurt Jonkalla überhaupt nur hervorragende Eigenschaften. Sie konnten nicht den geringsten Fehler an ihm entdecken.
»Was meinst du denn?« fragte Nina ihren kleinen Bruder.
»Du könntest dann in Breslau leben«, sagte Erni listig. »Und er wird dich immer machen lassen, was du willst.«
»Und du? Macht es dir nichts aus, wenn ich nicht mehr da bin?«
»Gleich wirst du ja nicht heiraten. Und später kann ich ja zu dir nach Breslau kommen. Ich muß nur noch ein Jahr auf die Schule gehen. Und dann möchte ich sowieso in Breslau aufs Konservatorium. Allein dürfte ich da ja nicht hin. Aber wenn du in Breslau bist . . .«
»Ach so«, sagte Nina nachdenklich.
Ausgerechnet zu dieser Zeit flatterte wieder einmal eine Nachricht von Lene ins Haus, von der man lange nichts gehört hatte. Sie schrieb aus Berlin. Und sie schrieb, daß sie sich von ihrem Mann getrennt hätte. Diese Schule ist mir schrecklich auf die Nerven gegangen, schrieb sie. Und das Leben auf dem Dorf habe sie satt bis obenhin.
Sie schrieb nicht, was sie tat, und wovon sie lebte, nur am Schluß des Briefes stand der Satz: Vielleicht besuche ich euch demnächst mal.
Emil sagte zu Agnes: »Das soll sie sich bloß nicht unterstehen, das kannst du ihr mitteilen.«
»Aber vielleicht geht es ihr nicht gut«, meinte Agnes. »Wovon soll sie denn leben, wenn sie nicht mehr bei ihrem Mann ist.«

»Das kümmert mich nicht.«
»Aber mich«, sagte Agnes mit einem ihrer energischen Ansätze. »Sie ist meine Tochter; und deine schließlich auch.«
Lene litt keine Not. Denn daß sie mit einem handfesten Skandal ihren Mann verlassen hatte, das schrieb sie nicht. Wieder einmal war sie auf und davongegangen, diesmal mit dem Vater eines Internatsschülers. Ein wohlhabender Mann, der einmal im Jahr seinen Sohn besuchte, und, nachdem er dabei Lene kennengelernt hatte, plötzlich das Bedürfnis verspürte, sich jeden Monat nach dem Ergehen seines Sprößlings zu erkundigen.
Eines Tages reiste Lene sang- und klanglos, ohne groß Abschied von ihrem Mann zu nehmen, mit dem neuen Verehrer nach Berlin. Natürlich war dieser Mann verheiratet, und Lene wurde zwei Jahre lang seine Geliebte. Sie bekam eine eigene Wohnung und Gelegenheit, sich in Berlin zu etablieren. Er war der erste von vielen Männern, die in den nächsten Jahren ihr Leben begleiteten. Ihre Ehe wurde erst nach dem Krieg geschieden, da war sie längst Marleen und hatte eine Menge gelernt. Vor allem, daß sie wieder heiraten mußte, um nicht ganz den Boden unter den Füßen zu verlieren.
Als Kurtel das zweitemal fragte, sagte Nina Ja.
Sie kam sich schlecht vor, verworfen geradezu, und sie hatte das Gefühl, ein Unrecht zu tun. Luise von Rehm hatte einmal von ihr gesagt, sie würde es nur schwer lernen, Kompromisse zu schließen, obwohl dies in jedes Menschen Leben vonnöten sei.
Jetzt hatte sie einen ungeheuren Kompromiß geschlossen, und sie hatte mit keinem Menschen darüber gesprochen, auf dessen Urteil sie etwas gab, weder mit Luise von Rehm, noch mit Alice, noch mit Nicolas. Um alles in der Welt hätte sie gerade mit diesen drei Menschen nicht darüber sprechen mögen. Denn gerade ihnen, die sie so gut kannten und verstanden, hätte sie niemals erklären können, warum sie Kurts Antrag angenommen hatte.
Die Wirrnis ihrer Gefühle war zum Zeitpunkt ihrer Verlobung für sie selbst nicht zu bewältigen. Im Grunde war es ein gesunder Instinkt, der sie nach einem Ausweg suchen ließ. Sie brauchte Hilfe. Sie brauchte einen Freund. Und wer war ein Freund, wenn nicht Kurt Jonkalla.

An einem Tag zwischen Weihnachten und Silvester siedelte Kurt Jonkalla nach Breslau über, seine stolze Mutter begleitete ihn auf der Reise, um ihrem Sohn zu helfen, sich in der neuen Umgebung einzurichten.

»Und damit der arme Junge Silvester nicht ganz allein ist«, sagte Martha Jonkalla. Denn allein war Kurtel noch nie gewesen.

Nina brachte die beiden an die Bahn, und Kurtel verabschiedete sich von ihr mit einem vorsichtigen Kuß auf die Wange. Auf den Mund geküßt hatte er sie nur einmal, am Heiligabend, als sie Verlobung gefeiert hatten. Bei der Gelegenheit war Martha Jonkalla das erstemal ins Haus gekommen und war so gerührt, daß ihre Tränen sogar in die polnische Soße flossen. (Sie war ledig aller Pflichten an diesem Abend, denn die Gadinskis verbrachten Weihnachten bei ihrer Tochter auf Wardenburg.) Daß aus ihrem Kurtel noch ein großer Mann werden würde, daran hatte Martha nie gezweifelt. Jetzt ging er in die schlesische Hauptstadt, und etwas später würde er eine schöne Tochter aus gutem Hause heiraten. Emil hatte nur anstandshalber kurz an der Weihnachts- und Verlobungsfeier teilgenommen, es ging ihm wieder einmal schlecht, er hatte schlimme Magenschmerzen, polnische Soße und Rauchfleisch konnte er schon lange nicht mehr essen, auch kein Sauerkraut, für ihn gab es nur zwei weiße Würste und eine trockene Kartoffel dazu. Er tauschte mit Kurt einen Händedruck und strich Nina übers Haar.

»Alles Gute, mein Kind«, sagte er, und das war seit vielen Jahren das erste persönliche Wort, das er an sie richtete. Daran war Willy schuld, wie alle wußten. Aber Willy war nicht mehr da, er war Rekrut, sie waren alle froh, daß er nicht mehr im Hause war, sogar Emil.

Nina hatte in aller Entschiedenheit erklärt, sie wünsche kein Theater wegen der Verlobung und vorerst brauche das auch kein Mensch zu wissen, die Leute würden schon rechtzeitig erfahren, wenn sie heiratete, und das hätte ja auch noch eine Weile Zeit.

Hier hatte sie jedoch wieder einmal nicht mit Kurtels strebsamer Hartnäckigkeit gerechnet, er dachte nämlich keineswegs daran, die Heirat jahrelang aufzuschieben, er war sechsundzwanzig, voll Selbstvertrauen, was seine Zukunft betraf, und er wünschte sich nichts so sehr, als möglichst bald mit Nina verheiratet zu sein. In Breslau bewohnte er zunächst ein möbliertes Zimmer hinter dem Odertor, sehr klein, sehr einfach, er sparte jeden Pfennig und stürzte sich mit großer Hingabe in seine neue Arbeit, und wenn er Zeit hatte, begann er in Breslau nach einer Wohnung Ausschau zu halten.

Nina lebte weiter wie zuvor, sie sprach mit keinem über die Verlobung, sie besuchte nicht einmal Luise von Rehm, was sie bisher manchmal getan hatte, nur um ihr nichts davon erzählen zu müssen. Sie teilte auch Alice und Nicolas nichts mit, sie benahm sich überhaupt so, als habe sich in ihrem Leben nicht das geringste geändert.

Martha Jonkalla natürlich sprach darüber. Otti Gadinski auf ihrer Chaiselongue interessierte sich dafür so wenig wie für alles andere, was auf der Welt geschah. Adolf Gadinski sagte herzlich: »Wie schön für dich und deinen Sohn, Martha. Diese Nina ist ein reizendes Mädchen. Sagt mir nur rechtzeitig, was die beiden sich zur Hochzeit wünschen.«

Karoline von Belkow, geborene Gadinski, Kurtels Milchschwester, rümpfte kurz die Nase und sagte hochmütig zu ihrem Mann: »Da werden sie wohl auch zusammen passen.« Sie erwartete ihr zweites Kind und war eine hervorragende Gutsherrin geworden, tüchtig, umsichtig, mit rechnerischem Verstand begabt. Wardenburg war auf dem besten Weg, ein Mustergut zu werden.

Die Breslauer erfuhren es von Charlotte.

Nicolas war höchst indigniert. »Verlobt! Nina! Das kann ich nicht glauben. Was ist das für ein Bursche? Kennst du ihn?«

Alice kannte Kurtel nicht, sie hatte ihn nie gesehen, sie wußte nur, daß er im Nebenhaus wohnte und seit vielen Jahren mit den Nossek-Kindern befreundet war.

»Aber er kann doch kein Sohn vom Gadinski sein«, sagte Nicolas ungeduldig, »soviel ich weiß, hat der doch nur die Tochter.«

»Ich weiß auch nicht genau, wie das zusammenhängt. Ich glaube, seine Mutter ist dort im Hause angestellt.«

»Vielleicht ein unehelicher Sohn von Gadinski?« Denn über das aushäusige Liebesleben des Herrn Gadinski wußte Nicolas Bescheid.

»Ich weiß es wirklich nicht, Nicolas. Wir werden schon Näheres erfahren.«

Nicolas wollte gar nichts Näheres hören, er war tief gekränkt und enttäuscht. »Sie hat nie mit einem Wort von diesem Mann gesprochen. Sie kann sich doch nicht so mir nichts dir nichts verloben. Wahrscheinlich hat sich deine Mutter das nur eingebildet.«

Ein Briefwechsel zwischen Agnes und Alice sorgte für Aufklärung, Kurtel wurde dabei von Agnes ausführlich gelobt, allerdings erwähnte sie, daß es sich nicht um eine offizielle Verlobung handle, das hätte Nina so gewünscht.

»Siehst du«, sagte Nicolas. »Was die Weiber sich so zusammenreimen. Sie wollen das Kind unbedingt verheiraten. Sie ist noch viel zu jung.«

Damit legte er das lästige Thema zur Seite. Nina, die ihnen wie immer gelegentlich schrieb, erwähnte in ihren Briefen nichts von einer Verlobung oder einem Verlobten. Alice, die nun doch ein wenig neugierig war, schrieb ihr Ende März, ob sie nicht für eine Woche nach Breslau kommen wolle, und so reiste Nina Anfang April wieder einmal an.

Sie hatte Kurtel zwar geschrieben, daß sie kommen werde, aber ihre Ankunft nicht mitgeteilt. Er war um diese Zeit im Geschäft und konnte sie sowieso nicht abholen, und sie wollte gern, daß es wie immer sein würde, daß Nicolas sie

abholte. Es war wie immer, sie kamen sogar beide an die Bahn, Alice und Nicolas, die Begrüßung war herzlich, und erst am Abend, nach dem Essen, fragte Nicolas: »Sag mal, was ist das eigentlich für ein Unsinn mit dieser sogenannten Verlobung?«
Nina berichtete knapp und ruhig. Sie hatte sich vorbereitet, alle Argumente zurechtgelegt.
Nicolas hörte sich das schweigend an, die Arme vor der Brust gekreuzt, und betrachtete sie kühl. Sie war sehr ernst, sie lächelte nicht einmal, auf keinen Fall sah sie so aus, wie man sich eine glückliche Braut vorstellte.
»Nun«, sagte er, nachdem sie geendet hatte und unsicher zu ihm hinüberblickte, »da muß man dir wohl gratulieren. Dann wollen wir ein Glas auf dein Wohl trinken.«
Der obligate Champagner kam, sie tranken eine, dann die zweite Flasche, Nicolas trank viel und schnell, auch Nina trank mehr als sonst. Grischa blickte von einem zum anderen. Er hatte von der Verlobung gehört, aber er sah keine fröhlichen Gesichter.
Gegen elf zog Alice sich zurück, Nina wollte auch aufstehen, aber Nicolas sagte: »Bleib hier! Wir trinken noch eine Flasche.«
Sie wußte nicht, was sie sagen sollte, sie merkte nur, daß er verärgert war, und während sie die dritte Flasche leerten, sprach er fast kein Wort. »Die Ehe«, sagte er dann auf einmal, »ist natürlich für Frauen eine wichtige Einrichtung. Ich sehe es ein, daß ein Mädchen nicht immer im Elternhaus bleiben möchte. Die Ehe gibt ihr eine gewisse Freiheit. Eine gewisse allerdings nur. Manchen Frauen gibt sie sehr viel Freiheit, aber das kommt auf die jeweilige Frau an. Was du von dem jungen Mann erzählt hast, klingt ja ganz erfreulich. Nur frage ich mich, ob du nicht hättest ein wenig anspruchsvoller sein sollen. Verkäufer in einem Warenhaus! Also wirklich, mein Kind, es fällt mir schwer, das zu schlucken.«
Dieses ›mein Kind‹ klang distanziert, nicht einmal hatte er an diesem Abend Ninotschka zu ihr gesagt.
»Aber wo soll ich denn einen Mann kennenlernen?« meinte Nina. »Ich komme ja nirgends hin. Und wir kennen überhaupt wenig Leute. Und er ist so anständig.«
»Das hast du im Laufe des Abends mindestens zwanzigmal verkündet, daß er anständig ist. Für mich ist es eine Neuigkeit, daß eine Frau sich einen Mann nach seiner Anständigkeit auswählt. Von Liebe hast du bisher nicht gesprochen.«
Seine Stimme klang so kalt, sein Blick war so abweisend, Nina war auf einmal den Tränen nahe. Sie war ein wenig betrunken, denn in der Aufregung des Wiedersehens hatte sie nur wenig gegessen, und nun war ihr der Champagner in den Kopf gestiegen. Sie tranken ja zu Hause nie Alkohol. Sie stand auf, ging zum Fenster, schob die Gardine zur Seite und blickte auf die dunkle Straße hinaus. Es hatte angefangen zu regnen, ein sachter Frühlingsregen, das nasse Pflaster glänzte im Licht einer Straßenlaterne.
»Du hast mir nicht geantwortet«, hörte sie seine Stimme.
»Hast du mich etwas gefragt?« murmelte sie und legte den Kopf an die kühle Scheibe.

Plötzlich stand er hinter ihr.
»Ja. Ich will wissen, ob du diesen Mann liebst.«
Sie antwortete nicht, ihre Augen füllten sich mit Tränen, sie hatte Lust wegzulaufen, hinaus in den Regen, immer weiter, immer weiter, und nie zurückzukehren. Nirgendwohin und zu keinem zurückzukehren. Denn da war kein Ort mehr, an den sie gehörte. Er ergriff ihren Arm und riß sie unsanft herum. »Gib mir Antwort! Liebst du ihn?«
Sie sah ihn an, die Augen voller Tränen, und schüttelte den Kopf. »Ich . . . ich kann keinen lieben. Keinen. Nur dich.«
Das hatte er hören wollen. Er zog sie mit beiden Armen an sich, bog ihren Kopf zurück, sah ihr in die Augen, und dann küßte er sie.
Küßte sie das erstemal wirklich und richtig, küßte sie wie ein Mann, voll Leidenschaft und Verlangen, er öffnete ihre unerfahrenen Lippen, und küßte sie weiter, bis sie halb ohnmächtig in seinen Armen hing.
Dann ließ er sie abrupt los, trat von ihr weg, ging zum Tisch zurück, goß den Rest der Flasche in sein Glas und zündete sich eine Zigarette an.
»Das war mein Verlobungskuß«, sagte er in dem gleichen kalten Ton wie zuvor. »Nun kannst du schlafen gehen.«
Wie betäubt schlich Nina aus dem Zimmer und verbrachte die erste schlaflose Nacht ihres Lebens.
Am nächsten Tag reiste Nicolas nach Paris.

Die Fürstin bewohnte noch das gleiche Haus in Neuilly, nur traf Nicolas sie dort nicht an, sie war an der Riviera. Also nahm er am nächsten Tag den Nachtzug zur Küste. Er hatte schon seit einiger Zeit vorgehabt, sie wieder einmal zu besuchen. Briefe schrieb sie nicht, und er wußte daher wenig über ihr Leben, er wunderte sich nur, daß sie noch immer in Paris lebte. Jetzt hatte er sich über Nacht zu dieser Reise entschlossen, der Ärger über Nina und seine Unbeherrschtheit waren der Anlaß, wie immer zog er es vor, Unbequemlichkeiten und Verwirrung aus dem Weg zu gehen.
Natalia Fedorowna wohnte im »Negresco« in Nizza, sie hatte nur eine Jungfer und einen Diener mit, aber sie war umgeben von alten Freunden, meist Russen, die nach wie vor den Frühling an der Riviera verbrachten.
Die Fürstin lebte wie immer in großem Stil, ihre Toiletten waren hinreißend, sie selbst war nun zwar eine ältere Dame, aber eine imponierende Erscheinung.
Sie freute sich sehr, Nicolas zu sehen.
»Ich hoffe, du wirst lange bleiben. Aber nur als mein Gast, das ist Bedingung.«
Nicolas lächelte und sagte ehrlich: »Nur unter dieser Bedingung kann ich lange bleiben.«
An der Sonnenküste Frankreichs traf sich auch in diesem Frühling tout l' Europe, soweit es gut bei Kasse war. Die Reichsten waren wie immer die Russen, der englische Adel und die amerikanischen Dollarmillionäre. Vom deutschen Adel war selten jemand hier zu finden, jedoch traf man die neuen Reichen aus Industrie und Wirtschaft.
Die Kleiderpracht der Damen übertraf alles je Dagewesene, wenn sie in der warmen Frühlingssonne auf dem Boulevard des Anglais flanierten oder auf den Terrassen und in den Vorgärten der Hotels und Restaurants saßen. Hüte wie in dieser Saison hatte es nie gegeben, sie waren breit wie Wagenräder, garniert mit ganzen Blumenbeeten.
Aber das alles war nichts gegen die Pracht der Abend- und Nachtstunden, man soupierte stundenlang unter den kristallenen Lüstern, die das Gold, die Diamanten und die Edelsteine an den Armen, auf den Dekolletées und in den Frisuren der Damen blitzen ließen. Elegante müßige Männer, die nur auf der Welt zu sein schienen, um schönen Frauen den Hof zu machen, vervollständigten das Bild. Ein wenig Demimonde dazwischen, auch Künstler und Künstlerinnen, und sicher der eine oder andere Hochstapler. Das alles gehörte dazu, am Abend umspielt von Melodien aus Puccini-Opern oder Lehar-Operetten, am Tage beglei-

tet vom Getrappel edler Pferde, die weich gefederte Equipagen über den Boulevard zogen, obwohl es auch hier schon Automobile gab, die man mit Blumen schmückte, wenn man eine schöne Frau abholte. Und vor dem Boulevard in unendlicher Ausdehnung das Mittelmeer in seinem tiefen leuchtenden Blau.

Nicolas genoß es aus vollstem Herzen, wieder einmal so zu leben, wie es ihm behagte. Die Geschäfte waren in letzter Zeit schlecht gegangen, man sprach von einer Wirtschaftskrise, das stürmische Wachstum der vergangenen Jahre schien zu Ende zu sein, französische Weine und Champagner waren in Schlesien zur Zeit nicht sehr gut zu verkaufen. Er hatte Schulden, er mußte rechnen, er hätte sich Sorgen über die Zukunft machen müssen. Doch nun vergaß er diese Malaisen, er war der aufmerksame Kavalier der Fürstin, genau wie früher auch, begleitete sie auf ihren Spaziergängen, saß neben ihr bei der Tafel, morgens ritten sie am Meer, denn die Fürstin war noch immer eine excellente Reiterin, nachmittags fuhren sie in die kleinen malerischen Orte des Hinterlandes, besuchten die Ateliers der Maler und Töpfer und kauften ein. Die Fürstin schickte ihn auch zu einem teuren Schneider, denn sie fand, seine Anzüge seien von gestern und provinziell, die Rechnungen gingen diskret an sie.

Abends speisten sie, meist in Gesellschaft amüsanter Freunde, und Nicolas schwelgte endlich wieder in französischer Küche. Danach fuhren sie oft hinüber nach Monte Carlo ins Casino, die Fürstin setzte hoch, sie gewann, er verlor, es war ihr gleichgültig, sie schob Nicolas die Jetons zu, er gewann, er verlor, von den Verlusten wurde nicht gesprochen, die Gewinne gehörten ihm.

Das erinnerte ihn an seinen Vater, der seinerzeit nach Anna Nicolinas Tod hier gespielt und viel gewonnen hatte, so hatte er jedenfalls erzählt. Henry war im vergangenen Jahr gestorben. Als Nicolas es erfuhr, war er schon begraben. Er war dennoch nach Florenz gefahren, fand Maria in dem Haus in Fiesole, sie war nun die Signora von Wardenburg, sie hatte sich kaum verändert, sie war ruhig und freundlich, sprechen konnten sie nicht miteinander, nur Isabella, seine Halbschwester, sprach ein wenig deutsch.

Sie brauchten nichts, ließen sie ihn wissen, Henry hatte gut für sie gesorgt, außerdem war Isabella, die ein schönes Mädchen geworden war, bereits mit einem wohlhabenden Kunsthändler aus Florenz verlobt. Maria blieb in Fiesole, ihr Haus, ihre Olivenbäume, die Erinnerung an Henry, den allein sie geliebt hatte, genügten für den Rest ihres Lebens. Er sei leicht gestorben, erfuhr Nicolas. In dem kleinen Haus, in dem er sein Atelier hatte, mitten in seinen geliebten toscanischen Hügeln, hatte er eines Tages tot dagesessen, noch den Pinsel in der Hand.

Nicolas erbat sich einige seiner Bilder, er besuchte das Grab seines Vaters, dann blieb er noch ein paar Tage in Florenz und ging noch einmal die Wege, die er damals mit seinem Vater gegangen war.

An der Piazzale in den Uffizien blieb er stehen, so wie damals mit seinem Vater. Hier hatte alles begonnen. Da drüben, auf den Stufen gegenüber, hatte Anna Nicolina Gräfin Goll-Falingäa gestanden, und hier, auf diesen Stufen Carl-Heinrich von Wardenburg. Hätten sie sich damals nicht gesehen, gäbe es ihn, Nicolas, nicht. Na und? dachte Nicolas, und hob die Hand in einer resignierten Ge-

bärde. Der letzte Wardenburg. Wenn es den nicht gegeben hätte, wäre nicht viel verloren gewesen, irgendeine Bedeutung für Welt und Menschheit hatte er nicht gehabt.
Er war fünfzig Jahre alt, als sein Vater starb. Und unzufrieden mit seinem Leben.
Als Henry fünfzig war, hatte er längst zur Zufriedenheit gefunden, das war der Unterschied.
Doch nun, ein Jahr später, in der Sonne der Riviera, war Nicolas besserer Stimmung. Er genoß das sorglose Leben, dachte nicht an seine wirtschaftlichen Schwierigkeiten, nicht an Alice und schon gar nicht an Nina. Lächerlich, wie er sich benommen hatte. Was kümmerte es ihn, wen sie heiratete, die Tochter von Agnes und Emil Nossek, was hatte er überhaupt mit dieser kleinbürgerlichen Familie zu schaffen?
Er blieb vier Wochen an der Riviera, bis Mitte Mai, da wurde es zu heiß, und er begleitete die Fürstin nach Paris und blieb weitere vierzehn Tage in Neuilly.
»Es ist schön, dich hier zu haben«, sagte Natalia Fedorowna. »Ich fühle mich jung mit dir. Manchmal ist es sehr einsam. Ich kenne zwar viele Leute, aber sie bedeuten mir nicht viel.« Michail, ihr Sohn, war in Washington an der Russischen Botschaft, seine älteste Tochter hatte einen Amerikaner geheiratet.
Die Fürstin hatte längst eine Reise nach Amerika vor, um ihre Angehörigen zu besuchen, aber da sie die Seereise scheute, war das Unternehmen immer wieder verschoben worden. Im vergangenen Jahr, so erzählte sie Nicolas, wollte sie nun wirklich die weite Reise wagen, ihre Kabine war gebucht, wenige Tage vor der Abreise stürzte sie beim Ausritt von einem neuen Pferd und verstauchte sich den Fuß. Es war nicht weiter schlimm, sie hätte dennoch reisen können, doch abergläubisch wie sie war, sagte sie sofort ab. Sie hatte für die »Titanic« gebucht, das schönste und modernste Schiff der Welt, das auf dieser Jungfernfahrt mit einem Eisberg kollidierte und sank. Mehr als fünfzehnhundert Menschen kamen dabei ums Leben. »Da siehst du, wie wichtig es ist, auf die Zeichen, die das Schicksal gibt, zu achten. Zinaida hat den Untergang des Schiffes vorausgesagt. Du erinnerst dich, was ich dir von Zinaida erzählte.«
»Ich erinnere mich, Natalia Fedorowna. Und ich bin sehr froh, daß du dir den Fuß verstaucht hast. Ich werde deinem Pferd morgen einen Korb voll erstklassiger Äpfel bringen. Es muß ein sehr kluges Pferd sein.«
»Ein Werkzeug des Schicksals. Du kannst lachen, soviel du willst, ich glaube daran, daß es so etwas gibt.«
Am letzten Abend seines Aufenthalts in Paris saßen sie allein zusammen, so nah und vertraut, als hätte es nie eine Trennung zwischen ihnen gegeben.
Nicolas hielt lange ihre Hand, dann küßte er sie.
»Es war die glücklichste Stunde meines Lebens, Natalia Fedorowna, in der ich dich zum erstenmal gesehen habe . . .«
»Nicht du hast mich, ich habe dich gesehen, Nicolas Genrichowitsch. Ich sehe dich dort noch stehen, im Theater. So ein hübscher großer Junge mit einem traurigen Gesicht.«
»Wirst du nie zurückkehren nach Rußland, Natalia Fedorowna?«

»Nicht, solange Rasputin regiert.«
»Ist das nicht übertrieben?«
»Oh nein. Ich weiß genau, was am Hofe vorgeht, ich bekomme ungeschminkte Berichte.«
»Ich hätte es nie für möglich gehalten, daß du es ertragen kannst, so lange fern von Rußland zu leben.«
»Ich werde es noch länger ertragen müssen. Es wird Krieg geben in Europa, Nicolas.«
»Das glaube ich nicht.«
»Du wirst es sehen, und es wird nicht mehr lange dauern.«
»Man wird dich internieren, hier, als Ausländerin.«
»Das wird man nicht. Denn Rußland und Frankreich werden auf einer Seite kämpfen. Gegen Deutschland.«
»Ah ja, ich weiß, die berühmte Einkreisung.«
»Sie besteht.«
»Wir haben den Dreibund.«
»Rußland ist reich. England ist reich. Und Rußland ist unermeßlich groß. England besitzt ein Weltreich. Deutschland hat keine Chance.«
»Wir haben die besseren Soldaten.«
»Das mag sein. Aber ihr habt dennoch keine Chance.«
Sie führten dieses Gespräch im leichten Plauderton, sie fühlten sich im Grunde nicht betroffen. Das war im Mai des Jahres 1913.
Zur gleichen Zeit trafen sich in Berlin die Mächtigen dieser Erde. Die Prinzessin Viktoria Luise, Kaiser Wilhelms einzige Tochter, heiratete den Welfenherzog Ernst August. Gleichzeitig feierte man das 25jährige Regierungsjubiläum des jungen Kaisers, in dem die Nation, das Bürgertum, der Adel, Handel und Wandel, die sozialdemokratischen »Vaterlandsverräter« sich selbst feierten.
Ein großes glanzvolles Fest, ein Treffen der Monarchen, Fürsten und Staatspräsidenten. Auch Zar Nikolaus war aus St. Petersburg angereist, wie Georg V., König von England und Kaiser von Indien. Feste, Bälle, Empfänge, Musik, Paraden, Glanz und Gloria. Europa in einer stolzen Stunde!
Europa am Rande des Abgrundes. Es war das letzte Treffen der Monarchen, ehe ihre Völker in einem Blutbad ertrinken und fast alle ihre Throne stürzen würden. Sie wußten es nicht. Aber sie ahnten es vielleicht, genau wie die Fürstin ahnte, was kommen würde.
Es war auch das letztemal in diesem Leben, daß Natalia Fedorowna und Nicolas einander sahen. Auch das wußten sie nicht, das ahnten sie nicht einmal.
»Ich habe oft Heimweh nach Rußland«, sagte sie an diesem letzten Abend zu Nicolas. »Alle Russen haben Heimweh. Darum sind sie mir auch alle weggelaufen.«
»Ja, ich habe es bemerkt, du hast jetzt nur noch französisches Personal. Wo ist eigentlich der vorbildliche Butler geblieben?«
»Gordon? Der ist schon lange fort. Der konnte es mit meinen Russen nicht aushallen, und ich nicht mit ihm. Ecoutez, mon ami, du könntest mir etwas Liebes tun.«

»Alles, was in meiner Macht steht, Natalia Fedorowna.«
»Schickst du mir den Grischa? Oder brauchst du ihn nötig?«
»Aber nein, ich brauche ihn nicht. Wir haben ja kein Haus mehr, nur eine Wohnung, sieben Zimmer. Wir haben ein Dienstmädchen, und es kommt noch eine Frau zum Saubermachen. Grischa serviert, und er fährt mein Automobil. Aber ich kann es gut selbst fahren. Grischa kommt zu dir.«
»Er hat lange genug im Ausland gelebt, ich denke, er wird es aushalten, bei mir zu bleiben. Er ist treu und gut, wie du mir erzählt hast. Wird deine Frau es übelnehmen?«
»Gewiß nicht. Sie wird glücklich darüber sein, dir eine Gefälligkeit erweisen zu können. Außerdem gehört Grischa sowieso dir, er war nur eine Leihgabe.«
»Eine Leihgabe von – wieviele Jahre war er bei dir?«
»Warte, laß mich rechnen. Etwa zwanzig, denke ich.«
»Zweiundzwanzig«, sagte die Fürstin, die immer schon besser rechnen konnte als Nicolas. »Er muß ungefähr 43 oder 44 Jahre alt sein. Ich werde ihn mit Paulette verheiraten, meiner Jungfer. Ich bin sehr mit ihr zufrieden und möchte, daß sie bleibt. Sie ist 30 und braucht dringend einen Mann, das merke ich oft, denn dann ist sie launisch. Sieht Grischa noch gut aus?«
»Er sieht großartig aus. Und er hat immer eine Freundin gehabt, darum dürfte er wohl in dieser Beziehung noch gut in Form sein.«
»Très bien. Paulette könnte ruhig ein Kind bekommen, das macht gar nichts. Oder zwei. Dann bleiben sie wenigstens bei mir. Und Grischa muß nicht in den Krieg.«
»Sprich nicht mehr vom Krieg, Natalia Fedorowna. Ich kann es nicht hören.«
»Du wirst es hören müssen, mon ami. Aber gut, sprechen wir nicht mehr davon. Es genügt, zu leiden, wenn eine Leidenszeit begonnen hat. Nur ein Tor leidet zuvor.«
»Das ist wahr«, sagte Nicolas nachdenklich. »Es gibt Vorfreude, das ist ein schönes Gefühl. Vorleid gibt es nicht.«
Vier Wochen später reiste Grischa von Breslau nach Paris.
Alice ging es sehr nahe. »Er war immer noch wie ein Stück von Wardenburg«, sagte sie leise und traurig. »Jetzt haben wir gar nichts mehr.«
»Die Pferde«, sagte Nicolas. »Vergiß die Pferde nicht.«
Aber Manon, Ma Belles Tochter, mußte in diesem Sommer getötet werden, die Sehne an ihrem linken Vorderbein war kaputt, man konnte sie nicht mehr reiten, und Tibor, der Fuchs von Nicolas, war kein echter Wardenburger, er war dort nicht gezogen und hatte nur wenige Monate auf Wardenburg verbracht.
Es zerging, es zerfloß, es zerbröckelte. Nicolas hatte Schulden, wie er sie immer gehabt hatte und wenig Einnahmen. Er hätte sich große Sorgen machen müssen um seine Zukunft. Er machte sich keine. Die Fürstin hatte auch gesagt: nur ein Tor leidet zuvor.

Die unvorhergesehene Abreise von Nicolas hatte Nina vollkommen verstört zurückgelassen. Die Szene am Abend des Ankunftstags, sein Kuß – und dann am nächsten Tag fuhr er fort, ohne auch nur noch ein Wort mit ihr gesprochen zu haben.

Alice sah sehr wohl Ninas blasses Gesicht, das Nichtverstehen in ihren Augen, aber sie ging darüber hinweg und tat so, als sei die plötzliche Reise ganz selbstverständlich. Sie versuchte auch gar nicht erst, Entschuldigungen oder Ausreden für Nicolas zu erfinden. Erstens redete Alice sowieso nicht gern über Gefühle und seelische Komplikationen, und zweitens wußte sie nicht, was am Abend zwischen den beiden vorgefallen war. Fragen stellte sie nicht. Sie wollte es gar nicht wissen. Daß Nina seit vielen Jahren in Nicolas verliebt war, wußte sie. Und daß Nicolas davon nicht unberührt geblieben war, zeigte seine Eifersucht. Denn seine Reaktion auf die Mitteilung, daß sie heiraten würde, war Eifersucht, nichts anderes. Das war Alice alles klar. Und sie fand, je weniger man darüber redete, umso besser.
Daß Nicolas zur Fürstin gefahren war, zeigte seine Vernunft. Und je eher Nina heiraten würde, abermals umso besser, dann war diese Jugendschwärmerei vom Tisch, und die Tatsache, daß er sich offensichtlich dadurch geschmeichelt fühlte, erledigte sich von selbst.
Wieder einmal wurde Kurtel für Nina zum rettenden Engel. Der Tag, an dem Nicolas abreiste, die folgende Nacht und noch den nächsten Vormittag verbrachte sie in tiefster Depression, gemischt mit lustvoller Erregung, die sein Kuß in ihr zurückgelassen hatte. Am Nachmittag raffte sie sich endlich auf, fuhr mit der Elektrischen in die Stadt, bis zum Ring, und ging ins Kaufhaus Barasch. In der Stoffabteilung war Kurtel gerade dabei, zwei Kundinnen zu bedienen, so blieb Nina in einiger Entfernung stehen und wartete ab. Wie nett er aussah! Ein kleines blondes Bärtchen zierte seit neuestem seine Oberlippe, das hatte sie noch gar nicht gesehen, aber es stand ihm gut. Und wie eifrig er seine Arbeit tat! Gewandt, liebenswürdig und unermüdlich, die Stoffballen häuften sich auf dem Tisch, und er debattierte mit den beiden Damen über alle Vorteile von Material und Farbe, hielt sich einmal selbst den Stoff vor die Brust, drapierte ihn vor dem Spiegel den Damen wechselseitig über die Schultern.
Ich werde ihm sagen, daß ich ihn nicht heiraten kann, dachte sie. Er wird fragen, warum, und ich werde sagen, daß ich einen anderen liebe. Das kann ich nicht sagen. Er weiß genau, daß ich niemanden kenne, und daß ich meinen Onkel liebe, das kann ich ihm nicht sagen. Was soll ich ihm denn sagen?
Sie spürte Nicolas noch, seine Arme, seinen Kuß, seinen Körper an ihrem, sie hatte es seit vorgestern abend ununterbrochen gespürt, Angst und Entsetzen, Lust und Entzücken fühlte sie gleich stark in sich. Er hatte sie erschreckt, aber es war ein wunderbares Erschrecken, es stieß sie nicht ab, es zog sie an.
Sie wußte ja nicht, noch nicht, was zwischen Mann und Frau geschah, sie hatte nicht die geringste Vorstellung, was geschehen würde, wenn sie Kurtel geheiratet hatte, aber daß es niemals so etwas sein würde, wie das, was vorgestern abend geschehen war, daß sie niemals so empfinden würde, wie sie empfunden hatte, als Nicolas sie küßte – das wußte sie.
Endlich war Kurtel mit seinen Kundinnen fertig, und hatte, wie Nina sah, gut verkauft, viele, viele Meter Stoff wurden von zwei Ballen abgewickelt, abgemessen, ein Lehrling half Kurtel dabei, und ein älterer Herr, der in einiger Entfernung stand, sah wohlgefällig zu. Das war wohl der Abteilungsleiter, Herr

Braun, von dem Kurtel in seinen Briefen so respektvoll und bewundernd schrieb, als handle es sich um Gottvater persönlich. Erst als die Verkaufsaktion sich dem Ende zuneigte, wandelte der Gott hinüber, sprach einige sicher bedeutungsvolle Worte zu den Damen, nickte Kurtel zu und sah diesem nach, als er seine Kundinnen zur Kasse geleitete.

Auf diesem Weg kam er an Nina vorbei, sah sie, stockte, seine Wangen röteten sich vor Freude und Überraschung, aber da Nina mit unbeteiligter Miene stehenblieb und tat, als kenne sie ihn nicht, setzte er seinen Weg fort und erledigte erst seine Arbeit bis zum guten Schluß.

Wie er dann auf sie zukam, so lieb und so blond, vor allem so beglückt, sie zu sehen, war ihr klar, daß sie es nicht übers Herz bringen würde, ihm zu sagen, daß sie es sich anders überlegt hätte.

Später. Oder sie würde ihm schreiben.

Dank Kurtel wurden die Tage in Breslau für sie dann doch ganz erträglich. Da es ohne Nicolas wenig Abwechslung gab, gewöhnte sie sich an, Kurtel jeden Abend am Personalausgang des Kaufhauses abzuholen, was ihn unbeschreiblich freute. Er sagte es ihr auch, er sagte es ihr immer wieder.

Wie schön sie sei! Und was für ein wunderbarer Anblick, wenn er aus der Tür kam, und sie stand da vor ihm. Ach, Nina, deine Augen, dein Lächeln. Du weißt nicht, wie sehr ich dich liebe.

Ihr tat es wohl. Seine Komplimente waren einfach, ehrlich und unkompliziert, nicht so raffiniert und geistvoll verbrämt wie manche Bemerkungen von Nicolas.

Sie schlenderten durch die Stadt, die er bereits ganz gut kannte, viel besser als sie, denn durch die Stadt gegangen, abgesehen von den Hauptgeschäftsstraßen, war sie eigentlich nie. Und Gebäude, Kirchen, Brücken, die Universität, Plätze und Anlagen hatte ihr keiner gezeigt. Kurtel lud sie auch einigemale abends zum Essen ein. »Aber das ist doch viel zu teuer«, sagte sie.

»Das kann ich mir leisten«, sagte er stolz. »Ich bekomme sicher bald Zulage. Herr Braun sagt, bei mir braucht er nie in ein Verkaufsgespräch einzugreifen, ich mache das allein am besten. Und ich verkaufe jetzt schon mehr als die anderen.«

»Das habe ich gesehen«, stimmte Nina bereitwillig zu.

Sie wollte ihm ja so gern viel Liebes sagen, viel Liebes tun, um jetzt schon gut zu machen, was sie ihm antun würde, wenn sie die Verlobung löste.

Einmal gingen sie in den Schweidnitzer Keller, das berühmte alte Lokal im noch berühmteren alten Rathaus, das sich gleich gegenüber vom Kaufhaus Barasch befand. Und zweimal gingen sie in ein kleines Lokal auf der Schuhbrücke, wo Kurtel öfter zu Abend aß, wie er sagte, es sei billig und gut, er war dort eine Art Stammgast, Wirt und Wirtin begrüßten ihn, und er stellte Nina stolz als seine Braut vor. Auch die anderen Stammgäste nahmen regen Anteil an Ninas Auftritt, sie bemerkte es wohl, genau wie sie bemerkte, daß Kurtel rundherum beliebt war.

Was ja kein Wunder war. Er war höflich und war freundlich, vor allem hörte er geduldig zu, wenn einer etwas zu erzählen hatte. Gerade das war wichtig, denn

die Schlesier redeten und erzählten so gern, und am allerliebsten und am allerlängsten redeten und erzählten die Breslauer. »Oh, Lerge!« sagte einer von den Stammgästen des Lokals. »Deine Braut, ma meechts nich glooben! So'n scheenes Mädchen.«
Irgendwie hatte es einen gewissen Reiz, so ganz erwachsen am Arm eines jungen Mannes abends durch eine große Stadt zu gehen, ein Lokal aufzusuchen, in ein Kino zu gehen, denn auch das taten sie einmal.
Das schloß nicht aus, daß Nina unausgesetzt an Nicolas dachte, darauf wartete, daß er wiederkäme oder daß wenigstens eine Nachricht von ihm einträfe. Eine Nachricht kam, ein Telegramm an Alice aus Nizza. Er sei jetzt hier und gedenke, eine Weile zu bleiben. Das war alles, was sie von ihm hörten.
Am Sonntag wurde Kurtel von Alice zum Abendessen eingeladen; das war für alle Teile sehr aufregend, und Nina dachte auf einmal: ein Glück, daß Nicolas nicht da ist!
Nicolas und Kurtel nebeneinander – das paßte einfach nicht. Sie sah im Geist seine hochgezogene Braue, den gesenkten Mundwinkel und das spöttische Lächeln. Der arme Kurtel wäre völlig verloren gewesen.
Allein mit Alice ging das sehr gut, Kurtel kam in seinem allerbesten dunkelblauen Anzug, das blonde Haar mit viel Wasser an den Kopf gebürstet. Er nahm keine Pomade, nachdem Nina einmal gesagt hatte, sie finde Pomade gräßlich, das sei etwas für Ladenschwengel. Nun *war* er ja ein Ladenschwengel, aber er mußte nicht wie einer aussehen, das war Ninas Meinung, der er zustimmte. Er benahm sich tadellos, küßte Alice die Hand, überreichte einen gewaltigen Blumenstrauß und staunte sie den ganzen Abend lang mit seinen kinderblauen Augen an. (Auch er war im Stillen sehr froh darüber, daß der sagenhafte Onkel Nicolas nicht zugegen war.) Er redete nicht zuviel, aber auch nicht so wenig, daß die Unterhaltung Schwierigkeiten bereitet hätte. Seine Tischmanieren waren gut, die hatte er bei seiner Mutter gelernt, und wenn ihn der Riese Grischa, der mit unbewegter Miene servierte, ein wenig irritierte, so ließ er es sich nicht anmerken.
Alice sagte danach zu Nina: »Ein sympathischer junger Mann. Ich glaube, du wirst es gut haben bei ihm. Sicher wird er es noch weit bringen, er scheint ja sehr strebsam zu sein.« Nachher, allein in ihrem Zimmer, dachte Nina, daß das von Tante Alice nichts anderes gewesen war als reine Höflichkeit. Was konnte sie an Kurtel finden, sie, die Nicolas geheiratet hatte.
Dann hatte Nina noch eine Begegnung, über die sie sich ungemein freute und die sie wirklich vorübergehend von ihrem Kummer ablenken konnte. Sie war an einem Abend mit Kurtel ins Lobetheater gegangen, man gab ein Stück von Ibsen, und in der Pause kam, am Arm eines Oberleutnants, eine schlanke blonde Frau ihnen entgegen. Sie stutzten beide, sahen sich an.
»Victoria!« rief Nina staunend. Victoria von Mallwitz, geborene Roon, zeigte ihr kühles Lächeln. »If that isn't Nina!«
Es war annähernd sechs Jahre her, daß sie sich nicht mehr gesehen hatten, seit damals, als Victoria wegen der Versetzung ihres Vaters die Schule von Fräulein von Rehm verlassen mußte. Jetzt lebte sie in Breslau, war seit einem halben

Jahr verheiratet, ihr Mann stand als Oberleutnant beim Grenadierregiment König Friedrich III.
»Ich werde auch nach Breslau ziehen, wenn ich heirate«, sagte Nina eifrig und vergaß ganz, daß sie gar nicht heiraten wollte.
Victorias Mann, groß und schlank, war zunächst sehr zurückhaltend, und vielleicht wäre der gesellschaftliche Abgrund, der zwischen ihm und dem Verkäufer des Kaufhauses Barasch lag, nicht zu überbrücken gewesen, soweit es ihn betraf. Aber Victoria hatte eine englische Mutter, sie war mit sehr viel common sense und auf sehr demokratische Weise erzogen worden; Klassenunterschiede kannte man zwar in England auch, aber sie waren von anderer Art als die preußischen. Und Ludwig von Mallwitz, ihr Mann, war gar so preußisch auch nicht, wie er aussah, er hatte eine Bayerin als Mutter, wie sich herausstellte, und hatte einen Teil seiner Kindheit in München verbracht, wo sein Großvater als General in der Königlich Bayrischen Armee diente.
Dies alles erfuhr man voneinander im Laufe des Abends, als man nach dem Theater noch in das Weinlokal Becker und Brätz gegangen war, das Kurtel natürlich noch nie betreten hatte, während Nina es von einem Besuch mit Nicolas kannte.
Nina mußte nun von zu Hause erzählen, von ihrer Familie, von Fräulein von Rehm, und natürlich fragte Victoria, ahnungslos wie sie war, auch nach dem wundervollen Onkel Nicolas und Gut Wardenburg.
»What a pity!« sagte sie, nachdem Nina erzählt hatte, was mit Wardenburg geschehen war.
Wie immer mischte sie englische Sätze in ihre Rede, das hatte sie als Kind schon getan, das war keine Angabe, es kam ihr ganz selbstverständlich über die Lippen. In ihrem Elternhaus war immer viel englisch gesprochen worden, Victoria war auch öfters bei ihren Verwandten in England gewesen.
Nina erinnerte sich noch gut daran, wie energisch Victoria darauf bestanden hatte, daß man ihren Namen mit c und nicht mit k, also Viktoria schrieb, was der deutschen Schreibweise entsprochen hätte. »Queen Victoria war meine Patin«, teilte sie dann jedesmal hochnäsig mit, und das machte Eindruck.
Fräulein von Rehm hatte das c selbstverständlich akzeptiert, und die klügeren unter den Lehrerinnen auch, aber sie hatten eine Mathematiklehrerin, eine höchst preußisch-deutsche Dame, der die englischen Ahnen und Anverwandten der stolzen Victoria eine Art Herausforderung waren und die stets und ständig Viktoria schrieb. Was Victoria jedesmal ausbesserte. Das junge Ehepaar Mallwitz bewohnte ein Haus nahe dem Südpark, und Victoria hatte wie eh und je ihr eigenes Pferd.
Nicht ohne ein wenig Neid im Herzen hörte Nina ihr zu. Sie war diesmal gar nicht zum Reiten gekommen, Manon lahmte und konnte nicht geritten werden, Tibor durfte sie nicht reiten; außer Nicolas ritt ihn nur der Bereiter, er brauchte eine starke Männerhand und einen guten Reiter, er war nicht ganz einfach. Wäre Nicolas da gewesen, wären sie sicher einmal zusammen ausgeritten, aber so war es diesmal nichts geworden. Und sie dachte an diesem Abend: ich werde

niemals reiten können und ein eigenes Pferd haben. Wenn ich Kurtel heirate, kann ich mir das nie leisten.
Im Laufe des Abends sprachen sie auch über das Theaterstück, das sie gesehen hatten, Ibsens ›Hedda Gabler‹, und Nina sagte, es falle ihr schwer, diese Frau zu verstehen oder ihr gar Sympathie entgegenzubringen, schließlich hätte sie ja einen Mann, den sie verachte, nicht zu heiraten brauchen.
Noch während sie es aussprach, wurde ihr ganz heiß. Sie verachtete Kurtel nicht, nie und nimmer, aber sie war auch im Begriff, einen Mann zu heiraten, den sie im Grunde nicht anerkannte. War sie etwa besser als Hedda Gabler?
»Die Ehe ist sehr oft ein fauler Kompromiß für eine Frau«, sagte Victoria in ihrem gleichmütigen Ton.
Ihr Mann sah sie an und lächelte, und sie fuhr fort: »Wenn sie den nicht nötig hat, den Kompromiß, wenn sie wirklich ihr Einverständnis hat für ihre Wahl, dann hat sie bereits großes Glück gehabt.«
Nun lächelte sie ihrem Mann auch zu, das Einverständnis schien vorhanden zu sein. Das Wort Liebe hatte Victoria nicht gebraucht, das sah ihr ähnlich.
Nina begann von »Nora« zu sprechen, Ibsens umstrittenem Emanzipationsstück, das sie erst im vergangenen Jahr im heimischen Stadttheater gesehen hatte. Man hatte dort lange mit der Aufführung gezögert, um die kleinstädtischen Bürger nicht allzusehr zu empören.
Nina war sehr begeistert gewesen, und sie sagte nun: »Das muß eine tolle Rolle sein, diese Nora. Mir imponiert diese Frau gewaltig.«
»Wieso?« fragte Victoria kühl.
»Na ja, so einfach auf und davonzugehen, Mann und Kinder sitzenzulassen und sich auf eigene Füße zu stellen, dazu gehört doch allerhand Mut.«
»Ich würde eher sagen, dazu gehört eine gute Portion Verantwortungslosigkeit«, sagte Ludwig von Mallwitz.
»Na, wie der sie behandelt hat!« zog Nina für ihre Heldin ins Feld. »Wie so ein Püppchen. Und dann hat er nicht mal zu ihr gehalten.« Eine Weile diskutierten sie eifrig über Ibsens vielgescholtene Nora, die seit ihrer Uraufführung vor mehr als zwanzig Jahren nicht aus dem Gerede gekommen war. Kurtel konnte da nicht mitreden, er hatte »Nora« nicht gesehen. Er war bisher überhaupt wenig ins Theater gekommen, ein großes Manko offenbar, wie er jetzt einsah. Er würde jetzt so oft wie möglich ins Theater gehen, die fünf Groschen für einen billigen Platz mußten vorhanden sein, lieber würde er auf sein Abendbier verzichten. Es gehörte zur Bildung. Nina sollte sich seinetwegen vor ihren feinen Bekannten nicht schämen müssen. Die »Hedda Gabler« war sein erstes Ibsen-Stück gewesen heute abend und besonders gefallen hatte ihm die überspannte Dame nicht, aber das lag vielleicht daran, daß er zu wenig davon verstand.
»Ich habe die Sorma in Berlin als Nora gesehen«, meinte Victoria, »und ich glaube, besser als sie kann diese Rolle keine spielen. Aber für mich ist diese Nora doch ein dummes Weib. Sieh mal, Nina, es ist doch ihre eigene Schuld, wenn sie sich jahrelang von ihrem Mann als Miesemausekätzchen behandeln läßt, das hat ihr doch offenbar gut gefallen, sonst hätte sie ihm ja diese Albern-

heiten leicht abgewöhnen können. Wenn sie sich so benommen hätte, daß er sie ernstnehmen mußte, dann hätte er sie auch ernstgenommen.«
»Ja, aber wie sie dann wirklich etwas vollbracht hat, um ihn aus seiner fatalen Lage zu retten, da läßt er sie im Stich. Er ist doch der Versager.«
»Er handelt der Rolle gemäß, die sie ihn so lange spielen ließ. Ihr Umschwung kommt völlig unmotiviert. Und man kann von ihm nicht verlangen, daß er da einfach mitmacht. Daß sie fortgeht von ihrer Familie, ist eine Laune, sonst nichts.«
»Es ist ein sehr ernsthafter und wohlüberlegter Entschluß«, verteidigte Nina ihre Heldin.
»Es ist kindischer Trotz, und kein Mensch im Publikum stimmt ihr zu.«
»Ich würde sagen, es stimmen ihr eine ganze Menge Leute zu, bestimmt Frauen, die sich in ihrer Ehe mißverstanden fühlen.« Ludwig von Mallwitz lächelte amüsiert zu Kurtel hinüber, der das Lächeln unsicher erwiderte. Er wußte nicht, wovon die Rede war. Mallwitz freute sich an dem Eifer der jungen Frauen, die den Dialog ganz allein führten.
»Ich meine«, griff er in das Gespräch ein, »man kann es nicht als brauchbares Beispiel für die Emanzipation der Frau betrachten, wenn eine Frau nach vielen Jahren Ehe einfach fortläuft und Mann und Kinder zurückläßt. Das ist mißverstandene Emanzipation.«
»Na, vor allen Dingen ist es schwachsinnig«, meinte Victoria. »Das Eichhörnchen hat ja überhaupt nicht nachgedacht. Zur Emanzipation gehört ein Beruf, nicht wahr? Sie hat aber keinen. Und ein bißchen dumm ist sie auch. Kann mir jemand sagen, was sie machen wird, nachdem sie Helmer verlassen hat? Sie wird vermutlich in einem Bordell landen.«
Ihr Mann lachte hell heraus.
»Aber Schatz!« sagte er dann, nahm Victorias Hand und küßte sie. »Wer wird denn so rigoros sein!«
»Ja, sag doch selbst, was soll sie denn machen? Sie kann vielleicht einen Blumenstand auf dem Potsdamer Platz betreiben. Aber bei Regenwetter stelle ich mir das auch nicht sehr gemütlich vor, da wäre sie in einem vornehmen Bordell doch besser aufgehoben. Und am besten natürlich bei ihrem Alten, zu dem sie vermutlich demnächst zurückkehren wird.«
»Wenn er sie noch will«, sagte Ludwig.
Nina hatte mit großen Augen zugehört.
»Na, weißt du«, sagte sie. »Von der Seite habe ich das noch nie betrachtet.«
»Solltest du aber«, sagte Victoria trocken. »Für uns ist das Stück zu Ende, wenn der Vorhang fällt, nachdem Nora gloriously in die große Freiheit gezogen ist. Aber ich habe mir gleich gedacht, was tut das dumme Stück denn nun? Morgen zum Beispiel.«
Es war ein anregender Abend, und Nina war von ihrem Kummer abgelenkt worden.
Zwei Tage später kehrte sie nach Hause zurück. Am Abend zuvor, ihrem letzten Abend in Breslau für diesmal, brachte Kurtel zur Sprache, was ihm schon die ganze Zeit auf dem Herzen lag.

»Nina! Laß uns doch noch in diesem Jahr heiraten.«
»Oh!« machte Nina und wußte nicht, was sie sagen sollte.
»Jetzt ist April. Könnten wir nicht so im September oder Oktober heiraten?«
»Aber Kurtel! So schnell.«
»Es ist doch unsinnig, jahrelang verlobt zu sein. Ich möchte so gern, daß du bei mir bist. Soll ich dir etwas sagen? Ich habe mir schon ein paarmal Wohnungen angesehen. Es müßte natürlich eine hübsche Wohnung sein. Aber sie dürfte nicht allzuviel kosten. Wieviel Zimmer brauchst du denn? Was meinst du?«
Nina wäre am liebsten fortgelaufen. Die ganze Zeit dachte sie darüber nach, wie sie ihm beibringen würde, daß sie ihn nicht heiraten konnte, und nun fing er an, schon von der Wohnung zu sprechen. Er sah ihr an, daß sein Vorschlag wenig Begeisterung bei ihr weckte.
»Du bist doch gern in Breslau, das sagst du doch immer. Denk mal, wir könnten dann manchmal zusammen ins Theater gehen, so wie gestern abend.«
»Ich kann doch nicht jetzt schon heiraten.«
»Warum nicht? Im Oktober wirst du zwanzig. Das ist doch ganz normal für ein Mädchen, wenn sie mit zwanzig heiratet. Deine Freundin ist doch auch verheiratet, die ist nicht älter als du . . .«
Die Sache mit der Wohnung mußte überlegt werden.
»Drei Zimmer«, sagte sie nachdenklich. »Drei Zimmer müßten wir schon haben.«
Er ergriff stürmisch ihre Hand.
»Für den Anfang, Nina, nur für den Anfang. Später bekommst du eine Wohnung wie deine Tante Alice. Genau so groß. Und ein Dienstmädchen bekommst du auch. Ich werde bestimmt eines Tages Einkäufer, das wirst du sehen. Ich schaffe alles, was ich will.«
Das klang sehr sicher, sehr selbstbewußt.
Nina sah ihn nachdenklich an.
»Ja«, sagte sie langsam. »Das scheint mir auch so.«
»Vielleicht haben wir später mal ein eigenes Geschäft. Das ist durchaus möglich. Angenommen, jemand will vielleicht einen Teilhaber in seinem Geschäft haben, weil er selbst zu alt wird oder so, manchmal gibt es solche Gelegenheiten, weißt du. Man muß nur die Augen und Ohren offenhalten.«
»Ich wüßte noch etwas Besseres«, sagte Nina. »Du solltest ein Mädchen heiraten, dessen Vater ein Textilgeschäft hat.«
»Nie!« rief er und strahlte sie an mit seinen blauen Augen. »Das brauche ich nicht. Das schaffe ich ganz allein. Und ich will keine andere Frau der Welt, nur dich.«
Es klang wie ein Echo in ihrem Ohr. Wer hatte das gesagt?
Ich kann keinen anderen lieben. Nur dich.
Sie hatte das gesagt, zu Nicolas. Und Kurtel sagte es zu ihr.
Am nächsten Tag brachte er sie mit einem großen Blumenstrauß an die Bahn, er hatte sich extra eine Stunde freigeben lassen. Tante Alice kam nicht mit, sie fühlte sich wieder einmal nicht wohl, klagte über Rückenschmerzen und Kopfschmerzen. Sie sah wirklich sehr elend aus, und Nina fragte besorgt, als sie

Abschied nahm: »Soll ich nicht doch lieber bleiben und mich um dich kümmern?«
»Nein, Kind, ich habe alles, was ich brauche. Grischa kümmert sich allerbestens um mich. Und Hanni ist ja auch ein liebes Ding.«
Diesmal also küßte Kurtel sie am Bahnhof. Und seine letzten Worte waren: »Also, ich halte dann immer mal Ausschau nach einer passenden Wohnung, nicht? Und wenn ich was finde, das mir gefällt, dann kommst du her und guckst es dir an, ja?«
Nina nickte. Sie hatte ihm nicht gesagt, daß sie ihn nicht heiraten konnte. Und sie schrieb ihm auch keinen Brief zu diesem Thema, als sie wieder zu Hause war. Denn es war sehr still zu Hause, und das Leben war sehr langweilig, es passierte gar nichts. Ein Tag war wie der andere.

Von seinem Entschluß, noch in diesem Jahr zu heiraten, ließ sich Kurtel nicht abbringen.
An Nina schrieb er: Wir wären Weihnachten dann schon verheiratet, und ich könnte für dich einen Christbaum schmücken, nur für dich.
Selbst der Gedanke an den eigenen Christbaum konnte Nina nicht heiratslustig machen. Und wer dachte denn auch mitten im Sommer an einen Christbaum!
»Das ist doch ein timpliches Gelabere«, sagte sie zu Erni, »findest du nicht auch?«
»Er hat dich eben sehr lieb«, meinte Erni.
»Was hat denn das mit dem Christbaum zu tun?« fragte Nina gereizt.
Sie war jetzt oft schlechter Laune, aber die Familie war ihr gegenüber sehr duldsam und verständnisvoll.
»Es ist ein bedeutender Lebensabschnitt, wenn man eine Ehe eingeht«, sagte Agnes pathetisch. »Man kann wohl sagen, es ist der wichtigste Tag im Leben einer Frau.«
»Phh!« machte Nina. »Es ist ein Tag wie jeder andere. Die meisten Leute heiraten. Was soll das denn schon Besonderes sein?«
An seine Mutter schrieb Kurt: Ich hebe mir meinen Urlaub auf, und dann können wir eine kleine Hochzeitsreise machen. Im Herbst ist es im Riesengebirge sehr schön.
Nachdem Martha sich einem diesjährigen Hochzeitstermin gegenübersah, war sie nicht mehr zu bremsen. Sie kam nun oft ins Haus Nossek, betrachtete sich bereits als Familienmitglied, und ihre altbekannte Tüchtigkeit begann nun auch die Nosseks zu erfassen. Sie dachte sich Diätrezepte für Emil aus, die ihm wunderbarerweise gut bekamen, für Agnes wußte sie ein altes Hausmittel, das ihrer Schwäche und ihrem flatternden Herzen helfen sollte und zu Erni sagte sie tatenfroh: »Warte nur, Jungele, dich päppeln wir auch noch auf. Dich kriegen wir dick und rund. Bis du mal heiratest, wirst du gar nicht mehr wissen, was Kranksein heißt.«
Nina behandelte sie mit großer Hochachtung, bewunderte ihr Aussehen, ihre Bildung, ihre Lebensart.
Und so, durch Martha angekurbelt, begann man im Hause Nossek mit den Hochzeitsvorbereitungen, sie machten sich Gedanken über die Aussteuer, prüften, überlegten, kauften, die Nähmaschine begann zu rattern.
»Wozu denn das alles?« sagte Nina abwehrend. »Bei Barasch gibt es alles fix und fertig zu kaufen, was man braucht. Und Kurtel bekommt sogar Prozente.«

Die Frauen, einschließlich Charlotte – inzwischen dreiundsiebzig, aber noch gesund und munter –, wurden von Marthas Eifer angesteckt. Endlich würde eine der Töchter heiraten, wie es sich gehörte. Agnes berichtete ihrer Schwester Alice ausführlich von allen Vorbereitungen und lud sie und Nicolas vorsorglich schon jetzt zur Hochzeit ein.
Es gehe ihr gesundheitlich nicht besonders gut, erfuhren sie von Alice, aber wenigstens habe sie jetzt den richtigen Arzt. Und ihr werdet staunen, es ist Dr. Menz. Nicht der alte Dr. Menz, aber sein Sohn, der in Breslau eine angesehene Praxis hat und ein so guter Arzt ist wie sein Vater, schrieb Alice. Zu ihm habe ich Vertrauen, und er hat mir auch schon sehr geholfen.
Von Nicolas schrieb sie gar nichts, auch Nina hatte nach ihrer Rückkehr nicht viel von ihm erzählt, ganz im Gegensatz zu sonst, aber das hatten sie gar nicht richtig zur Kenntnis genommen. Es war ja auch wohl nur verständlich, daß Nina nun mehr über ihren Verlobten als über ihren Onkel zu berichten hatte.
Martha überkam die Reiselust, sie fuhr im Laufe des Sommers mehrmals nach Breslau, um nach ihrem Sohn zu schauen, ob es ihm auch gut gehe, und damit er auch ordentlich zu essen hatte, nahm sie jedesmal zwei Riesenkörbe mit Lebensmitteln mit. Auch Wohnungen hatte sie gemeinsam mit Kurtel besichtigt und erzählte Nosseks sehr genau, was sie gefunden, beziehungsweise noch nicht gefunden hatten.
Anfang August kam sie höchst animiert von ihrer dritten Breslau-Reise zurück und berichtete, Kurtel hätte nun zwei Wohnungen an der Hand, die eine hinter dem Odertor, die andere am Schießwerder, beide seien sie hübsch, die eine gefalle ihr besonders gut, aber Nina müsse ja nun wohl selbst hinfahren und sie sich ansehen.
Also setzte sich Nina hin und schrieb an Alice, ob es recht sei, wenn sie in der nächsten Woche für einige Tage nach Breslau käme. Diesmal schrieb sogar Nicolas eigenhändig und postwendend zurück. Sie würden sich sehr freuen, Nina wieder einmal zu sehen.
Er war am Bahnhof, um sie abzuholen. Wie immer. Er war lieb und charmant, wie immer. Küßte sie auf die Wange, machte ihr ein Kompliment, und Nina, die dem Wiedersehen mit Bangen entgegengesehen hatte, war fast enttäuscht. Sie hatte sich irgendeine dramatische Szene ausgemalt, doch nichts davon. Nicolas fuhr sein Auto nun selbst. Daß Grischa nicht mehr da war, wußte Nina aus Alices Briefen, aber es war doch sehr seltsam, ihn nicht mehr vorzufinden.
Wer ebenfalls nicht da war, war Alice. Nicolas hatte sie in der vergangenen Woche zu einer Kur nach Bad Warmbrunn gebracht. »Sie wollte erst nicht«, erzählte er, »aber Dr. Menz hat es angeordnet, und was der sagt, ist für sie jetzt Evangelium. Ich hoffe, es wird ihr guttun. Und weißt du, was wir beide machen? Wir werden sie dort besuchen.«
»Ja?« fragte Nina.
»Ja. Wir nehmen uns das Auto und fahren hin und bleiben ein paar Tage dort. Es ist wirklich hübsch da. Du willst dir eine Wohnung ansehen, habe ich gehört?«
Das war am ersten Abend, sie saßen beim Abendessen, das nun von Hannel serviert wurde.

Seine Frage klang liebenswürdig-unverbindlich, Nina blickte ihn unsicher an, aber es lag nichts Ungewöhnliches in der Luft. Er hatte sich offenbar mit der Tatsache ihrer Heirat vertraut gemacht. Schlimmer – es schien ihm völlig gleichgültig, ob sie heiratete, wen sie heiratete, wann sie heiratete.

Die Enttäuschung erstickte sie fast. Immer hatte sie gedacht, es würde etwas Ungeheuerliches passieren, das ihre Heirat verhinderte, und das konnte ja nur von ihm ausgehen. Aber sie war ihm egal, egal, egal. Aus ihr konnte werden, was wollte, es kümmerte ihn nicht. Er ahnte nicht, wie sehr sie ihn liebte, ahnte nicht, daß kein Mann der Welt ihr je etwas bedeuten würde, außer ihm.

Aber sie hatte es ihm doch gesagt. Hatte er es nicht gehört? Nicht verstanden?

Nach dem Abendessen stand er auf und sagte: »Du mußt mich entschuldigen, ich habe noch eine Verabredung. Wir sehen uns morgen. Willst du mit mir ausreiten?«

»Ich weiß gar nicht, ob ich noch reiten kann.«

»Wir werden es ausprobieren.«

Er hob grüßend die Hand und ging.

Wie vernichtet saß Nina am Tisch und sah ihm nach. Sie saß noch da, als das Mädchen kam, um abzuräumen. Saß noch, als der Tisch leer war.

Ob sie noch einen Wunsch habe, fragte Hanni.

»Nein, danke«, sagte Nina. »Gehen Sie nur schlafen. Wenn ich was brauche, kann ich es mir holen, ich weiß ja, wo alles ist.«

Wie leer und groß die Wohnung war! Ohne Grischa kam man sich darin ganz verloren vor.

Nicolas war gegangen und hatte sie einfach hier sitzen lassen. Er liebte sie nicht, hatte sie nicht das kleinste bißchen mehr lieb. Alles, alles war vorbei.

Ich möchte sterben, dachte sie, als sie im Bett lag. Ich möchte sterben.

Sterben, aber nicht heiraten.

Am nächsten Morgen ritten sie aus.

Da es sehr heiß war, mußten sie früh reiten, Nicolas auf seinem Tibor, Nina auf einem Tattersallpferd, einem ziemlich großen, unruhigen Braunen.

»Laß ihn nur gehen«, sagte Nicolas, »es ist ein gutes Pferd. Im Frühjahr, als Tibor den Husten hatte, habe ich ihn ein paarmal geritten. Er hat einen herrlichen Galopp, du darfst ihn nur nicht stören und mußt ihn laufen lassen, dann macht er gar nichts. Und halte deine Hände ruhig.«

Der Braune mochte ein gutes Pferd sein und einen herrlichen Galopp haben, doch Nina hatte es schwer mit ihm. Auch war sie so lange nicht geritten, daß sie sich auf dem fremden Pferd unsicher fühlte.

Entlang dem Südpark zog sich ein langer Reitweg hin, eine Strecke, die sie immer galoppierten. Wie Nicolas schon angekündigt hatte, zog der Braune kräftig los, er hatte große, weitausgreifende Galoppsprünge, genau wie Tibor, sie blieben Kopf an Kopf, und das Tempo steigerte sich. Dann scheute der Braune, als neben ihnen, auf der Straße, ein Automobil vorbeiratterte. Nicolas parierte Tibor durch, auch der Braune fiel in Schritt.

»Bleib lieber hinter mir«, sagte er. »Wir galoppieren jetzt ruhiger.«

Er setzte sich vor den Braunen, galoppierte wieder an, doch der Braune dachte nicht daran, hinter Tibor zu bleiben, das ging gegen seine Ehre, er griff aus, und da er schon dabei war, zog er an Tibor vorbei, was wiederum dem nicht paßte, Tibor steigerte nun auch das Tempo, und Nicolas mußte ihm eine scharfe Parade geben.
Nina aber hatte ihr Pferd nicht mehr in der Gewalt, er kam ihr aus der Hand, und sie hatte Angst. Gleich kam das Ende des Reitwegs, dann mußten sie über die Straße, und, was noch schlimmer war, durch eine Unterführung, stets eine gefährliche Sache.
»Setz dich hin«, schrie Nicolas hinter ihr, doch Nina zog mit aller Kraft am Zügel, das ärgerte den Braunen, er wurde noch schneller. Gewohnheitsmäßig jedoch fiel er am Ende des Reitwegs in Trab, dann in Schritt.
»Mir scheint, du mußt wieder einmal ein paar Reitstunden nehmen«, sagte Nicolas.
»Ich kann ihn nicht halten«, sagte Nina kläglich.
»Hast du Angst?«
»Ach wo. Ich bin nur lange nicht geritten, das weißt du ja.«
»Wir gehen jetzt langsam.«
Gerade als sie unter der Unterführung waren, donnerte ein Zug darüber, der Braune machte einen Riesensatz und wollte losschießen. Doch Nicolas hatte das kommen sehen, griff mit fester Hand in den Zügel und es gelang ihm, das Pferd zu halten und wieder in Schritt zu bringen.
»So«, sagte er, »keine Angst. Jetzt sind wir im Freien, nun kommt uns nichts mehr in die Quere. Wir machen einen schönen langen Trab hier geradeaus, da beruhigt er sich am ehesten.« Nach der Unterführung liefen Wege in mehrere Richtungen, geradeaus ein breiter, gepflegter Reitweg, rechts und links nur noch Felder und Wiesen, keine Straßen und daher auch kein Verkehr.
Jedoch andere Reiter, und zwar eine ganze Schwadron. Ungefähr auf der Mitte der Strecke kamen ihnen die Kürassiere entgegen, auf der Rückkehr von einer Morgenübung. Man parierte höflich durch auf beiden Seiten, grüßte, ritt im Schritt aneinander vorüber, Nina und Nicolas trabten an, die Kürassiere setzten sich wieder in Galopp.
Ohne zu zögern, faßte der Braune einen Entschluß. Sie ritten auswärts, in die weite gefährliche Welt hinaus, die Pferde, an denen er eben vorbeigekommen war, liefen Richtung Heimat, das erschien ihm empfehlenswerter. Er buckelte zweimal, machte eine Wendung auf der Hinterhand und setzte im Galopp der vor ihm galoppierenden Schwadron nach, und zwar eilig, denn er wollte sie gern einholen. Ehe er sie erreicht hatte, war Nina aus dem Sattel geflogen. Und der Braune schloß sich, reiterlos und erfreut wiehernd, den Kollegen von der Kavallerie an.
Das war alles so schnell gegangen, daß Nicolas nicht eingreifen konnte. Auch Tibor war jetzt unruhig und widerspenstig. Bis er ihn gestraft und gewendet hatte, sah er Nina seitwärts am Rande des Reitwegs liegen.
Er sprang ab, als er bei ihr war, hielt Tibor am Zügel fest und beugte sich zu ihr hinab. »Nina!«
Sie sah zu ihm auf, bewußtlos war sie also nicht.
»Hast du dir etwas getan?«

Sie setzte sich auf und schüttelte den Kopf.
»Ich glaube nicht. Aber ich schäme mich.«
»Komm, steh auf. Und probier, ob alle Knochen noch heil sind. Du brauchst dich nicht zu schämen, so etwas kommt vor.« Die Soldaten hatten inzwischen auch angehalten und waren dabei, den Braunen einzufangen, der sich seitwärts auf eine Wiese abgesetzt hatte und dort übermütig herumtobte.
Der Offizier kam zurückgeritten.
»Ist alles in Ordnung?« fragte er. »Sie sind hoffentlich nicht verletzt, gnädiges Fräulein?«
»Nein, danke«, sagte Nina, die wieder auf den Füßen stand und ihren staubig gewordenen Rock abklopfte. »Mir geht es gut. Aber es ist mir sehr peinlich.«
Der Rittmeister lachte. »Das ist uns allen schon passiert. Ein Reiter, der nicht einmal herunterfallen kann, sollte ein Schaukelpferd benutzen.«
Der Braune war inzwischen eingefangen und wurde gebracht. Nicolas blickte Nina fragend an.
»Wie ist es, traust du dich ...«
»Natürlich«, unterbrach sie ihn empört. »Denkst du, ich gehe zu Fuß nach Hause?«
Die Herren lachten, der Offizier sprang aus dem Sattel und half Nina beim Aufsitzen.
»Noch guten Ritt«, sagte er und salutierte. »Wir reiten jetzt im Schritt weiter.«
»Danke«, sagte Nicolas.
»Wir werden auch im Schritt nach Hause reiten«, sagte er, als die Schwadron außer Sicht war.
»Das werden wir nicht. Nun gerade nicht. Das macht der nur einmal mit mir.«
Nicolas lachte.
»Brav. So gefällst du mir.«
Der weitere Ritt verlief ohne Zwischenfälle, der Braune hatte sich beruhigt und machte keine Mätzchen mehr.
In einem Dorf, in dem sie schon manchmal eingekehrt waren, machten sie vor dem Dorfkretscham halt. »Wie wär's mit Frühstück?« fragte Nicolas. »Ich bin sehr dafür.«
Sie ritten in den Hof ein, ein Knecht kam angelaufen und hielt ihnen die Pferde. Man würde sie heute in den Stall stellen müssen, es war zu heiß, um sie auf dem Hof zu lassen. Nicolas hob Nina vom Pferd und hielt sie einen Augenblick in der Schwebe, ehe er sie niederstellte.
»Tapfer, Ninotschka! Das hast du gut gemacht.«
Ninotschka! Das erstemal, daß er sie wieder so genannt hatte. Aus glücklichen Augen sah sie ihn an.
Er schob seinen Arm unter ihren, sie gingen in den Garten, der sich hinter dem Kretscham befand, hier waren Tische gedeckt, am Rande der geharkten Wege blühten bunte Sommerblumen, ein paar Hühner liefen zwischen den Stühlen herum. Es gab einige Geißblattlauben, in denen ebenfalls Tische standen.
Da kam schon der Wirt gelaufen, er kannte Nicolas, und rief: »Guten Morgen ock, guten Morgen, Herr Baron. Guten Morgen, gnädiges Fräulein. Was wünschen Sie, bittscheen?«

»Frühstück«, sagte Nicolas, »und zwar ein ausführliches. Kaffee, Spiegeleier mit Schinken. Und vorher einen Korn für jeden, zur Beruhigung. Wir hatten einen stürmischen Ritt.«
»Nu sieh ock, un bei die Hitze! Nu den bring ich glei, glei bring ich den, Herr Baron!« und er rannte wieder fort. »Wollen wir uns da hineinsetzen? Da ist es kühler«, fragte Nicolas und wies auf eine der Lauben. Sie standen immer noch, und er hatte immer noch seinen Arm unter ihrem.
Nina nickte, lehnte ganz schnell ihren Kopf an seine Schulter. »Ich bin so glücklich«, sagte sie leise.
»Nanu? Weil du vom Pferd gefallen bist?«
»Weil du wieder richtig mit mir redest.«
»Habe ich denn unrichtig mit dir geredet?«
»Ja. So fremd. So, als ob du mich gar nicht mehr magst.«
»Aber Ninotschka! Du weißt doch, daß ich dich mag.«
Er legte ihr den Arm um die Schulter und küßte sie auf die Wange.
Sie setzten sich an den Tisch in einer Laube, und da kam auch schon der Wirt mit den beiden Schnäpsen.
»Frühstück kommt glei, glei kommt das Frühstück. Paar Minuten noch.«
»So, und hinunter damit!«
Nina kippte den Korn und schüttelte sich.
Und dann lachte sie ihn an, so selig, so strahlend, die Welt rundherum war vergessen, Kurtel war vergessen, die Hochzeit war vergessen. Und wenn sie erst vom Pferd fallen mußte, damit er wieder nett zu ihr war, dann fiel sie eben vom Pferd, kam gar nicht darauf an.
Sie frühstückten in bester Laune, redeten miteinander wie früher, über die Pferde, über den Ritt soeben, worüber Reiter immer sprechen.
»Morgen werde ich ein anderes Pferd für dich nehmen«, sagte Nicolas. »Die haben da eine kleine kastanienbraune Stute, ein sehr hübsches Pferd; und sehr brav. Die hat wenigstens Respekt vor Tibor und rennt ihm nicht davon.«
»Reiten wir morgen wieder?«
»Natürlich. Wenn du willst.«
»Ob ich will! Es ist das Schönste für mich auf der Welt, das Aller-Allerschönste, wenn ich mit dir reiten kann. Und mit dir hier sitzen kann. Und überhaupt bei dir sein kann.«
Er neigte den Kopf zur Seite und betrachtete sie mit einem undefinierbaren Ausdruck.
»Weißt du eigentlich, was du da redest?«
»Nur die Wahrheit.«
Er hatte sich vorgenommen, den lieben zurückhaltenden Onkel zu spielen und sich keinesfalls noch einmal von einem so törichten unbeherrschten Gefühl hinreißen zu lassen. Das machte sie ihm schwer.
Wie sie ihn ansah! Wie sie jeden Blick von ihm auffing, jeder möglichen Berührung entgegenkam, wie sie sich viel zu dicht neben ihn setzte, ihm Kaffee eingoß, ihm sein Brötchen mit Butter bestrich, wie sie lachte und redete. Wie sie kokettierte. Denn das tat sie auf einmal. Sie hatte es früher nie getan. Ihre

Liebe war immer deutlich zu sehen gewesen, aber es war eine unschuldige Liebe gewesen. Jetzt war in ihrem Lächeln, ihren Blicken, ihren Bewegungen keine Unschuld mehr. Als er sich eine Zigarette anzündete, sagte sie: »Ich möchte auch eine.«
»Seit wann rauchst du denn?«
»Ach, manchmal. Wenn ich einsam bin.«
»Bist du denn einsam?«
»Ja, sehr. Aber heute nicht. Heute ist ein wunderbarer Tag.« Ehe sie gingen, sagte sie: »Danke. Ich danke dir.«
»Wofür?«
»Für alles. Daß du da bist. Hier bei mir.«
Er neigte sein Gesicht dicht an das ihre.
»Du bist eine gefährliche kleine Person geworden, weißt du das?«
»Das möchte ich gern sein. Gibst du mir ... gibst du mir einen Kuß?«
»Nein.«
»Nur einen ganz kleinen.«
»Nein. Keinen kleinen und keinen großen. Nicht mehr.«
»Aber warum?«
»Du hast doch jetzt einen Mann, der dich küssen kann, soviel du willst.«
»Ach! Das ist doch ganz was anderes.«
»Schluß jetzt! Wir reiten. Und diesmal paßt du gut auf.«
Die nächsten drei Tage vergingen auf ähnliche Weise, sie ritten jeden Morgen sehr früh, Nina nun mit der Stute, mit der sie gut zurechtkam, sie frühstückten unterwegs, sie redeten und lachten, und Nicolas war vorsichtig und bemühte sich um harmlose Gespräche, aber das war unmöglich, denn sie forderte ihn heraus, immer wieder.
Der Kuß von damals ging ihr nicht aus dem Sinn. Sie wollte ihn einmal, nur einmal noch erleben.
Inzwischen hatte sie auch Kurtel getroffen, sie hatte die beiden Wohnungen besichtigt, sie tat es lachend und vergnügt, aber im Grunde interessierte es sie nicht, und daß sie in einer dieser Wohnungen mit Kurtel leben sollte, das erschien ihr weltenfern.
»Sie sind beide hübsch«, sagte sie. »Ich weiß eigentlich nicht, wie man sich entscheiden soll.«
Kurtel hätte ihr auch eine Wohnung auf dem Mond oder in Hinterindien anbieten können, das war alles so egal, sie fieberte immer nur den Stunden entgegen, die sie mit Nicolas verbrachte.
»Du bist so fröhlich«, sagte Kurtel beglückt.
»Ja. Ich weiß auch nicht, warum.«
Als sie am vierten Tag ausritten, sagte Nicolas, auch dies als Schutz und Schild benutzend: »Da müßte ich ihn ja wohl auch mal kennenlernen, deinen Zukünftigen. Alice meinte, er sei sehr nett.«
»Ja? Willst du wirklich?« fragte sie gedehnt.
»Natürlich. Wir könnten einmal abends mit ihm zum Essen gehen.«
»Wenn du meinst.« Es klang keineswegs begeistert.

Kurtel war sehr aufgeregt, daß er nun Onkel Nicolas, dieses Wunderwesen, kennenlernen sollte. Sie verabredeten sich ziemlich spät, Nicolas ging nie vor neun zum Essen, also konnte Kurtel noch nach Hause gehen und sich umziehen.
Er war sofort von Nicolas bezaubert und verstand nun Ninas Begeisterung. Was für ein Mann! Wie er aussah, wie er ging und stand, wie er mit dem Ober verhandelte, wie er den Wein kostete, wie er die Zigarette hielt! Und Nina! Wie anders war sie in seiner Gegenwart, sprühend, lebendig, und so schön.
Kurtel gab sich große Mühe, gelassen zu erscheinen. Er war noch nie in so einem feinen Restaurant gewesen, war noch nie von solchen Obern bedient worden, hatte noch nie solche Sachen gegessen. Aber er bemerkte kaum, was er aß. Er mußte schauen und staunen. Der würde ja dann gewissermaßen auch sein Onkel sein. Würde sie vielleicht manchmal in so ein vornehmes Restaurant einladen. Er brauchte einen neuen Anzug, damit er bestehen konnte.
Sie gingen spät nach Hause, brachten Kurtel noch mit dem Automobil zu seiner Bleibe, und Kurtel wagte es nicht, Nina wie sonst auf die Wange zu küssen, er küßte ihr die Hand.
Auf dem Heimweg, durch die ganze Stadt zurück, summte Nina vor sich hin. Sie fragte nicht: Wie gefällt er dir? Wie findest du ihn? Sie hatte Kurtel schon vergessen.
»Ein netter junger Mann«, meinte Nicolas schließlich, »macht einen guten Eindruck.«
»Ja, ja, ja«, sang Nina vor sich hin, den Kopf auf die Lehne zurückgelegt.
»Mir scheint, du nimmst die ganze Sache gar nicht sehr ernst.«
»Was für eine Sache?«
»Nun, die Ehe, die du eingehen willst.«
»Ach, das wird sich schon finden.«
Nicolas lachte. »Ein ganz vernünftiger Standpunkt.«
»Weißt du, was die Hauptsache ist an dieser Ehe?«
»Nein, sag es mir!«
»Ich werde dann in Breslau leben. Und dich so oft sehen, wie ich will.«
»Wie du willst?«
»Wie *du* willst.«
»Ich weiß gar nicht, ob ich noch lange in Breslau bleibe.«
»Nicolas!«
»Ich lebe jetzt schon eine ganze Weile hier, und eigentlich hätte ich Lust, wieder einmal woanders zu leben.«
»Du darfst nicht fortgehen.«
Sie waren angelangt, er stieg aus, kam um den Wagen herum und reichte ihr die Hand.
»Komm, steig aus, du verrückte Braut. Aus dir kann noch allerhand werden, wie es scheint.«
In der Wohnung war es still. Hanni schlief schon lange.
»Willst du nach Berlin?« fragte Nina.
»Vielleicht.«

»Ich kann auch in Berlin leben.«
»Du?«
»Na ja, Kurtel kann auch dort eine Stellung finden. Er ist sehr tüchtig.«
»So.«
»Wenn ich will, daß wir nach Berlin gehen, dann gehen wir nach Berlin. Er tut alles, was ich will.«
»Aha.«
Sie standen in der Diele, sie sah ihn herausfordernd an.
»Wie wär's, wenn wir morgen nach Warmbrunn fahren und Alice besuchen würden?« sagte er ablenkend.
»Ach, noch nicht. Morgen wollen wir reiten.«
»Dann geh zu Bett. Sonst hast du nicht ausgeschlafen.«
»Gute Nacht, Nicolas«, sagte sie zärtlich, hob beide Arme, legte sie um seinen Hals und küßte ihn. Sie ihn. Auf den Mund.
Er rührte sich nicht, versuchte, fest zu bleiben, aber sie ließ ihn nicht los, da griff er zu, nahm sie in die Arme und nun, endlich, endlich, küßte er sie wieder. So wie damals im April. Genau so.
Sekundenlang blickten sie sich danach in die Augen. Nicolas war ernst, sie konnte nicht erkennen, was er dachte. Aber er sah, daß sie ihm gehörte, ganz und gar.
»Gute Nacht, mein Kind«, sagte er, wandte sich ab und ging in das Herrenzimmer.
Nina blickte ihm nach, sie lächelte.
Sie war kein Kind mehr, und er wußte es nun.
In ihrem Zimmer zog sie sich aus, ging ins Badezimmer, kehrte in ihr Zimmer zurück, löste ihr Haar und blickte sich lange im Spiegel an. Das Leben war schön. Und es war ganz richtig, daß sie Kurtel heiratete. Das würde sich alles finden. Irgendwie würde es gehen.
Das Bett war aufgeschlagen, sie zog das lange weiße Nachthemd an, stellte sich wieder vor den Spiegel und begann ihr Haar zu flechten.
Er hatte sie geküßt.
Die Tür des Zimmers öffnete sich. Sie fuhr herum.
Nicolas.
Er trug einen seidenen Morgenmantel, stand an der Tür, zog die Tür hinter sich zu und sah sie an.
»Alles bekommt er nicht von dir, dein netter junger Mann«, sagte er.
Sie stand wie erstarrt, das Lächeln war aus ihrem Gesicht verschwunden, eine kalte Angst kroch in ihr Herz.
»Was hast du denn da an?« fragte er.
Sie schluckte, blickte an sich herunter.
»Ein Nachthemd.«
»Kolossal. Wo bekommt man so etwas?«
»Das … das hat Trudel genäht.«
»So sieht es aus. Ich glaube, ich muß mich um deine Nachthemden auch noch kümmern. Wenn ich das nächstemal in Paris bin, werde ich dir ein paar mitbringen.«

Er kam auf sie zu, stand vor ihr, tippte auf das Rüschchen, das eng ihren Hals umschloß.
»Könntest du dich entschließen, das auszuziehen?«
Sie stand regungslos, wie hypnotisiert, unfähig sich zu rühren,
»Soll ich es dir ausziehen? Sieht schwierig aus.«
Es waren feste Wäscheknöpfe in festen Knopflöchern, solide Arbeit von Trudel. Er brauchte eine Weile, bis er alle aufgeknöpft hatte, dann zog er ihr langsam das Hemd über den Kopf.
»So ist es besser«, sagte er. Er löste den einen Zopf wieder auf, den sie geflochten hatte, breitete das Haar über ihre Schultern, seine Hände berührten ihre Brüste, glitten sanft darüber hin, dann beugte er den Kopf, küßte eine Brust, dann die andere. Dann zog er sie sanft an sich, sein Mantel öffnete sich.
»Wenn du die Liebe kennenlernst, Ninotschka, soll sie dich glücklich machen. Soll ich sie dir zeigen?«
Sie bog den Kopf zurück, ihre Kehle spannte sich, sie schloß die Augen.
»Ja. Nur du.«
Er hob sie auf, trug sie zum Bett, legte sie behutsam nieder und setzte sich auf den Bettrand. Eine Weile blieb er still sitzen und betrachtete sie.
»Schön und jung«, sagte er. »Ich wünschte, du würdest immer glücklich sein.«
Sie wollte sagen: ich bin es, wenn du bei mir bist.
Aber sie konnte nicht sprechen. Sie spürte nur seine Hände, die sie liebkosten. Zärtliche Hände, die ihren Leib berührten, ihre Brust, ihre Schenkel streichelten, sanft öffneten, Hände, die Zeit hatten, die warten konnten, bis sie weich und nachgiebig wurde, bis ihre Haut zu leben begann.
Sie hatte keine Angst. Auch nicht, als er sich neben sie legte. Auch nicht, als sein Körper sich sanft, ganz vorsichtig auf sie niederließ. Es war so wunderbar, ihn zu spüren, seine Haut auf ihrer Haut, das war wie in ihren Träumen, nur viel, viel schöner.
Was in ihren Träumen nicht vorgekommen war – daß er in sie eintauchte, in ihr war, das hatte sie nicht gewußt.
Der Schleier riß.
Es schmerzte nicht, sie schrie nicht. Es war wie ein tiefer dunkler Strom, in dem sie unterging, aus dem sie nie wieder auftauchen wollte.

Tage, die keinen Namen haben. Nächte, verbracht auf einem fernen Stern, weit weg von der Erde und den anderen Menschen. Verlorengegangen in dem großen Nichts und Nirgendwo, das nur zwei Liebende finden können.
Eine leidenschaftliche Glut hatte Nicolas erfaßt, wie er sie so nie empfunden hatte. Noch einmal, ehe sich sein Leben abwärts neigte, bot sich ihm das Wunder von Liebe und Leidenschaft: Diese junge Mädchenfrau, die ihm bereitwillig alles gab, ohne Einschränkung, ohne Überlegung, ohne Zweifel, denn sie sah in ihm die Liebe selbst.
Er war sich zu jeder Minute klar darüber, welch kostbares Geschenk ihm zuteil geworden war, und wie wenige Tage es ihm gehörte.
Viele Arten von Liebe hatte er gekannt, diese nicht. Viele Frauen hatten sein Leben begleitet, keine war wie sie gewesen, in der niemals fragenden Unschuld der Hingabe, in dem endlosen Vertrauen an ihn und seine Liebe.
Nina jedoch, die Novizin, nachdem sie die ersten scheuen Schritte in das unbekannte Land getan hatte, fand sich leicht und schnell darin zurecht und eroberte sich dieses Land im Sturm. Sie war so lange bereit gewesen, ihm zu gehören, daß es nun ganz selbstverständlich war, sich ihm zu überlassen. Und weil sie liebte, begriff sie sehr schnell, welche Rolle sie zu spielen hatte. Sie nahm nicht nur, sie gab. Er sollte glücklich sein, er sollte genießen, sollte jede andere Frau vergessen, die er je umarmt hatte.
»Du bist ein Naturtalent der Liebe«, sagte er.
»Nur, wenn ich bei dir sein kann«, erwiderte sie.
Er sprach nicht mehr davon, nach Bad Warmbrunn zu fahren, kein Tag, keine Nacht durften verloren gehen von den wenigen Tagen, den wenigen Nächten, die ihnen gehörten.
Jeden Morgen ritten sie aus, noch erschöpft von den schlafarmen Nächten; der Wind, der ihnen um die Ohren flog, wenn sie galoppierten, vertrieb die Müdigkeit. Wenn sie ihn ansah, lockten ihre Augen. Wenn er sie vom Pferd hob, ließ sie sich voller Bewußtheit in seine Arme gleiten, ihre Körper berührten sich und schon begehrte er sie wieder. Diese Tage waren wie ein einziger Tag, diese Nächte wie eine einzige Nacht.
Und dazwischen immer wieder ein abrupter Sprung in die Wirklichkeit, den Nina ebenfalls vollendet beherrschte. Sie holte Kurtel nach Dienstschluß ab, behandelte mit leichter Hand die anstehende Wohnungsfrage, nahm ihn mit zum Essen, wenn sie mit Nicolas verabredet war. Dabei war sie fröhlich,

sehr gesprächig, aber jede ihrer Bewegungen, jeder Blick war nun die Bewegung und der Blick einer Frau, die sich der Gegenwart ihres Geliebten bewußt ist.
»Du hast dich verändert, irgendwie«, sagte Kurtel, dem das nicht ganz verborgen bleiben konnte. Sie saßen im Schloßrestaurant, hatten gut gespeist, und Nina hielt mit beiden Händen ihr Weinglas, trank in kleinen Schlucken, ihr Blick ging verträumt an den beiden Männern vorbei, aber sie wußte, daß beide sie ansahen, und wie sie sie ansahen.
»Wieso verändert?« fragte sie leichthin. »Ich bin wie immer.«
Kurtel bekam ein kleines Lächeln, dem ein wenig Zärtlichkeit beigemischt war, denn sie war mit Zärtlichkeit so angefüllt, daß sie mühelos auch an Kurtel davon abgeben konnte.
Nicolas, der ihr gegenüber saß, betrachtete sie unter gesenkten Lidern. Und ob sie sich verändert hatte! Kurtel hatte ganz recht.
Über die Situation, in der sie sich befanden, wollte Nicolas nicht nachdenken. Sein leichtfertiges Wesen machte ihm das nicht allzu schwer. Er dachte nur: Frauen sind erstaunliche Wesen. Da sitzt sie nun, meine junge Geliebte, und lächelt zärtlich den jungen Mann an, den sie demnächst heiraten wird. Nichts in ihrem Leben hat sie auf diese Rolle vorbereitet, aber sie spielt sie perfekt. Eine erfahrene Frau, die zwei Dutzend Liebhaber hinter sich gebracht hat, könnte es nicht besser machen.
Später, als sie im Bett lagen, sagte Nicolas: »Nichts ist so gewissenlos wie eine Frau, die von Berechnung oder von Liebe getrieben wird.«
»In diesem Fall von Liebe.«
»Ich weiß. Erstaunlich ist es trotzdem.«
Ohne viel zu überlegen, entschied sie sich schließlich für eine der beiden Wohnungen, und zwar für die am Schießwerder, die an einer kleinen Grünanlage lag, freundlich und sonnig war, zwei große und zwei kleine Zimmer hatte, die großen und ein kleines zur Straße, das zweite kleine, die Küche und das Badezimmer zum Hof gelegen. Den Hauswirt eroberte sie binnen weniger Minuten, und er versprach, daß er die ganze Wohnung neu streichen lassen werde.
»Tapeten«, sagte Nina. »Ich möchte lieber Tapeten haben.«
Zusammen mit Nicolas ging sie die Tapeten aussuchen, sie wählte helle Farben; während des Einkaufs alberten sie wie die Kinder, und daß sie mit einem anderen Mann zwischen diesen Tapeten leben würde, daran schienen beide nicht zu denken.
Oder nicht denken zu wollen. Es war wie eine stille Abmachung zwischen ihnen: sie lebten nur der Gegenwart, nur dem Tag und der Stunde, sie sprachen nie von später. Sie hatten keine Vergangenheit und keine Zukunft. Das Leben hatte begonnen, als er an jenem Abend in ihr Zimmer kam. Und es würde enden – wann, wo? Davon zu sprechen, scheuten sie sich beide.
»Und was ist mit den Gardinen?« fragte Kurtel, nachdem die Tapetenfrage geklärt war. »Solltest du die nicht gleich mit aussuchen? Die können wir bei uns im Geschäft bekommen.«

»Das soll deine Mutter machen, die versteht mehr davon. Irgendeinen Spaß muß sie schließlich auch haben. Wenn ich wieder zu Hause bin, schicke ich sie dir her.«
Zunächst dachte sie nicht daran, nach Hause zu fahren, sie würde bleiben, bis Alice von ihrer Kur zurückkam. Bis zum letzten Tag würde sie diese eine einzige Zeit ihres Lebens auskosten, in der Nicolas ihr allein gehörte.
Hanni, das Mädchen, schien ein wenig verstört zu sein und blickte sie manchmal unsicher an. Sie sah den Zustand des Bettes, vielleicht stand sie auf in der Nacht und lauschte.
»Je m'en fiche«, sagte Nicolas. Das war ein Ausspruch, den die Fürstin oft gebrauchte. Was er bedeuten solle, wollte Nina wissen.
»Es ist kein ganz feiner Ausspruch für eine Dame. Darum kann ihn nur eine wirkliche Dame gebrauchen. Im Grunde heißt es nichts anderes als: es ist mir total egal.«
»Es ist mir auch egal«, sagte Nina. »Und wenn morgen die Welt untergeht, ist mir das auch egal. Im Gegenteil, es wäre mir recht.«
Sie wußte nicht, wie nahe der Weltuntergang, auch ihr Weltuntergang, schon war.
Vor der Begegnung mit Alice war Nina dann doch ein wenig bange, sie war sehr schweigsam, als sie nach Warmbrunn fuhren, um sie abzuholen. Und als Alice dann bei ihnen war, vermied sie es ängstlich, Nicolas anzusehen.
Nicolas, besser geübt in solchen Situationen, war freundlich und liebevoll um Alice bemüht, dann abgelenkt und beschäftigt, auf der Heimfahrt hatten sie eine Panne, das Automobil streikte und mußte von zwei Pferden abgeschleppt werden.
»Wie ich diese Autofahrerei hasse«, sagte Alice. »Ich kann mir nicht vorstellen, daß dieses Gefährt eine Zukunft hat. Das ist wohl bloß so eine alberne Mode.«
Alice und Nina wurden zur nächsten Bahnstation gebracht, Nicolas blieb bei seinem kranken Fahrzeug, mit dem er am nächsten Tag in Breslau eintraf.
Am Tag darauf reiste Nina ab. Nicolas brachte sie zur Bahn. Sie standen auf dem Bahnsteig, und es fiel ihnen schwer, miteinander zu sprechen.
»Ich weiß eigentlich nicht, wie ich das Leben ertragen soll ohne dich«, sagte Nina schließlich. Er schwieg.
»Sag, daß du auch nicht ohne mich leben kannst.«
»Ich werde es müssen.«
»Dann liebst du mich eben doch nicht.«
»Ich habe schon viel darüber nachgedacht, was ich tun soll. Ich könnte dich entführen. Vielleicht nach Paris.«
»Das meinst du nicht im Ernst?«
»Nein«, sagte er langsam. »Das ist nur, was ich tun möchte. Was ich aber nicht tun darf. Wovon sollten wir leben? Du bist so jung. Ich kann dein Leben nicht noch mehr in Unordnung bringen.«
»Ich würde mit dir gehen, wohin du willst. Und es wäre mir egal, wovon wir leben.«
»Ja, ich weiß, daß es dir egal wäre. Du bist ein tollkühnes kleines Ungeheuer, das ins Wasser springt, wo es am tiefsten ist. Ich kenne dich jetzt sehr gut.«

Der Schaffner ging am Zug entlang und forderte zum Einsteigen auf. »Du wirst sehen, daß alles sich arrangieren wird«, sagte Nina mit einem nervösen kleinen Auflachen. »Das wirst du sehen. Laß mich nur machen. Wenn ich erst verheiratet bin, können wir uns treffen, so oft wir wollen. Tagsüber bin ich allein.«
»Nichts ist so gewissenlos wie eine Frau . . .« begann er, und sie fiel ihm ins Wort: »Wenn sie von Berechnung oder von Liebe getrieben wird. Du hast mir das bereits mitgeteilt. Jetzt muß ich einsteigen und fortfahren. In Wirklichkeit bleibe ich hier. Bei dir.«
Nicolas blieb stehen, ohne sich zu rühren, ohne zu winken, bis der Zug nicht mehr zu sehen war. Es war ihm, als hätte die Brandung ihn an Land geworfen. Als hätte ein Wirbelsturm ihn in die Wolken geschleudert, und nun war er auf der Erde aufgeschlagen. Daß ihm so etwas passieren konnte!
Nun war sie fort. Fast fühlte er sich ein wenig erleichtert. Dieses Kind! Dieses Mädchen!
Eine Frau. Von heute auf morgen eine Frau, eine hinreißende Geliebte dazu. Für wen würde sie das später sein? Doch nicht für Kurt Jonkalla. »Ich werde nie in meinem Leben einen anderen Mann lieben können«, das hatte sie ihm mehrmals gesagt, und er war fast geneigt, es für wahr zu halten.
Aber ihr Leben begann erst. Sein Leben war dem ihren weit voraus. Welcher Mann würde einmal bekommen, was er jetzt bekommen hatte? Später, in einigen Jahren, wenn er alt war und sie noch immer jung?
Er war weit davon entfernt, sie nach Paris oder anderswohin zu entführen, die Ungewißheit seines eigenen Lebens genügte ihm, und ein wenig ermüdet fühlte er sich nun auch.
Sie kann es leicht mit zwei Männern aufnehmen, dachte er zynisch. Und verbot sich diesen frechen Gedanken sofort.
Laut sagte er: »Das muß aufhören.« Nicolas kam zu sich, sah sich um. Er stand allein auf dem leeren Bahnsteig.
Ein Gefühl großer Leere überkam ihn. Er machte sich etwas vor, er belog sich selbst. Es würde unerträglich sein, sie mit einem anderen Mann verheiratet zu wissen, auch wenn es nur der liebe kleine Kurtel war.
Was für ein Wahnsinn! Er setzte sich entschlossen den Hut auf den Kopf und ging auf den Ausgang zu. Er war nicht zwanzig, er war fünfzig. Und es kam nicht in Frage, daß er sein künftiges Leben in einem Zwiespalt der Gefühle verbrachte.
Wie immer in prekären Situationen fiel ihm die Fürstin ein. Er mußte mit ihr darüber reden. Sie verstand alles, und sie würde ihm raten; und ihn wieder auf die Erde zurückholen. Jetzt würde er erst einmal in den Club gehen.

An einem Tag Mitte November des Jahres 1913 heirateten Nina Nossek und Kurt Jonkalla. Kurtes zielstrebige Hartnäckigkeit hatte wieder einmal gesiegt, er bekam Nina noch in diesem Jahr und würde sie unter seinen Christbaum setzen können. Nur einen Monat hatte er warten müssen, denn eigentlich hatte er geplant, im Oktober zu heiraten. An der Verzögerung war seine Mutter schuld.
Kein Mensch konnte sich daran erinnern, daß Martha jemals krank gewesen war, doch ausgerechnet jetzt, angesichts der Hochzeit ihres Sohnes, zu diesem so wichtigen Zeitpunkt ihres Daseins, spielte ein unfreundliches Schicksal ihr diesen Streich. Martha wurde krank, so krank, daß man um ihr Leben fürchten mußte.
Sie bekam Mitte September eine schwere Nierenbeckenentzündung, verursacht offenbar durch eine Erkältung, und wurde mit hohem Fieber in das Krankenhaus eingeliefert. Kurt nahm sich einige Tage frei und kam sofort angereist, und eine Weile dachte keiner an die Hochzeit, sondern an die kranke Frau.
Das heißt, Martha, sobald sie wieder einigermaßen klar im Kopf war, dachte unausgesetzt an die Hochzeit. Sie wollte nicht, daß ihretwegen der Termin verschoben wurde, doch Nina, neben ihrem Bett sitzend, protestierte energisch.
»Das wäre ja noch schöner. Ohne dich wird nicht geheiratet, Martha. Jetzt werde erstmal gesund, dann werden wir weitersehen.«
»Ach Gott, Kindel, du bist so lieb, so lieb bist du. Ach, und der arme Junge, er freut sich doch so auf dich.«
»Freut er sich eben noch bißchen länger. Vorfreude ist sowieso immer die beste Freude. Wer weiß, ob er mich noch leiden mag, wenn er mich erst immer hat.«
»Der wird sich freuen, der wird sich immer freuen, das kann ich dir sagen, ganz bestimmt kann ich dir das sagen.«
Martha lächelte, sie hielt Ninas Hand fest.
»Ich bin ja so froh, daß du ihn heiratest. Das ist das größte Glück, das es für mich geben kann.«
Nina senkte den Blick, sie brachte es nicht fertig, in Marthas schmal gewordenes Gesicht, in ihre dankbaren Augen zu sehen.
»Und die Wohnung wollt' ich dir einrichten, alles fix und fertig machen, daß du bloß reingehen brauchst und dich hinsetzen«, jammerte Martha.
»Das schaffen wir alles schon, Kurtel und ich«, tröstete Nina sie. »Nun werde erstmal wieder gesund, das ist die Hauptsache.«

Das wollte Martha, gesund werden und so schnell wie möglich. Und das schaffte sie auch. Die Hochzeitsvorbereitungen, die eine Weile geruht hatten, kamen wieder in Gang.
Zwar war es nun schon ein wenig kühl am Hochzeitstag, über die Oder blies ein frischer Wind, und Nina mußte den weißen Schleier festhalten, als sie vor der Kirche aus der Kutsche stieg. Denn natürlich heiratete sie in Weiß, mit Kranz und Schleier, wie es sich gehörte. Kurtel trug einen geliehenen Cut, in dem er sehr würdig und ein bißchen lächerlich aussah.
Es war keine aufwendige Hochzeit, doch ein hübsches Familienfest. Emil tat sein Bestes, einen wohlwollenden Brautvater abzugeben, Agnes und Martha flennten um die Wette, Trudel schloß sich ihnen an. Ninas Schwestern waren von dem Ereignis verständigt worden, gekommen waren sie nicht. Hedwig ließ gar nichts hören, von Magdalene kam ein Brief, sie schrieb sehr herzlich und meinte, Nina habe eine gute Wahl getroffen.
Bruder Willy hatte aus diesem Anlaß Urlaub bekommen, und erstmals seit Jahren wechselte Nina einige freundliche Worte mit ihm. Alice und Nicolas waren nicht gekommen, das verstimmte die Familie Nossek, ausgenommen Nina, sie fühlte sich sehr erleichtert.
Zwischen Alice und Nicolas hatte es deswegen seit langer Zeit wieder einmal eine ernsthafte Auseinandersetzung gegeben.
»Ich verstehe dich nicht«, sagte Alice. »Seit Jahren bringst du dich um mit ihr und tust, als sei sie dir ans Herz gewachsen. Jetzt willst du nicht einmal bei ihrer Hochzeit dabei sein.«
»Erstens fahre ich nicht mehr in diese Gegend«, sagte Nicolas kalt. »Zweitens geht mir so ein Familienfest auf die Nerven. Drittens bin ich gegen diese Heirat, das weißt du sehr gut.«
»Sie ist dein Patenkind.«
»Na, wenn schon. Sie hat immer das von mir bekommen, was ihr Freude gemacht hat. Diesen Ehemann habe ich ihr nicht ausgesucht.«
»Ich finde das sehr merkwürdig«, sagte Alice langsam.
»Das kannst du finden, wie du willst«, sagte Nicolas hochmütig. »Ich fahre jedenfalls nicht. Aber wer hindert dich daran? Es ist schließlich deine Familie.«
Er besann sich seltsamerweise ausgerechnet jetzt auf seine Familie, er fuhr drei Tage vor der Hochzeit ins Baltikum, wo er viele Jahre nicht gewesen war. Er müsse seinen Onkel besuchen, erklärte er, der sei nun schon ziemlich alt. Auch wolle er sehen, wie es auf Kerst gehe, nachdem keine Söhne und Nachfolger im Hause mehr lebten.
»Kann sein, daß wir doch dorthin zurückkehren. Könntest du es dir vorstellen?«
Alice wandte ihm den Rücken zu und ließ ihn stehen. Zur Hochzeit fuhr sie nicht. Sie hatte das Gefühl, auf schwankendem Boden zu stehen. Was hatte sich zwischen den beiden ereignet? Nina war verliebt in ihren Onkel, er war eifersüchtig auf ihren zukünftigen Mann. Diese Konstellation war nicht neu. War das alles?
Alice verbot sich, weiter darüber nachzudenken. Sie hatte in dieser Beziehung nie sehr viel Phantasie besessen, sie wollte sich jetzt nicht von geradezu mon-

strösen Phantasien verwirren lassen. Aber hatte sie nicht bereits ein merkwürdiges Gefühl gehabt, als sie von Warmbrunn zurückkam? Und was war mit der Reise nach Hirschberg?
Es kam ihr nicht in den Sinn, ihm so direkte Fragen zu stellen, das war nie ihre Art gewesen. Im Grunde schämte sie sich ihrer Gedanken, aber sie wurde sie nicht los.
Die Reise nach Hirschberg hatte vierzehn Tage vor der Hochzeit stattgefunden. Nina war in Breslau gewesen, um letzte Hand an die Wohnung zu legen. Abends, als sie zu viert zusammen saßen, hatte Nicolas sie in Gegenwart von Alice und Kurtel gefragt, ob sie ihn nicht für einige Tage nach Hirschberg begleiten wolle. Er habe dort geschäftlich zu tun, und sie könne sich noch einmal, ehe der Ernst des Lebens beginne, ihrer Freiheit erfreuen. Vorausgesetzt, der zukünftige Herr Gemahl erlaube es.
Er sagte es wörtlich so, und Kurtel stimmte in sein Gelächter ein und meinte, natürlich erlaube er es, und was ihn betreffe, werde Nina immer ein freier Mensch sein.
Alice hatte nichts dazu gesagt, und Nicolas hatte sie höflich gefragt: »Du kommst doch auch mit?«
Sie hatte abgelehnt, das bereute sie jetzt.
Daß die Reise allerdings niemals stattgefunden hätte, wenn sie bereit gewesen wäre mitzufahren, auf diese Idee kam sie nicht. Dann hätte Nicolas zweifellos in letzter Minute eine Ausrede gefunden, die erklärte, wodurch er verhindert sei. Er hatte es sich gut überlegt, auch wußte er ohnehin, daß Alice, gerade nach der Panne auf dem Weg von Warmbrunn zurück, nicht gern längere Strecken im Auto fuhr.
Nina und Nicolas blieben vier Tage in Hirschberg. Sie wohnten im Hotel »Drei Berge«, hatten zwei Zimmer nebeneinander, je ein Doppelzimmer.
Nicolas machte in der Tat einige Geschäftsbesuche in Hirschberg und in den Orten im Gebirge, manchmal begleitete Nina ihn, oder sie bummelte in der hübschen alten Stadt herum und wartete auf seine Rückkehr.
Die meiste Zeit verbrachten sie sowieso im Hotel und im Bett.
Am letzten Tag, als ihre Sachen schon gepackt waren, standen sie wie zwei verlorene Kinder voreinander.
»Das war nun das Ende«, sagte er.
»Nein«, sagte Nina. »Niemals. Es gibt kein Ende.«
Er schob sie ein Stück von sich weg und sah sie an, seine Augen waren müde.
»Schämst du dich nicht?« fragte er.
»Nein. Gar nicht. Ich liebe dich. Man braucht sich nicht zu schämen, wenn man liebt.«
»Ich will dich nicht mehr, wenn du mit einem anderen Mann zusammenlebst.«
»Bist du nie mit einer Frau zusammen gewesen, die verheiratet war?«
»Nina, ich hätte nie vermutet, daß du so eine Frage stellen könntest.«
»Ich bin eine ganz normale Frau und stelle ganz normale Fragen.«
»Und ich bin ein ganz normaler Mann und will eine Frau für mich allein.«

»Sag mir die Wahrheit! Hast du nie eine Frau geliebt, die verheiratet war?«
»Doch. Das habe ich. Aber bei dir gefällt es mir nicht.«
»Das glaube ich nicht. Es wird dir auch bei mir gefallen.«
Sie maßen sich mit Blicken, Nina wich seinem Blick nicht aus.
»Verdammtes Frauenzimmer!« sagte er und küßte sie. »Du bist dir deiner Sache viel zu sicher.« Verwundert fügte er hinzu: »Wie kam das eigentlich? Ich habe gar nicht gemerkt, wie du dich zu dem entwickelt hast, was du auf einmal bist.«
»Ich war immer so«, sagte Nina mit Bestimmtheit.
Damit hatte sie die Wahrheit gesagt. Sie war immer so gewesen. Was sie tat, tat sie ganz. Mit Eifer und Nachdruck, mit Hingabe und aus ganzer Seele. Wie sollte es anders sein, wenn sie liebte. Das einzige, was nicht ins Bild paßte, war ihre bevorstehende Ehe. Die lag vor ihr wie ein riesiger Berg, und sie wußte nicht, wie sie den bewältigen sollte.
Bis zum letzten Augenblick schob sie jeden Gedanken daran beiseite.
Doch am Morgen des Hochzeitstags, als sie bereits angezogen vor dem Spiegel stand, ihre Mutter und Trudel um sie herum, überkam sie wilde Panik.
Ich laufe weg. Ich kann mich jetzt umdrehen, aus dem Zimmer rennen, aus dem Haus, durch die Stadt, in den Fluß.
In den Fluß? O nein, gewiß nicht.
Zum Bahnhof. Und dann?
Sie blieb und heiratete.
Die Hochzeitsnacht verschob sich um einen Tag beziehungsweise um eine Nacht, denn sie reisten noch am gleichen Tag ins Isergebirge, nach Bad Flinsberg, was zwar keine weite, aber eine umständliche Reise war, sie mußten zweimal umsteigen und kamen spät am Abend an.
Das Hotel war kein Hotel, sondern eine billige Pension, und Nina, die nun schon einigemale in guten Hotels gewohnt hatte, machte ein verdrossenes Gesicht.
»Wenn es dir nichts ausmacht«, sagte sie zu Kurtel, in liebenswürdigem, aber sehr entschiedenem Ton, »möchte ich gleich schlafen gehn. Ich bin sehr müde. Es war ein anstrengender Tag.«
»Selbstverständlich«, sagte Kurtel und küßte sie väterlich auf die Stirn, »das verstehe ich. Ich störe dich bestimmt nicht.«
Das tat er wirklich nicht, er liebte sie ja und fühlte sich für sie verantwortlich. Nichts sollte geschehen, was sie erschrecken oder verstören würde.
Dennoch fand es Nina störend, daß er in dem Bett neben ihr lag, als sie am Morgen aufwachte. Nun war sie es zwar mittlerweile gewöhnt, die Nacht mit einem Mann zu verbringen, sofern also konnte es kein allzugroßer Schock sein. Nur eben der, daß es ein anderer, nicht Nicolas war.
Später gingen sie spazieren und sahen sich in Bad Flinsberg um. Aber es war zu spät im Jahr, von den Bergen kam ein eisiger Wind, der Kurpark war schon fast ganz kahl, und am Nachmittag begann es zu regnen, und nach und nach mischte sich Schnee in den Regen.
»Schade«, sagte Kurtel, »ich hatte gehofft, mit dir ein paar schöne Herbsttage hier zu verbringen. Aber das kommt daher, weil wir nun über einen Monat später geheiratet haben.«

»Das macht doch nichts. Sei froh, daß deine Mutter wieder gesund ist. Wir brauchen ja nicht lange hier zu bleiben. Mir gefällt das Zimmer sowieso nicht.«
Dagegen dachte sie mit einer gewissen erwartungsvollen Freude an die eigene Wohnung in Breslau, die sie nun beziehen würde. Das erschien ihr das Reizvollste an der ganzen Ehe. Eine eigene Wohnung, einen eigenen Haushalt, jeden Tag mußte sie überlegen, was sie kochen würde, und sie kochte gern, sie würde einkaufen gehen und nicht nur in ihrem Stadtviertel, sondern auch manchmal mit der Elektrischen in die Stadt fahren, bei Stiebler einkaufen, am Ring, auch bei Barasch, das war alles sehr verlockend. Hin und wieder konnte sie sich mit Tante Alice im Café Fahrig treffen oder sie besuchen.
Und Nicolas sehen. Vielleicht würde er sie manchmal zum Essen einladen oder ins Theater, oder sie auffordern, mit ihm reiten zu gehen. Und was noch?
Das war die große Frage, die sie mehr beschäftigte als alles andere. Ein wenig quälte sie der Zweifel, wie er sich in Zukunft verhalten würde. Aber stärker war das Gefühl der Sicherheit: daß er sie liebte, daß er sie begehrte, daß er sie brauchte.
So sahen die Gedanken aus, die sie bewegten, während sie neben dem glücklicherweise ahnungslosen Kurtel durch Bad Flinsberg schlenderte.
In der Pension hatten sie eingeheizt, aber gemütlicher wurde das Zimmer davon auch nicht. In Breslau, in der neuen Wohnung standen große weiße Kachelöfen, und Herr Wirz, der nette Hauswirt, hatte versichert, daß es ausgezeichnete Öfen waren.
»Ein paar Briketts jeden Tag, Fräulein Nossek«, hatte er gesagt, »und Sie haben es mollig warm. Das wern Sie sehen, sehen wern Sie das. 'ne junge Frau darf nich frieren. Und immer wird der Herr Gemahl ja nicht zugegen sein, um für Wärme zu sorgen, nich?«
Am Abend kam dann der Herr Gemahl zu seinem Recht.
Nina war sehr schweigsam gewesen, sie hatte auch Ausreden gesucht, aber dann sagte sie sich, je schneller sie es hinter sich brachte, umso besser.
Sie war ein wenig gelangweilt, ein wenig überdrüssig dieser ganzen Eheaffäre. Bedenken hatte sie keine, sie war sicher, daß Kurtel es nicht merken würde, daß es bei ihr nicht das erstemal war. So erfahren war er gewiß nicht.
Und wenn schon, dachte sie. Er hat mich doch bekommen, was will er eigentlich noch?
Sie machte sich nicht einmal die Mühe, ihm deswegen ein Theater vorzuspielen, sie tat, was alle ehrbaren Jungfrauen taten: sie schloß die Augen und ließ es über sich ergehen.
Kurtel merkte wirklich nichts. Er war sehr aufgeregt und nervös, aber durchaus nicht unerfahren. Wie er alles in seinem Leben plante und vorbereitete, hatte er sich auch auf diesem Gebiet die nötigen Kenntnisse erworben. Er ging sehr behutsam und vorsichtig zu Werke, denn er dachte sich, daß es eine verantwortungsvolle Aufgabe sei, ein junges, ahnungsloses Mädchen aus gutem Hause in die Liebe einzuführen. Ihre Reserve und Passivität irritierten ihn nicht im geringsten, das konnte ja gar nicht anders sein.

Als er eingeschlafen war, lag sie noch lange wach. Nun schämte sie sich doch. Nicht vor Kurtel. Vor sich selbst. Sie war eine Verräterin, sie hatte ihre große Liebe verraten. Ihr Leben war nur noch eine einzige große Lüge. Und das wäre auch so, wenn zwischen ihr und Nicolas nichts geschehen wäre.
Wenn ich aber lügen muß, dachte sie trotzig, dann soll es sich auch gelohnt haben. Dann wäre ein Kuß zu wenig gewesen. Nicolas! Sie starrte mit weitgeöffneten Augen ins Dunkel und dachte an ihn.
Nicolas, verzeih mir!
Sehr bald war sie sich klar darüber, daß sie schwanger war. Kurtel war ganz verdattert, wenn auch ein wenig stolz.
»Mein Gott, so schnell. Das tut mir leid, Nina.«
»Es macht nichts«, sagte sie großmütig. »Ich will sehr gern ein Kind haben.«
Zu Nicolas sagte sie: »Es ist dein Kind.«
»Das kannst du doch nicht wissen.«
»O doch«, sagte sie triumphierend, »das weiß ich ganz gewiß.«
Sie gebar ihre Tochter Victoria Ende Juli 1914. Da war der österreichische Thronfolger längst ermordet, die Welt bebte in Unruhe, und einige Tage später begann der Krieg.
Kurt Jonkalla, von der allgemeinen Mobilmachung betroffen, mußte sofort einrücken.
Agnes schrieb: Du kommst natürlich sofort mit deinem Kind nach Hause.
Nina schrieb: Ich bleibe hier. Mir geht es ausgezeichnet. Außerdem sind die Züge zur Zeit viel zu überfüllt.
Nicolas von Wardenburg, Rittmeister d. R., wurde Ende September zu seinem Regiment einberufen.

In dieser Zeit, wie schon im vergangenen Jahr, war Nina viel mit Victoria von Mallwitz zusammen. Die Kinderfreundschaft, die damals so jäh beendet worden war, hatte sich, seit sie in derselben Stadt lebten, zu einer beiderseits sehr großzügigen, herzlichen Beziehung entwickelt.
Victoria war die einzige, die wußte, wen Nina wirklich liebte. Sie hatte auch einigemale als Ausrede und Zuflucht dienen müssen, so als Nina, Anfang des Jahres 1914, angeblich mit Victoria zu deren Eltern nach Berlin gefahren war. Statt dessen war sie mit Nicolas verreist.
»Wenn du mich verurteilst«, hatte Nina einmal zu ihr gesagt, »dann macht es mir nichts aus. Wenn du nichts mehr mit mir zu tun haben willst, dann täte es mir leid. Ich kann mein Leben nicht ändern. Es ist Schicksal, weißt du.«
»Ob es nun Schicksal ist oder was auch immer«, erwiderte Victoria in ihrem kühlen gelassenen Ton, »du steckst nun mal drin. Ich urteile nicht, ich verurteile dich nicht. Wie käme ich dazu? He jests at scars that never felt a wound.«
»Was ist das?«
»Romeo und Julia. Der Narben lacht, wer Wunden nie gefühlt.«
Nina lachte wirklich. An Romeo und Julia hatte sie im Zusammenhang mit sich selbst und Nicolas nie gedacht.

Aber so war es mit Victoria. Es war unkompliziert mit ihr zu sprechen, auch über komplizierte Dinge. Easy-going war es, wie Victoria es nannte.
Victoria, die selbst ihr erstes Kind erwartete, wurde die Patin von Ninas Tochter.
Auf einmal waren sie allein.
»Es ist komisch, nicht, daß die Männer verschwunden sind«, sagte Nina. »Aber es wird nicht lange dauern, das sagt jeder.«
»Mein Vater ist entgegengesetzter Meinung«, sagte Victoria.
Im Dezember 1914 gebar Victoria von Mallwitz einen Sohn, da war sie bereits Witwe. Ihr Mann war in der Schlacht von Tannenberg gefallen.
Nicolas von Wardenburg fiel 1916 während der Offensive der Alliierten an der Somme.
Kurt Jonkalla stand noch in Rußland, als dort 1917 die Revolution ausbrach. Er wurde später als vermißt gemeldet. Nina hörte nie wieder von ihm.
Im Winter 1917 auf 1918, sie hungerten und sie froren, brachte Nina ihren Sohn Stephan zur Welt.

Nina
1929

Nun hat Felix es ihnen gesagt. Er bat sie nach Schluß der Vorstellung noch einmal auf die Bühne, und sie ahnten wohl, was kommen würde. Felix sah elend aus, ein kleiner Nerv zuckte unter seinem linken Auge, seine Hand krampfte sich zusammen, er steckte sie schließlich in die Hosentasche. Er tat mir leid, denn ich weiß, wie schwer ihm das fällt.
»Liebe Freunde«, sagte er, »ihr werdet euch ja schon gedacht haben, daß es mir auf die Dauer nicht möglich sein wird, dieses Theater weiter am Leben zu erhalten. Über die wirtschaftliche Lage brauche ich nicht zu reden, die kennt ihr alle selbst. Die Zuschüsse, die mir bisher zur Verfügung standen, werden in Zukunft ausbleiben. Die ›Helden‹ sind das letzte, was wir gemeinsam gemacht haben. Ich fühle mich ziemlich mies, und ihr werdet verstehen, daß ich nicht viel mehr sagen möchte. Wenn keiner von euch dringende Verpflichtungen hat, schlage ich vor, wir spielen weiter bis zum 20. März; der Mietvertrag für dieses Haus läuft bis 31. März, ich hab ihn nicht verlängert. Tja, das wär's denn.«
Kurz und schmerzlos. So sieht das aus, wenn wieder mal einige Leute ihre Arbeit verlieren. Sicher, viele waren in diesem Stück nicht beschäftigt, und die sind ja sowieso immer nur für ein Stück engagiert, aber für so eine wie Marga, die schon lange bei uns mitmacht und für die sich in jedem Stück irgendeine Rolle gefunden hat, für die ist das glatt das Ende.
Und so einer wie Gustave zum Beispiel. Er ist Lothringer, fast siebzig Jahre alt. Früher war er Schauspieler, in Metz hat er angefangen, da war es noch französisch. Nach dem Siebziger Krieg wurde es deutsch. Heute gehört es wieder zu Frankreich. Viele Jahre ist er mit einer Wanderbühne durch ganz Europa gezogen. Als der Krieg begann, war er gerade in der Slowakei. Dann spielte er eine Zeitlang in Prag, später in Linz. Bis es ganz aus war mit seiner Stimme. Er wurde plötzlich heiser. Eine Weile ging es, dann war die Stimme wieder weg. Er dachte, er hätte Kehlkopfkrebs, aber das war es nicht. Nur seine Stimmbänder waren kaputt. Heute kann er nur noch flüstern. Er ist der Garderobier unserer Herren. Und der großartigste Maskenbildner, den man sich vorstellen kann, er verwandelt ein zwanzigjähriges Gesicht täuschend echt in ein Greisenantlitz. Das hat er beim Wandertheater gelernt, hat er mir geflüstert, da mußte jeder alles spielen. Was soll aus ihm werden?

Oder Molly, unser Faktotum. Der zwar früher nichts mit dem Theater zu tun hatte, aber in den letzten Jahren nur für uns gelebt hat. Felix verliert sein Theater. Ich meine Stellung.
Mir gegenüber, lässig an die Kulisse gelehnt, stand Peter Thiede, als Felix seine kleine Rede hielt. Ihm konnte es egal sein, er wollte sowieso nicht länger bei uns bleiben. Ein begabter Mensch wie er und mit dem Aussehen, bekommt auch heute noch jederzeit ein Engagement.
Felix hatte es mir schon vor einigen Tagen gesagt, daß er aufhört. Aufhören muß.
Zwischen uns herrschte ja sowieso eine gespannte Stimmung, seit seine Frau da ist. Ich war manchmal recht ruppig zu ihm. Übrigens kenne ich sie jetzt, neulich war sie mal da, sah sich die Vorstellung an und kam in der Pause nach hinten. Sie sieht wirklich nach allerhand aus, wie Lissy es ausdrückte. Schön blond gefärbt und wundervoll geschminkt, die Augenbrauen ausgezupft und in hohen Bögen gemalt, geklebte Wimpern und eiskalte himmelblaue Augen. Ach, ich bin gemein. Sie hat blaue Augen, ob sie eiskalt sind, weiß ich nicht. Sie waren es, als sie mich betrachtete. Sicher weiß sie ja, welche Rolle ich in Felix' Leben gespielt habe in letzter Zeit. Dusslig wie Männer sind, hat er es ihr vielleicht sogar erzählt.
»Das mußt du verstehen, honey, wenn du so lange nicht da bist, da kommt es eben mal zu einem kleinen Seitensprung.«
Ach, bin ich gemein!
Jedenfalls hat sie mich besichtigt, gesprochen hat sie mit mir nicht. Nur so über mich weg. Mit Felix. Die ganze Pause lang, und er saß wie auf glühenden Kohlen, das habe ich ihm angemerkt.
Ich habe nicht mehr mit ihm geschlafen seit Silvester. Bin nicht mitgegangen m diese verdammte Absteige hinter dem Bahnhof Friedrichstraße.
Wenn du deine Frau da hast, habe ich gesagt, mit der du ja noch ehelichen Verkehr hast, wie du mir selbst erzählt hast, würde ich es vorziehen, den unehelichen zwischen uns eine Weile ausfallen zu lassen. Wörtlich so habe ich gesagt, richtig zickig.
Genau genommen war das verlogen von mir. Denn seit der Silvesternacht, seit ich mit Peter geschlafen habe, zieht mich sowieso nichts mehr zu Felix. Ich bin wie verhext seitdem. Peter, das war auf einmal wieder – also, ich weiß nicht, wie man das ausdrücken soll, seit damals, seit Nicolas, bin ich nicht mehr mit einem Mann so glücklich gewesen. Irgendwie erinnert er mich an Nicolas. Er ist auch so zärtlich. So ganz dabei. Ich hatte ganz vergessen, wie das ist, wenn man in der Umarmung eines Mannes so tief versinken kann, daß einem die ganze übrige Welt egal ist.
Dabei ist das ganz unverbindlich zwischen uns. Oft war es ja auch nicht, seit Silvester im ganzen fünfmal. Anfangs dachte ich, was in der Silvesternacht passiert ist, sei ein einmaliges Ereignis. Und ich nahm mir vor, vernünftig zu sein und möglichst nicht mehr daran zu denken. Wenn er von der Bühne kam, und ich stand vielleicht gerade im Kulissengang, sagte er: »Hallo, Ninababy!« Oder: »Du siehst aber wieder hübsch aus heute abend.« Irgendsowas Unverbindliches.

Aber eines Abends, ungefähr zehn Tage nach Silvester, sagte er: »Sehen wir uns nach der Vorstellung?« Ich nickte. Ich hatte so darauf gewartet. Und von nun an wartete ich jeden Abend, daß er es wieder sagte.
»Sehen wir uns nach der Vorstellung?«
Ich ging dann wieder mit zu seiner Pension, und es war so vollkommen wie beim erstenmal. Besser noch. Jedesmal besser. Es muß aufhören, sonst liebe ich ihn eines Tages doch. Dabei weiß ich ja, daß ich nie wieder einen Mann richtig lieben kann.
Ich will mich auch nicht noch einmal ganz an einen Mann und in die Liebe verlieren. Es ist so unerträglich, wenn es vorbei ist. Ich weiß ja nicht, was Peter in den anderen Nächten tut. Sicher gibt es eine andere Frau.
Ich will es gar nicht wissen.
Davon hat Felix natürlich keine Ahnung. Von mir wird er es nicht erfahren. Obwohl es ihm vielleicht die Trennung von mir erleichtern würde.
Vor vier Tagen sprach er endlich mit mir. Daß er das Theater schließen müsse, weil seine Frau ihm kein Geld mehr gibt. Das war zu erwarten, sagte ich.
»Und was wirst du machen?«
»Sie will, daß ich mit nach Amerika komme.«
Das war eine Überraschung. Ich hatte gedacht, sie würde sich scheiden lassen.
»Na, das ist ja fein«, sagte ich gleichgültig.
»Das hört sich sehr rotzig an. Dir macht das offenbar nicht viel aus.«
»Was soll ich tun? Aus dem Fenster springen?«
»Ich dachte, du liebst mich.«
»Dasselbe dachte ich von dir.«
»Ich liebe dich wirklich, Nina. Auch wenn du dich in letzter Zeit sehr merkwürdig benommen hast. Gut, ich sehe es ein, du hast deine Gründe, ich habe dich ja nicht gedrängt, nicht wahr? Sie hat gesagt, von Deutschland hat sie genug, sie will jetzt drüben bleiben. Sie hat ein Haus in Florida gekauft, dort könne ich mit ihr leben.«
»Das ist ja fein«, sagte ich und merkte, daß ich mich wiederholte.
»Die Familie hat viel Geld.«
»Ja, ich weiß, das hast du mir schon öfter mitgeteilt. Und was sollst du machen in dem Haus in Florida?«
»Gar nichts. Ich weiß nicht, was man in einem Haus in Florida macht. In der Sonne liegen oder sowas.«
»Na, das ist ja … ich meine, das ist ja ein fabelhaftes Leben.«
»Wie man's nimmt. Ich würde lieber so weiterleben wie bisher. Dir wäre es also egal, ob ich gehe oder bleibe?«
Es war ein dämliches Gespräch. Wo waren wir bloß hingeraten? Ich mochte ihn doch sehr gern, und wir haben uns gut verstanden und konnten reden und lachen, und ich war ja auch sehr froh, daß ich ihn hatte.
Ich nahm mich zusammen.
»Es ist mir nicht egal. Aber was erwartest du von mir? Soll ich dich bitten, hierzubleiben?«
»Ja.«

»Aber – mein Gott, Felix, was soll dann werden?«
»Wenn ich sie um die Scheidung bitte, wird sie nicht nein sagen. Dann könnten wir heiraten.«
»Und wovon leben wir?«
»Das kann ich dir so aus dem Stegreif nicht sagen. Vielleicht bekomme ich hier und da mal eine Regie. Oder vielleicht sogar ein Engagement als Regisseur in Meißen oder in Teplitz-Schönau. Es wäre natürlich ein mageres Leben.«
»Daran bin ich gewöhnt. Aber du weißt, daß ich kein freier Mensch bin, ich habe zwei Kinder. Ich kann nicht einfach mit dir nach Meißen oder nach Teplitz-Schönau gehen. Trudel ist auch noch da. Jetzt bekomme ich wenigstens diese kleine Rente. Wenn ich heirate, bekäme ich sie nicht mehr. Wovon sollten wir leben?«
So redeten wir hin und her, schließlich nahm er mich in die Arme und küßte mich, ich hielt still, aber sein Kuß bedeutete mir gar nichts mehr. Gar nichts. Das kam von Peters Küssen.
Mich erschreckte das furchtbar. Ich darf mich nicht noch einmal so total an einen Mann verlieren. Und in diesem Fall ist es sowieso Wahnsinn. Peter ist zwei Jahre jünger als ich, ein begabter Schauspieler am Beginn seiner Karriere. Es kann nichts anderes sein als ein kleines Abenteuer. Ich sage mir das jeden Tag zwanzigmal.
Und abends stehe ich im Kulissengang und warte, daß er fragt: »Sehen wir uns nach der Vorstellung?«
Auf keinen Fall will ich Felix heiraten. Ich will nicht einmal mehr mit ihm schlafen. Also ist es besser, für ihn und für mich, er geht nach Amerika.
Ich sagte: »Sehen wir die Sache doch vernünftig an, wir sind erwachsene Menschen und gerade genug geprügelt vom Schicksal. Miriam bietet dir ein sorgenfreies Leben. Ein Luxusleben. Du wärst ja dumm, wenn du es ausschlägst. Fahr halt mal mit hinüber und schau es dir an. Sie könnte ja einfach gehen und dich hier lassen. Probier das dolce far niente in Florida eine Weile. Wenn es dir nicht gefällt, kommst du wieder zurück. Dann hat sich auch weiter nichts geändert.«
»Diese vernünftige Betrachtungsweise paßt gar nicht zu dir.«
»Das lernt sich mit der Zeit.«
»Nein, Nina, du sagst nicht die Wahrheit. Ich kenne dich ein wenig besser. Du hast genug von mir, das ist es.«
Darauf antwortete ich nicht.
Gestern also hat er den anderen mitgeteilt, was los ist, und heute abend war die Stimmung flau. Nur bei Peter nicht, der war höchst animiert. Ich ging gleich nach Hause, nachdem die Vorstellung angefangen hatte. Heute abend war es aussichtslos zu warten, ob er seine Frage stellt: »Sehen wir uns nach der Vorstellung?«
Er hatte Besuch bekommen, eine Kollegin, Sylvia Gahlen, ein wunderschönes Frauenzimmer, sie hat schon bei Reinhardt gespielt, und zuletzt hat sie zwei Filme gedreht. Sie waren als Anfänger zusammen im Engagement in Zwickau, das sagte er mir, ehe er auf die Bühne ging.

Sie kam vor Beginn der Vorstellung. Peter stand schon bei Borkmann, dem Inspizienten, denn er ist immer sehr pünktlich, ein disziplinierter Schauspieler. »Mensch, Thiede, Goldjunge!« rief sie und fiel ihm um den Hals und küßte ihn auf den Mund.
»Sylvie, du Fratz!« sagte er, als er wieder Luft bekam.
»Du schleckst mir die ganze Tünche ab. Ich muß gleich auf die Bühne.«
»Ich seh' mir eure Vorstellung an. Deinetwegen.«
»Wo kommst du denn her?«
»Direkt aus Hamburg. Wir haben Außenaufnahmen gemacht im Hafen. Ich spiele eine Hafendirne.«
»Du? Das kannst du ja gar nicht.«
»Und ob ich das kann! So echt wie ich ist keine auf der ganzen Reeperbahn.«
Borkmann hatte das drittemal geklingelt, gleich ging es los.
»Kommst du mit nach der Vorstellung?« fragt die schöne Sylvie. »Ich bin eingeladen, lauter schicke Leute. Wird für dich ganz interessant sein.«
Ich ging also nach Hause und geriet mitten in eine Tragödie. Meine Familie war in der Küche, Trudel wischte den Boden auf und schimpfte dabei, Stephan saß auf einem niedrigen Hocker mit hängendem Kopf und baumelnden Armen. Victoria lehnte am Küchenschrank, und als ich eintrat, sagte sie: »Ausgerechnet!«
»Was ist denn hier los? Und was heißt ausgerechnet?«
»Ausgerechnet heißt: ausgerechnet heute kommst du nach Hause.«
»Entschuldige vielmals. Komme ich ungelegen?«
»Sehr ungelegen.«
Trudel richtete sich auf, warf den Lappen in den Putzeimer, mir einen schrägen Blick zu und fing an zu jammern.
»Ach, du lieber Himmel! Geht mir doch los! Aber das ist eben die heutige Jugend, ich sage es ja immer. Keinen Anstand und keine Moral. Wir, als wir Kinder waren, da herrschte wenigstens noch Ordnung. Wir hätten uns sowas nicht erlauben können. Lieber Gott, was hätte unser Vater mit uns gemacht!« Und so in der Art.
Stephan stöhnte und würgte, Trudel schob ihm den Eimer hin.
Victoria sagte gelassen: »Er hat die ganze Küche vollgekotzt.«
»Ist er krank?«
Ich ging zu meinem Sohn, legte die Hand auf seine Stirn, hob seinen Kopf zu mir hoch. Er war grün im Gesicht, und die Fahne, die zu mir heraufwehte, ließ keinen Zweifel an seinem Zustand. »Er ist blau«, klärte Vicky mich auf.
»Ich sehe es.«
Trudel fing wieder an zu wehklagen, ich stellte mich hinter Stephan, legte die Hände rechts und links an seine Schläfen, sie waren feucht, sein Haar wirr und voll Schweiß.
»Das geht vorbei«, sagte ich tröstend. »Reg dich nicht auf, Stephan. So, ist schon gut. Kannst du mir sagen, was du getrunken hast? Und wo? Es ist nur, weil ich wissen muß, ob es etwa gefährlich sein könnte für dich.«
»Ist ja alles draußen«, beruhigte mich Vicky. »Kann ihm nicht mehr viel schaden.«

»Möchtest du bitte den Mund halten und Stephan reden lassen.« Ich hielt immer noch seinen Kopf zwischen den Händen, merkte, wie die Spannung in ihm nachließ, sah die Träne, die ihm über die Wange lief.
»Steffi, Liebling, wer hat dir zu trinken gegeben?« Seine Schultern zuckten, und dann, in letzter Verzweiflung, fing er an zu schluchzen.
Ich kniete mich neben den Hocker und nahm ihn in die Arme, ganz vorsichtig, damit ihm nicht noch einmal übel wurde.
»Schon gut, Jungchen, schon gut. Das ist wirklich nicht so schlimm. Wo warst du denn?«
Vicky übernahm es wieder, zu antworten.
»Bei seinem Freund, dem Benno.«
»Benno? Ich kenne keinen Benno.«
»Kannst du auch nicht kennen, is'ne neue Freundschaft. Hier gleich um die Ecke, neben dem Bolle. Der Vater is so'n Arschpauker.«
»Victoria!«
»Na, 'n Lehrer eben. Bloß an 'ner Volksschule, nichts Besonderes. Ein gräßlicher Kerl.«
Wenn Vicky das sagt, die im allgemeinen den Menschen sehr freundlich gegenübersteht, mußte dieser Lehrer wirklich ein gräßlicher Kerl sein.
»Ich kann mir nicht vorstellen, daß sich im Haushalt eines Lehrers die Kinder betrinken.«
»Die Eltern werden eben nicht da gewesen sein.«
Trudel, nachdem Stephan nun weinte, zerfloß in Mitleid.
Sie beugte sich nieder, zog ihm die Schuhe aus und murmelte tröstende Worte.
»Wie alt ist Benno denn?«
»So wie du, nich, Stephan?«
Stephan brachte es immerhin fertig, zu nicken.
»Benno geht ja noch«, erläuterte Vicky weiter. »Aber die anderen Gören! Es sind vier. 'n Junge mit dreizehn, und einer mit vierzehn. Und 'n Mädchen auch. Die is auch vierzehn, das sind nämlich Zwillinge. Die ist vielleicht eine Zimtzicke.«
Stephan wurde ruhiger, das Schluchzen versiegte, er lehnte sich an mich und starrte angestrengt in die Ecke neben der Tür.
»Warum starrst du denn immer dahin?«
»Wenn ich die Augen zumache, dreht sich alles«, murmelte er.
»Was habt ihr denn getrunken?«
»Wermut und Bier.«
»Pui Jases!« entfuhr es mir. »Das ist grauenhaft. Da wäre ich in demselben Zustand.«
»Ich hab' gar nicht viel getrunken, nur 'n ganz kleines Glas.«
»Von beidem?«
Er nickte.
»Also nimm bitte zur Kenntnis, daß dies eine barbarische Mischung ist. Kein kultivierter Mensch wird so etwas trinken. Das eine Gute hat die Sache, du wirst in deinem Leben so ein Gemisch nicht mehr über die Lippen bringen. Und wie

ekelhaft es ist, wenn man betrunken ist, weißt du nun auch. Ich könnte mir vorstellen, daß du es nicht wieder vergißt.«
So, genug gepredigt für den Moment.
»Die Eltern waren also nicht da?«
»Nein.«
»Und vermutlich haben die großen Kinder damit angefangen.«
»Ja. Fred hat 'ne Eins geschrieben im Aufsatz.«
»Na, das kann ja wohl nicht wahr sein«, empörte sich Vicky, »dieser Schwachkopf.« Und zu mir: »Der geht nämlich ins Gymnasium.«
»Diese Eins habt ihr also gefeiert.«
Stephan nickte. »Sein Vater hat ihm drei Mark geschenkt. Und da haben sie eingekauft. Und dann haben wir alte Germanen gespielt.«
»Alte Germanen?«
»Na ja, wir haben uns im Wald gelagert. Und eben so getan, als ob wir Met trinken.«
Victoria amüsierte sich königlich.
»Mensch, du Riesenrhinozeros! Alte Germanen mit Wermut und Bier. Und dieser Dussel, dieser Fred, der findet das wohl noch gut. Sowas schreibt 'ne Eins? Muß ja 'ne komische Schule sein, wo so ein Schwachkopp eine Eins kriegt. Klar, daß dem sein Vater stolz ist, wo der ja nur so'n popliger Volksschullehrer ist.« Und zu Stephan, neugierig: »Was war'n das für'n Thema?«
Gewohnt, seiner Schwester Rede und Antwort zu stehen, wandte er sein müdes Haupt und blickte sie fragend an.
»Na, der Aufsatz. Wo der Nachtwächter 'ne Eins gekriegt hat.«
»Das Vaterland erschafft sich den Menschen«, kam es prompt von Stephans Lippen. Es wurde offenbar ausführlich über den Aufsatz gesprochen, daß er sich trotz seines desparaten Zustands an das Thema erinnerte.
Trudel stand mit gefalteten Händen vor uns und fragte ängstlich: »Im Wald? Ihr wart im Wald? Da ist es doch viel zu kalt.«
Wir blickten sie alle drei etwas erstaunt an, doch Vicky kapierte sofort, und sagte ungeduldig: »'türlich nicht, Tante Trudel. Sie haben bloß so getan, als ob sie im Wald gewesen wären. Vermutlich haben sie sich auf denen ihre schäbigen Teppiche gelegt und sich eingebildet, es wären Bärenfelle. Nich, Stephan?«
Er nickte.
»Jungele, soll ich dir einen Haferschleim machen?« fragte Trudel mitleidig.
Stephan verzog angeekelt das Gesicht, und ich sagte: »Das braucht er nicht. Er geht jetzt ins Bett und schläft, dann ist ihm morgen wieder besser.«
Victoria wußte noch mehr.
»Der Vater von Fred und Benno, also der Pauker, das is so'n Nazi. Du weißt schon, Mutti.«
»Woher weißt du denn das?«
»Weil er immer in der SA-Uniform rumrennt. Und ich kenn' die Nuß, die Gisela, ja auch, das Mädchen von den Kindern. Die hat gesagt, der Hitler und so einer wie ihr Vater, die werden Deutschland retten.«

»Soll er erstmal besser auf seine Kinder aufpassen«, sagte ich. »Komm, Schatz, ich bring' dich jetzt zu Bett.«
Ich wusch ihm das Gesicht, ließ ihn den Mund spülen, er war so müde, daß er kaum die Augen aufhalten konnte.
Ich holte noch ein Kissen und bettete ihn ein bißchen höher, weil einem ja eher schlecht wird, wann man flach liegt. Vorsichtshalber stellten wir noch einen Eimer vor das Bett. Eine Weile saß ich bei ihm, er hielt meine Hand fest umklammert, machte die Augen nochmal auf und murmelte: »Geraucht haben wir auch.«
»Ich glaube nicht, daß die alten Germanen das getan haben.«
So ein blöder Text: ›Das Vaterland erschafft sich den Menschen.‹
Der Mensch erschafft sich das Vaterland, das würde ich sagen. Nur durch das, was man hineindenkt und hineinfühlt, wird eine Landschaft oder eine Gegend zum Vaterland.
Ich mußte auf einmal an Luise von Rehm denken. Was für schöne Aufsätze habe ich bei ihr geschrieben. Ich war berühmt für meine Aufsätze. Ihre Themen waren herrlich, mir fiel immer eine Menge dazu ein. Was habe ich auf dieser Schule nicht alles gelernt.
Der Griff um meine Hand wurde lockerer, löste sich. Er war eingeschlafen.
Morgen würde ich noch ein paar kluge Worte zu dem Vorfall sagen. Ich überlegte, ob ich zu dem SA-Mann hingehen und ihn darüber aufklären sollte, was seine Kinder treiben, wenn er nicht zu Hause war.
Das wäre gepetzt. Einerseits. Andererseits müßte er es eigentlich wissen.
Stephans kleines Zimmer ist ordentlich aufgeräumt, seine Sachen aufgehängt, die Bücher und Hefte auf seinem Tisch in Reih und Glied. Nur weiß man nie, macht er das oder Trudel. Außer diesem Kämmerchen hat unsere Wohnung noch drei Zimmer, eins ist für Trudel, in einem schlafen Vicky und ich, das andere ist unser Wohnzimmer, ein großes Zimmer, das sogenannte Berliner Zimmer. Auch die Küche ist groß und das Badezimmer ist riesig.
Früher war es eine hochherrschaftliche Acht-Zimmer-Wohnung, nach der Inflation wurde sie geteilt, weil sich viele Leute eine große Wohnung nicht mehr leisten konnten. Der andere Teil ist jetzt eine Anwaltspraxis. Das Ganze befindet sich in der Motzstraße. Unsere Zimmer gehen alle nach hinten raus, aber das macht nichts, es ist ein schöner großer Hof, sogar mit Bäumen darin. Die Miete ist nicht hoch. Im Norden oder im Osten könnten wir noch billiger leben, aber das will ich nicht. Wenn ich schon in Berlin bin, will ich im Westen wohnen.
Ich machte das Licht aus und ging in die Küche zurück, wo Trudel eben das Abendbrot auf einem Tablett herrichtete, Brot, Butter, Mettwurst und eine Schüssel mit Rührei, letzteres hatte sie wohl mir zu Ehren schnell gemacht. Durch Stephans dramatische Heimkehr war das Abendessen verzögert worden. Halb zehn inzwischen. Sonnabend. Der dritte Akt begann, Peter ging dann mit der schönen Sylvie aus. Später vielleicht mit ihr ins Bett.
»Das ist knorke, daß du mal abends zu Hause bist«, sagte Vicky. »Ich kann mich gar nicht mehr erinnern, wann wir das letztemal zusammen Abendbrot gegessen haben.«

Auf einmal hatte ich ein schlechtes Gewissen. Das Theater, das mir soviel bedeutete, und dann Felix, das hatte meine Zeit verbraucht. Habe ich meine Kinder vernachlässigt?
Sie haben Trudel und sind allerbestens versorgt. Aber Trudel ist nicht ich.
»In Zukunft werdet ihr mich immer abends zu Hause haben. Das Theater macht zu.«
Jetzt wußten sie es also auch.
»Aber Mutti! Warum denn? Erzähl mal!«
»Wir sind pleite. Felix hat bisher Geld von seiner Frau bekommen, und nun gibt sie ihm keins mehr. Das ist die ganze Geschichte.«
»Und was wirst du machen?« fragte Trudel.
»Weiß ich noch nicht. Ich werde versuchen, wieder eine Stellung zu finden. Jetzt war ich ja mal berufstätig, da geht es leichter.«
»Aber es gibt doch soviel Arbeitlose.«
»Ich sagte, ich werde es versuchen.«
»Wieder beim Theater?«
»Ich muß nehmen, was ich kriegen kann.«
»Das Stück, das ihr jetzt spielt, finde ich dufte«, sagte Vicky. Sie hat es dreimal gesehen, freie Plätze gab es immer genug. »Und weißt du, wen ich ganz prima finde?«
»Na?«
»Den Thiede. Der ist ganz mein Typ.«
»So.«
Meiner auch, müßte ich eigentlich hinzufügen.
Heute würde er mit Sylvia Gahlen schlafen.
Ich bin eine Pute. Eine richtig dämliche Pute. Warum soll er gleich mit ihr schlafen, bloß weil er mit ihr ausgeht? Es wird Zeit, daß ich Peter Thiede aus meinem Leben streiche. Wenn ich nicht mehr in der Kulisse stehe, wird er sich kaum an mich erinnern.
Victoria, meine trübsinnige Miene vor Augen, versuchte, mich aufzuheitern.
»Ich habe auch einen guten Aufsatz geschrieben. Nur'ne Zwei. Aber er ist trotzdem gut.«
»Worum ging es denn?«
»Was ist Mut? Und wer braucht ihn?«
»Klingt nach Dr. Binder.«
Das ist ihr Deutschlehrer, auf den sie große Stücke hält, wie ich weiß.
»Ja. Der geht immer aufs Ganze, nich? Ich habe geschrieben, Mut braucht jeder Mensch, sonst könnte er gar nicht leben. Mut braucht eine Frau, wenn sie ein Kind zur Welt bringt, und Mut braucht das Kind für seinen ersten Atemzug. Und für die ersten Schritte, die es macht.«
»Gar nicht schlecht.«
»Nicht wahr? Und dann habe ich geschrieben: Das Wichtigste, was man braucht, ist der Mut zu sich selbst. Später, wenn man erwachsen ist. Daß man den Mut hat, sich selber zu sehen, ohne sich was vorzumachen. Und auch den Mut, so zu leben, wie man will. Also ich meine, etwas aus sich machen, etwas werden, nicht?«

»Den Mut zu seinem eigenen Ich.«
»Ja, das meine ich. Schade, das ist mir nicht eingefallen. Der Mut zu seinem eigenen Ich, das klingt toll. Dr. Binder fand ganz gut, was ich geschrieben habe, nur stilistisch meinte er, wäre es manchmal schwach auf der Brust. Wenn ich ein bißchen mehr gefeilt hätte, sprachlich und so, hätte er mir eine Eins gegeben, sagt er.«
Mut zu seinem eigenen Ich. Wer hat das schon?
Ich blickte meine Tochter an. Sie wird ihn haben. Wer sonst, wenn nicht sie. Sie wird einmal hübsch. Ihr Haar ist wie meins, ihre Augen sind braun. Wie Nicolas' Augen. Sie hat auch seine Stirn und seinen kühnen Mund.
Ich muß Geld verdienen, irgendwie. Was man will, das kann man auch, hat Großmama immer gesagt. Warum habe ich denn keinen Mut zu meinem eigenen Ich? Warum versuche ich es denn nicht wenigstens mal? Das zu tun, was ich schon lange tun will. Wenn ich jetzt Zeit habe, denn so schnell werde ich bestimmt keine neue Stellung finden, warum setze ich mich nicht einfach hin und probiere es mal? Ich kann mich nicht blamieren, weil keiner davon weiß. Ich bilde mir nur pausenlos ein, ich kann das. Muß doch mal festgestellt werden, ob dem so ist.
Ein Theaterstück möchte ich schreiben. Ich weiß sogar schon den Titel. »Die neue Nora.«
Nicht Ibsens belämmertes Eichhörnchen, das sich mit einer Tarantella eine fragwürdige Freiheit ertanzt. Nora heute, die Frau des 20. Jahrhunderts, das ihr alle Möglichkeiten der Welt bietet. Nora mit kurzem Rock, Bubikopf und frei von Konventionen. Nora, die wählen darf, die studieren darf, die einen Beruf haben darf, die schlafen darf, mit wem sie will, und die sich nicht mehr von Männern und einer Ehe abhängig machen muß. Nora von heute, die ihr eigenes Geld verdient. Vorausgesetzt, daß sie Arbeit findet, und da liegt der Hase im Pfeffer. Solange viele Männer keine Arbeit haben, gibt es für Frauen erst recht keine.
Sie kann immer noch Blumen auf dem Potsdamer Platz verkaufen, sie kann sich selbst verkaufen, das konnte sie schon immer. Aber was kann sie hier und heute, wenn sie nur will? Ich müßte einmal mit Victoria darüber sprechen. Sie hat soviel gesunden Menschenverstand, und sieht überhaupt das Leben viel nüchterner als ich. Ich denke oft an sie, sie war die einzige Freundin, die ich je hatte. Aber sie ist weit weg, sie wohnt in München.
Ich habe keinen Beruf. Ich bin zwar eine Frau des 20. Jahrhunderts, aber an mir klebt noch das 19. Wäre ich nur Schauspielerin geworden, wie ich gern wollte. Ich bin überzeugt davon, ich wäre eine gute Schauspielerin geworden. Das ist das einzige, was ich Nicolas noch heute übelnehme, daß er mich daran gehindert hat.
»Mutti?«
»Hm?«
»Oben auf dem Boden, da stehen doch diese Kisten, nicht?«
»Was für Kisten?«
»Wie wir damals von Breslau hergezogen sind, da hast du doch ein paar Kisten gar nicht ausgepackt, nicht?«

»Und?«
»Du hast gesagt, die brauchen wir gar nicht auszupacken, die stellen wir auf den Boden, was da drin ist, brauchen wir sowieso nicht.«
»Was ist denn drin?«
»Weiß ich doch nicht. Aber du hast gesagt, es sind alte Kleider von dir drin. Von früher, als du jung warst. Sachen, die du besonders gern hattest und die du nicht wegwerfen wolltest.«
Als du jung warst – wie das klingt.
»Es ist wegen dem Kostümfest«, schaltete sich Trudel ein.
»Was für ein Kostümfest?«
»Elga Jarow, aus meiner Klasse, die gibt nächsten Sonnabend ein Kostümfest. Ein ganz tolles Fest. Sie sagt, es kommen mindestens fünfzig Kinder. Die sind schrecklich reich, ihre Eltern, und die haben ein duftes Haus, im Grunewald, weißt du. So ein Haus, wie Marleen es hat. Noch größer. Richtige Musik spielt, und eine Tombola gibt es. Die Eltern kriegen alle noch einen Brief, damit sie Bescheid wissen, weil wir doch spät heimkommen. Und daß wir nach Hause gebracht werden. Die haben zwei Autos und einen Chauffeur.«
»Ein Chauffeur kann nicht zwei Autos fahren.«
»Elgas Bruder fährt ja auch, der ist schon zwanzig oder so.«
»Sie braucht was anzuziehen für das Kostümfest«, glaubte Trudel mich noch aufklären zu müssen.
»Ach nee!«
»Tante Trudel hat gesagt, sie ändert es mir, falls da in den Kisten auf dem Boden etwas Tolles ist.«
Und ob da was Tolles ist!
Am nächsten Tag, ein Sonntag, gehen wir auf den Boden, Vicky und ich. Stephan, wieder auferstanden, wenn auch noch etwas blaß und leidend, schließt sich an. Trudel macht inzwischen den obligaten Schweinebraten, alte schlesische Sitte, dort gibt es sonntags immer Schweinebraten mit Karoffelklößen und Sauerkraut.
Drei Kisten sind es.
In der einen, das fällt mir sofort ein, sind Ernis Noten und Bücher.
Die Kiste bleibt zu.
In der anderen, wie sich herausstellt, allerhand Nippes aus der Breslauer Wohnung. Eine Spieluhr, die Kurt mir schenkte, Ostern 1914. Sie spielte: Schlafe, mein Prinzchen, schlaf ein, und bezog sich auf meinen Zustand. Der Samowar, den ich Weinachten 1913 von Nicolas bekam. Heute trinken wir unseren Tee ganz schlicht aus einer Teekanne.
Eine schwarze Schachtel, mit Samt ausgeschlagen. Meine Haare.
Als ich das erstemal Marleen in Berlin besuchte, das war kurz nach der Inflation, Winter 23, überredete sie mich, mir einen Bubikopf schneiden zu lassen, lange Haare wären absolut lächerlich.
Ich erinnere mich genau. Es war zwischen Weihnachten und Silvester, als wir nach Berlin fuhren. Marleen hatte geschrieben, sie gebe eine große Silvesterge-

sellschaft in ihrem neuen Haus am Wannsee, und ich müsse dabei sein, das würde mir bestimmt Spaß machen.
Ich wollte nicht fahren. Wegen Erni vor allem, der zu dieser Zeit wieder krank war. Er konnte kaum mehr Musik machen, mußte viel liegen. Dr. Menz hatte mir gesagt, daß das Loch in seinem Herzen größer geworden sei und daß ihm nicht mehr zu helfen war.
»Nicht er auch noch«, beschwor ich ihn. »Er ist das einzige, was ich noch habe.«
»Sie haben Ihre Kinder, Nina.«
»Alle sind tot, die ich geliebt habe. Erni gehört zu mir. Sie müssen ihn retten.«
Es war die Wahrheit, was ich sagte. Was hätte ich gemacht, in all den Jahren, wenn ich Erni nicht gehabt hätte. Die Kinder? Sie bedeuteten mir nicht so viel. Damals nicht. Daß Nicolas tot war, darüber kam ich nie hinweg. Ich war so voll Haß; auf den Krieg, auf den Kaiser, auf unsere Feinde, auf diese ganze widerliche Welt, in der ich eigentlich nicht mehr leben wollte.
Erni hatte mir geholfen. Eingezogen wurde er natürlich nicht, er hatte Musik studiert, und viele Jahre sah es so aus, als sei er überhaupt gesund.
»Das gibt es manchmal«, sagte Dr. Menz. »Wenn ein Kind mit so einem Herzfehler geboren wird, kann es sein, daß es sehr schnell daran stirbt. Es kann aber auch sein, daß das Loch kleiner wird, sich verwächst. Bei Ihrem Bruder ist das Leiden zum Stillstand gekommen; in der Zeit, als er gewachsen ist, wuchs das Loch nicht mit. Aber nun ist vielleicht eine gewisse Erschlaffung des Herzmuskels eingetreten. Wir wissen noch zu wenig darüber.«
»Sie müssen ihn retten«, sagte ich eigensinnig.
»Ich wünschte, ich könnte es. Ich habe Ihren Bruder sehr gern, Nina. Und ich halte ihn für ein großes Talent.«
»Das kann doch nicht sein, daß er jetzt stirbt. In den Krieg mußte er nicht, und jetzt noch – nein, Doktor. Sie müssen ihm helfen.«
Ich war des Sterbens so müde. So viele waren gestorben. Erst Victorias Mann. Dann Nicolas. Mein Cousin Robert. Und schließlich Kurt. Er war so gut wie tot, und ich sollte ihm wünschen, daß er tot war und nicht irgendwo in Sibirien. Dann starb Vater, dann Großmama, und in diesem Jahr war Mutter gestorben. Und nun sollte ich noch auf Ernis Tod warten? Täglich und stündlich warten, daß dieses verdammte Loch in seinem Herzen ihn umbrachte?
Manchmal hatte ich in den vergangenen Jahren das Loch ganz vergessen. Er hatte sogar eine Stellung, er abeitete als Korrepetitor an der Oper, und er hoffte, daß er eines Tages dort würde dirigieren können. Obwohl er ja wußte, daß es viel zu anstrengend für ihn sein würde.
Mit seinem lieben Lächeln sagte er zu mir: »Wenn ich nicht dirigieren kann, macht es auch nichts. Diese Tätigkeit als Korrepetitor macht mir viel Freude. Weißt du, man ist von Anfang an dabei, man kann den Künstlern soviel helfen.«
Ich wußte, daß es an der Oper eine junge Sängerin gab, einen lyrischen Sopran, die Erni sehr gern hatte. Sie war seit zwei Jahren an der Breslauer Oper, und er hatte als erstes mit ihr die Agathe einstudiert. Und immer wieder erzählt, wie schön, wie silbernklar ihre Stimme sei.

Es war eine Freundschaft zwischen den beiden entstanden, und mehr war es nicht, würde es wohl nie sein, denn ob Erni je wie ein Mann würde leben können, das wußte ich nicht, und ich konnte nicht mit ihm darüber reden. Aber er war so geduldig, so gütig, er ertrug meine Ausbrüche, meine Schmerzen mit so viel Verständnis, er wußte ja, wie sehr ich Nicolas geliebt hatte, und wenn ich irgendwo Trost fand, dann bei ihm.
Denn ich hatte nichts verwunden, nichts vergessen. Manchmal war ich für meine Umgebung eine Plage. Ich glaube, ich war damals ziemlich hysterisch.
Nach Mutters Tod war Trudel zu uns nach Breslau gekommen. Sie hatte viel erduldet, bei drei Menschen ausgehalten, bis sie starben. Als sie kam, wollte ich ihr das Leben ein wenig angenehm machen, mit ihr spazieren gehen, mal ins Theater, mal in eine Konditorei, und dann wurde Erni immer kränker. Er ging selten aus dem Haus, einer mußte ihn begleiten auf seinen kurzen Spaziergängen, in der Oper konnte er nicht mehr viel arbeiten.
Ich war nahe daran, Amok zu laufen.
Es war dann eine Verschwörung zwischen Tante Alice, Trudel und Erni.
Sie sagten, Marleen hätte mich nun schon ein paarmal eingeladen, und das neue Haus müsse ja wohl sehr schön sein, und ich müsse es mir unbedingt ansehen. Ich solle hinfahren und Vicky mitnehmen. Sie würden sich schon um Erni kümmern.
Vicky ging schon in die Schule, darum konnten wir nur in den Ferien fahren.
Vicky war Ernis ganzes Glück, er liebte das Kind so hingebungsvoll, daß ich manchmal eifersüchtig war.
Sie liebte ihn auch. Angefangen hatte es mit seiner Musik.
Sie saß schon als kleines Kind stundenlang bei ihm, wenn er spielte oder komponierte, er lehrte sie viele Lieder, und sie sang mit großer Begeisterung. Es war ähnlich wie zwischen Erni und mir, als wir Kinder waren. Er hatte mir auch zugehört, wenn ich übte, nur daß ich eine Dilettantin war und er ein Künstler.
Tante Alice sagte: »Erni und Trudel und der Kleine kommen Silvester zu mir. Sie bekommen etwas Gutes zu essen. Wir werden uns schon unterhalten. Ihr fahrt nach Berlin, ihr beiden.«
Also fuhr ich mit Vicky, halb widerwillig, nach Berlin.
Zwei Tage vor Silvester schleppte mich Marleen zu ihrem Friseur, und der schnitt mir erbarmungslos meine schönen langen Haare ab. Ich war außer mir, als ich sie vor mir liegen sah, und ich fand mich schauerlich mit dem kurzen Haar.
Der Friseur packte die Haare sorgfältig ein und meinte, ich könne sie ja zum Andenken aufheben.
Als wir dann zurückkamen in Marleens feudales Haus am Wannsee, betrachtete mich Vicky sehr kritisch, ging um mich herum und teilte mir schließlich mit: »Es gefällt mir gar nicht. Du siehst scheußlich aus.«
Das hatte mir gerade noch gefehlt.
Marleen lachte und legte Vicky kameradschaftlich den Arm um die Schultern. »Finde ich auch«, sagte sie boshaft. »Wie eine gerupfte Gans.«

Ich war verzweifelt, aber die Haare waren ab.
Hier sind sie. Mein schöner langer goldbrauner Zopf. Glänzend und seidenweich. Mein Haar war Nicolas' ganzes Entzücken, er schlang es sich um den Hals, begrub sein Gesicht darin, breitete es über meinen Oberkörper aus und küßte meine Brust durch das Haar hindurch.
»Oh!« ruft Vicky und greift danach. »Deine Haare! Ich weiß noch genau, wie du . . .«
Ich schlage den Deckel des Kastens zu.
»Zum Teufel damit!«
Verdammte Kiste.
Wir machen die dritte auf. Aber da wird es noch schlimmer. Ganz zuoberst liegt das Ballkleid. Das Kleid aus sahneweißem Satin mit den rosa Röschen.
Du hast ein Traumgesicht . . .
Warum habe ich das bloß alles mitgeschleppt? Wer will es denn noch sehen, wer will sich daran erinnern? Ich doch nicht. Ich habe genug von meinem Leben, von dem heutigen und von dem von damals erst recht. Ich will nichts mehr wissen davon, will nicht selbstquälerisch in meiner eigenen Vergangenheit herumwaten.
Gibt es keine Tablette, die die Erinnerung auslöscht? Das wäre die Erfindung des Jahrhunderts.
Aber es kommt noch schlimmer.
Zunächst hat Vicky das Kleid vorsichtig herausgehoben und auseinander gefaltet.
»Oh Mutti! Wie schön. Hast du das angehabt?«
»Ja. Es war mein erstes Ballkleid.«
»Du mußt wundervoll ausgesehen haben.«
»Habe ich.«
Das Kleid liegt weitausgebreitet über den Kisten, auch Stephan betrachtet es interessiert.
»Mit wem hast du getanzt?« fragt Vicky.
»Mit vielen. Und besonders mit einem.«
»Mit wem?«
Ich gebe keine Antwort, starre auf das Kleid.
»Erzählst du mir davon, Mutti?«
Schweigen.
»Mutti!« flüstert Vicky. »Was hast du denn?«
»Nichts«, sage ich. Bestimmt kein Traumgesicht.
»Willst du nicht darüber sprechen?«
»Jetzt nicht. Vielleicht später mal.«
Ich raffe das Kleid mit einer wütenden Handbewegung zusammen. »Das kannst du nicht anziehen.«
»O nein, das will ich ja auch nicht. Das wäre viel zu schade.«
Etwas tiefer in der Kiste finden wir mein Reitkleid, und darunter ein grünliches Gewand, auf dem schwarze und gelbe Vögel aufgedruckt sind.
Ich ziehe es heraus. »Vielleicht wäre das etwas.«

Der tea-gown. Meine Freundin Victoria schenkte ihn mir zur Hochzeit. Er hat weite Ärmel und fällt lose an der Figur herab, man kann aber auch einen Gürtel herumschlingen. Damals war das große Mode, und die feine Dame trug so etwas zum Frühstück.
Vicky findet, das Gewand wäre einfach knorke für das Kostümfest.
»Darf ich es wirklich anziehen?«
»Ja. Es gehört dir.«
»Oh, Muttilein!« Stürmische Umarmung.
Ich grabe weiter in der Kiste herum, das ist so eine Art Masochismus, und ganz unten fassen meine Finger etwas Festes, Eckiges. Ich ziehe meine Hand zurück, als hätte ich mich verbrannt. Hier also ist es.
Nein. Nie wieder will ich es in die Hand nehmen. Nie wieder. Mein letztes Tagebuch.
Ich stopfe alles in die Kiste und schlage den Deckel zu.
»Schluß! Gehen wir hinunter. Das Essen wird fertig sein.«
In den nächsten Tagen werde ich hinaufgehen, das Tagebuch holen und verbrennen.
Es soll so tot sein wie meine Toten.
So tot wie ich.
So spielte sich das am Sonntagvormittag ab, wir essen dann zu Mittag, auch Stephan hat Appetit, er schämt sich noch ein bißchen, aber es schmeckt ihm.
»Das beste Mittel«, erkläre ich ihm, »gegen einen Kater ist ordentlich essen. Sofern man kann. Wenn man das nicht kann, dann war es ein übler Rausch. So einen sollte man nur einmal im Leben bekommen und nie wieder. Mit der Zeit muß man lernen, wieviel man verträgt, und einmal besoffen sollte als Lehre genügen.«
Trudel sieht mich vorwurfsvoll an.
»Ich finde es nicht richtig, wie du vor den Kindern redest.«
»Warum? Einer muß es ihnen doch sagen, warum also nicht ich? Meist lernt man diese Dinge von Fremden, das ist wahr. Aber ich halte es nicht für schlecht, wenn man sie von seiner Mutter erfährt.«
Vicky will es wieder einmal genau wissen.
»Hast du auch schon mal … ich meine, bist du auch schon mal . . .«
»Ob ich schon mal blau gewesen bin? Ja, klar. Aber ich vertrage eine ganze Menge. Und ich weiß inzwischen, wann ich aufhören muß. Es kommt ganz auf die Umstände an, weißt du. Wenn man in netter Gesellschaft ist, wenn man sich gut unterhält oder erst recht, wenn man tanzt, da kann man ziemlich viel vertragen; das Schlimmste ist, wenn man allein ist und sich vor Kummer besäuft.«
Das sage ich jetzt provozierend, gegen Trudel gerichtet, weil mich ihre vorwurfsvolle Miene reizt.
»Hast du dich auch schon mal . . .« beginnt wieder ein Satz von Vicky. Sie möchte es gern wissen, aber sie ist ein taktvolles kleines Mädchen.
»Aus Kummer besoffen? Das habe ich. Oder denkst du, mein Leben war immer so lustig? Erst der Krieg, dann die Inflation. Und was uns sonst alles passiert ist.«

Schweigen um den Tisch.
Vicky schiebt eine Gabel voll Kraut in den Mund, dann schneidet sie sich ein Stück von der braunen Kruste ab. Es gibt heute Schwärtelbraten, was bedeutet, daß der Braten mit einer knusprig braunen Schwarte bedeckt ist. Vicky zerknackt genußvoll den Leckerbissen zwischen den Zähnen. Ihrem Appetit schadet das Gespräch nicht.
»Und jetzt hast du wieder deine Stellung verloren«, sagt sie dann teilnahmsvoll. »Und überhaupt, nicht?«
Ich weiß nicht, ob sich überhaupt auf Felix bezieht. Ob sie mitbekommen hat, wie das Verhältnis zwischen mir und Felix war. Ich würde denken, ja. In diesem Jahr wird sie fünfzehn, und in diesem Alter ist ein Mädchen schon sehr hellhörig und aufgeklärt. Und was Liebe ist und Verliebtsein, weiß man in diesem Alter längst. Ich jedenfalls steckte tief und mittendrin in der Liebe. Nur war es bei mir insofern anders, daß es für mich immer ein und derselbe blieb.
Von Vicky weiß ich, daß der Mann ihrer Träume zur Zeit ihr Musiklehrer ist. Nicht, daß sie darüber spricht, aber ich höre es heraus, sie ist ja nicht verschlossen, und manchmal geht die Begeisterung mit ihr durch. Was er gesagt hat und wie er es gesagt hat! Und wie er sie dabei angeguckt hat!
»Also, Mutti, weißt du, er hat ganz dunkle Augen. Und er ist schrecklich romantisch. Da hat er mich angesehen und gesagt, Victoria, das hast du sehr beseelt gesungen.«
Sie muß immer singen, weil sie eine schöne Stimme hat und sehr musikalisch ist. Es muß bei ihr so ähnlich sein, wie es bei mir mit den Gedichten war. Ich hatte nie Hemmungen, ein Gedicht vorzutragen, und so ist es bei ihr mit dem Singen.
Der Musikunterricht an ihrer Schule ist sehr gut, sie werden angeregt, ein Instrument zu spielen, sie lernen Harmonielehre und kriegen Musikdiktate, und wenn sie singen, dann nicht nur Volks- und Wanderlieder, sondern auch Lieder von Schubert, Schumann, Brahms, manchmal sogar von Strauss.
Vicky hat offenbar das musikalische Talent von Erni geerbt. Das heißt, unmusikalisch bin ich ja gerade auch nicht, und ich habe mal ganz gut Klavier gespielt, aber Vicky spielt ausgezeichnet. Das Klavier ist von Breslau hierher mit umgezogen. Sie geht jede Woche zur Klavierstunde, und sie geht gern. Nur hat sie es schwer mit dem Üben.
Das Klavier steht im Berliner Zimmer, und daneben, durch eine nicht allzudikke Wand getrennt, ist die Anwaltspraxis. Manchmal haben sie sich schon beschwert. Eigentlich nicht beschwert, sondern nur höflich gebeten, doch etwas leiser zu spielen.
Ein Klavier ist ein Klavier. Man muß spielen, wie es sich gehört, und immer piano und pianissimo stimmt auch nicht. Dank des romantischen Musiklehrers darf Vicky nun manchmal nachmittags in der Schule üben, dort gibt es einen Flügel, und die Akustik ist besonders gut, wie sie mir begeistert mitgeteilt hat. »Du mußt mal mitkommen! Wenn ich die Pathetique richtig kann, spiele ich sie dir mal vor, ja? Aber erst muß ich noch mächtig dran üben.«
Ich kann es kaum erwarten, bis wir mit dem Mittagessen fertig sind. Mir liegt daran, sie alle aus der Wohnung zu haben. Von Vicky weiß ich, daß sie an die-

sem Nachmittag zu ihrer Freundin Bine gehen will, um mit ihr gemeinsam Mathematikaufgaben zu machen. Mathematik ist Vickys schwache Seite, wofür sie mein vollstes Verständnis hat. Bine ist ein Genie in Mathematik.
Kommt es nur noch darauf an, Trudel und Stephan unter die Leute zu bringen. Ich trockne das Geschirr ab und sage zu Trudel: »Du solltest mit Steffi ein bißchen Spazierengehen, das täte ihm gut nach der gestrigen Orgie.«
»Meinst du?«
Sie scheint nicht viel Lust zu haben, vermutlich wartet ein spannender Roman auf sie.
»Schau mal«, sage ich, »die Sonne scheint, ein herrlicher Tag. Wie wär's mit dem Zoo?«
»Gehst du ins Theater?«
»Ja, später.«
Meist bin ich Sonntagnachmittag immer gleich nach dem Essen gegangen. Sonntag war der Tag, wo Felix und ich ganz ungestört waren, wir liebten uns dann auf dem Sofa im Büro, ich kochte Kaffee, brachte manchmal zwei Stück Kuchen mit von zu Hause, wenn Trudel gebacken hatte.
Sie waren schön, unsere Sonntagnachmittage, und es ist typisch für die menschliche Undankbarkeit und Vergeßlichkeit, daß sie mir schon so ferngerückt sind. Damals ging ich sehr beschwingt hin, fröhlich und erwartungsvoll, ihn zu treffen, von ihm geküßt und geliebt zu werden. Und was heißt: damals? Noch vor ein paar Wochen war es so.
Jetzt verbringt er den Sonntagnachmittag mit seiner Gattin, der teuren, und ich träume von Peter.
Wer sagt mir, daß er bei seiner Frau ist? Vielleicht wartet er im Büro auf mich. Er ist unglücklich, er braucht mich. Ein Mann, der nichts mehr hat, was sein Leben erfüllt. Keinen Beruf, keine Aufgabe, keine Geliebte. Nur seine Frau, von der er abhängig ist, und ein schlecht besuchtes Theater, das in wenigen Wochen zumacht.
Eigentlich sollte ich ins Theater fahren.
Aber als sie alle gegangen sind, rase ich so schnell ich kann zum Boden hinauf. Das Tagebuch.
Ich will es nur in Sicherheit bringen, gar nicht lesen. Nur vernichten.
Ich grabe wieder in der Kiste, dann ziehe ich es heraus, ein schmales schwarzes Buch, eigentlich nur ein Heft mit hartem Einband.
Das erste Tagebuch, das Leontine mir geschenkt hatte, war in grünes Leder gebunden mit einer Goldprägung vorn drauf, einem großen geschwungenen D. Das sollte Diarium heißen, erklärte mir Leontine. Das Tagebuch flog dann ins Feuer, nachdem Marleen es mir geklaut und Vater ausgehändigt hatte. Gemeines Biest! Das Leder brannte schlecht, und Rosel schimpfte tagelang, daß es in der Küche so gestunken hätte.
Daraufhin war mir die Lust vergangen, und ich schrieb kein Tagebuch mehr. Obwohl es mir damals großen Spaß gemacht hatte. Irgendwann im Jahr 1916 fing ich wieder damit an. Nicolas war schon tot. Ich auch.
Ich habe keine Ahnung mehr, was ich eigentlich geschrieben habe.

Ich setze mich ins Wohnzimmer und fange an zu lesen.
Aha, wie erwartet, es beginnt mit dem Sommer 1916. Und ist anfangs nichts als eine einzige Totenklage.
Meine ganze Verzweiflung hatte ich zu Papier gebracht. Und mit Erinnerungen hatte ich mich gequält. Jedes Gespräch, jeden Blick, jedes Zusammensein hatte ich mir zurückgerufen. Ich war sehr freimütig mit dem, was ich schrieb. Das kam daher, daß ich allein lebte. Nur Vicky und ich in der Wohnung.
Es fällt mir auch wieder ein, daß ich das Tagebuch immer frei herumliegen ließ. Wenn mal Besuch kam von zu Hause, Mutter oder Trudel oder Martha, schloß ich es weg. Erni zog ja erst im Herbst 1916 zu mir, als er ins Konservatorium eintrat. Aber vor ihm brauchte ich keine Geheimnisse zu haben.
Mit der Zeit trug ich auch alltägliche Dinge ein. Was ich für Zuteilungen bekommen hatte, was der nette Verkäufer bei Stiebler für mich aufgehoben hatte. Oder was mein Hauswirt, mir nach wie vor treu ergeben, von einer Hamsterfahrt zu seinem Vetter für mich mitgebracht hat. Vickys Zähnchen sind eingetragen, drollige Worte, die sie sagte, die erste Kinderkrankheit.
Tage und Wochen vergingen, an denen ich kein Wort eintrug. Entweder hatte ich keine Zeit oder keine Lust. Und dann wieder Ausbrüche tiefster Verzweiflung.
So im Herbst 1916, Anfang November.
Wir haben schon Schnee. Über Nacht war er da. Wenn der Winter kalt wird, werden wir sehr frieren müssen, die Kohlenzuteilung ist knapp.

Und am Tag darauf notiere ich:
Deck die Erde zu, Schnee, deck sie zu. Laß alles erfrieren, was in ihr ist und was auf ihr ist. Ich wünschte, wir würden alle im Schnee ersticken, er sollte uns begraben, uns kalt und stumm machen wie die anderen, die in der Erde begraben sind. Damit wir endlich wieder einander gleich sind. Damit mich nichts mehr trennt von dir, Geliebter, damit wir in einem Grab begraben sind.

Und im Dezember schrieb ich:
Dies ist nun schon die dritte Kriegsweihnacht. Damals, als es losging, im Herbst 1914, sagten sie: Weihnachten sind wir wie der zu Hause.
Hat eigentlich keiner begriffen, was da begonnen hat?
Ich will nicht von mir sprechen, ich bin sicher dumm, aber all diese klugen Männer, hat keiner gewußt, was geschieht?

Und zwei Tage später:
Der Krieg ist das Normale geworden. Früher kannte man ihn nur aus Lesebüchern und Geschichtsbüchern. Oder aus Romanen. Er hatte immer etwas Unwirkliches, fast Märchenhaftes an sich. All diese strahlenden Helden – Alexander, Caesar, Karl der Große, Roland mit seinem Hörn, Barbarossa, der große preußische Friedrich, Napoleon –, wie sie uns imponierten mit ihren Ruhmesta-

ten und ihren Siegen. Robert sprach unaufhörlich von ihnen, er las nur Bücher, die von Krieg und Helden berichteten.
Jetzt ist er auch gefallen, wie Mutter mir schrieb, und ich frage mich, ob er noch an seine bewunderten Helden gedacht hat, als er im Schützengraben lag. Der Krieg hat gar nichts Märchenhaftes an sich, er ist schmutzig, schlammig, widerwärtig, ekelhaft, er riecht nach Blut und Leichen. Neuerdings nach Gas. Kann man es für möglich halten, kann es ein Mensch überhaupt fassen in seinem Kopf, daß Menschen andere Menschen mit Gas vergiften wollen? Roberts Helden kämpften noch mit dem Schwert in der Hand. Haben sie denn heute keinen Mut mehr zum ehrlichen Kampf, wenn sie schon kämpfen müssen? Schämen sie sich denn nicht ihrer Feigheit? Und sind sie eigentlich keine Christen?
Das darf man sowieso nicht fragen, denn wenn es danach ginge, hätte es niemals Krieg geben dürfen. Oder jedenfalls nicht mehr, nachdem Jesus gelebt hat. Liebe deinen Nächsten, das hat er doch gesagt, das hat man mich gelehrt. War das alles Lüge? Aber es war auch vor Jesus schon nicht erlaubt, Menschen zu töten. Die zehn Gebote sind älter, und da heißt es: Du sollst nicht töten. Warum haben wir das eigentlich lernen müssen in der Schule und im Konfirmationsunterricht, wenn es gar nicht wahr ist. Denn heute heißt es: du sollst töten. Du mußt töten. Möglichst viele deiner Mitmenschen, und möglichst grausam sollst du töten, sie sollen am Gas ersticken, von Granaten zerfetzt werden, im Meer ertrinken, aus der Luft zur Erde stürzen, denn nun führen sie den Krieg auch noch in der Luft. Und wenn du möglichst viele getötet hast, wird man dich belohnen. Du bekommst einen Orden. Das Eiserne Kreuz. Dein Name steht in der Zeitung. Der Kaiser gibt dir die Hand. Ich kann das nicht begreifen.

Dem läßt sich auch heute noch nicht viel hinzufügen.
Das sah ich damals wohl ganz richtig. Es beschäftigte mich wohl auch weiter, denn am nächsten Tag schrieb ich:
Dann ist es ja wohl auch so, daß die anderen Gebote keine Geltung mehr haben, wenn das Wichtigste, Du sollst nicht töten, plötzlich ins Gegenteil gekehrt wird. Ich bin der Herr, dein Gott, du sollst keine anderen Götter haben neben mir! Kann er im Ernst erwarten, daß wir uns daran halten, daß wir ihm treu bleiben, nachdem er uns so im Stich gelassen hat. Wenn er so stark ist und so mächtig, und der einzige Gott überhaupt, warum kann er diesem Wahnsinn nicht Einhalt gebieten? Warum schweigt er zu dem ganzen Elend? Warum macht er gemeinsame Sache mit den Mördern?
Oder wenn es heißt, du sollst Vater und Mutter ehren, das kann man sowieso gleich streichen, denn man ehrt sie nicht, wenn man ihnen die Söhne wegnimmt und im Massengrab verscharrt. Sie haben keine Söhne mehr, und sie sollen nicht einmal weinen, sie sollen noch stolz sein. Auf dem Felde der Ehre gefallen – wenn das nicht ein dummes Gelabere ist. Was ist ein Feld der Ehre? Ich kann mir nichts darunter vorstellen.
Meine kriegsphilosophischen Betrachtungen werden von den Weihnachtsvorbereitungen unterbrochen.

23. Dezember 1916

Ich war schnell nochmal in der Stadt. Beim Stiebler am Zwinger. Mein netter Verkäufer hat mir neulich zugeblinzelt und geflüstert, ich soll auf jeden Fall nochmal vor Weihnachten vorbeikommen. Ich kenne ihn seit Jahren, Tante Alice kaufte schon bei ihm ein, als ich das erstemal in Breslau war. Im vergangenen Jahr ist sein Sohn gefallen, seitdem sind seine Haare ganz grau. Aber zu mir ist er trotzdem so nett.

Heute hatte er Schokolade für mich, ein Päckchen mit Pfeffernüssen, und kandierte Früchte. Wo die wohl herkommen? Es sei Beuteware, sagte er. Ich konnte mich nicht beherrschen, ich naschte schon auf der Heimfahrt in der Elektrischen. Eine Flasche Rotwein hat er mir auch gegeben, da können wir uns morgen abend Punsch machen, Erni und ich. Mir wäre am liebsten, es gäbe gar kein Weihnachten mehr.

24. Dezember

Heute habe ich den ganzen Tag gearbeitet, nur um nicht nachzudenken. Ich habe die Wohnung sauber gemacht, alle Böden aufgewischt. Vicky schrie wie am Spieß, weil ich sie in ihr Stühlchen gesetzt und darin eingesperrt hatte. Sie haßt nichts so sehr, als wenn sie keine Bewegungsfreiheit hat.

Als Erni kam, nahm er sie raus und setzte sich mit ihr aufs Sofa, die Beine hochgezogen, weil ich wie eine Wilde auf dem Boden herumwütete. Er meinte, was ich denn eigentlich saubermache, es sei doch alles sauber.

Vicky war gleich still, als sie bei Erni saß. Sie plapperte ohne Pause auf ihn ein. Er ist für sie das wichtigste Spielzeug geworden, sie läßt jede Puppe und jeden Teddybär liegen, wenn er in der Nähe ist. Wenn er im Konservatorium ist, tappelt sie ununterbrochen durch die Wohnung und sucht ihn. Am Anfang tat sie das, inzwischen hat sie sich daran gewöhnt, daß er fortgeht, aber sie wartet immer, daß er wiederkommt.

Wenn sie seinen Schritt auf der Treppe hört, rast sie zur Wohnungstür und schreit in höchsten Tönen: »Eeni! Eeni!«

Das Schönste ist für sie das Klavier. Als es in die Wohnung kam, kurz nach Ernis Umzug, schien sie sich erst davor zu fürchten, sie machte einen scheuen Bogen darum. Bis er sich das erstemal hinsetzte und spielte. Sie plumpste auf den Boden, wo sie ging und stand, blieb sitzen, ohne sich zu rühren, der Mund stand ihr offen, sie starrte Erni an und schien dieses ungeheure Wunder nicht fassen zu können. Es erinnerte mich daran, wie wir damals das Klavier bekamen. War das ein Ereignis! Mir tun alle Glieder weh, so habe ich mich heute verausgabt mit der Schrubberei. Jetzt werde ich den kleinen Weihnachtsbaum aufstellen. Ein paar Kerzen habe ich auch erwischt. Was Vicky sagen wird, wenn sie brennen?

Mutter wollte, daß wir alle drei nach Hause kommen. Aber Erni meinte auch, wir sollten lieber hier bleiben. Es fahren wenig Züge, und sie sind so voll. Gerade Weihnachten wird es besonders schlimm sein.

25. Dezember
Ich habe ihnen das ganze Weihnachtsfest verdorben. Saß nur da und heulte. Starrte in die Flammen und heulte. Da konnte sich das Kind ja nicht freuen. Sie saßen beide bei mir auf dem Sofa, Erni links und Vicky rechts, und versuchten, mich zu trösten. Vicky streichelte mein Bein und sagte mit ganz tiefer Stimme: »Nu! Nu! Wein ock nich!« So wie ich manchmal zu ihr sage.
Zu Erni sagte ich: »Du hättest lieber zu Hause bleiben sollen.« Und fünf Minuten später: »Ich bin so froh, daß du da bist. Ich wüßte nicht, was ich ohne dich täte.«

26. Dezember
Ich habe Tante Alice keinen Weihnachtsbesuch gemacht. Aber ich glaube, das wollte sie auch gar nicht. Als wir uns das letztemal gesehen haben, das war vor zwei Wochen etwa, sagte sie, daß sie über Weihnachten Dienst im Lazarett tun würde. Sie macht anscheinend überhaupt sehr viel Dienst, sie ist mehr im Lazarett als zu Hause. Mich wundert das ja, so eine elegante Frau wie sie. Jetzt trägt sie meistens Schwesterntracht. Ich weiß nicht, ob ich das könnte, all das Elend mit den kranken und verwundeten Männern. Als ich das mal zu ihr sagte, gab sie mir zur Antwort, daß es nichts Besseres gebe, als eine Aufgabe zu erfüllen und eine Arbeit zu haben. Früher hätte sie das nicht gewußt, sagte sie. Seit sie arbeitet, ist sie wieder gesund.
Unser Verhältnis hatte einen Riß bekommen, nachdem sie das von Nicolas gesagt hatte. Ich bin zwei Monate nicht zu ihr gegangen. Ich glaube, es ist ihr gar nicht aufgefallen. Es sei das Beste für ihn, daß er gefallen ist, sagte sie, und ich wurde furchtbar wütend und schrie sie an: »Wie kannst du nur so etwas sagen!«
Und sie, sehr kalt und sehr hart: »Er hatte den Boden unter den Füßen verloren. Sein Tod hat ihn wieder auf die Füße gestellt.«
Wenn das nicht absurd ist.
Ich mußte lange darüber nachdenken, ob sie mich damit gemeint hat. Oder was eigentlich. Ich bereue nichts. Das sechste Gebot gilt ja nun auch nicht mehr, wenn auch die anderen nicht mehr gelten. Ich würde es wieder tun und wieder tun, und Alice braucht mir nicht zu verzeihen und Gott schon gar nicht.
Vorige Weihnachten waren wir noch bei ihnen, Vicky und ich. Nicolas hatte Urlaub, und er hatte uns soviel mitgebracht. Herrliche Sachen zu essen. Und seinen geliebten Champagner. Während er da war, sahen wir uns jeden Tag. Er kam hierher. Und es war wie früher. Schöner noch. Und jetzt nie mehr. Nie mehr. Nie. Nie.
Ich glaube, daß Alice alles weiß. Aber sie würde nie darüber sprechen.

Sie hat nie darüber gesprochen. Ich glaube immer noch, daß sie alles wußte. Er war damals so glücklich mit Vicky.
Weihnachten 1915 auf 1916. Vicky war anderthalb Jahre alt, und sehr süß, sie redete auch schon viel. Es war drollig, die beiden zu sehen. Den großen schlanken Nicolas in seiner Uniform, das winzige Ding, das sich vertrauensvoll an ihn

schmiegte. Sie steckte immer die kleine Nase an seinen Hals. Ich denke mir, sie roch ihn gern. Das tat ich als Kind auch schon. Jetzt kommt eine längere Pause, dann geht es im Februar weiter.

22. Februar 1916
Unser Hauswirt hat mir Kartoffeln mitgebracht, Speck und zehn Eier. Er war wieder bei seinem Vetter, der in der Nähe von Oels einen Bauernhof hat. Ich müßte mal mitfahren, hat er gesagt, damit mich der Vetter kennenlernt. Denn wenn der Krieg noch lange dauert, wird er vielleicht auch noch eingezogen, und dann müßte ich allein dahin fahren können, damit wir was zu essen kriegen. Ich brauche ja vor allem für Erni immer etwas Kräftiges. Es geht ihm jetzt gut, und er arbeitet so viel. Ich habe ihm gesagt, er darf nicht zu gesund werden, sonst holen sie ihn auch noch.

28. März
Es wird Frühling. Gott sei Dank, ich habe keine Kohlen mehr. Kurt auf Urlaub. Er ist ganz anders geworden, so ernst und schrecklich nervös. Gar nicht mehr der liebe kleine Kurtel. Nachts fährt er auf im Bett und schreit. Tagsüber bemüht er sich, ruhig zu erscheinen. Aber nachts schreit er. Ich frage mich, wie diese Männer jemals wieder ein normales Leben führen sollen. Stoffe hat er verkauft. Schimmernde Seide, zarten Chiffon, duftigen Georgette, das hat er den Frauen lächelnd angeboten. Jetzt hat er ein Gewehr in der Hand. Es paßt überhaupt nicht zu ihm. Seine Hände sind rauh. Und ein Finger fehlt ihm. Ich war ganz entsetzt. Solange es nur ein Finger ist, sagte er.
In der zweiten Woche seines Urlaubs fuhren wir nach Hause, seine Mutter will ja auch etwas von ihm haben. Und es ist mir lieber, wir fahren hin, als daß sie herkommt, wir haben zu wenig Platz in der Wohnung. Erni sagte, er könne allein bleiben, das mache ihm gar nichts aus, und auf die Marken einkaufen könne er auch.
Zu Hause war es eigentlich ganz nett. Martha kochte fürstlich für uns, bei Gadinskis gibt es offenbar keinen Mangel, die haben alles, nicht zuletzt durch Wardenburg.
Wenigstens etwas. Trudel sagte mir, daß sie auch unseren Haushalt mitversorgt, sie müßten nicht hungern. Martha war ganz selig, ihren Sohn bei sich zu haben. Sie fütterte ihn pausenlos. Und er bekam Berge von Socken und Unterwäsche und Pulswärmer. Die stricken dort alle wie verrückt. Nicht nur für Kurt, für Soldaten überhaupt. Wann der Krieg aus ist, wollte Martha wissen.
Kurt sagte, das könnte keiner wissen. Aber mit Rußland wäre es wohl jetzt bald vorbei. Sie haben dort im Februar so eine Art Revolution gehabt. Und Rasputin ist im vorigen Jahr schon ermordet worden. Es wäre ein großes Durcheinander, sagte Kurt, und gekämpft wurde eigentlich nicht mehr. Das könnte für uns ja nur gut sein, meinte Vater.
Ja, schon, sagte Kurt, aber die Revolution in Rußland gäbe ein böses Beispiel. Bei uns ist sowas unmöglich, sagte Vater.

28. April
Ich glaube, ich bin schwanger. Das fehlt mir gerade noch.

3. August
Ich habe ewig nichts aufgeschrieben. Was soll ich denn auch schreiben? Ich war so wütend, als ich merkte, daß ich wirklich ein Kind bekomme. Mitten im Krieg. Ich denke nicht sehr freundlich an Kurt, das habe ich von seinem blöden Urlaub. Wäre er doch gleich in Rußland geblieben. Ich wollte kein Kind mehr.
Mit Vicky war es anders. Die wollte ich. Weil sie von Nicolas war. Ohne ihn gibt es für mich sowieso kein Leben.
Das war schon immer so, daran hat sich nichts geändert. Manchmal liege ich nachts wach und spiele das Erinnerungsspiel. Ganz früh fange ich an. Als ich das erstemal in Wardenburg war, richtig in den Ferien. Das war, als Erni geboren wurde. Nicolas setzte mich vor sich auf Ma Belle. Jeden Tag versuche ich zu rekonstruieren. Was er sagte, was ich sagte. Das geht sehr gut, ich habe inzwischen viel Übung darin. Ich bekomme alle meine Ferien zusammen, Jahr für Jahr. Oder wenn er in die Stadt kam, mich von der Schule abholte und mit mir zum Essen ging. Wie er aussah, was er anhatte. Und dann der fürchterliche Tag, an dem er mir sagte, daß sie weggingen von Wardenburg. Mein erster Besuch in Breslau. Unsere Gespräche. Unsere Ritte. Wie wir zum Essen gingen und wohin. Und zum Einkaufen, zu Gerson und Fränkel, zu Bielschowsky, zu Cramer. Er ging nur in teure Läden.
Einmal waren wir abends im Liebichtheater, die hatten ein fabelhaftes Programm, und da erzählte er mir nachher die ganze Geschichte von Paule und der schönen Katharina.
Später sah ich Katharina auch im Film.
Und die Oper. Das Theater. Der Ball.
Wie er das sagte: du hast ein Traumgesicht. Ich werde nie das Gefühl vergessen, wie er seine Hände auf meine Arme legte und wir uns im Spiegel ansahen . . .
Stundenlang liege ich wach und erlebe das alles wieder, Wort für Wort, Blick für Blick. Bis zu dem Kuß. Bis zu unserem letzten Zusammensein, hier in dieser Wohnung, in diesem Bett.
Ich bin süchtig nach diesen Erinnerungen. Auf diese Weise behalte ich ihn.
Ich kann immer wieder von vorn anfangen.
Nachmittags schon denke ich: heute abend, wenn ich im Bett liege, mache ich es wieder.
Das Ganze? Oder nur den letzten Teil?
Manchmal weine ich dann. Manchmal bin ich glücklich. Und machmal denke ich, ob ich wohl verrückt werde.
Und dazu bin ich im fünften Monat. Ich will kein Kind.

20. August
Martha war ein paar Tage da. Sie hat die Wohnung saubergemacht, denn ich habe zu nichts Lust. Sie hat Wäsche gewaschen. Und sie hat uns viel zu essen mitgebracht. Butter und Fleisch und vor allem Gemüse. Ich bin so heißhungrig auf Gemüse. Gestern habe ich drei Teller grüne Bohnen gegessen.

Sonst bin ich ziemlich unaustehlich, aber Martha erträgt es geduldig. Vicky wird zärtlich von ihr geliebt und umsorgt. Wenn sie wüßte –
Karolines Mann ist verwundet, ziemlich schwer, er hat einen Lungendurchschuß. Er liegt in Frankreich im Lazarett. Sie hat gerade ihr viertes Kind gekriegt.

14. November
In Rußland ist der Krieg so gut wie aus. Dort haben sie wirklich eine Revolution. Mir ist es egal, was geht mich der Zar an. Aber es freut mich für Kurt, für ihn ist der Krieg zu Ende. Hoffentlich schicken sie ihn nicht an eine andere Front. Ich sehe schrecklich aus. Wie eine Tonne. Warum muß man so häßlich sein, wenn man ein Kind kriegt?
Das ist alles. Mehr hatte ich damals nicht geschrieben. Vierzehn Tage später kam Stephan zur Welt, und dann hatte ich keine Zeit und keine Lust mehr. Irgendwie kommt es mir albern vor, wenn ich das heute lese. Ziemlich kindisch war ich da noch. Und viel gescheite Sachen habe ich nicht geschrieben. Bedeutende Leute schreiben bedeutende Tagebücher, ich dagegen? Na ja, macht nichts. Ich war vierundzwanzig und eben noch eine ziemlich dumme Gans. Getan habe ich überhaupt nichts. Viele Frauen haben im Krieg gearbeitet, ich fühlte mich nicht betroffen. Und wie läppisch meine Kommentare zu der Revolution in Rußland. Ich habe gar nicht mitgekriegt, was da passiert ist. Zeitung habe ich offenbar auch nicht viel gelesen. Ich war Tag und Nacht nur von meinen Gedanken an Nicolas ausgefüllt, alles andere war für mich nicht vorhanden.
Der arme Kurtel! Er kam nie zurück. Erfroren, verhungert, zu Tode gequält, in Sibirien verloren gegangen, wer wird es je erfahren? Martha wartet immer noch auf ihn. Ich nicht. Ich weiß, daß er tot ist.
Seinen Sohn hat er nie gesehen. Sein einziges Kind.
Es war eine schwere Geburt, obwohl Stephan ganz klein und schwächlich war, nicht so ein schönes, kräftiges Kind wie Vicky. Für gewöhnlich erwartet man, daß die erste Geburt schwer ist, bei mir war es umgekehrt. Vicky bekam ich leicht. Es war ja auch noch kein Krieg, und ich war so gespannt, wie es sein würde. Und was Nicolas für ein Gesicht machen würde. Daß es sein Kind war, daran gab es nicht den geringsten Zweifel, zwischen Hirschberg und der Hochzeit hätte ich meine Vapeurs haben müssen, aber ich hatte sie nicht.
Vielleicht hätte er mich später nie mehr umarmt, wenn das nicht gewesen wäre. Aber so war ich eben doch so etwas wie seine Frau. Die Mutter seines Kindes. Wie das klingt! Aber er wäre sicher sehr stolz, wenn er Vicky heute sehen würde. Ihr Lächeln, ihre Lebensfreude, ihr Charme – das ist er.
Ich habe ihn geliebt. Er war der wichtigste Mensch in meinen jungen Jahren. Doch jetzt denke ich manchmal, wie traurig, wie unendlich schade es ist, daß Kurt nicht heimkehrte aus dem Krieg. Ich glaube, wir hätten uns gut verstanden, wir hätten eine gute Ehe führen können, wenn ich dazu gekommen wäre, zu entdecken, daß es neben Nicolas auch andere Menschen gibt, die es wert sind, geliebt zu werden.

Dieses Tagebuch werde ich auch verbrennen, genau wie das erste. Es ist nicht nötig, daß es einer liest.

Die bitteren Jahre

An einem Tag im März des Jahres 1923 wurde Nina von Trudel und Martha Jonkalla an die Bahn gebracht. Die drei Frauen waren schwer bepackt, Martha hatte aus ihren Vorräten alles zusammengesucht, was sie entbehren konnte, auch noch einen Kuchen gebacken und zum guten Schluß Nina Geld in die Hand gedrückt. Nina wollte es nicht nehmen, aber Martha bestand darauf.
»Ich brauch' doch nichts«, sagte Martha. »Ich hab ja alles, was ich brauch'. Früher hab' ich ja immer gespart, aber jetzt. . .« sie verstummte, die Verzweiflung in ihren Augen war kaum mit anzusehen. Nina schloß sie in die Arme. Wie fröhlich, wie tatkräftig war Martha immer gewesen – nun war sie alt und müde geworden. Doch nicht ohne Hoffnung. Sie wartete ständig auf die Heimkehr ihres Sohnes.
»Er kommt wieder, Nindel, du wirst sehen, er kommt wieder«, das waren ihre Worte, und Nina nickte dann und sagte, sie sei auch sicher, daß er eines Tages vor der Tür stehen würde.
Das war eine Lüge. Sie wartete nicht. Aber für Martha war es der einzige Trost. Ein zweifelhafter Trost, wie Nina fand. Wenn man ihr mitgeteilt hätte, daß ihr Sohn gefallen sei, wäre das nicht erträglicher gewesen? Oder war die Hoffnung auf seine Heimkehr eine Hilfe für sie, um weiterleben zu können? Nina vermochte es nicht zu entscheiden.
Sie wußte nur, daß Martha bei jedem Bissen, den sie in den Mund steckte, an ihren Sohn dachte, der gewiß hungern mußte. Und wenn sie sich abends in ihrem Bett ausstreckte, quälte sie die Frage, wo und wie er wohl schliefe. Und wenn die Öfen im Haus Gadinski an kalten Tagen Wärme ausstrahlten, fror sie im Geist in der sibirischen Kälte mit ihrem Sohn.
Davon sprach sie manchmal, und keinem fielen Worte ein, die sie zu trösten vermochten.
Nina hatte also die Handvoll Papiergeld eingesteckt, ohne es zu zählen. Geld war so ein fragwürdiger Begriff geworden, die Zahlen auf den Scheinen änderten sich ständig, sie hatten von Mal zu Mal mehr Nullen am Schluß, gleich blieb sich nur die Tatsache, daß man jedes Mal weniger dafür bekam. Ninas Haushalt mit Erni und den beiden Kindern war ein schwieriges Rechenexempel, an dem sie manchmal verzagte. Immerhin war es ihr bis jetzt gelungen, die Wohnung zu halten, und keiner war verhungert oder erfroren. Aber manchmal hatte Nina das Gefühl, daß sie dieses Leben nicht mehr lange ertragen konnte – vier Jahre Krieg, vier Jahre Nachkriegszeit, und nie-

mals ein wenig Glück oder Freude, ganz zu schweigen von Sicherheit und geordneten Verhältnissen.
Ihre Jugend war in dem Chaos und dem Elend der Zeit untergegangen, und sie rebellierte gegen die Ungerechtigkeit ihres Schicksals.
Viele waren tot, zugegeben, aber andere waren reich geworden durch den Krieg, wurden es nun erst recht durch die Inflation, sie feierten Feste, tanzten auf Bällen, genossen ihr Leben. Manchmal glaubte Nina am Haß zu ersticken, am Haß auf diese Zeit und diese Welt, in der sie leben mußte.
Auch jetzt, schon im Zug, als sie aus dem Abteil dritter Klasse auf den Bahnsteig hinabblickte, in die erloschenen Augen Marthas, in Trudels verhärmtes Gesicht, stieg dieser Haß wieder in ihr hoch. Sie hatte dritter Klasse genommen, aus Trotz. Sie wollte nicht vierter fahren, nicht hier von diesem Bahnhof aus, aus der Stadt ihrer Kindheit, gerade nicht. Obwohl gewiß keiner sie kannte auf dem Bahnhof.
»Du wirst Mutter wohl das letztemal gesehen haben«, sagte Trudel zu ihr hinauf, in dem Jammerton, den sie sich neuerdings angewöhnt hatte.
»Ja, ja, ich weiß, das hast du mir heute mindestens zwanzigmal gesagt«, fuhr Nina sie gereizt an. »Ich kann es nicht ändern. Und ich kann nicht jede Woche herkommen.«
Trudel sah sie vorwurfsvoll an, doch sie schwieg.
Agnes lag nun schon seit einem halben Jahr, und Nina wunderte sich, daß sie überhaupt noch lebte. Sie war immer eine kleine zierliche Person gewesen, aber nun sah man sie kaum mehr in ihrem Bett, wie ein Kind lag sie darin, papierweiß das Gesicht, grau das Haar und immer mit dem knappen Atem ringend.
Je eher sie stirbt, um so besser, dachte Nina. Es ist doch eine Qual, so zu vegetieren. Und für Trudel ist es ein furchtbares Dasein, aber sie klagt nicht. Sie klagt nie. Emil war schon vor drei Jahren gestorben, qualvoll gestorben. In der gleichen Woche starb Adolf Gadinski. An einem Gehirnschlag, und dies war ein unvermuteter und tragischer Tod gewesen. Denn Adolf Gadinski war niemals krank gewesen, ein kraftvoller, mächtiger Mann, bis zum Tag seines Todes Herr seiner Sinne und mitten in seiner Arbeit stehend.
Die Zuckerfabriken waren verkauft. Otti Gadinski war eine reiche Frau, jetzt erst recht. Karoline bewirtschaftete nach wie vor Wardenburg – zusammen mit dem tüchtigen Karl Köhler, dessen Kopfverletzung ihm jetzt quasi das Leben gerettet hatte, denn er war nicht eingezogen worden –, ihr Mann war zwar heimgekehrt aus dem Krieg, aber er hatte sich von seiner schweren Verwundung nicht erholt, war ein Wrack, und wie lange er noch am Leben bleiben würde, war fraglich.
Sterben und Tod überall. Nina wollte nichts mehr davon hören und sehen. Sie fuhr gern wieder zurück nach Breslau. Es ging ihnen nicht gut, aber die Kinder waren lebendig und gesund, und auch Erni lebte und konnte arbeiten.
Dann fuhr der Zug, und Nina starrte hinaus auf die leeren nassen Felder, in die öde kahle Landschaft.
Ich möchte weg, dachte sie, weit, weit weg. In ein Land, in dem es keinen Krieg gegeben hat, in dem die Menschen satt und fröhlich sind und keine

Sorgen haben. Oder eben nur die gewöhnlichen Sorgen, wie sie jeder Mensch in seinem Leben hat. Sterben mußte jeder irgendwann, aber vorher will man doch leben.
In den vergangenen Jahren hatte Nina schon mehrmals versucht, eine Arbeit zu bekommen. Sie hatte, bald nach dem Krieg, einen Kurs in Stenographie und Schreibmaschine besucht, und hatte zweimal kurzfristig eine Stellung gehabt, aber die Geschäfte gingen überall schlecht, und sie verlor beide Posten nach kurzer Zeit. Dann hatte sie zu Hause Adressen geschrieben und schließlich vor einem halben Jahr eine neue Stellung bekommen, die sehr hoffnungsvoll aussah.
Der Mann nannte sich Makler, er kaufte und verkaufte, es gab einen Haufen Post jeden Tag, und endlich einmal schien es sich um eine Firma zu handeln, die offenbar keine Kalamitäten hatte. Nina wurde gut bezahlt, das Büro befand sich in der Kaiser-Wilhelm-Straße, gar nicht weit entfernt von Tante Alices Wohnung. Nina mußte jeden Tag durch die Stadt fahren, es war ein weiter Weg, und es machte sie nervös, die Kinder so lange allein zu lassen. Eine Nachbarin kümmerte sich um sie, ein schlampiges, aber freundliches Weib, auch Herr und Frau Wirz, die Hausleute, sahen nach den Kindern. Vicky war auch schon sehr vernünftig, sie ging in die Schule, und wenn sie heimkam, kaufte sie ein und versorgte ihren kleinen Bruder.
Die erste Schwierigkeit bestand darin, daß Ninas Chef, ein dicker, ewig schwitzender Mann, mit ihr ins Bett gehen wollte. Ganz eindeutig und plump.
Auf Ninas abweisende Haltung hin sagte er in aller Deutlichkeit: »Wenn Sie so stolz sind, liebes Kind, werden Sie es schwer haben. Was erwarten Sie sich denn vom Leben? Einen neuen Mann? Männer gibt es für Frauen Ihrer Generation nicht mehr. Das merken Sie doch selbst.«
Nina war darauf gefaßt, die Stellung ebenso schnell zu verlieren wie die anderen zuvor. Denn so weit war sie noch nicht, daß sie mit dem Dicken ein Verhältnis angefangen hätte. Doch dann flog die Firma auf, Kriminalpolizei kam ins Haus, der Dicke wurde verhaftet. Auch Nina wurde verhört, aber sie hatte ja von den Geschäften sowieso nichts verstanden. Jetzt erfuhr sie, daß ihr Chef nicht nur mit Immobilien, sondern auch mit Rauschgift gehandelt hatte.
Im kommenden Oktober wurde sie dreißig Jahre alt. Wo waren eigentlich die letzten zehn Jahre geblieben?
Zehn schöne Jahre im Leben einer Frau, aber es wäre besser, sie hätte sie nicht gelebt.
Männer gab es für Frauen ihrer Generation nicht mehr, da hatte der Dicke recht gehabt. Die Männer waren tot und verschwunden. Seit Kurtels letztem Urlaub im Frühjahr 1917 hatte kein Mann sie mehr berührt.
Draußen auf dem Gang vor ihrem Abteil stand einer. Er stand schon eine ganze Weile da, rauchte, und blickte unverhohlen zu ihr herein. Es war ihr nicht entgangen. Auch den beiden anderen Frauen nicht, die mit ihr im Abteil saßen, ältere unfreundliche Frauen, die Nina mit vorwurfsvollen Blicken bedachten, so als könnte sie etwas dafür, daß der da draußen immer wieder zu ihr hinsah, und, wenn er ihren Blick auffing, lächelte.

Ein junger Mann noch, er hatte blondes lockiges Haar, trug einen grellfarbigen Schlips, sah aber sonst nicht übel aus.
Als der Zug in Breslau einlief, war es bereits dunkel. Nina suchte ihre Taschen und Päckchen zusammen, da kam der Blonde herein und fragte höflich: »Kann ich Ihnen behilflich sein, gnädige Frau?«
»Danke, nein«, sagte Nina kühl.
»Aber Sie haben soviel zu tragen, das schaffen Sie ja nicht allein. Sie sind doch auch an den Zug gebracht worden.«
Warum eigentlich nicht? dachte Nina. Ich kann das wirklich nicht alles tragen.
»Haben Sie mich gesehen, wie ich eingestiegen bin?« fragte sie etwas liebenswürdiger.
»Aber ja, ich war ja im Nebenabteil.«
»Es waren meine Schwiegermutter und meine Schwester«, sagte Nina, denn es erschien ihr ganz angebracht, die Schwiegermutter zu erwähnen.
»Reizende Damen«, sagte der Fremde. »Und nun wollen wir mal sehen, wie wir aus dem Zug wieder herauskommen.«
Er brachte sie bis zur Elektrischen, hob die Sachen mit Hilfe eines Schaffners in die Bahn, und im letzten Augenblick sprang er selber auf.
»Sie müssen ja auch wieder aussteigen, nicht? Haben Sie was dagegen, wenn ich Sie nach Hause begleite?«
Nina blickte ihn kurz an, sie war etwas befangen, er hatte so eine direkte Art, sie anzusehen, nicht unverschämt, aber doch zudringlich.
»Sie machen sich sehr viel Mühe«, sagte sie steif. »Vielen Dank.«
»Es war mir ein Vergnügen.«
Während der Fahrt sprachen sie nicht viel, die Elektrische war ziemlich voll, dann stand er auf und bot einer Dame seinen Platz an.
Nina musterte ihn verstohlen. Er sah eigentlich nett aus. Ein offenes jungenhaftes Gesicht, fröhliche blaue Augen. Gutes Benehmen hatte er auch, wenn man davon absah, daß er sie angesprochen hatte. Aber es war schließlich gut gemeint, und sie hatte gar keinen Grund, sich so affig zu benehmen. Allein wäre sie mit den vielen Gepäckstücken wirklich nicht fertig geworden.
Erni hatte gesagt, er würde sie abholen. Aber vielleicht hatte er noch in der Oper zu tun. Also konnte sie froh sein, daß der fremde Mann ihr half.
Sie lächelte zu ihm auf, er lächelte zurück, und sie dachte auf einmal: wie sehe ich eigentlich aus?
Er brachte sie bis zu ihrer Haustür, und auf dem Weg von der Haltestelle bis dorthin, es waren immerhin zehn Minuten zu laufen, war sie abermals froh, daß er ihr geholfen hatte. Er erzählte, daß er in Grünberg gewesen sei, um seinen Onkel zu besuchen.
»Der ist Weinhändler, wissen Sie. Und so sauer wie sein Wein. Ich hatte gehofft, er hätte vielleicht eine Stellung für mich, ich brauche nämlich dringend Arbeit. Aber er hat nicht, hält nicht viel von mir. Und als ich ihn jetzt gesehen habe, war ich ganz froh, daß ich wieder abfahren konnte.«
»Und was haben Sie bis jetzt gemacht?« fragte Nina höflich.

»Gar nichts«, antwortete er vergnügt. »Nur ein bißchen Krieg gespielt. Ich war Leutnant. Kann man heute nicht mehr brauchen. Vor Kriegsbeginn habe ich ein paar Semester studiert. Jus. Jetzt kann ich mir das nicht mehr leisten.«
»Sie sind aber nicht von hier?« Das hörte sie an seiner Sprache.
»Aus Westpreußen. Aus Thorn. Wo jetzt die Polen sitzen. Mein Vater war da Pastor.« Er lachte. »Wie finden Sie das?«
»Wie soll ich das finden? Warum soll Ihr Vater nicht Pastor sein?«
»Er war es, er war es. Er lebt nicht mehr. Na, alle Leute fanden immer, ich sei für einen Pastor ein höchst ungeeigneter Sohn.«
»Das kann ich nicht beurteilen.«
»Es stimmt schon. Ich habe meinen armen Vater manchmal sehr geärgert. Das hat sich rumgesprochen, sehen Sie. Deswegen will mein Onkel auch nichts mit mir zu tun haben. Es ist der Bruder meiner Mutter, ich kenne ihn kaum.«
Vor der Haustür stellte er sich dann vor, ganz korrekt mit einer Verbeugung.
»Jochen Dircks.« Und dann fragte er: »Kann ich Sie wiedersehen?«
Nina schüttelte den Kopf, aber gleichzeitig dachte sie, wie töricht es war, immer so abweisend zu reagieren.
»Ach, bitte«, sagte er. »Sie kommen doch sicher mal in die Stadt, und wir könnten uns zu einer Tasse Kaffee treffen. Ich würde Sie ja gern in ein feudales Restaurant einladen, aber leider ist da momentan nichts zu machen. Das müssen wir verschieben.«
Schließlich willigte sie ein, ihn drei Tage später in der Stadt zu treffen. Er fragte, ob er die Sachen noch hinauftragen solle, aber sie sagte: »Danke, ich wohne gleich im ersten Stock. Mein Bruder ist da und wird mir helfen. Vielen Dank, Herr Dircks.«
Er zog seinen Hut, deutete einen Handkuß an.
»Also dann am Donnerstag, gnädige Frau. Ich freue mich sehr.«
Als die Haustür hinter ihr zugefallen war, blickte Nina auf ihre Taschen und Pakete, und plötzlich mußte sie lachen. Sowas! Da hatte sie doch ein Rendezvous. Daß es so etwas noch gab. Eigentlich ein netter junger Mann. Sohn eines Pastors. Leutnant, Jurastudium. Und nun zeitbedingt auf dem Trockenen sitzend. Hübsch war es, ein Rendezvous zu haben.
Sie lief dreimal die Treppe auf und ab, sehr beschwingt nun und heiter, stellte alles vor der Tür ab, klingelte, bevor sie zum zweitenmal hinunterlief.
Vicky stand unter der Tür, als sie wieder oben war.
»Oh, Mamilein!« sagte das Kind. Es sah verstört aus.
»Was ist los?« fragte Nina alarmiert.
»Onkel Erni. Er … er ist krank.«
»Nein! Was fehlt ihm?«
Erni lag auf der Chaiselongue im Wohnzimmer, er lächelte, als Nina ins Zimmer kam. Seine Lippen waren blau.
Nein. Nein. Nein.
Das Zimmer drehte sich vor Nina, Entsetzen ließ sie eiskalt werden. Nein, das gab es nicht. Seit Jahren hatte er keinen Anfall gehabt.

»Es ist weiter nichts, Nina«, sagte Erni. »Bitte, erschrick nicht. Nur eine Kleinigkeit, geht gleich vorbei. Ich habe heute ein wenig viel gearbeitet.«
Neben seinem Dienst in der Oper gab er noch Klavierstunden, um ihre schmale Kasse aufzubessern. Und er komponierte. In jeder freien Minute komponierte er, zur Zeit ein Trio. Und für seine stille Liebe, die blonde Sopranistin, hatte er schon einige Lieder von Ricarda Huch vertont. Wunderbare Lieder waren es geworden.
Nina lächelte mit starrem Gesicht. »So. Zuviel gearbeitet. Hast du einen Arzt gerufen?«
»Nicht nötig. Ich kenne das ja. Geht gleich vorbei.«
»Du kennst es nicht«, schrie sie unbeherrscht. »Nicht mehr.«
Die Kinder sahen sie erschrocken an, sie nahm sich zusammen.
»Pack aus«, sagte sie zu Vicky, »ich habe schöne Sachen zum Essen mitgebracht. Ich muß nochmal hinunter, ich komme gleich wieder.«
»Wo willst du hin?« fragte Erni.
»Telefonieren.«
»Aber –«
»Bitte, Erni, sei vernünftig. Ich rufe nur mal schnell Dr. Menz an und frage ihn, was wir tun sollen.«
Sie kannte Dr. Menz, den Sohn vom alten Dr. Menz, durch Alice, die seit vielen Jahren bei ihm in Behandlung war. Und Dr. Menz kannte Erni. Nina hatte ihn regelmäßig zur Untersuchung geschickt, weil sie immer in Angst um ihn lebte, auch wenn die Anfälle seit vielen Jahren nicht wiedergekommen waren. Erni war jetzt dreiundzwanzig, im Sommer dieses Jahres wurde er vierundzwanzig. Seit er bei ihr lebte, seit dem Herbst 1916, hatte er nicht einen einzigen Anfall gehabt. Vielleicht hatte er wirklich zuviel gearbeitet. Aber er hatte immer viel gearbeitet in letzter Zeit. Ich hätte es nicht zulassen dürfen, dachte Nina, während sie die Treppe wieder hinabraste, ich hätte besser auf ihn achtgeben müssen.
Dr. Menz war glücklicherweise zu Hause, er hörte die Angst in Ninas Stimme und sagte: »Ich komme gleich. Er soll liegen bleiben. In einer halben Stunde bin ich da.«
So fing das wieder an mit Erni, und steigerte sich im Laufe dieses Jahres so rasch, daß er bereits im Herbst kaum mehr arbeiten konnte.
Im Herbst kam dann Trudel zu ihnen, nachdem Agnes gestorben war. Inzwischen war die Inflation auf ihrem irrsinnigen Höhepunkt angelangt, Millionen, Milliarden, Billionen glitten durch ihre Hände, kein Mensch konnte das verstehen, sie erstickten in Bergen von bedrucktem Papier, das man immer noch Geld nannte.
Und im Oktober, kurz nach ihrem dreißigsten Geburstag, mußte sich Nina zum erstenmal auskratzen lassen.
Es war ein wahnsinniges Jahr, eine Zeit totaler Verwirrung, und Nina hatte oft das Gefühl, daß ihr der Boden unter den Füßen weggezogen wurde, daß sie einfach eines Tages in ein dunkles Nichts fallen würde, in einen Abgrund des Grauens, gegen den die Hölle ein übersichtlicher Ort sein mußte. Der Tod ihrer Mut-

ter, die Beerdigung, Trudels Tränen, Marthas Klagen, Ernis sich rapid steigernder Verfall, die wirtschaftliche Not – und neben alledem hatte sich Nina in eine Liebesgeschichte verstrickt.

Liebe! War es Liebe? Das fragte sie sich nicht, denn das hätte sie nicht beantworten können. Als sie liebte, hatte sie es gewußt. Was sie jetzt erlebte, war etwas anderes. War das geradezu gierige Verlangen nach der Umarmung eines Mannes, über das sie selbst erschrak. Sie hatte nicht gewußt, wie sehr ihr ein Mann gefehlt hatte. Irgendeiner. Und im Grunde war es egal, welcher.

Wenn es nicht Nicolas sein konnte, war es egal, welcher.

Jochen Dircks bewohnte ein ärmliches möbliertes Zimmer in der Matthiasstraße, und wann immer Nina es möglich machen konnte, ging sie zu ihm.

Diese Affäre war so verrückt wie die Zeit. Und wie man über das verrückte Geld, über das Elend, über Ernis Krankheit, über die Zukunft, über nichts nachdenken konnte und wollte, so konnte und wollte sie nicht darüber nachdenken, was Jochen ihr bedeutete.

Er war ein Mann – und das genügte ihr. Er war überdies ein erfahrener und leidenschaftlicher Liebhaber. Er wußte genau, was er mit einer Frau zu tun hatte. Er war nicht zärtlich, seine Liebe war manchmal rücksichtslos, sogar brutal. Und das Schlimmste war, daß sie es zu dieser Zeit genoß. Sie schämte sich manchmal. Sie schob es weg. Aber sie konnte sich nicht von ihm lösen.

Als sie merkte, daß sie schwanger war, blieb ihr vor Entsetzen das Herz stehen. Ein Kind! In dieser Situation. Wo sie kaum wußte, wie sie die beiden vorhandenen ernähren sollte.

»Das ist kein Problem«, meinte Jochen. »Es gibt genug Leute, die dir das wegmachen. Ich besorge dir jemand.«

Aber mit dem letzten Rest Verstand, der ihr geblieben war, vertraute sie sich Dr. Menz an.

Er gab ihr die Adresse eines Arztes, und so wurde die Abtreibung ordentlich ausgeführt und schadete ihr nicht. Zu dieser Zeit war Trudel schon da, Nina konnte sich beruhigt einige Tage ins Bett legen. Natürlich hatte Trudel keine Ahnung, was vorangegangen war, sie nahm an, es handle sich um eine Blasenerkältung, wie Nina ihr gesagt hatte. Zwar kannte Trudel Jochen Dircks, er kam manchmal zu Besuch, war sehr nett zu den Kindern, höflich zu Trudel, bemühte sich, Erni zu unterhalten. Kein Mensch konnte etwas gegen ihn vorbringen, er war ein Mann mit Manieren und guter Haltung. Was wirklich zwischen ihm und Nina vorging, ahnte Trudel nicht, dazu fehlte es ihr an Vorstellungskraft.

Erni wußte es wohl, er sah Nina manchmal besorgt an, er sagte: »Nindel, verrenn dich nicht. Paß auf dich auf!«

»Ach, ist doch egal. Ist doch alles egal. Mein Leben ist verkorkst. Da wird nichts mehr draus.«

Die einzige Hilfe in dieser Zeit, und es war eine große Hilfe, kam von Marleen. Sie war bei Agnes' Beerdigung gewesen, im Sommer, und kam anschließend nach Breslau. Es ging ihr gut, sie sah fabelhaft aus, nach neuester Mode geklei-

det, sie wohnte im Monopol, und während sie da war, kam Nina endlich wieder einmal dazu, in einem guten Restaurant zu speisen.
Marleen hatte wieder geheiratet, vor zwei Jahren schon, ihr Mann war reich. Sonst sprach sie wenig von ihm, auf Trudels neugierige Fragen meinte sie leichthin: »Er ist sehr nett. Genau das, was ich gebraucht habe.«
Als sie abreiste, ließ sie fast sämtliche Kleider zurück für Nina, auch Geld, und sie schickte von nun an regelmäßig immer wieder ansehnliche Beträge, vor allem für die Kinder bestimmt, wie sie sagte.
Nachdem im November die Rentenmark eingeführt worden war, die wahnwitzige Papierflut in sehr wenig, aber ordentliches Geld zurückverwandelt worden war, bedeutete Marleens Hilfe viel. Auch Jochen war von Marleen besichtigt worden.
»Netter Bursche«, sagte sie zu Nina, nachdem sie einen Abend lang beim Essen im Hotel mit ihm geflirtet hatte, »würde mir auch gefallen. Willst du ihn heiraten?«
»Nein. Er hat mich bis jetzt nicht darum gebeten, und wenn er es täte, möchte ich auch nicht. Ich weiß nicht warum, ich kann es nicht erklären. Ich hab' ihn gern, weißt du. Irgendwie so … ich kann es schwer erklären.«
»Ich schon«, sagte Marleen lächelnd. »Er ist ein Mann fürs Bett. Sonst ist nicht viel mit ihm los, wie?«
»Er arbeitet hin und wieder, aber nichts Gescheites. Er will wieder studieren, sagt er. Er geht nebenbei zur Universität, zunächst als Gasthörer.«
Und Jochen sagte am nächsten Tag zu Nina: »Das wäre genau das, was ich brauche, eine Frau wie deine Schwester.«
»So.«
»Ja. Eine Frau mit Geld. Da könnte man wieder leben wie ein Mensch.«
»Von dem Geld einer Frau?«
»Warum nicht? Die Zeit hat sich verändert, Prinzessin. Heute ist so etwas durchaus üblich.«
»Dann wärst du ein Gigolo.«
»Na, und?«
Er nannte sie immer Prinzessin, es klang ein wenig spöttisch, oder ein wenig liebevoll, je nachdem in welcher Stimmung er sich befand. Seine Stimmungen wechselten rasch, er konnte reizend sein, aber auch verletzend und lieblos.
Nina ärgerte sich oft über ihn, nahm sich immer wieder vor, dieses Verhältnis zu beenden, sich frei zu machen aus dieser beschämenden Situation. Aber wenn sie drei Tage nicht bei ihm gewesen war, war sie krank vor Verlangen. Ein unwürdiger Zustand, sie war sich klar darüber.
Nach der Abtreibung hatte sie eine Weile vor der Fortsetzung ihrer Beziehung zurückgeschreckt. Aber ein Mensch vergißt rasch. Er werde nun aufpassen, versprach er.
Zu Beginn des nächsten Sommers, Juni 1924, mußte sie zum zweitenmal ausgekratzt werden. Diesmal nahm es sie mit, körperlich und seelisch. Sie weinte tagelang, trug sich mit Selbstmordgedanken. Trudel werkelte mit besorgter Mie-

ne um sie herum, sprach im Flüsterton, doch gerade ihre Fürsorge reizte Nina zu hysterischen Ausbrüchen.
»Ich bin nicht krank«, schrie sie ihre Schwester an. »Kapierst du das denn nicht, du Gans? Ich habe abgetrieben. Schon zum zweitenmal. Und ich hab es einfach satt. Was sind wir Frauen doch für arme Schweine.«
Trudel war fassungslos. Das stand nicht in ihren Romanen. Es gab zwar mittlerweile Romane, in denen so etwas beschrieben wurde, aber die las Trudel nicht.
Zur gleichen Zeit entdeckte Nina, daß Jochen sie betrog. Sie fand eine Haarnadel in seinem Bett, ganz simpel, und sie selbst trug längst einen Bubikopf.
Sie hatte manchmal schon einen Verdacht gehabt, dies war der Beweis.
Sie war am Nachmittag gekommen, es war sehr heiß, Ende Juli, sie hatte gar nicht die Absicht, mit ihm zu schlafen, noch nicht wieder.
»War die Dame heute vormittag hier?« fragte sie und hob mit spitzen Fingern die Haarnadel vom Bett. »Oder über Nacht?« Er nahm sich gar nicht die Mühe, es zu leugnen.
»Seit zwei Monaten, Prinzessin, hast du mir nicht mehr das Vergnügen gemacht. Bin ich ein Eunuch?«
Wäre sie klug gewesen, sie hätte diesen Anlaß benutzt, sich von ihm zu trennen. Aber sie konnte nicht mehr allein sein. Sie konnte nicht mehr ohne Mann leben.
Im September 1924 fand Jochen Dircks, der Pastorssohn, der Leutnant mit dem Eisernen Kreuz Erster Klasse, der angehende Jurist, endlich das, was er immer gesucht hatte: eine Frau mit Geld.
Sie war etwa Mitte dreißig, hübsch und blond, der Mann hatte mit Dollars geschoben, war kurz nach Ende der Inflation verblichen und hatte die Witwe mit Geld, Häusern und einem Landhaus im Riesengebirge wohlversorgt zurückgelassen.
Jochen hatte sich von seiner besten Seite gezeigt, er konnte ja sehr charmant sein, wenn er wollte. Und daß er anziehend auf Frauen wirkte, als Mann anziehend, war ihm eine bekannte Tatsache. In diesem Fall ging er wohlbedacht zu Werke, diese Frau wollte er nicht im Bett haben, er wollte sie heiraten. Ende des Jahres teilte er Nina sehr höflich seine Absicht mit.
»Du verstehst das, Prinzessin, nicht wahr? Ich liebe dich sehr. Es war eine schöne Zeit mit dir. Aber ich muß an meine Zukunft denken. Wenn ich sie heirate, kann ich fertig studieren. Und sie ist recht nett, du kannst sie dir ja mal ansehen.«
Nina sah ihn aus erloschenen Augen an. Jochen war nicht mehr wichtig. Mochte er heiraten oder zum Teufel gehen. Im Oktober des Jahres 1924 war Erni gestorben.
Wer war Jochen? Ein Garnichts, ein Bettvergnügen. Die Menschen, die sie geliebt hatte, wirklich geliebt, waren tot. Sie waren gestorben, einer nach dem anderen.
Ich möchte auch nicht mehr leben, dachte Nina. Muß ich denn? Ich muß nicht; und ich will nicht.
Es war in der Zeit zwischen Weihnachten und Neujahr, zwischen den Jahren, als sie von Jochens Heiratsplänen erfuhr. Am Heiligen Abend war er noch bei

ihnen gewesen, nur kurz allerdings. Er hatte den Kindern Geschenke gebracht, und sich dann entschuldigt, er habe noch eine Verabredung mit Bekannten von der Universität.
»Kleine Weihnachtsfeier, du verstehst, Prinzessin?«
Drei Tage später dann also erfuhr sie die Wahrheit.
»Herzlichen Glückwunsch«, sagte sie, »und die Pest dir an den Hals.«
»Danke, Prinzessin. Wir werden ja sehen, welcher deiner Wünsche in Erfüllung geht.«
Er wollte sie küssen, sie spuckte ihm ins Gesicht.
Das war das Ende.
Und sie dachte: es geschieht mir recht, recht. Ich habe es gewußt, wie er ist. Und ich wußte, daß er mich betrügt. Recht geschieht es mir.
Trudel, Vicky und Stephan saßen über einem Spiel, das Marleen geschickt hatte. Autorennen hieß es.
Stephan setzte mit großem Surren und Purren sein kleines Auto in Gang.
»Könnt ihr nicht etwas leiser sein?« fragte Nina nervös, die bei ihnen saß und Strümpfe stopfte.
»Spiel doch mit, Mutti«, bat Victoria. »Ein feines Spiel.«
»Kindisch!« sagte Nina böse. »Du bist zu groß für so einen Quatsch.«
Marleen hatte mehrere Pakete geschickt, Spielsachen für die Kinder, Sachen zum Anziehen, auch Stoffe, denn Trudel konnte ja gut schneidern und machte fast alle Sachen für die Kinder. »Tante Marleen ist schrecklich lieb, nicht?« hatte Victoria gesagt.
»Ja, schrecklich lieb. Und die Klügste von uns allen«, hatte Nina höhnisch geantwortet.
Trudel, die auch reich beschenkt worden war, hatte dann wohl in ihrem Dankbrief Ninas desperaten Zustand erwähnt. Denn im Februar kam eine Einladung aus Berlin. Nina solle doch wieder einmal für vierzehn Tage nach Berlin kommen, Abwechslung sei immer gut.
Im Februar 1925 reiste Nina zu Marleen. Es war ihr dritter Besuch in ihrem feinem Haus in Wannsee. Und der letzte, ehe sie mit Trudel und den Kindern ein knappes Jahr später nach Berlin übersiedelte. Es war ein rascher Entschluß gewesen, ein Rettungsversuch an sich selbst. Sie bekam auch sofort eine Stellung, denn sie war entschlossen, zu nehmen, was sie kriegen konnte, ganz egal was. Sie arbeitete als Garderobenfrau in einem Nachtlokal in der Tauentzienstraße.
»Na also, weißt du«, sagte Marleen. »Das geht aber nicht. Max wird dir etwas anderes besorgen, er kennt schließlich Leute genug.«
»Das geht sehr gut. Und ich wäre froh und dankbar, wenn ihr mich alle in Ruhe ließet«, antwortete Nina bissig. Sie blieb nur zwei Monate in dem Nachtclub, dann hatte sie eben dort Felix Bodman kennengelernt.
So kam Nina zum Theater. Allerdings nicht, wie sie einst geträumt hatte, auf die Bühne. Hinter die Bühne. So war das Leben. Zwischen Traum und Wirklichkeit lagen Berge, Meere und oft ein ganzes Leben.
Als Felix Bodman aus ihrem Leben wieder verschwand und nach Amerika übersiedelte, war Nina fünfunddreißig, und so voller Mut und Vertrauen in sich und

ihre Zukunft wie nie zuvor in ihrem Leben. Und sie war so schön wie nie zuvor. Sie war ein hübsches Mädchen gewesen. Aber nun hatte das Leben ihr ein Gesicht gegeben.

Ein Traumgesicht, so hatte Nicolas einst gesagt. Ein wenig war davon noch übrig, verborgen, nur in seltenen Momenten sichtbar. Sonst war es ein kluges, ein wissendes, ein schönes Gesicht. Der Traum darin war nur für den zu finden, der ihn entdecken konnte.

Nina

1929

Ende März, das Theater ist geschlossen. Das heißt, es finden keine Vorstellungen mehr statt, Felix und ich erledigen noch restliche Büroarbeiten – Korrespondenz, Rechnungen, Absagen, Mitteilungen.
Wir sind beide einsilbig, reden nicht viel miteinander. Manchmal sieht er mich an, unsicher, unglücklich. Ob er immer noch wartet, daß ich sage: Bleib hier! Bleib bei mir!
Ihre Wohnung in Zehlendorf wird aufgelöst, für Mitte April haben sie die Schiffspassage gebucht.
Armer Felix! Was wirst du in Amerika tun? Ein Haus in Florida, Geld und keine Sorgen mehr. Aber ich weiß, daß du nicht glücklich sein wirst. Trotzdem kann ich es nicht sagen, ich kann nicht: Bleib hier! Bleib bei mir!
Es fällt mir schon schwer genug, ihn nicht merken zu lassen, daß ich seine traurige Stimmung nicht teile, daß ich glücklich bin. Es ist wahr, ich bin glücklich. Nicht nur, weil ich verliebt bin, sondern weil es eine Veränderung in der Beziehung zwischen Peter und mir gegeben hat, ein Fortschritt, wenn man so will. Wir sind uns nähergekommen, wir reden, wir verstehen uns. Davor gab es eine Zeit, in der ich mich sehr deprimiert fühlte. Vierzehn Tage vergingen, drei Wochen, ohne daß er seine berühmte Frage stellte. Er lächelte mir im Vorübergehen zu, rief mir einen Gruß zu, manchmal schien er gleichgültig zu sein, schien mich kaum zu sehen.
Na gut, dachte ich, es ist vorbei, soll so sein.
Bloß keine Sentimentalität. Lächle, Nina, und benimm dich wie eine erwachsene Frau, du bist nicht mehr achtzehn, und selbst damals wußtest du bereits, daß es Träume gibt, die sich nicht erfüllen.
Jetzt ist die schöne Sylvia bei ihm. Am 20. März spielen wir das letztemal, und dann werde ich ihn vermutlich nie wieder sehen. Es sei denn auf der Bühne. Trotzdem, ich konnte mir nicht helfen, ich wußte es immer so einzurichten, daß ich in der Kulisse stand, wenn er abging. Ein flüchtiges Lächeln, ein Gruß, das war alles, was für mich übriggeblieben war.
In der letzten Woche, ehe wir aufhörten, zu spielen, ging ich an einem Abend während des zweiten Akts zu Borkmann, ich hatte ihm etwas auszurichten. Peter stand bei ihm, doch als ich mit Borkmann zu sprechen begann, nickte er uns zu und ging zum Hintergrund der Bühne, von wo aus er gleich wieder auftreten mußte.

Ich ging ihm nach. Er sah mir entgegen, ohne eine Miene zu verziehen, und als ich vor ihm stand, sah er mich nur schweigend an.
Da sagte ich es: »Sehen wir uns nach der Vorstellung?«
Er legte den Kopf zurück und lachte lautlos, dann schob er mich an die Wand, stellte sich vor mich, stemmte die rechte Hand neben meinen Kopf an die Wand und sagte: »Na endlich! Darauf habe ich gewartet. Daß du es einmal willst.«
»Daß ich . . . Mein Gott, ich hätt' schon lang gewollt. Aber ich habe mich nicht getraut.«
»Du hast dich nicht getraut, Ninababy? Hattest du den Eindruck, daß ich dich nicht gern bei mir habe?«
»Nein, das nicht. Aber . . .«
»Aber?«
»Ich dachte, du mußt es sagen.«
»Hab' ich aber nicht. Ich war gespannt, wie lange du wohl so stolz bleiben wirst.«
Jenny Wilde, die die Louka spielt, kam vorbei und sagte: »Ab die Post!«
Peter folgte ihr auf die Bühne, und ich stand da, als hätte mir einer mit dem Hammer auf den Kopf geschlagen.
Er hat gewartet, daß ich es einmal sage! Ich bin ja doch wohl sehr von gestern, auf die Idee war ich nicht gekommen. Ich bin immer noch der Meinung, ein Mann müßte anfangen.
Später, in seinem Bett, lang ausgestreckt neben ihm, damit ich ihn spüre von Kopf bis Fuß, erklärte er es mir. »Ich wollte gern mal wissen, wie ich mit dir dran bin. Du bist zwar jedesmal bereitwillig mitgekommen und hast auch immer schön mitgespielt, aber ich hatte nicht das Gefühl, daß es dir viel ausmacht, wenn wir uns mehrere Tage nicht treffen. Also, sprach ich zu mir selbst, machen wir die Probe aufs Exempel. Wenn sie dich ein bißchen mag, wird sie vielleicht doch den Mund auftun. Mag sie dich nicht, dann vergiß sie.«
»Ach, Peter!« Ich legte meinen Arm quer über seine Brust, es tat so gut, ihn zu spüren, seine Haut an meiner Haut, das war es, was ich in all den Jahren vermißt hatte. So war es mit Nicolas, und dann nie wieder.
Viel habe ich ja nicht erlebt, vor Felix war es nur Jochen, den ich im Zug kennenlernte, als ich nach einem Besuch daheim nach Breslau zurückfuhr, es war im Frühjahr 1923, die Inflation steuerte auf ihren Höhepunkt zu, das Leben war so schwierig, so unendlich schwierig, und ich wußte manchmal nicht, wie ich den nächsten Tag überstehen sollte.
Es war eine böse Zeit.
Mit Erni ging es täglich schlechter, ich wußte, daß er sterben mußte, und ich wünschte mir doch nur eins, daß er am Leben blieb, er war doch der wichtigste Mensch, der liebste Mensch, der mir geblieben war.
Wenn ich es vermeiden kann, denke ich nicht zurück an diese Zeit.
Meinen Mund auf Peters Brust sagte ich: »Du bist schrecklich dumm. Ich bin so gern bei dir. Aber du kennst mich zu wenig. Ich habe einfach Angst davor, mich in dich zu verlieben.«
»Warum?«

»Aus einer Art Selbstschutz. Verstehst du das nicht?«
»Nein. Erklär es mir.«
Er nahm mich in die Arme, legte mich auf den Rücken, beugte sich über mich und so war es schwer, etwas vernünftig zu erklären. Ich liebte ihn ja schon, ich liebte seinen festen glatten Körper, sein Gesicht mit den harmonischen Linien, der hohen Stirn, den ernsten hellbraunen Augen und dem spöttischen Mund, ich liebte seine Hände, die mich so gut anzufassen verstanden, seine Stimme mit ihren vielen Variationsmöglichkeiten, seine Art, mich zu lieben, einfach alles liebte ich an ihm, und so etwas hatte ich bisher nur einmal erlebt. Ich hatte gedacht, es sei unwiederholbar.
»Es ist schwer zu erklären.«
»Versuch es trotzdem. Ich zum Beispiel sehe in dir eine Frau, die zur Liebe geschaffen ist, wie man so hübsch sagt. Eine Frau, die viel Zärtlichkeit braucht. Und auch viel Zärtlichkeit zu geben hat. Warum hast du Angst vor der Liebe?«
»Ich habe bisher in meinem Leben nur einen Mann geliebt. Richtig, meine ich. Ich habe ihn unbeschreiblich geliebt. Ich dachte, daß ich nie wieder einen anderen lieben kann. Du erinnerst mich ein wenig an ihn.«
»Ich höre es gar nicht gern, daß du in mir einen anderen liebst. Was wurde aus diesem Mann?«
»Er fiel im Krieg.«
»Da warst du ja noch sehr jung. Willst du mir davon erzählen?«
Ich will. Niemals bisher habe ich zu einem Menschen von Nicolas und von meiner Liebe zu ihm gesprochen. Zu wem auch? Aber jetzt rede ich und rede, es bricht aus mir hervor wie ein Wasserfall. Eine sprühende Kaskade von Liebe, Lust und Leid, wie es Peter, spät in der Nacht, mit leichtem Spott nennt. Er hört mir die ganze Zeit geduldig zu.
Nur einmal stand er auf, verschwand nach draußen und kam mit einer Flasche wieder.
»Ist zwar nur gewöhnlicher deutscher Sekt, Champagner kann ich mir nicht leisten. Trinken wir in memoriam auf deinen geliebten Nicolas.«
Als ich dann schwieg, küßte er mich und sagte:
»Das war eine einzige Liebeserklärung, Ninababy. Was für ein glücklicher Mann, so geliebt zu werden. Und jetzt werde ich dir etwas sagen und du hörst mir gut zu, ja?«
Ich nickte, die Augen geschlossen, auf seinen ruhigen Herzschlag lauschend, ich hatte wieder meinen Lieblingsplatz in der Mulde zwischen seiner Schulter und seiner Brust bezogen.
»Es ist wunderbar, was du erlebt hast. Und ich denke, daß es dein ganzes Leben überglänzen wird. Bitte verzeih mir die pathetische Ausdrucksweise. Eine sprühende Kaskade von Liebe, Lust und Leid. Und Leid war, abgesehen vom traurigen Ende, der kleinste Teil davon. Es war eine viele Jahre währende, sehr tief empfundene Liebe, es war eine kurze Zeit sehr tief gefühlter Lust. Darum mußt du auch das Leid hinnehmen, es gehört dazu. Er hat dich nicht enttäuscht, nicht verlassen, sein Bild wurde in deinen Augen nie zerstört – er starb. Du kannst ohne jede Bitterkeit an ihn denken. Weißt du, daß dies nur wenigen Liebenden beschieden ist?«

»Doch, ich denke mir, daß es selten ist.«
»Es geschieht eigentlich nur denjenigen, die der Tod getrennt hat. Manche, ganz wenige, werden ohne Feindschaft miteinander alt. Aber das wäre bei euch ja sowieso nicht möglich gewesen.«
»Nein.«
»Und dann verstehst du auch, was ich meine. Nachdem ich diese Geschichte nun kenne und deinen Lobgesang auf den geliebten Nicolas gehört habe, ehrt mich der Vergleich. Was kam nach ihm?«
»Nur einer. Eine ganz alltägliche Geschichte. Es hatte sechs Jahre lang überhaupt keinen Mann für mich gegeben. Dann dachte ich, ich müßte wieder einmal wie eine normale Frau leben. Es hatte keine Bedeutung. Ich möchte jetzt nicht gern davon reden.«
»Das sollst du auch nicht. Und dann war es also nur noch Felix.«
»Ja, Felix. Ich hatte ihn gern. Durch ihn kam ich an unser Theater. Das war für mich eine schöne Zeit.«
»Das will ich hoffen, denn durch das Theater bekamst du mich.«
Ich stützte mich auf und sah ihn an. »Habe ich dich denn?«
»Für eine Weile. Ich würde gern noch mit dir zusammenbleiben. Ich finde, du hast auch heute noch ein Traumgesicht. Ich liebe deine unschuldigen Nixenaugen, deinen noch immer viel zu wenig geküßten Mund. Und deine Haut liebe ich auch.«
»Ich dachte immer . . .«
»Was?«
»Na ja, ich dachte, es gibt noch viele andere Frauen in deinem Leben.«
»Gleich viele? Und möglichst noch auf einmal? Bin ich dir vorgekommen wie ein Allesfresser? Wie einer, der sich wahllos zwischen Frauenleibern herumwälzt und nicht imstande ist, eine glücklich zu machen und von einer glücklich gemacht zu werden? Warst du nicht glücklich bei mir?«
»Doch, sehr. Das ist es ja gerade.«
»Ist was?«
»Was mich so unsicher gemacht hat. Ich dachte, nur ich empfinde so, und für dich ist es eben nur … na ja, so nebenbei mitgenommen.«
»Aha, zwischen den anderen Damen. Merke dir, mein geliebter Dummkopf, Quantität geht immer auf Kosten der Qualität, das ist in der Liebe genauso wie auf anderen Gebieten. Das gilt nicht nur für den Partner, das gilt auch für einen selbst. Man bestiehlt sich nämlich selbst, wenn man gleichzeitig mit fünf Frauen statt mit einer schläft. Das Gefühl: Gott, was bin ich für ein toller Kerl! ist nicht sehr ergiebig und macht nicht satt. Man verliert dann auch leicht das Gefühl dafür, ob eine Leitung unter Strom steht oder nicht.«
»Und bei mir . . .«
Ich wollte es gern hören.
»Bei dir sprang ein großer Funke. Ich wollte dich von Anfang an. Aber da war Felix, nicht wahr? Sobald es mir jedoch möglich erschien, habe ich zugegriffen. Obwohl mir der Gedanke Unbehagen bereitet, daß du außerdem noch mit ihm schläfst. In der Beziehung bin ich altmodisch.«

»Ich habe nicht mehr mit ihm geschlafen, seit ich in der Silvesternacht zum erstenmal in diesem Zimmer gewesen bin.«
»Ist das wahr?«
Er lachte, küßte mich und meinte, daß Männer so seien und wohl immer so bleiben würden, da ändere die moderne Welt gar nichts daran.
Dann schliefen wir ein, eng nebeneinander, und das war bei ihm gar kein Problem, ich konnte wirklich bei ihm schlafen, tief und fest.
Nun war es also doch Liebe geworden. Ich vergaß meine selbstquälerischen Bedenken, vergaß aber auch nicht, daß es kein Bund für die Ewigkeit sein würde. Er war ehrlich gewesen. Für eine Weile wollte er mich behalten, hatte er gesagt. Es machte mir nichts aus.
Wir hatten nun viele ernsthafte Gespräche. Nachdem das Theater geschlossen und auch meine Tätigkeit im Büro beendet war, sahen wir uns oft tagsüber, manchmal trafen wir uns bei Aschinger zu einem Paar Würstchen, denn Geld hatte wir beide nicht, oder wir bummelten gemeinsam durch die Stadt, und als es Frühling wurde, gingen wir im Grunewald spazieren oder fuhren mit der S-Bahn nach Potsdam und spazierten durch den Park von Sanssouci, besichtigten auch das Schloß des großen Königs, das ich noch nicht gekannt hatte.
Felix machte keinen Versuch mehr, mit mir zusammen zu sein. Er hatte begriffen, daß ich mich von ihm entfernt hatte. Aber ich glaube, von Peter wußte er nichts. Wir sahen uns noch einmal, ehe er nach Amerika fuhr. Er hatte mir geschrieben und mich darum gebeten.
Wir saßen am Spätnachmittag Unter den Linden bei Kranzler, das Café war voll, und auf einmal war es schwierig, Worte zu finden. Worte, die nicht verlogen waren und nicht verletzten.
»Deine Augen leuchten, Nina. So hast du mich manchmal angesehen, ganz am Anfang. Ist es ein neuer Mann?«
»Ich habe mich heute wo vorgestellt«, wich ich aus. »Bei einer Kosmetikfirma am Hohenzollerndamm. Die suchen eine Sekretärin. Es sieht ganz hoffnungsvoll aus. Und wenn das nichts wird, habe ich auf jeden Fall eine Zusage von meinem Schwager Max, mit dem ich vorgestern sprach. Er meint, er könne mir sicher bei einem seiner Geschäftsfreunde etwas besorgen. Irgendwie werde ich schon durchkommen.«
Felix lächelte, ein wenig traurig. Er hatte sehr wohl bemerkt, daß ich seine Frage nicht beantwortet hatte.
Ich legte meine Hand auf seine. »Ich wünschte, du würdest nicht so unlustig deine große Reise antreten. Schau, es geht immer wieder ein Schiff zurück. Auf jeden Fall ist es doch interessant, Amerika kennenzulernen. Außerdem gibt es am Broadway auch Theater. Sogar deutschsprachige, wie man mir gesagt hat.«
»Wer hat das gesagt?«
Peter hatte es gesagt. »Weiß ich nicht mehr. Irgendeiner sprach neulich mal davon.«
»Die werden gerade auf mich gewartet haben.«
»Die Welt ist voller Wunder.«
»Gut, hoffen wir auf eins.«

Liebe Worte. Unverbindliche Worte. Das war der Abschied zwischen Felix und mir. Wenn mir einer vor einem Jahr gesagt hätte, daß ich mich so leicht von ihm trenne, hätte ich es nicht geglaubt. Ich habe ihn gern gehabt, er war in gewisser Weise auch ein wichtiger Mensch für mein Leben. Vergessen werde ich ihn nie, denn die Zeit mit ihm bedeutet einen Wendepunkt in meinem Leben.
Peter kennt inzwischen meine Pläne. Einige Versuche habe ich schon gemacht. Ich habe eine Kurzgeschichte geschrieben, ich habe ein Stück angefangen, ich bin noch unsicher, aber es fällt mir nicht schwer, zu schreiben.
Peter hat mich ermutigt. Nur riet er mir davon ab, gleich als erstes einen so schwierigen Stoff wie ›Die neue Nora‹ zu versuchen.
»Das ist eine gute Idee und ein guter Stoff. Nur solltest du dafür schon ein bißchen mehr Erfahrung haben. Wenn du gleich gegen Ibsen antreten willst, wirst du auf unerbittliche Kritiker stoßen. Das könnte bei einem Anfänger ins Auge gehen. Hast du nicht einen etwas leichteren Stoff für den Beginn?«
»Doch, habe ich.«
»Laß hören.«
»Es heißt ›Die Heimkehr‹. Es handelt von einem Mädchen aus einer Kleinstadt, das mit einem wohlhabenden Bürgerssohn verlobt war und dann kurz vor der Hochzeit auf und davon ging, nicht eines Mannes wegen oder aus Leichtsinn, sondern weil sie die Enge der kleinen Stadt nicht mehr ertragen konnte und weil ihr vor der Enge und der Gleichförmigkeit des vor ihr liegenden Lebens graute. Sie wollte etwas werden. Karriere machen.«
»Hm. Also auch wieder eine Art Nora.«
»Wenn du so willst. Aber sie war ja nicht verheiratet und hatte keine Kinder, nicht?«
»Und weiter?«
»Das ist die Vorgeschichte, die erfährt man im Dialog. Die Handlung beginnt damit, daß sie zurückkommt, einige Jahre später. Sie hat keine Karriere gemacht, es ist nichts aus ihr geworden, es geht ihr nicht gut. Die Eltern empfangen sie mit Reserve und mit Vorwürfen, die übrige Familie ist spießig und macht es ihr schwer, die Kleinstadt ist höhnisch, der ehemalige Verlobte, inzwischen verheiratet, möchte sie als Geliebte haben. Sie wird seine Geliebte. Schließlich hat sie ihn einmal geliebt, und er sie auch, aber nun ist es bei ihr zum größten Teil Resignation, Kapitulation. Aber gleichzeitig beginnt sie sich selbst zu hassen, sie ist dabei, sich selbst fremd zu werden. Die Affäre bleibt nicht verborgen, sie wird angefeindet, sie ist unglücklich, schließlich findet sie sich soweit wieder, daß sie einen zweiten Aufbruch wagt. Diesmal, so sagt sie am Schluß, komme ich nicht wieder. Es gibt nur den Weg vorwärts oder abwärts, aber keinen zurück.«
»Drei Akte also. Die Heimkehr. Die Affäre mit dem Verflossenen. Der neue Aufbruch. Vielleicht auch vier. Die Heimkehr, die Affäre, die Isolation, der neue Aufbruch. Hm. Könnte gehen. Versuch' es. Schöne Rolle für eine Schauspielerin.«
»Soll ich wirklich?«

»Du sollst. Vielleicht dauert es eine Weile, bis du die richtige Form findest, du darfst nur den Mut nicht verlieren.«

Wir waren mehrmals um das Jagdschloß Grunewald herumgewandert, während ich erzählte. Sein Interesse gab mir ungeheuer viel Aufschwung.

Dann überraschte mich Peter eines Tages mit der Neuigkeit, daß er einen Film drehen würde.

»Mit Sylvia Gahlen?«

»Mit ihr. Sie hat mich mit den richtigen Leuten zusammengebracht. Ein gutes Buch. Und eine gute Rolle für mich.«

Er würde Karriere machen, ich hatte nie daran gezweifelt, und mit seinem Aussehen war er für den Film prima. Er würde berühmt werden und mich vergessen.

Ich lächelte, ich küßte ihn und sagte: »Toi, toi, toi.«

Am Abend lud er mich zu Kempinski ein, wir speisten ausführlich, und ich fragte ihn: »Hast du auch genug Geld eingesteckt?«

»Ich denke, daß es reichen wird. Und wenn nicht, da drüben in der Nische sitzt mein Produzent. Schlimmstenfalls kann ich ihn anpumpen.«

»Wo?« fragte ich und blickte vorsichtig über die Schulter.

»Der mit dem graumelierten Haar und dem dicken Brillanten am Finger.«

An dem Tisch saßen zwei Herren und eine Dame.

»Aber das ist ja Sylvia Gahlen.«

»Das ist Sylvie, sehr richtig. Genaugenommen heißt sie jetzt Sylvia Boldt, der zweite Mann am Tisch ist ihr Mann, sie hat ihn vorige Woche geheiratet.«

»Sie hat geheiratet?«

»Hm.«

»Das hast du mir gar nicht erzählt.«

»Sollte ich das, Ninababy?«

Er lächelte mich an, auf seine zärtlich-überlegene Art. Er durchschaute mich ganz und gar.

»Es stand sogar in der Zeitung«, sagte er. »Sie kennt ihn schon eine ganze Weile, und ich glaube, sie verstehen sich sehr gut.«

»Und ich dachte immer . . .«

»Was hast du gedacht?«

»Daß du eigentlich sie liebst.«

Er seufzte und schlug die Augen zur Decke auf.

»Es ist sehr schwierig mit dir, Nina. Was muß ich tun, daß du mir endlich mein Herz abnimmst, das ständig vor deinen Füßen herumliegt? Das teure Abendessen bei Kempinski ist total an dich verschwendet.«

»Es hat aber sehr gut geschmeckt. Und du hast einen getrübten Blick, wenn du dein Herz immer noch herumliegen siehst. Ich trage es längst bei mir. Und ich werde es behalten. Für eine Weile.«

Wir sahen uns an. Und wir waren einander ganz, ganz nahe. Ja, es ist Liebe. Für hier, für heute, für eine Weile. Das genügt doch.

Als ich jung war, hatte ich es doch sehr genau gewußt, daß man der Liebe nicht mit dem Stundenplan in der Tasche und der Stoppuhr in der Hand ge-

genübertreten konnte. Ob sie eine Stunde, einen Tag, ein Jahr oder ewig dauert, das ist gar nicht so wichtig. Sie darf nur nicht an einem vorübergehen, und die größte Torheit ist es, an den Schmerz des Abschieds zu denken, ehe man das Glück des Tages voll genossen hat. Aus Tagen besteht das Leben. Mit jedem ungelebten Tag, den man achtlos fortwirft, bestiehlt man sich selbst.
»Jetzt haben sie uns gesehen«, sagte Peter in meine Gedanken hinein. »Und da erhebt sich Thomas schon, Sylvias Flitterwöchner. Ich nehme an, man wird uns an ihren Tisch bitten. Schließlich bin ich der neueste Einkauf von Herrn Koschka.«
»Wie heißt er?«
»Paul Koschka. War bis vor einem Jahr in Hollywood, dort hat er Filme gemacht und Geld. Jetzt ist er dabei, Berlin zu erobern.«
In meinem Kopf klingelte es. Paul Koschka?
»Ich werde dich als angehende Autorin vorstellen«, sagte Peter. »Du schreibst zur Zeit an deinem ersten Stück. Nur keine falsche Bescheidenheit. Diesen Leuten imponiert man nur, wenn man auf die Pauke haut. Hallo, Tommy!«
Er stand auf, begrüßte Sylvias Mann, und kurz darauf fanden wir uns an dem anderen Tisch ein.
»Nina Jonkalla«, sagte Peter mit einer lässigen Handbewegung auf mich. »Sie schreibt zur Zeit ein Stück mit einer fabelhaften Rolle für mich.«
Paul Koschka war aufgestanden, er beugte sich über meine Hand, aber mitten in der Bewegung hielt er inne und sah mich scharf an.
»Wardenburg?« fragte er.
»Ja. Wardenburg.«
»Na, das ist eine Überraschung. So mir nichts dir nichts mitten in Berlin.«
Es war schwierig, in dem etwas aufgeschwemmten Gesicht des Fünfzigers den jungen Paule wiederzufinden. Ich war fünf oder sechs Jahre, als ich ihn das letztemal gesehen hatte. Auf jeden Fall sah er nicht so aus, wie man sich ein Gespenst vorstellt.
Er rückte mir den Stuhl zurecht, setzte sich auch wieder und winkte dem Ober. Die anderen blickten erstaunt.
»Sie können sich unmöglich an mich erinnern«, sagte ich.
»Meine Mutter hat mir erzählt, daß die kleine Nina einen Herrn Jonkalla geheiratet hat. Außerdem erinnere ich mich viel weiter zurück. Ich weiß noch, wie Ihre Tante Ihnen die erste Aufwartung machte. Sie waren drei oder vier Tage alt und sollten eigentlich ein Junge werden.« Zu dem Ober: »Champagner!« Zu mir: »Wie geht es Frau von Wardenburg?«
»Gut. Sie lebt in Breslau.«
»Sie war eine schöne Frau. Eine Dame. Ich habe sie sehr verehrt.«
Nach Nicolas fragte er nicht, also wußte er wohl, daß er tot war.
In wenigen Worten, sehr selbstsicher, ein wenig großmotzig, klärte er die anderen über die Vergangenheit auf.
Als der Champagner eingeschenkt war, hob er sein Glas und sah mich an.
»Auf Wardenburg!«

Ich nickte, ich mußte einen kleinen Anfall von Panik überwinden – Wardenburg, Champagner, es war so lange her.
»Ich habe es gekauft«, sagte Paul Koschka.
»Was haben Sie?«
»Ich habe Wardenburg gekauft. Vor einem halben Jahr. Für 'n Appel und 'n Ei. Die Belkow mußte nach der Inflation schon verkaufen. Der Mann war ja an seinen Kriegsverletzungen gestorben, und vier Kinder hatte sie auch. Und der Gadinski war schon kurz nach dem Krieg gestorben. Herzschlag. Hatte zuviel gearbeitet, der Mann. Hatte sich übernommen mit seinen Fabriken. Tja, so ist das Leben. Wardenburg wechselte dann zweimal den Besitzer, keiner kam dort richtig zu Potte. Jetzt gehört es mir. Und ich werde wieder einen lukrativen Betrieb daraus machen.«
Ach, Nicolas. Hörst du das? Ihm gehört Wardenburg. Er trinkt zwar auch Champagner, aber sonst stimmt gar nichts mehr. Das ist die neue Zeit, hast du einmal gesagt. Ich bin nicht so sicher, ob ich sie mag. Ich lebe zwar in ihr, ich muß in ihr leben, doch deine Zeit gefiel mir besser. Aber schließlich hast du ihm den Weg in die Welt gezeigt, und jetzt ist er zurückgekehrt.
»Ich hoffe. Sie werden mich dort einmal besuchen, gnädige Frau«, fuhr Paul Koschka fort. »Sind doch wohl für Sie auch allerhand Erinnerungen, nicht? Meine Mutter hat mir erzählt, wie oft Sie dort waren. Und wie gern.«
»Ja«, sagte ich. »Sehr oft. Und sehr gern.« Und in Gedanken fügte ich hinzu: Nie wieder, nie wieder werde ich einen Fuß auf Wardenburger Boden setzen.
»Ich habe ein gewisses Recht, dort zu sein. Wissen Sie, Gnädigste, meine Mutter und der alte Wardenburg, na ja . . .« Er schickte ein fröhliches Gelächter über den Tisch, und auf einmal sah er wirklich dem Paule ähnlich. »Honny soit und so weiter, nicht? Na denn, ein flottes Prost auf Wardenburg.«
Wir tranken. Peter sah mich von der Seite an, ich glaube, er verstand, was ich fühlte.
»Und Ihre Mutter?« fragte ich, um Höflichkeit bemüht, »lebt sie noch?«
»Und ob! Die ist jetzt der Chef in Wardenburg. Sechsundsiebzig ist sie, aber schwer auf Draht. Die bringt denen dort die Flötentöne bei.« Pauline, die Mamsell, im Salon von Tante Alice. Es war zum Lachen oder zum Weinen.
Ich lebte ja in dieser Zeit. Aber begriff man eigentlich immer, wie sich alles verändert hatte? Wenn man mitten drin steckte, nahm man alles als gottgegeben hin. Ein Krieg, und danach war nichts mehr, wie es vorher war. Die Welt stand auf dem Kopf. Zehn Jahre war es her, daß der Krieg zu Ende war. Lumpige zehn Jahre.
Und auf einmal dachte ich, was ich noch nie gedacht hatte: wie gut, daß Nicolas tot ist.
»Und Ihr Herr Onkel, gnädige Frau, à la bonheur, ein feiner Mann, ein Herr. Ich habe ihm viel zu verdanken. Wir beide, meine Frau und ich, wir haben ihm sehr viel zu verdanken. Das vergesse ich nicht.«
Ich lächelte. Ein wenig wurde er mir sympathischer, und ich sagte: »Mein Onkel hat auch immer sehr nett von Ihnen gesprochen. Er rühmte Ihre geschickte Hand mit Pferden.«

»Das will ich meinen. Pferde waren mein Höchstes. Heute auch noch. Ich habe ein paar Rennpferde laufen. Und im Grunewald haben wir zwei Reitpferde stehen, meine Frau und ich. Reiten Sie auch noch, gnädige Frau? Sie fingen doch damals gerade an.«
»Heute leider nicht mehr. Aber manchmal habe ich schon daran gedacht, wieder zu reiten.« Daß ich es mir nicht leisten konnte, brauchte ja keiner zu wissen.
»Ich hoffe, Sie werden mir einmal von Ihrem Leben erzählen, Herr Koschka«, sagte ich kühn. »Und von dem Ihrer Frau. Es muß ein interessantes Leben gewesen sein.«
»War es. Ein Roman, ein richtiger Roman. Ich sage ja immer, das Leben schreibt die besten Romane. Erkläre ich unseren Drehbuchautoren immer. Apropos Autoren – Sie sind Schriftstellerin, gnädige Frau?«
»Ich stehe noch am Anfang.«
»Das ist gut, das ist gut. Noch nicht verbraten und verbraucht. Denken Sie an mich, wenn Sie mal einen guten Stoff haben. Dafür bin ich immer Abnehmer.«
»Das ist ein Wort«, sagte Peter, »darauf wollen wir trinken. Nina schreibt das Buch, Sylvie und ich spielen die Hauptrollen, Herr Koschka produziert, das kann ja nur was Erstklassiges werden. Aber was machen wir mit Ihnen, Tommy?«
»Mich werdet ihr bestimmt gelegentlich brauchen, ich bin schließlich Rechtsanwalt.«
Es wurde ein hübscher Abend, und mein anfängliches Widerstreben gegen den neuen Herrn von Wardenburg verschwand immer mehr. Eigentlich war er ganz nett. Er war eben die neue Zeit. Mit ihr mußte man sich arrangieren, das hatte Nicolas mich gelehrt.
Es war spät in der Nacht, als der Maybach des Herrn Koschka mich nach Hause brachte. Peter küßte mich auf die Wange, Herr Koschka küßte schwungvoll meine Hand und sagte, er hoffe, mich bald wiederzusehen.

In der Wohnung war es still. Ich schaute in mein Zimmer, Victoria schlief, tief in die Kissen gekuschelt. Ich holte mir leise den Schreibblock und den Bleistift und ging ins Wohnzimmer. Ich war nicht müde. Ich setzte mich an den Tisch und schrieb mit Schwung auf ein weißes Blatt: Der Herr von Wardenburg. Das war nur ein Arbeitstitel. Nur für mich bestimmt. Ich würde eine schöne große Geschichte schreiben, eine Geschichte über Wardenburg, über einen wunderbaren Mann, und die konnte Herr Koschka dann verfilmen. Peter würde die Hauptrolle spielen, nur er war in dieser Rolle denkbar.
Ich hob den Kopf vom Papier, blickte über den Tisch und schickte einen Kuß in die Luft.
Er galt ihnen beiden – der Liebe von einst, der Liebe von heute. Liebe auf Zeit. Behalten durfte ich keinen, das war wohl mein Schicksal. Aber dafür waren meine Männer auch ganz besondere Männer.
Darum würde ich mich bemühen, ihnen ebenbürtig zu werden. Ab heute war ich erwachsen. Ab heute würde ich mein Leben in die Hand nehmen, in sämtliche Hände, ich würde arbeiten und alles erreichen, was ich wollte. Denn ab

heute war ich bereit, mich für die neue Zeit zu entscheiden, eine Frau des zwanzigsten Jahrhunderts zu werden.
Vor allen Dingen brauchte ich schleunigst eine Schreibmaschine.
Hinter mir ging die Tür auf. Trudel im langen weißen Nachthemd, den geflochtenen Zopf über der Schulter.
»Nina! Was machst du denn hier?«
»Ich arbeite.«
»Du arbeitest? Jetzt? Es ist drei Uhr.«
»Es ist so schön ruhig. Und mir fällt gerade viel ein.«
Sie trat hinter mich und blickte auf das Papier, das nicht mehr weiß und leer war.
»Was schreibst du denn da?«
»Eine Geschichte von der alten und der neuen Zeit.«
»Dichtest du?«
»Sowas in der Art. Und darum stör mich nicht.«
Sie ging lautlos hinaus, kam kurz darauf wieder, eine Flasche Bier und zwei Gläser in Händen. Sie wollte mich wohl beruhigen.
»Möchtest du ein Bier?«
»Profan. Ich habe heute Champagner getrunken. Seit langer Zeit wieder einmal. Weißt du, daß wir auf Wardenburg immer Champagner tranken?«
»Du hast davon erzählt. Ich habe noch nie Champagner getrunken.«
»Von meinem ersten Honorar trinken wir welchen, soviel du willst.«
»Kriegst du denn Geld für das, was du da schreibst?«
»Das wollen wir doch stark hoffen. Na denn, ein flottes Prost. Das sagte der, der uns heute abend den Champagner spendierte. Muß ich dir gelegentlich mal erzählen, wer das ist.«
Wir tranken das Bier, erst eine Flasche, dann die zweite, Trudel wurde auch davon schon sehr vergnügt. Und ich müde. Zehn Seiten hatte ich geschrieben, das war nicht viel, aber ein Anfang.
Morgen würde ich weiterschreiben. Und übermorgen. Und jeden Tag, der kam. Diese kostbaren Tage. Meine Tage. Keinen durfte ich mehr versäumen, vergeuden oder verlieren.
Manche Tage meines Lebens habe ich geliebt. Und viele gehaßt. Aber nun war es höchste Zeit, daß ich lernte, mit meinen Tagen etwas Sinnvolles anzufangen, daß ich sie selbst gestaltete.
Wie war das mit diesem Aufsatzthema von Stephans Freund gewesen? ›Das Vaterland erschafft sich den Menschen‹, und ich hatte gedacht, eigentlich müßte man den Satz umkehren. Ich wüßte auch ein Thema: Der Mensch gestaltet sein Leben. Er ist dafür verantwortlich.
Und wenn einer seinen sinnlos verbrachten Tagen nachweint, sollte man ihn nicht bedauern. Es sind seine Tage, es ist sein Leben. Vieles, was geschieht, liegt in seinen eigenen Händen. Nicht alles, gewiß nicht. Die Zeit, in der man lebt, ist oft ein Feind, der schlimmste Feind, den es geben kann. Dagegen anzukämpfen, ist wie ein Kampf gegen Windmühlenflügel. Es ist, als ob man gegen den Strom schwimmen will. Und dann dreht sich der Wind. Und dann trägt ei-

nen der Strom. Man muß nur wissen, was man will. Es ist mein Leben, ich bestimme, was daraus wird.

Spät hatte ich das begriffen. Aber nicht zu spät.